大望

대망 26 료마 2

시바 료타로/박재희 옮김

대망 26 료마 2
차례

가쓰 가이슈

"흐음, 가쓰(勝)를 죽인다?"

료마(龍馬)는 턱을 어루만졌다.

"싫은가?"

"자아, 주타로(重太郎)형, 한 잔."

료마는 술병을 들며

"대체 가쓰 가이슈(海舟)란 어떤 사나인가?"

능청을 떨며 물었다.

"간물(奸物)이야."

주타로는 단순하다.

료마는 싱글싱글 웃고 말했다.

"그렇겠지. 적어도 돌아가신 슈사쿠(周作) 선생님의 조카님이신 지바 주타로가 천벌을 내려 주겠다고 하는 놈이니까, 천인공노(天人共怒) 할 간악한 자가 틀림없겠지. 상판도 도깨비 같을 테고."

"료마형."

주타로는 싫은 표정을 지었다. 조롱을 받고 있는 줄 안 모양이다.

"자네는 가쓰의 얼굴을 알고 있나?"

"몰라."

주타로는 뿌루퉁했다.

사나코는 옆에서 킥킥 웃고 있다.

료마는 배를 좋아하기 때문에, 지난날의 막부 군함 간린마루(咸臨丸)의 함장이며 지금의 군함 감독관 대우인 가이슈가 어떤 사나이인가는 조금 알고 있다.

막신(幕臣)이라고는 해도 적은 녹봉의 하급 무사 출신으로 인재를 얻으려고 노력하는 시대가 아니었다면 도저히 햇빛을 볼 수 없었을 가계(家系)이다.

가쓰 가이슈, 통칭은 린타로(麟太郎).

분세이(文政) 6년 정월, 혼조(本所) 가메자와 거리(龜澤町)에서 태어났다. 양띠인 료마보다 12살 위이다.

어린 시절에는 극도로 빈한했다.

어머니는 오노부.

아버지는 고키치(小吉).

고키치는 남의 일 보기를 좋아하는 거리의 호걸이었다고 하지만, 마음 내키는 대로 살며 살림을 돌보지 않았다.

가쓰는 자기 신혼 당시의 형편을 '아버지는 은퇴했고 변변치 않았기 때문에 정말 어려웠다'고 술회하고 있다. 고키치는 고키치대로 '몽취독언(夢醉獨言)'이라고 속기록을 남기고 '지금은 팔자 좋은 늙은이다(린타로 덕으로). 그러나 린타로가 아니고 나와 같은 아들이 있었다면 이런 낙도 없었을 거다' 하고 솔직하게 머리를 긁는 인품의 소유자였다.

고키치는 통칭 사에몬타로(左衛門太郎)라고 했으며 직할 무장인 오다니(男谷) 가문에서 가난뱅이 가쓰 가문에 양자로 들어갔다.

돈도 없는 주제에 멋은 알았고 천성적으로 남의 일을 잘 보았으며 게다가 싸움이라면 정신이 없었다. 직할 무사인 데도 거리의 부랑자들과 사귀며

"선생님, 선생님."

추어주는 것을 좋아하였다. 3백 년 에도의 도시 문화가 한데 굳어서 한 사람의 고키치를 낳아 놓은 것 같은 사나이다.

학문도 없고 경솔하고 욕심도 없으며 경망스럽기 짝이 없었으나 지혜가

깊은 점도 있어 인간통(人間通)이라고도 할 수 있는 인물이었다.

　"아무튼 아버지는"
　가이슈는 그 어록에서 말한다.
　"힘들여 나에게 무사 수업을 시킬 양으로 나를 당시 검술 사범이던 시마다 도라노스케(島田虎之助)라는 사람한테 데리고 갔다."
　당시 16살이다. 그보다 전에 아저씨인 오다니 세이치로(男谷精一郎)의 도장에서 다소는 배운 모양인데, 9살 때 뜻하지 않은 변을 당했다.
　실은 린타로가 7살 때 막부의 명으로 12대 장군인 이에요시(家慶)의 다섯째 아들 하쓰노조(初之丞)의 소꿉동무로 내전에 살고 있었는데, 9살 때 길가에서 사나운 개의 습격을 받고 고환(睾丸)을 물렸다.
　달려온 외과 의사도 이건 목숨이 위태롭다고 진단했던 것인데, 꿰맨 후 70일 만에 완치되었다. 그런 뒤로 16살까지 검술은 중단하고 있었던 모양이다.
　이 무렵이 덴포(天保) 8년.
　시마다 도라노스케라고 하면 에도의 오다니 세이치로, 야나가와(柳川)의 오이시 스스무(大石進)와 나란히 천하의 삼대 검객으로 꼽힌 사나이이다. 가쓰가 입문했을 당시에는 고향인 부젠(豊前) 나카쓰(中津)에서 에도로 나와 아사쿠사 신보리(新堀)에 도장을 열고 있었다.
　"이 사람은 여느 검객과는 달라서."
　가쓰는 시마다의 말을 이렇게 전하고 있다.
　――오늘날 흔히 하고 있는 검술은 형식뿐이다. 모처럼 시작한 것이니 그대는 참된 검술을 하라.
　가쓰는 도장에서 기숙을 했다.
　시마다는 가쓰에게 기대를 걸고 각별한 지도를 했다. 매일 일과로 도장 연습이 끝나면, 가쓰만을 저녁부터 연습복 차림으로 오지 신사(王子神社)까지 뛰어가게 하는 것이었다.
　먼저 신전(神殿) 섬돌에 앉아 일종의 좌선(坐禪)을 시켜 담력을 기르게 한다. 그 다음 목검을 혼자 휘두르고 또 좌선을 한다. 이러기를 날이 밝을 때까지 대여섯 번 되풀이하는 것이다.
　그리고 바로 도장으로 돌아와 아침 연습을 하고 또 저녁이 되면 오지 신사의 경내로 간다.

하루도 거르는 일이 없었다. 언제 잠을 자는가 하는 문제가 있으나 가이슈는 원래 기략 종횡(機略縱橫), 좌담의 명수였고 다소의 허풍기가 있는 사나이였으므로 에누리를 하더라도 우선 꽤나 외고집스런 청년기(靑年期)였던 모양이다.

"이 시기에는 추운 겨울에도 버선을 신지 않았고 홑옷 하나로 지냈지. 더위니 추위 같은 건 전혀 무엇인지 몰랐다. 정말 몸이 무쇠처럼 단단했었다."

그 뒤 시마다 선생이 검술의 오의(奧義)를 터득하려면 우선 선학(禪學)을 시작하라고 권한 바 있어 우시지마(牛島)의 고후쿠 사(弘福寺)에서 수도(修道)를 했다.

수도 4년──

"이 좌선과 검술이 내 주춧돌이 되어 뒷날 큰 도움이 되었다. 그 무렵(도쿠가와 막부의 와해 시절) 자객이니 뭐니 하여 퍽 시끄러웠지만 승리는 언제나 내게 있었다. 이러한 용기와 담력은 필경 이 두 가지를 통해 길러진 것이다."

가쓰는 스무 살에 검술을 그만두고 난학(蘭學) 중에서도 특히 병학(兵學)을 배우려고 했다.

당시 난학이라고 하면 의술(醫術)로 국한되어 있었다. 서양식 병법을 배우려고 한 점, 가쓰는 역시 세상보다 한 걸음 앞서 있었다.

막부에 천문관(天文館)이라는 관청이 있다.

천체를 관측하여 역서(曆書)를 만드는 관청으로 이미 겐로쿠(元祿) 초부터 있었다.

서양식이 아니다. 일본에서는 이미 나라 조(奈良朝) 이전의 덴무 천황(天武天皇) 4년(676년) 야마토(大和)의 아스카(飛鳥)에 점성대(占星臺)를 만들었고, 그 후 음양료(陰陽寮)로 하여금 천문 측량을 하게 한 지 1천 년이나 되었다. 그 뒤 이 일을 막부의 천문관이 이어받았다.

처음에는 간다, 우시고메(牛込), 그리고 다시 아사쿠사로 옮겼다.

가쓰의 청년 시절, 이 천문관 안에 네덜란드 어의 번역국이 신설되었다.

이 번역국에 미쓰쿠리 겐포(箕作阮甫)라는 당시 에도에서 난학의 권위자였던 인물이 있었다.

가쓰는 거기에 입문을 부탁하러 갔다.

"당신은 직할 무사로군."

미쓰쿠리 겐보라는 사람은 입을 악문 것 같은 입모습의 사나이로 눈이 무서울 만큼 크고 게다가 험상궂었다.

"꼭 입문을 허락해 주십시오."

"안 돼."

"뭔가 제게 마음에 들지 않는 점이 있다면 고치겠습니다."

"이렇게 말해선 뭣하지만 무사의 자제들은 대대로 에도에서 살아서 끈기가 없어. 나도 쓰야마 번에서 나와 막부의 일을 하고 있는 관계상 막부 직할 무사 중에서 뛰어난 인물을 키우고 싶다는 생각으로 무척 애도 써 보았으나 이상하게도 오래 견디어내는 사람이 없어. 난학이라는 것은 퍽 지루한 노력이 필요한 것인데 에도 물을 먹고 자란 자에게는 맞지 않는 모양이야. 이 길만은 시골 출신이 좋아."

가쓰는 화가 났다.

하지만 화를 낼 수도 없다.

직할 무사 자제들의 돼먹지 않은 점에 대해서는 가쓰 자신이 더 잘 알고 있다.

"난학은 노래가락이나 샤미센을 배우듯 해서는 안 돼. 우리 학교 학생들의 공부하는 태도를 보면 장차 국가를 짊어질 자는 시골 출신이지, 직할 무사 8만 기(騎)의 자제는 아닌 것 같아."

미쓰쿠리는 이렇게도 말했다고 한다.

당시는 아직 흑선 소동 이전이었지만, 막부는 머지않아 붕괴될지도 모른다는 위기감을 가쓰가 가지게 된 것은 이 무렵부터였다는 말도 있다.

할 수 없이 가쓰는 미쓰쿠리 앞을 물러나와 당시 아카사카다 거리에 있는 지쿠젠 구로다(黑田)의 번저에 살고 있던 나가이 스케키치(長井助吉)라는 난학자에게 사사(師事)하게 되었다. 그 때문에 가쓰는 아카사카다 거리로 이사를 했다.

그 전해에 아내를 맞아 그해 장녀 유메코(夢子)를 낳았다. 가족은 여섯 사람, 집은 세 칸.

"그야말로 가난했어. 아내는 히카게 거리(日蔭町)에서 산 띠 하나로 3년을 매고 다녔고, 나는 추운 겨울에도 검도 연습복과 하카마뿐이었지."

가쓰의 궁핍과 불우한 시대는 길었으나, 가에이(嘉永) 6년, 페리의 내항이 그를 출세시켰다.

막부의 명령으로 나가사키의 네덜란드 사람에게서 해군에 대해 배우게 된 것이 33살.

이어 37살에 군함 조련소 교두(教頭)가 되었고, 이해 7월 아카사카의 히카와 거리(米川町)로 거처를 옮겨 겨우 남 못지않은 집에 살 수 있는 몸이 되었다.

가쓰가 태어난 혼초 가메자와 거리의 집은 다 쓰러져 가는 집으로, 아버지 고키치가 막부의 견책을 받고 식구 전부가 동료의 집에 맡겨지게 되었을 때 고물상을 불러 집을 팔았다. 그때 고물상이 부른 값이 넉 냥 두 푼.

"그것도 무사님이시니까 이 값으로 사는 겁니다."

동거하게 된 동료의 집도 역시 형편없는 집으로 방 두 칸밖에 없었다. 이 두 칸 방에 두 가족 열 명 가량이 살았다고 하니 당시 하급 무사의 생활이 어떠했던가를 짐작할 수 있으리라.

"그 후 출세해서 1천 섬이 되었을 때에는 좋았으나 그것이 얼마 후 면직이 되자 아내가 혼났지. 우리 집에 낭인 식객들이 우글우글했으니까 말이다. 그런데 내가 출사했다 싶으면 이내 그만두곤 하니까 살림은 늘 밑빠진 시루에 물 붓기였지."

가쓰는 직언가(直言家)로서 상사의 무능을 증오하는 마음이 유달리 강했다. 뿐만 아니라 독설가라서 혀끝이 남보다 더 빨리 돌아갔기 때문에 윗사람은 늘 그를 싫어했다.

예를 들면 간린마루를 몰고 미국에서 돌아왔을 때의 일이다.

만엔 원년 5월 5일, 우라가(浦賀)로 귀항하여 이틀 후 기무라 셋쓰노카미와 함께 장군 이에모치(家茂)를 배알했다.

곁에서 집정관 한 사람이 말했다.

"가쓰, 그대는 특출한 안식(眼識)을 가진 인물이니까, 아마 외국에 건너가 특별히 느낀 점이 있으리라. 그것을 소상히 말씀 올려라."

"아뇨, 사람이 하는 일은 동서고금이 같은 것이며 미국이라고 해서 별로 이상한 것도 없습니다."

"아니야, 그렇진 않을 거야. 어전이니 진담기담(珍談奇譚) 등을 말씀드려라."

"그러지요."

가쓰는 냉소를 머금었다.

"약간 눈에 띈 것은 미국에서는 정부나 민간이나 무릇 사람 위에 서는 자는 그 지위에 알맞을 만큼 똑똑합니다. 이 점만은 우리나라와 전적으로 반대인 듯합니다."

문벌주의인 도쿠가와 체제로는 이미 국가를 유지할 수 없다는 뜻이 은연중에 깃들어 있다.

그런데 집정관은 장군 앞에서 자기들을 우롱했다고 보았다.

"닥쳐라!"

집정관은 크게 소리질렀다.

가쓰는 도미(渡美)를 계기로 막부보다도 일본을 제일로 생각하게 되었다. 당시의 막부 가신으로서는 위험 사상이라고 해도 과언이 아니다.

"오랑캐, 오랑캐 냄새다."

지바 주타로는 이맛살을 찌푸리면서 말했다.

"가쓰는 창자에까지 오랑캐 냄새가 스며든 사내야. 양이의 첫 걸음은 우선 가쓰를 죽이는 일에서부터다, 료마형."

슈사쿠는 취했다.

"주타로형, 얘기도 꽤 어려워졌군."

료마는 잔을 들면서 씽긋 웃었다.

주타로의 양이 사상은 당시 유행한 미도학(水戶學)에서 비롯된 것이다.

이른바 신국 사상(神國思想)이라는 것이었다.

한 민족의 거주지를 신의 성역으로 보고, 이민족이 발을 들여 놓으면 부정을 탄다는 토속 사상(土俗思想)은 일본에만 있는 것은 아니다.

뉴우기니아의 미개인에게도 있다. 고대 유럽에도 있었다.

미도학은 이 토속 사상을 양념삼아 중국의 존왕천패사상(尊王賤霸思想 : 왕실을 절대적으로 알고 무력으로 세운 정권을 나쁘게 보는 사상)을 중심으로 한 것인데, 사상이라기보다는 종교의 색채를 띠고 있었다.

이 종교적 양이 사상이 막부 말기의 일반적인 사조(思潮)였다.

이것을 정쟁(政爭) 도구로 전환시켜 막부 타도의 공격 도구로 완성시킨 것이 료마의 시대보다도 몇 년 뒤의 조슈 번과 사쓰마 번이다. 즉 정치적인 양이 사상이라고 할 수 있겠다.

사쓰마와 조슈는 종교적 양이 사상의 그릇됨을 깨닫고 비밀히 외국과 손을 잡아 군대를 서구화시켜 막부를 쓰러뜨렸다.

간단히 말하자면 그것이 메이지 유신이다.

그러나 료마의 이 시기는 다케치 한페이타도, 가쓰라 고고로도, 사이고 다카모리도, 기요카와 하치로도 모두 종교적인 양이론자였다.

하물며 동료에게서 영향을 받아 어느덧 '지사'가 되어 버린 지바 주타로 등은 특히 그러했다.

료마도 시대가 낳은 사나이다.

외적은 쳐서 쫓아내야 한다는 양이주의자였으나, 왜 그런지 다케치나 주타로 등의 '신국(神國)'이라는 것은 이해할 수 없었다.

서투른 학문을 하지 않은 만큼 사물을 바르게 볼 수 있었다.

'왜 신국이냐? 신이란 일본에서는 상고(上古)시대의 미개인을 두고 하는 말이다. 미개로 돌아가라는 것은 세상의 흐름에 반역하는 일이다. 그 따위 신에 미친 바보 놈들의 주장을 나는 납득할 수가 없다.'

그러나 원래가 영리한 사나이다. 그런 패들과는 상종은 하지만 토론은 하지 않는다.

'종교 논쟁이 될 뿐이야. 세상에 다른 종교를 배격하는 종교론만큼 실없는 일은 없어.'

그러므로 항상 바보처럼 싱글벙글 웃고 있다.

"료마형, 언제 가쓰를 해치우겠나?"

"오, 언제든지 좋아."

료마는 기세 좋게 말했다.

대찬성이라는 것이다. 이렇듯 종잡을 수 없는 인간의 심정은 어떤 심경이었는지 억측해 보는 것만큼 헛수고이다.

"자아, 그럼 암살을 축하하며."

료마는 그날 밤 많이 마셨다.

군함 감독관격인 가쓰는 닷새에 한 번은 쓰키지의 군함 조련소로 간다.

"그 도중에 잠복했다가 베면 돼."

주타로가 말했다.

"어때, 료마형, 묘안이지?"

"그렇군."

료마는 무슨 까닭인지 눈을 빛내기 시작했다. 다음날 아침, 잠에서 깨어나니 미닫이 밖에서 사나코의 목소리가 들렸다.

"저, 깨셨으면 오빠 방으로 잠깐 오셨으면 하시는데요."

이 말에 벌떡 일어나 옷을 재빨리 입었다. 그런 다음 이불도 개지 않고 벽장에 마구 던져 넣고서 복도로 나갔다. 언제나 그렇다.

복도에 사나코가 아직도 앉아 있다.

"왜 그러십니까?"

"사카모토님을 감시하는 거예요."

료마의 얼굴을 가리켰다. 료마는 아침에 일어나도 얼굴을 씻거나 머리를 빗는 일이 없기 때문에 사나코는 그것을 늘 잔소리한다.

'정말 귀찮은 아가씨야.'

료마는 갑자기 축 늘어져 우물가로 걸어갔다. 거기서 얼굴에 두어 번 물칠을 하고 손가락으로 슬쩍 머리를 쓸어 올린 다음, 주타로의 방으로 갔다.

"아, 료마형, 가자."

이 오누이에게는 정말 당할 재간이 없다. 주타로는 어젯밤 그토록 마셨는데도 벌써 외출 준비를 하고 기다리고 있었다.

"가쓰를 죽이러 말인가?"

"그렇지."

"뭐 사람을 죽이는 데 서두를 게 있나. 사나코님은 세수하는 일까지 귀찮게 간섭하고."

"사카모토님."

사나코는 그 뒤에 있었다.

'아, 거기 있었구나.'

료마는 머리를 긁적거렸다.

두 사람은 어깨를 나란히 하고 문을 나섰다.

료마는 어쩐지 허리께가 허전했다.

"사카모토님."

사나코가 또 등 뒤에서 불렀다.

"칼은 어떻게 하셨어요."

아 참, 하고 깨달았다. 칼을 잊어버리고 있었다. 주타로도 기가 막혔는지 얼굴을 찌푸리며 말했다.

"료마형, 정신 좀 차려."

옳은 말이야, 하고 료마도 생각했다. 칼을 잊고 가는 자객이 어디 또 있겠는가.

"자넨 요즘 영 멍청해졌어."

"탈번 후유증인가."

지바네의 대문을 나섰다.

사나코는 그들을 전송하고 곧 안으로 들어가 자기도 부랴부랴 준비를 했다.

여자의 몸이지만 간물 가쓰에게 한 칼 안겨 주고 싶다. 두 사람이 그걸 말린다면 현장이나마 보아 두고 싶다고 생각했다.

가는 곳은 쓰키지의 군함 조련소다. 아키 다리를 건너서니 짐작이 갔다.

사나코는 거리의 가마를 잡아탔다.

쓰키지 혼간 사(本願寺)에서 다리 하나를 건너 동쪽으로 가면 미나미 오다와라 거리(南小田原町)이다.

벌써 바다 냄새가 풍긴다.

동쪽으로 더 가면 전에 아키 번(安藝藩)의 번저가 있던 곳, 또한 최근까지 막부의 강무소(講武所)가 있던 지역이고 앞쪽은 바다이다.

그곳에 안세이 4년부터 막부의 군함 조련소가 설치되어 있었다.

"이것이 군함 조련소인가?"

료마는 어린애와 같은 눈으로 그 강무소 시대부터의 담장을 바라보았다.

바다와 배가 좋은 것이다.

"료마형, 이 모퉁이로 들어오자면 서쪽으로는 혼간 사 다리, 남쪽으로는 아키 다리, 북쪽은 가즈마 다리(數馬橋)와 비젠 다리(備前橋) 등이 있는데, 가쓰는 아카사카의 히카와의 집에서 나오는 관계로 아키 다리 아니면 혼간 사 다리를 건넌다."

"흠."

"그런데 아키 다리로 이르는 일대는 히도쓰바시(一橋) 집안과 아사노 집안의 저택이 있어 사람 왕래가 적다. 가쓰도 자객의 위협을 받고 있는 몸이라 일부러 그런 후미진 곳을 고를 리는 없겠지. 그렇다면 언제나 부근에 민가가 많은 혼간 사 다리를 건너고 있을 거다."

"잘 알고 있군."

"아니 이건 상상이야. 료마형, 좀더 열심히 해 주지 않으면 곤란해. 그러니까 나는 날짜를 잡아 혼간 사 다리에서 매복하자는 거야."

"그것도 좋겠군."

그러면서 료마는 안벽(岸壁)에 머물러 있는 군함의 세 개의 마스트를 먼 눈으로 바라보고 있다.

연습함인 간코마루(觀光丸)이다.

네덜란드제인 목조 스쿠너 선으로 외차륜(外車輪)을 갖춘 증기선이었다. 2백 50톤.

"주타로형."

료마는 푸른 하늘을 배경으로 한 그 선체를 가리켰다.

"왜?"

"난 저런 배가 갖고 싶어."

"……."

주타로는 료마의 얼굴을 지그시 쏘아보았다.

"자네 지금 정신이 있나? 우린 군함 감독관 가쓰 린타로를 죽이러 와 있단 말이다."

"참, 그랬었지."

"정신 차려. 호쿠신 일도류의 솜씨가 울어."

"그러나 호쿠신 일도류 가지고선 저 군함을 움직이지 못해. 움직이지 못하면 나라를 지키지 못하고 막부도 쓰러뜨릴 수 없어."

"료마형."

불쾌한 표정을 지었다.

주타로는 대부분의 무사가 그렇듯이 서양을 아주 싫어한다. 막부가 외국 비위를 맞추고 저런 양선(洋船)을 사들인 것도 용서할 수 없거니와 그 서양화의 원흉이 바로 가쓰라는 생각인 것이다.

"료마형, 자넨 줏대가 없군."

"난 언제나 줏대가 없어."

료마는 주타로를 상대하지 않고 담장을 따라 안벽 쪽으로 천천히 걸었다.

이 군함 조련소가 유신 후에 해군 병학교(海軍兵學校)로 발전하는데, 그런 건 아무래도 좋다.

료마는 군함에 대해 배우고 싶다.

그런데 그것을 막고 있는 것이 있다.

막부이다.

이에야스 이래의 극단적인 문벌주의였다.

'난 어째서 여기 들어가지 못하나?'

료마는 가슴이 뻐근함을 느끼며 걸었다.

막부의 군함 조련소는 막신 자제에게만 문호를 개방하고 있다.

단, 영주의 부하라도 '그 영주가 특별히 인정한 자'는 허락된다.

하나 료마는 도사 번사이지만 향사이다. 상급 무사가 아니면 번에서는 추천을 해 주지 않았고, 설사 향사라도 괜찮다고 해도 탈번한 몸이다.

"주타로형, 가쓰 따위를 죽이기보다는 사람들이 저마다 자기 뜻을 펼 수 있는 세상을 만들고 싶군."

료마는 뒤돌아보았다.

"흠?"

단순한 양이론자인 주타로는 이해하지 못한다. 멍하니 서 있다.

두 사람의 눈앞에 연습함 간코오마루의 검은 선체가 산더미처럼 솟아 있다.

"주타로형, 나는 고향에서 가와다 쇼류라는 꽤 유식한 화가에게서 들었는데, 미국에선 백정의 자식이라도 대통령이 될 수 있고 대통령의 자식이라도 본인이 좋아한다면 재단사가 돼도 누구 한 사람 이상하게 생각지 않는다더군."

"그게 어쨌단 말인가?"

주타로는 화가 나 있다.

"특별한 뜻은 없어. 사농공상(士農工商)이 없는 세상으로 만들고 싶다고 문득 생각한 것뿐이야. 무사, 무사 하지만 구별이 백 가지는 된다. 그 차별 속에서 벗어날 수가 없어. 그것은 왜냐하면 일본에서는 장군 한 사람의 신분을 지키기 위해 2천만 인간의 신분을 묶어 놓고 있기 때문이야."

"료마형, 목소리가 커."

조련소 구내를 순찰하고 있는 훈련생인 듯한 몇 사람이 저편에서 나타났다.

"주타로형, 난 천황 밑에 만인이 평등한 세상을 만들어 보이겠어."

"료마형"

"나에게 이 군함 세 척만 준다면 3백 년 동안 일본인을 꽁꽁 묶어 온 도쿠가와 가문을 부숴 놓겠다."

"료마형, 무슨 소리야. 장군과 영주가 있기 때문에 일본이 있지 않은가."

"아하하하, 나에게 이 군함 세 척만 준다면 영주 같은 건 날아가 버린다."

"료마형, 오늘은 돌아가자. 아무래도 자넨 오늘 좀 이상해."

"그래?"

두 사람이 걷기 시작했을 때 순찰중인 훈련생이 그들을 불러 세웠다.

"거기서 뭘 하고 계시오?"

"구경을 하오."

료마와 주타로는 한마디 내던지고 걸었다. 그 발걸음, 허리의 움직임, 누가 보아도 일류 검객임을 알 수 있다.

모두 겁을 먹고 그 이상 말을 걸지 않았다.

아키 다리를 건너기 시작하자 저편에서 가마가 한 채 나타나더니 두 사람 앞에 멎었다.

사나코였다.

재빨리 내리며 눈썹을 치켰다.

"어떻게 됐나요?"

눈썹을 치켜올렸다.

귀여운 입술을 갖고 있다.

그날 밤 주타로가 료마의 방으로 들어와 굳은 표정으로 미닫이를 닫았다.

"료마형, 할 셈이냐 안할 셈이냐? 자네가 안한다면 반드시――"

"――반드시?"

료마는 팔베개를 하고 누운 채 미간을 찌푸렸다.

"나 혼자 한다."

아, 이 친구는 하겠지, 하고 료마는 생각했다. 지금의 주타로의 표정은 전에 볼 수 없었던 것이다. 어두운 눈, 자기 말에 취한 것 같은, 말을 하지 않고서는 못 견딜 것 같은 묘한 흥분 속에 휩싸여 있었다.

'요시다 도요를 노리고 있을 무렵의 나스 신고나 오이시 단조, 야스오카 요시스케 등도 이러한 울혈(鬱血)로 부어오른 듯한 얼굴을 하고 있었다.'

"똑똑히 의중을 듣자."

주타로는 말했다.

료마는 일어나 앉았다.

"어떤가, 주타로형. 할 바에는 쓰키지 다리에서 매복하는 것은 그만두자. 그건 어쩐지."

"어쩐지?"

"너무 비참해. 하긴 자객이란 것은 벌레와 같은 인간들이 하는 짓으로 난 생각하지만."

"료마형."

"아니 잠깐, 한단 말이야, 나는. 한다면 사카모토 료마, 틀림없이 한다."

"그렇다면 안심하겠어."

"그런데 잠복 같은 건 하지 말고 백주에 당당히 가쓰의 집에 찾아가 가쓰를 만나보고 그래도 용서할 수 없다면 그 자리에서 베어 버리자. 사나이란 모름지기 그래야 되는 거다."

"사실 그렇다."

주타로도 승낙했다.

이튿날 아침 마침 도베가 놀러 왔으므로 그에게 명령했다.

"아카사카 히카와에 가쓰 린타로라는 인물이 있는데, 매일 드나드는 사람들을 조사해 줘."

"어떤 목적인가요?"

"벨 참이야."

도베는 퍼렇게 질려서 돌아갔다.

이상한 일이다. 가쓰의 일이 매일 머리 한 구석에 있어서인지 가쓰에 관한 화제가 곧잘 귀에 들어왔다.

주타로도 그런 모양이다.

"좋든 나쁘든 묘하게도 소문이 많은 사나이로군."

료마가 말하자

"그놈은 굉장한 사기한이래."

주타로의 귀에 들어오는 것은 모두 나쁘다. 역시 이쪽에서 호의를 가지고 있지 않으면 그렇게 되는 모양이다.

더욱더 호의를 갖지 않게 되었다.

"그 사나이의 난학이란 것도 실은 엉터리라는 거야. 겨우 읽고 쓰는 정도래. 아무튼 악평이 많아."

"허어!"

료마는 실눈을 뜨고 재미있어했다. 실인즉 료마의 귀에 들어오는 가쓰의 평은 좋았다. 웬만큼 반하기 시작하고 있는 것이다.

"어떤 악평인가?"

료마는 물었다.

당시 가쓰에 대한 악평의 하나는 이러한 것이었다.

스기 고지(杉亨二)라는 청년이 등장한다.

나가사키의 학자 스기 게이스케(杉敬輔)의 손자로 어려서 부모를 여의고 할아버지의 문인(門人)들 손에 자라났다.

대단한 수재로 환경의 영향을 받아 네덜란드 말에 능했고 특히 난학서(蘭學書) 중에서 법률, 경제에 흥미를 갖고 있었다. 그 지식은 당시로서는 기적적인 존재라고 해도 좋았다.

그러나 무명 청년이다.

이름을 떨치려고 에도로 나왔으나 의지할 사람이 없다. 혼조의 후유키 거리(冬木町)에 이층 방을 빌려 살고 있었다.

어느 날 가쓰의 이름을 들었다.

가에이 3년 섣달 무렵으로 가쓰의 나이 28살. 가쓰가 궁핍했을 무렵이다.

그해 9월 아버지 고키치는 병사했으나 벌써 딸이 둘 태어나 있었고, 거기에 어머니와 네 누이동생을 거느리고 녹봉 42섬으로 살아가는 가쓰의 살림은 쉬운 것이 아니었다.

그래서 난학을 배우기 시작한 지 아직 5, 6년 밖에 안 되지만 그 학문을 생활 밑천으로 삼으려고 했다.

자기 집에서 서당을 열었다.

가쓰는 독창적인 재질의 사나이였다. 그런 만큼 어학에는 적합하지 않다. 힘들여 공부는 했으나 어학 교사가 될 만한 능력은 없었을 것이다.

그러고 있는데 스기 청년이 찾아왔다.

"형편을 보니 이 집은 밖에도 안에도 장대를 떠받쳐 놓고 정말 가난해 보였다."

스기는 뒷날 이렇게 말하고 있다. 가쓰의 아카사카다 거리에 살던 시절이다.

스기는 며칠이 지나 다시 찾아 갔다.

"가쓰 선생님, 실은 인물도 확실하고 게다가 네덜란드어를 잘하는 자가 있습니다. 조수로 쓰시면 어떨까요?"

스기가 말하자 가쓰는 옆에 있던 붓을 들어 종이에 글을 썼다. 필담이다. 별로 귀나 입도 불편한 것이 아니었지만 옆방에 있는 제자들이 듣는 게 싫었기 때문이었다.

"그 인물의 성명을 알고 싶다."

종이에 쓴 글이다.

스기는 곧 붓을 들었다.

"실은 저입니다."

"귀하라면 오늘부터 와 주지 않겠나?"

가쓰는 이렇게 쓰고 보수는 수입의 2할을 스기에게 주기로 했다.

스기는 숙두(熟頭)가 되었다. 그는 사실상의 선생이었고 네덜란드어는 가쓰보다도 뛰어났다.

"그러한 장사꾼이야, 가쓰는——"

주타로는 말했다.

"허어!"

료마는 오히려 감탄했다.

'가쓰란 훌륭한 놈이로구나.'

네덜란드어를 할 수 있을 뿐이라면 한낱 어학 교사이다. 어학 교사를 이팔제(二八制)로 고용해서 가쓰 일가족이 밥을 먹을 수 있었다는 것은 예사 재간으로는 어림도 없는 일이다.

그리고 가쓰는 스기라는 고용 교사에게 난서(蘭書)를 번역시켜 자신의 외국 지식을 넓혔을 것이다. 지식을 넓혔을 뿐 아니라 그만한 재간이라면 그것을 활용하여 국가를 어떻게 해야 하겠는가라는 문제와 직결시켰을 것이 틀림없다.

"또 한 가지 악평은."

주타로는 말했다.

"그놈은 군함 감독관 대우로 일본 해군의 창시자라고 큰 소리를 치는데 그게 모두 거짓말뿐이라는 거야. 가쓰와 함께 나가사키의 해군 전습소(傳習所)에서 네덜란드인에게 배운 패들도, 가쓰는 땅에서는 대기염을 토하고 있지만 배만 타면 그만큼 약한 놈이 없다는 거야."

사실이다.

가쓰는 해군이면서도 배에 타기만 하면 배가 항구를 떠나기 전에 벌써 뱃멀미로 드러누워 버린다.

"그래서 가쓰는 육지 해군이라는 거야."

주타로는 들은 소문대로 욕설을 늘어놓았지만 료마는 그렇게 생각하지 않았다.

'그러니까 가쓰는 훌륭하단 말이야.'

한낱 뱃사람이 아닌 증거로 배를 타면 약하면서도 뭍에서 대기염을 토하고 있다. 그러한 가쓰 가이슈라는 사나이에게 료마는 흥미를 가졌다.

때마침 도베가 나타나서 말했다.

"가쓰님은 오늘 아침부터 댁에 계십니다. 지금 상태로선 오늘 하루 종일 외출하실 것 같지 않습니다."

"그것 참 잘됐군."

주타로는 벌써 일어서고 있다.

"료마형, 적의 본거지로 들어가 싹 해치우는 거다. 준비해, 준비!"

그 말을 하자마자 방을 뛰쳐나가 버렸다.

"저, 젊은 선생님이 다 저렇게……."

도베는 감개무량하다는 얼굴이었다.

"시대의 조류란 참 무섭군요. 그렇게도 착한 젊은 선생님까지 덴추(天誅) 소동에 들떠 있으니 말입니다."

막부 최고 집정관 이이 나오스케(井伊直弼)가 암살당한 것은 재작년이었으나, 올해 정월에는 집정관 안도 노부마사(安藤信正)가 사카시다 문(坂下門) 밖에서 양이파 낭인에게 칼을 맞아 부상당했다.

에도는 그 정도였지만 교토에서는 거의 매일처럼 막부파 혹은 개국주의자가 암살당했다.

"나리, 웃으실지 모르지만 저같이 홀몸으로 세상의 뒷골목만 걸어온 놈으로선, 남들이 떠들어 대니까 나도 떠든다는 것은 아무래도 성질에 맞지 않는군요."

"제법 쓸 만한 소리를 하는군."

"그런데 사람을 벤다고 해서 정치가 좋아지는 겁니까, 정말?"

"그런 경우도 있지."

만엔 원년 3월, 사쿠라다 문 밖에서 최고 집정관 이이가 사쓰마 낭인에게 살해당한 사건이 그러했다. 이이 가문이라고 하면 도쿠가와 가문의 대대로 내려온 직할 영주의 필두로, 그것도 나오스케는 최고 집정관이었다. 그리고 그날 아침 나오스케는 등성 도중이었고 무용으로 이름을 떨치는 가신들의 호위를 받고 있었다. 그랬는데도 몇 사람 안 되는 낭인이 습격하여 쓰러뜨렸다.

막부의 권위는 이날 아침부터 희미해졌다고 해도 좋으리라. 단순한 살인이 아니라 역사를 움직인 희유(稀有)의 살인이라고 할 수 있다.

'그러나 그 후 빈번하게 발생한 덴추니 하는 것은 모두 아이들의 속임수야. 사람만 죽이면 세상이 좋아지리라고 믿는 미치광이들의 짓이다.'

료마는 그렇게 생각하는 것이었다.

아련히 료마의 귀에 들려오는 소문에 의하면 교토의 덴추 소동의 배후 조종자는 아무래도 다케치 한페이타인 모양이라는 것이다.

예의 오카다 이조.

이 친구가 '사람 백정'이라는 별명을 들어가며 살인검(殺人劍)을 마구 휘두르고 있다는 이야기이다.

'모처럼 세상을 바로잡자는 사상으로 나타난 근왕 양이도 사람을 죽이는 짓으로 끝나는 거라면 위태로운 거야.'

내가 나서지 않으면 천하는 어떻게도 안 되겠지, 하고 료마는 문득 지나친 몽상을 갖는 터이지만, 그렇다고 해도 료마로서는 아직 나갈 만한 무대가 없는 것 같았다. 끝내 나갈 무대가 없을지도 모른다.

'그때는 그대로 죽을 뿐이지. 명(命)은 하늘에 있다.'

"료마형, 준비 다 했나? 가자."

"오!"

료마는 무쓰노카미 요시유키의 대도를 들어 띠에 꽂았다. 이 칼이 가쓰의 피를 맛볼 것인지 아닌지는 료마 자신도 모른다.

료마와 주타로는 서로 칼을 정성껏 손질한 다음, 아카사카 히카와 거리에 있는 가쓰의 저택을 향해 집을 나섰다.

주타로는 의기양양하다.

도베가 하인 차림으로 수행했다.

가쓰의 저택은 예의 막대기로 떠받쳤던 아카사카다 거리의 낡은 집이 아니다. 이 히카와의 집으로 옮겨온 지 벌써 3년이 된다. 건물은 낡았으나 대지는 1천 섬 녹봉의 직할 장수의 저택답게 퍽 넓다.

가쓰는 이 히카와 거리의 저택이 썩 마음에 들었다. 메이지 32년, 77살로 죽을 때까지 이곳을 거처로 했고 그 죽음을 애도하는 칙사가 찾아온 것도 이 저택이다.

"여기야."

주타로는 가쓰의 집 대문을 올려다보았다. 잠겨져 있다.

문지기 노인이 얼굴을 내밀었다.

"가쓰 선생을 만나고 싶소."

주타로는 자기와 료마의 이름을 쓴 종이를 내밀었다.

문지기는 수상스럽다는 듯이 발길을 돌렸다. 료마는 문 앞에서 기다리고 있는 동안 주타로의 긴장한 얼굴을 보고 웃음을 터뜨렸다.

"험상궂은 얼굴이로군. 그런 얼굴을 하고 있으니 어디 문지기가 안의 청지기한테 전해 주겠나."

"아니."

도베가 낮은 목소리로 말했다.

"이 댁에는 청지기가 없습니다."

"1천 섬의 직할 장수인 데도?"

"정말 허술한 저택이죠. 가족들하고 하녀 외에는 저 영감뿐이지요. 개 한 마리 키우고 있지 않습니다."

"자네가 보면 침이 넘어갈 만한 집이군."

"그런데 훔치려고 해도 변변한 가재가 없어서요."

"도둑에게마저 외면당한 셈이로군."

료마는 감탄했다. 상상했던 대로 물욕이 없는 사람인 모양이다.

이윽고 문지기가 나왔다.

"들어오십시오."

의외로 순조롭게 일이 진행되었다.

료마는 무언가 기대에 어긋난 것 같은 느낌과 동시에 감탄도 했다. 지바 일문의 검객이 둘 찾아왔다고 했으니 어떤 속셈으로 왔는지는 현정세로 보아 가쓰에게 짐작이 갈 것이 아닌가.

"주타로형, 자네 조심해야겠어. 대문 안에 백 명이나 되는 사람이 칼을 뽑고 숨어 있는지도 모르니까."

"뭘."

주타로는 오른쪽 어깨를 으쓱대며 들어갔다.

'이젠 주타로도 제법 지사가 됐는걸.'

료마는 어슬렁어슬렁 들어갔다.

현관 옆에 팔손이나무가 우거져 있다. 운치라면 그런 정도였고 정원수는 거의 없다.

'살풍경한 집이구나.'

두 사람은 하녀의 안내로 복도를 걸었다. 걸을 때마다 마룻바닥이 휘어지는 낡은 집으로 이것은 좀 난처했다. 그리고 생각해 보니 이 집 주인은 두 방문객의 용건도 묻지 않았던 것이다.

'과연 간린마루로 미국에 건너갔을 정도의 사나이다. 그래도 막부에는 아직 굉장한 사나이가 있구나.'

"이쪽입니다."

하녀가 앉아서 미닫이를 열었다.

다다미 팔조 정도의 햇빛이 잘 들지 않는 작은 방으로 화·한·양(和漢洋) 서적이 산더미처럼 쌓여 있고, 중앙에 '가이슈 서옥(海舟書屋)'이라는, 매부인 사쿠마 쇼잔(佐久間象山)이 쓴 액자가 걸려 있다.

지하실 같은 방이다.

그 방 한 구석에 작은 몸집의 사나이가 등을 돌리고 책을 보고 있었다.

뒤돌아보지도 않는다.

이윽고 가쓰는 이쪽으로 휙 돌아앉았다.

료마와 주타로는 형식대로 인사를 하고 얼굴을 쳐들었다.

'묘한 얼굴이구나.'

료마는 우선 그 점에 감탄했다.

굴곡이 깊은 얼굴이 요코하마의 서양 사람과 닮은 점이 있다. 다만 몸집이 작고 피부가 검으며 눈이 특이하다. 어른의 눈이 아니고 어린 아이의 눈이다. 호기심에 가득한 골목대장처럼 반짝반짝 빛나고 있다.

가쓰가 입을 열었다.

가쓰는 이 당시 아랫성 수비장수격으로 군함 총재 같은 지위에 있는 막부의 현관(顯官)이다. 그런 높은 벼슬의 사나이가 고상하지 않은 말을 썼다..

"뭐야, 당신네들."

"예?"

주타로가 되물었다.

"왜 칼을 그쪽으로 젖혀 두나. 더 무릎 쪽으로 당겨놓지 않으면 가쓰 린타로를 베지 못해."

"……."

"베러 왔을 테지. 하하하하, 당신들 얼굴에 씌어 있어. 나도 조금은 검술을 했지만 당신네들 미간을 보니 분명 살기가 어려 있어."

"그렇습니까?"

료마는 놀라서 얼굴을 쓸었다.

"쓸어도 지워지지 않네. 아무튼 당신들은 검객일 테지. 칼을 목숨보다도 중요시하는 패니까. 그걸 무릎 옆으로 당겨놓아요……그러나."

가쓰는 이름을 적은 쪽지를 또 한 번 훑어보고 말했다.

"당신은 지바 주타로. 그러고 보니 데이키치 선생의 자제로군."

다음에는 료마의 얼굴을 보았다.

'이 녀석은 물건이 되겠구나.'

그 때에 가쓰는 이렇게 생각했다고 한다. 뒤에 이 독설가인 가쓰는 사이고와 료마를 가리켜 특별히 '영웅'이라는 명칭을 썼듯이, 이 첫 대면에서 벌써 그러한 직감을 가졌다. 료마를 '영웅'이라고 보아 준 최초의 사나이가 가쓰 가이슈였으리라.

가쓰는 책상다리로 앉았다.

이 사나이의 버릇인데 책상다리로 앉을 때는 양팔을 앞으로 늘어뜨려 두 발목을 잡는다. 발을 팔에 비끄러맨 것 같은 모양이다.

40살이나 되었는 데도 그것이 사뭇 개구쟁이 같은 모양이어서 료마는 우스웠다.

"아무튼 요즈음은 자객투성이라 우리 집에도 매일 몇 사람씩 찾아와."

몇 사람씩이란 말은 가쓰식의 허풍이지만, 꽤 찾아오는 모양이다. 가쓰는 집에 있는 한 그 사람들을 만나 준다.

"그러나 이상하거든. 자객 같은 녀석들이라도 그들은 그들 나름대로 나라를 근심하고 있어. 머리가 나빠서 생각이 틀린 것뿐이야. 애국심에는 다름이 없어. 그러니까 이야기를 해 주면 돌아갈 때는 싱글벙글하며 나가지. 그렇긴 한데 당신들은 녀석들보다는 좀 돼먹었어. 이야기를 듣고 나서 살리든 죽이든 할 셈이라니까. 사카모토군, 그렇지 않은가."

료마는 다다미 해진 데를 잡아 뜯고 있다.

"가쓰 선생."

주타로는 살기등등하다.

"선생은 지금 막부에 계시면서 개국론을 주장하고 오랑캐들과 국교를 가져야 한다는 주장이시라고 듣고 있습니다."

"아."

가쓰는 곰방대에 담배를 채웠다.

"그렇게들 말하고 있지."

"황공하옵게도 천자님은 오랑캐가 상륙하는 일조차 이 나라의 모독이라고 하십니다. 이것을 어떻게 생각하십니까?"

"지바군, 자네는 그것을 설마 천자님에게서 직접 들은 것은 아닐 테지. 남의 말을 믿고 또 불손하게도 천자님의 마음을 추측하여 자신의 말로 고쳐서 하는 것일 테지."

"그야."

말이 막혔으나 감정은 그만큼 격앙하기 시작하고 있다.

"우리나라는 신들이 살고 계신 신성불가침의 나라로서 오랑캐들이 한 발이라도 들어설 나라가 아닙니다."

주타로는 논했다.

신국론을 논하고, 개국이 용납될 수 없음을 역설했다. 가쓰는 담배에 불을 붙였다.

"푸우."

뜰을 향해 연기를 뿜었다.

"당신들 눈이 있겠지."

가쓰는 재떨이를 당겼다. 담뱃대를 딱딱 두들겨 재를 떨고 말했다.

"저걸 보라구."

등 뒤에 놓인 지구의(地球儀)를 가리켰다.

"저 푸른 데가 바다야. 세계, 세계 하지만 사실은 조그마한 것으로 그 대부분이 망망대해야. 이 바다에서 금이 마구 쏟아져 나온다."

'이 녀석은 역시 사기한이로구나.'

주타로는 이맛살을 찌푸렸다.

"거짓말이라고 생각하거든 영국을 보게. 세계 제일 가는 대국이라고 하면서도 저렇게 조그만 섬이다. 저놈들은 영리해."

"……."

"저놈들은 저 새파랗게 칠한 지구상의 바다를 집으로 삼고 있단 말이다. 왜냐하면 해상을 육지처럼 달리는 대화선(大火船)을 몇 천 척 가지고 활발하게 외국과 장사를 벌여 국가 이익을 올리고 있어. 그 덕분으로 대영제국이라는, 인간 역사가 시작된 이래 최대의 번영을 자랑하고 있어. 그런데 일본은 어떤가?"

가쓰는 담배에 불을 붙였다.

"빨간 오랑캐(러시아)라는 놈은 유럽에선 야만국이라지만 그래도 군함을 가지고 있어. 그 나라가 극동 침략을 생각하기 시작한 것은 얼마 안 되지만 연방 일본 주변에 군함을 끌고 다니기 시작했어. 그리고 치시마(千島), 가라후토(사할린)는 자기네 것이라고 하네. 도둑놈과 같은 거야. 다케우치 시모쓰케노카미(竹內下野守) 등이 러시아 도성에까지 갔지만 좀처럼 잘되지 않아. 형편없이 외교에서 지고 있다. 이건 저쪽에 군함이 있기 때문이야. 지금처럼 양이, 양이 하고 칼을 휘둘러 대기만 하고 있다가는 일본 땅이 그놈들의 손아귀에 들어가 버린다."

"그러나……."

"아니 들어 봐요."

가쓰는 일본 지도를 펼쳤다. 료마도 처음 보는 정교한 것이라 눈에 광채를 띠며 들여다보았다.

"사카모토군!"

가쓰는 다정하게 불렀다.

"내가 대일본국 백년대계를 위해 궁리한 번영안은 이렇다. 지금부터 말할 테니 자네에게 이견(異見)이 있거든 말해 보게나."

가쓰는 이 의견을 이해 5월에 이미 막부에 건의했었다.

일본 열도 방위를 위해서 바다를 동북해, 북해, 서북해, 서해, 서남해 여섯 구역으로 나누어 육개 함대를 바다에 띄운다.

이 안은 정밀한 것으로, 예를 들면 에도, 오사카 방위 함대를 제1함대로 하고 프레가트형 군함 3척(승무원 1천 400명), 콜베트형 군함 9척(승무원 2천 52명), 소형 군함 30척, 그리고 운송선 1척.

이 여섯 함대의 총계는 무려 2백여 척에 이르고 승무원은 6만 1천 2백 5명이다. 이밖에 운송선, 측량선, 해방선(海防船)만 해도 75척.

"막부의 대관들은 기겁을 하고 놀라더군. 그만한 돈이 없다는 거야. 그러니까 난 지금 자네들에게 말했잖나. 돈은 바다에서 만들어내라고. 개국하여 활발히 무역을 하고 그 돈으로 이 함대를 만들면 된다고 말하는 거다."

료마도 주타로도 어안이 벙벙했다. 그러나 주타로의 자세는 더욱 험악하기만 하다.

'정말 놀라운 말만 하는구나.'

료마는 이 사나이가 더욱 좋아졌다.

일본이란 벼와 보리 그리고 무만 나는 농업국으로 근대 산업 따위는 아무것도 없는데, 거기에 느닷없이 증기 군함 2백 70척이란 세계 유수의 대함대를 띄우겠다고 한다.

'허풍이라고 한다면 가쓰는 역사 이래 처음 보는 대허풍쟁이인걸.'

가쓰에게는 과연 그런 점이 있기도 하지만 그러나 한낱 허황된 허풍이 아니다. 한 척 한 척의 승무원 수효를 우수리까지 계산하고, 게다가 그 함대를 만들어내는 경비를 어디서 염출할 것인가까지 생각하고 있는 것이다.

그 돈을 만드는 방법이, 즉 이곳에 있는 주타로 등 양이 지사들이 제일 싫어하는 '개국(開國)'인 것이다. 항해 무역론이다.

그것뿐이 아니다.

가쓰는 군함부터 사들이지 말고 일본에서 건조(建造)하자는 것이다. 그러자면 제철소나 공작기계 등도 만들어야 한다. 그것보다도 우선 기술자를 양성해야 한다. 그것을 하겠다는 것이 가쓰의 일본 흥국론(興國論)이다.

이것에는 막부도 놀랐다.

'가쓰는 허풍쟁이다'라는 것으로 각하되고 말았다. 이것이 만약 채택되었다면 막부가 어쩌면 1백 년은 더 계속되었을지도 모른다. 하기야 역사는 그렇게 간단하게 되는 것은 아니지만.

'이방인(異邦人)의 꿈이다'라고도 하였다.

막부가 이렇게 생각하는 것도 무리가 아닌 것이, 도쿠가와 정부란 쌀을 세금으로 거두어들임으로써 유지되고 있다. 농군에게 식량을 만들게 하고 그것을 무사에게 나누어 먹이는 것만으로 3백 년을 내려온 소박하고 단순한 농업 정부이다.

근대 국가란 막대한 돈이 필요한 것이며, 그런 국가에 낄 수 있는 자격은 막부에도 영주에게도 없는 것이다.

국내적으로도 이미 도쿠가와 중기부터 상인이라는, 자본을 밑천 삼는 자들이 커지기 시작하여 농군에게만 근거를 두고 있는 막부와 영주는 몹시 돈에 쪼들리게 되었다.

오사카의 거상(巨商) 고노이케(鴻池)는 천하의 제후에게 돈을 대부하여 영주들이 굽실거리게 만들고 있다. 영주 행렬이 오사카를 통과할 때 영주가 일부러 한낱 상인인 고노이케에게 문안 인사를 하러 간다는 이야기가 있을 정도이다.

그러한 시대인데 막부나 영주는 쌀 몇 섬이라는 쌀 중심의 경제 정책을 쓰고 있으니 곤란한 것은 당연했다.

도저히 가쓰의 안 따위를 실행할 만한 힘이 막부에는 없었던 것이다.

"그러나 하지 않으면 일본은 망한다."

가쓰는 연방 담뱃대로 재떨이를 두들겼다.

"그럼 막부를 쓰러뜨리지 않으면 안 되겠군요."

료마는 부르짖었다. 가쓰는 입을 딱 벌렸다.

"이봐, 난 막신(幕臣)이라고."

그러면서 가쓰는 웃고 있다. 숱한 막부 말기 지사와는 전혀 색다른 료마의 도막론은 이날 확립되었다고 해도 과언이 아닐 것이다.

과연 가쓰는 막부의 신하이다.

이미 대들보에 금이 간 막부의 재건을 생각하여 위와 같은 근대 국가 안을 입안했던 것이다.

"그러나 틀렸어."

가쓰는 말했다.

"아는 놈이 없어. 설령 있다 해도 그런 놈은 하급 태생이라 이를 실천할 수 있는 최고 집정관이나 집정관이 될 턱이 없고 말이야. 정치는 모두 문벌이 하고 있거든. 이것은 여러 영주들도 마찬가지다. 막부 고관이나 제후들의 중신도 머리의 구조가 바보스러워 차라리 소방인부 쪽이 훨씬 낫단 말이야. 이 반편들이 이 내우외환 시대에 일본을 움직이고 있다. 이쯤 됐으니 사카모토군, 어떻게 생각하나?"

그러한 막부나 영주들을 쓰러뜨려라, 하는 것만 같았다.

그러나 가쓰는 보기와 달리 막부에 대해 극히 순수한, 이를테면 홀딱 반한 여자에게 품는 심정 같은 것을 가지고 있다. 심정은 전혀 다르지만 반한 탓으로 그만 그런 가락이 나오게 된다.

그러나 역사에는 묘기(妙機)가 있다.

가쓰가 막부를 사랑한 나머지 내세운 개조론이 그것을 열심히 듣고 있는 료마의 머리 속에서 다른 것이 되어 버렸다.

'그렇다면 그것을 실행하지 못하는 막부를 쓰러뜨리고 교토를 중심으로 하는 정부를 만들어 그것으로 일본을 통일하고, 천민 속에서라도 인재가 있으면 최고 집정관, 집정관에 등용할 수 있는 국가를 만들면 되지 않겠는가.'

이거 재미있겠구나, 하고 료마는 마음이 들떠 왔다.

정말 너무나 단순한 실리적 도막론이라 할 수 있는 것으로, 이와 같은 생각을 가진 도막주의자는 끝내 료마 외에는 막부 말기에 출현하지 않았다.

거의가 다케치같이 근왕 사상만을 내세우는 복고적(復古的)인 도막론자이고, 가쓰라 고고로나 사이고 다카모리 같은 이해심 있는 자들조차 이 경향이 강했다. 특히 이 세 사람은 조슈, 사쓰마, 도사 같은 각 번을 배경으로 하여 자기 번의 이익과 입장을 지나치게 생각했다.

그와 비교한다면 료마는 탈번한 몸이라 아무런 거리낌도 없었다.

'쓰러뜨려야겠다.'

막신 가쓰가 주장하면 주장할수록 료마는 그것만을 생각하고 있었다.

가쓰는 자꾸 외국 이야기를 했다.

그런데 료마와 전혀 다른 반응을 보이고 있는 것이 료마 옆에 있는 근왕양이주의자인 주타로이다.

'역시 오랑캐 미치광이다. 이놈을 단칼에 두 동강 내지 않으면 일본은 망한다.'

"가쓰 선생!"

주타로는 무릎을 앞으로 내밀었다. 그 살기는 당장 소도로 치려는 자세이다.

순간, 그것을 알고 료마는 가쓰를 향해 커다란 몸을 꺾어 납작 엎드렸다.

"가쓰 선생님, 저를 제자로 삼아 주십시오."

기선(機先)을 제압당하고 주타로는 기세가 딱 꺾였다. 아니, 가쓰 자신이 입을 벌리고 있다. 가쓰는 료마가 재치로 자기를 구해 주었다는 것을 알기까지 꽤 시간이 걸렸다.

"료마형, 너무 하잖나."

이것은 지바 도장 주타로의 방에서 한 말이다. 사나코도 있었다.

마당 가득히 늦가을의 햇살이 비치고 있다.

"……."

"자넨 내가 그 간물을 베려고 하자 느닷없이 가로막고 나서 제자가 되어 버리지 않았는가."

"용서해 주게."

료마는 꾸벅 머리를 숙이고 얼굴을 들며,

"그러나 가쓰 린타로는 일본 역사 최대의 대호걸이야."

능청스럽게 말했다.

"주타로형, 양약(良藥)일수록 독성(毒性)이 있어. 영웅이란 국가가 아무런 병 없이 평안할 때는 소용없는 독물이지만 천하가 위급할 때는 없어선 안 될 묘약이다. 인간의 독성만 좀스럽게 캐는 것은 소인배가 하는 짓이고 군자는 모름지기 상대의 쓸 만한 점을 알아보아야 한다."

"그러고 보니 료마형도 독물이구나."

"독물과 독물의 대면이었어."

"기가 막혀서."

주타로는 이미 자객의 살기는 가시고 시정(市井)의 사람 좋은 아저씨로 돌아가 있다.

"정말 질렸어, 료마형의 표변에는. 애당초 나는 쓰키지의 군함 조련소를 보러 갔을 때부터 거동이 수상하다고 생각했지. 가쓰의 집에 나를 따라간 건 나를 말리려는 계획이었지?"

"아냐, 경우에 따라선 베려고 했지. 그러나."

"거짓말, 거짓말. 하지만 이제 괜찮아. 난 료마형이 좋으니까 이제 이 일은 잊겠어. 그 대신 료마형, 청이 있다."

주타로는 앉음새를 고쳤다.

"나를 제자로 삼아 주지 않겠나?"

"제자?"

료마는 웃기 시작했다.

"자넨 이 지바 가문의 상속인이야. 자네야말로 스승뻘이 아닌가."

"그건 검술에서이지. 인간으로서, 또 나랏일을 하는 데 있어 자네 제자가 되고 싶다."

료마는 황급히 그 대화를 중단하려고 사나코에게 말을 걸었다.

"사나코님, 언제 시집가요?"

"네?"

사나코는 갑작스러운 말에 당황했으나 곧 마음을 가다듬었다.

"저는 시집 같은 거 안 가요."

"허어, 당신도 여자의 독물인가."

"네?"

사나코는 발끈했으나, 료마는 웃으며 말했다.

"여자가 검술이라는 재간이 있는데다가 너무나 영리해. 독도 약도 아닌 평범한 여자로 태어났더라면 평온무사하게 살 수 있을 텐데. 그렇게는 안 되는 모양이지."

오빠인 주타로는 독도 약도 안 된다. 그러니까 섣부른 지사 흉내는 내지 말고 사람 좋은 시정인으로 살라고 넌지시 주타로에게 말하고 싶었던 것이다.

조마사 (調馬師)

이튿날 아침 지바 도장 별관에서 놀라운 사건이 일어났다.

작달막한 중년 무사가 불쑥 들어와 물었다.

"검술장이 사카모토씨 있소?"

응대하러 나간 제자는 태도가 건방지다고 생각하면서 말했다.

"손님께서는?"

"나는 가쓰야."

대나무 채찍으로 탁탁 자기 목덜미를 치면서 말했다. 어깨라도 결리는 모양이다.

"어디의 가쓰님입니까?"

도대체가 천하의 대지바 도장에 대한 방문법이 돼먹지 않았다.

"히카와 거리의 가쓰야."

"예?"

"군함 감독관."

"아!"

제자는 새파랗게 질려 버렸다. 막부의 고관이 아닌가?

'사람을 놀려도 분수가 있지.'

안으로 뛰어들어가면서 식은땀을 흘려가며 제자는 다른 의미에서 화가 치밀었다. 지체 높은 막부 관리가 시중 도장에 사전 연락도 없이 찾아온 게 잘못이 아닌가. 사람을 잘못 보고 실수하는 것도 당연하지.

'게다가 부하도 거느리지 않았다. 그자가 진짜 가쓰 아와노카미일까?'

그것뿐만이 아니다.

막부의 군함 감독관 신분을 가진 자가 한낱 낭인에 지나지 않는 사카모토 료마를 몸소 찾아오다니 어떻게 된 노릇일까?

'사카모토 선생은 그렇게도 훌륭한 사람일까. 늦잠 자는 것만은 명수지만.'

제자는 료마의 방 앞 복도에 앉아 말했다.

"사카모토 선생님, 일어나셨습니까?"

그러자 잠이 덜깬 목소리가 돌아나왔다.

"아, 밥이 다 됐나?"

"아닙니다. 밥이 아닙니다. 지금 현관에 군함 감독관 가쓰 아와노카미님이 와 계십니다."

"드시도록 해라."

놀라지도 않고 태평스럽게 말했다. 물론 내심으로는 료마도 놀랐다. 가쓰의 신분이 장군 직할이라는 점에서는 도사 영주와 동격인 것이다. 얼마나 소탈한 사나이인가.

'어제 죽을 뻔했던 인사를 온 것일까? 그렇다면 너무나 예절바르고.'

그 무렵 현관에서는, 가쓰 '대감님'이 마치 소방 인부와 같은 점잖지 못한 말로 꾸짖고 있었다.

"들어오란다니, 이봐, 어차피 더러운 방이겠지. 옷이 더러워진다. 그보다도 문 앞에 말 두 필을 준비했으니 밖으로 나오라고 그래."

료마가 나왔다.

"아, 사카모토군. 자네는 묘하게 마음에 걸리는 사나이야. 어젯밤 자네 일이 자꾸 생각나서 잠을 잘 자지 못했어. 자, 좋은 데로 데려다 줄 테니 저 말을 타게."

과연 문 앞에 말이 두 필. 한 마리는 마부가 끌고 있다.

가쓰는 그 밤색 말에 올라타고 나서

"료마여."

입을 열었다.

"말 탈 줄 아나?"

료마는 승마를 특정한 선생에게서 배운 것이 아니고 오토메 누님에게서 배웠다. 오토메의 승마술은 고치에서도 유명하여 갖가지 일화가 있으나 번거로워 여기서는 생략하기로 한다.

훌쩍 안장에 올라앉자 도사 특유의 오쓰보류(大坪流)의 솜씨로 의젓하게 몰기 시작했다.

"료마, 잘 타는군."

가쓰가 감탄한 것도 무리가 아니다. 이 시대의 직할 무사란 자들은 말도 못 타는 자가 많았던 것이다.

"과연 전국시대부터 무용으로 천하에 이름을 떨쳤던 도사 향사답군."

"아닙니다. 누님에게서 배웠습니다."

"누님?"

가쓰는 그 누님도 만나보고 싶을 만큼 이 료마에게 흥미를 갖고 있었다.

"료마, 달릴까?"

"어디까지요?"

"쓰키지 미나미오다와라 거리에 있는 군함 조련소다."

아, 거기 데리고 가는구나, 하고 료마는 말 위에서 눈을 빛냈다.

두 필의 말은 질풍처럼 달렸다.

당시의 에도 시중은 도로가 좁기 때문에 말 두 필이 나란히 달릴 수 없었다. 드디어 료마는 '실례' 하면서 선두로 나섰다. 가쓰보다도 훨씬 뛰어난 솜씨였던 것이다.

되도록 사람 왕래가 적은 무사 저택 지역을 골라 서쪽으로 동쪽으로 길을 바꾸어 가면서 드디어 쓰키지의 아키 다리를 건너 조련소 구내로 들어갔다.

두 사람은 말에서 뛰어내리자 마구간에 말을 매고 천천히 구내를 가로지르기 시작했다.

"넓지?"

가쓰는 이따금 어린애처럼 자랑하는 버릇이 있는 사나이이다.

"나는 막부의 해군 총책임자이지만, 이 조련소의 두목은 나가이 겐바노카미(永井玄蕃頭)야."

료마도 이름은 듣고 있다. 가쓰와 나란히 막부 고관 중에서도 수재라는 말을 듣고 있는 인물이다.

"나와는 달리 온화한 군자야. 그런데도 일하는 솜씨는 대단하지. 서양에는 선데이(일요일)라는 것이 있어서 이레에 한 번씩 놀지만, 나가이는, 그러면 일본이 따라가지 못한다고 해서 여기는 휴일이 없어."

수업은 아침 10시부터 시작하여 오후 3시에 끝난다. 기숙사 제도가 아니고 통학제이기 때문에 끝나는 시간이 비교적 이른 것이다.

배우는 학과와 실습은 측량과 산술, 조선술, 증기기관학, 선원운용, 범선 조련, 해상포술, 대소포(大小砲) 공격 훈련 따위이고, 교수(教授)라는 이름의 선생이 8명.

그 밑에 조수격이 역시 8명 있다.

가쓰는 막부의 이른바 비공개 시설인 조련소를 료마에게 보인 뒤에 그를 교수실로 데리고 갔다.

때마침 교수와 조수격인 교관 대부분이 방에 있었다.

방은 강무소 시절의 검술가나 창술가들이 쓰고 있었던 것으로 넓이가 다다미 50장 가량은 될 것 같다.

그곳에 교관들이 한 사람씩 일본식 책상에 마주앉아 서류를 뒤적이든가, 양서를 읽든가, 담배를 피우든가 하고 있었다.

가쓰는 그 한 사람 한 사람에게 소개를 했다.

"이 사람은 도사의 사카모토 료마라는 사람이오. 탈번 낭인이지만, 재미있을 듯한 사나이니 나나 마찬가지로 대해 주시오."

나나 마찬가지로——하는 소개 방법은 당시 가쓰의 신분을 생각할 때 얼마나 파격적인 취급인지 알 수 있을 것이다.

교수들은 눈이 휘둥그레지면서 정중하게 답례를 했다.

"허어 저희들이야말로."

가쓰 가이슈라는 인물은 은혜를 베풀어 자기 부하로 삼는 일은 전혀 없었지만, 남을 끌어올리는 솜씨는 능숙했다.

마지막으로 가쓰는 한 인물 옆으로 료마를 데리고 갔다.

묘한 차림을 하고 있다.

다른 교관들은 하오리, 하카마에 정장을 하고 있는데 이 교수만은 머리를 서양인처럼 짧게 깎아 뒤로 넘기고, 깃이 받은 양복을 입고 있다.

살결이 검고 미간이 좁았으며 모난 턱이 자못 강인한 의지를 나타내고 있었다.

"사카모토군, 이분은 누구라고 생각하나?"

가쓰는 말했다.

"글쎄요."

료마는 사나이의 얼굴을 바라보았다.

"자네와 동향인이야. 유명한 나카하마 만지로(中濱萬次郎)씨다."

"아!"

료마는 생각이 났다.

그 당시 일본에서 가장 파란 많은 경력의 소유자였다. 태생은 도사 하타 군(幡多郡) 시미즈 마을(淸水村)의 어촌 나카노하마(中濱)이다.

어부였다.

15살 때 동료들과 어울려 조그마한 어선을 타고 가까운 바다에서 고기를 잡고 있었는데, 갑자기 폭풍을 만나 아득한 하치조 섬(八丈島) 부근까지 떠밀려 무인도에 표류하여 고기와 조개를 먹고 간신히 목숨을 부지하고 있었다.

표류한 지 6개월 만인 텐포(天保) 12년 6월 4일, 때마침 지나가던 미국 포경선(捕鯨船) 존 하우랜드 호에 구출되어 하와이로 갔다.

그 뒤 매사추우세츠 주의 페어벤에서 초등학교 교육을 받았고, 그 재주가 인정되어 미국 어선의 사무원으로 일했다.

그 뒤 미국 각지와 태평양의 여러 섬을 전전하다가 오키나와 본도(沖繩本島)로 돌아와 사쓰마 번 관리에게 인계된 것이 가에이 4년, 표류한 지 10년 뒤였다.

처음에는 밀출국 용의자로 취급되었으나, 2년 뒤에 페리가 오자 갑자기 만지로의 영어와 해외 지식이 필요하게 되어, 막부에 불려 파격적으로 직할 무사가 되었으며 지금은 군함 조련소의 교수가 되어 있다.

만지로는 15살에 표류하여 미국에 갔기 때문에 아직도 일본말은 도사 하다 군 어부의 말밖에 할 줄 모른다. 그런데도 직할 무사인 것이다.

그러므로 별로 말도 없고 매우 무뚝뚝한 얼굴을 하고 있었다.

다만 미국 체류 당시에 곧잘 미국인을 놀라게 했을 정도의 예민한 두뇌를 가지고 있었다.

사물을 보는 눈도 놀라울 만큼 뛰어났다.

그러한 인물이 쇄국시대에 '표류'라는 우연한 기회로 북미 대륙의 문명을 보고, 그것도 페리 내항 소동 직전에 돌아왔다는 것은 일본의 행운이라고 할 수 있겠다.

도사 번은 처음에 무사격으로 대우했고 이어 막부는 막신으로 기용했다.

이 에도 봉건사회로서는 기적이라 할 만큼의 발탁이다. 그러나 그런 만큼 만지로에 대한 시기도 있어서 만지로는 그 실력만큼의 활동을 못하고 말았다.

료마는 고치 하스이케(蓮池) 거리의 화가 가와다 쇼료의 하숙에 다니던 무렵, 가와다로부터 만지로에 대해서 많이 들은 바 있었다.

그런데 뜻밖에도 만지로가 웃으며 아는 체를 하지 않는가.

"자네가 사카모토군인가?"

가와다가 에도의 만지로에게 료마의 일을 편지로 써 보내고 있었던 모양이다.

어쨌든 가와다는 만지로가 도사에 돌아왔을 때, 자기 집에 재워 주며 해외 사정을 자세히 듣고 《표손기략(漂巽記略)》이라는 책을 저술했던 것이다.

《도사 위인전》이라는 책의 가와다 쇼료 항목을 보면 이 책에 대해서, '……진귀한 책으로 저 해남의 준걸 사카모토 료마가 훗날 항해에 뜻을 두고 일본 해군의 창설을 주장한 것은 실로 이 서적의 감화에 기인한 것이라고 한다'라고 씌어 있을 정도다.

이 진서(珍書) 《표손기략》의 기사를 제공한 것이 지금 눈앞에 있는 만지로이다.

"자네에 대해선 가와다의 편지를 통해 잘 알고 있었지. 언제 찾아오나, 하고 은근히 기다리고 있었는데 이제야 왔군."

빠른 말투로 말했다.

말이 빠른 도사 사투리라 에도 토박이인 가쓰는 알아들을 수가 없다.

"료마, 지금 그 말 무슨 말이야?"

"아."

료마는 통역을 했다.

가쓰는 웃으며 말했다.

"료마, 너는 엉큼한 녀석이로구나. 전부터 그렇게 개국에 흥미가 있었으면서, 양이 지사로서 나를 죽이러 왔었단 말인가."

"하하……."

료마도 자기가 우스워 웃음을 터뜨렸다. 양이도 유행이니까 세상 살아 나가는 방편의 하나라고, 이 속을 알 수 없는 사나이는 생각하고 있는 모양인가.

"아무튼 나카하마 씨, 이 료마는 그런 사람이오. 군함을 가르치면 자칫 해적이 되는지도 모르지만, 그건 또 그런 대로 재미가 있지. 잘 지도해 주십시오."

가쓰는 료마를 위해서 머리를 숙였다.

이 무렵——

료마는 인생에 대한 기초가 확립되었다. 가쓰를 만난 것은 료마로 하여금 자기 나름의 생애의 계단을 한 걸음 올라서게 했다.

'사람의 일생에는 명제(命題)가 있어야 하는 것이다. 나는 아무래도 내 명제 속으로 한 발 들여놓는 모양이다.'

이해 28세.

그야말로 늦되다. 이미 훗날 료마와 더불어 유신을 위해 활약하는 조슈의 구사카 겐즈이, 다카스기 신사쿠, 가쓰라 고고로, 사쓰마의 사이고 다카모리, 오쿠보 도시미치 등은 저마다 번의 입장에서 '국사'에 동분서주하고 있는데, 료마는

"한 걸음."

올라 선 것뿐이다. 그것도 막부 타도의 지사이어야 할 료마가 막부 고관인 가쓰 가이슈에 의해 발견되었다는 묘한 운명의 '한 걸음'을.

사람들아
말하고 싶은 대로 말하려무나
이 내가 할 일은
나만이 알고 있으니

이것은 아버지 핫페이마저 '끝내 버린 자식이 되고 말 것인가' 하고 한탄케 한 료마가 10대에 지은 노래이다. 성 안에서 저능아라고 불리던 료마의 슬픔이 노래에 깃들어 있다.

'세상이 한결같이 양이를 외치고 근왕을 부르짖지만 모두 공론(空論)에 불과하다. 내가 그런 무리 속에 끼어들어 같은 춤을 추고 같은 노래를 부른다 해도 아무 보탬도 되지 않는다. 지금은 먼 길을 돌아가는 것 같지만, 두고 보라, 일본을 내가 뒤엎어 놓을 테니.'

겨우 자신의, 자신만의 인생이 열려 온 것 같은 느낌이 든다.

군함 조련소 문 앞에서 가쓰와 헤어진 날 밤, 료마는 이 사나이로서는 보기 드물게 잠을 이루지 못했다.

흥분하고 있었다.

잠을 못 이룬 채 잠자리에서 기어 나와 고향에 있는 오토메 누님에게 편지를 썼다.

편지 쓰기를 끝마쳤을 때 써늘한 복도 쪽에서 소리가 났다. 사나코였다.

"밤중이지만 급히 드릴 말씀이 있습니다. 객실로 나오시지 않겠어요?"

사나코가 객실에서 료마를 기다리는 동안 문득 안마당을 내다보니 비가 오고 있다.

'어머, 비가……'

뜰 한 구석에 호쿠신 묘켄노미야(北辰妙見宮)의 작은 사당이 있다. 그 등롱의 불빛이 화사하다.

매일 밤 등롱에 불을 켜는 것은 사나코가 어릴 때부터 맡아 온 일이다.

호쿠신 묘켄노미야는 지바 가문 대대의 터주신으로 슈사쿠가 일도류에서 나와 한 유파를 펴내고 '호쿠신(北辰)'이라는 이름을 붙인 연유도 여기에 있다. 당시 터주신은 웬만한 집이라면 대개 있었던 것으로 료마의 사카모토 집안의 경우, 산 하나를 사서 사이타니 산(才谷山)이라는 이름을 붙인 다음, 그 산 위에 와레이묘진(和靈明神)을 우와지마 신사에 청을 넣어 옮겨 모시고 있다.

'와레이님은 묘한 신이야.'

사나코는 이렇게 생각하고 있었다.

먼 도사 땅의 사카모토 댁 터주신을 사나코는 전부터 알고 있다.

료마가 탈번할 때 이 사이타니 산에 올라가 와레이님에게 빌었다는 이야기도, 료마가 주타로에게 이야기를 해서 주타로를 통해 사나코는 듣고 있었다.

'——와레이님'

이것은 료마를 두고 하는 말이다.

'왜 그렇게 고양이 눈처럼 뜻을 바꾸시는 것일까? 양이를 위해 가쓰를 벤다고 이 집 문을 나갔으면서 돌아오실 때는 가쓰의 제자가 되어 버렸으니.'

사나코는 여자이지만 격렬한 양이주의자이다. 만일 외국인을 몰아내라는 막부의 명령이 내려진다면 단연 남장을 하고 싸움에 참가할 작정이었다. 그 증거로 페리가 왔을 당시 료마의 도사 번 진지에 오빠 주타로와 함께 갔을 정도이다.

'그 와레이님이 눈이 핑핑 돌게 달라진다. 완전히 개국론자가 돼 버렸다.'

료마가 들어왔다.

"무슨 일입니까?"

"여쭤어 볼 일이 있어요. 사카모토님은 대체……."

말문을 열었다.

그러나 사나코는 여자인 것이다.

사상이나 주의보다도 왜 료마는 이렇게 변하는 것일까, 하는 그의 인간이 더 걱정이 된다.

'어떤 사람일까?'

그 정체를 알 수 없게 되고 말았다. 여자로서 이와 같은 남자를 사모한대야 끝내 헛일이 아닐까. 그런 생각이 가슴을 송곳으로 쿡쿡 찌르는 듯한 아픔이 되어 왔던 것이다.

"대체 사카모토님은 어떤 분인가요?"

"사카모토는 사카모토지요."

"양이론자입니까, 개국론자입니까?"

개쇄(開鎖)란 말이 이 당시 유행하던 큰 문제였다. 개국이 옳으냐, 쇄국이 옳으냐 하는 논의였다. 본시 쇄국을 국시(國是)로 삼고 있던 막부가 외국의 압력에 굴복하여 반개국 외교를 취하는 반면, 이른바 지사들의 9할 9푼까지가 쇄국 양이주의였다. 이점 참으로 까다롭다.

사나코는 준엄하게 료마의 변절을 따졌다.

료마는 대꾸도 못하고 듣고 있다.

"어떻게 된 거예요? 잠자코만 계시니."

"아니, 그저……."

료마는 머리를 감싸 안았다.

"차차 쿠차지요."

사나코는 잔뜩 화가 났다.

료마는 자기 입장이 불리하면 잘 알아들을 수 없는 도사 사투리를 쓰는 버릇이 있다.

"사나코님은 굉장한 땅벌입니다."

"무슨 뜻이죠, 그 말이?"

따지기 좋아하는 사람이란 뜻인데, 료마는 가르쳐 주지 않고 싱글싱글 웃고만 있다.

"난 머리가 나쁜 바보라서 아무리 그래도 해석을 못 해드려요."

"아이구, 능청."

그 말투가 능청스럽다는 것이다. 사나코는 마치 외국인과 이야기하고 있는 것 같았다.

"사카모토님은 대체 막부파예요, 아니면 근왕양이를 위해 목숨을 내던지려는 분이에요?"

"헤헤."

료마는 바보처럼 웃고 있다.

"일본 사람이지요."

"일본 사람?"

사나코는 이상한 표정을 지었다. 그런 것은 실재하지 않는 것이다.

아니, 막부 말기에 일본인은 존재치 않았다.

지사라고 이름 붙는 자는 막부파든가, 신비적인 근왕주의자든가, 혹은 이것과 다른 분류로 말하면, 사쓰마인, 조슈인, 도사인, 막부 가신, 각 번의 번사, 공경, 이런 식으로 저마다 소속 단체의 입장이나 주의에 속하여 그것을 통해서만 생각하고 그것에 의해 행동했다. 사쓰마의 오쿠보 도시미치, 사이고 다카모리, 조슈의 다카스기 신사쿠, 가쓰라 고고로 같은 자들도 끝내 그 소속 번의 입장을 초월하지 못했다. 즉 사쓰마인, 조슈인이었다.

막부 말기의 일본인은 사카모토 료마뿐이었다고 일컬어진다.

그 당시로서는 기상천외한 입장이다.

그러나 사나코에게 힐난당했을 당시에는 아직도 료마는 풍운 속에 등장하지 않고 있다. 그 '일본인'으로서의 기묘한 행동은 이 이야기 훨씬 후의 일이 될 것이다.

가쓰 가이슈──

그는 막부 사람이다. 그러나 그러한 입장을 지녔으면서도 당시로는 가장 일본인에 가까운 의식의 소유자였다.

그러므로 가쓰의 존재에 료마는 불가사의한 매력을 느꼈다.

그런데 그 뒤의 료마의 거동이 수상쩍었다. 날마다 저물녘이 되면 황급히 외출 준비를 하고

'사나코님, 잠깐' 이라든가 '주타로형, 나갔다 오겠어' 하고 집을 나간다. 돌아오는 것은 언제나 새벽이 가까워서이다.

'무슨 일일까?'

사나코는 걱정이 되어 견딜 수 없었다. 료마의 거동을 짐작 못한다는 것은 사나코로서는 안절부절못할 일이었다.

"오라버님, 요즈음 사카모토님은 어떻게 된 노릇일까요?"

"쉬, 큰 소리를 내지 말아."

옆방이 아버지 데이키치의 방이다.

"난 이렇게 생각해."

목소리를 죽이고 새끼손가락을 하나 세웠다.

"새끼손가락?"

"어이구, 바보. 여자야. 어딘가 술집에 여자라도 생긴 모양이다. 난 그렇게 짐작해."

"어머!"

놀라는 표정을 지어 보였으나 사나코는 그렇겐 생각하지 않는다. 주타로와는 달리 영리한 아가씨이다.

"질투하지 마."

"무슨 말씀을 하세요?"

사나코는 오빠의 그런 경박성이 싫었다.

"오라버님, 그런 말은 무사의 입에 담을 말이 아니에요."

"하지만."

주타로는 그래도 검객이다.

"그 녀석, 집을 나갈 때는 혼자인데, 이내 근처에서 둘이 되어 걸어가."

그의 관찰은 정확하다.

"누구하고요?"

"흥분하지 마라. 바로 그 도둑놈 말이야. 왜, 도베라고 하던가……."

"아, 그 도둑."

"그렇지……그렇다면."

주타로는 고개를 기웃했다.

해질 무렵에 나갔다가 날 새기 전에 돌아온다. 더욱이 동행은 도둑――이 쯤 되면 이야기는 아무래도 심상치 않다.

"설마 료마가――"

주타로는 상상을 지워 버리기라도 하듯이 고개를 저었다. 사나코는 그만 웃음을 터뜨리고 말했다.

"그야 물론이죠. 오라버님!"

설마 한들 도둑질을 하러 가기야 할라구.

그런데 아카사카 히가와에 있는 가쓰의 집에서도 비슷한 대화가 오가고 있었다.

"아버님!"

부른 것은 올해 열다섯 살 난 둘째딸 다카코(孝子)였다.

훗날 직할 무사인 히키다(疋田) 집안에 시집간 딸로 퍽 영리한 처녀였다.

"뒷문 옆에 매일 밤 낭인이 앉아 있는 것을 알고 계세요?"

"어떤 사내인데?"

"아주 큰 사람이에요. 칼을 안고 꾸벅꾸벅 졸고 있어요. 그리고 그 하인인 듯한 사람이 집둘레를 빙빙 돌고 있어요."

"그건 틀림없이 료마다."

"료마라면 지난번에 아버지를 죽이겠다고 찾아 왔던 몸집이 큰 낭인이로 군요."

"그래, 그래. 사카모토 료마야."

다카코는 훗날 시집인 히키다 집안에서 늙은 뒤에도 이때 일을 가끔 생각해 내고 말했었다.

"참 이상한 분이셨어, 사카모토 료마란 분은. 사카모토님은 아버님의 지우(知遇)에 보답하기 위해 당시 자객이 많았기 때문에 그나마 야경이라도 하려고 생각하셨던 모양이에요."

료마는 사실 그럴 셈이었다.

가쓰의 저택 뒷문에는 처마가 달려 있다. 그 밑에 칼을 안고 벌렁 드러누워 도베를 시켜 야경을 돌게 했다.

"가쓰 선생의 제자가 되었다곤 하지만 이제 새삼스럽게 난학을 배울 생각은 없다. 그러나 선생에게 보답할 길도 없다. 하다못해 야경이나 하자."

수상한 놈만 발견하면 뛰어나갈 작정이다.

료마는 얼른 보기에 성품이 분방, 불손. 그런 사나이가 야경이라고 하겠다고 했으니 여간한 정성이 아니다.

또 료마는 함부로 반하지 못하는 성미이다. 여자에게도 남자에게도.

그러나 반했다고 하면 야경이라도 선다는 성질이 있다.

"귀여운 데가 있는 놈이로군."

가쓰는 웃으며 내버려 두었다.

그런데 어느 날 밤, 그 료마 옆으로 살금살금 다가선 세 그림자가 있었다. 모두 무사이다.

'드디어 자객인가.'

료마는 실눈을 뜬 채 몸을 꼼짝 않고 자는 체했다.

'자객'은 등불을 들고 있다.

아니, 하필이면 도사(土佐) 집안의 가문(家紋)이 찍힌 초롱이다. 그 참나무 세 잎 무늬의 기마용 초롱을 바싹 들이대면서 말했다.

"료마, 꼼짝 마라, 어명이다!"

이렇게 나오는 데는 난감했다. 자객은커녕, 탈번자 료마를 잡으러 온 가지바시 도사 번저에 근무하는 감찰보조 오카모토 겐사부로(岡本健三郞) 외 세 명이었다.

'……흠?'

료마는 일어났다.

"뭐야, 무슨 일이야?"

머리 위에 겨울 달이 떠 있다. 남쪽 태생인 료마에게는 에도의 추위가 견디기 어려웠다.

"가지바시 번저까지 동행해야겠소."

오카모토가 말했다.

"료마, 탈번의 송사는 어명이니 행여 난폭한 짓을 하면 안 된다."

"안 하지."

료마는 도베를 손짓으로 불러 말했다.

"사정은 거기서 들었겠지. 뒤는 너 혼자 지키고 있어."

"춥구나, 오카모토."

료마는 왼손을 허리춤에 찌르고 사뭇 추운 듯한 모습으로 걷기 시작했으나

"사카모토형!"

오카모토가 혼자 곁으로 다가오며 동료들에게 들리지 않게 작은 소리로 말했다. 호칭도 '료마'로부터 사카모토형으로 바뀌어졌다.

"자네 정말 잡힐 셈인가."

오카모토 겐사부로는 감찰보조라는 천직을 맡고 있었지만 근왕 정신이 있었다. 그렇다고 해서 특별히 학문이 있어서가 아니다.

'뭔가 세상에 피를 끓일 만한 일은 없을까.'

이런 생각을 할 정도의 '지사'이다. 하기는 같은 번이면서도 말로만 듣던 료마를 본 것은 이것이 처음이었지만.

"어쩔 작정이야?"

주저주저 속셈을 살피고 있다.

"아니, 아직 정하지 않았어. 다만 한밤중에 가쓰님 댁 주변을 시끄럽게 하는 것은 가쓰님 댁이나 이웃집에 폐가 될 것 같기에 지금부터 해자로 가려는 거야."

"해자 가로 가서 어떻게 하겠어?"

"너희들을 처넣을 셈이야."

이 말에 오카모토 겐사부로는 질려 버렸다.

"료마, 난폭한 짓은 하지 마."

급히 짚신을 벗어 바닥을 꼭 붙여 허리춤에 찔렀다. 오카모토는 맨발이 되

었다.

"오카모토, 해 볼 작정인가?"

"아냐, 도망갈 작정이야."

오카모토는 멋적게 웃었다.

"자네한텐 아무래도 승산이 없어. 그리고 본국에서나 교토 번저에서나 상급 무사들은 완고하기 짝이 없는 막부파이지만, 하급 무사들은 다케치 선생 중심으로 모여서 기세가 대단하다는군. 사카모토형, 다케치 선생하고 절친한 친구였다면서?"

"글쎄, 친구라고 할 수 있겠지."

생각은 달라져 버렸다. 소문으로는 다케치는 여전히 열광적인 양이론자로서 천황이나 공경이 고마워서 어쩔 줄 모르는 일종의 종교 운동가 같은 것이다.

"다케치 선생도 지금 에도에 와 계셔."

"들었어."

료마가 별 관심이 없다는 것처럼 대답했을 때, 등 뒤에 작은 몸집의 사람 그림자가 와 섰다.

가쓰였다.

가이슈도 꽤나 호기심이 많은 사나이이다.

뒷문 너머로 가만히 바깥 형편을 살피고 있다가 겨우 사정을 알게 된 모양이었다.

잠옷 바람으로 노상에 나와 불렀던 것이다.

"잠깐!"

오카모토는 움찔 뒤로 물러나며 도사 강도(剛刀) 손잡이에 손을 가져갔다.

"누구야!"

"이 댁 대감님이야."

가쓰는 스스로 말했다.

"이야기는 다 들었네. 나는 처음 뒷문 근처가 소란스러워서 이건 분명 나를 죽이러 왔구나 싶어 나와 보았더니, 내 제자인 료마를 잡으러 온 모양 아닌가."

오카모토와 그 동료들은 달빛 아래 길바닥에 그림자를 떨어뜨린 채 움직이지 않았다.

"자네들 이름이 뭔가?"

가쓰는 말이 많은 사나이이다. 요설은 이 사람의 평생의 결점으로 이 때문에 공연한 적을 꽤 만들었다. 오히려 적을 만드는 것이 취미인 듯한 점이 가쓰에게는 있다.

"자네들, 그 긴 칼은 뭐하는 거야? 도사품이라고 뽐내며 에도 거리를 돌아다니고 있는 모양인데, 한 치나 두 치쯤 칼이 길면 그만큼 자기가 높아진 것 같은가? 그렇다면 네기(禰宜 : 神官)의 수염이나 마찬가지야. 격이 낮은 신사의 네기일수록 긴 수염을 기르고 있지. 네기를 보아 긴 수염을 가졌으면 이건 어지간히 작은 신사의 네기로구나, 하고 생각하면 틀림없지. 그와 마찬가지로 칼이 긴 놈치고 알찬 놈은 없다."

우박으로 마구 얻어맞는 꼴인데, 어쩐지 이렇게 호된 욕을 얻어먹으면서도 오카모토와 그 동료들은 이상하리만큼 화가 나지 않는다.

"이렇게 추운 밤이니."

가쓰는 달을 우러러보았다.

"수고를 위로하는 뜻에서 기미에(君江 : 갸아슈·부인)에게 일러 감주라도 만들어 줄 테니 모두 들어와."

가쓰는 뒷문으로 들어가 버렸다.

"사카모토, 어떻게 하겠나?"

오카모토도 난처한 모양이다. 그밖에도 미나미 우마타로(南馬太郞), 도이 구마조(土居態熊), 이바라기 도게(茨木兎手).

"모두들 들어가자, 들어가."

료마는 세 사나이를 가쓰 댁에 밀어 넣고 그 김에 도베도 넣어 주었다.

한밤중에 가쓰 댁 부엌은 감주 잔치로 한바탕 부산을 떨었다.

가쓰 부인 기미에가 큰딸 유메코(夢子), 둘째딸 다카코, 그리고 하녀를 지휘하여 감주를 만들었다.

"어머님, 도사 분들은 목소리가 커서 개가 짖는 것 같아요."

다카코가 킥킥 웃었다.

"모두 도사 번에서도 신분이 낮은 분들뿐이겠죠."

"글쎄."

가쓰 부인은 상대해 주지 않는다.

"자, 날라요."

딸들에게 분부했다.

정말 이 한 가지만 보더라도 가쓰 댁은 다르다. 지금 서재에 와 있는 패들은 도사 번에서도 신분이 낮은 자들로 상급 무사들로부터는 티끌처럼 취급되고 있는 축들이다. 그런 하급 무사들에 대해 직할 무장인 가쓰 집안의 마나님 자신이 부엌에 나서고 사람들이 '공주님'으로 떠받드는 두 딸을 시켜 감주를 나르게 하고 있는 것이다.

서재에서는 가쓰가 여전히 대기염을 토하고 있었다. 세계정세 속에 놓인 일본의 입장을 자세히 설명하고 있었다.

"자네들이 멀뚱멀뚱하고 있으면 나라가 망해."

가이슈의 좌담은 이미 예술이라고 할 만큼 능숙했다. 그리고 상대방을 보아 교묘하게 예를 드는 것이다.

"당신들은 도사 패들이지. 도사의 하급 무사라면 야마노우치 집안이 입국하기 전의 영주인 조소카베(長曾我部) 집안 유신들의 후예라고들 하지. 조소카베라면 대단한 해군 가문이었어. 히데요시 공의 오다와라 정벌(小田原征伐) 때도 조소카베 집안에서 열여덟 폭짜리라는 엄청난 거선을 만들어 우라도 만을 출발하여 바닷길로 오다와라 공격에 참가했다는 가문이야. 그 다이고쿠마루에 탔던 사람의 자손인 당신네들이 전국시대의 무기만으로 외국의 큰 군함과 싸우겠다는 생각 자체가 너무 옹졸하지 않은가."

그런 식이었다.

오카모토 등은 처음 듣는 이야기뿐이어서 완전히 흥분하고 말았다.

그 적당한 때를 틈타 료마는 재빨리 말했다.

"가쓰 선생님, 이 녀석들도 제자로 삼아 주십시오."

오카모토 등 감찰보조들은 아연했다. 탈번한 죄인 료마를 체포하는 것이 오늘밤의 임무가 아니었던가.

"아, 좋고말고."

가쓰가 간단히 고개를 끄덕였기 때문에 오카모토 등은 기쁘기도 하고 난처하기도 하여 복잡한 얼굴이 되었다.

"그러나 료마, 난 이래봬도 막부의 군함 감독관이야. 너희들을 돌봐 줄 틈이 없어. 그러니까 너를 가쓰 학숙의 숙두(塾頭)로 삼아, 너에게 여러 가지를 가르쳐 줄 테니 네가 이 패들에게 가르쳐 줘라. 세 사람들, 알겠나?
오늘 밤부터 사카모토 료마를 선생님으로 모시는 거다."

감찰보조들로서는 정말 묘한 결과가 되어 버렸다. 숙두 선생을 포박할 수는 없지 않은가.

"사카모토 선생님, 잘 부탁합니다."

세 사람의 감찰보조들은 머리를 숙였다. 거기에 유메코, 다카코의 손으로 감주가 운반되었다.

그 뒤 료마가 지바 도장에 있다는 사실은 가지바시 도사 번저에서는 공공연한 비밀이 됐다.

"내버려 둬."

이런 식이 되었던 것이다.

첫째, 번의 지배층에 근왕 동정파들이 나타나기 시작했기 때문이다.

다케치 한페이타의 노력에 의한 것이다.

분큐 2년 4월 '도사의 이이 나오스케'라고 불리던 참정 요시다 도요를 오비야 거리에서 암살한 뒤로 다케치의 쿠데타는 다소 성공했다.

물론 문벌, 보수, 그리고 근왕파 등의 복잡한 연립내각이었으나, 어쨌든 도사 번은 '삿조도'라고 세 번으로 나란히 불리는 근왕 번으로 풍운 속에 뛰어들고 있었다.

이른바 근왕 결사(勤王決死)의 지사의 수효는 도사 번이 가장 많았지만 번은 막부편이었다. 지사는 한결같이 향사나 하급 무사 출신이라 번정을 움직일 수는 없었다.

그것을 다케치는 조금이나마 움직였다. 큰 바위를 맨손으로 움직이는 데는 곤란과 무리가 뒤따랐다. 그 무리의 하나가 도요의 암살이었던 것이다.

다케치는 그 배후 조종자이다.

그러나 본국의 정권을 잡아 버린 이상 죽은 도요파의 전직 관료들이 마음속으로 '다케치가 시켜서 죽였다'고 알고 있어도 어떻게 할 수가 없다.

우선 첫째로 본국의 경찰권을 쥐고 있는 대감찰이 고나미 고로에몬과 히라이 젠노조로서 상급 무사 중에서도 보기 드문 근왕파였고, 다케치가 밀어 그 자리에 앉은 자들이다.

감찰보조나 포졸들이 그 직책으로 범인 수사를 해도 상부에서 그것을 깔아뭉개 버린다.

그동안 다케치는 교토 공경들과의 공작을 추진하여 마침내 8월, 사쓰마 및 조슈 번과 더불어 '교토 수호!'라는 내칙(內勅)을 얻게 되었다. 모두가 다케치의 연출이었다.

당시의 법률적인 사고방식으로 본다면 영주는 막부의 명령으로 움직인다. 조정이라는 곳은 일본 국가의 신주(神主)와 같은 것으로, 정권, 군사권이 없으며 물론 내칙 따위로 '교토 수호'를 명령할 수는 없는 것이다.

'이것 이상하군.'

도사 번의 젊은 영주 도요노리는 17살이었으나, 그래도 짐작이 갔던 모양이다.

"에도의 노공(老公)과 의논해야 한다."

말했지만, 다케치 등이 백방으로 설득하여 마침내 4백의 군사를 이끌고 교토로 올라갔다.

다케치는 번에서는 아직도 한낱 '시라후다 향사 반장'이라는 낮은 신분에 지나지 않았으나, 교토에서의 대조정 공작에 크게 힘쓰고 그것이 착착 성공하여 조정에서 막부에 대해 '양이 독촉'의 칙사를 보내도록 했다. 이해 가을에 정사(正使) 산조 사네토미, 부사 아네코지 긴토모(姉小路公知)가 에도로 내려가게 되자 도사 번주 스스로가 이를 경호하고, 책사 다케치 한페이타도 표면상 공경 시종무사 야나가와 사몬(柳川左門)이라는 이름으로 수행했다.

일개 향사의 몸으로 도사 번을 여기까지 움직이고, 더욱이 도사 근왕화의 대사를 반이나 성취시켰다.

어느 날 그 다케치가 느닷없이 지바 도장으로 료마를 찾아왔던 것이다.

"료마, 반갑구나."

다케치가 칼을 놓고 앉았다.

"......"

료마는 미소를 지었다.

그러나 내심, 다케치의 변한 모습에 놀랐다.

'고생했구나.'

일찍이 지난날에는 흰 얼굴에 당당한 체격을 가진 문자 그대로 미남자요 대장부였던 다케치 한페이타가 지금은 그럴 나이도 아닌데 벌써 옆머리에 흰 털이 보였고 얼굴에는 농사꾼처럼 볕에 그을은 주름살이 잡혀 있었다.

본국에서, 교토에서, 에도에서 동분서주하며 지금 도사 번을 이끌고 천하의 여론을 휘젓고 있는 한페이타는 변변히 쉴 틈도 없을 것이 틀림없다.

상투 모양도 달랐다.

지난날 상투를 높이 틀어 올리고 앞이마를 좁게 도사풍으로 매만졌던 그의 모습은 사나이라도 반할 만큼 어울렸는데, 지금은 공경풍 머리 모습이다.

"한페이타, 상투가 변했군."

"이것 말인가."

야나가와 사몬.

그것이 다케치의 가명이다. 이번 칙사의 정·부사 중 부사인 아네코지의 가신이라는 명목인 것이다. 그래서 공경의 가신다운 상투로 바꾼 것이다.

물론 다케치는 어디까지나 도사 가신이지만 한낱 방계 영주의 하급 무사로서는 막부 고관들에 대한 공작을 할 수가 없는 것이다. 그리고 두 칙사가 지껄일 각본은 다케치가 마련해 주어야만 한다.

그러므로 번청의 허가를 얻어 임시로 공경의 가신이 된 것이었다.

다케치는 에도 성에도 그런 '격식'으로 출입했다. 게다가 궁내에서는 사품(四品) 이상의 영주급이 아니면 입을 수 없는 관복(官服)을 입었다.

'이놈은 도사의 하급 무사로군.'

막부측에서도 이미 간파했으나 칙사의 가신이므로 어쩔 도리가 없었다.

난세이다.

"한페이타도 큰일이군."

료마는 말했다.

다케치에게는 다케치 나름의 웅대한 야심이 있다. 도사 번을 장군 휘하에서 벗어나게 하여 천황 직속으로 만들겠다는 야망이다. 그러나 장군이 있어야만 영주도 있다는 도쿠가와 법칙 아래서 그런 마술 같은 일이 잘될지 어떨지?

첫째 에도 번저에서 눈을 부라리고 있는 영주의 아버지 요도가 용납하지 않을 것이다. 요도는 근왕가라고는 하나 어디까지나 정신적인 것이지 정치적으로는 철저한 막부주의자다. 그리고 천하의 법률 질서를 끝끝내 지킨다는 강렬한 보수주의자였다.

'언제까지 에도의 노공이 이 다케치의 연극을 눈감아 줄 것인가.'

료마는 위태롭기 짝이 없다고 생각한 것이었다.

그러나 다케치는 다케치의 생각으로 볼 때 료마의 행동이 오히려 이상하기만 했다. 하필 막부 가신이며 개국론자인 가쓰 가이슈의 문하가 되었다고 하지 않는가.

"어떻게 된 거야, 그건?"

다케치는 찌르는 듯한 눈으로 료마를 쏘아보았다.

"한페이타, 긴 안목으로 보라구."

"뭘 보란 말이야."

"나를 말이야."

료마는 토론을 하지 않는다. 토론 같은 것은 웬만큼 중요한 때가 아니면 해선 안 된다고 스스로 타이르고 있다.

설사 토론에 이겼다고 하자.

상대방의 명예를 뺏을 뿐이다. 인간이란 토론에 지더라도 자기의 주장이나 생활 방식을 바꾸지 않는 동물이며, 진 다음에 가지는 것은 진 사실에 대한 원한뿐인 것이다.

한데 다케치는 토론을 좋아한다. 상대방의 폐부를 찌르는 듯한 말을 쓰며 숨통을 끊어 놓기까지 그만두지 않는다. 료마가 보는 바로는 다케치는 멋있는 사나이지만 혀끝이 너무 날카롭다. 그러나 이날은 신기하게도 도중에서 설봉(舌鋒)을 거두고 머리를 숙였다.

"료마, 부탁한다."

"탈번에 대해선 내가 어떻게든 수습하겠다. 번으로 돌아와 나와 함께 일해 다오. 자네는 기책가(奇策家)야. 지금 자네와 같은 인물이 필요해."

"나는 기책가가 아니야."

료마의 본심이다.

"난 기책가가 아니야. 나는 착실하게 일을 한 가지씩 쌓아 올린다. 현실에 맞지 않는 일은 하지 않는다. 그것뿐이다. 그런데 왜 사람들이 나를 기책가로 보는지 모르겠는걸."

"료마, 이건 비밀인데."

다케치는 실로 조정에 17살의 도사 영주 야마우치 도요노리의 이름으로 건의서를 제출해 놓고 있다.

우선 오미(近江), 셋쓰(攝津), 야마시로(山城), 야마토(大和) 등 네 번을 막부의 손에서 뺏어 (불가능하지만) 조정의 영지로 할 것. 그 영지의 경제력으로 여러 번의 낭인들을 모아 천황의 직할 무사로 삼을 것. 그리고 사쓰마, 조슈, 도사 세 번을 비롯해서 인슈(因州), 비젠, 아와, 규슈 등 근왕 번으로 하여금 교토를 수비케 할 것. 정권을 막부로부터 회수할 것 등, 막부에서 들으면 기절할는지도 모를 내용의 것이다.

아니, 기절할 것은 번의 실권을 잡고 있는 에도의 노공 요도일 것이다.

그리고 사실 다케치가 조종하고 있는 근왕파 중신 고나미 고로에몬조차도 이것에는 깜짝 놀랐다. 왜냐하면 다케치가 '조정에 번으로서의 건백서(建白書)를 내자'고 고미나미에게 의논했을 때, 고나미는 무심코 말했던 것이다.

"그럼, 초안을 만드시오."

다케치는 썼다. 그 초안을 고미나미에게도 보이지 않고, 젊은 영주에게도 보이지 않고, 물론 에도에 있는 요도에게도 보이지 않은 채, 쇼렌인노미야(靑蓮院宮)에게 보였던 것이다. 미야는 고메이(孝明) 천황의 정치 고문이었으므로 이를 주저 않고 천황에게 보였다.

"도사 영주의 건백서입니다."

이로 인해 어엿한 공문서가 되고 말았던 것이다.

동지인 고나미조차 화를 냈다.

필경 다케치가 하는 일은 마술이고 나중에 곧 들통이 나는 '기책(奇策)'인 것이다. 참된 기책이란 좀더 현실적인 것이어야 한다.

그러나 료마는 잠자코 있었다.

다케치는 요령부득인 채 돌아갈 준비를 했다.

"미안하다."

료마는 진심으로 말했다. 다케치가 일부러 그 말을 하기 위해 찾아온 두 가지 충고를 둘 다 한 귀로 흘려버린 격이 되고 말았던 것이다.

"아니, 괜찮아."

다케치도 별 내색이 없었다. 료마가 없더라도 나는 내 힘만으로 번을 움직일 수가 있다고 스스로 믿고 있는 사나이이다.

"료마, 어수선한 시절이니 몸조심해."

"한페이타, 자네야말로."

현관까지 전송했다.

다케치는 현관 마루에서 문득 발을 멈추고 말했다.

"료마, 사나이란 정말 어려운 존재야. 자네와 나라면 가슴을 털어놓고 이야기하면 의견이 맞을 것 같았는데 그렇지 않군. 료마, 자네는 혼자 갈 놈이야."

료마는 대답이 없다.

"안 그런가."

"아니, 장차 천하의 동지를 규합하겠다. 그러나 지금은 그럴 시기가 못돼. 막부의 대들보는 아직도 끄떡없어. 번 하나나 둘의 힘으로는 어림도 없다. 때가 있는 것이다."

"때가 올 때까지 료마는 낮잠이나 자며 기다릴 셈인가?"

"기다리지 않는다."

"어떻게 한단 말인가?"

"해군을 만들겠다."

"허어."

"함대를 만들어 그 힘으로 근왕 번을 서로 손잡게 하고, 충분히 준비를 갖춘 다음, 교토를 중심으로 한 국가 통일을 완수하고, 그 뒤에 나는 물러날 거다. 대사란 일조일석에 이루어지지 않는다. 이것에 5, 6년의 세월이 필요하겠지. 한페이타, 근왕 결사 지사만의 모임으로는 천하의 대사는 이루어지지 않는다."

'허풍선이 같으니라구. 말이 너무나 커.'

다케치는 그렇게 생각했으나 그 말은 하지 않았다.

"그 해군은 언제 만들 셈인가?"

"모르지. 나 자신이 지금 군함이란 것을 조금씩 배우는 중이니까."

"막부 가신인 가쓰에게서?"

"편견을 갖지 말아. 상대가 막부 가신이든 거지든 배워야 할 사람이면 나는 배우겠어."

"료마!"

다케치는 또다시 먼저 하던 말로 돌아갔다.

"도사 24만 섬을 근왕으로 만들고, 그것으로 막부에 부딪쳐 가는 것이 실질적이라고 생각되지 않나?"

번으로 돌아오라는 말이다.

"아냐, 그런 일은 자네에게 맡긴다."

료마는 말했지만, 도사 번 야마노우치 집안은 방계이나마 세키가하라의 싸움 이후 도쿠가와의 은고를 가장 많이 입은 번으로, 그 은고는 누구보다도 은퇴한 요도공이 가장 절실히 느끼고 있다. 도저히 근왕 일색으로 만들기란 어려운 것이라고 생각했다. 료마는 자기 번을 포기하고 있는 것이다.

"한페이타, 나는 내 방식으로 나가 보겠다."

"료마 함대를 만들겠다는 방식 말인가?"

다케치는 어이없다는 얼굴을 하고 돌아갔다.

폭풍전야

어느 날, 료마는 아카사카 히카와의 가쓰 저택에서 물러나왔으나 아직 해가 높았다.

'사쿠라다의 조슈 저택에 놀러나 갈까?'

가쓰라 고고로를 만나고 싶었던 것이다. 고고로는 눈만 반짝이는 음울한 사내였지만, 그러나 보통 사내가 아니라는 것은 료마가 옛날 이즈 산중에서 만났을 때부터 알고 있다.

'그놈은 양이론자이긴 하지만 다케치처럼 신들린 놈은 아냐.'

번저에 들어가니 저택 안 유비관(有備館)에서 고고로는 외출 준비를 하고 나오려던 참이었다.

"오, 사카모토 형."

저택 안에는 큰 느티나무가 있다. 그 나무 아래에서 섣달 찬 바람이 낙엽을 날리고 있었다. 고고로는 그 낙엽을 밟으면서 한 걸음 한 걸음 침착하게 다가왔다.

두 사람이 느티나무 아래서 마주했다.

"번에서 탈퇴했다지?"

고고로는 료마를 보았다. 료마의 하카마 자락이 닳아 있었다.

"기댈 곳 없는 외로운 신세가 되었소."

료마는 웃었다.

고고로의 옷차림새는 좋았다. 원래 생김생김이 훌륭한 사내지만 요즘 지위도 높아졌다. 대검사(大檢使)에서 부서기관(副書記官)이 되었고, 유비관 관장을 겸한데다가 최근에 와서는 '국사 주선 담당'이라는 외교를 담당하는 자리에 있었다.

고고로는 뭐니뭐니해도 조슈 번에서는 상급 무사 출신이다. 조슈와 사쓰마 번에는 직접 영주를 배알할 수 있는 상급 무사 출신의 근왕파가 많았고, 도사 번은 그 반대였다. 다케치 한페이타조차 번의 관리가 못되는 신분이다.

'가쓰라에 비하면 다케치는 가엾구나. 태어난 번이 나빴어.'

그래서 료마는 번을 버리지 않았던가.

가쓰라는 이때 나이 서른 살.

교토에서 일을 한바탕 치르고 에도에 갓 돌아온 참이었다.

얼굴이 볕에 그을었다.

"사카모토 형, 오케 거리의 지바 도장에 거처를 정했다면서?"

"예, 신세를 지고 있죠."

"그리고 가쓰 댁에 자주 다니는 것도."

"잘 알고 계시군."

"하하하, 도사 번 패들에게서 들었지. 모두 당신 때문에 골치 아픈 모양이야."

"그럴 테지."

료마는 유쾌한 듯이 머리를 끄덕였다.

고고로도 어쩔 수 없이 웃으며 말했다.

"여전히 태평하시군."

료마는 번의 보수파로부터 요시다 도요를 살해했다는 의심을 받고 있으며, 다케치 등에게는 '양이파에서 탈락한 자'로 백안시당하고 있다.

"사카모토 형, 난 오늘 밤 사쓰마 번 패들과 술자리를 함께 하게 돼 있소. 내일 내가 찾아갈 테니 속셈을 보여 주시오."

"지금으로선 털어놓을 것도 없는데."

"자, 그럼 내일 봅시다." 고고로와 료마는 헤어졌다.

이튿날 약속대로 가쓰라가 찾아왔다.

무심결에 한 마디 흘린 말로는 어젯밤의 사쓰마와 조슈의 연회는 대단히 험악했던 모양이다. 당시 이 두 번만큼 사이가 나쁜 번도 없었다.

왜 사쓰마와 조슈, 두 번이 사이가 나쁜가?

이유를 쓰자면 한이 없다.

원래 도쿠가와 시대의 번이란 다른 번에 대해 항상 의심이 많고 경쟁심이 강했으며, 늘 자기 번 중심주의로 '같은 일본인'이라는 사상은 전혀 없다고 해도 과언이 아니다.

사이가 나빴던 것은 사쓰마와 조슈뿐만이 아니었다.

단지 사쓰마와 조슈는 같은 미토학(水戶學)에 의한 근왕과 막부 타도 사상을 가졌고, 게다가 양쪽 모두 도쿠가와 가문에 원한이 있을지언정 은혜는 없다. 자연히 3백여 개 번 중에서 가장 행동적이고, 영주 이하 모두 국가 개조의 선수라는 의식이 강하다. 마치 같은 굴에 사는 오소리와 같다.

그런 만큼 경쟁심이 강해서 근왕 활동도 조슈측이 열을 올린다.

"사쓰마에 지지 말라."

사쓰마측도

"조슈는 무슨 짓을 저지를지 모를 번이야. 근왕을 외치지만 사실은 천황을 옹립하고, 교토에 정권을 세워 모리가 장군이 되려는 음모를 꾸밀 낌새가 있다."

하고 넘겨짚는다.

벌써 경쟁심을 넘어 적개심이다. 이 감정은 구실이 아니다. 전국 이래의 무사 풍조이다. 더욱이 이 경향은 조슈의 가쓰라 고고로, 사쓰마의 사이고 다카모리 같은 지도자에게조차(아니, 지도자일수록) 농후했다.

그래서 "한 번 만나 이야기를 나눠 보자"라는 말이 나오게 되었다.

료마가 사쿠라다의 조슈 번저로 가쓰라 고고로를 찾아갔을 때, 가쓰라가 외출 준비를 하고 있었던 것은 이 회합에 나가기 위해서였다.

회합은 두 번 있었다.

첫 번은 조슈 번측이 사쓰마 번측을 고비키 거리(木挽町)에 있는 '미즈쓰키(水月)'라는 요정에 초대했다. 다음 차례가 어제였다. 어제는 사쓰마가 답례로 조슈를 초청한 셈이고 장소는 사쓰마의 에도 근무 관리들이 곧잘 이용하는 야나기 다리(柳橋)의 '가와나가(川長)'라는 요정이었다.

기녀를 불러 마음껏 놀았다. 그러나 취기가 거나해짐에 따라 쌍방의 사이가 좋아지기는커녕, 주고받는 말 한 마디 한 마디가 귀에 거슬리기 시작하여 술자리가 험악해졌다.

참석자는 조슈 번 중신 중 가장 과격한 성격을 지닌 스후 마사노스케(周布政之助 : 뒤에 정국을 개탄하고 자결)를 필두로 전국 시대 호걸의 풍모를 지닌 기시마 마타베에(來島又兵衛 : 뒤에 하마구리 궁문 싸움에서 전사), 그리고 가쓰라 고고로였다. 사쓰마측은 사이고 다카모리, 오쿠보 도시미치, 호리 지로 등이었다.

"그래서?"

료마는 고고로에게 물었다.

"사쓰마와 잘 타협이 되었나?"

"아니."

고고로는 씁쓰레한 얼굴이다.

"자넨 도사 사람이니까 말하겠는데, 사쓰마 놈들은 근성이 간악해."

"하하하."

료마는 묘한 소리로 웃었다.

"저편에서도 조슈를 그렇게 생각할 테지."

"아무튼 나는 이 나이가 되도록 그렇듯 무례하고 엉망인 술자리는 처음이었어."

가쓰라의 말에 의하면, 요정 '가와나가'에 모인 양쪽 일행들은 인사를 나눈 뒤 함께 술을 마셨다고 한다.

취기가 돌자, 술버릇이 좋지 않기로 소문난 조슈 번측의 스후 마사노스케가 한 말씀 올리고 싶다며 말석에 앉았다.

"사쓰마 번과 조슈 번은 사이가 나쁘지만, 오늘을 계기로 서로간에 친분을 쌓고 협심하여 국가의 난제를 극복해야 한다고 생각합니다. 그러나 만일
……."

여기까지는 전혀 문제될 것이 없었다.

"우리 조슈의 잘못으로 두 번의 관계가 나빠지는 일이 생긴다면, 나 스후 마사노스케가 할복으로 사죄할 것을 약속하오."

그 말이 떨어지기 무섭게 칼을 거머쥐며 끼어든 것은, 역시 술에 취한 사쓰마 측의 호리 지로였다.

"그렇다면 옆에서 목을 치는 역할은 기꺼이 제가 맡도록 하겠소."

"그게 무슨 소리들인가?"

옆에 있던 사쓰마의 오쿠보 이치조가 호리 지로의 소매를 잡아 끌며 말렸지만, 이미 불에 기름을 부은 것이나 다름없었다.

스후의 눈에 살기가 돌았다. 벌떡 일어나 칼을 뽑아 들었다.

"내가 칼을 뽑아 든 건 다름이 아니라, 검무로 흥을 돋울까 하고."

스후는 '횡' 하는 소리를 내며 칼날을 돌리기도 하고, 호리 지로를 위협하듯 코끝에 칼날을 수차례 들이댔다. 그곳에 있던 기생들과 종업원들의 얼굴이 파랗게 질려 있었다.

그 때, 보다 못한 가쓰라가 벌떡 일어서서 뒤에서 스후를 끌어안으며 말했다.

"검무 따윈 어울리지 않아."

"어울리지 않는다고? 고고로, 사쓰마 출신의 무사는 탄환이나 창검을 안주 삼아 술을 마신다 했던 라이 산요(賴山陽)의 시도 모르는가? 나는 사쓰마 사람에게 안주를 대접하기 위해 검무를 춘 것뿐이야."

"지금은 그만 하는 게 좋겠어."

"고고로, 그게 무슨 소리야? 여기서 그만 두라니."

조슈 번의 두 사람이 말다툼을 벌이는 사이, 사쓰마 번의 오쿠보 이치조는 젊은 혈기를 억누르지 못하고 격분하여 말했다.

"답례로 사쓰마의 다다미 춤을 보여드리죠."

오쿠보는 다다미 한 장을 바닥에서 뜯어 내어 한 손으로 접시 돌리듯 빙글빙글 돌리기 시작했다. 다다미는 먼지를 날리며 마치 바람개비처럼 빠른 속도로 돌았다. 객실을 순회하듯 다다미를 돌리던 오쿠보는 조슈 사람들이 앉아 있는 곳으로 이동했고, 누구의 머리 위에 떨어질지 모르는 상황이 벌어졌다.

성질 급한 조슈 번의 무사 기지마 마타베에 등 몇 명은 손을 칼에 대고 있었다. 간이 졸아붙은 기생과 종원업들은 맨발로 안뜰로 달아났다.

그 때, 사이고가 천천히 일어섰다.

"여러분, 모두 잘 보십시오. 저도 여흥을 돋우기 위해 장기를 한 가지 보여드리겠습니다."

그러고는, 가랑이까지 옷을 느릇느릇 걷어 올려 다리 사이의 물건을 꺼내, 촛불로 음모를 지글지글 태우기 시작했다. 장기라 할 수도 없는 사이고의 엉뚱한 행동이 일촉즉발의 분위기를 잠재운 것이다.

료마는 매일 가쓰 저택을 찾아가거나 미나미 오다와라 거리에 있는 '군함 조련소'에 다니든가 하며 꽤 바쁘게 뛰어다녔다.

군함 조련소의 총독(교장)은 막부의 각료인 나가이 나오무네(永井尙志)였다.

이른바 영웅형은 아니지만 매우 유능한 관리로, 막부 말기 역사상 그냥 지나칠 수 없는 인물이다. 뒷날 몬도노쇼라고도 불렸다.

그야말로 명문 출신답게 용모는 여자 같고 큰소리 한 번 내지 않았지만 뱃심은 있었다. 아무튼 끝까지 관군에 대항하여 하코다테(箱館) 전쟁에도 참가했을 정도의 인물이다. 그냥 유능한 관리라고만 할 인물은 아니었다.

그 나가이가 부하 교관인 이와타 헤이사쿠(岩田平作)에게 물었다.

"요즘 실습이나 학과에 낯선 낭인이 한 사람 끼어 있는데 어찌된 일입니까?"

"총독께선 모르고 계셨습니까?"

"모르오."

"저희들은 가쓰 선생님이 총독께 말씀드린 줄 알고 묵인하고 있었습니다."

"어떠한 사람이오?"

"도사 낭인, 사카모토 료마라는 인물입니다."

"허어, 도사 사람이라."

당시 도사 사람이라 하면 극단적인 양이론자로 인정받고 있었다.

"도사 사람이라면 양이론자겠군. 난폭한 행동은 하지 않나요?"

"예, 다만 군함을 좋아하는 것뿐인 모양입니다."

"그건."

곤란하다는 표정을 나가이 총독이 지었다. 말하자면 가짜 학생이다. 조련소는 막부의 공공 기관이기 때문에 그런 자의 출입은 곤란하다.

"내가 직접 말하겠소."

나가이 총독은 큰 칼을 허리띠에 차고 검은 비단의 문복 차림으로 교정으로 나갔다.

구내의 한구석에 함포가 놓여 있다. 이것을 한 떼의 학생들이 둘러싸고 교관에게서 조작법을 배우고 있었다.

그 학생들의 뒷전에서 검은 무명의 도라지 무늬 문복에 주름진 하카마를 입은 낭인이 허리춤에 손을 찌른 채 들여다보고 있었다. 골똘한 얼굴이다.

나가이 총독이 그 옆으로 다가가서 물었다.

"당신은 누구요?"

그런데 낭인은 돌아보기는커녕 대포에서 눈길도 떼지 않고 귀찮은 듯이 대답했다.

"사카모토 료마."

함포는 작은 포차(砲車)에 실려 있었다.

교관은 예의 나카하마 만지로이다. 도사의 어부 말씨로 대포의 조작법이며 화약 취급법을 설명하고 있는데 때때로 말이 막힌다.

'일본어를 잊은 경우'도 있으나, 개중에는 일본어로 번역돼 있지 않은 부속이나 술어도 많아 그런 경우에 만지로는 혀 꼬부라진 미국 말로 대충 설명해 버린다.

모두 못 알아듣는다. 료마도 모른다.

그러나 만지로는 말의 부자유를 보충하기 위해 열심히 자기 손으로 대포를 조작해 보여 준다.

"다들 알겠나?"

한 동작씩 다짐을 하면서 다음 동작으로 옮겨 간다.

화약 장전법에 이르러서는 여간 복잡한 것이 아니었다. 만지로는 거의 영어로 말해 버리고 마지막 말만은 일본말로 했다.

"다들 알겠나?"

그것만은 모두 알아들었으나 중요한 대목은 전혀 모른다. 아무튼 15살에 미국으로 건너간 사람이다. 학생 중에 네덜란드 말을 다소 알고 있는 자는 있어도 영어는 모른다.

"모르겠습니다."

이렇게 말한 것은 뒷전에 있던 료마. 학생들을 헤치고 들어가 이건 어떻게 하는 것인가, 저건 어떻게 하는 것인가 하고 일일이 질문을 한다.

학생들은 모두 언짢은 얼굴이었다. 요컨대 엉터리 학생이다.

'늘 저러는 모양이구나.'

나가이 총독은 짐작했다.

학생들도 이 정체 모를 낭인이 두려워 아무 말도 하지 않는다. 그러나 불쾌한 감정은 어느 학생의 얼굴에나 나타나 있다.

"나카하마 씨."

총독 나가이는 교관 앞으로 다가갔다.

"이 사람은 누굽니까?"

"옛?"

대포 옆에 웅크리고 있던 만지로는 땀에 젖은 얼굴을 쳐들었다.

"아, 이 사람은 사카모토 료마라고 하는 저의 하인입니다."

만지로는 뜻밖의 기지를 보였다. 히기야 쇄국 시대에 미국 천지를 돌아다닌 사나이였던 만큼 뱃심도 있었고 기지도 풍부한 모양이다.

"그래요?"

나가이는 잔뜩 찌푸린 얼굴로 말했다.

"사카모토 군, 나중에 내 방으로 오시오."

료마는 오후 3시, 실습이 끝나자마자 나가이의 방으로 갔다.

나가이는 하인에게 다과를 내놓게 했다. 찹쌀떡이 세 개.

료마는 차를 마시고 떡을 먹었다.

점심 식사만은 학생들과 함께 먹지 않기 때문에, 료마는 배가 몹시 고픈 김에 정신없이 먹었다. 다 먹은 다음 얼굴을 들었다.

나가이는 자신도 모르게 웃어 버렸다. 여기서 웃어 버렸으니 벌써 나가이가 진 셈이다.

"자넨 참 뱃심이 좋아."

이렇게 해서 료마의 군함 조련소 불법 침입 사건은 흐지부지되고 말았다.

학생 쪽에서도 '호쿠신잇토류의 검객'이라는 사실이 알려져 어쩐지 무시무시하기도 하고 그렇기 때문에 불쾌해하면서도 잠자코 있었다.

료마는 측량, 산술, 기관학 강의도 들었다. 언제나처럼 많은 질문을 했다. 질문이 엉뚱하여 학생들의 실소를 자아내기도 했으나 본인은 태연했다.

화약 조제법 강의 시간에 교관이 외국인에게서 들은 어떤 이야기를 옮겼다.

당시 화약은 흑색이다. 초석(硝石 : 질산칼륨), 목탄, 유황을 배합하여 만드는 것으로 일본에서는 전국 초기, 총포 전래 이후로 전해져 오고 있다.

주성분은 초석이다. 이것은 묘한 광물로 어떤 토양에도 약간은 포함되어 있지만, 물에 녹기 쉬워 건조한 땅에서 채취된다. 그러므로 예부터 오래된 집 마루 밑의 흙이나, 진흙으로 지은 감옥 같은 데서 채취하였다.

료마가 아직 십대의 나이였을 때 이미 사망한 농정학자 사토 노부히로는 그의 저서에서 말했다.

"만일, 나라에 초석(硝石)이 부족하면, 힘 키우는 일은 불가능하다. 따라서 정치가들은 반드시 초석 관리자를 두어 방방곡곡을 다니며 초석 확보에 힘써야 할 것이다. 초석이란 하늘이 내려주는 선물로, 어느 지역에나 존재하는 것이다. 오래된 집의 마루 밑이나 마구간, 흙벽 안 등, 흙이 있는 곳이라며 자연히 초석이 넘쳐나고, 해마다 채집하여도 고갈되는 일 없이 또 생겨나는 것이다. 단, 수해를 입은 토지에서는 발생하지 않는다."

실제로, 준비성이 뛰어난 번에서는 전국 시대 이후로 줄곧 초석을 채집해 왔다. 예를 들어, 가가 번 1백만 석의 마에다 가문에서는 일부 지역에 명하여 양잠 등으로 발생한 폐기물을 각 집의 마루 밑에 쌓도록 하여 겨우내 초석을 채집하고, 조세 대신 헌납도록 하였다.

대체로 세계 여러 나라에서도 그러한 방법으로 초석을 채집하고 있었는데, 17세기에 영국이 인도를 정복한 다음, 이곳에 풍부한 천연산 초석이 있다는 것을 알았다.

교관은 이렇게 말했다.

"영국은 인도의 천연 초석을 그대로 본국에 보내어 정제했다. 정제법은 간단하다. 물을 펄펄 끓인 데다 광석을 넣고 이것을 식히면 불순물은 바닥에 가라앉고 위에 떠오르는 결정이 초석이다. 영국은 이 인도 초석을 독점했기 때문에 세계적 강국이 되었다고 할 수 있다."

"허어."

료마는 큰 소리로 감탄했다.

'세계사의 구조, 세계 역사의 발전이라는 것은 재미있는 것이로구나' 하고 생각했다. 그는 초석의 화학 기술적인 면보다도 초석을 둘러싼 그러한 이야기에 감탄한 것이다.

새해가 되었다.

분큐 3년(1863).

료마는 29 살이다.

설날이 되어 노스승 데이키치를 찾아가 세배하고, 이어 가쓰 댁에 신년 인사를 하러 갔다가 도장으로 돌아오니, 바로 이웃인 가지바시의 도사 번지 사람들이 료마에게 세배하러 와 있었다.

"자네들은 번에서 탈퇴한 사람에게 인사하러 오다니 좋지 않은걸."

료마는 씁쓸한 얼굴로 말했다. 이곳에 모인 자들은 료마의 '문하생'들과 그를 경모하는 젊은이들이었다.

료마는 어릴 때 골목대장이 된 적이 없었다.

울보,

오줌싸개

따위로 통한 료마였으니, 그 부하가 되겠다는 조무래기가 있을 리 없었다.

어른이 되고 나서도 료마는 혼자였다.

남을 부하로 삼겠다고 생각한 적은 한 번도 없었고, 남의 부하가 되려고도 생각한 적이 없다. 원래가 마을의 부유한 향사 둘째 아들로 태어나 자연히 권력욕이라는 것이 희박했다. 남 위에 서고 싶다는 심정이 거의 없었다고 해도 좋다.

그런데 가지바시의 도사 번저에 있는 젊은 하급 무사들이 바로 엎어지면 코닿을 지바 도장에 식객으로 있는 번에서 탈퇴한 낭인 료마를 이상하리만치 존경하기 시작했던 것이다.

'모르겠다.'

그 이유를 료마는 알 수 없다. 료마뿐만 아니라 필자로서도 알 수 없다. 아니, 굳이 이유를 든다면 료마의 인간적 매력이라는 자질구레한 분석이 될는지 모르겠지만 그것만으로는 '인기'라는 인간 사회의 불가사의, 아니 기괴하다고 할 수 있는 현상을 풀어 낼 수는 없을 것이다.

한 가지 열쇠는 있다.

감찰 보조인 오카모토이다. 번의 포리로 료마를 잡으려고까지 했는데 료마에 의해 가쓰 가이슈의 문하생이 되었고 료마는 오카모토의 선생이 되었다.

이 눈 깜짝할 사이에 바뀐 인간 관계에 오카모토도 처음에는 멍하니 있었으나, 이윽고 료마를 강아지처럼 따르기 시작했다.

그야말로 료마에 미쳐 버린 사람처럼 번저에서도 료마를 선전하며 '도사에서 제일가는 인물이다' 하고 퍼뜨리고 다녔다. 자기 동료인 다른 포리나 다른 하급무사들에게도 료마를 열렬히 선전하여 '료마 당'이라고 해도 좋을 조직을 만들기 시작하고 있었다.

그 무렵, 사쓰마 번의 하급 무사 사이에서 '사이고 당'이라는 것이 생겨나고 있었던 것과 같다. 사이고 다카모리가 두령이 되기 위해서 만든 것은 아니다. 사이고에게 목숨을 내던질 각오로 사숙하는 가난뱅이 향사 출신의 난폭자 나카무라 한지로(中村半次郎) 등이 사이고도 모르게 만들어 놓은 모양이다.

오카모토의 심취는 대단해서 료마의 소지품까지 흉내내었다. 얼마 후의 이야기지만 오카모토는 료마의 흉내를 내어 '칼에 의존할 것이 믿을 것이 못된다'고 자기의 장검을 버리고 료마와 같은 짧은 칼 한 쌍을 찼다.

이 일로 료마에게 칭찬을 들으려고 이야기했던 바 료마는 품 속에서 책 한 권을 꺼내며 말했다.

"난 이것에 의존한다네."

그것은 《만국공법(萬國公法 : 국제법)》이라는 당시 일본에서는 보기 드문 법률서이다.

'칼에 의존하지 않고 법률과 상식에 의존할 수 있는 일본으로 만들고 싶다'는 것이 료마의 진의였던 것이다. 오카모토는 그 후 읽지도 못하는 《만국공법》을 품 속에 넣고 다녔다. 그런데 이러한 일화는 아카모도만이 아니라 히가키 세이지(檜垣淸治)에게서도 볼 수 있었다.

그래서 지바 도장에는 도사 무사들이 흔히 찾아온다.

료마가 목표다.

"료마 형, 우리 도장도 행랑채 빌려 주었다가 안채를 빼앗긴 격인걸."

주타로는 기쁜 듯이 말했다. 료마의 인기가 올라가는 것이 사람 좋은 젊은 주인으로서는 기뻐서 못 견딜 지경인 모양이다.

그런 배경이 있고 나서의 새해 인사를 나누는 자리에서 있은 일이다.

"조슈 사람들이 괘씸합니다."

젊은 도사 패들이 료마에게 호소했다.

료마는 어찌된 셈일까 하고 생각했다. 세상에서 차츰 근왕의 3대번이라는 소문이 나돌고 있는 사쓰마, 조슈, 도사 중에서 사이가 나쁜 것은 사쓰마와 조슈뿐인 줄 알았는데, 도사와 조슈도 사이가 나빠지는 모양이다.

"왜 무슨 일이 있었나?"

료마는 드러누운 채 신년 인사를 받고 있었다. 예의라곤 전혀 없다.

"있고말고요."

저마다 앞다퉈 사건의 내용을 늘어놓기 시작했다.

사건이란 료마가 번에서 탈퇴하고 있었기 때문에 몰랐지만 꽤 오래된 이야기였다.

약 한 달쯤 전의 일이다. 분큐 2년 11월 12일.

에도 사쿠라다의 조슈 저택에 있는 과격파 지사의 두목격인 다카스기 신사쿠가

"사쓰마 번이 나마무기 마을에서 외국인을 베고 천하의 양이(攘夷 : 외국인을 오랑캐라 배척함) 선봉 노릇을 했다. 조슈 번도 이에 지고 있을 수 없다."

동지들을 설득했다. 다카스기의 말에 의하면 사쓰마 번을 이기려면 좀 더 큼직한 일을 저질러야만 한다. 그런데 어느 외국 공사가 이번 일요일에 가나자와(金澤 : 지금의 요코하마)까지 산책을 온다는 것이다.

"그놈을 벤다!"

다카스기는 말했다. 다카스기의 이론에 따르면, '고식적인 막부로 하여금 양이로 뜻을 굳히게 하기 위해서는 칼부림 사건을 일으킬 수밖에 달리 방법이 없다'는 것이다. 막부 타도를 외치는 다카스기로서는 이것은 하나의 묘책이었을 것이다.

"그것 참 재미있다."

손뼉을 치며 찬성한 것은 다카스기와 더불어 요시다 쇼인(吉田松陰) 문하의 두 개의 보배라고 일컬어진 구사카 겐즈이, 시나가와 야지로(品川彌二郎), 야마오 요조(山尾庸三), 데라시마 주사부로(寺島忠三郎), 아리요시 구마지로(有吉態次郎), 야마토 야하치로(大和彌八郎), 시라이 고스케(白井小助), 아카네 다케토(赤根武人), 나가미네 구라타(長嶺內藏太), 이노우에 몬타(井上聞多) 등이었다.

그리고 그 12일 밤, 일동은 가나가와(神奈川)의 시모다야(下田屋)에 집결했다. 내일 새벽에 출발하여 가나자와로 간다는 것이었다.

그 비밀을 탐지한 것은 도사의 다케치 한페이타이다. 다케치는 그들과 동지이기는 했으나, 언제나 정론주의(正論主義)의 사나이로 그러한 서툰 속임수 같은 방식의 양이는 좋아하지 않았다.

'이는 차라리 진정한 양이를 그르친다'고 생각하고 도사의 요도 공에게 밀고했다. 요도를 통해 조슈 번의 후계자 모리 사다히로(毛利定廣)에게 연락

하여 다카스기 등의 폭거를 중지시키려고 했던 것이다.

조슈의 후계는 놀라 몸소 오모리(大森)의 우메(梅) 별장까지 가서 어찌되었던 그들을 설득하고 제지시켰다.

──그러나

사건은 뜻밖의 사건으로 발전했다.

"아무튼 큰 일이 일어나지 않아 다행이다."

다카스기 등의 폭거를 막아 낸 조슈 번의 젊은 주군 사다히로는 안도의 숨을 쉬고 다카스기 등 일동에게 술을 내렸다.

'사다히로 님이 직접 나섰으니 도리 없다.'

다카스기 등은 씁쓰레한 얼굴로 술을 마시고 있었다.

장소는 오모리의 우메 별장이다. 당시 에도 근교의 매화나무 숲에는 이러한 다관(茶館)이 많았다. 특히 가메도(龜戶)와 이 가마다 마을(蒲田村) 오모리의 우메 별장이 가장 유명했다.

매화나무 숲이 그대로 정원이었다. 그러나 아직 꽃이 피기에는 일렀다.

거기에 스후 마사노스케가 나타났다.

그는 번의 고관이면서도 다카스기 등 과격파의 두목이고 후원자였다. 머리도 좋고 담력도 있는 사나이지만, 그러나 남의 말을 잘 듣고 성급하고 경망한 점 등, 명문 자제다운 결점은 모조리 갖추고 있다.

그리고 술버릇이 나쁘다.

스후는 에도 별장에서 말을 달려 우메 별장으로 달려오느라 술자리에 늦게 참석했다. 이미 주기가 있는데 또 마셨다.

"다카스기, 실패했구나."

료마는 껄껄 웃더니 세자 사다히로를 향해 말했다.

"세자님 앞이기는 합니다만 다카스기 등의 장한 일이 실패한 것은 두고두고 아쉬운 일이 아닐 수 없습니다. 서양 오랑캐를 하나둘쯤은 베어 막부를 떨게 했어야 하는 것입니다. 가나자와, 요코하마의 서양 오랑캐들도 청나라에서 하던 버릇대로 일본인을 벌레로밖에 생각하지 않습니다. 조슈 무사의 칼 맛을 보았더라면 조금은 정신을 차릴 것이었는데."

은근히 다카스기 등 과격파 일당들의 편을 들고 있었다.

조슈의 경우, 중신 중에 스후와 같은 사내가 있었기 때문에 다카스기 등은 더욱더 과격 난폭해지고, 마침내 막부 말기에 번은 폭주(暴走)에 폭주를 거듭하게 되는 것이다. 젊은 주군도 이 스후의 난폭한 말에 눈살을 찌푸리며 말했다.

"스후, 이야기는 뒷날에 다시 하지."

우메 별장 문 앞에는 도사 번사가 네 명이 있었다.

폭거를 중지시키도록 조슈 영주에게 충고한 것은 도사의 요도이다. 그래서 도의상 조슈의 세자를 돕는다는 뜻으로 요도는 이 네 사람의 도사 번사를 우메 별장에 파견해 두었던 것이다.

술버릇이 나쁜 스후가 추위를 막기 위해 두건을 눌러쓰고 말발굽 소리도 요란하게 문을 나서자, 무사 복장을 갖춘 도사 번사들이 보였다.

"오, 도사 분들이로군."

스후는 무례하게도 말을 탄 채 말했다. 사실은 일을 망쳐놓은 요도에게 화가 나 있는 참이다.

"당신들 주인 요도 공은 천하의 현후(賢侯)라 일컫고, 스스로도 근왕 양이를 부르짖고 계시다. 그러나 실제 행동에는 수상쩍은 점이 없지 않다. 아마 근왕 양이를 장난삼아 하시는 모양이야."

그 말이 미처 끝나기도 전에 도사 번사 야마지 주시치(山地忠七)가 칼을 뽑아들고 외쳤다.

"스후 님, 귀에 거슬리는 말이 있소. 말에서 내리시오."

이 젊은이는 애꾸눈이다.

요도공의 호위 무사로 이때 나이 22살. 천성적으로 담차고 애꾸눈이 한결 날카롭다.

고치 성읍 고다카사(小高坂) 에치젠 거리에 저택을 하사받고 있는 150석의 상급 무사 가문에 태어났다.

13살 때 이웃집 아이와 놀다가 실수로 대꼬챙이에 눈이 찔렸다. 눈알이 터져 온 얼굴을 피로 물들인 채 울부짖으며 집에 돌아오자, 어머니가 오히려 꾸짖었다.

"무사의 자식으로 태어나 고작 눈 하나를 잃었다고 울어서야 되겠느냐?"

그러자 그도 더는 울지 않았다고 한다.

야마지 주시치가 말했다.

"주군의 욕을 들은 이상 귀하를 베지 않고서는 이 자리를 떠날 수 없다."

다른 세 사람의 도사 번사들도 모두 칼을 뽑았다. 오가사와라 다다하치(小笠原唯八), 하야시 가메키치(林龜吉), 스와 스케사에몬(須訪助左衛門).

이에는 조슈 번의 첫째가는 난폭자 다카스기 신사쿠도 놀랐다. 여기서 분쟁을 일으켜서는 조슈와 도사 사이의 모처럼의 우호 관계가 송두리째 깨어지고 만다.

다카스기는 기지가 있는 사내이다. 그것도 순간에 작용한다. 게다가 언제나 기략(奇略)을 발휘한다.

그는 야마지 등 도사 번사들을 향해 말했다.

"옳은 말이오. 우리 번의 중신이라고 하지만, 스후 마사노스케의 행동은 나도 용서할 수가 없소. 그대들의 손을 빌기 전에 내 한칼로 없애 버리겠소."

그러자마자 긴 칼을 뽑아 스후를 후려쳤다.

하지만 기략이었다. 정말로 밸 속셈은 아니었으므로 칼끝이 말 방둥이에 약간의 상처를 입혔을 뿐이다.

놀란 것은 말이다. 말은 울부짖으며 앞발을 쳐들더니 스후를 태운 채 쏜살같이 달려가 버렸다.

"달아나다니!"

야마지가 쫓아가려는 것을, 도사측의 연장자인 오가사와라가 끌어안고 말했다.

"우리들은 주군의 명을 받은 중대한 사자로 여기에 왔다. 돌아가서 복명한 뒤에 스후를 치자."

이리하여 그들은 에도 가지바시의 번저로 돌아왔다.

요도는 팔걸이에 기대앉아 있었다. 당시 이만큼 현명한 영주는 없다고까지 칭찬을 들은 사람이었으나, 이 영주의 결점은 자신의 영리함과 뱃심에 완전히 도취돼 있다는 점이었다.

"바보 같은 놈들! 주군이 욕을 당하면 신하가 죽는다는 의(義)를 모르는가. 어찌하여 스후 마사노스케를 그 자리에서 죽이지 않았는가."

하면서 영주는 소리를 질렀다.

네 사람은 즉시 사쿠라다의 조슈 번저를 향해 스후를 치러 달려갔다.

야마지 주시치 등 네 도사 번사가 칼을 뽑아들고 가지바시 번저를 나섰을 때 "나도 가겠다" 하고 다시 다섯 명의 젊은 무사들이 뛰어들었다. 그 주된 사람이 교신묘치류(鏡心明智流) 검법의 명수 모토야마 다타이치로(本山只一郎)였다.

"나도 가겠다."

이 일행보다 조금 늦게 또 한 사람의 젊은 무사가 문을 뛰어나갔다.

이누이 다이스케였다.

아무튼 영주의 측근인 다이스케까지 사쿠라다를 향해 달려갔다. 이대로 가면 때 아닌 조슈와 도사 싸움이 에도에서 벌어지고 말 것이다.

요도는 번저에서 기다렸다.

남의 번의 중신을 베러 보냈으니 그 역시 불안했다.

'지금쯤 어디까지 갔을까?' 말술을 마실 정도로 술을 좋아하는 인물이라 이렇게 생각하면서도 술잔을 기울이고 있다.

요도는 조슈의 과격파 지사가 제일 못마땅하다. 남의 번이지만 이 기회에 도사 무사의 무용으로 혼을 내주자는 배짱이다. 하기는 조슈 번과는 얼마 전 혼담이 (조슈 번 영주의 양딸 기쿠히메 공주가 도사의 젊은 영주 도요노리에게 출가하기로 되어 있다) 성립된 참인데 기고만장한 요도는 태연하다.

아니 일시적 감정만이 아니다. 요도 자신이 조슈 번의 중신 스후를 미워하고 있었다.

도사의 노공 요도.

확실히 걸출한 인물이지만 이 사람은 유신 시대에 있어서는 시국에 브레이크를 거는 역할밖에 하지 못했다.

요도는 학식이 있고 근왕 사상가이다. 동시에 열렬한 막부파이기도 했다. 이러한 정치적 입장을 당시의 유행어로 '공무합체파(公武合體派)'라고 한다. 공이란 조정, 무는 막부를 가리킨다. 양자가 사이좋게 나라를 운영해 나가자는 상식론이다.

언젠가 조슈의 모리 가문과 도사의 야마우치 가문 사이에 혼담이 이루어졌으므로, 그 축하의 뜻으로 요도는 조슈 번저에 초대를 받았다.

술상이 나왔다.

조슈측 참석자는 젊은 세자 모리 사다히로를 비롯하여 중신 스후 마사노스케, 그리고 과격파인 구사카 겐즈이, 야마가타 한조(山縣半藏) 등이었다.

요도는 자기 두뇌와 뱃심을 자랑하는 사내였기 때문에 이렇게 말했다.

"제후가 3백 있지만 인물로서는 먼저 히토쓰바시 요시노부(一橋慶喜:

^{훗날의}
^{장군}), 에치젠 영주 마쓰다이라 요시나가(松平慶永 : ^{후에 막부의}_{정사 총재}), 그리고 나 정도일까."

그는 취해 있었다.

사람들이 어리석게만 보여서 견딜 수가 없다는 표정이다. 그리고 요도는 최근의 조슈 번의 동향을 좋아하지 않았다. 다카스기, 구사카, 가쓰라 따위의 중급 무사가 중신들을 턱으로 부려먹고 번의 대사를 움직이고 있다. 말하자면 하극상(下剋上)이다.

일찍이 요도는 호리병박을 거꾸로 들어 보이고, 조슈는 '바로 이거요' 하고 말한 적이 있다. 아래가 위로 올라가 있다는 뜻이다.

요도가 이런 감정이 있고, 스후는 스후대로 달랐다.

'근왕을 간판으로 건 공무 합체주의야말로 가장 악질이다'

라는 관념이 있었다. 자리가 무르익어 감에 따라 요도는 구사카 겐즈이를 가리키며 말했다.

"그대는 시음(詩吟)을 잘한다지, 한번 들려줄 수 없을까?"

태도가 거만하기 짝이 없다.

구사카는 울컥했지만 옆의 젊은 주군도 권했다.

"경사스런 자리이니 말씀대로 하라."

구사카는 할 수 없이 스오(周防)의 근왕승(勤王僧) 겟쇼(月性)의 우국시(憂國詩)를 읊기 시작했다.

마디마디 불을 뿜는 듯한 근왕 양이의 시로, 비분 강개파인 구사카가 읊으니 방 안에는 번개가 치고 비바람이 일 듯 처절하게 들린다.

"내가 속세를 떠났어도 이를 가는데, 묘당의 제로(諸老 : ^{정계의}_{실력자})들은 못 본 듯이 하는가."

마침내 다 읊고 났을 때, 구사카가 별안간 일어나 요도를 손가락질하고 자리를 박차고 나가면서 말했다.

"공 역시 묘당의 제후 중의 한 사람이오."

다른 가문의 어엿한 영주에 대해서 이렇게까지 무례한 짓을 한 예는 3백 년 동안 한 번도 없었을 것이다.

요도는 안색이 변했다.

그러나 점잖지 못하다고 생각하고 곧 화제를 바꾸어 담소했지만, 스후나 구사카 등 조슈의 과격파를 미워하는 마음은 더욱 심해졌다.

"스후를 베라!"

이 말에는 그러한 감정도 있었다.

조슈 번 별장에서는 대소동이 벌어졌다.

"역시 왔구나."

그런 표정들이다. 자기쪽의 스후가 잘못했으므로 할 말이 없다.

"정중하게 모셔라."

조슈 근왕파에서도 연장자의 한 사람인 기시마 마타베가 안내를 맡은 무사에게 지시했다.

기시마는 47살.

영리한 자가 많은 소위 조슈형 인물 중에서는 드물게 호탕하고 담대한 사내로, 전국 시대의 무인 그림에서 빠져나온 듯한 골격이다.

"제가 기시마올시다."

그 호걸 기시마가 야마지 주시치 등 젊은 도사 번사들을 향해 머리를 숙이고 사과했다.

"스후는 주사가 심합니다. 도사 노공에 대한 실례, 만 번 죽어 마땅하나 아무튼 인간이 그 꼴이라……"

"아니."

야마지가 말을 막았다.

"스후 님이 어떤 인품이건 우리들로서는 관여할 바 아니오. 또 스후 님을 책하러 온 것도 아니오. 다만 우리들 눈앞에서 주군이 욕을 당했다는 그 사실 하나뿐이오. 주군이 욕을 당하면 신하는 죽어야 하는 것이 의라 알고 있소. 우리들은 스후 님을 벤 다음 할복할 것이오."

"지당하신 말씀!"

기시마는 머리를 숙일 수밖에 없다.

"자, 스후 님을 이곳으로 보내 주시오. 안 계신 것은 아니겠지요?"

"번에 있습니다."

기시마는 정직하게 대답하였다.

"그러나 이번 불상사는 사사로운 싸움이 아니라, 우리 번과 귀 번의 대사에 관한 일이므로 제 생각 하나만으로는 결정지을 수가 없습니다. 세자(사다히로)와도 의논을 하여……"

이렇게 하여 도사측을 일단 돌아가게 했다.

세자인 사다히로는 크게 놀라 요도와 사이가 좋은 에치젠의 후쿠이(福井) 영주 마쓰다이라 요시나가에게 중재를 부탁하기도 했으나, 결국 세자 자신이 도사 번저로 나가 요도를 만나 머리 숙여 성의를 나타내 보이며 말했다.

"이렇게 된 이상 스후 마사노스케를 내 손으로 처벌하겠습니다."

"아니, 이 요도는 별것 아니라고 생각합니다. 다만 우리 가신들에게는 무사의 법도가 있어 그렇게 했을 뿐이지요."

이로써 일단은 끝이 났다.

사쓰마, 조슈, 도사 세 번은 아직도 전국 시대의 풍조가 남아 있어 무사들의 기상이 거칠다. 게다가 그들을 다스리는 영주나 중신들까지도 개구쟁이 골목대장처럼 고집불통이었다. 다음 이야기는 그 일례이다.

"아, 자네가 야마지 주시치로군."

료마는 신년 인사차 온 무리들 중에서 애꾸눈을 발견하고 말했다.

"그렇습니다."

야마지는 공손히 머리를 숙였다. 문벌로는 야마지 가문의 격이 높다. 료마가 낭인의 신분이기 때문에 차라리 큰 소리를 할 수 있는 것이다.

"도사와 조슈의 싸움 이야기는 재미있었네. 부지런히 싸워야 해."

"예?"

"사쓰마와 조슈도 견원지간(犬猿之間)이라고 한다. 모두 하찮은 고집을 내세워 으르렁거리고 있지."

"말씀 도중이지만."

야마지는 애꾸눈을 부라렸다.

"하찮은 고집이 아닙니다. 눈앞에서 주군이 욕을 당하고……"

"알았네."

"그, 그러나 사카모토 선생님."

"됐다니까. 난 사쓰마나 조슈나 도사나 모두가 연기처럼 사라져 버린 일본을 생각하고 있네."

"연기처럼?"

"막부도 말이지."

"옛?"

모두들 기가 질린다. 막부 타도라는 의식은 아직 도사 번의 번사들에게는 없는 거나 다름없었다.

"3백 제후도 사라진다."

료마는 홱 연기가 사라지는 시늉을 했다.

"도, 도사 번이 사라지다니?"

믿을 수 없는 일이다. 믿을 수 없을 뿐만 아니라 24만 석 도사 번만이 세계가 아닌가. 이런 생각은 3백 제후의 가신들도 마찬가지다.

인간의 의식(意識)이란 그 환경에서 쉽사리, 아니 절대라고 할 만큼 비약한다는 일이 불가능하다.

"난 말이야. 일본이라는 나라를 만들 생각이다. 요리토모(賴朝)나 히데요시나 이에야스는 천하의 영웅호걸을 굴복시키고 나라 비슷한 것을 만들었다. 그러나 나라 비슷한 것일 뿐 나라는 아니었어. 미나모토 가문, 도요토미 가문, 도쿠가와 가문을 만들었을 뿐이야. 일본에는 아직껏 나라가 없어."

"선생님, 그건 역사를 잘못 읽으신 겁니다."

야마지가 말했다. 이 사내는 완력만이 아니라 학문도 있다.

"아니, 료마식의 역사관으로선 일본에 나라가 없었어. 일본뿐만 아니라 이탈리아나 프러시아도 극히 최근까지 나라가 없었던 거야. 제군들은 이탈리아를 알고 있나?"

가쓰에게 얻어들은 풍월이다.

"모를 테지."

료마는 자랑스럽게 이탈리아사(史)를 강의하기 시작했다. 이탈리아도 여러 작은 나라로 갈라지고 서로 이해 관계를 놓고 오랫동안 싸우느라고 오스트리아나 프랑스의 침략을 받아 왔다. 지금 가리발디, 마치니, 카보우르 등의 지사가 일어나 이탈리아 통일 운동을 일으키고 있다.

"일본도 마찬가지다."

료마는 말했다.

"그러나 가리발디도, 또 미국을 일으킨 워싱턴도 이에야스와는 다르다는 말이네. 국가를 자기 집 사유물로 삼겠다는 생각은 없었단 말이야. 사카모토 료마는 일본의 워싱턴이 되겠네. 자네들도 그렇게 되게. 모두가 그렇게 되지 않으면 일본은 곧 망하고 말걸세."

바다로

어느 날 료마가 가쓰의 저택으로 가자 가쓰가 불쑥 말했다.

"이봐, 군함으로 오사카까지 데려다 주지."

아닌 밤중에 홍두께 같은 이야기로 바로 내일 승선한다고 했다.

'이거야말로 고마운데.'

료마는 좋아서 어쩔 줄 몰랐다.

"자네도 꽤 감격파로구먼."

가쓰도 감탄하면서 말했다.

"나까지 기뻐지는군."

가쓰가 보는 료마라는 사람은 참으로 특이한 인간이어서, 평소에는 더할 나위 없이 무뚝뚝한 얼굴이지만, 일단 좋아하게 되면 상대방 마음 속에까지 스며들 것 같은 기쁨을 표시한다.

"자신에게 득이야. 그렇게 좋아하니까 그만 이쪽에서도 '더 기쁘게 해 주어야지' 하는 마음이 들거든. 그건 그렇다 치고 군함 이름은 준도호(順動號)야. 지금 시나가와 앞바다에 있는데, 오늘 저녁에 조련소 앞으로 들어 온다니까 내일 새벽에 조련소 앞으로 나오게나."

"그렇게 하겠습니다."

료마는 지바 도장으로 한걸음에 돌아갔다.

군함 준도호에 대해서는 료마도 잘 알고 있다.

왜냐하면 불과 몇 달 전인 9월에 막부가 영국에서 15만 달러에 사들인 신형 군함으로 가쓰가 막부 대표로 요코하마 앞바다에서 시운전에 입회했기 때문이다.

선체는 450톤이므로 간린호(咸臨號)보다 더 크고 350마력이나 되며 힘도 강하다. 무엇보다도 신기한 것은 철갑선이라는 점이다.

군함이라고 했지만 엄밀하게 말하면 군함이 아니고 용도는 수송선이다. 그러나 기선으로서는 세계적 수준인 것만은 분명했다.

료마가 지바 도장에 돌아오자 마침 도베가 와 있었다.

"도베, 잠시 기다리고 있게."

급히 도장으로 가서 문하생들을 훈련시키고 있는 주타로의 어깨를 두드리고 도장을 나오면서 말했다.

"잠깐, 내방으로 와 주게."

입구에 사나코가 있었다.

"무얼 그렇게 서두르고 계셔요?"

"방에서 의논할 일이 있소."

"제가 가도 괜찮아요?"

"좋고말고."

이때 가지바시의 도사 번저에서 곤도 조지로가 놀러 왔다.

조지로는 성읍의 상가(商家) 출신으로 대단한 수재였으며, 가와다 쇼료에게 난학을 배웠다.

이 뒤로 쭉 료마를 따라다니게 되지만 '백가지 재주는 있으나 지성(至誠)이 모자란다'(료마의 평)는 점도 있었다.

"오, 조지로도 마침 잘 왔네."

료마는 이들을 자기 방에 모아 놓고 말했다.

"자네들을 내일 군함에 태워 줄 테니 그런 줄 알고 준비하도록 하게."

가쓰도 놀라겠지. 료마 한 사람만을 편승시킬 셈이었기 때문이다.

"료마 형, 나를 뱃사람으로 만들 셈인가?"

주타로는 입을 뾰족하게 내밀었으나 그래도 영국제 철갑선을 탄다는 매력은 버릴 수 없었던 모양이다.

"아무튼 타 주기로 하지."

선심을 쓰듯이 말했다.

도베는 그만 황송해서 어쩔 줄 모른다. 도둑놈 주제에 막부의 군함 감독관과 동승하게 됐으니 이런 놀라운 일이 세상에 또 있을까.

곤도 조지로는 물론 크게 기뻐했다. 다만 사나코가 급히 일어나 나갔기 때문에 오빠인 주타로가 불러 세웠다.

"어딜 가느냐?"

"머리를 고치겠어요. 남장을 할 거예요."

"아니 이런."

주타로는 기겁을 한 모양이다.

"너도 탈 셈이냐?"

"료마님이 타라고 하셨어요. 사나코도 한번 타고 싶어요."

"그만둬."

오빠는 무서운 표정을 지었다.

"바다에 풍랑이 일면 질려 버릴 게야."

"그렇게 생각해요?"

사나코의 눈이 반짝반짝 빛나고 있다. 여자라고는 하나 호쿠신잇토류의 면허를 가진 아가씨이므로 군함쯤 별로 두려워하지 않는다.

"료마 형, 어떻게 하겠나?"

"글쎄."

료마는 능청스럽다. 대답을 흐리며 히죽히죽 웃고 있다.

결국 사나코는 남겨 놓고 가게 되었다. 데이키치 선생이 나와서

"아니, 계집아이가 어딜……" 하고 일갈했기 때문이다.

다음 날, 아직도 날이 새기까지는 두 시간이나 있어야 될 무렵, 군함 감독관 가쓰 린타로는 아카사카 히카와 거리의 집을 나섰다.

말을 탔다.

마부와 젊은 무사 한 사람이 동그라미에 마름모꼴 꽃무늬의 문장을 찍은 초롱을 앞세우고 가볍게 달려간다.

이번 항해는 막부 말기의 역사상 중대한 의미를 지녔다.

집정관 오가사와라 나가미치(小笠原長行)가 동행한다.

목적은 막부 각료에 의한 오사카 만 일대의 방비에 대한 시찰이라는 것이었다.

아니, 이것은 시찰단의 선발대이고, 다음에는 장군 후견자인 히토쓰바시 요시노부, 막부의 수상직이라고도 할 정사 총재(政事總裁) 마쓰다이라 하루가쿠 등이 가고, 마지막으로 장군 이에모치(家茂)가 상경하기로 되어 있다.

조정의 '양이에 대한 독촉'에 밀려 마침내 에도의 권력 중추가 전원 교토로 모이게 되는 것이다. 당시 교토 조정은 극단적인 양이주의였고, 한편 여러 외국의 승인을 받은 정부인 막부는 각국의 강요로 각종 조약을 맺고 점진적인 개국주의를 취하고 있었다.

어쨌든 양이를 할 만한 힘이 있는지 없는지 그 군사상의 조사가 집정관 오가사와라 나가미치와 군함 감독관 가쓰 가이슈의 이번 임무인 것이다.

그 준도 호에 료마가 탄다.

선창은 캄캄했다.

철석거리는 파도 소리를 들으면서 료마는 주타로와 조지로, 그리고 도베와 함께 가쓰의 도착을 기다리고 있는데, 이윽고

"앗!"

도베가 멀리 들려오는 말발굽 소리를 알아냈다. 과연 직업이 직업이라 귀가 밝다.

"오시는 모양입니다."

"그래."

료마는 팔짱을 끼고 있었다.

이윽고 저만큼 어둠 속에 초롱불이 떠올랐다. 료마는 근시라 그것이 보이지 않았다.

"료마 형, 오신 모양이야."

"그럼 등불을 흔들게."

"알았네."

주타로는 어둠 속에서 지바 댁의 유명한 일월 문장이 박힌 기마용 초롱을 높이 쳐들었다.

"오!"

가쓰가 말에서 내렸다.

"사람이 많군."

가쓰는 놀랐으나 일행을 둘러보고 더욱 기가 막혔다.

"자네는 날 죽이러 왔던 양이파 검객이 아닌가?"

가쓰는 주타로를 보고, 또 도베를 보더니 놀란듯이 료마에게 말했다.

"도둑놈까지 군함에 태울 생각인가?"

가쓰는 좀 속상한 얼굴이었으나 이것도 재미있겠군, 하고 이번에는 조지로를 보았다.

"자네만은 참한 얼굴이군. 료마의 부하치고는 너무 과분한 얼굴이야."

"학자입니다."

료마가 소개를 하자 가쓰는 한바탕 웃음을 터뜨리며 말했다.

"료마가 학자라고 하는 걸 보니 대단한 학자도 아니겠군."

그렇게 웃고 있는데 기정(汽艇)이 마중을 와서 일동은 준도호에 승선했다.

얼마 뒤 집정관 오가사와라 나가미치가 승선했다. 나가미치는 6만 석의 가라쓰(唐津) 영주 세자인데, 세자인 채 막부의 집정관이 되었다. 오가사와라라고 하면 막부의 직속 영주 중에서도 손꼽는 명문으로, 그 조상은 신라 사부로(新羅三郎) 미나모토 요시미쓰(源義光)에서 나왔고, 같은 미나모토 성(姓)을 칭하고 있는 도쿠가와 가문에 비교하면 그 계통은 훨씬 순수하다.

나가미치는 이때 나이 41살.

그 나이인데도 아직 '서방님'이었다. 세상에서는 아호를 따 메이잔 공자(明山公子)라고 불렸고, 일찍부터 재능을 인정받았으며, 료마의 나이 4살 때인 덴포 9년(1838)에 에도로 옮겨 널리 학자, 논객, 문인들과 사귀었다.

뒤에 발탁되어 집정관이 되었으나 세자의 신분으로 막부 각료가 된 것은 그가 유일하다.

나가미치는 가신, 막부의 총감찰관, 외국 행정관, 통역관 등을 거느리고 배에 올랐다. 막부의 일부가 그대로 배에 탄 것과 같았다.

그밖에 군함 조련소, 고부쇼 사람들이 150명이나 탔다.

막부 사람이 아닌 것은 료마 등, 네 사람뿐이다. 그런 그들이 유유히 갑판을 돌아다니기 시작했을 때, 아득한 보소 반도(房總半島)의 산들이 보랏빛으로 물들고 이윽고 찬란한 태양이 솟아오르기 시작했다.

'훌륭한 배로구나.'

료마는 갑판을 돌아다니면서 몇 번이나 혼잣말을 했다.

생각컨대——

료마는 감상에 잠기지 않을 수 없다.

가에이 6년(1853), 19살에 처음 에도에 왔을 때 미국 해군 페리 제독이 동양 함대를 이끌고 우라가에 왔었다. 관민 모두 크게 놀라고 당황하여 천하의 지사들은 벌 떼처럼 일어나 양이론을 부르짖었다.

막부 말기의 풍운은 이 가에이 6년 9월, 페리의 흑선 함대의 내항에서 비롯되는 것이다.

료마는 우연히, 아니 참으로 운명적인 일이었지만, 19살 때 에도로 나오던 해에 이 흑선의 내항을 그의 두 눈으로 똑똑히 보았다.

19살이라면 지금으로 따져 대학에 입학할 나이다. 촌에서 올라온 젊은이가 처음으로 와세다(早稻田) 대학이나 도쿄 대학에 들어갔다고 생각하면 된다.

어떻든 자신과 자신의 주변을 비로소 깨닫는 그런 나이였다.

흑선의 인상은 강렬했다.

그 흑선에 지금 료마는 타고 있다. 갑판을 걷고 있다. 눈물이 나왔다. 두 뺨에 줄줄이 흘러내려 난처했다.

'타고 싶었다.'

——이 흑선에.

'그렇지만'

료마는 이렇게 생각하는 것이었다.

'이것이 내 배였으면……'

하지만 막부의 배이다.

속이 상했다.

자신의 함대를 갖는다는 것이 료마의 무한한 꿈이었다. 이 점만은 집념이 대단했다. 사랑과 흡사하다는 정도의 것이 아니다. 사나이의 뜻은 간명하고 직선적이어야 한다고 료마는 믿고 있다.

배.

이것만이 평생의 염원이다. 배를 갖고 군함을 갖고 함대를 편성하고, 그리고 그 위력을 배경으로 막부를 쓰러뜨리고 일본에 통일 국가를 만들자는 것이다.

독창적인 막부 타도 방식이었다.

사쓰마의 사이고도, 조슈의 가쓰라도, 도사의 다케치도 이런 것은 생각도 못하고 있으리라.

"무릇 인간이란 원하는 길을 따라 세계를 개척해 나간다."

료마는 그런 말을 남기고 있다.

배——

배에 건 료마의 꿈은 크다.

가쓰는 료마를 위해 사관실을 얻어 주었는데 이것이 조그만 사건을 일으켰다.

"가쓰 님, 그건 안 됩니다."

그렇게 말한 것은 총감찰관의 한 사람이었다고 한다.

그의 말은 당연한 것이었다.

배에는 막부의 집정관을 비롯해서 막부 고관들이 많이 타고 있다. 고관이 아니더라도 직접 장군과 접견할 수 있는 직속 무사들이 많았다. 접견 이상이라면 무관으로서는 고등관이었다. 사관실이나 상등 선실이 적어 이들의 반도 수용할 수 없는 것이다.

"신분을 알 수 없는 낭인놈을 사관실에 넣을 수가 있소?"

그 총감찰관은 은근히 그런 뜻을 내 비쳤다.

"그래요?"

가쓰는 사뭇 상대를 깔보는 것 같은 밉살스러운 표정을 지었다. 이런 면이 막료 사이에서 가쓰가 미움을 받아 온 점이다. 현군이란 말을 들은 15대 장군 요시노부조차 가쓰가 큰 재목임을 인정하면서도 끝내 그를 싫어했다. 가쓰라는 사나이는 평생 사심으로 공적인 행동을 한 적이 한 번도 없었지만, 오직

'상대가 바보같이 보여서 도무지……'

이런 이유로 사람을 얕보는 점이 있었다.

가쓰의 심중은 이렇다.

'직속 무사라고는 하지만 토란과 다름없는 머리에 상투를 틀어 올린 것뿐 아닌가. 그것보다는 관직도 없고 녹도 없지만 천록(天祿)이 있는 료마를 대우해 주어야 한다. 대우해 주면 해 줄수록 저런 사나이는 커지는 법이다.'

가쓰는 인물이라고 인정하면 편애하는 버릇이 있었다. 그것도 가쓰의 비평안이 너무나 엄격했기 때문에 그가 '인물'이라고 인정한 자는, 메이지 32년(1899) 그가 77살로 세상을 뜰 때까지 몇 사람에 지나지 않았다. 그 밖의 인물들은 모두 토란대가리의 '바보'들이었다.

"그렇다면 마음대로 하시오."

가쓰는 퉁명스럽게 말했다.

료마 일행은 갑판에 있었기 때문에 그 경위를 모른다. 다만 배 밑바닥에 있는 큰 방이 선실로 주어졌다. 당연한 일이다. 큰 방에는 하급 직속 무사, 또는 집정관의 가신 등이 포장을 치고 몇 개로 나눈 칸에 기거하게 돼 있는 것이다.

"아뇨, 갑판이 꼭 좋습니다."

방을 배당하는 관리를 물리쳤다. 료마는 대범한 것 같아도 자존심이 강한 인간이다.

신분은 틀림없는 낭인.

태생은 도사의 향사이다. 계급은 낮다.

낮기 때문에 계급별로 할당된 각급 선실에 계급을 따라 수용당하는 일이 못마땅했다.

"주타로 형, 갑판 보트 안에서 잡시다."

주타로는 좋다고 말했다. 주타로는 검술의 명문인 지바 가문의 후계자이며 돗토리 번에 초빙되어 상급 무사 대우를 받고 있다. 그러나 료마의 곁이라면 어디라도 좋다는, 사람 좋은 도련님이었다.

준도호는 파도를 헤치기 시작했다.

료마는 날마다 배 안의 여러 곳을 돌아다니면서 귀찮게 물었다.

"당신은 뭘 하고 있소?"

"잠깐, 그걸 빌릴 수 없소?"

그런 말을 하면서 조타실(操舵室)에서 직접 배를 조종하기도 했다.

막부 사관들은 불청객인 료마를 깔보았으나, 실제로 배를 움직이고 있는 수부나 화부들은 묘하게도 료마에게 친절했다.

그들의 태반은 간린 호 이래의 바다의 베테랑들이었다. 간린 호가 미국에 갈 때, 막부는 주로 세토 내해의 시아쿠 군도(鹽飽群島) 어부들을 징발해서 하급 선원으로 썼다.

그 중 조타수로 있는 다이스케(大助)는 징발 수병 중의 명물 사나이로 료마에게 대단한 호의를 갖고 여간 친절하지 않았다.

"뭐든지 가르쳐 드리죠."

이 다이스케도 간린 호로 미국까지 갔던 사내로, 동료들 사이에서는

'악당 다이스케'로 불릴 정도로 성질이 거칠었으나, 메이지 10년, 시나가와에서 죽을 때까지 '나는 사카모토 료마를 가르쳤다"는 것이 큰 자랑이었다.

이윽고 준도 호는 오사카의 덴포 산(天保山) 앞바다에 닻을 내리고 료마 일행은 상륙했다.

료마는 그 길로 풍운이 감도는 교토로 올라갈 작정이었다.

료마는 주타로와 오사카에서 헤어졌다.

"난 무엇 때문에 왔는지 모르겠군."

주타로는 얼빠진 것 같았다. 료마에게 이끌려 배를 타고 오사카까지 오기는 했으나 에도에는 도장의 일이 있다.

돗토리 번에도 저택에도 출근해야 한다.

"료마 형, 이제부터 어떻게 하겠어?"

"교토에 가 볼 거야. 아무래도 교토는 '천벌' 소동으로 피비린내가 진동하고 있는 모양이야."

"난 에도로 돌아가겠네."

다행히 가쓰도 준도 호로 바로 에도에 돌아가게 되어 주타로도 다시 그 배를 타고 돌아가기로 했다.

"그러지 말고, 며칠 동안 나니와(浪華 : 오사카의 옛 이름) 구경이라도 하고 있게나. 주타로 형은 오사카가 처음일 테지?"

"처음이야."

"다만 일러 둘 것은."

료마는 엄숙한 표정을 지었다.

"어떤 일이 있어도 가쓰 선생 곁에서 떠나지 말아 주게. 가쓰 선생이 변소에 가시면 자네도 함께 가서 변소 문 앞에 서 있어."

"왜?"

"교토와 오사카에는 천하의 양이 지사가 모여 있어. 개국론의 가쓰가 왔다 하면 죽이러 오는 바보들이 없다곤 할 수가 없네. 반드시 있어. 조슈, 미토, 그리고 우리 번인 도사 등은 그 소굴이야. 다케치 한페이타는 그러한 암살단의 두목인 모양이야."

"이봐, 료마 형."

"왜 그래?"

"나를 굳이 오사카에 데리고 온 것은 가쓰의 경호 노릇을 시키기 위해서였나?"

"나쁘게 생각지 말게."

"불쾌해."

주타로는 화가 난 모양이다.

뭐니뭐니해도 호쿠신잇토류의 분가인 지바 데이키치의 장남이 일개 경호병 노릇을 한다면 일본 제일의 경호원이 되는 셈인 것이다.

"싫은데."

"왜?"

료마는 이상하다는 듯이 주타로의 얼굴을 들여다보았다. 주타로는 더욱더 화가 난 듯이 말했다.

"그야 당연하지 않나. 나는 처음 가쓰를 베러 갔던 사람이야. 그러던 내가 경호를 하다니 너무나 경망하지 않은가?"

"좌우간 부탁해."

"료마 형, 난 아직도 양이론을 버린 게 아니야. 가쓰 개국론은 역시 싫어."

"어쨌든 부탁하네."

"정말 할 수 없군. 료마 형하고 어울려 다니면 어쩐지 내가 나 자신을 알 수 없게 돼 버리니."

"부탁하네."

료마는 교토를 향해 떠났다.

한편 가쓰는 얼마 뒤 덴포 산 앞바다에서 닻을 올리고 에도를 향해 귀항하기 시작했다.

도중, 풍랑이 심했기 때문에 이즈의 시모다 항(下田港)으로 들어갔다.

때마침 반대로 오사카로 향해 오던 지쿠젠 구로다 번(黑田藩)의 기선 다이호 호(大鵬丸)가 들어왔다.

이 다이호 호는 도사 번이 임시 빌려쓰고 있는 것으로 도사 24만 석의 노공 요도 공이 타고 있었다.

가쓰 가이슈라는 인물은 인정만 하면 철저하게 친절해진다. 무슨 일이 있어도 료마를 출세시켜야 하겠다는 생각이었다.

'이 사내야말로.'

가쓰는 준도 호의 갑판 사관에게 분부하여 보트를 내리게 하고 나섰다.

"잠깐 저 배에 다녀오겠다."

기선 다이호 호에 타고 있는 요도 공을 만나러 가기 위해서이다. 다이호 호 마스트에는 야마우치 가문의 깃발인 '세 떡갈나무 잎'이 드높게 펄럭이고 있다.

'요도에게 부탁하여 료마가 번에서 탈퇴한 죄를 용서받게 해 주자.'

가쓰는 보트를 저어 갔다. 가쓰가 탄 보트에는 도쿠가와 가문의 '접시꽃' 문장이 꽁무니에 펄럭이고 있다.

'료마의 활동 무대를 넓혀 주려는 거다.'

가쓰는 그런 생각이다. 번에서 탈퇴한 몸으로는 세상을 조심해야 하고 행동 범위도 좁아진다. 이를테면 에도, 교토, 오사카의 번저를 쓸 수도 없다.

'그러나 까다로운 요도가 그것을 들어 줄지 어떨지.'

요도는 만일 도사 영주의 집에 태어나지 않았더라도 이름을 떨칠 사나이가 되었을 것이다.

그는 일찍이 지요다(千田代)의 전각에서 그렇게 큰 소리를 친 사나이다.

"히도쓰바시(요시노부)의 총명, 가쿠(마쓰다이라 요시나가의 호)의 성실, 그리고 나의 결단력, 이 세 가지로 천하를 움직일 수 있으리라."

또한 요도는 영주이면서도 이아이(居合 : 검도의 일파, 허리의 칼을 뽑자마자 적을 쓰러뜨리는 기술)와 승마술에 있어서는 명인의 이름을 들었고, 시에 있어서는 아마도 막부 말기의 대시인의 한 사람일 것이다. 그리고 영주 중 제일의 주호(酒豪)다.

도사 번이 지쿠젠 구로다 번에서 빌려 쓰고 있는 다이호 호는 목조 스쿠너

선으로 별로 큰 배는 아니다.

가쓰는 보트를 뱃전에 대도록 했다. 보트에 휘날리고 있는 접시꽃 문장의 깃발의 위력 또한 대단한 것이었다.

다이호 호에서 줄사다리가 내려졌다.

"오, 수고한다."

가쓰는 날렵하게 갑판으로 올라갔다.

"군함 감독관 가쓰 린타로요. 요도 공을 뵙고 싶소."

가쓰는 영주와 막부 직속 무사에게만 허락된 금박을 한 전립(戰笠)을 쓰고 검은 문복(紋服)에 쥐색 빛깔 손잡이의 대소도를 차고 있었다.

당당한 차림이다. 다만 얼굴이 장난꾸러기 같았으므로 이 의젓한 모습이 좀 어울리지 않는다.

"옛."

대답하자마자 뛰기 시작한 요도의 비서관은 이누이 다이스케였다. 비서관이라고 해도 요도의 성격상 어릿광대 형은 쓰지 않고 모두 성품이 괄괄한 사나이들뿐이었다. 이누이 다이스케, 야마지 주시치, 오가사와라 다다하치, 그리고 그들의 상관 '근위 무사 중신'인 후카오 단바(深尾丹波) 외에 총감찰관 데라무라 사젠(寺村左膳), 고미나미 고로에몬(小南五郎右衛門) 등이다.

"뭐, 가쓰 선생이?"

곧 일어나 몸소 갑판으로 나왔다. 이 소탈함도 이제까지의 영주와는 다르다.

그뿐만이 아니다.

"마침 잘됐소. 술친구가 있었으면, 하던 참이지요."

가신들에게 준비를 시키고 가쓰와 함께 보트를 타고 뭍으로 향했다.

바닷가 요정에서 마셨다.

"그런데."

가쓰가 말을 꺼낼 무렵에 요도는 완전히 취해 있었다.

"가신 중에 사카모토 료마라는 자를 알고 계십니까?"

"료마?"

희미하나마 기억이 있다. 일찍이 에도 가지바시 번저에서 있었던 대시합에서 끝까지 이긴 호쿠신잇토류의 고수가 아닌가?

그러나 요도는 호탕한 사내이다. 아니, 사실 그 재능과 그릇에 있어 호탕한 사내이지만, 단 한 가지 이 사내의 결점은 자기의 호기(豪氣)를 과시하려는 경향이 있다는 점이었다.

"모르겠는데요."

거슴츠레한 눈으로 가쓰를 보았다. 24만 석의 번주다. 말단 가신들까지 알 리가 있는가 하는 표정이다.

"아와노카미(가쓰)님, 이게 어떨까?"

요도는 팔베개 시늉을 했다. 취했으니까 드러누워 이야기하자는 것이다.

가쓰는 술을 별로 즐기지 않는다. 하나 천성적인 술이 뱃속에 있고 성격상 술을 마시지 않아도 취했으며 뱃심이 있는 사나이였기 때문에 느닷없이 벌렁 드러누웠다.

"실례."

주인 요도도 드러누웠다.

어처구니없는, 실로 대단한 군함 감독관이고, 도사 24만 석의 번주였다.

"그래서?"

요도가 무슨 일이냐는 얼굴로 묻는다.

"예, 료마는 해남에서 으뜸가는 사나이일 겁니다."

"흐음."

"장차 반드시 천하의 일꾼이 됩니다. 한데 지금은 참정 요시다 도요의 살해 혐의를 받고 있으며 또한 번에서 탈퇴한 죄를 지고 있습니다. 가엾으니 용서해 주시지 않겠습니까? 제가 머리를 숙여 부탁드리겠습니다."

"음."

요도는 잔을 쭉 들이켰다.

"그런 인물인 줄은 몰랐는데, 그런데 학문의 스승은?"

요도는 학문을 좋아하기 때문에 학문이 없는 인물은 별로 좋아하지 않는다.

"글쎄요."

가쓰는 고개를 기웃하면서 말한다.

"그 사나이의 스승은 하늘이겠지요."

"하늘?"

"아무튼 어릴 때 서당 선생이 이런 바보는 못 가르치겠다고 사절했을 정도니까 학문 쪽은 뻔하지요."

"그토록 무식한 사내를 가쓰 선생 정도의 분이 인물이라고 추천하시다니 기묘한 일이로군요."

요도는 어디까지나 학자를 내세운다.

"하늘이 스승이라고 하는 것은."

가쓰는 약간 야유조로 말했다.

"료마는 학자는 아니지만 학문이 전국 시대의 오다 노부나가 정도는 되겠지요. 노부나가는 학자는 아니지만 천하포무(天下布武)의 대업을 완수했습니다. 도요토미 히데요시는 비천한 출신으로 학문이라고 할 만한 것은 없었지만 하늘의 이치(理致), 시대의 움직임, 인심을 읽고 끝내는 천하를 장악했습니다. 숱한 인간들 중에는 하늘의 가르침을 받을 만한 자질을 지닌 자가 있지요."

"한나라의 고조(高祖)처럼."

"그렇지요. 한나라의 고조도 그런 사람이지요."

"그렇다면 가이슈 선생, 우리 가신 사카모토 료마도 영웅이란 말이오?"

요도는 불만스러운 눈치다. 천하의 영웅은 자기라고 은근히 생각하고 있는 영주님이다.

"알 수 없는 일이지요. 영웅이란 하늘이 그 인물을 필요하다고 생각하면 그 인물에게 운과 때를 주는 법이지요. 료마가 그런 사주를 타고 났는지 어떤지는 장래가 아니면 알 수 없습니다만, 적어도 하늘의 은총을 받을 자격은 있는 모양입니다."

"글쎄, 가이슈 선생의 말씀이니까."

요도는 일어나 앉았다.

가쓰에게 승낙 여부의 대답을 하기 위해서였다.

"그럼 그."

요도는 이름이 떠오르지 않는 모양이었다.

"무어라고 하셨지? 사카모토……"

"료마."

가쓰는 대답했다. 과연 24만 석의 대영주는 만사 태평스럽다. 한낱 향사의 이름 따위는 몇 번을 들어도 기억할 수가 없는 모양이다.

하기는 요오도의 성격에도 따르지만.

"가이슈 선생의 얼굴을 보아 탈번죄를 용서하고 번으로 복귀를 허락하지요."

"아, 복귀."

가쓰는 문득 생각이 난듯 덧붙여 말한다.

"복귀라고 해도 본국에 돌아가는 것이 아니라, 행동을 자유롭게 해 주셨으면 합니다."

"아, 그것도 좋으실 대로."

마음대로 하라는 투다. 자기를 배알할 수 있는 신분의 사내도 아니고 어디를 어떻게 쏘다니든 아무래도 상관없는 일이다.

"그러나."

가쓰는 꼼꼼한 사나이다.

"취중의 말씀이시라 혹시 나중에 착오가 있을 지도 모르니까 증거품을 하나 얻었으면 합니다."

"증거?"

요도는 흥이 깨진 듯한 표정을 지었으나 가쓰는 물고 늘어진다.

"한 글자만이라도 좋습니다."

가쓰는 팔짱을 끼었다.

요도는 할 수 없이 손뼉을 쳐서 붓과 벼루를 가져오게 한 다음 흰 부채를 쫙 펴들었다.

"이거면 되겠지요?"

무언가를 쓰고 가쓰의 무릎 앞에 부채를 던졌다.

세취(歲醉) 360회
경해취후(鯨海醉侯)

세치 360회라고 하는 것은 일 년 내내 취해 있다는 뜻이고, 경해취후란 자신을 가리키고 있다.

경해(鯨海)란 고래가 잡히는 바다, 즉 도사의 바다를 가리킨 것이다. 취후는 술 취한 영주.

"좋습니다."

가쓰는 먹물 자국이 마르기를 기다려 부채를 접어 품 속에 넣었다.

이 일에 대해서는 또 다른 이야기가 있다.

막부의 정사 총재(政事總裁), 마쓰다이라 요시나가가 얼마후 오사카에 들어왔다.

이 군주는 요도처럼 고집스럽지는 않지만, 막부 말기의 손꼽는 명군이다. 학문이 있을 뿐만 아니라 정치 감각이 예민하고 높은 지체를 뽐내는 일도 없이, 인재라고 생각되는 사람이면 스스로 초가삼간이라도 찾아가서 세상 이야기를 한다는 사람이었다.

요도와도 친구였지만 요시나가는 가쓰하고도 사이가 좋았다. 가쓰는 료마를 이끌어 주기 위해 소개장을 써서 요시나가를 만나 보게 했다.

료마가 요시나가를 만나러 간 것은 마침 가쓰가 요도와 시모다 항에서 만났을 무렵일 것이다.

요시나가는 영주 중에서 황족과 공경을 제외한 최고의 격이 높은 영주이며 더구나 막부의 정사 총재직에 있는 사람이다.

그런 사람이 일개 낭인인 료마를 간단히 만나 주었다.

만나자 료마를 매우 총애하게 되고 뒷날까지 료마의 후원자가 되었는데 이때의 이야기는 이러하다.

요시나가는 이른바 귀공자 풍 얼굴이지만 유년 시대부터 미모의 사람이었다.

이때 36살.

이마가 넓고 작은 눈 아래로 뺨이 길게 늘어져 내려오다가 턱에서 강동하게 맺혀 있다. 지금으로 말하자면 학자라든가 기술자 가운데 흔히 있는 얼굴로 정치가에는 이런 얼굴이 없다. 행동가라기보다는 차라리 사색에 적합한 얼굴이다.

이와같은 인물이 막부의 '수상(首相)'으로 뽑힌 데는 막부 말기의 복잡한 정치 사정이 있었다. 막부가 조정의 발언이나 지사들의 여론을 무시할 수 없게 되자, 결국 도쿠가와 일문의 명가(名家)로 조정에도 인기 있는 후쿠이의 영주를 기용하지 않을 수 없게 되었다. 강권을 휘두르는 이이 나오스케식으로는 시대 조류를 처리할 수 없게 되었던 것이다.

일찍부터

가쿠(요시나가)는 일찍부터 '천하의 네 현후(賢侯)'라고 일컬었다. 네 명의 현명한 영주 중 사쓰마 영주 시마쓰 나라아키라(島津齊彬)가 뭐니뭐니해도 인물과 식견이 아울러 뛰어났지만, 그는 안세이 5년(1858) 뜻을 절반도 이루지 못하고 죽었다.

남은 것은 세 현후다. 료마의 도사 영주 야마노우치 요도, 이요(伊豫)의 우와지마 영주 다테 무네나리(伊達宗城), 그리고 이 요시나가이다.

세 사람은 모두 친구로, 언젠가 산조 내대신(三條內大臣)의 가신인 도미타 오리베(富田織部)가 교토에서 내려와 에도 도사 번저에서 세 영주를 만났을 때 재미있는 세 사람의 촌평을 남기고 있다.

"도사 영주는 장년이므로 영기(英氣)가 강하다."

"우와지마 공은 침착하고 말이었다."

가쿠를 보고는 짧게 한 마디

"도량이 넓고 실로 감탄할 만했다."

이것이 요시나가(가쿠)의 모습이라고 생각해도 무방하다.

"어때, 료마?"

요시나가는 료마와 대면할 때 말했다.

"그대의 주인인 요도 공과 나는 친하다. 한번 내가 주선하여 복귀을 시켜 줄까?"

료마는 꾸벅 고개를 숙였다. 그 숙이는 모습이 요시나가 같은 영주에게는 정말 우스웠던 모양으로 두고두고 웃었다.

료마는 꾸벅하더니 말했다.

"차라리 그렇게 부탁할까요?"

"자네 재미있군."

요시나가는 웃음을 터뜨렸다.

'차라리 그렇게 부탁할까요'라는 대답이 머리의 어느 구석에서 나온 것일까?

"료마의 소박한 성질은 사랑할 만하다."

요시나가는 나중에 요도에게 이렇게 말하고 료마의 탈번죄를 용서해 주도록 부탁했다. 요도 역시 가쓰와의 선약도 있어 곧 가신에게 일러 이 일을 사무적으로 처리하게 했다.

이 무렵의 료마는 오사카와 교토 사이를 파발꾼처럼 오가고 있었다.

"료마의 다리는 튼튼도 하지."

남에게 그런 말을 들었으나 사실 다리가 튼튼한 놈이 아니면 아무런 일도 할 수 없다는 것이 료마의 지론이었다.

료마보다 약간 후배가 되는, 사쓰마 번사인 오야마 야스케(大山彌助)라는 젊은이는 유신 전에 에도와 교토를 30여 차례 왕복했다고 한다. 야스케란 훗날 러일전쟁 때의 총사령관 오야마 이와오(大山巖)이다.

어느 날 료마가 교토 가와라 거리의 번저 앞을 지나갈 때였다.

"료마, 료마가 아닌가!"

옛날 성내 히네노(日根野) 도장에 함께 있었던 모치즈키 가메야타(望月龜彌太)가 불렀다.

가메야타는 하급 무사로, 시와 글을 잘하고 칼을 잡아도 상당한 솜씨가 있는 자였다. 뒤의 겐지(元治) 원년(1864) 여름, 산조 작은 다리 서편에 있는 여관 이케다야(池田屋)에서 모의 중 신센조(新選組)의 습격을 받아 싸우다가 죽었다.

"어이, 료마가 지나간다."

모치즈키는 번저 안에 있는 동지들에게 소리쳤다. 모두들 우르르 달려 나왔다.

"뭐야, 너희들은?"

료마는 짚신을 벗어 품 안에 넣고 도망을 가야 할 것인가 망설였다.

"잠깐, 료마, 싸움이 아냐. 탈번죄를 용서한다는 사면령이 내렸어. 모두들 자넬 찾고 있던 참이야."

"그래, 사면령이 내렸나? 그럼 여기서 도망갈 필요가 없겠군."

료마는 짚신을 땅에 던지고 다시 신었다.

"그럼 번저에서 밥을 먹여 주겠나?"

마침 점심때이다. 료마는 배가 고팠다.

"먹여 주고말고."

모두 료마를 둘러싸고 안으로 이끌었다.

같은 번이면서도 낯선 얼굴이 많다. 그러나 그들은 료마의 이름을 알고 있다.

'이 사람이 사카모토 료마로구나.'

하는 표정으로 바라보는 자가 많았다. 세상에서는 요즘 '료마, 료마'하는 소리가 연방 들려오는 것이다.

"우선 대리님에게 인사를 하게나."

모치즈키는 중년의 훌륭한 상급 무사 방으로 료마를 데리고 갔다.

대리님이란 장관이다.

"아, 그대가 료마인가."

그는 료마의 사면령을 읽어 준 다음 둘둘 말더니 엄숙한 얼굴로 말했다.

"7일간의 근신을 명한다."

곧 방 하나가 주어지고, 그날부터 7일간, 료마는 근신하게 되었다.

"쳇, 낭인으로 있었으면 이런 불편한 일은 없을 텐데."

료마는 큰 소리로 투덜댔다고 한다.

7일이 지나자 일동이 축하해 주었다. 그런데 그 자리에 응당 보여야 할 다케치 한페이타의 얼굴이 없었다.

다케치는 교토에 있는 근왕 양이 지사들의 중진이 되어 있었다.

그는 외톨박이 지사가 아니다. 도사 번의 하급 무사 중 쓸 만한 친구들은 전부 그의 수중에 있었다. 더구나 번의 참정 요시다 도요를 암살하고 쿠데타를 일으킨 이래 번의 요직에까지도 '다케치 일파'를 심어 놓았다.

그뿐만도 아니다. 과격파 공경 사이에도 인기가 있어, 그들을 양이로, 막부 타도로 이끌어 가고 있다.

다케치는 암살단 조직도 갖고 있었다. 그의 문하생 오카다 이조가 그 두목이다. 그들은 교토 안팎에 출몰하면서 막부파 요인들을 베었다.

다케치 자신이 직접 손을 쓴 적은 한 번도 없었으나, 교토의 주요한 암살 사건의 배후에는 늘 다케치가 있었다.

번저의 공금도 다케치의 손을 거쳐 그러한 암살자에게 건너가는 일이 많았다.

사건은 큰 것만 해도 일찍이 '안세이 대옥(安政大獄)' 때 지사들의 체포 배후 인물이던 나가노 슈젠(長野主膳)의 서자인 다다 다테와키(多田帶刀)를 벤 것도 도사계 암살자. 구조(九條) 집안의 당상관(堂上官) 시마다 사콘(島田左近)을 벤 것은 사쓰마의 '사람 백정 신베에(新兵衛)'라고 불리던 다나카 신베에 등이지만, 다케치가 간접적으로 조종한 혐의가 짙다. 마찬가지로 구조 집안의 모사(謀士)인 우고 겐바(宇鄕玄蕃)를 벤 것도 이조 등 도사계 사람이다. 다케치가 배후에서 조종한 것은 거의 틀림이 없다. 그밖에 포졸 분키치(文吉) 살해 등, 도사 계통의 지사가 교토 지방에서 칼을 휘두른 사건에는 다케치가 거의 관여하고 있었다.

료마는 알고 있다.

'한페이타를 위해 애석한 노릇이다.'

료마는 이렇게 생각하고 있다. 암살 또한 정치 행위의 하나임에는 틀림없으나, 예로부터 암살로 대사를 성취시킨 인물은 없다. 그렇게 믿고 있다.

고금을 통해 뛰어난 인물로서 암살을 수단으로 삼은 자가 얼마나 있었을까?

료마는 교토 번저의 젊은이들 틈에 끼어 묵묵히 술을 마시고 있다.

료마를 둘러싸고 축하해 주는 번사들은 한편으로는 다케치의 문하생, 사숙자(私淑者), 감화자뿐이었다.

'한페이타도 이만큼의 세력을 키웠구나.'

료마는 놀라는 반면, 그들을 자객으로 쓰고 있는 다케치의 태도에 이해가 가지 않는다.

'역사에 이름을 남길 사내이다. 그러나 훌륭한 이름은 남기지 못하리라.'

다케치의 수수께끼 같은 점이다. 그 인물의 높은 격조는 사쓰마의 사이고와 필적할 것이다. 그 능숙한 모략은 사쓰마의 오쿠보와 어깨를 겨루고, 그 교양은 그 두 사람보다도 풍부하며, 또 그 인간적 감화력은 조슈의 요시다 쇼인에 미치지는 못하나마 급접하긴 하다. 한데 가장 중요한 대목에서 다케치와는 다르다.

'일을 서두른 나머지 살인자가 되었다는 점이다. '천벌'이라고 하면 말은 그럴 듯하지만 밝지 못하다. 밝지 못하면 백성이 따라오지 않는다.'

"다케치는 어찌 되었는가?"

료마는 마침내 말했다.

그러자 좌중이 조용하다. 다케치가 료마를 '골칫거리'라고 하는 것을 알고 있었기 때문이다. 일동으로서는 두 사람을 만나게 하고 싶지 않았다.

──다케치에게는 은신처가 있다.

료마는 이 소식을 듣고 있었다.

"어딘가, 지금 그곳으로 가자."

칼을 들고 일어났다.

"잠깐, 그건 곤란합니다."

다케치의 문하생 중 한 사람이 말했다.

"뭐가 곤란한가?"

"료마 님은 개국주의로 변절한 사람이 아닙니까? 그리고 원래 막부 타도 사상을 안고 있으면서도 막부 가신 가쓰 린타로에게 접근하고 있습니다. 다케치 선생은 그것이 료마 님이 아니라면 베라고 했을 것입니다."

"벤다고?"

료마는 어이없다는 듯이 그의 얼굴을 들여다보며

"자네들이 이 료마를 벨 자신이 있나?"

일동은 조용해졌다.

"첫째로 료마는 개국인지 쇄국인지 그런 건 모른다. 난 바보야. 바보가 그런 고매한 논의를 알 수 있겠나? 그렇긴 하지만 이왕 말이 나왔으니 한마디 한다."

료마는 좌중을 둘러보고 엄청나게 큰 목소리를 내었다.

"꽝! 하고 온단 말이다."

모두 어안이 벙벙해 있다.

"외국이 일본을 뺏으러 온단 말이다. 그때 3백 년 전의 갑옷에 칼이나 창을 들고 너희들은 싸우러 나가겠다는 거냐? 일본은 지고 말아."

"아니, 번에서도 서양식 총을 준비하고 있어요."

"부족해. 나는 군함을 거느리고 지킬 것이니, 그때까지 료마의 행동에 대해 콩이니 팥이니 떠들지 말란 말이다. 사람은 긴 안목으로 세상을 봐야 해."

"하지만."

"그때까지만 료마를 내버려 둬!"

"알고 있어요. 그것은 다케치 선생님도 알고 있죠. 알고 있기 때문에 변절자인 료마님에게 이렇듯 축하연을 열고 있는 것입니다. 그렇지 않다면 단칼에……"

"벨 수 있나?"

"벨 수 있고 말고요."

그는 칼을 홱 끌어당겼다. 료마는 기가 막혀서 "난 달아나겠다" 하고 장난스레 어슬렁어슬렁 방을 나가려 했다. 그 모습이 하도 우스꽝스러워 모두 '와아' 하고 웃었다.

"그만두겠나?"

료마는 족제비처럼 고개를 돌렸다. 문하생도 머리를 긁적이며 웃고 있다.

"그럼 다케치한테 간다. 자네가 안내하게."

할 수 없이 문하생은 안내했다.

가와라 거리 번저 근처다. 기야(木屋) 거리를 조금 올라가서 있다. 밤만 되면 샤미셴 퉁기는 소리와 노랫소리가 소란스러운 유흥가이다.

이 기야 거리의 '단도라(丹虎).' 요정이었다.

주인은 시코쿠야 주베에(四國屋重兵衛), 뒷날 신센조의 습격을 받게 된다. 다케치는 그 집 별채를 빌려 머물고 있다. 그 별채는 지금도 다케치의 아호 '즈이잔(瑞山)'을 따서 즈이잔 장(瑞山莊)이라는 이름으로 보존되어 있다.

료마는 그 단도라에 들어섰다.

료마는 '단도라' 안으로 들어가 주인 주베에의 인사를 받았다.

주베에는 시코쿠야의 간판 그대로 아버지가 도사 출신이다. 그래서 한페이타의 뒷바라지를 해 왔다.

"단도라의 주인, 시코쿠야 주베에입니다."

료마에게 인사를 했다.

"한페이타 있나?"

그렇게 물었으나 주베에는 '우선 차나 드시지요' 하면서 말을 얼버무리고 물러갔다.

대신 아가씨가 들어왔다. 미인은 아니었으나 과연 교토에만 있다고 하는 턱이 동그스름하고 입술이 도톰한 귀여운 아가씨이다.

안내자인 문하생은 벌써 주베에와 함께 방을 나가 료마만이 남아 있었다.

"변변찮은 차나마……"

처녀는 조금 경계하는 듯한 눈으로 료마를 보더니 곧 눈을 내리깔고 찻잔을 내밀었다.

"고맙군."

료마는 목이 말랐던 참이어서 훌쩍 마셨다.

"어머, 뜨거우실 텐데."

"음, 그렇군."

뜨끔하고 그 뜨거운 것이 목구멍에서 식도로 내려가기를 료마는 묘한 얼굴로 기다리고 있다.

쿠쿡, 처녀는 웃고서 물러갔다. 나쁜 남자는 아니라고 본 모양이다. 곧 들어와서 별채로 안내했다.

"이리로."

"다케치 선생님은 외출 중이십니다만 곧 돌아오실 거예요."

"술이 없나?"

"그야 이런 집이니까 있기는 하지만, 이 방에 술을 가져오는 것은 선생님이 금하셨어요."

'여전히 근엄한 사나이로군' 하고 료마는 생각했다. 암살 배후 조종자 한페이타는 청교도 같은 생활을 하고 있는 것인가.

"당신은 주베에의 따님인가?"

"네, 오쿠라고 해요. 이상한 이름이지요?"

아가씨는 자기가 먼저 쿠쿡 웃으며 방을 나갔다.

별채라고는 하지만 다다미 석 장뿐이다. 그러나 사치스런 다실(茶室) 구조여서 료마조차 주베에가 꽤 돈을 들였구나 생각하고 둘러보았다.

우선 훌륭한 남천촉(南天燭) 나무의 장식 기둥이 눈에 띈다. 목재는 녹나무인데 나뭇결이 아름답다.

동쪽 장지문을 열면 바로 밑은 가모 강(鴨川)이다. 아침저녁의 하가시 산(東山) 모습이 훌륭하리라고 상상되었다.

다케치는 이따금 여기서 그림을 그리고 있는 모양으로 그 도구 같은 것이 눈에 띈다. 다케치의 그림은 소년 시절부터 본격적으로 배운 것이어서 전문가적 소양이 있다.

이 방에서 다케치는 때로 화필을 잡고, 때로 암살의 모의를 하고, 때로 동지와 더불어 조정이나 각 번의 공작 계획을 짜겠지.

"오——"

소리와 함께 희멀끔한 거인이 들어왔다.

다케치다.

"료마, 난 자네와 만나고 싶지 않았어. 그러나 할 수 없지."

다케치는 술을 준비시켰다.

"이 방은 천하의 일을 생각하고 논하는 방이기 때문에 주기는 엄격히 금하고 있었는데 자네가 왔으니 도리없지."

근엄 거사(謹嚴居士)인 다케치가 자기의 금기를 깬다는 것은 여간한 일이 아니다.

술을 가져오라는 분부를 받은 단토라의 딸 오쿠가 놀란 얼굴이었다.

"선생님, 괜찮은 건가요?"

료마는 눈치가 빠른 사나이라 다케치의 마음을 곧 알아차렸다. 호의적으로 본다면 오랜 친구로서 특별한 취급을 해 준다는 것이 된다.

그러나 나쁘게 해석하면, 이미 동지가 아니라고 다케치는 보고 있다. 동지라면 다케치는 이방에서 술 없이 국사를 논했을 것이다.

동지가 아니니까 술이라도 마시면서 고향 이야기나 하자는 것일까? 아마 다케치로서는 그 두 가지였을 것이다. 반갑고 미운 두 가지 감정이 복받쳐, 마침내

'술'이라는 말로 마음을 해결한 모양이었다.

"한페이타, 난 마시지 않아도 되네."

료마는 불퉁스럽게 말했다.

"그런 소리 말고 마시게. 취해서 서로 나라일일랑 잊자."

서로 논쟁을 벌이면 틀림없이 큰 싸움이 된다. 그렇게 되면 세상 돌아가는 형편상 어쩔 수 없이 응어리가 생기고 끝내 피를 볼지도 모른다.

"다케치, 한 마디 묻겠는데."

"뭔가?"

다케치는 몸을 도사렸다. 그는 재간과 열정을 기울여 구축한 근왕양이론에 한 마디라도 료마가 이론을 제기한다면 철퇴를 내릴 참이었다.

"말해 봐."

"이 집은 어느 쪽이 꽁무닌가?"

"꽁무니?"

"동쪽을 향해 있나, 서쪽을 향해 있나?"

"꽁무니는 동쪽이야."

"또 한 가지 묻겠는데."

료마는 방향 감각이 둔해서 어릴 때부터 그 일로 친구들이나 이웃 사람들에게 늘 웃음거리가 되었다.

"료마, 아직도 그게 낫지 않았나?"

다케치는 피식 웃었다.

"영 낫지 않아. 그래서 묻는데 가모 강이 어느 쪽에 있지?"

"그 장지문 밖이야."

"아, 그래. 그 가모 강이 어느 쪽으로 흐르고 있나?"

"북에서 남쪽으로 흐르고 있지."

"한페이타, 거기까지 잘 알고 있다면, 일이란 서두르지 말고 자연스럽게 밀고 가다가 마지막의 '이때다'고 할 때에 둑을 무너뜨려 한꺼번에 대홍수를 내어 천하를 일변시키는 거야. 너무 조급하게 둑을 무너뜨려서는 절대로 안 되네."

"료마!"

무언가 말을 하려고 했으나 곧 안색을 고치고 말했다.

"논쟁이 될 테니 말 않겠네. 술이나……"

술병을 들어 료마의 잔에 따랐다.

"술은 이런 때를 위해서 있는 게야. 료마, 나도 자네에게 말을 않겠네. 자네도 내게 말하지 말게."

"말하겠어, 나는."

료마는 잔을 비우고 말을 계속했다.

"말해야겠어. 한페이타. 자네는 가쓰 린타로 선생을 암살하려고 하고 있지?"

다케치는 딴전을 부렸다. 하나 료마는 다케치의 눈길을 붙잡은 채 말을 이었다.

"자네는 오카다 이조를 시켜 가쓰를 베게 하려하고 있어. 내가 아까 번저에 들어섰을 때 이조를 흘끗 보았네. 이전 같으면 그 이조란 녀석은 내 얼굴을 보기가 무섭게 강아지처럼 반색할 사내이다. 그런데 어색한 얼굴로 슬금슬금 나무 뒤로 숨었어. 사카모토 료마는 비록 눈이 근시지만 사람의 표정으로 무엇을 하려고 하는지 짐작은 할 수 있어."

"이조는 이조, 그가 무엇을 꾸미고 있는지 이 한페이타는 모르는 일이다."

"그러나 이조는 자네의 감화력으로 움직이네. 자네가 아마 가쓰의 개국주의를 매도한 일이 있네. 사람 백정 이조에게는 이유란 없지. 다케치 선생이 매도할 정도의 악인이라면 벤다, 이것뿐이지. 결국 다케치의 지시라고 할 수 있지."

"료마!"

다케치는 험악한 얼굴이 되었다.

"너는 가쓰의 주구(走狗 : '남의 앞잡
이'를 비유)가 되었구나!"

"제자일세."

"마찬가지 아닌가. 나와 도막 회천(倒幕回天 : 막부
타도)을 맹세한 옛 일을 자넨 잊지 않았을 테지?"

양이, 즉 근왕.

개국, 즉 좌막(佐幕 : 막부
옹호)

이라는 것이 당시의 공식이다.

일본의 국력으로 열강의 군대를 무찌를 수는 없는 것인데, 천황(고메이)은 그것이 가능하다고 믿고, 공경도 그것을 믿고, 또한 다케치 등의 양이 지사들이 그러한 조정을 부추겨 일본 정부인 막부에 그것을 강요하고 있다.

가엾은 것은 막부이다.

'못합니다'란 소리도 못하고, 한편으로는 외국과 조약을 맺어 하나마나의 '개국'을 하면서 또 한편으로는 조정에 대하여 '언젠가는 양이를 합니다' 하고 '대내 외교(對內外交)'를 펴고 있는 것이다.

"기한은 언제로 할 것인가?"

조정에서는 협박하듯이 독촉하고 있다. 그 조정을 배후에서 조종하고 있는 것이 조슈 번과 도사 번의 다케치파이다. 만일 막부가 양이는 할 수 없다고 하면 쓰러뜨릴 셈이다. 막부 타도의 구실을 그것으로 삼겠다는 배짱이다.

그러므로 다케치 등으로서는 개국론, 즉 막부 옹호가 되는 것이다.

"변하진 않았어. 나는 막부 타도파야. 다만 내 방식대로 그것을 한다. 그러니까 그때까지는 나를 방해하지 말게."

"방해하지는 않네."

"가쓰를 죽인다는 게 바로 방해일세. 한페이타, 이 점을 단단히 다짐받아야겠네."

교토의 봄

"아무튼, 가쓰는."

료마는 다케치에게 다짐했다.

"죽이지 말게."

그렇게 말하고 '단도라'를 나왔다.

가쓰는 일단 에도로 돌아갔으나 곧 장군 상경 건으로 해로로 다시 올라와야 한다.

당연히 교토로 들어온다.

교토는 조슈와 도사 번사를 비롯해서 살벌한 양이 지사의 소굴이 되어 버렸다. 그들 중 몇 명은 칼자루 끝을 두드리며 가쓰를 기다리고 있다고 생각해도 무방하다.

료마는 걱정이 되었다.

가와하라 거리의 번저로 돌아오자 곧 이조를 찾았다.

"오카다 이조는 어디 있나?"

하고 외치면서 문을 들어서더니 복도를 지나 자기 방으로 들어갔다.

격자 창문을 열면 바로 눈밑이 다카세 강(高瀬川)이다.

비가 내리고 있다.

료마는 등잔불을 켰다.

"이조입니다."

오카다가 붉은 칼집의 장검을 움켜잡고 들어왔다.

"허, 오래간만이로구나."

료마는 창문턱에 걸터앉으면서 겉옷을 벗었다.

"예."

원래 이조는 말수가 적은 사내이다. 그러나 얼굴에 함빡 웃음을 띠고 료마를 올려다보고 있다.

'당신을 형님처럼 따르고 있습니다.'

이렇게 말하고 싶은 모양이다.

그러나 눈만은 매섭다. 눈만은 방심 않고 짐승처럼 빈틈없이 반짝이고 있어 미소로는 감추려 해야 감출 수 없는 야릇한 빛이 있었다. 살인자 특유의 눈이다.

"벌써 몇 사람이나 벴나?"

료마는 이렇게 말하려다 그 말을 삼키고 그냥 웃고만 있었다.

"소문은 듣고 있다. 이조도 이름을 떨치고 있는 모양이더군."

이 말만 했다. 사람 백정 이조라면 사쓰마 번의 다나카 신베에와 더불어 교토 지방을 떨게 하고 있는 암살의 명수이다.

"진충보국(盡忠報國 : 충성을 다해 나라의 은혜를 갚음)을 하고 있을 뿐입니다."

"훌륭한 일이야."

료마는 고개를 끄덕였다. 이조의 단순한 두뇌로는 사람을 죽이는 일만이 국가 통일에의 길이라고 생각하는 모양이다.

"그런데 이조!"

"예."

"조금 있으면 일본에서 가장 훌륭한 사람이 교토에 온다. 자네가 좀 경호해 주지 않겠나?"

"누구신데요?"

"막부의 군함 감독관 가쓰 린타로 선생이다."

"아! 그는 간적(奸賊)이 아닙니까?"

"죽일 셈이었나?"

"그렇습니다."

"그를 경호하란 말이다."

료마는 이조의 머리로도 이해가 가도록 차근차근 타일렀다.

"이유는 그것뿐이야. 아무튼 이 료마를 믿는다면 료마가 믿는 가쓰 선생을 경호해 드려라. 이조, 부탁한다."

료마는 다카세 강의 밤비를 내다본다.

"부탁한다."

료마에게 이 말을 들은 후 사람 백정 이조는 그 나름대로 고민했다.

고민하는 것도 당연했다. 개국론자인 가쓰 가이슈는 양이론자인 다케치 한페이타의 눈에는 대역적이다.

'그를 경호하라고 사카모토 님은 말한다. 스승인 다케치 선생을 배신하라는 것과 같지 않은가.'

이렇게 생각하면서도 사실, 이조와 같은 학식이 없는 자로서는 스승인 다케치 한페이타는 가까이하기 어려운 존재였다.

그보다도 이조는 스승의 친구인 료마에게 친근감이 간다. 그뿐인가, 일찍이 오사카 고라이(高麗) 다리에서 료마에게 입은 은혜는 잊을 수가 없다.

'그런데도 사카모토 님은 은혜를 베풀었다는 얼굴을 하지 않는다.'

그게 좋다. 또 그밖에도 이조가 료마에게 감사하고 있는 일이 있었다.

이조의 신분은 잡병이었다. 도사 번에서 잡병은 다른 번 이상으로 업신여김을 받았고, 번규로써 정식으로 성(姓)을 내세울 수 없을 정도의 차별이 있었다.

번의 동지들도 아니, 다케치 조차도 이따금 '잡병'을 대하는 눈으로 이조를 바라본다. 이조는 그것이 민감한 문제였다.

'그런데 사카모토 님만은 그렇지가 않다. 그분은 언젠가 나에게 말한 적이 있다. 인간에겐 본래 위아래가 없다. 계급이란 평화시대의 장식품이다. 천하가 어지럽게 되면 칠이 벗겨지는 법이다. 일을 하려면 지혜와 용기와 덕을 쌓아야 한다.'

이조는 생각다 못해 스승인 다케치를 찾아가 솔직히 털어 놓았다.

과연 다케치는 씁쓰레한 표정을 지었다.

'양이주의자인 그대가 가쓰를 호위하겠다는 건가?' 이런 눈초리로 물끄러미 이조를 쳐다보고 있다가 불쾌한 듯이 내뱉었다.

"아무튼 좋아. 료마에게도 생각이 있겠지. 말하는 대로 해 주게."

이해 분큐 3년(1863) 2월 26일, 가쓰는 예정대로 준도 호를 타고 다시 오사카로 왔다.

그리고 곧 교토로 올라왔다.

료마는 가쓰의 숙소로 가서 만나고 이조를 대면시켰다.

"이 사람은 같은 번의 오카다 이조입니다. 외출하실 때는 꼭 데리고 다니십시오."

"호위병인가?"

가쓰는 눈치가 빨랐다. 그러나 오카다 이조의 소문은 가쓰도 듣고 있다. 사람을 베는 것이 근왕 양이라고 생각하고 있는 미친 개와도 같은 사내가 아닌가.

'하필이면, 료마도 묘한 놈을 데리고 왔구나.'

이렇게 생각했으나, 가쓰는 사람을 한번 믿은 이상 어떤 이유냐고는 묻지 않는 사람이다.

"그러지."

그날부터 가쓰는 이조를 데리고 다녔다.

가쓰가 상경한 후, 사람 백정 이조는 그 뒤를 강아지처럼 쫓아다녔다.

어느 날 가쓰는 니조 성(二條城)에서 열린 회의가 늦어져, 물러나왔을 때에는 벌써 밤이 돼 있었다.

동행은 하인 아리타니 도하치로(新谷道八郞).

성내의 대기실에서는 도하치로와 이조가 얌전히 대기하고 있다.

"이거, 너무 늦었구나."

가쓰는 현관에서 짚신을 신고 문득 성의 망루를 올려다보았다. 조금 전까지 거기 걸렸던 달이 사라지고 없었다.

"비가 오려나?"

가쓰의 혼잣말.

"글쎄요, 비가 온다고 해도 한밤중이 되겠지요."

이조의 말이다. 이자는 천기를 피부로 아는지 맑고 흐림에 대한 감촉이 예민하다.

"그러나 비가 올 것 같으면서 오지 않는 밤이 제일 위태롭습니다."

"자객이 나타나기 쉽다는 말인가?"

"예, 저의……"

"흠, 경험에 비추어 그렇단 말이지. 전문가의 말이니까 틀림없겠지."

이런 밤이면 장사(壯士)의 피가 살기로 끓어오르는 법이라는 것을 이조는 알고 있는 것이다.

"자, 나갈까?"

세 사람은 성의 작은 문을 빠져나와 성 밖으로 나왔다.

정문 앞 다리를 건너면 호리가와 거리(堀川町)이다.

가쓰의 숙소는 록카쿠(六角) 신마치 거리의 기슈(紀州) 저택으로 니조 성에서 가까운 거리는 아니다.

초롱불이 둘.

하나는 하인 도하치로가 들고 앞장서고, 하나는 이조가 들고 가쓰의 좌측에 바짝 몸을 붙이며 걸음을 옮겼다. 호리가와에서 남쪽으로 향해 가는 길이다.

가쓰는 가만히 있을 수 없는 사내로 이런저런 말을 계속했다.

이조는 말이 없다.

"자넨, 말이 없군."

"……"

이조는 잠자코 머리를 숙였다. 입을 놀리면 주위를 살필 수 없기 때문이다.

"사람을 죽이는 것은 그만두는 게 좋아. 백 명, 천 명을 죽인다 해도 시대의 흐름이 멋대로 바뀌는 것은 아니니까."

"……"

에치젠 저택의 담을 지나 동네에서 흔히 '오시호리카와 거리(押堀川町)'라고 부르는 근처까지 왔을 때, 호리가와 강변의 버드나무가 조금 움직였다.

버드나무가 움직였다고 본 것은 이조의 육감이었다.

과연 몇 사람의 발소리가 갑자기 들리고 어둠 속에서 흰 칼날이 번뜩였다.

"간적——"

이 말과 동시에 뛰어나온 그림자는 둘이었다. 이조는 그 그림자에 부딪칠 듯이 다가가 칼을 뽑는 순간 후려쳤다.

돌린 칼로 왼편 사나이의 허리를 베고 고함을 질렀다.

"도사의 오카다 이조를 알고 하는 짓이냐?"

그 위협이 먹혀들었던지 대여섯이나 되던 그림자가 비명을 지르며 도망쳐 버렸다.

이조는 칼을 거두었다.

말없이.

피가 튀어 가쓰의 옷자락에 묻었다.

그러나 가쓰는 안색 하나 변하지 않고 팔짱을 낀 채 태연히 걸어간다.

아무리 이조라 해도 숨결이 가쁘다. 그러나 여전히 말없이 가쓰의 왼편에 바싹 붙어 조용히 걷는다.

"······"

가쓰는 잠자코 걸어간다. 가쓰는 막부 말기의 거물이었고 담력도 자기 딴엔 독만큼 크다고 자부했지만, 어쨌든 눈앞에서 사람이 베어지는 걸 본 것은 처음이다. 다소의 동요는 있었다.

이윽고 가쓰는 불쾌한 듯이 말했다.

"오카다 군. 자네는 사람을 베는 것이 장기인 모양인데, 대장부의 갈 길은 아니야. 대장부는 남의 칼을 맞을망정 사람을 베진 않는 법이야."

"······?"

"앞으로는 이제와 같은 행동을 삼가게."

"가쓰 선생님."

이조는 불만스러운 듯이 말했다.

"저로선 모르겠습니다. 아니, 조금 전의 일을 말씀드린다면 그때 만약 제가 없었다면 선생님의 목이 날아갔을 것입니다."

'하긴 그렇구나.'

설교를 좋아하는 가쓰는 깜박 자기의 입장을 잊고 설교해 버렸던 것이다.

교토로 들어간 료마가 오타즈를 찾아간 것은 2월초의 일이었다.

데라마치 거리를 북으로 올라가 세이와인(淸和院) 궁문을 들어서면 공경 저택들이 나온다.

저택마다 나무들이 하늘을 찌를 듯이 우거져 있어 '공경의 숲'이라고 부를 만했다.

료마는 산조 저택으로 들어가 명패(名牌)를 내밀고 오타즈에게 면회를 청했다.

"도사 번사, 사카모토 료마 님이시군요."

안내하러 나왔던 하인이 들어갔다. 별로 의심도 않는다.

도사의 제후 야마우치 가문과 공경인 산조 가문은 인척 사이이다.

따라서 도사 번사들이 공무, 사사로운 일로 자주 드나들고 있다.

다즈는 이때 저택 안의 신주인(信受院) 님의 방에서 쌍육(双六)놀이 상대를 하고 있었다. 신주인 님이란 선대 산조 사네쓰무(三條實萬)의 미망인이다.

사네쓰무.

산조 가문의 옛 주인이다. 이이 나오스케가 일으킨 이른바 '안세이 대옥'으로 은퇴, 교토 북쪽에 있는 잇쇼 사(一乘寺)에 숨어 살았다.

이웃집에 와타나베 기사에몬(渡邊喜左衛門)이라는 향사가 있어 그와 자주 차를 마시며 이야기를 나누었는데, 어느 날 어디에선지 선물로 과자가 들어왔다.

사네쓰무는 단 것을 퍽 좋아했다.

"기사에몬, 먹지."

그것을 둘이서 의심없이 먹었다.

그런데 기사에몬은 별안간 배를 움켜 쥐고 쓰러졌다.

고통스러워하면서 사네쓰무에게 다음과 같이 말하고 숨을 거두었다.

"대감마님, 독이 든 과자입니다. 막부의 짓일 것입니다. 먹지 마십시오."

"벌써 먹었어."

사네쓰무는 비통한 표정을 지었다. 의사가 달려와서 토하도록 했으나 그래도 독이 남아 있었는지 그 뒤 10일째인 안세이 6년(1859) 10월 6일에 죽고 말았다.

그때 나이 58살.

독살의 원흉인 이이 최고 집정관은 그 다음 해인 만엔 원년(1860) 3월 3일, 큰눈이 내리던 날 18명의 미토, 사쓰마 낭인들에 의해 사쿠라다 문밖에서 암살당했다. 사네쓰무의 원수는 갚았지만, 아버지 사네쓰무가 살해된 원한은 그 장남 사네토미(實美)로 하여금 공경 중에서도 가장 격렬한 막부 타도파로 만들었다.

신주인은 그 사내쓰무의 미망인이다.

친정인 야마우치 가문에서 보내온 오타즈 아가씨를 상대로 노후의 나날을 보내고 있다.

오타즈도 분주했다. 산조 가문이 막부 타도주의자였으므로 오타즈는 친정 번인 도사 출신 지사들의 뒷바라지를 잘해 주었다.

예를 들면 료마의 동지인 이케 구라타가 에도에서 돌아오는 도중 여비가 떨어져 허리에 찬 칼과 옷을 팔고 거지꼴로 산조 댁 문전에 섰을 때도 칼과 여비를 마련해 주었다.

역시 료마의 동지 고노 마스야가 에도에서 고향으로 돌아가는 도중, 교토 번저에서 병으로 쓰러진 것을 동정하여 침구를 보내고 자신의 하녀를 보내어 간호하게 했다.

"료마 님이?"

오타즈는 주사위를 던지던 손을 멈추었다.

"모시도록 해요."

오타즈는 하인을 물러가게 하고 다시 쌍육판 위로 얼굴을 돌렸다.

'신주인 님에게 얼굴빛을 보이고 싶지 않아.'

그러나 신주인은 흥미로운 듯이 그런 오타즈를 지켜보고 있었다.

신주인 님은 웃는 얼굴이 아름다운 노부인이다. 요즘은 꽤 늙은 티가 났으나, 과연 도사 24만 석의 공주답게 나이와 더불어 기품이 더욱더 닦이고 오히려 젊었을 때보다도 아름답다고 다즈는 생각하고 있다.

"다즈, 알고 있어."

신주인은 미소를 띠며 말했다.

"료마라면 사카모토 료마 말이지? 신분은 낮지만 훌륭한 무사라고 들었어."

"네."

오타즈는 얼굴을 숙인 채 입술을 깨물고 있다. 볼이 달아 오르는 것을 에써 참고 있는 것이다.

"오타즈."

"네."

"좋아하고 있지?"

오타즈가 흠칫 얼굴을 쳐드니 신주인의 해맑은 미소가 눈에 띈다.

"전부터 눈치 채고 있었어. 다즈가 번사들의 소문을 내게 들려 줄 때 사카모토 료마의 이야기만 나오면 눈의 광채가 달라졌거든. 나의 짓궂은 추측일까?"

"어머, 별말씀을."

"호호, 이상한 말을 했군. 지레 짐작이라고 할까. 하지만 나는 나대로 료마가 한 번도 나타나지 않아 은근히 다즈를 위해 걱정하고 있었어."

"아뇨, 그건……"

"변명 필요 없어. 여자가 사내를 사모한다는 것은 자연스런 정이야. 그리고 다즈처럼 몸가짐이 참하면 나도 마음 놓고 다즈를 놀릴 수 있어요. 자아, 쌍육놀이는 그만둘까?"

"아뇨, 괜찮아요."

오타즈는 황급히 주사위 통을 흔들었다.

"오타즈, 뭘 그렇게 당황하고 있어? 내 차례야. 하지만 그만두자. 내일까지 시간을 줄 테니까 천천히 이야기라도 하고 놀다와요."

신주인은 명문 집안에서 자란 면에서는 비교적 이런 일에 이해심이 많았다.

"다만."

신주인은 오타즈를 장난스러운 눈으로 보며 말했다.

"오타즈라면 그럴 리 없겠지만, 함부로 아이를 가지거나 해선 안돼."

'어머……'

"나는 오타즈를 시녀라곤 해도 보배처럼 생각하고 있으니까 이것만은 조심하도록."

이해가 많은 것 같지만 역시 귀족이므로 신주인도 자기 본위이다.

다즈는 자기 방에서 잠깐 거울을 들여다보고 현관 옆의 작은 방으로 갔다.

'눈이라도 올 것 같다.'

안뜰 복도에서 하늘을 올려다보고 공연히 중얼거렸다. 자기를 진정시키기 위해서이다.

작은 방에 료마가 있었다.

"아, 오랜만입니다."

"그렇군요."

오타즈는 조용히 앉았다. 그 단정한 움직임은 과연 도사 번 대대의 중신 가문 출신다웠다.

"료마 님은 별고 없었나요?"

"앓진 않은 것 같습니다."

"다행이에요."

오타즈의 말은 짧다. 진정될 때까지 말수가 적지 않으면 어떤 이상한 말을 지껄일지 자기 자신도 믿을 수가 없는 것이다.

"오타즈 님도 별고 없었지요?"

료마는 그렇게 말하지 않는다. 사내인 것이다.

덤덤하게 턱을 어루만지고 있다.

검은 무명 겉옷이 때가 끼어 더러워지고 문장이 잿빛으로 되었다.

'여전히 지저분하군.'

"료마 님."

"예."

료마는 이상한 소리를 내었다. 쉰 목소리였다. 이 사내는 이 사내대로 오타즈를 만난다는 것이 벅찬 모양이었다.

'역시 료마 님은 나를 사모하고 있어.'

다즈는 속으로 생각했다. 그렇게 생각하니 마음이 가라앉아 자기 자신, 여자란 묘한 것이로구나, 하고 그만 미소를 머금었다.

"왜 그러십니까?"

"아아뇨, 그 겉옷을 제가 만들어 드릴까요?"

"이게 더러워서 그럽니까?"

"네, 조금."

"비바람을 맞은 데다 단벌 신세라서요. 하긴……"

료마는 옷소매를 날름 핥아 보았다.

"찝찔하군요."

"짜요?"

"에도와 오사카 사이는 바닷길이고, 교토와 오사카는 육로라 소금기 말고 먼지 맛도 납니다."

"식성이 좋으시군요."

"변변한 건 먹지 못했지만."

"한턱낼까요?"

"부탁합니다."

료마는 한 손으로 비는 시늉을 했다.

"하지만 그렇게 더러운 옷차림으로 같이 가는 건 싫어요. 하다못해 겉옷이라도 무늬가 없는 까만 지리멘을 가져오도록 하지요. 그 겉옷은 버려요."

"버리면 꾸중할 사람이 있습니다."

"어머나 어떤 분이죠?"

"이건 지바 도장의 따님인 사나코라는 아가씨가 지어 준 옷입니다."

"료마 님."

다즈 아가씨의 마음이 평안할 리가 없다.

그러나 곧 미소를 띠고 물었다.

"사나코 님이란 분은 료마 님의 약혼자인가요?"

오타즈가 물었다.

"아닙니다만 친하긴 하지요."

"어떻게 친하신가요?"

그만 심문하는 말투가 되었다.

"호쿠신잇도류의 같은 제자이지요. 아니, 그렇다기보다도 스승 격입니다. 데이키치 노선생의 따님이기도 하고, 제가 받은 인증서에서도 사나코 님의 이름이 나와 있습니다."

료마는 품 속에서 증서 두루마리를 꺼내어, 사실은 이것을 고향의 오토메 누님에게 보내 주었으면 해서 가지고 왔다고 말했다.

"갖고 다니기가 불편해서."

"펴 봐도 괜찮아요?"

"좋습니다."

두루마리를 풀자 맨 끝에 사람 이름이 나란히 있다. 창시자인 지바 슈사쿠 나리마사(成政)를 필두로 그 아우이며 료마의 스승인 데이키치 마사미치(政道), 그리고 그 아들 지바 주타로 가즈타네(一胤), 그 옆에 주타로의 누이 이름이 셋 있었다. 이름은 사나코(佐那子), 리키코(里幾子), 기쿠코(畿久子).

리키코, 기쿠코 둘은 일찍 시집을 갔으므로 지금 지바 집에는 없다. 장녀인 사나코만이 남아 있는 셈이다.

"거기 사나코라고 있지요. 그분입니다. 이 겉옷을 지어 준 사람은 인증서를 받은 솜씨라 굉장히 무섭죠."

"아름다운 분이겠지요?"

"남들이 그렇게 말하더군요."

"료마님도 그렇게 생각하겠지요?"

"물론입니다."

오타즈는 싱거워져서 두루마리를 도로 말았다.

"오토메 누님에게 보내 드리겠어요. 그리고 한턱 낼 테니 기요미즈(淸水)의 아케보노 관으로 먼저 가 계셔요."

"이 겉옷을 입은 채라도 괜찮습니까?"

"더러워서 오타즈는 싫지만 료마 님에게 소중한 분이 지은 것이니까 괜찮아요."

쌀쌀맞게 말했다.

료마는 밖으로 나왔다.

눈이 희끗희끗 흩날리고 있었다.

'오늘 밤엔 쌓이겠는걸.'

거리의 가마를 잡아탔다.

도중 야나기 반바(柳馬場) 산조 구다루에서 불이 나 료마는 구경하기 위해 내렸다.

불이 먼저 난 집은 이발소로, 그 옆집으로 번졌고 셋째 번의 판자담을 두른 집이 한창 타고 있는 중이었다.

저택은 그다지 크지 않았으나 어쩐지 구조가 유서 깊은 집으로 보였으므로 물었다.

"누구의 집인가?"

가마꾼이 대답했다.

"지금은 돌아가셨습니다만 나라사키 쇼사쿠(楢崎將作)라는 고명한 의사 선생님 댁입니다."

"나라사키?"

료마는 화재 현장을 향해서 달리기 시작했다.

이름은 알고 있다. 지난 안세이 대옥 때 체포되어 옥사한 근왕주의자였다.

나라사키의 유족이 퍽 곤란하다는 말을 전부터 료마는 듣고 있었다.

동지들의 이야기로는 미망인은 저택에 여러 가구를 세 준 방값으로 먹고 산다고 한다. 수입이라고 해야 얼마 안 될 것이다. 게다가 이렇게 화재가 났다.

'남편은 옥사, 집은 화재——이래서야 어디 견뎌 내겠는가.'

료마가 정신없이 뛰기 시작한 것은 그렇게 생각했기 때문이다.

의협심이라 듣기엔 좋지만 료마에게는 그만한 미담 취미는 없다. 평소에는 느리지만, 이러한 사태를 보면 목숨도 아깝지 않다는 생각이 들어 앞뒤를 헤아리지 않고 달려가고 만다.

'이상한 사내야.'

료마 자신은 그렇게 생각지 않는다.

그러나 어쨌든 이때의 황망스러움은 좀 유별났다. 뒤에 이 '화재'가 료마의 운명에 큰 영향을 끼치게 되는 것이지만, 역시 이때 그와 같은 보이지 않는 운명에 이끌렸다고나 할까?

"비켜라, 비켜."

시커멓게 모여든 구경꾼을 헤치고 있는 사이에, 료마의 두 귀는 저마다 떠들고 있는 동네 사람들의 이야기 속에서 중요한 몇 가지를 얻어 들었다.

유족으로 지로(次郎)라는 아들이 있는 모양이다. 나중에 안 일이지만 이때 그 아이의 나이는 9살.

그 아이가 "단검, 단검" 하고 부르짖으며 빠져나온 불 속으로 다시 들어갔다고 한다.

역시 나중에 안 일이지만 세간을 다 팔아먹고 단 하나 남은 죽은 아버지의 유품이 그 단검이었다.

"불타 죽겠다."

"연기에 숨이 막히겠어."

모두들 떠들고 있을 뿐 아무도 구해 내려 하는 자가 없다. 아니, 누이인 듯한 아가씨가 뛰어들려 하고 있었다.

그것을 이웃사람들이 간신히 만류하고 있었다. 이 불길 아래에서는 그것이 타인으로서의 큰 호의였다.

"놓아 주세요, 놓아 주세요!"

처녀는 몸부림치고 있었다.

'좋아, 내가 가지.'

료마는 소방수에게 젖은 거적과 쇠갈고리를 하나 빌려 들고 명했다.

"내게 물을 끼얹어라!"

철썩, 물이 머리에서부터 끼얹어졌다.

"칼을 부탁한다."

쌍칼을 벗어 휙 던졌다고 료마는 기억하고 있는데, 사실은 처녀에게 맡겼던 모양이라고 후에 냉정을 되찾고 나서야 깨달았다.

얏!

그는 불 속으로 돌진했다.

불타며 떨어지는 크고 작은 불덩어리를 갈고리와 젖은 거적으로 뿌리치며 뒤뜰에 이르니 거기에도 온통 자욱한 연기다.

"애야!"

료마는 쓰러져 있는 소년을 보았다.

소년은 질식한 것 같다.

료마는 낚아채듯 안아 올리자 소년에게 젖은 거적을 씌우고 그대로의 자세로 '쿠당!' 하고 판자 울타리에 왼쪽 어깨를 부딪쳤다. 판자 서너 장이 떨어져 나갔다. 료마는 발을 들어 차 버리고 좁은 골목으로 뛰쳐나갔다.

바로 이웃집 부엌문 앞이다. 지독한 연기로 눈도 뜰 수 없다. 눈물을 닦고 겨우 눈을 떠 보니 다행히 거기까지는 아직 불길이 돌지 않은 것 같다.

부엌문으로 이웃집에 뛰어들었다. 벌써 식구들도 세간도 피난하고 없었으나, 그 빈 집에 소방수가 십여 명 들어와 기둥에 밧줄을 매고 집을 쓰러뜨릴 준비를 하고 있는 참이었다.

"수고들 하오."

"아니?"

소방수 쪽에서 오히려 놀랐다. 머리칼은 타고 그을음으로 얼굴이 시꺼먼 낭인 차림의 거인이 연기 속에서 튀어나온 것이다.

"나리, 옷자락에 불이!"

"그래?"

발로 짓밟아 끄고 나서 말했다.

"아직 쓰러뜨리지 말게, 아직——"

료마는 이 말을 하면서 밖으로 나갔다.

'와아' 하고 사람들이 환성을 질렀다.

료마가 소년을 땅에 내려놓고 응급법을 쓰자 깨어났다.

"얘야, 칼은 못찾았지?"

"응."

소년은 순진하게 끄덕였다.

"함부로 위험한 짓 하면 안돼. 칼 같은 건 얼마든지 살 수 있어. 그 따위 쇠붙이를 아버지 유품이니 무사의 얼이니 하는 것은 자신이 없는 바보들이 하는 소리야. 아버지의 유품은 네 자신이다."

소년은 귀여운 얼굴을 하고 있었다. 이야기로만 들은 나라사키란 사람은 어쩌면 미남이었는지도 모르겠구나 하고 생각했다.

'아참, 오타즈 님한테 가야지.'

그제야 생각이 나서 허둥지둥 뛰기 시작했다. 가마꾼이 기다리고 있었다.

"오, 달아나지 않고 있었구나."

"나리, 가마 삯을 아직 받지 않았어요."

"아, 그래. 곧 아케보노 관으로 가자!"

가마는 달리기 시작했다.

"이상한 걸요, 나리. 직업상 이런 건 금방 알지요. 조금 무게가 가벼워지셨어요."

"맞았다. 그 말을 듣고 생각났지만, 나는 장검을 불난 곳에 잊고 왔어."

료마는 그제야 깨닫고 멍청해 하고 있다. 대관절 누구에게 맡겼을까?

"그러고 보니 나리의 칼을 젊은 아가씨가 소맷자락으로 싸안고 있더군요. 나리가 나올 때는 안 보였지만."

"도적맞았을까?"

"농담이 아닙니다. 되돌아가시죠."

"난 되돌아가는 건 싫다. 지나가는 사람에게 부탁해서 불난 곳에 말을 전하도록 하게. 난 도사 번사 사카모토 료마, 기요미즈의 아케보노 관으로 가져오라고 말이야."

"태평이시군요."

가마는 산네이 고개를 올라가 아케보노 관 앞에서 멈춰 섰다.

료마가 내렸다. 칼도 없이 온 몸이 흠뻑 젖어서 하카는 다리에 찰싹 감겨 있다. 더구나 머리칼은 여기저기 타고 그을어 얼굴은 숯검정투성이다. 이런 모습으로 다즈와 소위 '밀회'를 하다니 말도 되지 않는다.

"나리."

가마꾼조차 보다 못해 한 마디했다.

"이런 말씀드리면 뭣합니다만, 정말 굉장한 모습이시군요."

소매는 타서 누더기가 팔에 걸려 있다.

"과연 거지꼴이구나."

료마도 자기 꼴이 우스워져서 껄껄 웃었다.

가마꾼은 완전히 이 무사가 좋아져 버린 모양이다. 그래서 공연한 참견까지 했다.

"나리, 아케보노 관이라면 교토에서도 이름 난 요정인데, 단골이신가요?"

"단골이 아니면 어떻게 되나?"

"아니, 그 모습으로 들어가면 현관에서 들여보내지 않지요. 공연히 그러는 게 아니니까 여기서 기다리고 계십시오. 이 이웃에 저희들이 잘 아는 헌옷 가게가 있으니까 빌려오겠습니다."

"고맙네. 그러나 이대로도 괜찮을 거야."

"아닙니다."

가마꾼은 고집을 피웠다.

그런 광경을 아케보노 관 하인이 보고 있었던 모양으로 여주인에게 알렸다.

"아와시마(淡島) 거지가 떼를 쓰려 왔습니다."

이래서 아케보노 관에서는 소동이 났다. 산조 다리 밑 근처에 오막살이를 짓고 사는 거지들이 아와시마의 부적을 판다고 하면서 요리집 문전에 나타나 돈을 뜯어가는 일이 흔히 있었다.

"가마를 탄 거지입니다."

"어떻게 생겼는데?"

"굉장히 키가 큰 사람입니다."

료마는 1 미터 80 센티나 되었다고 하니 그 당시로서는 굉장한 거인이다.

그런 소동이 한창일 때, 별채에서 혼자 앉아 있던 오타즈는 복도에서 떠드는 소리를 들었다.

　오타즈는 '혹시?' 하는 생각으로 손뼉을 쳤다.

　"문 앞의 거지가 입은 옷의 문장은 무엇이지요?"

　"도라지꽃 문장입니다."

　"아, 그건 아와시마 거지가 아녜요. 언젠가 여기 오셨던 손님이에요. 들여 보내 주세요."

　'그런데 료마 님은 왜 불과 몇 시간 사이에 그런 꼴이 돼 버렸을까?'

　료마가 들어왔다.

　오타즈는 놀라서 눈이 휘둥그레졌다.

　"어쩐 일이셔요? 그 모습은——"

　오타즈는 눈살을 찌푸렸다.

　'정말 마음 놓을 수 없는 도련님이야.'

　나시노기 거리의 산조 저택에 찾아온 것이 불과 몇 시간 전인데 그 사이 저렇게 흉측스레 변하다니.

　"소매도 너덜너덜 타고, 젖고, 흙투성이에다. 그래서야 모처럼 소중한 여자 분이 지어준 옷도 소용이 없지 않아요."

　"오타즈 님 탓이에요. 내 옷을 그렇게 흉을 보았으니 이 꼴이 되었지요."

　"제 탓이라고요? 정말 어처구니없군요. 어디서 장난을 하시고 무슨 말씀을……"

　"나는 어린애가 아닙니다."

　"료마 님이라면 그다지 차이가 없어요. 대관절 왜 그렇게 됐어요?"

　"야나기 반바에 불이 나서."

　"불? 그래서 어떻게 하셨어요?"

　"그래서——"

　료마는 짤막하게 이야기하고 나서 덜덜 떠는 시늉을 해 보였다.

　"춥군요. 불이란 이렇게 추운 것인 줄 몰랐습니다."

　"그리고 불이란 더러운 것이기도 하군요."

　오타즈는 놀려 주면서 아케보노 관 사람에게 곧 목욕물을 데우라고 분부했다.

　다행히 목욕물은 데워져 있었다.

"아니, 목욕은 안 하겠습니다."

료마는 어릴 때부터 목욕하기를 싫어했으며 그 버릇은 아직껏 남아 있었다.

"안 돼요, 료마 님. 그 꼴로는 이 집이 나중에 다다미를 갈아야만 해요. 자아, 오타즈가 씻겨 드리겠어요."

"아니, 괜찮습니다."

"저도 소문을 들어서 알아요."

오타즈가 웃었다. 그 소문이란 료마가 어렸을 때 오토메 누님이 싸움하듯이 목욕시켰던 것인데, 오토메가 바쁜 볼일이 있을 때는

'오늘은 혼자서 목욕해라' 하고 말하면, '네' 하고 대답하고, 수건만 적셔 가지고 나온다. 얼굴도 손발도 새까만 그대로이다.

'료마, 목욕했니' 하고 오토메가 물으면 '했어요' 하고 수건을 보인다. 얼굴에 거짓말이 써 있는 데도 료마는 모른다. 그래서 오토메는 꼭 씻겨 주어야만 했다.

'소문 들어 알았다'란 그 말이다.

"자아, 따라오세요."

오타즈는 욕실까지 료마를 안내하고 탈의실에 서서 료마가 옷 벗는 것을 꼼짝 않고 감시했다.

'곤란한걸.'

료마는 소탈하면서도 좀처럼 발가벗은 몸을 보여주지 않는 버릇이 있었다. 태어났을 때부터 등에 더부룩하게 나 있는 거뭇거뭇한 털 때문이었다. 병신이라고까진 할 수 없지만, 본인은 병신에 속하는 것인 줄 알고 여자처럼 부끄러워했다. 그런 말도 듣고 있었기 때문에 오타즈는 료마를 곯려 주려고 생각했던 것이다.

료마가 물통에 더운 물을 퍼서

'쫘악——' 뒤집어쓰니 검은 땀이 흐르는가 싶을 정도로 숯검정과 진흙투성이 물이 흘렀다.

'어이 아프구나.'

깨닫고 보니 어깨와 다리 여기저기에 덴 상처가 있어 마치 싸움터에서 돌아온 것 같다.

어느 틈엔가 오타즈가 옛날 오토메 누님과 같은 모양을 하고 들어왔다. 붉은 멜빵으로 소매를 동이고 옷자락을 거뜬하게 무릎까지 걷어 올리고 있다. 공주님으로서는 어울리지 않는 광경이라고나 할까.

"료마님, 씻겨 드리지요."

"싫습니다."

료마는 당황하여 목욕통 속으로 뛰어들었다. 예의 등을 보이기 싫어서이다. 그리고 오타즈에게 앞을 드러내 보일 수도 없으므로 진퇴양난에 빠져 버린 것이다.

목까지 물에 잠기면서 말한다.

"오타즈도 어쩐지 오토메 누님을 닮기 시작했는데요."

"료마님이 닮도록 만드는 거예요. 당신의 행동을 보고 있으면 거기까지 뒷바라지를 하지 않으면 잘 살아 나갈 수 없는 사람이란 생각이 들고 말죠. 말하자면 료마 님이 나쁜 거예요."

"나는 염려 없습니다."

"그건 말뿐이에요──"

"그럴까요."

"신경 쓰이는 사람이에요. 에도의 사나코 님도 그런 심정이었겠지요."

"아하."

료마는 낙담하고 있다. 그러고 보니 사나코도 화를 잘 냈지만 귀찮을 만큼 친절한 데가 있었다.

"료마 님은 결혼 않으셔요?"

"싫습니다."

"어째서죠? 당신 같은 분에게는 색시가 필요해요."

"평화 시대에 태어났다면 나는 돌아가신 아버님의 희망대로 곤페이 형님에게 성읍에 도장이나 마련해 달래서 검객으로 세상을 보내고 평범한 아내를 얻어 자식을 낳아 이웃에선 엉뚱한 인간이란 미움을 받으면서도 필요한 생활을 보냈을 테지요. 그러나……"

"난세에 태어나셨다는 거죠."

"예, 옛날부터 난세란 사내의 시대니까요. 가정은 갖고 싶지 않아요."

료마의 얼굴이 차츰 벌겋게 익어 왔다. 목욕물이 몹시 뜨거웠던 것이다.

"이거, 견딜 수 없군요."

그는 튀어나오고 말았다.

오타즈는 그것을 기다렸다가 료마에게 등을 돌려대게 했다.

과연 당당한 등이었다. 그 등줄기를 중심으로 용의 갈기라고나 할 기묘하게 털이 나 있다.

"어머, 이야기는 들었지만, 그래서 료마(龍馬)로군요."

오타즈는 감탄했다. 어쩌면 하늘이 이 난세를 수습하기 위해 '용의 화신을 지상에 내려보낸 것이 아닐까' 하고 반은 진심으로 생각하는 것이었다.

오타즈는 료마의 등에 물을 '좌악' 끼었더니 쌀겨 주머니로 등을 문지르기 시작했다.

오타즈가 '이상한 털이군' 하고 생각하리라고 상상하니, 료마는 몸이 움츠러드는 것만 같다. 이 털이 료마의 고민 덩어리로, '어머니도 정말 날 이상하게 낳아 주었구나' 하고 원망하고 싶어진다.

등을 밀어 주고 있는 오타즈는 그런 료마의 심정이 전달되어 와서 더욱더 장난하고 싶은 마음이 된다.

오타즈가 우스운 것은 이렇게 소탈하고 무뚝뚝하고 여자의 마음 따위는 알아 줄 것 같지도 않은 젊은이가, 단 한 가지 등의 털 때문에 소녀처럼 부끄러워하고 있다는 것이었다.

하기는 료마도 기분이 몹시 좋고 더구나 술이 취해 있을 때는 기생 앞에서 웃통을 벗고는 '어때, 료마란 뜻을 알았나' 할 때가 있긴 하다(하기야 일생에 한 두 번쯤이었다곤 하지만).

그러나 여느 때는 한여름이라도 사람 앞에서 벗는 일이 없었다. 인간은 누구나 자기 육체의 어딘가에 열등감을 가지고 있고 그러한 것은 어렸을 때부터 평생 없어지지 않는 모양이다.

그러나 타인의 눈으로 볼 때, 당사자가 부끄러워하는 것이 오히려 귀여워 오타즈는 료마 님이 사랑스럽게 여겨졌다.

"료마 님은."

오타즈는 전혀 다른 화제로 옮아갔다.

"개국주의자가 되셨다지요?"

그렇게 물었다. 이 말은 그 당시, 막부 옹호론자나 매국노라고 할 정도의 강렬한 뜻을 지니고 있다.

"아니, 양이입니다."

료마는 반대되는 대답을 했다.

"사카모토 료마는 근왕 양이를 위해 죽을 결심입니다. 다만 나의 양이는 공경이나 일반 양이지사와 같은 그런 양이는 아닙니다. 가령, 오타즈 님은 지금 쌀겨 주머니를 쓰시지요?"

"네."

"샤봉(비누)이라는 편리한 것이 있습니다. 세상의 모든 양이지사는 샤봉을 쓰면 살갗에 오랑캐 냄새가 스며든다고 합니다만, 료마는 샤봉도 쓰고 군함도 쓰고 서양식 대포도 쓰고 가죽 구두도 신고 세계 열강과 같은 도구를 쓴 다음, 일본을 다시 만들고 싶습니다."

"그런 말 하시면 교토에 득실거리는 양이지사들에게 살해당해요."

"그야 오늘의 정세로 그런 말을 해 봤자 오해만 받을 뿐이니까, 그런데 오타즈 님도 완고한 양이파지요?"

"주군 댁 산조 가문이 지금까지 천하의 지사로부터 양이의 하느님처럼 떠받들리고 있는걸요. 오타즈는 물론 그 신의 시녀이므로 쌀겨 주머니식 양이주의자예요."

"오타즈 님 이제 그만——"

료마는 두 손을 바짝 들었다.

"아아뇨, 머리도 감겨 드려야 해요. 이 머리는 숯검정 투성이고 누린내가 나고 때가 많고……저는 이런 머리를 본 일이 없어요."

"아, 예."

"온 일본의 나쁜 냄새를 모두 모아 머리 모양을 만든다면 아마 료마 님 머리와 똑같게 될 거예요."

'지독한 말을 하는군.'

기묘하게도 누님인 오토메가 어렸을 때 머리를 감겨 주며 하던 말과 꼭 같은 말이다.

'여자란 모두 비슷한 말을 하는 건가.'

아니, 료마를 대하고 있으면 그만 어느 여성이든 같은 말을 하고 같은 행동이 되고 마는 모양이다.

"귀를 막고 계세요."

오타즈는 사정없이 상투를 풀고 머리에 쫙쫙 물을 끼얹었다.

"아이, 이 시커먼 물 좀 봐!"

아무튼 빗질로 때를 빼고 다시 물로 씻어 내는 사이에 목욕탕 물이 반쯤 줄어들었다. 여하튼 굉장한 머리다.

"그런 머리를 하고 있으면 여자들이 좋아하지 않아요. 자아, 이번에는 마루로 나오세요. 빗어 드겠어요."

오타즈가 이 집 여주인에게 일러 둔 모양인지, 방에는 새 사쓰마 베로 만든 옷, 띠, 속옷, 훈도시까지 고루고루 준비돼 있었다. 하오리가 없는 것은 문장이 든 것을 나중에 만들어 줄 모양이다.

그것들을 입고 객실 마루로 나갔다.

이미 오타즈가 도구를 갖추고 기다리고 있다.

"자아, 거기 앉으세요."

무사의 머리는 보통 남자 조발사나 하인 등이 하는 것으로 여자들은 손을 대지 못하게 돼 있다. 별로 엄격한 습관은 아니었으나, 전국 시대의 풍습으로 무사의 목은 적의 대장에게 보이는 것이므로, 평소 여인의 손이 닿지 못하게 한다는 그럴듯한 속설이 있다.

그러나 료마는 열네 살의 성인이 되기 이전은 물론, 관례를 올린 후에도 주로 누님 오토메가 빗어 주었다.

오타즈는 그것도 알고 있다. 아무튼 무엇이고 여자의 뒷바라지가 없으면 살아갈 수 없는 청년같이 생각된다. 그런 만큼 료마 주변의 다른 여성에 대해 오타즈는 그녀답지 않은 질투를 느끼는 것이었다.

"료마 님, 빨리 장가드세요."

그러면서도 마음에도 없는 말을 하면서 꽉꽉 머리를 조여매고 있었다.

이윽고 깡똥하고 매끈한 상투가 틀어졌다.

"거북하군."

료마는 두 손바닥으로 살쩍 머리 근처를 쥐어 뽑아 느슨하게 해 놓고 말았다. 이것이 지사들 사이에 유명한 '료마식 상투'라는 것이다. 부수수하게 양쪽이 부풀어올라 있다.

음식과 술이 나왔다.

"료마 님, 대접을 한다고 해서 설교하는 건 아닙니다만, 당신은 너무 지나치게 멍하니 계시는 것 아녜요?"

"그렇습니다."

료마는 오타즈가 하고 싶어하는 말을 알고 있다.

'창궐(猖獗)'이라는 글자가 있다. 두 자 모두 개견 변이 붙어 있다. 사전을 보면 '사나운 짐승이 미쳐 날뛰듯이 으르렁거리며 돌아다니는 모습'이라는 뜻이다.

교토엔 이류, 삼류의 '근왕 지사'들이 창궐하고 있어 날마다 '피가 비 오듯' 하는 형편이다. 이류, 삼류들은 '천벌'을 내린다고 하여 사람을 베고, 사류 지사는 '양이 군자금'이라고 하면서 부상(富商)이나 혼간 사 등에 침입하여 강도나 다름없는 짓으로 돈을 약탈하고 있다.

'그런 것이 근왕을 위한 활동이냐.'

료마는 생각하는 것이다. 료마는 단호하게 그런 '창궐' 방식으로는 막부를 쓰러뜨릴 수도 없고 양이도 못한다고 믿고 있다.

일류 지사라고 할 사쓰마의 사이고나 조슈의 가쓰라 등은 그러한 패거리는 아니다. 그러나 같은 일류라도 조슈 번 무리들은 '창궐적인 분위기' 속에 있었다.

다카스기 신사쿠, 구사카 겐즈이 등 쇼카 서원(松下書院) 출신의 청년들은 뱃속에 불덩어리를 삼킨 듯한 행동을 했는데, 더구나 이 번은 공경들에 대한 공작이 능숙하므로 교토 조정은 조슈 번의 출장소 같은 감이 있었다. 조슈 번은 양이, 죽어도 양이라는 폭주주의이다. 그러므로 공경은 크게 양이 바람을 타고 이렇게 믿고 있었다.

"서양 오랑캐 따위는 일본 무력으로 싸우면 단숨에 물리칠 수 있다."

이번에도 조슈 번의 구사카, 데라시마 등이 공경을 움직여 막부에 대해 '양이를 결행하라'고 천황의 명에 의해 재촉을 했다. 막부의 당황함은 실로 비참할 정도이다. 세계를 상대로 에도 막부가 전쟁을 할 힘이란 없다.

"여러분들이 활약하고 계셔요."

오타즈가 이렇게 말한 것은 료마의 맹우(盟友)인 구사카 등을 가리키는 것이다.

조정도 조슈 사상 일색으로 되기 시작하고 있었으므로, 막부 옹호파인 전직 간파쿠(關白) 구조 히사타다(九條尙忠)와 가즈 노미야(和宮) 공주와의 결혼에 힘을 쓴 이와쿠라 도모미(岩倉見視 : 후에 막부 타도파로 전환), 지구사 아리후미(千種有文) 등은 근신 처분을 받았다. 그 대신 오타즈가 섬기는 산조 가문의 어린 주군인 산조 사네토미 등 급진적인 양이주의자들이 세력을 얻기 시작했다. 이들도 조슈 번은 그 배후에서 책략을 벌여 이대로 나가다가는 조정과 조슈에 의한 '교토 정부'가 될 것 같은 정세였다.

그동안, 한때 근왕의 선봉이었던 사쓰마 번은 조용히 군사력을 정비하여 시국을 관망하고 있다. 그들은 조슈 번이 천황을 업고 막부 대신 정권을 잡는 게 아닌가 의심하고 있었다.

재차 쇼군(장군)의 상경.

자연 막부 수뇌부는 교토로 옮겨졌다.

교토의 정세는 혼미 속에 빠졌고 신센구미가 탄생하는 것도 이 무렵이다.

"료마 님은 저택에 찾아오는 각 번의 지사들 사이에서도 자주 화제에 올라요."

공경인 산조 가문은 죽은 사네쓰무나 지금의 주군인 사네토미, 부자 2대를 이은 근왕 양이의 집안이었으므로, 교토 지사들의 희망의 별이기도 했다.

자연 저택은 지사의 집합처가 되고 과격한 여론의 중심이 돼 있었다.

거기서 '도사의 료마'라든가 '남쪽의 사카모토 료마'라는 말이 나왔다. 그들 양이 지사는 료마에 기대하는 바가 컸다.

그 료마가 은밀히 개국론자로 변색해 가고 있는 것이다. 그것도 막신인 가쓰에게 붙어 있다. 변절이나 마찬가지다. 까딱하면 동지들에게 살해를 당할 판이다.

하나 료마는 능청스러워 이렇게 말한다.

"막부를 타도하고 양이하기 위한 방편이다."

지금 교토는 급진 양이론이 한창 창궐하고 있는 중이므로, 그런 때에 이론을 주장해도 소용이 없는 것이다.

'시기가 온다. 그때까지 침묵을 지키고 오직 행동 준비를 하고 있으면 돼.'

료마는 이렇게 능청맞은 생각을 하고 있다. 원래 어리석은 듯이 보이면서도 뱃속에는 영감이 들어앉은 사나이다.

속셈은 드러내지 않는다.

교토에서 개국론자는 무쪽처럼 살해되고 있다. 대표적 암살자는 '사람 백정 세 사내'라는 말을 듣는 도사의 오카다 이조, 사쓰마의 다나카 신베에, 히고(肥後)의 가와카미 겐사이(河上彦齋) 등이고, 그 아류인 어중이떠중이들도 '천벌을 내릴 상대는 없을까?' 하고 혈안이 되어 있다. 그들은 그것이 근왕 흥국, 양이 흥국의 유일한 방법이라고 믿고 있는 광신자들이었다.

그런데 이 패들이 료마에게만은 무슨 이유인지 '사카모토 선생님, 사카모토 선생님' 하고 따르고 있으니 료마는 정말 능구렁이다.

능구렁이라기보다도 료마는 진심으로 그들을 사랑하고 있었다. 가령 이조 등을 볼 때의 료마는 잦아들 것만 같은 살뜰한 눈빛을 보인다. 이와 같은 것은 천하 국가에 대한 이론 이전의 인간적인 문제인 모양이다.

그들도 '료마에게 사랑을 받고 있다' 는 것을 알았다. 그들은 한결같이 성격이 단순하고 격렬했으므로 직감으로 알았고, 알았으면 애달플 정도로 따랐다.

"어쨌든."

오타즈는 말했다.

"료마 님은 잘못된 길로 들어설 것 같아서 걱정이 돼요."

"오타즈 님!"

료마는 취하여 그만 큰 소리를 쳤다.

"시류(時流)에 동조하는 것만이 정도(正道)가 아니지요. 5년 후면 천하가 모름지기 이 료마를 따를 것입니다."

"그런데 료마 님."

다즈 아가씨는 아까부터 눈치 채고 있었는데 일부러 질문하지 않아도 될 것을 물었다.

"칼은 어떻게 하셨어요?"

"불난 곳에서 잃어버렸어요."

료마도 다소 걱정은 되었다.

만일 그 북새통에서 없어졌다면 무쓰노카미 요시유키의 칼만은 너무 아깝다. 그 칼을 번에서 탈퇴한 료마에게 주었기 때문에 시집의 추궁을 받고 둘째 누님 사카에는 자결하였던 것이다.

'그 칼에는 누님의 원한이 맺혀 있다.'

료마의 탈번 때문에 둘째 누님 오에이는 죽고, 셋째 누님 오토메는 이혼당하여 친정으로 돌아왔다. 사카모토 집안의 누님들이 막내 동생 료마의 '국사 분주'에 건 기대는 컸고 동시에 그 희생도 너무 컸다.

그런 소망과 비극, 모두가 그 요시유키 한 자루에 상징되어 있다.

"무사의 얼을 잊어버리다니, 료마 님도 큰일났군요."

료마는 시무룩하게 불쾌한 표정을 지었다. 이 사내로서는 보기 드문 일이었다.

"화났어요?"

"……"

료마는 고등어 회를 젓가락으로 집어 입 안에 넣고서 말없이 열심히 씹고 있다.

'사람이 마음 쓰고 있는 일을 뒤집어서 건드리는 사람은 싫어.'

이를테면 그렇게 고함이라도 지를 것 같은 얼굴이었다.

"칼이 무사의 얼은 아니오."

료마는 노려보며 말했다.

"도구에 지나지 않소. 도구를 얼이라고 가르쳤던 것은 도쿠가와 3백 년의 교육이오. 전국 시대 무사는 칼을 소모품이라 생각하고 사람에 따라서는 몇 자루씩 준비하여 싸움터에 나가 부러지면 버리고 잘 안 들면 숫돌에 쓱 쓱 갈아서 썼소."

"그것과 화재 현장에서 잃어버린 것과 무슨 관계가 있나요?"

"무사의 얼이라니까 그렇지요. 화재 장소에서 잃은 것은 나의 부주의에 지나지 않죠. 그러나 얼은 여기에 있소."

자기 가슴과 배를 쓰다듬어 내리면서 말했다.

"칼에는 얼이 없소."

그 표정은 왠지 어둡다.

료마는 누님 사카에의 비참한 자결을 되새기고 있는 것이다.

"료마 님."

"뭡니까?"

"똑똑한 체 설교해서 잘못했어요."

오타즈는 사과한 것은 아니다. 료마의 어두운 표정에 놀랐던 것이다.

'공연한 말을 한 모양이로구나.'

그런데 묘한 일이 일어났다.

칼에 대한 문답을 한창 하고 있는데, 아케보노 현관에 누가 나타난 것이다.

처녀가 칼을 가지고 왔다.

나라사키 쇼사쿠의 따님이라는 그 처녀였다.

"사카모토 님이라는 도사의 무사님이 이곳에 와 계신가요?"

아케보노 요정 남자 하인들도, 나중에 현관으로 나온 여주인도 이 처녀의 미모에 눈이 휘둥그레졌다.

료마의 생애를 장식한 나라사키 오료(楢崎龍)의 등장은 이때부터였다.

"료마 님, 그 아가씨, 이리 부르세요."

오타즈가 말했다.

"글쎄, 그래야겠군요."

아무래도 좋다고 생각했으므로 료마는 어물쩡한 태도로 안주를 씹고 있었다.

처녀가 들어왔다.

입구에 앉더니 세 손가락을 짚고 정중하게 머리를 숙였다. 나지막하게 묶은 '쓰부시'라는 소녀티 나는 머리 모양에 깨끗한 옷을 입고 있었다.

얼굴을 들었다.

빛나는 눈이다.

입모습이 총명해 보이고, 턱이 동탕하다.

아름답다. 오타즈조차 멀거니 정신을 놓았을 정도의 아름다움이었다.

이야기가 앞질러 가지만, 그녀를 실제로 본 사람이 남긴 말을 기록해 두자.

당시의 도사 번사로 후에 참의, 추밀 고문관, 후작을 받은(료마의 맹우지만) 사사키 다카유키(佐佐木高行)는 이 처녀에 대해서 이렇게 말했다.

"뛰어난 미인으로 선이나 악이나 능히 해낼 것으로 보였다."

이 사사키는 원만한 성격으로 어느 모로 보나 천재성(天才性)이 없고 사물의 관찰법도 다분히 고루한 점이 있다.

이 아가씨와 같은 일종의 번득이는 재치, 혹은 요기(妖氣), 혹은 기상천외의 발상법(發想法), 사람을 사람 같지 않게 보는 점, 무조건 묵은 관습을 받아들이지 않는 기묘한 성격이면서도 '여걸'은 아니고, 여걸만큼의 생산성(묘한 말이지만)이 없다. 그러한 점을 사사키는 직감하고 '선악 어느 것이나 능히 할 것 같은 사람'이라고 말했을 것이다. 지나친 재녀(才女)였던 것이다.

료마 자신도 누님 오토메에게 보낸 편지에 이렇게 썼다.

"참으로 재미있는 여자로 월금(月琴)을 탄답니다."

'참으로 재미있는 여자'라고 밖에는 당시 '재녀'라는 것을 표현할 말이 없었던 모양이다. 더욱이 '월금을 탄답니다'라고밖에 그녀의 재능을 나타낼 말이 없었다.

료마는 다시 편지에서 이렇게 말했다.

"나이는 23살. 원래 양가 출신으로 꽃꽂이, 분코(聞香 : 향을 피우고 그것을 풍류로 삼는 것), 다도(茶道) 같은 것은 할 줄 알지만 도무지 부엌일 같은 것은 못합니다."

오타즈는 힐끗 료마를 보고 화가 발끈 치밀었다. 료마가 처녀의 아름다움에 넋을 잃고 바라보고 있는 것이다.

그리고 또 한 가지 화가 나는 일이 더 있다. 처녀는 잠자코 이름도 말하지 않는 것이다. 오타즈가 타이르듯이 물었다.

"이름이 뭐죠?"

"네, 료(龍)라고 합니다."

이 대답에는 료마 쪽이 놀라 바보 같은 큰 소리를 질렀다.

"나와 같은 이름이군!"

꽤나 감탄했던 모양이다.

'료'라고 하면 료마와 혼동이 되므로, 료마 자신이 오토메 누님에게 '내 이름과 같습니다'했을 정도이므로 그녀를 '오료'로 부르기로 한다.

"큰 재난을 만나셨군요."

오타즈가 동정을 하였다.

"네."

대답했을 뿐이었다. 필요 없는 인사말을 하지 않는 아가씨인 모양이다.

"그래, 지금은 어디 계세요?"

이 말에는 또렷또렷 대답했다.

"저 있는 곳 말씀인가요?"

"그렇지요."

"돌아가신 아버님이 친하게 지내셨던 데라 거리의 지조 원(知定院)에 신세를 지고 있습니다."

"가족들은?"

오타즈는 무슨 조사라도 하는 것 같다.

오료의 말에 의하면, 노모 외에 열여섯 살인 남동생 다로(太郎), 열 두살 난 여동생 기미에(君江), 아홉 살인 남동생 지로(次郎), 그리고 오료. 이렇게 다섯 식구였다.

"어머, 그래요?"

"그럼, 무얼 하며 사시나요?"

"수입 말씀입니까?"

오료는 흘끗 료마를 쳐다보았다.

"없습니다."

"그거 딱하군."

료마는 대단한 관심이었다. 무릎을 쥐어뜯으면서 동정하는 모습이 그대로 드러난다.

"료마는 협기가 매우 강하다."

친구들 사이에서 이런 말을 듣는 료마는, 집을 태우고 나앉은 오료 일가의 곤경을 생각하면 안절부절 못할 심정이다.

"빚은 없나요?"

꽤 깊은 데까지 찌른다.

"료마 님."

오타즈가 나무랐으나 오료는 거침없이 대답했다.

"50냥이어요."

그것도 고리대금인 모양이다.

그날 밤 료마는 어쩐지 어색하게 오타즈와 헤어졌다.

곧 번저로 돌아왔다.

이즈음 료마는 꽤나 바쁘다.

번의 하급 무사를 붙잡고서는

"자네, 해군이 되지 않겠나?"

하고 권하고 있는 것이다.

모두 놀란다.

"어떤 해군입니까?"

'내 해군이야' 이렇게 말하기는 어렵다.

실은 이미 가쓰 가이슈와 약속하여 효고(兵庫 : 지금의 고베) 지방에, 말하자면 사립 해군학교를 만들려고 하는 중이다.

료마의 구상으로서는 지금 교토에 모여 칼 휘두르기만을 능사로 하고 있는 근왕 낭인들을 모아 해군을 조직하려는 것이다.

물론 낭인뿐만 아니라 여러 번의 혈기왕성한 번사들도 모집한다.

'국사만 논하고 있으면 뭘 해.'

료마는 구체적인 것을 좋아하는 성격의 사내였다. 천하에 근왕, 양이, 개국, 막후 타도, 공무합체(公武合體) 등 모든 주장이 난무하고 지사들이 팔방으로 뛰어다니며, 당시의 유행어로 '시무(時務)'를 논하고 있었다.

"천하의 의론이 이와 같이 도도하다. 그러나 의론만으로 외적의 침입을 막을 수 있겠는가?"

료마는 그렇게 말했다.

양이의 대종(大宗)격인 다케치 한페이타조차 이 의견에 찬동하고, 료마를 읊은 자작시를 일동에게 공개했다.

마음은 원래 크나크고

기략은 절로 샘솟는다.

숨어 있어 그 누가 알손가

오로지 용명(龍名)에 부끄러울 따름이다.

다케치는 예의 사람 백정 이조에게조차

"자네도 료마의 해군에 들어가라."

라고 권했을 정도이다. 꽤나 공감했던 모양이다.

그러나 해군학교를 만들자면, 연습선도 필요하고 기계도 필요하고 건물도 필요하다. 아무튼 어떤 학교보다도 막대한 돈이 필요한 것이다.

'돈쯤은 내가 모으겠다.'

료마는 이 모금에 결사적인 힘을 기울였다. 예를 들어 다케치가 번의 여론

전환과 막부파 명사의 암살에 생사를 걸고 있듯이 료마의 결사적인 상대는 '돈' 이상 구체적인 것은 없다.

연습선은 가쓰의 힘을 빌려 막부에서 빌릴 수 있으리라. 가쓰 자신도 이 학교 설립을 위해 막부를 열심히 설득하고 있었다.

료마의 구상은 해군학교 교장으로 가쓰를 추대하는 것이었고, 그 사전 준비를 위해 도사 번의 무사들을 가쓰의 문하생으로 끌어들이면서 학생부터 모집해 학교 설립을 기정 사실화했다.

이 해군학교라는, 정체모를 것을 만드는 데 료마는 정말 바빴다.

이 연락을 위해 교토에 체류 중인 가쓰와도 매일 만났다.

"대략 정사 총재의 양해를 얻어 놓았네."

가쓰가 말한 것은 분큐 3년(1863) 3월 중순이었다.

"어려운 점은 막부에도 정식 해군이 있다는 사실이야. 게다가 이것을 추진하자니 막부 관리에게 미움을 받고 있어. 그래서 장군과 직접 상의할 작정이네."

다행히 가쓰는 머지않아 장군 이에모치의 내해(內海) 시찰에 해군 감독관으로 수행하여 해상 방위를 자세히 설명하게 돼 있다.

"그때는 장군도 나도 바다 위니까 필요 없는 돌대가리가 옆에 없어 의견을 말씀드리기 쉽겠지."

"부탁드립니다."

"자네가 부탁 않더라도 할 터이네."

료마는 번의 중신들과도 접촉하고 있었다.

번사라고는 하나 고시의 신분으로 번의 중신에게 직접 교섭하기란 어렵다.

그러므로 번에서 학자로 알려진 마사키 데쓰마(間崎哲馬)가 교토 번저에 있었으므로 그를 설득했다. 마사키는 다케치 한페이타의 동지로 이때부터 몇 달 뒤인 분큐 3년 6월, 그 과격 행동 때문에 죄를 지어 할복을 명령받았다.

"마사키, 당신은 중신에게조차 선생님으로 존경받는 몸이 아닌가. 내 입으로 말하는 것보다 당신 입으로 말하는 편이 훨씬 좋을 듯하네."

료마는 그렇게 해군학교 건설의 필요를 역설했다.

"도사 번에서는 번의 명령으로 번사들을 입교시키도록 해 주게."

"그 해군학교란 막부의 주선이 아닌가?"

"무슨 말을 하는 거야? 어디의 누구 돈으로 만들든 학교는 일본의 학교라네."

어쨌든 번에서는 료마의 의견을 채택하고, 번사 중 해군 지망자를 번의 명령으로 가쓰에게 위탁하기로 결정한 외에도 번에서 월 수당 두 냥씩을 지급하기로 했다.

이 분주한 기간의 어느 날, 문득 료마는 데라 거리의 지조 원을 찾았다.

'나라사키의 오료는 어떻게 지내고 있을까?'

"방이 지저분하니까요."

나라사키의 노미망인은 절의 방 하나를 빌려 그곳으로 료마를 안내했다.

그러나 세상 물정에 어두운 사람이라 곤경에 얼이 빠져 있는 모습이었다. 오료를 닮아 살결이 흰 노부인이지만 인품은 이 어머니 편이 훨씬 원만하다.

"오료는?"

"오사카에 갔습니다."

대화가 뚝 끊긴다.

"교토에 의지할 만한 친척이 없습니까?"

"없어요."

또 끊어진다.

료마가 자세히 물어 보았더니 일년 전쯤부터 50냥의 빚을 받으러 건달패가 나라사키 댁에 드나들었던 모양이다.

"그 사람이 불난 뒤에 찾아와서 생활하도록 해 준다고 내게 말을 하며……"

"음."

료마는 끄덕이면서 콧구멍에 손가락을 집어넣었다.

콧구멍을 후비면서 들어 보니 마치 옛날 이야기에나 있을 듯한 내용이다.

이 이야기를 료마가 고향의 오토메 누님에게 써 보낸 편지로 들어 보자.

"13살 난 딸은 얼굴이 예뻤으므로 악당이 시마바라(島原 : 교토의 유곽)에 하녀로 팔았고, 16살 난 딸은 그 어머니를 속여 오사카로 내려보내 창녀로 팔았답니다."

료마는 대범한 성격이었으므로 이 가족의 나이는 사실과는 좀 다른 모양이다.

"아들은 아와타(栗田)에 있는 절로 들여보냈답니다."
아무튼 식구가 뿔뿔이 헤어졌다.
그런데 장녀인 23살의 오료는 화재 직후 이리저리 돈 때문에 뛰어다니느라고 동생이 팔려간 것을 나중에야 알았다.

"자기 옷을 팔아 그 돈을 갖고 오사카로 내려가 그 악당 두 사람을 상대로 죽을 결심으로 칼을 품에 품고——"
라는 것은 료마의 문장이다. 그 뒤 료마는 사태의 전부를 알았던 것인데, 이것을 료마 자신의 글로 계속 들어 보자.

"싸움을 하고."
——여자의 몸으로.
"마침내 오료가 이말저말 하자, 악당은 팔의 문신(文身)을 드러내 보이며 협박을 했지만."
그런데
"물론 오료는 죽을 결심이었으므로 덤벼들어 그자의 멱살을 잡고 얼굴을 호되게 후려갈겨——"
료마의 묘사도 멋이 없으나 오료도 지나치게 억센 아가씨다.
"악당이 말하기를 계집년, 죽일 테다 하고 을러댔지만 여자는 '죽여라, 죽여. 죽으려고 멀고 먼 오사카에 왔다. 죽여라, 죽여라' 하고 덤벼드니, 죽인다고 할 수도 없어 마침내 그 동생을 찾아 교토로 데리고 돌아갔다고 합니다. 참 보기 드문 일입니다."

그런 일이 있고 나서 오료는 도사 번저로 료마를 찾아왔다.
가와하라의 도사 번저 문전에 기쿠야(菊屋)라는 책방이 있다.
당시의 이 거리는 지금처럼 넓지 않아 사람 셋이 손을 잡으면 꽉 차는 길폭이었다.
그 동쪽은 북쪽에서부터 조슈, 가가(加賀), 쓰시마(對馬) 번저가 있고 산조에서 내려오면 히코네(彦根)와 도사 번저.

그 맞은편(서쪽)은 역시 북쪽에서부터 일련종(日蓮宗)의 이름난 절 묘만사(妙滿寺)와 혼노 사, 정토종(淨土宗)의 큰 절 세이간 사(誓願寺) 등 절들이 줄을 이었다. 민가는 각 번저가 있는 동쪽에 많았으며 거리의 성격상 책방과 고물상 등이 군데군데 끼어 있다.

기쿠야는 그 중의 하나로 료마가 애용하는 책방이다. 여기서 책도 샀지만 그것보다도 기쿠야의 아들 미네키치라는 똑똑한 소년을 귀여워하고 있었다.

당시 13살이었던 이 소년은 유신 후 시카노 야스베에(鹿野安兵衞)라고 이름을 개명하고 다이쇼(大正 : 1910년대) 중엽까지 살았다.

그런 일이 있었으므로 기쿠야의 안 사랑채는 이 무렵, 료마의 응접실처럼 돼 있었다.

료마는 번저에서 여자와 만날 수 없었으므로 이 기쿠야의 안 사랑채로 데리고 갔다.

"자아, 앉으시오."

방석을 깔게 하고 미네키치를 시켜 과자를 사오도록 했다.

'예쁘다.'

소년도 놀랐다고 한다.

료마도 내심 오료가 무척 마음에 들었다.

오료도 료마라는 사나이에게 처음부터 마음을 빼앗기고 있는 흔적이 있었으며, 이 기쿠야에서도 말도 못하고 고개를 떨어뜨린 채 무릎 위의 옷소매만 만지작거리고 있었다.

"……"

료마는 료마대로 이상한 기분이어서 안마당을 내다보거나 벽에 걸린 족자를 쳐다보곤 했다.

이윽고 문득 생각난 듯이 물었다.

"혹시 손거울을 가지고 있소?"

"네."

오료는 당시 기온(祇園 : 교토의 유흥가) 등지에서 유행하고 있던 작은 거울을 내밀었다.

그러는데 미네키치가 들어왔다. 어린 마음에도 이 광경이 유난히 인상적이었다.

둘 다 잠자코 있다.

료마는 손거울로 자기 얼굴을 곰곰 들여다보고 있었다.

"──선생님, 왜 거울을 보고 계셨어요?"

나중에 미네키치가 물었더니 료마는 갑자기 목소리를 죽이고 진지한 표정으로 말했다.

"여자에게 반한 얼굴은 어떤 것인지 궁금해서."

어쨌든 료마는 오료를 돌려보내면서 말했다.

"내일 오후 다시 한번 이 기쿠야에 와 주시오. 가족의 앞날을 위해 변변치 못하지만 이 료마가 힘이 돼 드리겠소."

그런 다음, 료마는 곧 번저의 말을 빌려 후시미를 향해 달렸다.

그는 후시미 데라다야 여관 앞에 말을 들이대고

"나 사카모토야, 오토세 님 있나?"

말 위에서 안을 기웃거렸다.

하인이 뛰어나와 말고삐를 받았다.

"아, 사카모토 님. 주인께서 요즘 얼굴을 볼 수 없다고 걱정이셔요. 어떻게 지내십니까?"

"교토에서 좀 바쁜 일을 하고 있네."

료마 외에도, 교토와 오사카를 왕래하는 나그네들은 이 데라다야에 주로 묵곤 했다.

한데 요즘은 사쓰마 번사의 교토 오사카 왕래가 빈번해졌기 때문에 사쓰마 번에서는 후시미의 번저 외에 이 데라다야를 지정 여관으로 삼고 있었다.

오토세가 밖에까지 나와서 물었다.

"어머, 말까지 타시고. 웬일이에요?"

고운 교토 말이다.

"나이는 23살. 미인이오. 단 바느질과 부엌일은 못하고, 이름은 오료라고 하오. 이 아가씨를 양녀로 맞아 주지 않겠소?"

"네? 아닌 밤중에 홍두깨 격으로."

"사정 이야기는 나중에 하겠소. 내일 그 처녀를 보낼 테니 양녀 문제는 지금 대답해 주구려."

"대답하라시니 할 수 없죠. 좋아요. 양녀로 맞지요."

료마의 말은 벌써 먼지를 일으키며 다케다(竹田) 가도를 향해 달리고 있었다.

간진 다리(勸進橋)를 건넜을 때는 이미 노을도 사라지고 땅거미가 지고 있었다.

다리 근처 찻집에서 말을 내려 초롱을 하나 사고, 겸해서 찬술 한 잔을 청했다.

'아무래도 사랑하는 모양이야.'

료마는 멀거니 찻집 영감 얼굴을 보고 있다.

영감은 무슨 볼일이 있는 줄로 잘못 알고 허리를 굽히며 말했다.

"무슨 말씀이……"

"아니, 반했소."

료마는 술을 쭉 들이켰다.

"예?"

"아, 나 혼자 하는 말이오. 이왕이면 단무지 조림 좀 주시오."

"예."

뚝배기에 수북이 담아 왔다.

묘한 음식이다.

도사나 사쓰마라는 곳은 소박한 동물성 음식을 좋아하는 고장이지만, 교토는 과연 천 년 도읍답게 복잡하고 기묘한 음식을 만들어 먹는다.

이것도 그 중의 한 가지로, 잘 절인 단무지를 다시 한번 물에 우려 간을 뺀 다음 말린 물고기 따위로 끓인 국물에 넣고 고추를 곁들여 조린 것이다.

뜻밖의 풍미가 있어 입맛에 당긴다. 하지만 영양가는 없다.

'반했어.'

스스로 감탄했다. 대체 료마가 지금까지 한 여자를 위해서 이렇게 땀을 뻘뻘 흘리며 친절을 배푼 일이 있었을까.

'반했어.'

술을 마시며 생각했다.

료마가 좋아하는 여성형은 슬기롭고 재치 있는 누님 오토메와 비슷한 여자에 속한다.

지바 댁의 사나코.

중신 후쿠오카(福岡) 가문의 오타즈 등 모두가 그렇다.

그런데 그녀들은 저마다 독립된 인생을 갖고 있었다. 사나코는 호쿠신잇토류의 인증서를 얻은, 검술이 세끼 밥보다도 좋다는 아가씨였으며, 오타즈는 큰 번의 중신 딸인 데다가 지금은 산조 가문을 섬기며 그녀 나름으로 국사를 걱정한다. 따라서 그녀들은 료마가 구해 주지 않으면 안될 만큼 급한 사정도 없다.

료마가 그녀들을 어떻게 해 주어야 하기는커녕 그녀들 편에서 료마를 '어떻게 해 주어야지' 하며 '귀여워'해 주고 있다. 남녀가 거꾸로 되어 있는 것이다.

그러나 오료는 역시 같은 유형이면서도 어려운 처지에 있다.

료마의 의협이 아니면 그녀와 그 가족이 구원을 받을 수 없는 것이다.

한 나라를 구하려는 것이나 한 가족을 구하려는 것이나 똑같은 기질에서 나오는 것이다.

그러므로 료마의 기질이 이 '사랑'에 큰 쾌감을 느끼게 된 것은 지금까지 이 '기질'을 만족시켜 주는 여성을 만나지 못해서가 아니었을까.

과연 '사랑'이라고 할 수 있을는지.

그 길로 교토로 달려가 데라 거리의 지조 원 문 앞에서 말을 내리고 고삐를 잡은 채 문 안을 향해 소리쳤다.

"나라사키 댁의 분, 나라사키 댁의 분! 잠시 문 앞으로 나와 주시오"

오료가 달려 나왔다.

"어머, 사카모토 님. 들어오세요."

"아니, 이야기는 어디서나 할 수 있소. 한데 내일 기쿠야에서 만나자고 했소만, 지금 후시미에 갔더니 일이 뜻밖에도 쉽게 되었소."

"……"

"오료는 데라다야 양녀로 가게 되었소."

데라다야라면 천하에 알려진 나루터 여관이다.

오료는 놀랐다.

"여주인 오토세란 분은 내 누님과 같은 분이오. 안심해도 좋소. 내일 기쿠야의 미네키치를 보낼 테니 후시미로 가 보시오. 어머님과 동생들 일은 다시 생각해 봅시다."

료마는 품 속에서 종이에 꾸깃꾸깃하게 싼 것을 건네 주었다.

돈 열 냥이 들어 있다.

고향에서 오토메 누님이 보내 준 것이었다.

"이게 뭐예요?"

"내 누님이 준 겁니다."

그는 훌쩍 말에 올라탔다.

"이, 이건 받을 수 없어요."

"무슨 소릴!"

료마는 크게 소리쳤다. 그렇지 않고는 이 어색함을 감출 방도가 없다.

"당장 필요할 거요. 그런 말은 이 다급한 고비를 넘긴 다음에 천천히 해요."

고삐를 바짝 당겨 말머리를 돌렸다.

"아, 잠깐!"

기승스러운 여자다. 고삐에 매달렸다. 말이 뒷발질로 땅을 찼다. 말에 익숙하지 않은 사람으로는 무서워해야 할 텐데, 오료에게는 겁먹을 여유가 없는 모양이다.

"기다리세요."

"왜 그러시오?"

료마는 말 위에서 되물었다.

그러나 오료도 제정신이 아니다. 뭐라고 말해야 좋을지 모른다.

"어──어째서?"

실없는 말을 물었다.

"어째서 저희 가족에게 이런 친절을 베푸시나요?"

"바, 바보 같으니라고!"

료마는 소리를 질렀다. 새삼 그렇게 반문 당하면 화가 나는 법이다. 같은 의미로

──무엇 때문에 몸의 위험도 돌보지 않고 국사 따위에 분주하신가요?

이렇게 반문당하는 것과 같다. 이렇게 따지고 들면 어쩐지 바보 취급을 당한 것 같은 마음이 든다. 다케치나 가쓰라도, 또 구사카나 다카스기도 아마

이런 경우에는 똑같은 심정일 것이다.

——그게 사내야.

오카다 이조 같은 단순하고 혈기뿐인 사나이라면 칼집을 치면서 말했을 것이다. 오료는 대장부라는 것을 모르는 것일까.

"바, 바보!"

료마는 고삐를 움켜잡고 있는 오료의 흰 손을 채찍으로 가볍게 때렸다.

"앗!"

오료는 비명을 지르며 손을 놓았다.

그 틈에 료마의 말은 달려가고 없었다.

후시미까지 30리.

오늘날은 교토 시(市) 후시미 구(區)이고 별로 거리감을 느끼지 않지만, 당시의 교토 부인들은 평생 후시미에 못 가본 사람들이 많았다.

그 이튿날 료마가 오료에게 약속한 대로 데라 거리의 지조 원으로 미네키치 소년이 찾아와 재촉했다.

"자아, 빨리 준비하세요."

문 앞에 나오니 가마가 한 채 준비되어 있었다.

"가마 같은 건 너무 호사예요."

"아녜요, 료마 님이 오료님은 다리가 약하니 가마를 준비해 가라고 하셨기 때문에 타고 가시지 않으면 곤란해요."

미네키치는 왕성 태생답게 품위 있는 교토 말씨로 말했다.

'내가 다리가 약하다고?'

오료는 가마 속으로 등을 들이밀면서 고개를 갸웃거렸다.

가마가 달리기 시작했다.

'사카모토 님은 뭔가 잘못 생각하고 계셔. 아마 나를 연약한 교토 처녀로만 알고 계신 거야.'

처녀의 육감으로 료마가 자기에게 호의 이상의 것을 가지고 있다는 것을 느끼고 있다.

'그러나 나를……'

료마는 잘못 알고 있다. 오료의 짐작으로는 그 미화된 오해 위에 료마의 사랑이 성립되어 있는 것 같다.

오료의 외모는 함초롬한 교토 처녀로 오해를 받을 수 있는 점이 있었다.

후시미 데라다야에 도착했다.

"오토세가 나와 맞이하였다. 오료 님이군요."

여주인 오토세는 훈훈한 미소를 지으며 손을 이끌 듯 올라오게 하여 안쪽 방으로 안내했다.

"이 방을 쓰도록 해요."

오토세는 오료를 앉혔다.

"이 곳의 방석도 찻잔도 거기 거울도 옷장도 모두 오료 것이에요."

'어머.'

무엇에 홀린 듯한 얼굴로 방 안을 둘러보고 있었다.

"그런데 사카모토 님이란 분은 워낙 그런 분이라 양녀로 삼으라고만 했을 뿐 아직 사정도 듣지 못했어요."

"네, 저도."

좀 난처해하고 있었다.

료마의 독단으로 대뜸 오료의 환경을 일변시켜 버렸던 것인데, 당사자인 오료도 어리둥절하고 있는 것이다.

'폭풍을 만난 것 같아.'

멍하게 앉아 있다.

첫째, 오늘부터 양모가 된다는 오토세와 이렇게 만나고 있지만, 당장에 실감이 날 리 없지 않은가.

오토세가 묻는 대로 자기 처지를 이야기했다.

"어머, 가엾어라……"

협기 있는 여자라는 말을 듣는 만큼 오토세는 옷소매로 눈물을 닦기도 하고 훌쩍이기도 하면서 이야기를 듣고 있다.

이쯤 되니 이야기를 하고 있는 오료 편이 미안해질 정도였다.

"오료."

오토세는 타고난 협기가 무럭무럭 솟아오르는 모양이었다.

"가족을 모두 데리고 와요. 함께 살아."

"하지만."

오료는 남의 지나친 동정은 받고 싶지 않다.

"괜찮아요."

"사양하지 않아도 좋아요. 오료를 수양딸로 삼는 이상 나라사키 댁의 가족은 모두 내 육친이야. 게다가 이 나루터 여관은, 배가 들어오고 나갈 때는 그야말로 전쟁과 같아서 사람이 아무리 많아도 모자라. 모두 함께 살며 데라다야를 운영해 나가요."

"모두?"

"그래. 후시미의 데라다야는 천하의 것이지, 오토세의 것이 아니야. 그러니까 함께 운영해 나가기로 해요."

오토세는 능란하다.

섣불리 동정을 베푼다는 태도는 조금도 보이지 않고 시원시원하게 말했다.

그날은 오토세의 권유로 데라다야에서 자게 되었다.

과연 바쁘다.

마침 어두워진 뒤 교토에서 사쓰마 무사가 20명 가량 데라다야로 들이닥쳤다.

첫 새벽 배로 오사카로 내려가는 손님들이다.

이 여관은 기묘한 구조로 돼 있어 많은 손님이 들 때는 2층 칸막이의 벽과 미닫이를 모두 떼어 버린다. 벽은 널빤지에 헝겊을 발라 조립식으로 되어 있어 떼었다 달았다 할 수 있는 것이다.

"정말 바쁘네요."

오료는 눈이 휘둥그레져서 오토세에게 말했다.

"거짓이 아니지?"

"저도 서툴지만 거들겠어요."

"고단하지 않을 정도로 해요."

그런 뒤 오료는 부엌과 2층을 오가며 일을 거들었다. 계단을 몇 번이나 오르내렸는지 셀 수가 없을 정도였다.

상 차리는 일.

목욕물 준비.

그런 다음 잠자리를 깔았다.

오료는 10여 명의 하녀들 틈에 섞여 열심히 일했다.

미네키치도 거들고 있다.

여주인 오토세는 계산대에 앉아서 지휘하고 있었다.

문득 생각했다. 지휘를 말이다.

'저 아이라면 하겠는걸.'

몹시 활동적이고 게다가 동작 하나하나에 꾀가 있고 빈틈이 없었다.

'머리가 좋은 아이야.'

당장에라도 자기(안주인) 일을 맡길 수 있을 것 같았다.

손님들의 식사가 끝난 다음 오토세는 오료를 데리고 2층으로 올라갔다.

"딸 오료입니다."

사쓰마 번사들에게 소개를 했다.

모두 호감을 갖는 모양이었다.

"미인이로군."

살짝 곰보인 얼굴 큰 청년이 소리를 질렀다. 뒤에 노일전쟁 때 만주군 총사령관이 된 오야마 이와오(大山巖), 당시 20세.

오료는 이후로 '데라다야의 오료'라는 이름으로 불리게 된다.

후시미에서 하룻밤을 지낸 다음 날 오료는 기쿠야의 미네키치와 함께 교토로 돌아왔다.

"미네키치 도련님, 곧 사카모토 님에게 인사를 드리고 싶은데 번저에 계실까?"

"만나시겠어요?"

미네키치는 걸어가면서 오료를 올려다보았다.

"응."

조금 빨개져 있다.

"그럼 알아보고 오겠어요. 오료 님은 저희 집에서 기다려 주세요."

미네키치는 도사 저택으로 뛰어들어가서 료마가 있나 없나를 알아보았다. 미네키치는 번저 안에서는 안면이 꽤 넓었다. 그런데 누구를 붙잡고 물어 보아도 대답은 같았다.

"요 며칠 보이지 않던데."

"어디 가셨나요?"

"그런 사내……어딜 쏘다니는지 알 수가 없어."

미네키치는 저택 안의 행랑이란 행랑은 모두 찾아다니다가, 마침 예의 학자인 마사키 데쓰마를 만났다.

"오, 미네키치냐."

"사카모토 선생님은 어딜 가셨어요?"

"에치젠으로 간다면서 어제 아침 떠났다."

료마는 사실 여행 중이었다.

지난밤에는 오우미 구사즈(草津)에서 묵고, 지금 비와 호(琵琶湖) 동편 기슭인 나카센도(中仙道)의 소나무 가로수 길을 무섭게 빠른 속도로 북상하고 있었다. 하인으로는 며칠 전 번저를 찾아온 도베를 데리고 있다.

"좋은 날씨군요."

새파란 하늘 아래 북쪽은 이부키(伊吹), 서쪽은 히라(比良)의 산봉우리들이 먼 아지랑이 속에 가물거리고 나머지는 모두가 물이다.

오른편은 자운영(紫雲英)이 피는 오우미 벌판.

"나으리, 좀 천천히."

요즈음 눈에 띄게 살이 찌기 시작한 도베는 료마의 빠른 걸음이 힘에 겨운 모양이다.

"서둘러야 해."

해 저물 때까지 백십 리를 걸어, 홋코쿠(北國) 가도로 나가는 갈림길인 도리이모토(鳥井本) 여관까지 가야 했으므로 거의 달려가는 것과 같다.

"대관절 어디로 가시는 겁니까?"

"에치젠 후쿠이."

"그건 알고 있어요. 후쿠이의 어디 말입니까?"

"성."

"예에……뭣 하러 가십니까?"

"영주를 만나러."

도베는 입을 다물었다. 도사 번에서도 벌레나 마찬가지인 하급 무사여서 자기 번 영주도 배알할 수 없는 료마가 공경 다음 두 번째로 신분이 높은 영주를 만날 수가 있을 것인지.

"만나서 어떻게 하실 셈입니까?"

"돈을 얻는다."

더욱더 놀랐다.

"주제넘은 질문인 것 같습니다만 얼마나요?"

"오천 냥."

온전한 정신이 아니다.

하나 료마는 태연하다.

"나으리는 어이없는 분이시군요."

도베는 히코네(彦根) 거리의 불빛이 왼편으로 보이는 곳까지 오자 새삼 생각난 듯이 말했다.

"어째서?"

료마는 불빛 속에서 부지런히 발을 놀리며 말했다. 벌써 이곳이 지장보살 네거리니까 도리이모토 여관까지는 십 리 정도나 남았을까.

"영주에게 오천 냥이란 거금을 우려내시겠다니 고치야마 소슌(河內山宗俊 : 연극 등에 등장하는 공갈자의 이름)이라도 놀라 자빠지겠어요. 대관절 그 돈으로 뭘 하시겠다는 겁니까?"

"해군학교."

그것도 사립을——

벌써 가쓰가 막부의 허락을 받아 효고 이쿠다(生田)에 교사 건설용 부지까지 마련되어 있다.

돈이 모자란다.

그래서 애치젠 후쿠이의 영주에게 기부금을 받으러 간다는 것이다.

"알았나?"

"예……"

알 것도 같고 모를 것도 같다.

'상대는 영주란 말이에요, 가능하겠어요?'

도베는 이렇게 생각하는 것이지만.

료마도 이 억지가 그렇게 쉽게 실현되리라고는 생각지 않는다.

"잘될까요?"

"해 보는 거야!"

"나리는 도둑보다도 단수가 높군요."

"그래?"

여느 때와는 달리 표정이 굳어져 있는 것은 이번 여행의 목적이 너무 중대하기 때문이다.

'하지만 해내겠다.'

료마는 결코 그 얼굴에서 느끼는 것 같은 멍청한 인상뿐인 사내는 아니었다.

이튿날 밤은 북 오우미 기노모토(木本)의 싸구려 여관에서 묵기로 하고 곧 저녁을 청했다.

술은 시골 술병으로 두 병.

"도베, 인간은 뭣 때문에 사는지 알고 있나?"

료마는 밥상 너머로 말했다.

"큰 일을 하기 위해서야. 단, 일을 하는 데는 남의 흉내를 내서는 안돼."

세상의 고정 관념을 깨는 것, 이것이 참된 일이라고 료마는 말한다. 그러므로 필요하다면 영주에게 돈을 얻어 써도 좋다.

료마 자신이 남몰래 써 둔 어록에 의하면, 산다는 것은 일을 한다는 뜻이다.

이런 말로 되어 있다.

"남의 발자취——업적——를 사모하거나 남의 흉내를 내지 말라. 석가도, 공자도, 중국 역대의 창업의 제왕도 모두 선례가 없는 독창적인 길을 걸었다."

"사람의 일생이란 고작해야 50년 안팎이다. 일단 뜻을 품으면 그 뜻을 향하여 일이 진척되는 수단만을 취하고 모름지기 약한 마음을 먹어서는 안 된다. 설사 그 목적이 성취되지 않더라도 그 목적을 수행하는 도중에 죽어야 하는 것이다. 생사는 자연 현상이므로 이를 계산에 넣어서는 안 된다."

이것은 료마의 지론(持論)으로 그는 늘 친구에게 말하고 있었지만, 기노모토 여관에서 도베게도 말했다.

도베의 몸이 부르르 떨렸다. 료마의 눈에 보기 드물게 살기가 서려 있다.

료마와 도베는 에치젠 후쿠이로 들어가 성내 야마토 거리(大和町)의 '다바코야'라는 여관에 들었다.

도착하자 곧 료마가 물었다.

"도베, 피곤한가?"

"예, 아뇨."

지나친 강행군으로 어지간한 도베도 다리가 뻐근해서 걷기 어려웠다.

"그럼, 이 편지를 가지고……"

료마는 두루마리 종이에 글을 쓴 다음 내밀면서 말했다.

"미쓰오카 하치로(三岡八郎)라는 번사에게 다녀 오너라. 집은 성읍의 게야 거리(毛矢町) 남쪽 끝에 있다. 행정관 직책이라고 하니까 곧 찾을 수 있겠지."

게야 거리는 무사 저택 거리의 하나였으나 성 남쪽 아스와 강(足羽川) 건너편이어서 멀다.

비록 요즘은 강에 고바시(幸橋)라는 다리가 걸려 있지만, 당시는 후쿠이 성(城)의 바깥 해자 역할을 하고 있었기 때문에 나룻배로 건너야 했다.

밤중이라 도베도 고생스러울 것이라는 생각을 했지만 '뭘, 이놈은 밤도둑 출신인데' 하고 생각을 돌이켰다.

도베가 나간 다음 료마는 한 홉들이 술병을 단숨에 들이키고 드러누웠다.

그리고 이내 코를 골며 잠들어 버렸다.

한편 도베는 밤거리를 달려 사가에(佐佳枝) 마을 나루터에서 배를 타고 게야 거리로 건너가 강기슭에 늘어선 무사 저택을 하나씩 더듬어 가다가 어느 문 앞에 섰다.

과연 직업인만큼 찾는 데는 귀신이다.

"여기가 미쓰오카 님 댁입니까?"

문지기의 행랑 창문에 소리치니 그렇다는 대답이 돌아왔다.

"도사 무사 사카모토 료마 님의 심부름으로 왔습니다. 편지를 갖고 왔습니다!"

"기다려요."

잠시 후 문지기가 옆문을 열어 주었다.

"아, 굉장한 저택이로군요."

도베는 저도 모르게 직업적인 눈으로 사방을 둘러보았다.

그는 현관 옆 작은 방에서 기다렸다. 이윽고 얼굴이 긴 거한이 나타났다.

"그대가 사카모토 군의 하인인가?"

마디진 에치젠 사투리로 말했다.

"그렇습니다."

"사카모토 군은 다바코야에 계시단 말이지?"

"예, 그렇습니다."

"가자."

미쓰오카는 하인에게 초롱불을 들려서 도베를 안내로 세워 밖으로 나왔다.

눈이 별처럼 반짝이는, 보통 사람과는 다른 괴상(怪相)이다. 번의 재정 담당 행정관이라는데 손발이 건장하고 검객처럼 보인다.

료마와는 오사카에서 만났다.

그뿐인 인연이지만 의기가 서로 통해서 지금은 백년지기와 같다.

에치젠 번사 미쓰오카 하치로.

훗날의 유리 기미마사(由利公正 : 저작). 뒤에 료마의 추천으로 유신 직전의 풍운에 참가하여 메이지 정부의 재정 기초를 다진 사내이다.

도베는 미쓰오카와 함께 아스와 강 나룻배에 올라탔다.

미쓰오카는 고물에서 팔짱을 끼고 서 있다.

등 뒤로는 별.

이 에치젠 무사의 거대한 그림자가 도베의 눈의 위치에서 쳐다보니, 풍운 속으로 뛰어들어가는 수호지(水滸誌) 속의 호걸처럼 보였다.

그는 처음엔 이시고로(石五郎)라고 했다. 본인의 풍모에 꼭 알맞은 이름이었으나, 건달패 두목 같은 이름이라고 본인이 싫어하여 하치로라고 고쳤다.

료마보다 여섯 살 손위로 이때 34살이었다.

미쓰오카 가문은 세습 녹봉이 1백 석으로 돼 있었으나, 이것은 표면적이고 실제의 녹봉은 32석 이 두(二斗)였으니 빈가(貧家)라고 해도 좋다. 야채는 전부 저택 안에서 심어 먹어 늘 거름 냄새가 집안에 풍기고 있었다.

아스와 강 남쪽 기슭의 게야 거리에 거주하는 번사는 모두 이런 상태였으므로, 문중에는 '게야 무사'라고 업신여김을 받았다.

하치로는 어렸을 때부터 붓글씨나 공부가 싫어서 농사일만 하고 있었다. 별로 칭찬받을 만한 일은 못되나 몸을 움직이기를 좋아했던 모양이다.

어떻든 학문을 좋아하는 당시의 무사로서는 별종이라고 할까, 한학의 초보인 《사서오경(四書五經)》을 남보다 10년이나 늦은 18살에 겨우 끝마쳤다는 사내이다.

그 대신 무술에는 남달리 열심이어서 창술은 인증서를 받을 정도의 실력이고, 게다가 이 농사일로 단련한 천성적인 합리주의는 자기가 연구해 낸 이론으로 독특한 창술을 발명했다.

검술은 신케이류(眞影流)를 배웠고, 18살 때 다섯 명이 달려드는 시합을 도전받았는데 모두 쓰러뜨렸다는 정도의 실력이다.

그러나 스무 살이 지나면서 이 사내는, 묘한 일에 흥미를 갖게 되었다.

"우리 번은 어째서 가난할까?"

사실 에치젠 후쿠이의 마쓰다이라 일문은 큰 번이면서도 극도로 가난하여 영주조차 무명옷을 입고 떠돌이 중과 같은 식사를 하면서 검약에 검약을 쌓는데도 실효가 없어, 백성들의 대부분이 쌀을 먹지 못하고 보리나 감자 또는 무를 주식으로 하고 있다.

"알 수 없는 일이로다."

고개를 갸웃거리면서, 미쓰오카는 누가 시킨 것도 아닌데 20살 때부터 4년 동안 영지 안의 마을마다 찾아다니며 농가의 수확고를 조사하고 번의 세입과 세출을 조사해 보았더니 놀라운 결론을 얻었다.

아무리 번이 굶다시피 절약을 해도 연간 2만 냥의 적자가 나온다는 것이었다.

더욱 놀라운 것은 이 사실을 번의 회계 관리도 중신도 몰랐고, 알았다 해도 어떤 대책을 써야 할지 전혀 모른다는 것이었다.

"절약, 또 절약"

단지 이것이 유일한 경제 정책이었다.

이 무술가는 무술에 이용한 자기의 합리주의를 경제에도 응용하여 스스로 연구하는 한편, 히고 출신의 유학자로 막부 말기에 가장 뛰어난 정치학자인 요코이 쇼난(橫井小楠)에게 당시의 이른바 실학(實學)을 배웠다.

"일일이 배를 타고 건너야 하다니."

도베는 흔들리면서 말했다.

이 아스와 강을 말한다. 시내 복판을 흐르고 있으면서도 옛날부터 다리가 없다.

"불편하시겠군요."

"음."

팔짱을 끼고 있는 미쓰오카의 옆머리가 밤바람에 날리고 있다.

"머잖아 놓는다."

미쓰오카는 불쑥 말했다.

이야기는 미쓰오카의 전력(前歷)으로 돌아가지만, 이 사내가 영주 마쓰다이라 요시나가의 총애를 받기 시작한 이유는, 그 불합리를 미워하는 정신과 합리화시키는 재능 때문이었다.

이 시대로서는 용기가 필요한 일이었다.

가령 이 아스와 강만 하더라도 이것은 후쿠이 성의 바깥 해자 역할을 한다는 전술상의 이유로 가교가 허락되지 않았다.

그런데 미쓰오카라는 사내의 머리에는 이제까지의 습관이라든가 오랜 권위에 의한 불합리 등이 다소곳이 받아들여지지 않는다.

'불편'이라는 건 미쓰오카에겐 절대적으로 반대였다. 그는 열심히 상신했다.

마침내 가교가 결정된 것은 최근의 일이다.

미쓰오카의 지난 5, 6년간의 번내 경력을 보면 처음에 소총 탄약의 제조 담당, 이어 병기 제조소 소장, 조선 책임자, 나가사키 상역청 설치 담당, 물산총회소(物産總會所) 설립 책임자 등으로서 에치젠 후쿠이 번의 근대화를 도맡았다.

그리고 지금은 재정 행정관.

료마가 오사카에서 일찍이 미쓰오카를 만나 감탄한 것은 '금전을 아는 무사'라는 것이었다.

그것도 그뿐만이 아니라

'근왕 양이는 염불이 아니다. 상업을 일으키고 배를 만드는 일이다'라는 사고 방식이다.

"당신과 내 생각은 일치하네."

료마는 손을 잡고 기뻐했다.

당시의 세상 형편으로 본다면 두 사람 모두 꽤 색다른 '근왕 양이 지사'였다.

이 드문 의견을 가진 두 사람 사이에는 이미 육친보다도 더 가까운 감정이 흐르고 있다.

이윽고 건너편 기슭에 상륙하여 급히 길을 걸었다.

'다바코야' 여관에 들어서자, 미쓰오카는 안내도 청하지 않고 이층으로 올라갔다. 복도를 쿵쾅쿵쾅 걸으면서 소리쳤다.

"사카모토, 어디 있나?"

"여기야!"

료마는 자리에서 일어났다.

"뭐야, 자고 있었나?"

"교토에서 급행으로 달려오는 통에 제대로 자지도 못했어. 내일 영주님을 뵐 수 있을까?"

"편지는 읽었네. 오천 냥을 빌리겠다고?"

"맞았네. 손가락 하나 빠져도 안돼."

료마는 오른손가락 다섯 개를 펴 보였다.

"어려운데."

미쓰오카가 어렵다고 말한 것은, 경제에 밝은 이 사내는 지금 번 금고에 몇 냥의 돈이 있는지를 알고 있었기 때문이다.

그러나 료마는 강도 같은 소리를 했다.

"이만한 큰 번에 오천 냥의 돈이 없을 리가 있나?"

그뿐만 아니라 그 5천 냥으로 일본이 재생한다는 이론으로 도도하게 설득하기 시작했던 것이다.

료마의 웅변은 그 당시 두 가지 점에서 유명했다.

첫째는 줄곧 비유를 든다는 점이다. 그것이 비속(卑俗)하고 아주 유머가 있어, 뒷날 지쿠젠의 진수부(鎭守府)에 유배중이던 산조 사네토미 경을 나카오카 신타로(中岡愼太郎)와 함께 찾아갔을 때, 근엄한 산조 경도 다다미 위를 떼굴떼굴 구르며 웃었다고 한다.

또 하나는 변론에 열을 뿜기 시작하면 무심코 하오리 끈을 풀기 시작한다.

풀어서 그것을 입에 무는 것이다. 끈의 술을 질근질근 씹으면서 열변을 토한다.

씹고 당기면서 천하를 논한다. 마침내는 끈이 침으로 흥건히 젖어 버리지만, 더욱 흥겨워지면 그것을 빙빙 돌리는 것이었다.

술에서 침이 튄다.

상대는 비를 맞는 꼴이다.

"그짓만은 하지 말게!"

상대가 말하면 '아 그래' 하고 깨닫지만, 잠시 뒤 다시 휘둘러 댄다. 마지막엔 상대도 침벼락을 맞고 있을 수밖에 없다.

"얼굴이 젖어서 말이야."

이 침벼락은 사이고 등도 질색이었다고 한다.

지금 미쓰오카 앞에서도 마찬가지다.

"해군학교 설립을 위해 어째서 에치젠 후쿠이 번이 돈을 내야만 하는가, 자네가 그런 말을 한다면 그건 아귀도(餓鬼道 : 불교에서 이르는 삼악도의 하나. 늘 굶주림과 목마름으로 괴로움을 겪는다는 곳)의 이론이야. 그런 말을 한다면 이 사카모토 료마도 무엇 때문에 생명을 돌보지 않고 국사에 분주하며 무엇 때문에 에치젠 구석에까지 돈을 빌리려 오느냐 하는 문제가 된다."

"잠깐, 잠깐."

미쓰오카는 얼굴을 닦으면서 말했다.

"난 우리 번이 돈을 내는 게 사리에 맞지 않는다고 하지 않았어. 에치젠 후쿠이 번은 명주(明主) 마쓰다이라 공 이하 아귀도의 이론은 말하지 않네. 천하를 위해서라면 번이 쓰러져도 좋다고 생각하네."

미쓰오카는 도쿠가와의 친번 가신이면서도 은근히 막부가 없는 새로운 통일 국가를 생각하고 있는 사내이다. 그 때문에 번이 소멸해도 좋다고 생각한다.

"그런데 오천 냥의 돈이 없어."

"다기(茶器)가 있겠지, 또 명검 따위도 있겠지. 그걸 팔아서 만들면 돼네!"

"내가 졌네!"

미쓰오카는 얼굴을 닦고, 닦은 옷소매 너머로 웃음진 얼굴을 보였다.

"좋아, 돈은 조달하지. 내일 영주님을 만나게. 그러나 영주님 앞에서 그 끈만은 휘두르지 말아 주게."

"말을 안 들어 주면 씁을 수밖에."

"골치 아픈 친구군."

미쓰오카는 술잔을 쳐들었다.

료마는 잔을 받았다. 두 사람이 조용해지자 에치젠 천지가 별안간 고요해진 듯한 느낌이 들었다.

에치젠 후쿠이 영주 마쓰다이라 요시나가라는 사람은 전에도 말했지만 제후 중에서도 손꼽는 수재이다.

단순한 수재만도 아니다. 얌전한 용모와는 정반대로, 구습을 방귀보다 못하게 여기는 호방성과 좋은 안은 다소의 폐단이 있더라도 서슴지 않고 채택하는 배짱이 천성적으로 갖추어져 있다.

"료마인가?"

자리에 앉자마자 이 에치젠 영주는 웃음이 터져 나왔다.

어쩐 일인지 이 영주는 료마의 얼굴을 보면 유쾌해지는 것이었다.

료마는 점잖게 부복한 채 인사말을 중얼중얼 늘어놓았다.

"지난번에는……"

탈번의 사면 중재를 이 영주가 가쓰와는 다른 경로를 통해 주선해 주었던 것이다.

"얼굴을 들라. 어젯밤에는 우리 번의 미쓰오카에게 엄청난 나팔을 불었다지?"

"나, 나팔이 아니옵니다."

"미쓰오카는 이렇게 말하더군. '료마의 이치는 어쨌든, 하오리 끈에서 침이 튀는 데 질려서 그만 오천 냥을 내겠다는 약속을 하고 말았습니다'라고 말이야. 그러고 보니 그대의 하오리 끈은 너무 썪어서 술이 없어졌구나."

"……"

에치젠 영주는 참다못해 웃음을 터뜨리고 말한다.

"하오리 끈으로 오천 냥을 벌었으니 재주가 용하군."

그것은 승낙의 말이다.

료마는 넓죽 엎드려 싱글벙글하며 말했다.

"감사합니다. 이익은 맨 먼저 영주님 앞으로 가지고 오겠습니다."

가쓰 가이슈와 료마의 안에 의하면, 교토에 모여 있는 근왕 낭인이나 각 번의 하급 무사를 해군학교에 넣어 군함 상선의 조종법을 훈련시킨 다음, 그 배로 서양식 무역 운송업을 벌여, 국내의 무역뿐만 아니라 해외 무역까지 하겠다는 것이다.

'이익'이란 그 낭인 회사(浪人會社)의 이윤을 말한다.

요컨대 료마로서는 5천 냥을 그냥 가져가는 것이 아니라 투자받는 것이었다. 이러한 상사 설립법이 한낱 도사뜨기인 료마의 머리에서 생겼을 리 없다.

해외 사정에 밝은 가쓰는 벌써 '주식회사(株式會社)'라는 것을 알고 있었다.

"서양 사람이 큰일을 하는 것은 돈 있는 놈은 돈을 내고 일할 수 있는 놈은 일을 하는, 그런 조직이 있기 때문이다."

가쓰가 이렇게 료마에게 가르쳤기 때문이다.

료마는 그때 무릎을 치고 좋아하면서 말했다.

"그걸 합시다. 교토에서 칼부림으로 세월을 보내는 패들을 모아 황금 알을 낳게 합시다."

해군학교라기보다 상선학교라고 해야 할 학교다. 아니, 상선회사라고 해야 할 것이었다.

메이지 이후, 료마의 이 사업의 이익 활동면만이 이와사끼 야타로에게 계승되어 오늘날의 미쓰비시 회사의 발상이 되어 있다.

료마는 교토에 돌아오자 번저에서 하루 묵고 다음 날은 효오고(兵庫)를 향해 떠났다.

부하인 도베를 데리고 터덜터덜 히가시야마 산기슭 가도를 남쪽으로 내려가기 시작했다.

연이은 여행으로 목덜미가 새까맣게 그을었다.

"나리는 건강해서 좋겠군요."

도베는 그만 비꼬는 말이라도 한 마디 하고 싶어진다.

"도베, 지쳤나?"

"뭘요, 괜찮습니다."

효오고로 간다.

이 땅에는 이미 가쓰가 물색해 둔 부지가 있고 하찮으나마 숙소도 슬슬 마련될 것이다.

그 감독차 효오고의 대지주 이쿠지마(生島) 댁에 묵고 있는 가쓰를 만나기 위해서이다.

"도베, 너도 내 배를 타겠나?"

"나리하고라면 어디까지든지 가겠어요. 이것도 무슨 인연이니, 할 수 없지 않아요."

도베는 휴우, 한숨을 내쉬고 있다.

"난 말이다, 막부를 쓰러뜨리고 일본을 훌륭한 국가로 만들고 싶다. 당나라, 천축(인도), 미국에까지도 장사하러 갈 셈이다. 일본은 나라가 좁기 때문에 배와 장사로 버는 것 외에 입국(立國)의 방법은 없어."

"나리는 흔히 있는 근왕가와는 좀 바탕이 다르군요."

도베는 료마의 무지개 같은 기염을 들으면, 그만 이 사내를 위해서라면 목숨을 버려도 아깝지 않다는 생각을 하게 된다.

묘오호 원(妙法院)의 긴 담을 지나고 이마구마노(今熊野) 신사의 숲을 지나자 갑자기 하늘이 넓어진다.

후시미엔 점심 전에 도착했다.

"데라다야에서 점심을 먹자."

사실 료마는 오료를 만나고 싶었다.

'이상한 처녀야.'

이상한 동물이라도 감상하는 듯한 기분이 지금의 솔직한 심정이다.

그 무렵, 오료는 오토세가 친척집 제사에 갔기 때문에 총감독을 맡고 있었다.

벌써 초여름이라고 해도 좋았다.

계산대에 앉아 밖을 멀거니 보고 있노라니, 선창의 물의 일렁임이 아청빛 밭에 비쳐 흔들흔들 움직이고 있다.

당나라에서 들어온 환등을 보는 것 같다.

'사카모토님은 뭘 하고 계실까?'

아청 발에 료마가 어려 있는 것 같은 느낌이 든다.

'이상한 분이야.'

괜히 웃음이 가슴에서 치밀어오는 것이다.

료마만 이상한 것이 아니라 이 집의 오토세님도 묘한 분이고, 도사 번저에 있는 료마의 친구들도 이상했으며, 이 집 동료들은 남녀 모두가 지금까지 오료가 접해 온 세계에는 없던 사람들이었다.

작은 자기 이익에 얽매이지 않는다.

'묘한 사람들이야.'

처음에 오료는 연못의 물고기가 별안간 바다로 내던져진 것처럼 어리둥절했으나 차츰 익숙해졌다.

'그렇더라도 대관절 사카모토님은 무얼 하는 사람일까?'

갑자기 그 햇볕에 그늘이 지며 불쑥 장신의 료마가 들어섰다.

"여어, 안녕하시오?"

오료는 숨이 막힐 만큼 놀랐다.

방금 생각해 온 상대가 상념 속에서 빠져나온 것 같이 눈앞에 서 있는 것이 아닌가!

하지만 하는 말이 환멸을 느끼게 한다.

"배가 고파 죽을 지경이야."

료마는 짚신을 벗고 있다.

"곧 준비하겠어요."

오료는 일어나려고 했다.

료마는 어슬렁어슬렁 올라섰다.

"계산대에 앉은 모양이 제법이군."

"어머, 그런……"

오료는 눈을 내리 깔았다. 이상하게도 이 료마 앞에 나서면, 오료는 자기도 모르게 얌전해지고 만다.

'왜 그럴까?'

자기 자신이 화가 날 정도다.

료마도 내심 이상하게 여기고 있다. 교토의 양가집 딸인데도 오사카의 끝까지 내려가 건달패의 뺨을 때려 주었다는 예의 사건이 상상도 되지 않는다.

"에치젠에서는 오료님의 꿈을 꾸었지."

'옛?'

뒤돌아 본 것은 도베였다.

'나리는 이 아가씨를 좋아하시는구나.'

"아니, 어쩌면."

료마는 오료에게 말을 걸고 있다.

"잘못 봤는지도 몰라. 커다란 소리로 말하고 있었던 걸 보면, 그 꿈에 보인 이상한 여자는 오토세 아주머니였는지도 모르지."

'어머, 사람을 어떻게 알고.'

그러나 화도 나지 않는다.

"어쨌든 밥을 부탁하오."

"네, 곧——"

오료는 계산대를 돌아 나와 안으로 들어가려고 했다.

그 목덜미가 몹시 희다.

"잠깐 기다려요."

"저, 무슨……"

"응, 이리 와요."

료마는 무표정한 얼굴이다.

'무슨 일일까?'

오료가 선 채 가까이 다가가자 료마는 도베 쪽을 보고 말했다.

"난 이 오료님을 좋아하는 것 같아. 꼭 아내로 삼을 거야."

"예, 그렇습니까?"

도베는 그렇게 말할 수밖에 없다.

"상대편은 어떤지 모르지만 너도 잘 부탁해 주렴."

진지한 얼굴이기 때문에 난처하다.

"큰일 났군요."

도베가 쓴웃음을 짓자 료마는 느닷없이 오료의 허리에 손을 감아 안아 올렸다.

"앗!" 할 사이도 없다. 오료는 부끄러워 공중에서 눈을 뜰 수도 없었다.

대낮에, 사람들도 보고 있다.

어엿한 무사의 당당한 포옹이다. 3백 년의 유교적인 전통은 료마에게 별 영향도 주지 않았던 모양이다.

의외로 가볍구나, 생각하며 료마는 오료를 내려놓았다. 오료는 옷소매로 얼굴을 가리고 도망쳐 들어갔다.

점심밥이 들어왔다.

"도베, 여기서 먹어라."

오료는 자기 옆의 다다미를 두들겼다. 주종이 따로따로 떨어져 밥을 먹는 것을 료마는 별로 좋아하지 않았다.

"미국에서는 마부가 장군이나 영주를 뽑는대."

물론 가쓰에게 얻어 들은 풍월이다. 그러나 료마는 꽤 마음에 들었던 모양으로 요즘 입버릇처럼 말한다.

도베도 장난기가 있어 료마 옆에 앉으며 말한다.

"그럼 미국 장군식으로 할깝쇼?"

"미국 장군이라니 무슨 말이에요?"

오료는 모른다.

료마는 말한다.

"미국이라는 네이쌍은——언니, 누나——말이야" 하고 국민 평등사상을 설명하기 시작했다. 료마의 발음으로 하는 네이쌍이란 '집합적인 의미로서의 국민', 즉 네이션인 셈이다.

"모두 입찰(선거)로 정해지지."

"네이쌍이 입찰인가요?"

"그렇지."

오료는 말똥말똥하고 있다.

"워싱턴이란 자는 버지니아 주의 과부 아들이래."

료마는 엉뚱하게 말한다.

"측량 기사였는데 이놈이 군대를 움직이는 능력이 좋다고 해서 무사가 되고 차츰 올라가 대장이 되었다. 그때까지 미국은 영국의 속국이었는데 영국군과 싸워 몇 번이나 졌지만 마지막에 이겨서 미국을 독립시키고 초대 대통령이 되었지. 일본으로 말하면 도쿠가와 이에야스야. 그런데 그 자손은 대통령이 아니야. 도쿠가와 가문하고는 달라."

"어머나."

오료는 이상하다는 얼굴이다.

"일본에서는 전국시대에 영지를 차지한 장군, 영주, 무사가 2백 수십 년, 무위도식으로 뽐내 왔다. 정치라는 것은 일가 일문의 이익을 위해서만 하는 것으로 돼 있어. 미국에서는 대통령이 게다 장수라도 생활해 갈 수 있는 정치를 해. 왜냐하면 게다 장수들이 대통령을 뽑기 때문이야. 나는 그런 일본을 만들 테다."

료마의 이 사상은 그의 동료인 '근왕 지사'들에게는 전혀 없었던 것으로, 이 일 하나로 해서 료마는 유신 사상에 빛나는 기적이라고 불린다.

밥을 다 먹고 나자 료마는 칼을 들고 방을 나섰다.

"어딜 가셔요?"

오료는 감쪽같이 속은 것 같은 심정이었다.

"효오고로——"

료마는 문지방에 걸터앉아 새 짚신을 신었다.

"주무시지 않으시고?"

"또 올 거야."

료마는 오른쪽 어깨를 조금 추스르며 천천히 한낮의 햇살 속으로 나갔다.

길가에는 가벼운 먼지가 일고 있다. 오료가 추녀 밑으로 달려 나갔을 때 료마의 그림자는 이미 멀어지고 있었다.

고베 해군학교

“사카모토 료마는 아직 안 왔느냐?”

막부 해군 통제관 가이슈(海舟) 가쓰 린타로(勝麟太郎)는 드러누워 정원의 백일홍을 내다보고 있었다.

“옛, 아직 안 오셨습니다.”

심부름꾼 니이다니 도오토로(新谷道太郎)가 대기실에서 대답했다.

방에까지 바다 냄새가 불어 들어온다.

“고베(神戸)는 정말 쓸쓸한 어촌이었다.”

쇼와 십년(1935년)대까지 장수한 이 니이타니옹은 뒤에 그렇게 말했다.

고베라는 지명은 게이오(慶應) 3년 12월 7일의 개항(開港)까지 거의 세상에 알려지지 않았었다.

마을 한복판을 산요오도(山陽道)가 지나고 있다. 그 도로 양쪽에 농가들이 늘어서고 해변에는 자그마한 어부의 집들이 드문드문 서 있었다.

호수(戸數) 5백 호.

토지는 막부 소유로 7백 석이었다.

이 이름도 없는 어촌에 가쓰는 료마와 더불어 "고베 해군 조련소(海軍操
練所)"라는 것을 세우려고 하는 것이다.

그 가쓰는 지금 이쿠지마 시로다유(生島四郞大夫)라고 하는 고베 마을의
촌장집에 머물러 있다.

으리으리한 저택이다.

"오, 료마, 돌아왔나."

가쓰는 일어나 옆방을 보았다. 료마가 있다. 고베에 방금 도착한 료마는
머리하며 눈썹하며 뽀얗게 먼지를 뒤집어 쓴 채로 꾸뻑 절을 했다.

"돈은 어떻게 됐나?"

가쓰의 걱정은 그것이었다. 재정 상태가 어려운 에치젠(越前)의 마쓰다이
라 집안에서 과연 요구한 대로의 액수를 내놓을 것인지 염려하고 있었던 것
이다.

"받았습니다."

"허."

"곧 에치젠 번의 오사카 상무소(商務所)에서 가져오기로 되어 있습니다."

'잘되었다.'

그렇게 생각했지만 대장부가 요만한 정도의 성공으로 기뻐할 것은 아니라
고 하는 자기훈련이 가쓰라는 사내의 표정 구석구석까지 차 있었다.

가쓰는 얼굴을 쓱 문지르고 말한다.

"배가 고프다. 그런데 벌써 날도 저무는데 지금부터 공사장을 볼 건가, 아
니면 내일 아침으로 미루고 밥을 먹을까. 둘 중 하나를 택하자."

"밥을 먹으면서 공사장을 보죠."

료마는 말한다.

"그렇기도 하군."

제법이구나, 하고 가쓰는 생각했다. 도베에게 주먹밥을 만들게 하여 공사
장까지 가져오게 하겠다는 말이다.

'괴짜야.'

가쓰는 혼자서 키득키득 웃었다.

다른 사람이 그랬다면 머리가 꽤 빨리 도는 놈이라는 정도의 느낌밖에 없
을 일에도 료마가 말하면 모든 것이 공연히 우스꽝스러운 것이다.

두 사람은 이쿠시마의 저택을 나섰다. 얼마 뒤 바닷물이 얼굴에까지 튀어 올 것 같은 해변 한 모퉁이에 이르자, 료마는 건축 중인 건물을 기쁜 듯이 바라보며 말했다.

"어지간히 됐군요."

벌써 벽도 발라지고 문짝만 달면 되게 되었다.

"목수와 미장이들은 벌써 돌아간 모양이군."

가쓰는 안으로 들어가 현관 마루에 걸터앉았다.

이윽고 도베와 니이타니가 주먹밥을 날아왔다. 해가 잇치노타니(一之谷) 너머로 떨어졌다.

"모든 일이 순조롭게 돼 가고 있어."

가쓰가 말했다.

이 가쓰의 해군학교를 위해 막부에서 5천 냥의 예산이 나오기로 되어 있어 남은 문제는 학생을 모으는 일뿐이었다.

그 모집 요강도 이미 각 번에 통고되었고, 료마는 료마대로 교토에 모여 있는 각처의 낭인들을 설득하고 있는 중이므로 이쪽도 오래지 않아 수백 명은 모이게 될 것이다.

네 사람은 초롱불 아래서 밥을 먹었다.

"료마, 이 학교가 새로운 일본을 움직이는 축이 될 게야."

가쓰는 으적으적 소리를 내어 단무지를 씹었다.

료마는 이 기간에 고향의 오토메 누님에게 편지를 보냈다.

편지 끝 구절이 이렇게 끝나는 문장이다.

"이만 에헴 에헴, 총총"

"요즘은 천하제일의 대군학자(軍學者) 가쓰 린타로라는 대선생님의 문하 생이 되어"

대(大)자를 둘씩이나 써서 오토메 누님에게 큰소리치고 있다. 그 대선생 제자이므로 자기도 훌륭하게 되었다는 뜻인 모양이다.

"더없이 사랑을 받아, 말하자면 손님 대접을 받고 있지요. 가까운 시일 안에 오사카에서 백리 남짓 떨어진, 효고(兵庫)라는 곳에 커다란 해군을 가르치는 학교를 만들고 또 4, 50간이나 되는 배를 만들어 학생들도 4, 5백 명 각처에서 모여들 것입니다――"

"뛰어난 사람(자신을 말함)의 보는 눈이 어떻다는 것을 아셨으리라 믿습니다. 이만 에헴 에헴, 총총 료마."

고치 성읍 혼초 일가의 사카모토 댁에서 이 편지를 받은 오토메 누님은 허리를 잡고 웃었다.

유모 오야베도 겐 할아범도 끼어들어 세 사람이 실컷 웃어댔다.

"그 코흘리개 도련님이 코깨나 높아졌네."

대견스러워서 웃는 웃음일 것이다.

마지막으로 읽은 형 곤페이도 그 큰 얼굴에 함빡 웃음을 띠다가 그러면서

"그나저나 료마는 검술도 양이(攘夷)운동도 내던지고 뱃놈 흉내만 낼 셈인가. 언제나 그 녀석이 하는 일은 알 수가 없어."

쓴웃음을 지으며 말했다.

고베 해군 조련소의 설립은 가쓰의 운동으로 행정이 제도화하기 시작했다. 막부에서는 이왕이면 같은 종류의 것을 에도의 엣추 섬(越中島)에도 만들 계획을 세워, 에도에는 일본 동부 출신을 모으고, 고베 쪽의 학생은 일본 서부에서 모집하기로 했다. 에도 쪽은 구상에 그쳐 끝내 실현을 보지 못했지만 요컨대 지금의 도쿄 상선 대학, 고베 상선 대학의 전신이라고 생각하면 틀림이 없을 것이다.

료마의 구상으로서는, 이 동서 조련소의 총독은 한 사람이 겸하되, 더욱이 그것도 막부 관리가 아니라 교토의 조정(朝廷)에서 선임하기로 하며, 학교의 경비도 가능한 한 막부에서 부담하지 않고 일본 서부 지방의 각 번이 분담하게 할 생각이었다. 즉 어디까지나 관립이 아니라 사립으로 해 나갈 작정이었던 것이다.

그러나 이 안은 이루어지지 않고 결국은 '관립'으로 되었다.

연습선도 막부가 앞서 구입한 간코 호(觀光號)와 고쿠류 호(黑龍丸)가 배당되고 또 다카토리 산(鷹取山) 탄광은 조련소 부속으로 되었으며, 배 수리소로는 나가사키 조선소가 배당되었다.

조련소 행정 업무는 해군 통제관 가쓰 린타로 외에 두 명. 교수들도 대략 결정되었다.

허나 이런 모든 것이 갖추어진 것은 1년 뒤의 일이었다.

료마는 이것이 관제화될 때까지 기다릴 수가 없어, 정식 개교할 때까지 '사립 가쓰 가이슈(勝海舟) 학교'란 이름으로 학생을 수용, 학습시키기로 했다.

가쓰도 찬성이었다.

"자네가 교장이니까 생각대로 하게."

가쓰식으로 모든 일을 맡겨 버렸다.

분큐(文久) 3년(1863) 5월 그믐, 각 번사(藩士)의 낭인들이 '항해 연습생'이 되기 위해 속속 고베로 모여들었다.

료마는 신축된 기숙사의 방 하나를 차지하고 매일같이 신입생의 인사를 받았다.

대략 첫달은 2백 명.

료마의 큰 누님으로 아키 군(安藝郡)의 향사(鄕士) 다카마쓰 준조(高松順藏)의 아내가 되어 있는 지즈(千鶴)의 장남 다카마쓰 다로(高松太郎)도 입소했다.

"다로, 네 녀석이 어릴 때 내가 목말을 태워 주곤 했었지. 알고 있나?"

"알고 있습니다."

숙질간이라고는 하지만 나이 차는 별로 나지 않는 사이였다.

그러나 다로는 목말을 태워 주었다는 말만 나오면 꼼짝 못한다.

"열심히 해라."

"열심히 하겠습니다."

이 다카마쓰 다로는 메이지 4년(1871) 조정의 명으로 료마의 뒤를 이은 사람이다. 하지만 얼마 안 되어 병사하고, 그 뒤 쇼와 16년에 다로의 동생 나오히로(直寬)가 사카모토 집안을 계승했다. 나오히로의 데릴사위 야타로(彌太郎)는 삿포로(札幌)의 홋카이 제강(北海製鋼)을 경영하고 그 일족은 대부분 홋카이도에 거주하고 있다.

입소생 중에 또 한 사람 다로가 있었다.

나라사키 다로(楢崎太郎)이다.

교토에서 구해 준 오료의 동생이었다.

"같은 이름이니까 두 사람이 의좋게 지내거라. 딴은 이렇게 나란히 앉혀 놓고 보니 토란처럼 닮았군. 닮았으니까 의좋게 지내라고."

말해 놓고 료마는 껄껄 웃어 댔다. 이름이 같으면 얼굴까지 닮는 것일까.

일찍이 료마와 함께 번에서 탈퇴했던 동지인 사와무라 소노조(澤村惣之丞)도 찾아왔고, 고치 성읍에서 붉은 우마노스케라고 놀림받던 니미야 우마노스케(新宮馬之助)와 역시 이웃에 살던 곤도 조지로(近藤長次郎), 센야 도라노스케(千屋寅之助) 등도 찾아와 입소했다.

다른 번에서의 참가도 많았다.

해군에 열성적인 사쓰마에서의 참가자가 가장 많았고, 대부분이 뒷날 해군 장성이 된 사람들이다. 이를테면 청일전쟁 때 연합함대 사령장관이 된 이토 스케유키(伊東祐亨)가 있다.

이런 가운데 한 귀공자 타입의 청년이 섞여 있었다.

"도사(土佐) 번사, 다테 고지로(伊達小次郎)."

그 청년은 그렇게 이름을 말했다.

료마는 픽 웃었다.

"도사 번에는 다테 성씨가 없어. 아무튼 번의 이름을 속이는 건 곤란해."

"아니, 저는 도사 번사입니다. 사정이 있어서 쭉 도사 번사라고 하며 지금까지 지내 왔습니다. 이후에도 도사 번사로 취급해 주시기 바랍니다."

'이상한 놈이 나타났구나.'

갸름하고 균형이 잡힌 단정한 얼굴이다. 두 눈이 이글이글 불타고 콧날 오뚝한 서양 사람 같은 얼굴이다.

다테라면 센다이(仙臺) 영주와 우와지마(宇和島) 영주가 그런 성이다. 선조는 다테 마사무네(伊達正宗)에서 비롯되고 있다.

'참 그렇구나, 기슈(紀州) 번의 중신이며 국학자로 유명했던 다테지토쿠(伊達自得)란 사람이 있었다.'

그리고 보니 이 젊은이의 말투가 기슈 사투리다.

"자네 기슈 사람이로군."

료마가 그렇게 말하자, '아 들켰군' 하고 청년은 태연하다. 바로 그 지토쿠의 아들이라고 했다. 그렇다면 명문의 자제이다. 그보다도 요즘 유행인 번을 탈퇴한 낭인이었다.

뒷날의 무쓰 무네미쓰(陸奧宗光)이다.

"정말 놀랐어."

가쓰가 자기 방에서 료마에게 말했다.

"어차피 각오는 하고 있었지만, 일본 천지의 말썽꾸러기를 관비(官費)로 모은 거나 다름없게 됐어."

들어오는 녀석들은 모두 어딘가 색달라 보이는 억센 자들뿐이어서 매일 칼부림, 싸움, 격론 따위가 그치질 않았다.

난폭자라면, 교토에서는 이미 막부 옹위와 치안 유지를 위한 낭사단(浪士團) 신센조(新選組)가 출현하고 있었다.

이 고베의 집단은 마치 근왕파(勤王派)로 이루어진 바다의 신센조와 같은 느낌이었다.

"료마."

가쓰가 말했다.

"자네 단단히 단속해 주게. 이 난폭자들의 총대장은, 천하가 넓다 해도 사카모토 료마 말고는 없을 테니."

'추어올리는군.'

료마는 우스웠지만, 생각해 보니 사고를 일으키면 해군 통제관으로서의 가쓰 가이슈의 진퇴 문제가 될지도 모른다.

사실 막부 내부의 가쓰 반대파에선 가쓰가 고베에서 불평분자인 낭인들을 모아 선동하고 있다고 악선전을 기도했다.

"까짓, 막부의 속물 관리 따위는 겁날 것이 없지만, 이 학교만은 성공시키고 싶으니까 말야."

가쓰는 버릇인 빠른 말투로, 료마에게 '일동의 단속을 맡기네' 하고 말했다.

료마는 매일 대여섯 명씩의 입소자들을 맞이하느라 눈코 뜰 새가 없다. 하긴 이렇게 많이 모였어도 좀처럼 인물다운 인물은 없는 법이다.

'저 다테 고지로라는 애송이만은 좀 가망이 있어 보이는데.'

료마는 다테를 주목했다.

나이는 료마보다 9살 아래인 20살이다. 소개장은 도사 번의 상급 무사 중에서 겨우 세 사람뿐인 근왕파의 한 사람인 감찰관 히라이 슈지로(平井收二郎)가 써 준 것이다. 신원 보증인도 그 히라이로 되어 있었다.

그렇긴 하지만 이 젊은이는 기슈 번의 어엿한 가문에 태어났으면서 어째서 "도사 번입니다. 그렇게 취급해 주십시오" 하고 속이는 것일까?

"이봐!"

어느 날 료마는 마당에 우두커니 서 있는 젊은이를 교장실 창문에서 내다보며 불렀다.

"저 말입니까?"

"그래, 자네 분명히 다테 고지로라고 했지?"

"아니, 그렇지 않습니다. 지금 막 이름을 바꿨으니 그 이름을 불러 주십시오."

'까다로운 놈이로군.'

료마는 어이가 없었다.

"어떤 이름이냐?"

"무쓰 요노스케 무네미쓰(陸奧陽之助宗光)입니다."

"굉장한 이름이로구나. 딴은, 다테는 무쓰의 성이니까 그렇게 했군. 그건 그렇고, 여기 과자가 있으니까 이리 오게."

료마가 모이로 닭이라도 부르듯이 말하자, 젊은이는 성을 냈다.

"전 어린애가 아닙니다."

료마는 이 사내를 부교장 격으로 써 보리라 마음먹은 것이다. 그러나 부교장 후보자를 과자로 낚으려고 했으니, 좀 경솔하긴 했다.

"미안하이. 아무튼 무쓰 요노스케군, 성 내지 말고 여기까지 좀 와 주실까."

무쓰 요노스케 무네미쓰라는, 마치 옛날 전국 시대의 젊은 무사와도 같은 그 청년은 날씬한 몸을 천천히 움직여 료마 앞에 와 앉았다.

"무슨 볼일이신가요?"

"아냐, 이야기가 하고 싶어서."

인물을 살피고 나서 부교장 역을 맡길 셈이다.

"내력을 말해 주지 않겠나? 실은 심심해서 그러네."

"심심하다니 실례가 아닙니까. 저는 만담가가 아닙니다."

까다로운 젊은이 같다.

그러나 그는 아주 조리있게 자기의 내력을 이야기하기 시작했다.

할아버지는 기슈 번의 참정(參政)이었고 아버지 다테 도지로(伊達藤二郎)는 호를 지도쿠(自得)라 부르며 한 때는 기슈의 노공(老公)에게 그 학식을 인정받아 영지의 정치를 손아귀에 쥐고 나는 새도 떨어뜨릴 만한 권세를 부렸다. 그런데 큰 번에 흔히 있는 본국과 에도 저택 사이에 감정적 대립이 생겼다.

아무튼 기슈 도쿠가와 가문은 55만 5천 석의 큰 성으로서 막부의 종실 세 가문 중 맏이다. 무사급 이상만도 7천이나 되었으며, 그 중 2천 명은 에도에 상주하고 있다.

그 에도에 상주하고 있는 자들의 우두머리가 중신 미즈노 도사 노카미(水野土佐守)로서 기슈의 니미야에 3만 5천 석의 영주였다.

무쓰의 아버지 지도쿠는 본국파의 참모장 격으로 에도파와 다투다가 마침내는 노공의 죽음과 더불어 근신 처분을 받았다.

다시 처벌은 거듭되어 녹봉을 몰수당하고 무사의 신분을 박탈당한 채 일가족은 고야 산(高野山) 기슭의 농가로 추방되었다.

그때 무쓰는 9살, 우시마로(牛麿)라는 아명이었다.

어린애였지만, 번의 처사에 분개한 나머지 가보인 큰 칼을 들고 번의 중신 집으로 원수를 갚겠다고 뛰어나갔다. 매형인 다테 무네오키(伊達宗興)가 가까스로 그를 붙들어 말렸다. 그러자 왜 말렸느냐고 매형에게 덤벼들어 울면서 따지고 들었다. 이따금 방을 뛰어나가 물로 눈물을 씻고 와서는 또 따졌다. 9살의 어린애가 말이다.

뒷날의 무쓰 약력을 적는다면, 사쓰마와 조슈 번의 연합 정부의 전복을 기도했다가, 메이지 11년(1878) 금고형 5년, 메이지 21년(1888)에 주미 공사, 23년에는 농상무 대신, 다시 이토 내각의 외상(外相)이 되어 조약 개정의 난문제를 처리하고 청일전쟁 뒤의 대외 관계를 훌륭하게 조정하여 일본 외교 사상 최대의 외교관이라고 일컬어졌다. 메이지 30년(1897) 8월 54살로 사망, 작위는 백작. 이미 무쓰는 9살의 소년 시절부터 사리를 따지는데 면도날 같은 면이 있었던 것이리라.

그 뒤 아버지는 사면되고 불과 일곱 식구분의 녹을 받고서 번에 복귀했지만, 무쓰만은 끝내 기슈 번을 용서할 수가 없어 15살에 집을 뛰쳐나와 에도로 가, 야스이 소켄(安井息軒), 미즈모토 나루미(水本成美)의 서당에서 서생으로 일했고, 19살 때는 혈기가 내키는 대로 벌써 누구 못잖은 근왕 양이의 지사(志士)가 되어 있었다.

그동안 도사 번사 히라이 슈지로, 이누이 다이스케(乾退助 : 훗날의 이타가키 다이스케) 등과 알게 되었고, 다이스케는 무쓰가 마음에 들어 도사의 노공 요도(容堂)에게 소개해 주었다.

"그러므로 평생 기슈 번을 원망하고 나를 보호해 준 도사 번의 은혜를 중히 여길 작정입니다."

남달리 사랑과 미움의 감정이 강한 것 같았다. 한편으로 부조리를 미워하기를 부모의 원수에게 품는 것보다 더 강한 듯하다.

사건이 일어난 것은 그로부터 며칠 후였다.

이른 아침 료마가 자기 방에서 아침 식사를 하고 있는데 얼굴이 곱상한 무쓰가 언제나처럼 무뚝뚝한 표정으로 나타났다.

"무슨 일이지?"

료마는 젓가락을 멈추었다.

"사카모토님, 사카모토님은 호쿠신잇토류(北辰一刀流)의 명인이라고 들었는데 정말입니까?"

"아침부터 무슨 소리야?"

료마는 이 젊은이에게 짜증이 났다.

"기량이 어느 정도인지 묻고 있는 겁니다. 대여섯 명을 한꺼번에 상대할 수 있습니까?"

"……"

료마는 젓가락을 놀리기 시작했다. 이런 녀석을 상대해 주고 있을 수 없다고 생각한 것이다.

"소문만은 못한 모양이로군요."

무쓰는 빤히 보며 말했다. 료마는 어이가 없었다.

"글쎄, 마음만 내킨다면 학생이 전부 덤벼들어도 내 죽도 한 번 건드려 보지 못할 걸."

"바로 그겁니다."

무쓰는 애송이면서도 사람의 마음을 조종하는 요령을 알고 있었다.

"그 솜씨를 좀 빌려 주실 수 없겠습니까?"

"왜 그러나?"

"실은 제가 에도에 있을 때 알게 된 미도(水戶)의 낭인 가부토 소스케(兜惣助)란 열광적인 양이주의자가 있습니다. 검술은 신토무넨류의 명인인데,

쓰쿠바 산(筑波山)에서 사람을 죽인 전력이 있답니다. 교토에서도 여기저기 암살에 깊이 관계하고 있는 모양입니다."

"암살 근왕파로군."

"패거리가 대여섯 명 있습니다. 이 녀석들이 교토에 내려와 지금 오사카에 잠복하고 있다는데, 무엇이 목적인지 아시겠습니까?"

"몰라."

료마는 여전히 밥을 먹으면서 대답했다.

"막부의 해군 통제관 가쓰 가이슈 선생을 암살하는 게 목적이지요."

"이봐, 이봐."

료마는 젓가락을 놓았다. 심상치 않은 말을 이 젊은이는 태연히 말한다.

사실인 모양이다. 가부토 소오스케 등은 가쓰가 양이주의를 바보 같은 짓이라고 비웃는다는 소문을 듣고, 가쓰가 고베에서 이따금 오사카 성주 대리 저택에 찾아오는 것을 기화로 길목에서 베겠다는 것이다.

"위험한 놈들이로군."

료마를 비롯한 근왕 지사들 중에는 부분적으로 그런 자들이 많이 끼어 있었다. 베기만 하면 세상이 움직일 것으로 믿고 있다.

"그래서 그걸 가이슈 선생에게 말씀드렸나?"

"예, 조심하겠다면서 웃어넘기셨습니다. 그런데 골치 아픈 일이 제 신변에 일어났습니다."

"뭔데?"

"실은 저에게 이 음모를 누설한 것은 야마토(大和) 낭인 이누이 주로(乾十郎)라는 사람입니다. 이누이는 가부토의 동료로서, 아니 동료 정도가 아닙니다. 가부토 등의 잠복 장소가 바로 고라이 다리께에 있는 이누이의 집입니다. 요컨대 이누이는 동료를 배신하고 나에게 밀고한 셈이지요. 이 인물은 전부터 내 입을 통해 가쓰 선생의 이야기를 듣고 선생의 인물과 식견(識見)을 존경하고 있었으니까요. 그것을 가부토도 알고 그들은 이누이를 배신자로서 베겠다는 겁니다."

"그런데 자네의 친구라는 이누이 주로는 어떤 인물인가?"

"과격파입니다."

"그럴 테지. 어차피 조용한 사내는 아닐 테지. 나이는 몇 살이나 됐나?"

"서른일곱."

"자네는 꽤 연상의 친구를 갖고 있군."

"예."

무쓰가 노숙한 것인지 이누이가 나이 값을 못하는 것인지. 이 경우는 후자인 것 같다.

어쨌든 성미가 거친 사내인 모양이다.

이누이 주로.

야마토의 고조(五條)에서 태어났다.

고조에는 당시 그 과격 사상으로 천하에 이름이 알려진 모리타 셋사이(森田節齋)가 서당을 열고 있었다. 이누이 주로는 처음에 셋사이에게 글을 배우고, 이어서 셋사이의 동생 진사이(仁齋)에게 의술을 배웠다.

그 뒤 오사카로 나와 고라이 다리의 어떤 의원 집에 대진(代診)으로 있다가 스지카이 다리(筋違橋) 동편에서 개업했다.

처음에 평민 집안의 딸을 아내로 맞았으나, 이 아내는 편안하게 살 수 있으리라 생각하고 의사에게 시집을 왔다. 그러나 매일같이 험상스런 사나이들이 찾아들어 남편과 술을 마시고 큰 소리로 시국을 논하고 마침내는 칼을 뽑아들고 시 따위를 읊는 바람에 그만 겁을 집어먹고 친정으로 달아나 버렸다. 이 아내는 친정에서 딸을 낳았는데, 그 딸 이노우에 마쓰는 쇼와 초까지 살았다고 한다. 이누이 주로의 경력을 꽤 조사한 모양이다.

이누이는 이 '사건' 뒤 덴추조(天誅組)의 모의에 가담하여, 그 간부의 한 사람으로서 야마토 고조에서 군사를 일으켰으나, 패하여 체포되어 겐지(元治) 원년(1864) 7월 19일 교토의 록카쿠(六大角) 감옥에서 막부 관리에 의해 참형에 처해졌다.

머리를 길게 어깨까지 늘어뜨리고 게다가 기쿠스이(菊水)의 문장이 박힌 옷을 입고 있었으므로, 남들은 유히 쇼세쓰(由比正雪 : 에도시대 군학자, 막부타도를 꾀했으나 실패하여 자결함)라고 불렀다. 그렇게 불리는 것이 자랑스러웠던 모양이다.

"날더러 이누이를 보호해 달라는 말이로군."

"그렇습니다. 아무튼 가부토 소오스케들이 끈질기게 달라붙는 모양이라 일은 급합니다. 제가 이누이를 이곳에 데리고 오겠으니 좀 숨겨 주십시오."

"아냐, 급한 일이라면 이쪽에서 가자. 이누이는 오사카의 자택에 있겠지."

료마는 도베를 한발 먼저 오사카에 달려가도록 하고 무쓰와 함께 나섰다. 저녁때까지는 도착할 수 있으리라.

나루터에 신령님이라고 하는 분당이 있다. 그 서쪽 뒤의 남북으로 뚫린 길에 생선 가게가 추녀를 잇대고 있다.

"비린내가 코를 찌르는군."

료마는 코를 싸쥐면서 걸었다.

그 골목 안에 이누이 주로의 집이 있다.

무쓰는 잘 열려지지 않는 현관문을 억지로 열었다.

"이누이 님 계십니까?"

이름을 부르면서 안으로 들어섰다.

어둠침침했다.

'이상한 걸.'

사람의 기척은 있었다. 집 안에서 어린애가 울고 있는 것이다.

이누이의 현재 처는 이바오(亥生)라고 하며 고오즈(高津) 기다사카(北坂)에서 서당을 열고 있는, 히메지 번(姬路藩)에 고용되어 있는 나루세 기요자에몬(成瀨淸左衛門)의 딸이었다. 그 이바오가 나오더니 방문객이 무쓰인 것을 알자 겁에 질린 얼굴로 외치면서 그 자리에 힘없이 주저앉고 말았다.

"아이고, 무쓰님."

"왜 그러십니까?"

"남편이 가부토 패들에게 끌려갔습니다."

"예?"

바로 30분 가량 전에 가부토 패들이 끌고 갔던 모양이다.

"도베라는 사람이 왔었지요?"

"네, 그 도베 님이 와 계시는데 여럿이 우르르 들어와서 할 말이 있으니 잠깐 따라오라고 데리고 갔어요."

"그런데 도베는?"

"뒤를 밟겠다 하시면서 만일 무쓰 님이 오시거든 그렇게 전해 달라는 말씀이었습니다."

'딴은'

료마는 추녀 밑에 앉아서 그 대화를 듣고 있었다.

'도베라면 알아낼 테지.'

"무쓰 군, 여기서 기다리도록 하세. 곧 도베가 돌아올 거야."

"사카모토 님, 어디 계십니까?"

"추녀 밑에 있네."

료마는 큰 칼을 안고 앉아 있었다.

이윽고 도베가 돌아와 알려 주었다.

"난바(難波) 신시가지의 요시다야(吉田屋)라는 여인숙입니다."

곧 그 여인숙을 찾아냈다.

그런데 조금 전 여럿이 함께 나갔다고 한다.

"어디로 갔지?"

"아지 강 어귀 쪽이에요."

여인숙의 하녀는 무서운 듯이 말했다. 아마도 너도나도 덤벼들어 이누이를 공박했을 것이다.

"무쓰 군, 아지 강어귀라면 인가도 드물어. 죽일 셈이군."

료마는 걷기 시작했다.

"상대는 13명이라고 합니다. 사카모토 님, 염려 없겠습니까?"

"싸움은 해 보아야만 알아."

료마의 걸음이 빨라졌다.

해가 저물어 가고 있다.

강둑에는 사람의 왕래가 없었다.

가부토 소오스케는 당시 '떠돌이'라고 일컬어진 3, 4류의 근왕 지사의 전형적인 자로서 애당초 사회에 부적합한 인간이었다.

난세를 기회로 고향을 뛰어나오고 번을 탈출하여 교토, 오사카에서 빈둥거리고 있었다.

'양이'

'양이'

북이라도 치듯이 그 소리를 외고 있으면 '양이'를 신주처럼 떠받들고 있는 조슈 번 따위에서 다소의 자금이 굴러들어온다. 우선 먹고 살기에 걱정 없고 매일의 생활도 활기가 있어 재미있다.

이런 녀석들의 일이란 살인, 공갈, 강매(强賣) 따위뿐이다. 그 살인, 공갈 강매에도 이 녀석들에겐 녀석들 나름의 대의 명분을 세워 놓고 자신들은 정의라고 믿고 있기 때문에 보통 범죄보다도 질이 나쁘다. 어떤 사회에도 있는 다만 성격적으로 반사회적인 인간이기는 하지만.

사람 왕래가 끊어진 아지 강둑에는 이 고장 명물인 '배를 부르는 소나무'가 늘어진 가지의 그림자를 물 위에 드리우고 있었다.

가부토 일당은 둑 밑 풀숲에 있었다. 웅크리면 백 명쯤은 숨을 것 같은 무성한 갈대밭이었다.

"그럼 배신한 것은 틀림없단 말이지!"

가부토는 미토 사투리로 다그쳤다.

키가 작은 이누이는 처음에는 작은 몸을 젖히며 야무지게 항변하고 있었지만, 13명이 힐난하는 바람에 체력도 기력도 빠져서 이 무렵에는 기진맥진이었다.

"마음대로 해."

그는 야마토 사투리로 내뱉었다.

"암, 하고말고."

가부토는 동료를 시켜 준비해 온 팻말을 소나무 옆에 푹 꽂았다.

이 자는 양이를 구실로, 충성을 다하여 나라에 보답하겠다는 동지와 사귀며 연신 여러 곳을 탐지하여 그 동향을 매국노에게 통보했으며, 그밖에도 천지에 용납 못할 죄상은 일일이 헤아릴 수도 없는 바, 이에 하늘의 벌을 가하노라!

"묶어라!"

가부토가 명령하자, 우르르 덤벼들어 이누이를 결박하여 그 밧줄 한끝을 소나무 가지에 걸었다.

이누이는 공중에 매달렸다.

"산 채 구경거리로 만들 것인지, 베어 버릴 것인지 다시 한번 따져 봐야겠다."

가부토 일당은 시시덕거리기 시작했다.

그때 둑 위에서 발소리가 들려 왔다.

료마와 그 일행이다.

"도베, 도베!"

부르는 소리가 바람에 끊겼다가 이어진다.

"예."

"둑 아래서 무슨 소리가 난다. 못 들었나?"

"내려가 보겠어요."

등을 구부리며 내려가려는 도베의 허리띠를 잡아 멈추게 한 료마는 말했다.

"위험해! 틀림없이 놈들이야. 모두 칼을 뽑고 있는 모양이군. 무쓰 군, 자네 칼을 좀 빌려 주지 않겠나?"

두 자 두 치인 료마의 칼은 실전에는 약간 짧다.

"이것은 자네가 가지고 있게."

료마는 자기 칼을 무쓰에게 건넸다. 무쓰는 할 수 없이 두 자 여덟 치의 큰 칼을 건네 주었다.

"허, 무쓰 군은 좋은 칼을 가지고 있군."

료마는 칼을 뽑아 석양에 비쳐 보았다.

그런 기척을 밑에서도 알아채고 2, 3명이 풀 속을 기어올라 눈만을 내놓고 둑 위를 쳐다보았다.

'이크!'

소스라치게 놀랐을 것이다.

둑 위에는 산발을 한 거구의 무사가 후줄근한 하카마를 허리에 걸치고 큰 칼을 하늘로 치켜들고 있는 것이다.

"웬놈이냐?"

료마는 풀 속에서 빠끔히 내다보고 있는 자를 보고 소리쳤다.

쭈르륵, 황급히 둑을 미끄러져 내려간 일당은 강가로 달려가 가부토에게 보고했다.

어느새 료마도 질풍처럼 둑을 뛰어내려가 나무에 매달려 있는 이누이 앞을 가로막았다.

'찰카닥' 하고 칼집에 칼을 꽂은 다음, 료마는 자기 소개를 했다.

"난 사카모토 료마다."

가부토 소오스케 일당은 놀란 모양이다. 이 무렵 료마의 이름은 교토와 오사카 일대에 흩어진 지사들에게 널리 알려져 있었다.

호쿠신잇토류 지바 도장의 사범이라는 경력은 가부토 일당을 위압하는 데 충분했다.

가부토는 재빨리 십 보 가량 물러나면서 말했다.

"사, 사카모토, 임자는 다케치 한페이타와 동지이면서 막부의 인간 가쓰를 따르며 양이의 뜻을 버리고 개국 항해론을 주장하고 있다고 들었다."

"그것이 내 양이론(攘夷論)이야. 아니, 여기선 토론은 그만두자. 내 의견을 듣고 싶다면 고베로 오너라. 그것보다도 이누이가 주로가 딱하군."

료마는 뒤에 있는 무쓰와 도베에게 눈짓하여 결박을 풀게 했다. 가부토가 칼자루에 손을 댔다. 료마는 달래듯이 말했다.

"가부토, 뽑지 말게. 참아야지, 뽑으면 피를 보게 되네."

료마는 가부토를 노려보며 기세로 상대방을 눌렀다. 기세를 누그러뜨리면 가부토는 덤벼들리라.

가부토는 결국 뽑지 못했다.

새파랗게 질려 있었다.

료마의 등 뒤에서는 결박이 풀린 이누이가 갈대밭에 누워 무쓰의 간호를 받고, 도베는 가마를 부르러 달려갔다.

이윽고 가마꾼이 오고 무쓰와 도베는 이누이를 가마에 태웠다.

"기다려, 데려갈 수 없다!"

가부토가 고함쳤다.

무쓰는 성급한 사람이다.

"무슨 개소리야!"

가부토 소오스케는 분노로 이성을 잃었다.

"이, 이놈!"

저도 모르게 칼을 뽑았다.

반쯤 뽑았을 때, 가부토의 오른쪽 손목에 격렬한 아픔이 파고들었다.

"으악!"

팔을 축 늘어뜨린 채 뒤로 껑충껑충 뛰었다.

"상처는 안 입혔어."

료마는 벌써 칼을 거두어들이고 있다.

"가부토, 싸움은 손해야."

"사카모토, 오늘은 이대로 물러나겠지만 어디 두고 보자."
료마 일행은 발길을 돌렸다.

사건이 수습된 다음 무쓰는 무조건 료마를 따르게 되었다.
"놀랐어요. 사카모토 님의 담력에는. 그놈은 사람 백정 소스케라고 하여
그 패거리에선 날리고 있지요."
무쓰는 어느 날 밤 말했다.
"그것보다 이누이 주로는 어떻게 되었나?"
"처자를 데리고 야마토의 고조로 돌아갔습니다. 고조에는 형님 댁이 있으
니까요."
얼마 뒤 이누이는 덴추조에 가담했다.
덴추조가 야마토로 들어와 고조의 막부 민정청을 습격했을 때, 그 길잡이
는 고조에 있었던 이누이가 담당했다.

고베 해군 조련소는 관제만 정해졌을 뿐 연습선, 기재(器材), 연료 등이
아직도 도착하지 않았고 그 예측도 서지 않았다.
사실상 아직껏 가쓰 가이슈의 사설 학교 단계에 있었다.
학생들도 매일 가쓰와 료마의 허황한 소리만 듣고 있을 뿐 언제 배를 조종
할 수 있을는지 짐작도 가지 않았다.
"가쓰 선생님, 난감하군요."
료마는 어지간히 곤란한 표정을 지었다.
"나도 사실은 답답해. 학생들 사이에 불평이 나오겠지."
한 사람 앞에 월 수당 두 냥씩이 지급되는 만큼 생활에는 불편이 없다. 그
리고 실습은 없다 하더라도 학과는 아카마쓰 사쿄(赤松左京) 등이 와서 불
완전하나마 가르치고 있었다.
그리고 영어를 배우는 자도 있다. 료마도 조금 해 보았으나
──이런 꼬부랑 글씨는 월 수가 없어.
그러면서 중단해 버렸다.
"불편은 없지만, 배를 공부하는 학교에 배가 없는 것도 좀 이상하죠."
의논한 결과 덴포 산 앞바다에 있는 막부의 기선에 학생들을 견습생으로
태우도록 했다. 오사카 만을 왕래하며 실습을 받게 하자는 것이었다.

그런 사이 학생들 중에서 도사 번사들이 동요하기 시작했다.

"사카모토 님, 이런 어지러운 시절에 한가롭게 군함 따위를 배우고 있을 순 없어요."

조슈 번이 드디어 단독 양이를 단행하고 바칸(馬關) 해협을 통과하는 선박 중 외국 배라고 인정되면 해안에 설치한 포로 포격하기 시작했다.

이해 분큐 3년(1863) 5월 10일에 처음으로 미국 상선에 포격하고, 23일에는 프랑스 군함을, 26일에는 네덜란드 군함에게 발포하고, 이어서 6월 1일 미국 군함에 발포했다. 이때 조슈 측에서는 고신 호와 진주쓰 호의 두 배가 격침되었다.

그리고 교토에서는 급진 양이주의인 조슈 번이 조정을 주름잡고 바야흐로 외국과의 결전, 쇄국 단행의 칙서가 다시 내릴 형편에 있었다.

그런 때를 당하여 도사 번의 정세는 갑자기 보수적으로 기울어지기 시작했던 것이다.

좀 지난 얘기지만 도사의 노공 요도가 드디어 정치를 직접 담당하기로 되어 교토에 입경하고 있었다.

잘생긴 멋쟁이 영주 요도의 입경을 본 기온(祇園)의 기생들은

"노공, 노공 하고 세상에서 떠들기에 어떤 늙은이일까 했더니 아주 젊고 잘생긴 남자로구나."

하고 감탄했을 정도이다.

사실 요도의 입경 모습은 교토 사람들의 눈길을 끌었다.

이날 요도는 '센자이(千載)'라고 부르는 준마에 올라앉은 검정 나나코(黑魚子)의 덧옷을 걸치고, 하카마는 고동색 비단에 떡갈나무 무늬를 가로 친 줄무늬, 그리고 칼집에 검은옻칠 한 쌍칼을 차고 있었다.

나이 36세, 신장 5자 6치, '살갗은 희고 얼굴은 통통했으며 눈에 광채가 난다' 라고 기록은 말하고 있다.

도사의 근왕파는 요도가 전부터 근왕 사상의 소유자임을 알고 있었기 때문에 '때는 왔다' 하고 기뻐했다.

하지만 요도가 맨 처음 시작한 일은 가신들 중의 근왕파 탄압이었다. 이 본국에서의 탄압이 고베 해군 학교에까지 소문이 나 도사 계열의 학생들이 술렁거리기 시작한 것이다.

물정소연(物情騷然)

　요컨대 탄압의 원흉은 노공인 야마노우치 요도인 것이다. 료마는 이 영주
를 결코 좋은 눈으로 보고 있지 않았다.
　'영주로선 자기주장이 너무 지나치다.'
　그렇게 생각했다.
　조슈의 영주처럼 정치의 주도권을 쥐는 자에 따라 좌우로 동요되는 것도
뭣하지만, 그렇다고 해서 주의 주장에 딱지가 앉은 것 같은 요지부동의 완고
한 지배자도 곤란하다.
　격동기에는 시대가 어떻게 움직일지 한 치 앞도 모른다.
　그러한 시대의 지도자는 만신창이가 되는 것을 돌보지 않고 칼을 휘두르
며 한눈팔지 않고 선두에 서서 시대의 흐름을 헤쳐 나가는 오다 노부나가 형
이든가, 아니면 차라리 대담하게 흘러가는 대로 내버려 두든가 둘 중의 하나
밖에 길이 없는 것이다.
　그런데 시정(市井)의 은사(隱士)라면 또 모르지만, 한 번의 지도자이면서
시대의 흐름을 백안시(白眼視)하고 흐름에 역행하면서 쓸모도 없는 자기의
'식견'에 필사적으로 얽매여 있는 자는 결국에는 패배밖에 없다.

'그분의 곤란한 점은 자기의 재능 담략에 너무 자만심을 갖고 있는 점이다.'

료마는 그렇게 생각하고 있다.

그러므로 고루한 '식견'을 사뭇 자랑스러운 듯이 행세하는 가신이나 영주들이 바보로 보이기만 한다.

'쥐꼬리 만하게 남보다 앞서고 있을 뿐인 지혜나 지식이 이 판국에 무슨 소용이 있단 말인가. 그러한 의지할 수 없는 것에 사로잡혀 있다는 것만으로도 분명한 패배자다.'

아무리 세상을 뒤덮을 만한 재지(才智)가 있을지라도 '사로잡혀 있는' 인간은 우자(愚者)일 수밖에 없다.

지자(智者) 요도는 영웅의 풍모를 지니고 있다. 그러나 불행히도 자기의 지혜에, 가문에 사로잡혀 있다.

조상인 야마노우치 가즈도요(山內一豊)가 세키가하라의 공로에 의해 가케가와(掛川) 6만 석에서 일약 도사 한 나라 24만 석의 대영주로 발탁된 것은, 언제나 도쿠가와 집안의 은혜라고 생각하는 감상주의가 있었다.

'개인이라면 그것은 미덕이다.'

료마는 그렇게 생각했다.

'그러나 큰 번의 주인으로서 일본의 운명이나 장래를 생각할 때 그것이 무엇이란 말인가.'

요도는 그러한 '미덕'에 사로잡혀 있었다. 그런 미덕을 가진 자신을 스스로 대견해 하며 시대 조류까지도 그 미덕을 통해 보려 하고 있었다.

그러므로 요도의 눈에 비치는 시대 조류의 영상(映像)은 비뚤어진 모양을 하고 있어 순수한 영상이 아니다.

요도라는 인물은 스스로 근왕주의를 부르짖고 있는 만큼 가신들 중의 근왕주의자가 싫었다.

"나의 근왕주의는 총명한 지혜에서 나온 것이지만 그들은 무식한 광신에 지나지 않는다. 그러므로 용서할 수 없다. 왜냐하면 근왕은 극약과 같은 것으로 조제 여하에 따라서는 양약(良藥)이 되지만 분량을 그르치면 지금의 사회 질서가 무너져 버리고 만다."

불행한 지자(智者)였다.

요도는 낭인을 싫어하기도 했다.

교토에 모여들어 공경들 저택에 드나들며 강대한 번의 번사들을 선동하는 그들의 존재를 막부처럼 해로운 것으로는 보지 않았지만, 필요없는 것으로 생각하고 있었다.

"낭인 따위의 손으로 천하의 일이 되겠는가."

귀족이므로 당연히 그렇게 생각한다.

게다가 번의 통제를 즐겨했다. 번의 두뇌는 자신이다.

번사는 손발로써 움직이면 된다. 손발이 멋대로 생각을 해서는 안 된다.

그런데 최근의 유행은 큰 번의 교토 주재관(번의 교토 주재 외교관)이라는 것의 존재와 그 비상한 활동상이다. 이것이 멋대로 번의 방침을 정하고 번을 뜻하지 않은 방향으로 끌어간다고 보고 있었다.

각 번의 교토 주선(周旋), 공용(公用), 응접(應接) 담당관이라는 외교관 패거리들은 교토 정계의 중심적 세력으로서 각 번의 동역(同役)과 요정에서 교제하며 돈을 물쓰듯하고 있었다.

조슈 번의 가쓰라 고고로(桂小五郎), 사쓰마 번의 오쿠보 도시미치(大久保利通), 아이즈 번의 도지마 기베에(外島機兵衛), 히도쓰바시번(一橋藩)의 시부사와 에이치(澁澤榮一) 등이 그 대표적 존재이리라.

도사 번에서는 요시다 도오요(吉田東洋) 암살이 있은 뒤 교토 주재관은 근왕파가 차지했다.

다케치 한페이타(瑞山)

히라이 슈우지로(隈山)

마사키 데쓰마(滄退)

등이 그들이다.

다른 번, 특히 급진파인 조슈 번과 공금을 가지고 교제하는 한편 공경들 집에도 드나들며 조정의 공기를 극단적인 양이주의로 몰고 갔다.

요도는 입경 즉시 그들을 본국으로 돌려보냈다.

"다른 번과의 교제 따위는 필요 없는 짓이야."

그것뿐만이 아니다.

히라이, 마사키, 히로세 겐타(弘瀬健太) 세 사람이 도오요가 죽은 뒤 본국의 요직을 근왕파로 바꾸기 위해 쇼렌인 노미야(靑蓮院宮)의 영지(令旨)를 받아 그것을 들이대며, 번의 수뇌부를 위협하여 정변(政變)을 실현시켰다는 예사롭지 않은 사실이 있었다.

노공은 그 죄를 새삼 문제 삼아 5월에 이 세 사람을 잡아 가두고 6월 8일 할복을 명했다.

료마는 그 소식을 고베에서 들었다.

료마는 마사키, 히라이, 히로세의 할복 소식을 들었을 때 직감했다.

——이것으로 다케치의 근왕파는 전멸이로구나.

료마는 곧 교토 저택으로 달려갔다.

료마라는 사내는 다케치의 친구이면서도 다케치의 일파와는 늘 별도의 길을 걸어 왔다.

의견의 차이도 있다.

기질의 차이도 있다.

——턱주가리(다케치의 별명)는 너무 딱딱한 말만 하거든.

료마는 늘 비웃고 있었다. '딱딱하다' 하는 것은, 융통성이 없는 양이주의라는 것과 또 하나는 전번 근왕(全藩勤王)이라는 것이었다.

"그런 것이 될 게 뭐야."

료마는 기질적으로 현실을 등한히 할 수 없는 성격이었다. 다케치 한페이타는 강렬한 관념주의자다.

결국 료마는 일찍부터 번 안에서의 근왕 활동에 환멸을 느끼고 고향을 뛰쳐나와 도사 번 따위를 안중에 두지 않았다.

'그 완고한 노공을 상대로 씨름하고 있는 사이 대세는 기울어지고 만다.'

그러한 생각이었다.

하지만 고향에서 활동하고 있는 사람들의 입장이 늘 마을에 걸렸다.

'고향에서의 근왕 활동 따위는 아이들 불장난이야, 언젠가 짓밟힌다.'

교토 저택에 뛰어들자 비가 쏟아지기 시작했다.

저택 안은 조용하다. 노공의 벼락이 떨어진 이후 저택은 불이 꺼진 것처럼 되어 있었다. 다른 번의 무사나 낭인도 드나들지 않거니와 큰 소리로 시국담을 논하는 자도 없다.

료마는 그 분위기가 공연스레 짜증스러웠다. 긴 행랑을 걸으면서 장사꾼처럼 외치면서 돌아다녔다.

"누구 알고 있는 자는 없느냐! 본국에서 마사키등이 할복했다면서, 가르쳐 주지 않겠나."

서쪽의 방은 조용하다.

료마는 행랑채로 갔다. 문을 두들기면서 가르쳐 다오, 하고 말하며 다니자, 몇 번째인가의 문이 열렸다. 나카지마 사쿠타로(中島作太郎)라는 18살의 젊은이다. 도토리같이 생긴 얼굴이었다.

"사카모토 선생님."

작은 목소리로 불렀다.

"들어오세요."

료마는 이 젊은이를 모른다. 고향에서 상경한 지 얼마 되지 않으리라. 검소한 솜옷, 붉은 칼자루, 실용적으로 만든 칼 등으로 보아 향사 출신의 사내 같다.

"나카지마라고 합니다. 고향에서의 마사키 선생 등의 이야기를 잘 알고 있습니다."

번뜩이는 눈으로 말했다.

료마는 방안으로 들어갔다.

나카지마는 쟁반에 커다란 찻잔을 내놓았다. 쭉 들이키자니 맹물이다.

료마는 이상한 표정을 지었다.

"외치고 다니시느라 목이 마르실 것 같아서."

나카지마는 킬킬 웃었다.

애송이도 쓸모가 있구나, 하고 료마는 생각했다. 유머 감각이 있는 녀석이로군.

사쿠타로는 (바로 뒷날의 나카지마 노부유키(中島信行 · 板垣退助와 더불어 自由民權主義를 주창하고 자유당 부총재, 남작, 메이지 32년 별세)

나카지마가 말한 바에 따르면 할복을 앞두고 마사키등은 당당한 태도였다고 한다.

마사키 데쓰마는 옥중에 붓이 없기 때문에 상투 끈을 꼬아 글자 모양을 만들어 유언시를 남겼다.

장부 한번 죽은들 무엇이 슬프리오
성조(聖朝)의 옛 모습 이루어져 가는 것을
아직도 못 다한 천추의 한은

황성에 꽂지 못한 백장(柏章)의 깃발.

　교토 조정의 위엄은 거의 부활되었다. 그것을 본 이상 오늘의 죽음은 슬퍼하지 않는다. 그렇기는 하지만 삿조(薩長)가 교토 조정의 옹위 세력이 되어 있는데, 우리 번의 잣나무 무늬의 깃발만을 교토에 세우지 못함은 분하다는 의미이다.

　백장기(柏章旗)를 교토에 세우지 못하는 것은 노공 요도의 완고와 소극성에 있다고 마사키는 할복 자리에 나와서 영주를 매도(罵倒)하고 자기 배를 갈랐다. 나이 30. 사촌인 마사키 다쿠이치로(間崎卓一郎)가 그의 목을 쳐주었다.

　마사키는 이미 아내는 죽고 금년 2살이 되는 딸만이 있었다. 죽음을 앞두고 어지간히 마음에 걸렸던 모양으로 애절한 시 한 수를 남겨 놓았다.

　보살펴줄 사람이 누구라 있으리오
　흰 이슬이 남기고 간 패랭이꽃을

　히로세 겐타는 평소부터 할복의 방법을 연구하고 있었다.
　"사내는 배를 멋지게 가르느냐 가르지 못하느냐에 따라 가치가 정해지는 거야."
　히로세의 연구로는 먼저 왼쪽 배에 칼을 찌른 다음 오른쪽으로 곧장 잡아당기어 그 칼끝을 비스듬히 치켜 올려, 그 여세로 오른쪽 가슴 밑의 급소를 찌르면 반드시 절명한다는 것이었다.
　히로세는 유유히 할복 자리에 앉자 목 쳐줄 사람을 보고 말했다.
　"내가 연구한 대로 끝낼 때까지 목을 치지 말게."
　그는 그 '연구'대로 하여, 결국 목을 칠 필요 없이 숨졌다.
　히라이 슈우지로는 나이 29세. 료마와 동년배였다.
　옥중에서 벽에다 손톱으로 유언시를 새겨 놓고 흰 옷차림으로 선선히 할복 자리에 나앉았다.
　목 쳐준 사람은 어렸을 때부터 함께 도장에 다닌 히라다 료오키치(平田亮吉)였다. 료오키치가 새파랗게 질려 긴장하고 있었기 때문에, 히라이는 그를 돌아보고 도리어 격려하였다.

"침착하게 해 주게."

그러고 나서 배를 드러내어 잠시 쓰다듬더니 말했다.

"그만 가 볼까."

히로세는 그 말과 함께 단도를 옴켜쥐자 기합과 함께 찔렀다. 료오키치는 앗, 하며 당황하여 급히 칼을 내리쳤다. 하지만 손이 떨려 탁, 하고 뒤통수의 뼈에 맞아 칼날이 튀었다.

"이봐, 침착하라고 했잖아."

히라이는 고통으로 일그러진 얼굴로 말했다.

두 번째 내리친 칼로 목이 떨어졌다……

"그랬었구먼."

빗소리가 요란해지기 시작했다.

방이 어두워지고 멀리서 천둥소리가 들리는가 했더니, 갑자기 머리 위의 하늘이 깨지는 듯 울렸다.

"하늘은 피의 희생을 구하고 있군."

료마는 신기하게도 시적인 말을 중얼거렸다.

"웬만한 일로 세상은 바뀌지 않는다. 마사키등은 죽었지만 언젠가 이 천하를 내 손으로 뒤엎어 그들의 혼백을 위로해 주리라."

나카지마의 이야기로서는 다케치가 아직 투옥되지 않았다고 했지만, 이런 추세라면 어떻게 될지 모른다.

료마가 은근히 '도토리 얼굴이 애송이'라고 그 용모를 우습게 여긴 이 열여덟 살의 젊은이는, 이야기가 끝나자 두 손을 짚으며 말했다.

"청이 있습니다. 이 나카지마 사쿠타로를 고베의 학교에 넣어 주시지 않겠습니까?"

얼결에 료마는 승낙을 해버렸다.

"그렇게 배를 좋아하나?"

"배는 싫어합니다. 요도 강(淀川)의 30석(石) 배가 흔들흔들 흔들리는 것을 둑에서 바라보기만 해도 멀미가 납니다."

"그러면 교토와 오사카 왕래는 언제나 육로인가?"

"예."

"내친 김에 바다 위를 걸을 셈인가?"

"걸으라고 하신다면 걷겠습니다. 다만 걷는 법을 가르쳐 주십시오."

"재미있는 녀석이로군."

사쿠타로는 항해술보다 료마에게 사숙(私淑)하고 싶었던 모양이다.

료마는 곧 교토 저택의 중신을 만나 번의 명으로 나카지마를 보내 주도록 수속을 부탁하자 간단히 승낙해 주었다.

그길로 그곳을 나와 마음 내키는 대로 나시노키 거리(梨木町)의 산조(三條) 저택으로 다즈를 찾아갔다.

"아, 사카모토님."

저택의 문지기는 얼굴을 알고 있었다.

다만 문지기가 이상하게 여기는 것은 저택의 주인 산조 사네토미(三條實美)경을 찾지 않고 언제나 노마님을 모시고 있는 다즈만 찾는 일이었다.

당시 산조 경이라고 하면 조슈 번을 배경삼아 급진적 양이론을 주장하는 공경으로서 천하의 지사들의 여망을 한 몸에 지고 있는 사람이 아닌가.

각 번의 무사들은 앞을 다투어 산조 경에 접근하려 했으며, 다케치 한페이타 등도 한동안은 빈번히 출입을 했었다.

정치적으로 무식한 공경들을 배경으로 그 조정의 권위를 내세워 막부를 대한다고 하는 것은 당시의 지사들이 즐겨 쓰던 방법이다.

'그것도 한 가지 길이기는 하지.'

료마도 인정하고 있다.

'그러나 나는 공경들이 싫다.'

일찍이 이이(井伊)가 개항 조약을 맺었을 때, 칙허(勅許)를 얻으려고 어지간히 공경들에게 뇌물을 보낸 것은 천하가 다 아는 일이다. 이런 낮도깨비들을 료마는 싫어한다.

"산조님은 공경으로서는 드물게 융통성이 없을 만큼 깨끗한 분이다."

그런 소문은 듣고 있다.

그러나 흥미는 없다.

산조 저택의 내실, 노마님의 방은 노마님이 도사 야마노우치 집안의 출신이니만큼 어딘가 색다른 분위기가 풍긴다.

"또 료마가 왔나 보군."

노마님이 웃으며 말했다.

"네, 요즘엔 고베에서 군함 훈련을 하고 있다고 들었는데, 교토에 무슨 볼일이 있어서 왔을까요."

노마님의 앞이라 누님 같은 말투로 다즈는 눈살을 찌푸려 보였다.

료마는 언제나 안내되는 현관 옆의 어둠침침한 방으로 안내되었다.

다즈가 나왔다.

여전히 아름답다.

"오랜만이군요."

다즈는 둥글고, 약간 물기를 머금은 듯한 특징 있는 목소리로 말했다.

"예."

료마는 등을 긁고 있다.

"가렵습니까?"

"아, 참."

얼른 손을 무릎 앞으로 가져왔다. 무의식적으로 긁고 있다가 다즈에게 지적되어 비로소 깨달은 것이다.

"료마님은 언제나 가려운가요?"

다즈는 우스워 죽겠다는 듯이 말했다. 이렇게 더러운 차림이니 어차피 늘 가려우리라.

"속옷에 '벌레'라도 들어 있나요?"

웃음을 거두고 고개를 갸웃했다.

"없습니다, 그런 것은."

"그럴 테죠, '등'에 벌레 따위를 기르고 계시면 여자가 가까이 오지 않아요…… 참, 여자 얘기가 나왔으니……"

다즈는 문득 생각난 척하며 말한다.

"저 나라사키 쇼사쿠의 딸 오료님인가 하는 분은 그 뒤에 어떻게 되었지요?"

"후시미(伏見)의 여인숙 데라다야(寺田屋)에 수양딸로 맡겨 두었지요."

"그래서요?"

다즈의 흥미는 그 다음에 있는 모양이다.

"그래서라니, 뭐 말입니까?"

"그것뿐이에요?"

"예."

료마는 또 등을 긁기 시작했다.

"긁지 마시라고 했잖아요."

"아, 그랬었군."

료마는 가려운 곳을 한 번 꼬집고 나서 얌전하게 손을 무릎 위에 놓았다.

"료마님은 역시 여자가 옆에서 잔시중을 들어 주어야만 하겠군요. 누구 좋아하는 사람 없나요?"

"……"

실은 다즈가 좋은 것이다. 그러나 신분과 계급으로 구성돼 있는 이 사회에서는 무리이다.

에도에는 지바 사나코가 있다. 자기를 끔찍하게 생각해 주고 신분도 어울리는 셈이지만 상대는 스승의 딸이고 양가의 규수이다. 앞으로 한낱 떠돌이가 되어 그림자처럼 뒹굴게 될지도 모를 자기 생애에, 지바 가문의 딸에게 알맞은 결혼 생활을 해줄 수 있으리라고는 생각할 수 없다.

역시 오료뿐이다.

이 넓은 세상에 오료만은 료마의 보호가 없으면 살아나갈 수 없는 여인이 아닌가. 그런 만큼 다즈나 사나코에 대한 마음과는 또 다른 생각이 오료에게로 향하는 것이다.

"저, 료마님, 말씀드리겠지만 그 오료라는 아가씨는 료마님을 행복하게는 해줄 수 없다고 생각돼요."

"나에겐 행복이 필요 없는걸."

료마는 말했다.

"이야기를 딴 곳으로 돌려선 안돼요."

그녀로서는 드물게 따지는 듯한 눈빛이다.

'아무래도 요즘은 나도 다즈 아가씨에게 인기가 좋지 않은 모양이군.'

료마는 약간 목을 움츠렸다.

그러면서 어느 틈엔가 또 등을 긁고 있다.

다즈는 쓴웃음을 지었다.

"이 이야기는 그만두기로 해요."

어느새 질투하고 있는 자기 자신을 깨닫고 그것이 부끄러워졌으리라.

화제가 바뀌었다.

영리한 여자라 금방 여느 때의 화창한 미소로 바뀌어졌다.

료마는 그러한 다즈가 좋아 견딜 수가 없다.

손을 잡고 끌어당기고 싶은 충동을 간신히 참고 있다.

"료마님은 조슈 번의 포대가 바칸(馬關) 해협에서 외국 배들과 전쟁을 하고 있다는 것을 알고 계실 테죠?"

양이의 급선봉인 조슈 번이 드디어 실력 행사로 들어가고 있는 것이다.

조슈 번에선 이해(분큐 3년) 5월 10일에 미국 상선에 발포하고 계속하여 프랑스, 네덜란드 미국 군함에 대하여 발포했다.

교토 조정에서는 이것을 매우 기뻐하여 6월 1일자로 조슈 영주에게 표창장을 내렸다.

"료마님은, 소문엔 개국론(開國論)으로 변절했다고 하는데, 이 조슈 번의 양이 결행을 통쾌하게 생각하지 않으세요?"

"……"

능청을 떨고 있다.

다즈가 양이주의자인 것은 당연한 일이다. 당시 막부 관계자, 양학자(洋學者) 이외의 각 번, 재야 지식인은 모두 양이주의라고 해도 좋았다.

양이론은 독서계급(讀書階級)에게는 극히 보편적인 관념이었다.

게다가 교토 조정에서는 고오메이 천황(孝明天皇)이 그 양이론의 우두머리이고 조정의 세력은 이제 급진 양이주의자인 공경들이 주도권을 쥐고 있었다. 다즈가 몸담고 있는 이 산조 집안의 주인, 산조 사네토미 등은 그 첨단적 인물이다.

──료마님, 당신은 뭘 멍청해 하고 있어요.

다즈의 말 속에는 은근히 이런 나무람이 깃들어 있다.

료마는 그것을 알 수 있었다.

"다즈 아가씨, 당신은 옛날에 이런 남자가 좋다고 말씀하신 적이 있지요."

"무슨 말?"

"천하가 모두 잘못이라고 하더라도, 자기가 옳다고 생각하면 단호히 자기 길을 가는 것이 남자이다. 그러한 남자가 되어 달라고 하던."

"어머!"

"내가 그래요."

료마는 또 등을 긁기 시작했다.

그럼 여기서 잠시 바칸 해협에서 벌어진 해륙전에 언급해 보자.

이 분큐 연간 미국에서는 남북전쟁이 한창이었다.

료마도 에이브라함 링컨이라는, 흑인 노예를 해방시키려 하고 있는 미합중국의 현 대통령에 대해서는 가쓰 가이슈로부터 들어 잘 알고 있었다.

남부 여러 주(州)가 합중국에서 이탈하여 재작년부터 이른바 남북전쟁이 계속되고 있다는 것도 알고 있었다.

그 뜻하지 않은 여파(餘波)가 일본에도 밀려왔다.

북군의 군함 와이오우밍 호가 남군의 가장순양함(假裝巡洋艦) 앨라배마 호를 수색하려고 분큐 3년 2월, 요코하마에 입항한 것이다.

그런데 그 직전 요코하마에서 상해(上海)로 향하려던 미국의 상선 펜부로크 호가 바칸 해협을 통과할 때, 포대의 포격을 받고 손상을 입은 것을 알았다.

조슈 번에서는

——미국 배를 쳐부수었다——고 크게 양이열(攘夷熱)을 떨치고 있다고 한다. 교토 조정에서도 그 장한 일을 칭찬했다고 와이오우밍 호의 함장 맥도걸 중령은 들었다.

조슈 번으로서 불행한 일은, 이 군함이 상대는 비록 달랐지만 전투 항해 중이었다는 일이다.

맥도걸 함장은 보복을 결심했다. 며칠 동안 준비를 했다.

바칸 해협은 조류가 빠르기 때문에 숙련된 일본인 뱃사람 두 명을 고용하여 수로 안내(水路案內)를 시키기로 했다.

5월 28일 닻을 감고 요코하마를 출항하여 30일 밤중에 해협 동쪽에 감쪽같이 닻을 내리고 정박했다.

새벽녘 조슈 번 해역을 유유히 항해하여 시로야마(城山) 포대 앞에 이르렀다.

외국 군함이 왔다고 하자 곧 시로야마, 가메야마(龜山), 히코지마(彦島)의 해안 포대가 구식 청동포(靑銅砲)를 발사하기 시작했다.

하지만 사정거리가 짧아서 미치지가 않았다.

이미 그럴 줄을 알고 있던 미국 군함은 응사도 하지 않고 유유히 서쪽으로 항진했다.

드디어 해협의 폭이 좁아졌다.

각 해안포는 충분한 조준을 하고 발포하는 것이지만 여전히 맞지를 않는다.

마침내 미국 군함은 손을 뻗으면 모지(門司)에 닿을 듯한 곳까지 왔다.

때마침 조슈 번이 애지중지 아끼고 있는 군함이 세 척, 닻을 내리고 있었다. 고오신마루(庚申丸), 진주쓰마루(壬戌丸), 기가이마루(癸亥丸).

맥도걸 함장은 비로소 명령을 내렸다.

"전투 준비!"

가메야마 포대에서도 쏘아 오고 전방의 조슈 군함도 급히 포전 준비를 갖추어 맹렬히 사격해 왔다.

하지만 함포의 수효나 구경(口徑)이 세 배를 합해도 와이오우밍 호 하나만 못했다.

와이오우밍 호에 전투의 깃발이 올랐다.

순식간에 가메야마 포대에 명중탄을 퍼부어 포대를 침묵시킴과 동시에 해협을 오르내리며 조슈 군함을 포격하여, 전투 한 시간 만에 드디어 고오신마루, 진주쓰마루의 두 배를 격침시켰다.

와이오우밍 호는 그대로 요코하마에 돌아갔다.

다시 6월 5일 프랑스 동양함대 두 척의 군함이 내습하여 해안 포대를 궤멸시키고 육전대를 상륙시켜 마에다(前田) 포대를 파괴해 버렸다.

조슈의 연안 포대는 외국 군함과의 '교전'에서 완패했다.

포병뿐만 아니라 조슈 해군도 두 척의 군함을 잃고 패배했다.

그리고 조슈 번을 극도로 긴장시킨 것은 6월 5일 프랑스 함대와 싸워 패배한 육군의 패전 소식이었다.

이것에는 수뇌부도 당황했다.

"육전이라면."

언제나 그렇게 생각하고 있었던 것이다.

일본의 모든 무사들은 그렇게 생각하고 있었다. 칼이나 창을 가지고 싸우면 일본 무사에 당할 자가 없다고.

하긴 일본인뿐만 아니라 외국인도 무기나 전술의 진보를 도외시하고 맨몸으로 싸우면 일본인에게 도저히 당할 수 없다고 하는 두려움을, 많든 적든 갖고 있었다. 당시 구미의 신문에서 마구 씌어진 일본어는 사무라이, 로닌(낭인)이라고 하는 단어였다. 칼을 다루기를 곡예사같이 하고 게다가 용감무쌍, 외국인이라도 보면 미치광이처럼 덤벼든다고 하는 게 그 정의(定義)였다.

외국인은 그들을 실제 이상으로 두려워했다. 이것이 본국의 외교 방침에 영향을 주지 않을 까닭이 없다. 실제로 도오카이도(東海道) 나마무기(生麥) 마을에서 사쓰마 번사에 의해 자기 나라 상인이 살해된 영국 정부는, 어디까지나 막부에 대해 강경한 배상 요구는 했으나 한편 이것이 전쟁의 도화선이 되는 것만은 피했다. 내륙 전쟁이 되면 중국의 경우와는 달리 이러한 숱한 사무라이와 싸워야만 할 것이 우선 첫째로 마음에 내키지 않았던 것이다.

조슈 번은 어리석지 않았다.

6월 5일 패전의 순간에 지금까지 생각하고 있었던 양이의 내용이 전혀 무식에서 온 것임을 곧 깨달았다.

이튿날 야마구치(山口) 번청(藩廳)에 다카스기 신사쿠를 불러 즉각 기용하였다.

다카스기는 곧 '기병대(騎兵隊)'의 구상을 건의 하여 즉각적으로 허락을 받게 되자, 시모노세키(下關 : 馬關)로 달려가, 여기서 사농공상(士農工商)의 계급을 철폐한 지원병 군대를 창설했다.

이것이 패전 이튿날인 6월 6일이었다.

다카스기 신사쿠, 이때 25살.

료마는 아직 다카스기와 한 번 만나서 얼굴을 알 정도였다.

기병대가 탄생하여 이것이 일본 최강 부대의 하나가 되고 나중에 유신전쟁(維新戰爭)에서 혁명군으로 활약하게 된다. 동시에 이로 말미암아 3백 년에 걸친 계급 사회가 조슈번에 의해 무너지기 시작하게 되는 큰 원인이 되었다.

다즈는 요컨대 료마가 답답한 것이다.

조슈 번이 양이의 선봉에 선 것과 때를 같이 하여 천하는 더욱더 시끄럽게 되었다. 그 북새통에 료마는 대관절 무엇을 하고 있는가.

"글쎄 다즈 아가씨, 긴 눈으로 봐 주십시오. 천하의 지사들이 교토에 모여서 소란을 피우고 있지만, 나 한 사람이 그 패거리에 들어간댔자 머릿수가 하나 늘 뿐이 아닙니까?"

"료마님은 참 별난 분이군요."

"딴은, 별나기에는 다름이 없지."

료마는 약간 까다롭게 말했다.

"자신도 인정하시나요?"

"별로 인정하지는 않지만 세상일이란 축제를 닮은 거지요. 모두들 꽃가마를 메고 피리, 장구로 장단을 맞춰 가며 끌어당기고 있다고 해서 자기도 달려가 끌어야만 된다는 법은, 다즈 아가씨, 없겠지요?"

"그럼 료마님은 구경꾼이신가요?"

"그럴 리는 없지."

"그럼 뭐예요?"

"딴 마을에서 다른 꽃가마를 어잇쇼, 어잇쇼 하고 끌어오는 사내지요."

다즈는 웃음을 터뜨리고 말았다.

다른 마을의 꽃가마란 료마 자신의 해군학교를 가리키는 말일 것이다.

"축제 이야기가 나왔으니 말이지, 성아래 거리의 꽃가마는 참 근사했었지요."

다즈는 고향을 추억하듯이 말했다.

축제날이 되면 여러 마을은 저마다 꽃가마를 만들어 그 기발한 장식을 다루었던 것이다.

꽃가마는 그 마을 사람들의 감각, 창조력의 상징이었다. 꽃가마 위에 몇 층의 선반을 만들어 놓고 그 선반 층마다 인형을 장식하여 시국 풍자나 역사, 연극 장면 따위를 나타내며 거리를 누비고 다니는 것이었다.

노래가 곁들였다.

"돌아봐라, 돌아봐라, 다네사키 거리(種崎町)로 돌아봐라. 다네사키 거리가 제일이지, 제일이지."

이런 단조로운 가사였다. 어쨌든 다른 마을처럼 완성된 가마나 수레를 끌고 다니지 않는 것이 이 마을의 특징이었다.

"하지만 료마님의 꽃가마는 아직 나오지 않았겠죠?"

"지금 부지런히 만들고 있지요."

"참, 느려터지기는. 벌써 축제가 시작되었는데?"

"그럼 내년 축제에나 내보낼까요?"

"호호호……"

웃는 수밖에 도리가 없다. 다즈가 바쁜 것 같았으므로 료마는 곧 작별을 고했다.

"그럼 료마님, 될 수 있는 대로 빨리 그 꽃가마인가 하는 걸 만드세요."

다즈가 문 밖까지 나와 배웅해 주었다.

료마의 발길은 후시미를 향했다.

산조 큰 다리를 동쪽으로 건넜을 때는 벌써 히가시 산(東山)이 어둠 속에 잠겨 있었다.

곧 남쪽으로 꺾어 다이부쓰(大佛) 가도라고 말하는 후시미 쪽의 길을 걸었다.

"아, 지쳤어!"

큰 소리로 혼잣말을 하고는 얼굴을 쓰다듬었다. 몇 번이고 지쳤다, 지쳤다고 말하면서 걸었다.

이윽고 대불전(大佛殿)의 서쪽 담으로 나섰다. 오른쪽에 이총(耳塚: 피살된 적의 귀만 파묻은 분묘)이 있고 그 맞은편 가모 강(加茂川)까지는 교토의 빈민가가 있다.

"정말 지쳤어."

대불전 숲에서 부엉이가 울어 댄다.

오른편 가모 강 건너 교토 거리에 불빛이 보인다.

아침에 교토로 들어와서 교토 저택과 나시노키 거리로 다즈를 방문하고, 그길로 곧 후시미에 돌아가려는 것은 애당초 무리였다.

이제 후시미까지 30리.

솔직히 말해서 발이 마음대로 움직여지지 않았다.

"저, 길 가시는 무사님."

갑자기 어둠 속에서 노파의 목소리가 들렸다.

"왜 그러시오?"

"그렇게 피곤하시면 저희 주막에서 주무시고 가시죠?"

친절한 마음으로 말하는 것 같다.

"이 근처에도 주막이 있소?"

"오래 머무시는 장군들의 주막이라 깨끗하지는 못합니다만……"

"고맙기만 하오만 실은 후시미에서 애인이 날 기다리고 있다오. 역시 발을 끌고라도 가는 게 옳겠구려."

걸으려고 했으나 발이 통 움직이지를 않는다.

"말썽이로군."

료마가 뻣뻣한 다리를 두서너 번 두드리고 나서 가까스로 걷기 시작했을 때, 등불들이 다가왔다.

무사들이었다. 아마 열 서너 명은 되리라. 짧은 창을 메고 있는 자도 있었다.

연노랑빛 소매에 얼룩덜룩한 옆줄을 물들인 제복의 덧옷을 걸치고 있는 폼이, 얼핏 보기에 연극의 아카오 낭사(赤穗浪士)들이 주군의 복수전을 할 때 입는 복장과 비슷했다.

"옳거니, 이것이 지금 교토에서 유명한 신센조라는 낭사단이로군."

그렇게 생각하는 사이 벌써 대열은 료마 앞에 다가와 멈추었다.

한 사람이 등불을 들어 료마의 얼굴을 비친다.

등에는 세모꼴 테두리 안에 '성(誠)'이라는 글자가 들어있다. 그 사내가 수작을 걸어왔다.

"우리는 교토 수호직 마쓰다이라님의 막하인 신센조요. 시내 순찰중인데 직책상 물어 보겠소. 귀하는 어느 번이고 성명은? 그리고 어디로 가시오?"

"도사 번사, 사카모토 료마, 후시미로 가오."

"오!"

대열 속에서 놀라는 소리가 들리고 그림자가 하나 료마에게 다가왔다.

시노부 사마노스케다. 낭인 모집에 응모하여 이 단체에 들어간 것이리라.

료마는 골치 아픈 놈을 만났다고 생각했다.

시노부는 신센조 대원들에게 말했다.

"나는 이 친구를 알고 있네."

이렇게 말한 다음 료마 앞으로 왔다.

"사카모토군, 오랜만이군."

시노부는 패거리를 믿고 있다. 지금 료마의 오른쪽에서 등불을 들이대고 있는 대원. 등 뒤로 돌아간 두서너 명.

정면에는 순찰대의 주력이 있다. 이날 밤의 대장은 신센조에서 칼솜씨로 소문난 부대장(副隊長) 대우 도도 헤이스케(藤堂平助)였다. 후나이(府內) 낭사로서 이세(伊勢) 쓰(津)의 영주 도도 이즈미노가미(藤堂和泉守)의 사생 아라는 색다른 내력의 소유자이다.

도도는 신센조의 곤도 이사미(近藤勇)가 아직 에도의 고이시카와(小石川) 에서 덴넨리신류(天然理心流)라는 도장을 열고 있을 무렵부터 드나들던 인 물인데, 에도의 서민 기질을 지닌 시원시원한 사내였다. 뒷날 신센조의 참모 이토 가시타로(伊東甲子太郎) 등과 함께 이탈하여 사쓰마 번의 보호 아래 금릉위사(禁陵衛士)라는, 이를테면 반막부 단체를 조직하고, 얼마 뒤 신센 조 주력과 아부라 고지(油小路)에서 시가전을 벌여 초인적인 활약을 보이며 싸우다가 죽었다.

——헤이스케만은 아까웠다.

곤도는 이 사내의 기질을 몹시 사랑하여

이렇게 두고두고 말했다.

그 헤이스케가 오늘 시내 순찰대의 대장이었다. 무리 속에서 팔짱을 끼고 어쩐 까닭인지 뜨겁게 감정이 깃든 눈초리로 료마를 보고 있었다.

시노부는 료마 앞에서 세 칸이나 떨어져 섰다. 기습을 경계하고 있는 것이 다.

"오랜만이군."

시노부가 말했으나, 료마는 멍청한 얼굴로 서 있다.

——너 같은 것 모른다.

그런 얼굴 표정이었다.

"사카모토!"

시노부는 반말로 나왔다.

"우리는 시중의 부랑자(낭인)를 단속하러 나왔다. 너는 도사 번을 탈번했 다고 하던데 지금 번사라고 말했어. 신분을 사칭한 혐의가 있다. 요앞 주 둔소까지 연행하겠다."

"무슨 개수작이야!"

료마는 허가시 산마루에 솟아 있는 낫같이 날카로운 달을 바라보며 호통 쳤다.

전에는 이런 패거리들과 싸운 일도 있었지만 지금은 지각이란 도무지 없는 이런 싸움꾼들과 싸울 마음은 전혀 없다.

"내가 도사 번사인지 아닌지 가와라 거리(河原町)의 도사 저택에 문의하면 곧 안다. 그것이 귀찮다면 바로 거기."

턱으로 가리키는 곳에 지샤쿠 원(智積院)의 커다란 지붕이 숲 속에 우뚝 솟아 있다. 노공 야마노우치 요도의 교토 숙소이다.

"지샤쿠 원에 물어봐도 된다. 어쨌든 천하의 공도(公道)를 막아서면 곤란해, 비켜 주실까?"

"이 새끼가!"

시노부는 이 기회에 무슨 일이 있더라도 료마를 밸 속셈이었다.

'이 녀석이 뽑을 생각이로구나.'

료마의 사지에 힘이 살아났다. 그토록 덮쳐오던 피로는 간 곳이 없다.

뽑는다!

그런 상대의 낌새를 알게 되면, 그렇게 되기 전에 이쪽이 선수를 써서 뽑자마자 베어 버리는 것이 검법이다.

료마에겐 그만한 기량이 있었다. 지금 교토에 있는 여러 번사 중에서 료마만큼 뛰어난 솜씨를 가진 자는 아마 셋도 안 되리라.

지난날 에도에서의 각 파 대시합의 기록이 그것을 증명하고 있다.

그러나 그것은 어디까지나 기술이다. 살아 있는 인간을 상대로, 상대가 뽑으니 이쪽도 선수를 써서 치면 되는 것이 아니다. 왜냐하면 치면 상대는 죽는다.

죽일 수는 없는 것이다.

그것을 할 수 있는 것은 정신이상자뿐일 것이다.

순간 료마는 싱긋 웃었다. 상대의 기를 죽이자는 속셈이었다.

"시노부."

날름 혓바닥을 내민다.

우스꽝스런 얼굴로 웃으면서 큰 혓바닥을 내밀고 있는 놈을 밸 수는 없으리라.

"이제 웬만큼 해 두시지. 임자와 나는 얼굴을 마주칠 적마다 싸움을 하고 있어. 이제 이런 인연은 잘라 버리자구."

"자르겠다고?"

시노부 사마노스케는 잘못 알아들은 모양이다.

"아니, 사람이 아니야. 인연을 자르자."

신센조란 살인 청부업자의 집단이다. 벤다고 하는 것에 예의고 뭣이고 있을 까닭이 없다. 무엇보다 이 세상의 예의나 무사로서의 상호 신뢰, 검법의 규율 따위를 생각한다면, 도저히 사람을 벨 수는 없는 것이다.

번쩍 칼날이 번뜩였다.

시노부의 칼이 아니다. 시노부의 기가 꺾이자 답답해진 그의 동료가 료마의 오른쪽 옆에서 칼을 뽑은 것이다.

료마는 몸을 홱 돌렸다.

한 걸음 물러섰다.

"쓸데없는 칼부림은 집어치워. 이런다고 천하가 바로 잡히느냐, 천하의 일이 성취되느냐? 그 검은 양이(洋夷)가 침입했을 때 써라."

시노부도 칼을 뽑았다.

한 발 한 발 다가온다.

시노부가 크게 뛰어올랐다. 탁, 하고 푸른 불꽃이 허공에 튄다.

시노부의 칼이 손잡이에서 두 토막으로 부러지고 칼끝이 대불전의 담장 근처에 떨어졌다.

료마의 칼은 어느새 칼자루에 꽂혀 있다.

"그만두겠다, 나는 급해."

료마는 걷기 시작했다.

약간 기가 죽어 있던 신센조의 순찰대는 잽싸게 움직여 료마의 앞뒤를 둘러싼다.

'끝내 해볼 작정인가?'

료마도 사방에 눈길을 보내며, 다시 긴장된 얼굴이 되어 있다. 지금까지 몇 번인가 싸움해 봤지만 아직 사람을 죽인 일은 없다.

달이 묘호원(妙法院) 위에 고개를 내밀었다.

구름이 빠르다.

달이 이따금 숨는다.

바람이 머리카락을 날린다. 료마는 눈을 가늘게 떴다.

오른손이 움직였다. 허리를 들었다. 눈에도 띄지 않는다. 칼을 뽑는 것과

베는 것과 뒤로 뛰는 것이 동시였다.

신센조 대원의 등불이 떨어졌다.

땅에 뒹굴며 다시 바람에 떼굴떼굴 구른다.

료마는 길옆 검은 판자벽에 몸을 기대고 있다. 벽을 끼고 몇 걸음 북쪽으로 이동하면 골목이다.

달아날 속셈이다.

"아무도 베지 않았어."

료마는 묵직한 목소리로 말했다.

"등불을 베었을 뿐이야."

그리고 픽 웃었다.

"시노부!"

바람이 윙 울고 지나간다.

"옛날의 나라면 벌써 큰 싸움이 되었겠지. 이래 봬도 나는 싸움을 잘하는 편이야. 그러나 지금은 목숨이 아까워."

신센조 대원들은 일제히 칼을 뽑아들고 료마를 포위하며 한발 한발 다가들고 있었다. 이 녀석들은 칼싸움의 전문가들이다. 세 명씩 한꺼번에 덤빈다. 상대가 아무리 고수라도 이 집단의 지도자인 곤도 이사미, 히지가다 도시조(土方歲三)가 아카오 낭사의 전법을 본따 엮어낸 이 전법에는 당해내지 못한다.

"시노부!"

료마는 난처했다.

"여럿이서 덤비겠단 말씀이지. 생각하면 너도 별난 놈의 직업을 가지게 됐지만 오래 할 것은 아냐. 웬만큼 하고서 그만두시지."

"……"

그들은 좀처럼 덤비지 않는다. 료마가 지바 도장에서 날린 고수라는 것을 알고 있기 때문이다.

"나는 큰일을 할 몸이다. 그것도 이제 겨우 시초이니 목숨을 아껴야겠어. 이렇게 말하면 뭣하지만 장차 전일본이 나를 의지할 때가 올 거야."

달빛이 희미하게 료마의 얼굴을 비쳤다.

"그러니까 너희들 따위를 상대하고 있을 새가 없어."

주위가 어두워졌다.

달이 구름 속으로 들어간 모양이다. 료마의 발밑에서 벌레가 운다.

"하긴 내 일에 자네들이 참가한다면 기꺼이 받아 주겠네. 배를 가르쳐 주지. 만리 파도를 넘어 세계의 바다를 일본 무사의 바다로 만들려는 거다. 일본은 좁아. 그러나 바다는 어느 나라의 것도 아니다. 이것을 무대로 돈을 벌고 새로운 바다의 일본을 만든다. 남자 된 보람이 아니겠느냐."

"……"

"둘러보니 모두들 뛰어난 기백을 지닌 사내들이군. 한 조각 의협심을 위해 죽음도 사양 않는 자네들이 아닌가. 그러나 그것은 결국 자기 자신의 범위를 벗어나지 못해. 마음을 바꾸라고, 마음을. 일본을 짊어지겠다는 마음이 되어 보라고. 그런 마음으로 짊어지면 일본 따위는 아주 가벼운 거야. 차라리 슬프도록 말일세. 병들고 여윈 노파보다도 더 가벼워."

료마의 눈에 눈물이 가득 고였다. 병들고 여윈 노파, 그렇게 표현한 자기 말에 뼈가 저리듯, 일본에 대한 감상이 치밀어 올랐던 것이다.

무리 속에 마쓰이 사부로(松井三郎)라는 자가 있었다.

미도의 낭사로서 신도무넨류를 수업하고 이미 교토로 올라오기 전에 사람 두 서너 명은 벤 일이 있는 사내이다.

얼굴을 치는 듯하다가 손목을 치는 변화술이 능하여 거의 빗나가는 일이 없다.

이 마쓰이가 달려 들어오며 대지를 칼로 내려칠 듯한 동작을 하더니 다시 두 걸음 밟고 들어와 대갈 일성, 료마의 얼굴을 후려쳤다.

물론 다음에는 손목을 칠 계산을 하고 있었다.

료마는 순간, 칼을 청안(靑眼 : 칼끝을 상대의 눈으로 겨누는 자세)으로 겨눈 채 훌쩍 물러섰다. 이미 마쓰이의 오른손목을 친 뒤다.

"앗!"

칼이 떨어졌다.

칼등치기였다.

그러자 분대장인 도도 헤이스케가 비로소 앞으로 나왔다.

"모두 물러나라!"

그는 칼을 쑥 뽑았다. 동시에 작은 몸집의 헤이스케는 탄환처럼 료마에게 덤벼들었다.

무시무시한 찌르기였다.

료마는 아슬아슬하게 피했다.

빗나간 헤이스케의 칼이 검은 판자벽을 푹 하고 꿰뚫었다. 헤이스케는 재빨리 잡아 뽑았다. 순간, 앞으로 뽑아내기는 했지만 약간의 틈이 생겼다.

료마는 당연히 그 틈을 노려야만 했다. 그러나 치지를 않았다.

'이 사내는 본 일이 있군.'

칼 위치를 왼쪽 하단(下段)으로 바꿔 가며 검은 담장을 따라 재빠르게 이동한다.

헤이스케의 칼은 료마를 마구 추격했다.

한결같이 청안으로만 겨누고 있는 칼끝이 할미새 꼬리처럼 파르르 떨고 있다.

"앗, 이 녀석은 도도 헤이스케로구나."

료마는 그 호쿠신일도류의 특징을 보고야 겨우 생각해 냈다.

오케 거리 지바 도장이 아니라 오다마가이케 지바 도장에 있었던 사내, 확실히 목록인가까지 받은 놈이다.

헤이스케도 기억하고 있으리라. 뭐니 뭐니 해도 료마는 당시 오케 거리 도장의 사범이었다. 지바 일문의 대선배이다.

헤이스케는 차츰 칼끝을 올려 간다. 마침내 상단(上段)으로 겨누었다.

"얍!"

무서운 기합과 함께 달려들었다. 순간, 료마는 뒤로 훌쩍 뛰며 찰가닥 칼을 집어넣었다.

"그만두자."

료마는 등을 돌리고 걸어가기 시작했다.

헤이스케는 어리둥절했다. 헤이스케 자신은 처음부터 료마가 그 무렵의 사범이었음을 깨닫고 있었다. 깨닫고 있을 뿐만 아니라, 오다 마가이케 도장에서 몇 번인가 지도를 받은 일도 생각났다. 하마터면 "사카모토님" 하고 부를 뻔 했던 것이다.

그러나 신센조라고 하는 데는 내부가 시끄러웠다. 사카모토 료마를 알고 있다는 것을 대원들에게 알리고 싶지 않았다.

헤이스케는 헤이스케대로 자기가 나섬으로써 료마를 구해줄 속셈이었다.

'이상한 녀석이로군.'

료마가 이렇게 생각하면서 발을 절뚝거리며 삼십리 길을 걸어 후시미 데라다야에 도착한 것은 먼동이 트기 직전이었다.

뱃사람들의 주막이라 한창 분주한 시각이었다. 나그네들이 데라다야 앞 선창에 모여 주막 일군의 목소리와 등불을 따라 30척 배를 탈 참이었다.

"오토세, 재워 달라구."

료마는 현관에 들어섰다.

오토세는 마루 한쪽에 앉아 하인들에게 지시를 하고 있었다.

"네."

오토세는 끄덕이며 재빨리 료마의 안색, 복장, 발밑까지 살핀다.

'이 사람, 칼싸움을 하고 왔군.'

오른쪽 소매가 찢어져 있다.

검은 옷이라 잘 모르겠지만, 왼쪽 어깨에 묻어 있는 것은 피 같았다. 상처를 입고 있는 모양이다.

"……"

오토세는 하인 한 사람을 눈짓으로 불러 작은 목소리로 일렀다.

"외과의 세이안(精庵)선생을 빨리!"

이어서 안쪽을 향해 불렀다.

"오료야!"

오료가 나왔다.

'어머!'

놀란 얼굴로 료마를 보는 볼이 빨개진다.

"사카모토님."

오토세가 말했다.

"마침 내려가는 배로 지금 막 손님이 나간 참이라 방들이 모두 어지러워요. 잠시 오료 방에서 쉬도록 해 달라고 부탁하세요."

그리고는 빙긋 웃으며 말했다.

"내 방이라도 좋지만, 내겐 이스케(伊助)라는 지나치게 훌륭한 영감이 있으니, 영감에게 질투를 받으면 곤란하잖아요."

"여자 이불에서 자란 말인가."

"어차피 사카모토님은 누님이 키웠다면서요? 잘 알고 있어요. 13살이 되도록 한 이불에서 자고 오줌까지 쌌다는 걸."

"실없는 소리를 하는군."

료마는 오료의 안내를 받아 그녀의 방으로 들어갔다.

윗목에 월금(月琴)이 놓여 있다.

"아, 월금!"

중국 명나라 말기, 즉 일본의 도쿠가와 초기쯤에 발명된 악기인데, 연주법은 기타와 같다.

이 시대에 월금 따위를 만지는 것은 음악 애호가라도 상당히 별난 축에 들지만, 오료는 이 월금이 능숙하다. 묘수(妙手)라고 해도 좋았을 만큼.

거기에 외과 의사 세이안 선생이 조수를 데리고 나타났다.

료마는 세이안 선생이 시키는 대로 웃통을 벗었다.

"이거로군요."

세이안 선생은 료마의 왼쪽 어깨를 들여다보며 끄덕였다.

다행히 뼈에는 닿지 않은 모양이다.

길이 두 치 얄팍하게 흰 지방질이 보인다. 오료는 무서운 듯이, 그러나 긴장된 눈으로 상처를 들여다본다.

료마는 사실 오료가 자리를 비켜 주었으면 싶었다. 자기 등의 털을 오료에게 보이는 것이 싫었던 것이다.

그래서 료마는 오료가 있는 쪽을 향해 가슴을 쫙 펴고 앉았다.

뒤를 넘어다 볼 수는 없으리라.

그러나 오료의 눈은 상처를 보고 있다. 료마의 몸 따위를 보고 있는 눈빛이 아니다.

"어떻게 된 겁니까?"

세이안 선생이 물었다.

"고양이 때문이죠."

"재미있는 고양이 같군. 칼을 두 자루 차고 있었겠지요."

"요즘 교토에서 흔히 보이는 고양이입니다."

세이안 선생은 소주로 상처를 씻기 시작했다.

"아야!"

료마는 얼굴을 온통 찡그리며 웃었다. 아프다면서 웃는 바보도 있을까.

"잘 씻어 두지 않으면 곪습니다."

기름 약을 바르고 거추장스러울 만큼 헝겊을 감아주고 의사가 돌아가자, 오료는 따지듯이 말했다.

"사카모토님, 왜 남과 다툴 만한 짓을 하셨어요?"

"글쎄, 할 수 없었어."

"어머님(오토세) 말씀으론 사카모토님이라면 에도의 검객 사이에선 모르는 사람이 없을 정도의 솜씨라더니, 이렇게 다치기까지……"

"면목이 없군."

료마는 상대를 칼등으로 치기 위해 칼날을 자기 쪽으로 하여 겨누고 있었다. 헤이스케가 밟아 들어왔을 때 칼을 어깨에 둘러메듯 칼끝을 쳐올렸다. 그때 자기 칼날에 상처를 입었던 모양이다.

"검술 따위는 배우거나 할 것이지 써먹을 것은 아니야. 이걸로 밥을 먹을 작정이었던 나까지 이 모양이니 말야."

"사카모토님."

오료는 말했다.

"사카모토님에게 만일의 일이 생기면 오료는 살아 있지 않겠습니다."

"응?"

료마는 오료를 바라보았다.

오료는 얼굴을 붉혔다. 꽤 중대한 발언이다.

사랑을 고백했다고 생각해도 할 수 없었다.

료마는 쑥스러워졌다.

"그런 건 의미가 없어. 첫째 나에게는 일이 있을 뿐 생사 따위는 없어. 그런 놈을 상대로 섣부른 소리를 했다간 큰 손해나 볼 테니 말하지 말아요. 그보다……"

료마는 이불 위에 모로 누웠다.

"월금이라도 들려주지 않겠어?"

오료는 잠자코 일어나 윗목에서 월금을 안고 오더니 료마의 머리맡에 앉았다.

허리가 둥글어서 보름달을 닮았다. 그러한 모양에서 붙여진 이름인 것 같다.

오료는 월금이 능숙하다고 료마가 고향의 오토메 누님에게 일부러 편지를 써 보낸 것은, 당시 이 악기를 다루는 것은 꽤 시대를 앞서가는 취미였기 때문이다.

"무엇을 탈까요?"

오료가 줄을 고르면서 물었다.

"육단(六段 : 가사가 없는 기악곡 일단 오십이)을 부탁할까?"
박자의 곡을 육단 모은 것

"거문고의?"

"응."

료마는 월금 소리를 처음 듣는 것이다. 이 악기에 맞는 곡이 있는지 없는지 알 리가 없었다.

"허, 거문고가 아니라 비파처럼 타는 거로군."

"네."

오료는 타기 시작했다.

소리는 거문고 같기도 하고 비파 같기도 했다. 다른 점은 이따금 날카로운 소리가 끼어들어 귀를 간질거리는 듯한 여운을 남기는 것이 퍽 재미있었다.

료마는 오토메 누님에게서 검술의 초보뿐만 아니라 샤미센(三昧線)도 배웠기 때문에 악기에 전혀 캄캄하지는 않았다.

'좋은 기분이야.'

달콤하고 귀여운 음색인데 단지 이따금 날카로운 소리가 섞이는 것이 어딘가 오료라는 여자를 닮고 있는 것 같다.

"저, 어때요?"

오료는 료마가 기뻐하고 있는지 어떤지, 고개를 갸웃하며 물었다.

"듣고 있어."

이렇게 말했지만, 상처의 아픔이 견디기 어려웠다.

"전 아직 서툴러요."

"그렇지도 않은데."

료마는 싱글벙글하며 말했다.

"계속해 줘."

"정말 저는 서툴러요, 그리고 곡도 별로 모르고. 월금은 나가사키의 당나라 사람에게 배우면 좋다는데……저, 나가사키에 가고 싶어요."

"먼 곳이야."

"저, 언제 데리고 가 주시지 않겠어요?"

"글쎄, 나가사키는 좋은 데지. 장차 에도 막부를 쓰러뜨리는 것은 나가사키의 문명일 거야."

"월금이 에도 막부를 쓰러뜨리나요?"

"말하자면 그렇지. 에도의 원수를 나가사키에서 갚는다는 속담이 진짜가 될지도 모르지. 나도 장차 나가사키를 본거지로 삼아 천하에 뜻을 펴볼 셈이야."

"그때는 꼭 데리고 가 주세요. 네?"

오료의 두 눈에 진정이 가득 서려 있다.

료마는 오료의 월금을 들으면서 푹 잤다.

데라다야의 지붕 위로 해가 떠오르고 해가 졌다. 어지간히 고단했던 모양이다. 그동안 료마는 문자 그대로 동분서주였었다.

"아니 아직 밤이야?"

등불을 보고 중얼거렸다. 잠이 덜 깬 것이다.

"밝았다가 저문 거예요."

머리맡에서 오료가 말했다. 날이 밝았다가 저문 것보다 오료가 아직 머리맡에 앉아 있어준 것에 료마는 놀랐다.

"쭉 여기 있었어?"

"아뇨."

오료는 고개를 옆으로 저었다.

"가끔 와 봤어요."

료마가 죽어 버리지나 않았을까, 하고 30분마다 여기 와서 앉아 있었다고 한다.

"죽어? 난 안 죽어."

료마는 일어났다.

"하지만 인간은 모두 죽는다면서요?"

"아냐, 나도 차츰 요즘에 알게 된 것이지만, 말하자면 이런 것이 아닐까……"

료마는 자기 자신에게 이야기하고 있는 모양이다.

"야마토의 산조 산(三上山)은 천 몇 백 년 전엔가 엔노즈네(役小角 : 奈良時代의 山岳呪衛家)란 사내가 개척한 산이라는데, 그 산위에 있는 사당에는 엔노즈네가 불을 켠 이후 천 몇 백 년 동안이나 꺼지지 않고 타는 등불이 있어. 인간이 하는 일도 크고 작은 차이는 있겠지만 그러한 것이지. 누군가가 불이 꺼지지 않게 계속 켜 나가는, 그러한 일을 하는 사람을 불멸의 인간이라고 하지. 서양에서 시빌리……시빌리제……"

료마는 시빌리제이션(문명)이란 서양 말을 하려 했던 모양이다.

어쨌든 료마는 인간 문명의 발전에 참가해야 한다. 그러면 산조 산의 등불처럼 그 생명은 불멸이라고 말하고 싶었던 것이리라.

"그러므로 나는 죽지 않아. 죽지 않게 되는 일을 하고 싶어."

오료는 깜짝 놀란 듯한 눈으로 료마를 응시했다.

'이런 사람은 처음이야.'

감동이었다. 아니 오료만이 처음으로 본 것이 아니다. 료마와 같은 종류의 사생관(死生觀)을 가진 자들이 일본 역사 속에 나타난 것은 막부 말기의 한 시기부터였다.

6시를 알리는 종소리가 들렸을 때 데라다야 현관에 날랜 몸집의 한 무사가 나타났다.

이 더운 계절에 두건으로 얼굴을 감싸고 있다.

"사정이 있어서 두건을 썼으니 용서하기 바란다. 사카모토 선생은 계신가? 에도의 지바 도장에서 가르침을 받은 헤이스케라고 전하면 아신다."

신센조의 도도 헤이스케였다.

"헤이스케?"

료마는 일어났다.

"그 녀석 혼자야?"

오료는 말없이 2층으로 올라가 난간에서 어두운 골목을 내려다보았다.

아무도 없는 것 같다.

계단을 뛰어 내려와서 혼자인 것 같다고 말하려고 보니 료마는 벌써 방에 없었다.

바깥 마루로 나가 헤이스케를 내려다보고 있다.

"올라오게."

료마는 말했다.

계산대에 있던 오토세가 오료에게 2층 십조 방으로 안내해 드리라고 일렀다. 만일의 경우 집안에서 싸울 때는 넓은 편이 방어하는 쪽에 유리하다——오토세는 거기까지 머리가 돌아가는 여인이었다.

료마와 헤이스케는 2층에서 마주앉았다. 헤이스케는 두건을 벗고 부복이라고 해도 좋을 만큼 정중한 인사를 했다.

아무튼 헤이스케로서는 료마는 지바 도장의 선배이고 직접 죽도를 잡고서 가르침을 받은 사람이다.

"저번엔 묘한 데에서 마주쳤지."

료마는 웃었다.

료마도 헤이스케라는 사내에게 악의는 갖고 있지 않았다. 재능은 없지만 성미가 대쪽처럼 시원스런 호한(好漢)이다.

"그 사과를 드리러 왔습니다."

"사과할 건 없어. 그러나 그것 때문에 온 것만은 아닐 테지."

"예."

아무튼 데라다야로 몰래 도사 번사 사카모토 료마를 만나러 갔었다는 사실만으로도, 대의 숙청을 받을지도 모르는 일이다. 역사상 신센조만큼 대내의 통제가 엄격했던 단체는 없다.

"그럼 무슨 일로 왔나?"

"조심하십시오, 이 말씀을 드리고 싶었던 것입니다. 대의 기밀을 누설하게 되는 것이라 자세히 말씀드릴 수는 없지만, 그것만은 알아두십시오. 문제는 시노부 사마노스케라는 사내입니다. 그 사내가 곤도, 히지가다 두분에게 선생을 처치하라고 연방 말하고 있습니다."

"멋대로 내버려두게."

료마는 오토세에게 술상을 부탁했다.

"그런데 에도에서 기요가와 하치로(清河八郎)가 비명에 쓰러졌다고 하더군. 도도군, 내막을 알고 있나?"

히가시 산 36봉

   옛날 무성영화(無聲映畵) 시대에 등장하는 막부 말기 활극물이라면 으레 근왕파와, 막부 편의 정의파와 악당이 등장했다.

   화면에 교토의 히가시 산이 비치고 가모 강에 밤안개가 자욱한데 기온의 등불, 산본기(三本木)의 홍등 따위가 이슬에 젖어 깜박이게 되면 이윽고 산조의 큰 다리가 비친다.

   그런 장면이면 으레 고전화(古典化)되다시피 한 같은 대사를 변사가 신나게 지껄이는 것이다.

   "허가시 산 서른여섯 봉우리, 초목도 잠든 한밤중에……별안간 들려오는 칼 부딪는 소리"

   이것은 영화 장면 이야기다.

   막부 말기사(末期史)를 도끼로 쪼개듯 단정적으로 말한다면, 이 영화의 '히가시 산 삼십 육봉, 칼 부딪는 소리'의 시대를 불러일으킨 인물은 데와 쇼나이(出羽庄內)의 낭인 기요가와 하치로라고 할 수 있다.

   기요가와는 호쿠신일도류의 명인으로서 수려한 용모, 당당한 체구에 학문과 웅변술이 뛰어났으며, 모책(謀策)의 재능이 있는 사내로서 남다른 행동력에다 생가로부터 풍부한 자금을 공급받고 있었다.

막부 말기에 나타난 군웅(群雄) 중에서도 그 재치로 따진다면 초일급의 인물이었으나, "백 가지 재주가 있으나 한 가지 성질이 모자란다"고나 할까, 사람을 사람같이 여기지 않는 일면이 있어 인망을 얻지 못하고 있었다.

속담에 "이왕이면 큰 나무 그늘"이라는 말이 있다. 기요가와에게는 료마의 도사 번, 사이고의 사쓰마 번, 가쓰라의 조슈 번, 가쓰 가이슈의 막부와 같은 활동 배경과 기반이 없었다.

그러므로 기요가와 하치로가 세상에 큰일을 일으키자면 이쪽을 조종하고 저쪽을 속여 넘기는 브로커 같은 책략을 쓸 수밖에 없었다.

기요가와는 규슈를 유세(遊說)하며, 그렇게 불을 붙이고 다녔다.

"──이미 양이(攘夷), 막부타도의 기회는 무르익었다. 모두 중앙으로 올라오라. 우물쭈물하고 있으면 대사의 시기를 놓친다."

규슈의 뜻있는 자들은 모두 떨쳐 일어나 속속 교토, 오사카로 올라왔다.

기요가와는 처음에 이들 낭사단을 이끌고 사쓰마 번과 손을 잡고 거사하려고 기도했으나 사쓰마 번은 움직이지 않았고, 이것이 전년 분규 2년 4월 23일의 데라다야 참극을 빚게 되었다.

이 낭사들이 그대로 교토에 남아 이른바 지사횡행(志士橫行), 덴추 사건(天誅事件)이 빈발하던 시대의 막이 올랐다.

다시 기요가와는 에도로 달려가 막부를 움직여 낭사단을 모집하게 한 다음 그들을 교토에 두게 했다.

그런데 기요가와는 교토에 닿자마자 이 막부가 모집한 낭사단을 조정의 친위병(親衛兵)으로 만들려고 했다. 즉 막부를 속였던 것이다. 속이기는 했지만 기요가와가 만들어 낸 이 낭사단 중 교토에 잔류한 막부편의 양이주의자 집단이 신센조가 되었다.

기요가와는 백책(百策)이 실패하여 혼자 쓸쓸히 에도로 돌아가자 이번에는 에도에서 동지를 끌어 모아 요코하마의 외국인 거류지를 불살라 버릴 것을 계획했다.

어제는 근왕 도막(勤王倒幕)을 부르짖어 규슈의 지사들을 교토로 달려가게 했는가 하면, 오늘은 막부를 떡 주무르듯 하여 관인(官認) 낭사단을 결성하고, 그런가 싶으면 어느새 공경과 만나

──저 낭사단은 조정을 위해서 만든 것입니다.

뻔뻔스럽게 이렇게 말하고 있다. 마술사라고 한다면 기요가와만한 마술사도 없으리라.

그러나 속아 넘어가는 쪽도 아주 바보는 아니다.

──속았구나.

모두 깨달았다. 마술의 속임수가 하나씩 하나씩 탄로 나기 시작한 것이다.

하지만 기요가와는 배짱이 좋다.

들통이 나더라도 코웃음 쳐 넘기는 여유가 있다. 들통이 났을 때는 벌써 다음의 마술을 생각하고 있는 것이다.

기요가와가 낭사단만을 만들어 놓고 에도로 다시 돌아온 것은 분큐 3년 3월 13일이었다.

곧 다음의 마술에 착수했다. 에도에서 근무하는 조슈 번사들과 더불어 4월 15일을 기하여 폭동을 일으킬 것을 계획했다. 에도, 요코하마를 불질러 외국인을 살상하고 외교 문제를 일으켜 막부를 곤경에 빠뜨리려고 했던 것이다.

막부는 이것을 탐지했다. 에도 막부란 일본 역사상의 역대 정부 중에서도 가장 첩보 정치에 능했고, 또한 밀고를 좋아하는 자질을 가지고 있었다. 부끄러워해야 할 능력이라고 해도 좋으리라.

기요가와 쪽에서는 방화용 폭탄도 준비되어 있었다. 이것은 동지인 조슈(上州) 이세사키 번(伊勢崎藩)의 화약 전문가 다케다 모도키(竹田元記)가 제조했다. 그밖에 시나가와 앞바다에 정박 중인 외국 배도 습격하려고 나룻배, 사다리까지 준비했다.

자금은 기요가와의 오랜 동지로 얼굴이 둥그런 활동가, 히코네(彦根) 번을 탈주한 이시사카 슈조(石坂周造)가 담당했다. 유신 뒤 에치고에 가서 당시 아직도 별로 세상의 주목을 받지 않고 있던 석유 채굴을 시작하여 그 선구자가 된 사람이다.

그는 에도의 큰 상인들을 찾아다니며 강도나 다름없이 헌금하도록 강요했다. 이세야 상점 3천 냥, 그 동생이 1천 냥, 다바다야 상점 1천 냥, 이다쿠라 상점 1천 냥, 주이치야 상점 쌀 4백 석……등등 거의 집집마다였다.

"아무래도 기요가와가 또 무엇인가 꾸미고 있는 것 같다."

막부의 이런 의혹은 헌금 문제 때문에 더욱 짙어졌다.

당시 집정관에 이다쿠라 가쓰기요(板倉勝靜)라는 인물이 있었다. 빗추(備

中) 마쓰야마(松山)의 영주로서 행정적 재능이 있고 성격도 온순했다. 막부 말기 영국 공사관 통역으로 활약한 어네스트 사토는 이다쿠라와 처음으로 만났을 때의 인상을 "이다쿠라는 선량한 신사이다"라고 그 인품에 호의를 표시했다.

이 이다쿠라라는 '신사'마저 막부의 전통적 장기인 밀정 정치의 체취를 지니고 있었다.

음모를 탐지한 이다쿠라는 기요가와를 암살하기 위해 자객을 보냈다.

이다쿠라가 자객으로 고른 것은 막부 가신인 사사키 타다사부로(佐佐木唯三郎)라는 사내였다.

소도(小刀)의 명수라는 정평이 있었다. 당시 검술계의 아카데미라고도 할 막부의 강무소(講武所) 교수로 발탁되어 있는 것만 보더라도, 그 실력을 추측할 수 있으리라.

그때 기요가와는 동지인 막부 가신 야마오카 데쓰타로(山岡鐵太郎)의 저택에서 뒹굴고 있었다. 전날 밤부터 감기열로 핼쑥해져 있으면서도 목욕을 하고 외출하는 길에 이웃인 다카하시 데이슈(高橋泥舟) 댁에 무심코 들렀다가, 다카하시부인에게 흰 부채 세 자루를 빌려 거기에 시를 지어 넣었다.

우연인지, 그 중 한 수가 기요가와에게는 그런 마음이 없었다고 하더라도 유언 시가 돼 버렸다.

앞서 가고 또 앞서 가리라, 저승이라도
주저는 않으리라 천황을 위하는 길

기요가와는 다카하시댁을 나섰다.

방갓을 쓰고 명주로 안을 댄 검은 덧옷에 세로 줄이 쳐진 쥐색 바지, 칼 역시 훌륭한 장식, 어디로 보나 1천 석 이상의 직속 무장(武將) 차림이다.

아자부(麻布) 이치노 다리에 있는 가미노야마 번저에 사는 친구인, 같은 번의 유학자(儒學者) 가네코 요사부로(金子與三郎)를 찾아가는 길이었다.

이 가네코가 동지를 팔았던 것이다. 영주 마쓰다이라 야마시로노가미(松平山城守)를 통하여 막부에 밀고하자, 곧 집정관 이다쿠라는 사사키의 출동을 명했다. 가네코는 자택에 술상을 준비하고 친구 기요가와가 오기를 기다리고 있었다.

곧 술좌석이 벌어졌다.

"아냐, 감기가 들어서."

기요가와는 두 잔째를 사양했다. 왠지 술맛이 없다.

"뭘, 그래, 오랜만인데."

"골이 지끈지끈 아파. 오늘은 하루 누워 있으라고 다카하시부인이 말리는 걸 아무리 친구라도 약속을 어기면 신용이 없다고 억지로 왔지."

"고맙네."

술을 따르는 가네코의 손이 떨린다. 이 친구를 배신하려 하고 있는 것이다.

가네코——마쓰다이라 야마시로노가미——이다쿠라 집정관——사사키, 이와 같은 경로로 연락을 받은 암살자 사사키는 벌써 잠복하여 대기하고 있었다.

사사키의 잠복 장소는 아카바네 다리(赤羽橋) 서쪽에 있는, 갈대 발을 친 찻집이었다. 가게 앞의 길은 동서로 뻗어 있다.

서쪽을 보면 불과 수 마장 거리에 이치노 다리가 있다. 다리 서쪽 가에 가미노야마 번의 담장이 보인다. 저택의 출입을 감시하기엔 안성맞춤인 장소라고 할 수 있다.

"방심은 금물이다."

사사키는 몇 번이나 패거리에게 경고하고 있었다. 아무튼 호쿠신일도류의 고수로서 도장을 열기도 했던 기요가와인 것이다.

자기 혼자서는 위태롭다고 생각한 사사키는 강무소의 검사 중에서 네 명을 데리고 왔다.

가네코가 묘하게 술을 권하는 데 넘어가 낮부터 4시간 남짓 기요가와는 7, 8홉쯤 마셨다.

옛날 아사카 학당의 동창인 이 마음이 약해 보이는 친구가 암살자와 공모하고 있는 줄은 꿈에도 모르고 있다.

왜 가네코는 밀고했을까?

뭐니뭐니해도 막부 편인 가미노야마 번의 유학자이며, 영주의 정치 자문도 맡고 있는 가네코로서는 기요가와 같은 사나이와 친구라는 사실은 유리한 일이 못된다.

기요가와가 자리에서 일어난 것은 오후 4시가 지나서였다.

현관에서 방갓의 끈을 졸라매려 했으나 술이 취했기 때문에 손이 말을 듣지 않는다.

희대(稀代)의 책략가인 그가 보잘 것도 없는 가네코의 계책에 넘어갔다는 건 운명이라고 할 수밖에 없다. 자신만만한 기요가와는 남을 속이는 건 자기이지, 남이 자기를 속이리라곤 생각도 못했을 것이다.

자신(自信)이 폐단이었다. 그리고 책략가라고는 하나 기요가와는 결국 난세로부터 내려온 데와의 명문 출신인, 세상모르는 도련님이었다.

기요가와의 품안에는 존왕 양이 발기(尊王攘夷發起)라는 제목으로 된 동지들의 연명장이 들어 있었다. 그의 수많은 친구 또는 아는 사람 중에서 그 자신이 인물이라고 인정한 서른 명의 이름이 적혀 있었다. 그 중에는 막부 신하인 야마오카 데쓰타로, 마쓰오카 요로즈(松岡萬)의 이름이 있는가 하면, 사쓰마 번의 마스미쓰 규우노스케(益滿休之助), 이무다 쇼헤이(伊牟田尙平)가 있고 에도에선 스미다니 도라노스케(住谷寅之介), 덴추조 주모자의 한 사람이 된 후지모도 뎃세키(藤本鐵石), 이케다야(池田屋)의 변으로 부상한 다음 형리에게 참형된 교토의 니시가와 고조(西川耕藏), 도사 근왕파로서 할복자살한 마사키 데쓰마의 이름 등이 있어 기요가와의 교제범위가 넓다는 것을 말해 주고 있었다.

그 중에 '사카모토 료마'라는 이름이 있었다. 같은 호쿠신일도류 출신의 정의(情誼)로 써 넣었으리라. 이 연명장은 기요가와의 요코하마 외국인 습격 계획의 동지 명단으로서 당시 고베, 오사카, 교토를 동분서주하고 있던 료마는 통 모르는 일이었다. 그러나 이 명부가 막부의 손에 들어가면 무서운 결과가 일어날 것이다.

'취하는구나.'

기요가와는 이치노 다리를 건넜다.

'왔다'

사사키는 패거리 중의 한 명에게 재빨리 눈짓을 했다.

두 사람은 걷기 시작했다. 오른편은 가운데 다리가 걸린 동서로 흐르는 개천, 왼편은 야나자와(柳澤) 번의 담장이 쭉 서쪽으로 이어져 있다. 길은 비좁다.

나머지 세 명은 별동대로서 이치노 다리 동쪽 모퉁이 부근에 몸을 숨기고 있었다. 한 사람을 다섯 사람이 습격하는 것이다. 더구나 다섯 사람 모두 칼로 밥을 먹고 있는 사내들이다.

암살자에게 무사도 따위가 있을 리 없다. 죽이기만 하면 되는 것이다.

기요가와는 어지간히 취한 데다 감기열로 머리까지 무겁다.

아무리 기요가와가 호쿠신일도류의 명인이라 할지라도 이 습격을 당해낼 수는 없을 것이다.

'그러나 기요가와의 칼솜씨는 무섭다'는 생각은 아직도 사사키의 머리에 붙어 있다.

이 사건 예비 공작에 다시 책략을 꾸며냈다.

기요가와가 이치노 다리를 건너 아카바네 다리 쪽을 향해 걷기 시작했을 때, 사사키는 그와 우연히 마주친 것처럼 말을 걸었다.

"아니, 기요가와 선생 아니오?"

다른 세 사람이 등 뒤로 다가서고 있다.

말을 걸자 기요가와는 걸음을 멈추었다.

"벌써 잊으셨습니까? 앞서 선생이 낭사단을 결성했을 때 막부측에서 주선을 한 사사키 다다사부로올시다. 지금 강무소 검술 사범을 맡고 있지요."

사사키는 공손하게 자기가 쓰고 있는 방갓의 끈을 풀었다. 이것이 책략이었다.

기요가와는 부득이 자기도 방갓 끈을 풀려고 우선 오른손의 쇠 부채를 품 안에 넣고 두 손을 턱밑으로 가져갔다.

그때다——

등 뒤로 다가온 구보다 센타로가 칼을 뽑자마자 기요가와의 뒤통수를 내리쳤다.

방갓이 찢어지고 골통이 쪼개졌다.

"함정이었군!"

기요가와는 칼자루를 움켜잡았다.

앞에서 사사키가 장기인 소도로 기요가와의 왼쪽 손목을 쳤다.

피가 튀었다.

"분하다——"

기요가와가 지상에 남긴 마지막 말이다.

와락 옆으로 쓰러졌을 때는 이미 숨이 끊어져 있었다.

소문은 번개같이 퍼져 바쿠로 거리(馬喰町)에 있던 동지 이시사카 슈조의 귀에 들어갔다.

이시사카는 곧 복수를 마음먹었지만, 그것보다도 기요가와의 목과 예의 연명장을 막부 관리 손에 넘기지 않으려고 즉각 '오하야(大早 : 네 사람이 빠르다는 메는 가마,뜻)'를 삯내어 현장으로 달려갔다.

대담한 사내이다.

현장으로 달려가 보니, 이 근처에 저택을 둔 아리마(有馬) 집안과 마쓰다이라 야마시로노가미의 졸개들이 현장을 경비하고 있었다.

쉽게 접근할 수 있는 분위기가 아니었다.

이시사카는 안색을 바꾸고 경비병에게 말했다.

"저기 쓰러져 있는 자가 기요가와 하치로라고 들었소. 저자는 나의 원수요. 임금과 어버이의 원수는 하늘을 함께 하지 않는다고 하잖소. 시체에라도 원한의 한 칼을 던지고 싶소. 만일 방해를 한다면 그대들도 원수라 여겨 베어 버리겠소."

번쩍 장검을 뽑자, 경비병들도 이따위 녀석에게 다치면 손해라고 생각하고 얼른 좌우로 길을 터 주었다.

이시사카는 돌진하여 기요가와의 목을 잘라 내고 품안에 손을 넣어 동지의 연명장을 빼냈다.

료마는 팔짱을 낀 채 묵묵히 듣고 있었다.

무서운 얼굴이다.

마주앉아 있는 도도 헤이스케는 말을 하다말고 눈길을 내리깔았다.

'기요가와 하치로——'

료마는 기요가와의 짧으면서도 너무나 파란만장했던 생애를 생각하고 있었다.

'척당불기(倜儻不羈)라는 말이 있지만, 기요가와야말로 그런 사내였다. 이제 영영 그러한 인물은 나지 않으리라.'

척당(倜儻)이란 재기가 세상이 받아들일 수 없을 만큼 높다는 뜻이고, 불기(不羈)란 너무 비범하여 남의 힘로는 속박할 수 없다는 의미이다.

료마에게도 기요가와에 대한 비평이 구름일 듯 얼마든지 있다.

이를테면 엉뚱한 책략을 너무 썼다. 료마의 생각으로선 기책(奇策)이란 백에 한 번도 쓸 것이 못된다. 구십구까지는 정공법(正攻法)으로 밀고 나머지 하나로 기책을 쓴다면, 멋지게 들어맞는다. 기책이란 그러한 종류의 것이다. 참으로 기책이 종횡무진한 사람이란 바로 그러한 사내를 가리키는 것이다.

기요가와는 재주를 너무 믿고 기책을 남용했다. 불만의 하나는 이것.

그리고 또 사람을 이끌어 갈 때, 사람의 심리를 파악하지 못했다. 그러므로 일이 성공되기 직전 동지에게 배반을 당하고 언제나 실패를 거듭했다.

기요가와는 자기 결점을 깨닫지 못하고 모든 것을 세상 사람의 무자각 탓, 동지의 유약하고 무능한 탓으로 돌렸다.

그리고 또 한 가지, 기요가와는 너무 탁월할 정도의 비평가였다. 그 때문에 동지의 무능을 미워하고 상대의 조심성을 겁쟁이라고 했으며, 게다가 그것을 공격하는 논리나 표현은 비수처럼 날카롭고, 상대가 졌다고 말해도 중단하는 일 없이 마침내 치명적 타격을 주는 데까지 끌고 갔다.

남는 것은 원한뿐이다.

웬만큼 중요한 고비가 아닌 한, 좌석의 토론 따위에 이겨도 별 수가 없는 거라고 료마는 생각하고 있다. 상대는 결코 졌다고는 생각 않고 명예를 깎였다고 생각한다. 언젠가 다른 형태로 보복을 당하게 되리라.

기요가와는 술좌석의 토론이라도, 상대가 거꾸러져 시체나 마찬가지가 될 때까지 입가에 냉소를 띠고 설봉(舌鋒)을 멈추지 않았다.

"그러나 도도군, 그는 풍운아였어."

"그렇습니까?"

도도는 별로 감탄하지 않는다. 도도는 그를 배신자라고 생각하고 있다.

"사카모토님은 기요가와를 좋아하십니까?"

"좋아하느냐고?"

료마는 이상한 표정을 지었다.

"좋고 나쁜 게 어디 있나. 그러나 남자의 죽음은 모름지기 그와 같아야 되리라고 생각해. 좀더 기요가와의 이야기를 하세."

도도 헤이스케는 기요가와 하치로가 싫었다.

피해도 입었다. 멋모르고 따라 춤을 추다 만 것이다.

"막부가 낭사를 모집하고 있다"는 말을 듣고, 당시 에도 고이시가와 고히

나다(小日向) 야나기 거리(柳町)에 도장을 차리고 있던 덴넨리신류의 곤도 이사미에게 그 소식을 가지고 간 것은 도도 헤이스케, 그리고 헤이스케와 같은 유파(流派)인 야마나미 게이스케(山南敬助)였다.

고이시가와 근처에 여름부터 유행하고 있던 콜레라가 좀 수그러지기는 했으나, 인기가 없는 시골 검법인 이 작은 도장엔 제자가 도무지 붙지를 않았다.

원래부터 '시골 도장'이라고 무시당하고 있던 것이 곤도의 연습 도장이다.

유파는 실전용이지만 죽도 검술(竹刀劍術)엔 약하다. 때문에 다른 유파의 고수를 식객으로 두어 타류 시합(他流試合)을 하러 오는 자들을 맞는다.

호쿠신일도류의 도도 헤이스케, 야마나미 게이스케, 신도무넨류의 나카쿠라 신파치(永倉新八) 등이었다.

막부의 낭사모집을 청부 맡은 기요가와는 그 동지들을 에도 안팎의 여러 도장에 보내어 인원을 그러모으게 했다.

곤도의 작은 도장까지는 전해지지 않았으나, 도도 등 큰 유파 출신 식객들이 출신 도장의 동료에게서 모집 이야기를 듣고 곤도에게 전했던 것이다.

곤도는 히지가다 도시조, 오키다 소오시(沖田總司) 등 도장의 간부와 의논하여 응모하기로 결정하고, 도장을 걷어치우고서 분큐 3년 1월 4일 고이시카와 덴쓰 원(傳通院)의 집합 장소에 모여 다른 곳에서 온 이백 수십 명과 함께 기요가와의 훈시를 들었다.

교토에 상경한 것이 그달 23일로서 교토 서쪽 미부(壬生) 마을에 나누어 숙박했다.

교토에 도착한 그날 밤 기요가와는 일동을 미부의 신도쿠 사(新德寺)에 모아 일장 연설을 했다.

"교토에 온 것은 장군 상경의 경비가 명목이지만, 어디까지나 그것은 명목이고 요컨대 근왕 양이(勤王攘夷)의 선봉이 되려는 거다. 지금부터 조정에 그 뜻을 상주하겠다."

모두들 벌린 입을 다물지 못했다.

낭사들의 혼란은 말할 필요도 없지만, 어쨌든 숱한 곡절을 겪고서 대다수는 에도로 돌아가게 되었고 일부는 기요가와와 인연을 끊고 교토에 남았다. 이것이 신센조이다.

곧 교토 고등 정무관(政務官) 마쓰다이라 가타모리 지배 하의 낭사단이 되어 교토에서 날뛰는 '불량 낭사'의 진압에 종사하게 되었다.

그렇게 이제 1년이 지난 것이다.

"기요가와는 실패만 거듭했지. 그러나 그 실패가, 옳고 그르고는 어떻든 간에 뜻밖의 결과를 낳고 있다."

료마는 말했다.

기요가와가 규슈 등지를 돌아다니며 세 치 혓바닥으로 설득한 녀석들이, 패거리가 패거리를 불러 교토에 올라온 뒤 지사 횡행 시대를 만들었다.

다음에는 기요가와가 간토(關東)에서 모아 교토로 올려 보낸 낭사단이 규슈 지사들을 퇴치하는 신센조가 되어 버렸다.

모두 기요가와라는 연극 작가의 각본이었다.

그런데 연극이 하나같이 기요가와의 각본대로 진행되지 않고, 의외의 것이 의외의 것을 낳아 기요가와 자신이 놀랄 만한 다른 연극이 되고 말았다.

그것이 히가시 산 36봉(東山三六峰) 시대이다.

"도도군, 동문의 정리로써 말하는 것이지만 신센조에서 발을 빼는 것이 좋을 거야."

료마가 말했다.

"그러나 신센조라는 것은."

"알고 있네, 신센조가 내세우는 구호란 근왕 양이, 역할은 황실 수호, 나카가와노미야(中川宮) 조차 곤도를 칭찬하고 계시다는 거겠지."

료마는 잘 알고 있다. 왜냐하면 그것은 신센조를 지배 하에 두고 있는 아이즈 번이 공용인을 통해 연신 선전하고 있기 때문이다.

"그러나 실제로는 근왕 양이가 아니야. 근왕 양이의 지사를 베기 위한 기관이지. 즉, 막부의 권력을 지키기 위한 것이 아닌가?"

주구(走狗)라고는 말하지 않았다. 상대를 설득할 때 과격한 말을 써서는 안 된다고 료마는 생각하고 있다. 기요가와라면 그러한 말을 쓴다. 결국은 원한을 살 뿐 목적한 일을 성공시키지 못한다.

"도도군, 나는 도쿠가와에 원한이 있는 것도, 아무것도 아니네. 역사를 생각해 보게. 먼 옛날 교토의 공경정치(公卿政治)가 낡아 빠져 일본의 통치가 되지 않으므로, 간토에서 요리토모(賴朝)가 일어나 무가정치(武家政治)로 바뀌면서 겨우 세상이 안정되었어. 아시카가 막부(足利幕府)가 정부로서의 힘을 잃게 되자 전국 난세가 되고, 노부나가(信長)가 나타나 아시카가 집안, 에이 산(叡山) 엔랴쿠 사(延曆寺) 등의 낡은 질서와 세상에 쓸모없는 전력 같은 것을 때려 부수어 새로운 정치를 펴려고 했어. 지금의 도쿠가와 막부도 그렇잖은가."

"……"

"외교 하나 변변히 못해 조약을 맺더라도 수모를 받아 가며 주종간의 고용 계약 같은 것을 맺고 있어. 정치라는 것은 서민의 생활을 세워 나가게끔 하기 위해 있는 것이 아닌가. 그런데 도쿠가와 막부는 장군 집안의 보호와 번영만을 위해서 존재하고 있어. 이따위 터무니없는 정부가 세계의 어디에 있단 말인가."

도도로서는 모른다. 무사란 자기 번의 영주에게 충성을 바치고 도쿠가와 집안에 충성을 바치는 자이다. 그것이야말로 무사의 본분이 아닌가.

도도 헤이스케 그 자신의 생각은 둘째로 치더라도 곤도 이사미 같은 사람은 여러 영주가 시대의 흐름에 따라 지조가 흔들려 장군에 대한 충성을 잊고 있다 하여 분기한 사내이다. 그는 원래 부슈(武州) 미나미 다마 군(南多摩郡) 가미 이시하라(上石原)의 농군 아들로, 이 고장은 천령(天領 : 막부 직할시)으로서 농군은 '장군님의 농군'이라 불리고 있다. 곤도가 도쿠가와 장군을 위해 마지막 방패가 되려고 한 것은 그러한 점에서도 비롯되었으리라.

"도도군, 도쿠가와 집안은 자기 집안의 보존을 위해 삼천만 국민의 신분 계급을 고정시키고, 제도나 법률도 이에야스(家康)시대 그대로의 것을 오늘날까지 답습하고 있네. 이것만으로도 일본인의 적일세."

"적?"

도도로서는 처음 듣는 말이다.

"이를테면 적이지. 그러나 적이 아니라고 하더라도 이 낡아 빠진 제도와 관리로썬 지금의 일본을 도저히 이끌어나갈 수 없네. 세상을 확 바꾸어 일본인에 맞을 만한 제도와 법률을 갖는 나라로 만들어야 하지. 도도군, 자네는 일본 사람일 테지. 도쿠가와의 사람은 아닐 테지. 그래도 일본인의 적이 되어 사람을 베는 직업에 종사할 셈인가?"

도도는 충격을 받았다.

이날 밤 도도는 한 마디도 없이 데라다야를 떠나고 말았다.

"돌아갔어요, 그 미부 낭인(壬生浪人)?"

이렇게 말하며 오토세가 들어왔다.

오토세는 옷치장을 좋아하여 주야 두 번의 배 왕래가 있을 때는 까만 깃의 덧옷을 걸치고 있지만, 그 두 번의 소동이 끝나면 연극 배우처럼 재빨리 옷을 갈아입는다.

고급은 별로 안 입는다. 옷에 까다로우면서도 수수한 것을 좋아하여 무늬는 언제나 검은 빛깔의 줄무늬, 옷깃도 나이에 맞지 않게 노색을 사용하고 있다.

화장도 않는다. 한겨울이라도 버선 같은 것은 신지 않는다. 그런데도 도톰한 발등의 맨발이 매우 아름답다.

"돌아갔어."

료마는 누운 채 말했다.

"사카모토님을 베러 온 것이 아니었어요, 그 미부 낭인은?"

미부 낭인이란 신센조 결성 초기 교토 시민이 미워하여 부른 별명이다. 교토 서쪽 미부 마을에 주둔지를 가진 낭인이라는 데서 나온 말이리라.

"그 친구는 도도 헤이스케라는 녀석인데, 에도의 지바 도장에선 함께 있었지. 성미가 대쪽같은 좋은 사내야."

"하지만 미부 낭인이죠?"

좋은 남자가 신센조 대원이 될 까닭이 없다고 오토세는 생각하고 있다.

이 혐오감에 깊은 이유는 없다.

교토인이 수백 년 동안이나 품어 온 막부의 권력에 대한 반발에서 나오고 있다.

"미부 낭인이라도 여러 가지야. 사람을 그런 식으로 보는 게 아니야."

료마가 말했다.

"왜 그런지 모르지만 그 도도님, 현관을 내려가서 밖으로 나갈 때 어깨가 축 늘어지고 기운이 없어 보였어요."

"그런 친구에게도 고민은 있는 거야."

"미부 낭인인 데도?"

"그렇지, 별의별 녀석들이 다 있어. 곤도 이사미, 히지가다 도시조 같은 대장급은 곧이곧대로 칼만 아는 놈일 테지만, 같은 간부라도 지바 동문인 호쿠신일도류 계통의 녀석은 곤도, 히지가다와 같지는 않을 거야. 그곳에 있는 지바 문하생은 야마나미 게이스케, 도도 헤이스케……"

"지바 문하생이면 왜 다르죠?"

"슈사쿠 선생님이 미도 노공의 총애를 받아 녹봉을 받으셨거든. 그리고 아버지를 능가하는 명인이라 일컬어지고 나와도 친했던 에이지로(榮次郞)님은 작년에 아깝게도 병사했지만, 이분이 미도 가문의 에도 근무 마군대장(馬軍大將)이었지. 삼남인 도오사부로(道三郞)도 작년에 측근에서 모시게 되어 다이번(大番)까지 올라갔을 거야. 그러므로 그 도장은 검법의 수도장이라고는 하지만 미도학(水戶學)의 근왕 양이 사상이 스며들어 있어. 문하생의 태반은 미도의 녀석들이고 그들이 딴 고장 출신에게 영향을 주지. 도도 헤이스케, 야마나미 게이스케도 발가벗겨 보면 충분히 지바의 물이 들어 있을 거야."

"흠!"

오토세는 남자 세계의 재미있는 구조에 감탄하며 듣고 있다.

"도도 역시 곤도들과 신센조를 만들기는 했으나 결과적으로 저렇게 막부의 주구(走狗)같은 꼴이 되었으니 어떻게 해야 좋을지 틀림없이 고민하고 있을 거야."

"……"

"하긴, 이러한 판국에 고민한댔자 부질없는 일이지. 자기의 신념에 의지하는 수밖에 없어."

다행히 료마의 상처는 곪지 않았다.

그런데 요 며칠 동안 오토세가 너무도 끈덕지게 상처 치료를 권했기 때문에, 데라다야에 그만 주저앉은 꼴이 되어 버렸다.

료마가 묵고 있는 동안 오료가 들떠 있는 것을 본 눈치 빠른 오토세는 벌써 복잡한 심정이 되어 있었다.

'저 두 사람이 어떻게 돼 버리는 것이 아닐까?'

가벼운 질투가 생긴다.

오토세는 료마의 이야기로 듣고 있는 고향의 오토메 누님 대신이란 속셈으로 료마의 시중을 들고 있는 것이지만, 본심은 자기 자신이 확실하게 느끼고 있다.

'이 사람이 좋은 거다.'

하지만——

보통 좋아한다는 것과는 다르다는 생각이 든다.

'그러한 것이 아니라, 결국 내가 없으면 '이 애'가 적적하지 않을까 하는 느낌, 그런 심정일까……'

자세히는 자기도 모른다.

아무튼 오토세는 겉으론 내색하지 않지만 료마의 일이 걱정되어 견딜 수 없는 것이다.

'오료는 어떤 의미로선 좋은 아가씨이지만, 색시가 될 사람은 못돼.'

내심 그렇게 생각하고 있다.

월금, 꽃꽂이, 다도(茶道)만 할 줄 알 뿐 바느질도 못하고 밥도 지을 줄 모르는 아가씨인 것이다. 더구나 아주 싫어하는 모양이다.

'공연한 참견인 것 같지만 오료를 사카모토님의 아내로 만들고 싶지 않아.'

오토세는 료마에게는 지바댁의 사나코가 가장 어울릴 거라고 믿고 있다.

다즈라는 아가씨의 이야기도 듣고 있지만 이것은 서로의 신분이나 입장이 너무 달라 어쩔 수가 없다. 그러면서도 오토세의 성미로서는 수양딸 오료에게 "사카모토님 방에 너무 자주 들어가선 안돼요"라는 말은 하지 못한다.

질투한다고 오해받기가 싫었고, 또 아무도 오토세가 질투하고 있다고는 생각지 않더라도 오토세 스스로가 자기 자신의 그러한 끈끈하고 속없는 여자의 감정을 느끼고 있다. 그러기에 그러한 충동에 사로잡히려는 자기를 안간힘을 쓰며 자제하고 있다.

오토세는 그러한 여자다.

하지만 당사자인 오료는 수양어머니 오토세의 감정 같은 것은 조금도 모르는 모양이다. 모르는 것이 오료의 밝은 좋은 면이기도 하지만 료마의 방에서 살다시피 한다.

지금 현재도 그렇다.

료마가 고향의 오토메 누님에게 편지를 쓰고 있는 옆에 오료는 떠날 줄을 모르고 앉아 있다.

편지는 데라다야 앞으로 책을 부쳐 달라는 것이었다. 그 책은 료마가 읽기 위해서가 아니다. 책의 종류는 오가사와라파(小笠原派)의 예의 독본, 신요와카집(新葉和歌集), 습자 교본 등 여자의 교양을 위한 것뿐이다. 오토메 누님도 이상하게 생각할 것이다.

고향의 누님에게 편지를 쓰고 있는 료마의 붓끝을 오료는 옆에서 살며시 들여다보았다.

"이봐, 이봐, 함부로 훔쳐보면 안돼."

료마가 말했다.

왜냐하면 오료의 부인으로서의 교양을 위해 오토메 누님에게 오가사와라의 예법 책이며 습자 교본 따위를 보내달라고 쓰고 있는 참이었기 때문이다.

"싫어, 볼래요."

오료는 요즘 료마에게 가벼운 응석까지 부린다.

"곤란한데. 오료의 버릇을 좋게 하려고 예법 책을 부쳐 달래서 읽게 하려는 거야. 그런데 그런 버릇없는 짓은 안 되지."

꾸지람을 들으면서도 료마의 눈이 웃고 있기 때문에 오료는 조금도 무섭지가 않다.

"보여 줘요——"

오료는 소녀 같은 몸짓으로 얼굴을 가까이 가져온다.

"안된다니까."

료마도 오료의 물씬한 체취에는 아주 견디기가 어렵다. 그만 끌어안고 싶어지는 것이다.

"하지만, 료마님. 예법, 예의에 대해서라면 료마님이나 배우시는 게 좋지 않아요?"

오료는 그것이 우습다.

료마처럼 천하에 둘도 없는 무례한 사내가 어째서 자기에게 예법 책을 읽게 하려는 것일까?

"나야 천성적이니까 다르지. 당신은 부인이 갖추어야 할 것은 갖추는 게 좋아."

"어째서요?"

"바보로군. 세상이라는 것은 정상적인 것을 바라는 법이야. 당신이 예법을 배워 시집가게 해 주려고 책을 보내 달라는 거야."

"시집 같은 거 안 가겠어요."

"가는 것이 좋지."

료마는 계속 편지를 써나간다.

"저리 좀 가."

료마는 오료의 살 냄새로 피가 거꾸로 흐르는 것만 같다.

"료마님, 아무리 저한테라지만 저리 좀 가라시는 건 실례가 아니에요?"

"상관 없어. 나는 원래 무례하고 버릇없는 놈으로 알려져 있어. 그러나 당신은 여자니까 그렇게는 안돼. 몇 번이나 말하지만 데려갈 사람이 없을 거란 말이야."

"하지만……"

오료는 잠시 생각하고 결심한 듯이 말했다.

"그렇다면 오료는 무례하고 버릇없는 사람한테 시집가겠어요."

"앗하하하, 당신도 철없는 소리만 하는군. 그런 인간이 이 넓은 세상에 료마 말고 또 있겠어?"

료마는 오료의 말뜻을 전혀 모르는 듯 붓만 달리고 있다.

"료마님, 오료는 이 세상에서 료마님 말고 의지할 분이 없어요. 누구의 아내도 안 되겠어요. 료마님의 아내가 되겠어요."

순간, 료마의 붓이 멎었다.

료마는 잠시 입을 다물고 있다가 말한다.

"오료, 사람을 놀라게 하면 못써."

그러나 편지를 계속해 쓰지를 못한다. 어지간한 그지만 붓끝이 떨려 쓸 수가 없는 것이다.

"쳇, 시시한 소리를 옆에서 하니까 편지를 쓸 수 없잖아."

"시시한 소릴까요?"

오료는 시무룩해졌다.

아니 오료는 성미가 괄괄한 편이다. 발끈하고 골을 냈다는 편이 좋다.

'시시하다니, 도대체 이 사람의 몸 어디에서 그런 소리가 나오는 걸까?'

료마는 료마대로 성난 듯한 얼굴로 꼼짝 않고 자기 편지의 글씨를 멍청하니 보고 있다.

그 얼굴이 점점 슬픈 듯한 표정으로 바뀌었다.

'나도 이 아가씨가 탐난다.'

뜨끔한 심정으로 생각하고 있다. 남자가 여자를 그리워하는 것은 자연스런 마음이리라. 오료를 이 자리에서 껴안고 뒹굴고 싶은 충동을 료마는 간신히 참고 있는 것이다.

'바보 같으니!'

료마는 그것을 모르느냐고, 자기 자신과 오료에게 고함치고 싶었다.

'한방에 바보 둘이 앉아 있군.'

료마는 그렇게 생각했다.

어떻게 대해야 좋을지 료마는 할 바를 모른다.

"오료, 잠깐 입 다물고 있어."

그것을 잠시 생각해 보고 싶어서 한 말이었는데, 오료는 잔뜩 부어 있다.

"……"

일부러 말하지 않더라도, 잠자코 있잖아요, 하는 표정이다. 눈이 젖어 반짝반짝 빛나고 있다. 평생 입을 뗄 줄 아느냐는 표정이었다.

"오료, 내 색시가 되는 건 손해야."

"손해?"

너무 뜻밖의 말이라 오료는 그만 대꾸를 하고 말았다.

"나는 도쿠가와 막부를 쓰러뜨리기 위해 태어났다고 믿고 있어. 도쿠가와를 쓰러뜨릴 때까지는 아내를 맞지 않겠어. 왜냐하면 귀여워해줄 틈이 있어야지."

"귀여워해 주시지 않아도 좋아요."

"나는 귀여워해 주고 싶은걸."

"네……?"

"그러나 도쿠가와를 쓰러뜨리기란 쉬운 일이 아니지. 몇 천 명의 동지가 길가에서 죽어 넘어져야 할지도 몰라. 나도 그 중의 한 사람이 되기를 스스로 바라고 있어. 그런 놈의 아내가 되어 뭘 하겠어."

도도 헤이스케는 료마와 헤어진 날부터 완전히 우울해지고 말았다.

'그 사람 말이 맞아.'

——문명은 전진시켜야 하네. 이왕에 목숨을 버릴 생각이라면 그걸 위해 죽게나.

그 말이 귀에 눌어붙어 떨어지질 않는다.

——그것이 싫다면 목숨을 거는 일은 그만두고 고향에 돌아가 아내를 맞이하고 자식이라도 낳게나.

'지바 도장에 있을 때부터 나는 그 사람이 좋았다. 그가 말을 걸어 주었을

때의 기쁨이 지금까지 마음속에서 소용돌이치고 있다.'

도도는 이론으로 움직이는 체질은 아니다.

혈기로 움직이는 편이다.

다른 인간이 같은 말을 했다면 도도는 들을 사내가 아니지만, 료마가 한 말만은 뼈에 스며들었다.

'그러나 나로선 뭐가 뭔지 모르겠다.'

도도는 에도 이래의 동지이며 동문의 선배이기도 한 부대장 야마나미 게이스케에게 몰래 의논했다.

야마나미라면 이러한 비밀을 고백하더라도 이해해 줄 것이며 입 밖에 내지 않으리라고 도도는 믿고 있다.

야마나미는 온후한 미소를 띠고 끄덕였다.

"헤이스케군, 그 말은 아무에게도 하지 말게."

말을 하면 오해받고 숙청을 당하게 된다.

야마나미는 센다이(仙臺) 사투리로 말했다.

"도사의 사카모토님은 에도 도장 시절부터 알고 있었지. 상대는 오케 거리의 사범이었기 때문에 별로 접촉은 없었지만, 내 얼굴을 보면 기억하고 있을 것이라고 생각하네."

"그야 동문이니까요."

동문이라는 말에 도도는 특히 힘주어 말했다. 이것은 피보다도 진할 경우가 있다.

그 증거로 신센조는 막상 결성되어 활동하기 시작하자 곤도 이사미, 히지가다 도시조, 오키다 소오시, 이노우에 겐사부로(井上源三郎) 등, 같은 덴넨리신류가 주도권을 잡고, 이 네 사람은 서로 눈짓으로 대화를 할 수 있을 만큼 마음이 통하고 있다.

야마나미나 도도 같은 다른 유파 출신은 창립이래의 간부이므로 우대는 받고 있지만, 어딘가 그들은 서먹하게 대했다.

그러므로 야마나미로서는 지바도장의 수업 시절 오케 거리 지바 도장의 사범이었던 사카모토 료마란 이름이, '동문'이라는 사실 때문에 문득 곤도나 히지가다보다도 친근감이 느껴진다.

'당연히 그렇겠지.'

야마나미는 생각한다.

"그러니까."

야마나미는 말을 이었다.

"그래서 그런 건 아니지만 내가 가진 시국관도 사카모토님과 같다고 생각하네."

"예?"

도도 역시 긴장하고 있다.

"그러나 도도군, 이제 이렇게 되었으니 어쩔 수도 없네. 나도 곤도, 히지가다 두 사람의 생각을 어떻게든지 바꾸어 보려고 했으나 그 두 사람은 어쩔 수가 없어. 단념하고 말았어."

"단념?"

"그렇지, 단념하고 말았어. 다만 시기라는 것이 있을 걸세. 시기를 기다리면 어떻게 될지도 모르지. 그때까지 도도군, 경솔한 짓을 해선 안 되네. 헛되이 목숨을 잃을 뿐이야."

"알고 있습니다."

"나에게 맡겨 주게. 자네는 자네대로 근무에 충실하면 돼."

"예."

대답하면서 도도는 고개를 갸웃거렸다.

"그러나 어떻게 할까요? 신센조 안에 사카모토님을 노리고 있는 놈이 있습니다. 평대원인데 시노부 사마노스케란 작자입니다."

"자네 분대가 아닌가?"

"예, 그러나 지금의 신센조 분위기로선 분대장인 나도 시노부의 행동을 어떻게 해볼 도리가 없어요. 어쨌건 이 안에선 시노부 쪽이 옳다고 보니까요."

"그야 그렇지."

……

그 무렵 시노부 사마노스케는 대원 세 사람을 꾀어 료마 습격을 계획하고 있었다.

시노부는 교묘한 계책을 생각해냈다.

신센조의 밀정인 요스케(與助)라는 자를 시켜 료마를 유인해 내려고 했던 것이다. 요스케는 후시미 데라다야로 갔다.

그것은 료마가 오료와 그의 결혼 문답을 하고 있을 때였다.

"뭐, 요스케?"
'처음 듣는 이름인데.'
거리는 조용하다. 밤 8시를 알리는 종이 울린 지 얼마 안 된다.
"예, 조슈 번의 가쓰라 고고로님의 심부름이라고 합니다. 뭐, 급한 볼일이
있기 때문에 꼭 가와라의 조슈 번저까지 와 주십사는 전갈인데 가마까지
대령해 있습니다."
하인이 말했다.
"가쓰라의 편지를 갖고 있던가?"
"아아뇨, 없는 것 같습니다만."
"흠……"
료마는 이상하다는 표정이었다. 이 당시 무사 사이에 편지를 들리지 않고
전갈만 보내는 일은 드물었다.
유신사(維新史)가 자료 면에서 풍부한 것은 왕복 편지가 많이 남아 있기
때문이다. 이웃집이라도 편지로 의사를 서로 교환한 예가 많다.
'이상한걸.'
료마는 고개를 갸웃거렸으나, 정말 가쓰라의 심부름이라면 가야 한다고
생각했다.
왜냐하면 지금 조슈 번은 교토 조정을 움직이고, 그것을 통해 막부를 움직
여 굉장한 어떤 계획을 꾸미고 있었다. 계획이란 이제까지 일부의 양이 낭사
들이 저지르고 있었던 요코하마에서의 외국 관계 건물의 방화나 외국인 살
상, 나아가 조슈 번이나 사쓰마 번 등이 지역적으로 감행한 외국과의 전투를
거국적인 것으로 만들려는 것이다.
즉 천황이 직접 '양이 친정(攘夷親征)'이라는 형식으로 이와시미즈 하치만
(石淸水八幡)이든가 야마토, 가시와라(橿原)의 신궁으로 행차하는 것이다.
다시 말해서 천자가 정벌의 칼을 높이 든 이상 막부나 영주들이 양이 전쟁에
참가하지 않을 수 없게 되리라는 것이었다.
이것을 실현시키기 위해 조슈 번저에 있는 동번의 마스다 우에몬노스케,
네고로 가즈사(根來上總), 구사카 겐스이, 가쓰라 고고로, 나카무라 구로
(中村九郎) 등은 교토에 있는 유력한 영주 저택을 찾아다니며 찬동을 얻으

려 하고 있었다.

조슈 번에서는

이것은 천황의 뜻이다.

새로운 천황의 권위를 배경삼아 그 '설득 운동'을 계속하고 있다.

천황의 뜻 운운하는 것이 실제적인 권위로 등장하게 된 것은 아마 나라 시대(奈良時代) 이래 천년 가까이나 없었던 일일 것이다.

막부나 영주들은 조슈 번이 이렇게 나오는 데는 질색이었다. 아니 증오하고 있었다. 조슈 번의 '천황 독점'에 대한 증오는, 막부가 첫째고 두 번째론 사쓰마 번이다.

사이고 다카모리(西鄕隆盛)가 이렇게 의심한 것도 이 무렵이었다.

'조슈 번은 새로운 막부를 만들 야심이라도 있는 것 아닐까?'

료마는 시치미를 떼고 '양이론자'인 체 행세는 하고 있었으나 가슴속 깊이 숨기고 있는 그 독자적인 개국주의(開國主義)로 볼 때, 이 조슈 번의 움직임에는 반대였다.

'다른 사람 아닌 가쓰라다. 의논하고 싶은 일이 있다면 가 봐야지.'

료마는 오토세와 오료의 만류를 뿌리치고 칼을 들고 현관을 나섰다.

"아, 네가 요스케냐?"

요스케는 가마 곁에서 오른편 무릎을 꿇고 절을 했다.

"네, 그렇습니다."

말꼬리에 조슈 사투리가 풍겼다. 과연 신센조의 첩자 노릇을 하는 만큼 연극이 제법이다.

가마는 주렴이 쳐진 꽤 호화로운 것인데 보통은 의사들이 많이 쓰는 것이었다.

료마는 큰 칼을 들고 가마에 올랐다.

"……"

신센조의 시노부 사마노스케가 동료 세 사람과 함께 미부 마을의 주둔소를 나선 것은 그보다 조금 전이었다.

"요스케가 잘 꾀어냈을까?"

시노부는 일부러 제복을 걸치지 않고 검은 무명의 문복, 기마용 하카마, 그 속에 쇠사슬로 엮은 옷을 껴입었다.

이 사슬 옷은 찔리지만 않는다면 약간 칼을 맞는 정도로는 끄떡없다.

'저 녀석들이……'

그들의 분대장인 도도 헤이스케는 마침 자기 방에 있다가 복도를 지나가는 시노부 패들의 이야기를 장지문 너머로 고스란히 듣고 말았다.

'다이부쓰 가도(大佛街道) 시치조(七條) 서쪽 모퉁이에서 잠복이라……'

그런 소리까지 들었다.

'설마 사카모토님을……'

도도 헤이스케는 불안해졌다.

부대장 야마나미 게이스케의 방으로 갔다.

"야마나미님, 부탁이 있습니다. 지금부터 두 시간 정도 자리를 비워야겠는데, 이 방에서 같이 술을 마시고 있었던 걸로 해주실 수 없겠습니까?"

"알았네."

야마나미는 이유 같은 것을 추근추근 묻지 않는 사내였다.

도도는 몰래 빠져나와 바로 이웃인 야마토 고오리야마 번저의 뒷문 근처에서 때마침 지나가던 가마를 잡아 다이부쓰 가도의 시치조로 달리게 했다. 그는 가마 속에서 두건을 쓰고 얼굴을 감췄다.

한편 료마는 가마가 교오 거리(京町) 한길을 곧장 달려 교외로 빠져나가자 역시 이상한 생각이 들었다.

요스케라고 말한 심부름꾼은 가마 곁을 달리고 있는 데도 전혀 발소리가 들리지 않는다.

'보통 하인이라면 이렇게 능하게 달리지는 못할 텐데……'

그는 일종의 주행법(走行法)을 터득하고 있었다. 포졸 따위가 아닐까 하는 의심이 들었다.

'아무튼 꼴을 두고 보는 거다.'

가마 속에서 칼을 뽑을 준비는 해 두었지만 료마의 성미는 천성적으로 낙천주의다.

그러한 긴장이 계속되지 않고 점점 졸음이 오기 시작했다.

가마꾼들은 지팡이를 한 손에 흔들며 달리고 있다.

이나리(稻荷 : 穀神을 모신 사당), 도오후쿠 사(東福寺)를 지났다.

길은 별빛이 있어 캄캄하지는 않다.

시노부 사마노스케 일당이 다이부쓰 가도 시치조의 서쪽 모퉁이에 이르렀을 때는 목적하고 온 찻집이 문을 닫은 뒤였다.

"열라고 해라."

시노부가 말했다.

문짝이 부서져라고 두들기자 주인이 툴툴거리며 덧문을 열었다.

"아이즈 중장을 모시고 있는 신센조 사람이다. 공용(公用)으로 가게를 빌려쓸 테니 그런 줄 알라."

"예."

"술을 가져 와."

"벌써 가게를 닫았으니 용서해 주십쇼."

주인은 손을 싹싹 비비며 만면에 미소를 띠고 말하는 것이었으나 교토의 고집 센 근성이 그 속에 숨어 있었다.

"안됐군요, 술이 떨어졌습니다요."

"저 통은 뭐야?"

시노부는 가게 한구석을 손가락질했다.

"물입죠."

"물? 틀림없이 물이렸다. 만일 물이 아니라면 그냥 안 둘 테다."

시노부는 신품인 통의 마개를 뽑고 번쩍 들어 와락 가게 안에 쏟았다.

물이었다.

"이봐, 헌 통이라면 또 몰라도 새 통에 물이라니 이상하잖아. 너의 집에선 원래 물을 술이라고 속여 파는가?"

시노부는 화를 풀 길이 없다.

찻집 방안에는 도도 헤이스케가 두건을 쓰고 앉아 있었다.

도도가 시노부보다 한발 앞서 이 찻집에 와서 공작을 해두었던 것이다.

"영감, 나는 미부의 신센조 부대장 대리 도도 헤이스케라는 사람인데."

도도는 복면을 벗고 정중하게 인사했다. 도도는 둥글고 선해 보이는 어린애 같은 눈을 갖고 있었다.

'허, 신센조에도 이런 사람이 있었나.'

주인은 그렇게 생각했다.

"낭사의 집단이라 품행이 좋은 놈만 모여 있을 까닭이 없지. 나는 분대장으로서 대원의 비행(非行)을 감찰하러 다니고 있네."

"예."

주인은 도도를 믿었다.

"조금 뒤에 신센조 대원이라는 네 사나이가 올 거야. 공갈 협박 등으로 말썽 많은 녀석들이지. 그들이 어떤 행동을 하는지 좀 보아두고 싶네. 얼마 안 되지만 이것은 찻값 대신 받아 두게."

주인에게 돈을 쥐어주었다.

그리고 술통에 술 대신 물을 담아 두게 했던 것이다.

"무슨 말씀을 나리, 이 가게를 제가 시작한 지 20년이나 됩니다요. 물을 술이라고 팔다니, 원 참, 그 따위 장사 수단으로 가게가 20년이나 계속될 수 있겠습니까."

배짱이 좋은 술집 주인이다.

신센조라는 말만 들어도 벌벌 떠는 이 판국에, 아무리 도도의 뒷받침이 있다고 하더라도 칼을 뽑아 내리치면 그만이 아닌가.

"이 새끼!"

시노부는 말이 안 나온다.

"너, 그게 무사에게 하는 말버릇이냐? 다시 한번 말해 보아라."

번쩍 큰 칼을 뽑았다.

주인은 새파랗게 질려 안으로 달아났다. 시노부는 안에까지는 쫓아가지 않고 술통을 가게 구석으로 내던져 부뚜막을 부수어 버렸다.

도도는 주인에게 부뚜막의 변상을 약속하고 주인의 옷을 빌려 입고 서민으로 변장했다.

"좀 멈춰 주게나."

가마가 교토 시내로 들어서자 료마는 말했다.

후시미에서 벌써 20리 반은 달려오고 있다. 료마는 허리가 아팠다.

"걸어가겠다."

료마가 나오려 하자 가마 곁을 달리고 있던 요스케가 황급히 다가와서 말한다.

"나리, 이제 거의 다 왔습니다요. 보세요, 저기 서른 세 칸 법당의 큰 은행나무가 보이지요? 시치조는 바로 거깁니다."

료마는 가마꾼에게 술값을 주고 나서 걷기 시작했다.

"요스케, 너는 좀 이상한 놈이군."

"어째서 그렇습니까?"

"아까는 조슈 사투리를 썼는데 지금은 없어져 버렸군."

요스케는 등불을 살며시 왼쪽으로 바꿔 쥐고 오른손을 품안에 넣었다. 단도나 아니면 철척(鐵尺)을 숨기고 있는 모양이다.

료마는 따분해졌다.

'이놈은 정말 밀정이로구나.'

이 바보 녀석만 아니었으면 그대로 오료와 중요한 이야기나 계속하는 건데……

'오료는 내 색시가 되겠다고 했었지. 그러나 신랑이고 색시고간에 우선 목숨이나 붙여놓고 볼 일이야.'

료마는 사방을 살펴보았지만 근시라서 눈이 어둡다.

"요스케!"

료마는 다정한듯이 말했다.

요스케는 좀 경계심을 늦추었다.

"예, 말씀하십시오."

"어차피 누군가 위험한 놈이 숨어 있을 테지. 나는 눈이 나빠. 차라리 어디에 있는지 말해 주지 않겠나?"

"나리, 그건……"

요스케는 저도 모르게 끌려들어가다가 아차 싶어 입을 다물었다.

"이봐, 요스케, 너나 나나 서로 살아 있는 인간이 아니냐. 산 사람끼리의 정분으로 여기서 좀 가르쳐 다오."

"나리, 무슨 말씀을. 아무도 숨어 있지 않습니다."

"글쎄, 그렇게 잡아떼지 말고……"

료마는 걸어가고 있다.

"너는 괜찮겠지만 당하는 나로선 큰일이거든."

"그야 그렇습니다만."

요스케는 자기도 모르게 진심으로 맞장구를 쳤다. 그렇게 맞장구를 치고 나서 당황했다.

'이상한 사람이군, 내 머리가 돌 것 같은데.'

요스케는 지금까지 내내 행정소의 어떤 포교 앞잡이 노릇을 해 왔다. 그러는 한편 지금은 신센조의 일도 보고 있다. 직업상 꽤 넓은 세상을 알고 있다고 생각했었는데, 이런 사람은 처음이었다. 단 한 번 만났는데도 이상하게 사람을 끌리게 만든다.

'이 사람은 나쁜 사람이 아니야.'

요스케는 순간적으로 말했다.

"나리, 시치조의 찻집, 거기까지 가는 한 마장 가량을 조심하십시오."

그렇게 내뱉자 등불을 꺼버리고 어둠 속으로 사라져 버렸다.

'어느 놈이 나를 노리고 있을까?'

료마는 성큼성큼 걷기 시작했다.

서른 세 칸 법당의 큰 은행나무 그림자가 뚜렷하게 드러나 보였을 때, 느닷없이 추녀 밑에서 한 놈이 뛰쳐나왔다.

'왔구나——'

료마가 호흡을 가눌 틈도 없이 머리위로 칼날이 떨어져 왔다.

료마는 살짝 비켰다.

칼날은 료마의 오른쪽 소매 끝을 스치고 빗나갔다.

그때 그림자가 둘 솟아오르더니 동시에 뛰어 들어왔다.

료마는 그 한 놈에게 돌진하여 두 다리를 걸어찼다.

벌렁 자빠진 놈을 뛰어넘어 그제야 칼을 뽑았다.

모두 한 순간의 일이었다.

상대는 벌떡 일어났다.

그놈의 볼따구니를 칼바닥으로 후려갈겼다.

"으악!"

기성을 지르며 그놈은 까무러쳐 버렸다. 칼바닥으로 후려쳤다고 하나 쇠막대기로 힘껏 맞았으니 볼따구니 뼈가 으스러졌으리라.

한 놈이 료마의 등 뒤로 접근했다.

'뒤는 곤란한걸.'

료마는 옆으로 뛰어, 닫혀 있는 가게의 격자문을 방패로 삼았다.

곧 쳐들어왔다.

그놈의 오른손목을 후려치고 옆으로 옆으로 이동하여 인원을 헤아려 보았다.

모두 네 놈. 한 놈은 쓰러져 있다. 손목을 얻어맞은 놈은 조금 물러났을 뿐 다시 칼을 겨누고 있다.

'사슬 옷을 입었구나.'

료마는 화가 치밀었다.

한 놈이 달려들었다.

료마는 살짝 비키며 뛰어 들어가 놈의 오른쪽 가슴에 칼을 내질렀다.

놈은 쓰러졌다. 그러나 칼은 세 푼도 들어가지 않았다. 사슬 옷이 찢어진 정도이리라.

'나머지 둘.'

그렇게 생각했을 때, 북쪽으로부터 질풍처럼 달려온 검은 그림자가 료마의 눈앞에서 몸을 낮추면서 한 놈의 오른발을 베어 쓰러뜨리고 남쪽으로 달려가 버렸다.

'뭐야, 저건?'

그 순간 료마는 적의 칼을 간신히 날밑으로 막아 냈다.

서로 날밑으로 밀어 내기 시작했다.

"오, 시노부 사마노스케로군."

"그렇다."

서로 자기의 날밑으로 상대의 날밑을 내리눌러 사용하지 못하도록 한껏 힘을 주고 있다. 완력의 사용은 그 정도로 충분하다.

너무 힘을 주면 상대에게 그 힘을 이용당하여 오히려 찔릴 염려가 있다.

생사의 갈림길이라고 해도 좋으리라.

"시노부, 너는 도리가 없는 놈이로군. 칼을 너 같은 마음으로 쓰는 건 큰 잘못이야."

"나는 집념이 강해서 말이다."

말하면서도 시노부는 교묘하게 다가온다.

료마는 응하지 않는다. 섣불리 밀어 내면 오른쪽 팔꿈치가 올라가게 된다. 그 틈에 뒤로 물러서면서 허리를 얻어맞고 만다.

형세는 날밑 누르기로 나와 시노부가 불리했다.

료마는 거인이다. 시노부는 료마의 큰 키 때문에 압박을 받고 있다.

"가사이(葛西)! 가사이!"

시노부는 남은 한 사람에게 외쳤다.

"지금이다, 지금. 뭘 하고 있나, 덤벼라!"

말을 했기 때문에 시노부의 아랫배의 힘이 위로 솟았다.

그 틈을 타 료마는 큰 키를 이용하여 자기 칼을 시노부의 왼쪽 목덜미에 대면서 순간 왼발로 시노부의 오른발 복사뼈를 차서 쓰러뜨렸다.

시노부는 그냥 쓰러질 사내는 아니다. 쓰러지는 순간 료마의 허리를 향해 칼을 내둘렀다. 료마는 위기일발, 몸을 피하면서 뻗은 시노부의 오른팔을 칼 등으로 때렸다.

쨍그랑, 떨어져 뒹구는 시노부의 칼을 멀리 차버리고 료마는 칼끝을 시노 부의 턱밑에 갖다 댔다.

"시노부, 움직이지 마라!"

한길에 이미 사람의 그림자는 없었다.

료마를 구해 준 그 사내는 마지막 한 놈을 정면에서 두 쪽을 내놓고 사라 지고 말았다.

'누굴까, 그게——'

설마 이 녀석들의 부대장인 도도 헤이스케일 줄은 료마도 그 뒤 오래도록 몰랐다.

"시노부, 나는 바쁘다. 솔직히 말해서 네 상대가 되어 줄 틈이 없어. 이건 네 장난이냐, 아니면 신센조의 명령이냐?"

"명령이다."

"곤도, 히지가다에게 말해 주어라. 나를 벨 셈이면 한번 이야기를 하러 오 라고. 그들도 일당을 거느릴 만한 사내들이 아닌가. 과히 벽창호는 아닐 테지."

료마는 물러나 칼을 꽂았다.

그길로 후시미 데라다야로 돌아갔다.

오토세와 오료는 걱정하며 기다리고 있었다.

"지금 막 심부름을 보낸 참이에요."

오토세가 말했다.

"걱정을 시켜 미안해. 뭐, 별것도 아닌 볼일이었어."

료마는 곧 잠자리에 들어 한 시간 가량 눈을 붙였다가 이른 새벽 고베를 향해 떠났다.

교토의 정변

분큐 3년의 여름——

시대는 격동하고 있다.

사카모토 료마라면 그가 가는 곳마다 반드시 풍운이 일어날 만큼 시대의 움직임을 보는데 기민한 사내가 되었지만, 그러나 이 시기는 아직도 '풍운'에 끼어들지 않고 있었다.

교토의 지사들로부터 떨어져 혼자 해군 사업에 열중하고 있었다.

고향에 돌아가 있는 다케치 한페이타 등은 몹시 분개하고 있다는 소문이 료마의 귀에도 들어와 있었다.

"이 판국에 료마는 뭘 하고 있는 거야?"

하지만 료마는 묵묵히 웃고만 있었다.

"세상은 입만으로 움직이는 게 아니야."

요컨대 료마의 이 시기는——낭인 함대(浪人艦隊)를 만드는 것만이 목표였다.

장차 그것으로 해운업을 경영하여 그 이익금으로 막부를 쓰러뜨릴 자금을 만들고, 막상 전쟁이 날 때는 짐 대신 포탄을 싣고 그 위력으로 천하를 호령하자는 좀 색다른 방식이다.

그러나 이것은 누구에게도 말하지 않았다. 무쓰 요노스케, 다카마쓰 다로 같은, 동지라기보다 료마의 비서격인 그들에게도 밝히지 않았다.

하지만 시대의 조류는 움직이고 있다. 그것을 옆 눈으로 노려보면서 이렇게 멀고 힘든 길을 혼자 걷는다는 것은 무척 인내력이 필요했다.

교토 정계는 이해 첫 머리에는

조슈 번

사쓰마 번

아이즈 번(교토 수호직)

이 세 번의 손으로 움직이고 있었다.

그런데 아네노코지 긴사토(姉小路公知) 암살 사건이라는 괴사건이 생기고, 이 때문에 잠시 사쓰마 번의 궁정 세력(宮廷勢力)이 줄어들고 있었다.

지난 5월 20일의 일이다.

그날 조정의 회의가 오래 끌었기 때문에, 이 25살의 얼굴이 검은 공경이 대궐 궁문을 나선 것은 밤 열시 무렵이었다.

아네노코지 긴사토는 다즈의 주인 산조 사네토미와 더불어 조슈계 공경들의 두 거두로 알려져 있었으며, 과격한 양이주의자로 자처하고 있었다.

수행원은 최근에 고용한 칼잡이 근시(近侍) 가네와 이사미(金輪勇), 종자(從者)인 요시무라 사코(吉村左京). 이 두 사람은 무사이기 때문에 실력이 있다고 봐도 좋다. 그밖에 등불, 짚신, 창 등을 든 하인이 서너 명.

나시노키 거리(梨木町) 저택에 돌아가려고 궁문에서 길을 북쪽으로 잡아 사쿠헤이 문(朔平門) 앞 통칭 원숭이 네거리까지 이르렀을 때, 그늘에서 별안간 괴한이 뛰어나왔다.

자객은 셋, 모두 게다를 신고 있었다. 한 놈은 하인이 든 등불을 쳐서 떨어뜨리고 다른 두 놈이 아네노코지에게 밀어 닥치더니 그 중 한 놈이 그의 어깨를 내리쳤다.

"으악!"

외친 것은 칼을 맞은 아네노코지가 아니라 칼잡이 가네와 이사미였다.

아네노코지는 공경으로서는 드문 꿋꿋한 사내였다. 상처를 누르면서 스스로 싸우려고 가네와의 손에서 칼을 잡으려고 했다.

"칼을, 칼을!"

허나 이 호위 무사는 당황하여 들리지도 보이지도 않게 되었다.

"칼을, 칼을!"

다급한 소리를 지르면서 다가오는 자기 주인이 괴한으로 보였던지, 이리 저리 피하다가 홱 몸을 돌려 아네노코지의 칼을 든 채 뺑소니를 쳐버렸다.

종자인 요시무라 사코는 용감했다.

"강도다! 모두들 도와주십시오!"

소리를 지르며 한 놈에게 덤벼들었으나 첫 칼은 빗나갔다.

요시무라는 아네노코지 쪽으로 가려 해도 앞의 놈이 가로막아 갈 수가 없다.

아네노코지는 손에 들었던 홀(笏)로 간신히 적의 칼을 막고 있었다.

하지만 얼굴과 허리에 모두 칼을 맞았다. 그래도 굴하지 않고 사력을 다하여 자객의 칼 손잡이에 매달려 끝내 그것을 빼앗았다.

──안되겠군.

자객은 그렇게 생각한 모양인지 동료에게 신호를 하더니 북쪽으로 달아나 버렸다.

아네노코지는 피투성이였다.

머리가 네 치나 갈라졌는데 상처가 뼈에까지 미쳤고 게다가 코밑을 두 치 다섯 푼, 왼쪽 어깨는 쇄골(鎖骨) 근처가 여섯 치 가량 베어졌고, 상처마다 많은 피를 흘리고 있었다.

요시무라 사코는 아네노코지의 왼쪽 겨드랑이를 부축해서 걷기 시작했다.

아네노코지의 오른손은 자객에게 뺏은 칼을 지팡이 삼아 짚고 있다.

아네노코지는 간신히 저택에 도착하여 현관에서

"베개……"

외마디를 하고는 의식을 잃었다. 곧 대궐의 시의(侍醫)인 오마치(大町), 스기야마(杉山), 그리고 시중의 의사 네 명이 불려와 상처를 꿰맸으나 스물 여덟 바늘째에 숨이 끊어지고 말았다.

아네노코지의 횡사(橫死)는 이튿날 아침 교토 정계에 큰 충격을 주었지만 그것보다 더 큰 충격을 준 것은 범인이 남기고 달아난 칼이었다.

칼은 두 자 세 치, 칼자루는 상어 껍질을 펴 감은 것인데 자루 끝은 쇠로 되어 있으며, 칼에 새긴 이름은 사쓰마의 도장(刀匠)인 오쿠 이즈 미노가미

타다시게(奧和泉守忠重).

범인 수사는 당연히 막부의 손으로 시작되었지만 이것과는 별도로 아네노코지를 떠받들고 있었던 조슈와 도사의 사람들에 의해서도 착수되었다. 특히 도사 번의 히지가다 구스에몬(土方楠右衛門)이 열심이었고, 여기에 지난해 고오치에서 요시다 도요(吉田東洋)를 베고 현재 사쓰마 번의 교토 저택에 잠복중인 나스 신고(那須信吾) 등이 참가했다. 이 나스의 감정(鑑定)으로 칼 임자가 판명되었다.

"이 칼은 사쓰마의 다나케 신베에(田中新兵衛)의 칼이 틀림없다."

사쓰마의 다나카 신베에라면 교토에 모여 있는 지사들 사이에 '사람 백정 신베에'란 별명으로 통하고 있다.

도사의 오카다 이조

히고의 가와카미 겐사이(河上彦齋)

사쓰마의 다나카 신베에

이들이 교토 천지를 벌벌 떨게 만들고 있는 세 명의 사람 백정.

모두 무사로서의 출신이 좋지 않다.

오카다는 졸개, 가와카미는 차 심부름꾼, 신베에는 가고시마(鹿兒島)의 약국집 아들로서 아버지가 돈으로 향사(鄉士)의 족보를 샀다고 한다.

신분이 신분이니만큼 열등감이 있다. 그리고 이조도 그렇지만 신베에도 학문이 없다. 두드러진 식견도 없었다. 이러한 것들이 각 번 지사들과 사귀는 데 그들의 열등의식이 되었다. 그들은 열등감을 남달리 느끼는 성격이었다.

그러면서도 세 사람 모두 유달리 강한 과시욕(誇示欲)의 소유자로서 공연히 거들먹거리는 일면이 있다. 따라서 그들 나름으로 동료 사이에서 두각을 드러내고 싶었기 때문에, 소문난 반대파의 요인을 닥치는 대로 죽였다. 마치 세 사람이 경쟁하듯 사람을 죽이는 것이었다.

——이것만은 우리들을 따라오지 못하겠지.

그렇게 동료들에게 과시하고 싶은 것이 그들의 살인 동기였으리라.

세 사람 모두 료마, 가쓰라 고고로, 다케치 한페이타 등에 비교하면 검술이 훨씬 뒤떨어졌지만, 저마다 독특한 참인법(斬人法)을 고안하여 노린 상대는 반드시 해치웠다.

이 세 사람 중에서 다나케 신베에는 명랑하고 쾌활한 사내였다.

항상 사쓰마 무사답게 행동하려고 했다. 원래부터의 무사가 아닌 만큼 오히려 무사라는 것에 대한 동경이 강했던 것이리라.

신베에는 사건 뒤 6일만에, 그의 하숙집인 히가시노도오인(東洞院) 다코야쿠시(蛸薬師) 아랫거리 민가에서 교토 수호직(아이즈 번)에 의해 체포되었다. 같은 하숙의 사쓰마 번사 니레 겐노조(仁禮源之丞)와 후지다 토로(藤田太郎)도 같이 포박되었다.

이 체포에 대해서 막부는 몹시 소심했다. 아무튼 상대는 천하의 대번(大藩)이기 때문에 그들을 자극하고 싶지 않았다.

그런데 조정에서 막부를 채찍질하여 체포의 단을 내리도록 했다. 막부는 그것을 아이즈 번에 명령했다.

아이즈 번에서는 중신 안도 구에몬(安藤九右衞門), 이부카 시게에몬(井深茂右衞門)을 포박 책임자로 하여, 신베에 단 한 사람을 잡는 데 군사 1백 명을 동원하는 어마어마한 태세였다.

하숙에 들어서자마자 막부 명령이 아닌 조정 명령을 내세웠다.

"칙명이오, 함께 가 주시기 바라오."

막부의 치안 능력은 그만큼 약해져 있었던 것이다.

문제는 그 신병(身柄)이었다. 아이즈 번은 사쓰마 번과의 사이에 쓸데없는 마찰이 생길 것을 겁내어 맡는 것을 거부했다.

결국 막부 기관인 교토 치안소에서 맡게 되었지만, 치안소에서도 사쓰마 번사가 대거 탈취하러 올 것을 두려워하여 경비를 아이즈 번에게 부탁했다.

그러한 시대가 되고 있었다.

당시의 교토 치안관은 막부의 가신 중 손꼽는 수재라고 일컬어진 나가이 나오무네(永井尚志)다.

가쓰 가이슈의 친구로서 막부의 해군 출신이며 군함 감독관 등도 역임한 사내이다. 그런 해군 출신이며 군함 감독관 등도 역임한 사내이다. 온후한 인물이지만, 막부가 무너질 때 하코다테(函館)로 달아나 싸우다가 항복한 다음 사면(赦免)을 받아 유신 정부(維新政府)를 섬겼다.

치안소에서는 용의자 다나카 신베에를 손님처럼 대우했다. 신분은 사쓰마 번의 최하급 무사에 지나지 않지만, 막부로서는 신베에보다도 그 배후의 사쓰마 번이 무서웠다.

신베에도 치안관을 얕보고 있다.

포교가 "칼을 보관하겠습니다"라고 말하자

"아냐, 칼은 무사의 생명, 내줄 수 없소이다."

신베에가 오히려 노려보았으므로, 강제로 뺏을 수도 없어 칼을 찬 채 내버려 두었다.

칼을 찬 채로라면 치안소에서의 대우도 달라진다. 취조 장소로도 뜰 아래 꿇어 앉혀지는 게 아니라 야리노마(槍間)란 곳으로 안내되었다.

치안관 나가이가 들어와 앉는다.

포교의 예심이 없고 치안관의 직접 심문이므로 고급 무사에 대한 대우였다. 다나카 신베에의 생애에서 이만한 대우를 받은 일은 이때가 단 한번이었으리라.

취조에 대하여 범행을 어디까지나 부인했다.

"모르겠소."

그 한 마디뿐이다.

그러면——하고 나가이는 포교에게 눈짓을 하여 움직일 수 없는 증거인 신베에의 칼을 가져오게 했다.

"어떤가? 이것은 그대가 자랑하는 패도(佩刀)라고 듣고 있는데, 그래도 아니라고 하겠나?"

"……"

지금까지 태연했던 신베에의 안색이 이때 비로소 달라졌다.

이 언저리에 사건의 수수께끼가 하나 있다. 신베에가 만일 하수인이라면 칼을 현장에 버린 게 자기라고 알고 있는 이상 새삼 얼굴빛이 달라질 까닭이 없다는 추리가 성립되기 때문이다.

충정공 근왕사적(忠正公勤王事蹟)에 의하면 당시 사쓰마 번 내부에서는 다음과 같은 말로 신베에 범인설을 부정하는 경향이 많았다.

신베에가 했다면 그렇게 서투른 짓은 않는다. 멋지게 죽여 버리고 만다. 그는 사람죽이는 것을 즐겨하여 시마다 사콘(島田左近)이라든가, 그 밖의 사람을 죽인 것은 대개 이 사내의 것이라고 하는 소문이 있었다.

"글쎄, 저의 것인지 아닌지 손에 잡아보지 않으면 모르겠소. 보여주시오."

신베에는 눈을 가늘게 떴다.

이 순간 막부 관리의 실수가 있었다. 신베에를 후하게 대우하는 데에 신경을 너무 쓴 나머지, 그만 그 칼을 내주고 말았다. 증거품인 흉기를 용의자 손에 내주는 바보도 없으리라.

이 때문에 나가이를 비롯한 몇 사람이 나중에 근신 처분을 받았다.

어쨌든 용의자 신베에는 증거물인 자기의 칼, 두 자 세 치짜리의 '오쿠 이즈미노가미 타다시게'를 관리의 손에서 받았다.

사고는 그 순간에 생겼다.

신베에는 칼을 잡아 뽑자마자 거꾸로 옮겨쥐고 자기 배를 찌르고 말았던 것이다.

신베에는 손이 빠르다.

급히 한일자로 가르고, 다시 칼을 배에서 뽑아 목을 찔러 경동맥을 끊어버렸다.

시뻘건 핏줄기가 칙, 하고 옆의 미닫이문을 때렸다.

"앗!"

치안관 나가이가 엉거주춤 한 무릎을 세웠다. 새파랗게 질려 있다.

포교, 포졸이 신베에에게 덤벼들어 칼을 뺏었지만, 벌써 신베에는 쓰러진 채 미소를 머금고 말이 없다.

의사가 왔다.

하지만 의사가 맥을 짚었을 때 이미 신베에는 시체가 되어 있었고, 치안소는 배후 수사의 방법을 잃고 말았다.

여러 가지 소문이 나돌았다.

아네노코지 긴사토는 그보다 앞서 가쓰 가이슈의 권유로 막부 기선 준도마루(順動丸)를 타고 오사카 만으로부터 기슈 해협을 항해했다. 료마도 이때 이 준도마루에 이름 없는 사람으로서 동승하고 있었다.

그때 가쓰는 아네노코지의 양이 사상이 세계사적인 동향에서는 가소로운 것에 지나지 않는다는 것을 알기 쉽게 실례를 들어가면서 설명하고, 또한 일본 방위는 양이주의자들이 주장하는 것 같은 연안 방위주의로서는 안 되며, 돈이 있다면 배를 갖추는 편이 좋다고도 말했다.

함선주의(艦船主義)는 다시 말하자면 항해 무역론(航海貿易論)이 되어 필연적으로 개국론(開國論)이 되고 만다.

아네노코지는 가쓰의 배 위에서의 실물 교육에 완전히 감화되고 말았다는 것이다. 그것이 사실인지는 둘째로 치고라도 최소한 그러한 소문이 나돌고 있어 교토의 양이 지사들을 격분시켰다.

양이주의자인 사람 백정 신베에의 암살 이유는 그것이었을 거라는 설이었다.

하지만 이것은 우습다. 아네노코지는 가쓰에 의해 견문(見聞)을 넓히기는 했으나, 그래도 아직 산조 사네토미와 더불어 조정에 있어서의 과격론의 제1인자로서 지사들의 기대도 그의 사상과 활약에 걸려 있었다. 신베에가 사람 백정으로서 경솔한 점이 있었다고는 하더라도 아네노코지를 꼭 죽여야 할 만큼 전향(轉向)한 것은 아니었다.

이밖에 또 이상한 이야기가 있다.

신베에의 친구였던 요시다 쓰요시(吉田嘿)란 인물이 이러한 말을 하고 있다.

"그 칼은 틀림없이 다나카 신베에의 칼이지만, 그러나 사건 며칠 전 신베에가 산본기 근처의 요정 요시다야(혹은 이바라기야)에서 술을 마시고 있을 때 누군가에 의해 바꿔치기 당했다. 다나카는 몹시 분해하며 그것을 나에게 말하곤 했는데 사건은 그날부터 2, 3일 뒤에 생겼다. 무엇보다, 그날 밤 괴한들의 당황한 꼴로 보아 신베에의 짓이라고는 믿어지지 않는다. 어쨌든 간에 신베에가 치안소에서 자살한 것은 사쓰마인의 독특한 무사도에 의한 것이다. 칼을 도둑맞고 그것이 세상에 알려졌다는 것을 부끄럽게 여긴 것이다."

또 이상한 이야기가 있다.

그것은, 조슈계 과격파 공경인 아네노코지를 죽인 것은 바로 조슈인인데, 사쓰마인이 죽인 것처럼 보이기 위해 일부러 신베에의 칼을 훔쳐 현장에 버려두었다는 것이다.

그렇다면 우선

——아네노코지를 죽이면 누가 덕을 보는가? 라는 것부터 생각해야 된다.

"누가 덕을 보는가?"

그런 질문을 받는다면 "조슈인이다"라고 대답하지 않을 수 없다.

어째서 이득이 되는가. 당연한 일이다. 사쓰마와 조슈는 교토의 '근왕정계'를 양분하고, 천황기(天皇旗)를 가지고 천하를 호령하려는 양대 세력이다.

다만 빛깔이 좀 다르다.

같은 빨간 색이라도 조슈는 금방 뿜어 나온 선혈이고, 감정적으로 열띤 것이어서 자칫하면 이성을 잃는 빛깔이다.

사쓰마 번의 빨강은 다분히 고동색이 섞여 있다. 이성적인 끈질김이 있다. 시대 조류를 보며 합리적으로 행동하려고 한다. 이를테면 어른다운 침착성이 있다. 조슈인의 입장에서 본다면 교활하다.

막부편에서 본다면 고동색 부분만이 막부에 대한 동정이라고 생각되기도 한다(결코 그런 것이 아니고 사쓰마인의 현실주의가 그렇게 만드는 것이지만).

요컨대 이 당시의 조슈인이 불이 붙기 쉬운 가솔린이라고 한다면, 사쓰마인은 성냥을 가까이 가져가도 타지 않는 원유(原油)와 같은 것이었다. 그러나 어느 쪽이나 가연성(可燃性)인 것만은 틀림없다.

그 사쓰마와 조슈의 사이가 극도로 나빴다.

최소한 같은 일본인이라는 의식이 없고, 서로를 외국인이나 이민족처럼 생각하고 있었다.

그 사쓰마와 조슈가 같은 근왕 진영에 있었으니만큼 오히려 사이가 더 나빴다.

경쟁의식도 있었다.

사쓰마 번이 도카이도 나마무기(生麥)의 주막거리에서 영국인을 살상했을 때, 조슈 번 전체의 감정은 사쓰마에게 선두를 뺏기고 말았다는 느낌이었다. 따라서 조슈 번에서도 지지 않고 외국인을 베어 버려야지, 하고 다카스기 신사쿠 등의 고덴야마(御殿山) 방화사건 등이 일어났다.

그 사쓰마와 조슈가 서로 교토에 있는 것이다.

이것 역시 양대 세력의 근왕 경쟁이라는 의식이 강하여 서로 앞을 다투어 조정에 대한 공작을 벌였다.

그런데 공작은 조슈인이 능숙하다.

조정은 순식간에 조슈 빛으로 물들어 가는 것이었으나 사쓰마도 잠자코 있지는 않았다. 나카가와노미야나 고노에 등을 포섭하고 있었다.

그 사쓰마 번을 단숨에 실각시키기 위해 조슈가 자기 파의 공경을 죽여 사쓰마에게 죄를 뒤집어씌우려 했다는 것이다.

여하튼 이러한 소문이 떠돌 만큼 양편의 사이는 나빴고, 실제로 사쓰마 번은 이 사건으로 보기 좋게 교토 정계에서 탈락되고 말았다.

용의자 다나카 신베에는 자살했다.

아네노코지 암살 사건은 영원한 수수께끼가 되고 다만 해로운 의혹만을 남겼다.

"사쓰마는 역적이다."

극단적인 비난이 교토의 지사들 사이에서 들끓었다. 낭인 지사, 조슈 번의 근왕파, 도사번의 근왕파 등이 하룻밤 사이에 극단적인 사쓰마 배격론자가 되었다. 하기는 그렇게 큰 번이니까

"다나카 같은 자가 한두 사람 나왔다고 해서 그것으로 사쓰마 번의 진의를 논하는 것은 잘못된 것이다."

구루메(久留米) 출신의 낭사 지도자에게 마키이즈미(眞木和泉)처럼 변호하는 사람도 없지는 않았다.

그러나 이러한 신중한 발언 따위는 들끓고 있는 여론 앞에 아무런 도움도 못되었다. 아무튼 살해된 아네노코지에 대한 과격 근왕파의 기대가 너무나도 컸다.

그 최후의 분투가 말해 주는 것처럼 공경으로서는 담력이 있었다. 뒷날 공경 중에서 괴물적 존재라고까지 일컬어진 이와쿠라 도모미(岩倉具視) 보다도 "담력이 뛰어났다"고 알려졌을 정도였다. 과격파 지사들이 양이와 막부 타도에 앞장을 세우기에는 알맞은 인물이었으리라.

그의 죽음을 애석해하는 감정은 모두 사쓰마 번에 대한 증오로 변하였다.

이 때문에 사쓰마 번은 사건 후 9일 만에 대궐 건문(乾門)의 경호 책임에서 해임되고 말았다. 즉 교토 조정에서의 정치적 논의에 참가할 자격을 잃었다고 봐도 좋았다., 이것이 분큐 3년 5월 29일.

자연히 조슈 번의 독주(獨走)가 되었다.

조슈 번 근왕파의 모사(謀士)는 같은 번사가 아닌 구루메 스이텐 신궁(水天神宮)의 암주(庵主)였던 낭사의 총수 마키 이즈미였다.

이즈미의 사상이 조슈의 과격파를 움직이고 있었다. 천황의 양이 친정(親征)을 구실로 막부를 쓰러뜨리겠다는 생각이었다.

이러한 조슈 번의 움직임은 이미 교토 시중의 화제가 되어 막부의 대표인 아이즈 번의 귀에도 들어갔다.

하지만 아이즈 번은 그 소박한 기질 때문에 고작해야 신센조를 지배하고 있을 정도의 정치 능력밖에 없어, 이 조슈 번의 음모에 대해서 멍청하게 방관하고 있는 형편이었다.

그래서 일단은 실각한 사쓰마 번이 그 뛰어난 정치 능력을 발휘하여, 조슈 번을 실각시키기 위해 비밀리에 '적편'인 아이즈 번과 손을 잡는 교묘한 외교 수단을 부리기 시작했던 것이었다. 이것이 이해 8월.

조슈가 괘씸하다——

이런 점에서는 막부편인 아이즈 번과 막부 타도의 사쓰마 번은 정말 배짱이 맞았다.

아이즈 번이 곧잘 드나들고 있는 산본기의 어느 요정에서, 아이즈 번 공용인(외교관) 아키즈키 데이지로(秋月悌次郎)를 비롯한 몇 사람이 술을 마시고 있는데 밤중에 몰래 찾아온 젊은 무사가 있었다.

아키즈키가 명함을 보자 '시마쓰(島津) 공 가신 다카사키 사타로(高崎佐太郎)'라고 씌어 있다.

"모르는 사람인걸."

아키즈키가 고개를 갸우뚱했다. 한자리에 있는 것은 모두 번의 공용인으로서 히로사와 도미지로(廣澤富次郎), 오노 히데마(大野英馬), 시바 히데하루(柴秀治) 등 교토에서는 얼굴이 넓은 패들이지만 누구도 들어 본 일이 없는 이름이다.

"들어오시라고 해."

그렇게 말은 했지만 불안하기도 했다. 당초 사쓰마패들은 아이즈를 막부편이라고 하여 교제를 꺼려했는데 상대편에서 찾아왔기 때문이다.

이윽고 젊은이이면서도 미간에 주름살이 있는 사나이가 검소한 옷차림으로 나타났다.

——제가 말하는 것을 사쓰마 번의 총의(總意)를 대표한 것이라고 생각해 주십시오. 실은 좀더 높은 분이 올 것이었으나 귀번의 의사를 타진한다는 의

미에서 저같은 신분이 낮은 자가 왔습니다.

다카사키는 그렇게 말한 다음 다시 이어서 말하기 시작했다.

"조슈가 천황의 야마토 행차를 계획하고 있다는 것은 잘 아시고 있을 것입니다. 그들은 그 기회에 천황을 업고 교토에는 돌아가지 못하게 하여 즉시 야마토에서 천하를 호령하여 막부를 치려는 속셈입니다."

아이즈 번에서도 이런 의견에는 동감이었다.

"더구나."

다카사키는 말했다.

"조슈 번은 가짜 칙서를 남발하고 있습니다. 아무튼 조정의 공경 중 십중팔구는 조슈의 손아귀에 들어 있지 않습니까? 그들이 칙서를 만들어 여러 영주들이 춤추도록 이용하려는 것입니다."

이 가짜 칙서 사건은 다카사키의 거짓말이 아니었다.

고오메이 천황(孝明天皇) 자신이 몇 번이나 불만을 토로했다는 사실은 사쓰마계의 나카가와노미야, 고노에 전 간파쿠(關白)등을 통하여 사쓰마 번에도 알려지고 있었다.

고오메이 천황은 그가 죽을 때까지 막부를 타도하려고 생각한 일이 없었다. 아이러니컬하게도 그는 교토 조정에서도 가장 막부편이었고, 따라서 삼백여 명의 영주 중에서 아이즈 번을 가장 좋아했으며 다음에 온건파인 사쓰마 번을 좋아하고 있었다.

조슈 번이나 과격분자는 아주 싫어했으나 공경이 거의 모두 조슈편이었기 때문에 그들에게 억눌려 있었을 뿐이다.

사쓰마 번사 다카사키 사타로가 제의한 것은, 사쓰마와 아이즈가 동맹을 맺어 교토에서 단숨에 조슈 세력을 몰아내자는 것이었다.

그러려면 무력이 필요했다.

"가능하면 동맹을 맺고 싶소."

쿠데타를 위한 정치, 군사 동맹을 맺자는 것이었다.

"그렇긴 하나 귀번이 동의 않는다면 그것은 그래도 좋습니다. 우리 번 단독으로 하면 되겠지요. 다만 귀번은 조정과 막부에서 임명된 교토 수호직이므로 한 마디 의논을 해 본 것뿐입니다."

아이즈 번 아키즈키 등은 일이 중대하므로 몹시 긴장했다. 그날 밤 요정에서 가마를 달려 구로야(黑谷)의 아이즈 본진으로 돌아가 영주 마쓰다이라 가타모리(松平容保)와 의논했다.

가타모리는 사쓰마와 손을 잡을 결심을 했다. 평소 경계해 온 사쓰마 번에서 이쪽이 하고 싶었던 말을 먼저 해 오고, 게다가 동맹까지 맺자는 것이어서 몹시 기뻐했다.

이것이 도호쿠(東北) 인의 순진한 점이다.

사쓰마 번은 아무래도 교토 정계에 밝고 외교 수단도 능숙했다.

멋지게 아이즈 번을 이용했다.

사쓰마 번은 수년 뒤, 이번에는 몰아낸 조슈 번과 비밀 공수동맹(攻守同盟)을 맺어 아이즈 번을 치고 막부를 쓰러뜨린 뒤 순진한 아이즈 번을 와카마쓰 성(若松城)까지 몰아넣은 다음, 백호대(白虎隊) 참극으로 알려진 아이즈 토벌전을 벌이게 된다. 그 뛰어난 정치 능력은 겨룰 수가 없었을 정도여서 사쓰마 번의 눈으로 본다면, 아이즈 번이나 조슈 번은 어린 아이나 다름없었다.

쿠데타는 8월 17일에 일어났다.

그 전전날부터 사쓰마계의 나카가와노미야가 입궐하여 천황과 은밀히 의견을 나눈 다음, 천황의 허락을 받아 칙명으로써 그날 조슈계 공경 20여 명에게 금족령(禁足令)을 내리고, 조슈 번의 사카이 거리(堺町) 궁문의 경비 임무를 해임시켜 버렸다.

물론 아이즈 번과 사쓰마 번에서는 교토에 있는 그들의 병력을 총동원하여 대궐을 경비하며 조슈 번의 반격에 대비했다.

이것이 세상에서 "금문(禁門)의 변"이라고 말하는 대정변이다.

조슈 번에서는 깜짝 놀랐다. 지금까지 근왕파의 선봉으로 자처하며 교토에서 크게 세력을 떨쳐 왔는데, 하루아침에 잠을 깨고 보니 마치 죄인과 같은 취급이다.

중신 마스다 등이 번저의 군사를 이끌고 나오자 여기에 조슈계 낭사가 끼어들어 총을 들고 사까이 거리궁문으로 몰려들었으며, 차츰 시간이 지남에 따라 그 인원이 더욱 늘어 마침내는 대포까지 끌고 나와 대궐문 쪽으로 포구를 겨누었다.

이것을 본 공경들은 모두 파랗게 질렸다.

사쓰마 번에서는 아이즈 번에 연락을 보냈다.

"조슈는 칙명을 받들 성의가 없다. 그렇다면 역적이다. 토벌해야 마땅하다."

여기에는 아이즈 번이 오히려 난처해졌다.

——대궐 문턱에서 총질을 하는 것은 좋지 않다. 라고 오히려 사쓰마 번을 달랬다.

조슈 번은 이날을 고비로 교토에서의 세력을 완전히 잃게 된 것이다.

어쨌든 사카이 거리 궁문에 몰려든 조슈 번사의 분개는 발광 직전이라고 해도 좋았다.

'사쓰마 번을 증오한다.'

그 사쓰마 번이 궁문을 등지고 총부리를 조슈 번사 쪽으로 겨눈 채 연신 욕설을 던져오는 것이다.

사쓰마와 공동 전선을 펴고 있는 아이즈 번사도 덩달아

"조슈병은 궁문 수비에서 쫓겨났다. 물러가라, 물러가라!"

놀려 대듯이 외친다. 사쓰마와 아이즈 번은 삼천의 병력, 밀려 온 조슈 번사는 일천 명. 이 사천 명이 비좁은 사카이 거리 궁문 앞 한길에서 들끓었으니 혼잡과 흥분은 가히 짐작할 수 있으리라.

조슈 번사는 아우성을 치고 욕설을 퍼붓고, 마침내는 모욕을 참지 못해 발포하려는 사람도 있었다.

궁문에 발포한다면 역적이다.

사쓰마 쪽에서는 발포해 오도록 도발했다. 발포만 하면 즉시 역적으로 몰아 조슈인들을 그 자리에서 쳐 없앨 속셈이었다.

자기 편의 분격과 흥분을 필사적으로 달랜 것은 가쓰라 고고로, 구사카 겐즈이, 데라지마 주사부로(寺島忠三郎), 시나가와 야지로(品川彌二郎)였다.

한 방이라도 쏘면 역적이 되어 근왕은커녕 번이 멸망하고 마는 것이다.

"참아라, 참아라! 사쓰마의 함정에 빠져 역적의 누명을 쓰면 안돼! 쏘려면 이 야지로를 쏘아라!"

시나가와 야지로는 소리소리 외치며 번사를 틈에 끼어 옷이 걸레쪽처럼 찢어졌다. 가까스로 조슈 번사는 사카이 거리 궁문 앞을 물러나 히가시 산의 대불전에 집결했다.

조슈 전체가 사쓰마에 대하여 결정적인 증오심을 품게 된 것은 이때부터였다.

아무튼 낙향할 것을 결정하고 이미 관직이 박탈된 조슈계 공경 7사람을 옹호하여 고향인 보슈와 조슈 두 고을로 돌아가게 되었다.

공경의 이름은 다즈의 주인 산조 사네토미, 산조니시 스에토모(三條西季知) 히가시구제 미치도미(東久世通禧), 미부 모토나가(壬生基修), 시조 다카우다(四條隆謌), 니시키고지 요리토미(錦小路賴德), 사와 노부요시(澤宣嘉). '칠경(七卿)낙향'이라 일컫는 것은 이때의 일이다.

저녁나절부터 내리기 시작한 비는 밤이 이슥해지도록 마구 쏟아졌다.

그들 2천의 조슈병이 일곱 공경을 호위하면서 묘호원(妙法院)을 출발한 것은 아직 날도 밝지 않은 19일이었다.

갑옷은 비에 젖어 무겁고 도롱이는 두 사람에 하나밖에 돌아가지 않았다. 우중(雨中), 아직도 어둠이 깔린 후시미 가도의 소나무 가로수 사이에 수백 개의 횃불이 불타며 흰 연기가 나부끼어 처절한 광경을 이루었다.

선두에 선 구사카 겐스이는 철사를 넣은 머리띠, 흰 통소매에 검술용 대나무 동구(胴具)를 두르고 창날을 번뜩이면서 유명한 즉흥장시(卽興長詩)를 읊으며 또한 울며 걸어갔다.

세상은 갓 벤 갈대처럼 어지러운데
붉은 태양빛마저 어둡게 느껴지니
새미 강(瀨見川) 강변에 서린 안개도
누리를 가로막는 구름이 되었어라……
억수 같은 빗발은 그칠 줄을 모르고
눈물에 목이 메어 소맷귀 적셔 가며
넘어야 할 바다와 산, 그리고 또 아사지 들판(淺茅原)
어언, 무서리는 나리여 갈대꽃이 지는데
나니와(難波) 앞바다에 끓는 조수(潮水)는……

구사카가 후시미 가도를 내려가면서 원한에 사무친 장시(長詩)를 읊고 있을 무렵, 료마는 고베의 해군 조련소에 있었다.

사건 뒤 2, 3일이 지나 교토 정변의 상세한 소식이 고베 마을까지 들려왔다.

"사카모토님, 학생들이 동요하고 있습니다."

무쓰 요노스케가 부채질하듯이 말했다.

교토의 도사 번저에서 정변의 상보(詳報)를 얻어 가지고 돌아온 젊은 나카지마 사쿠타로는 얼굴이 파랗게 되어 흥분하고 있다.

나카지마뿐만이 아니다. 도사 번의 젊은 하급 무사는 자기 번보다도 오히려 조슈 번에 동조하고 있는 자가 많았다.

나카지마가 달려들어 왔을 때 료마는 때마침 작은 칼로 발톱을 깎고 있었다.

"사카모토 선생님, 지금이야말로 일어날 때입니다. 도사 번에서도 탈주하여 조슈병과 행동을 같이 한 자가 있습니다."

"누군가?"

"히지가다 구스에몬, 기요오카 한시로(淸岡半四郎), 야마모토 가네마(山本兼馬), 시마무라 사덴지(島村左傳次), 난부 미카오(南部甕男)."

나카지마는 목소리를 떨며 말했다.

"모두들 떠들지 말라고 해라."

료마가 말했다.

'다만 두려운 것은 이 정변이 도사 번에 미치는 일이다. 다케치는 살해될지도 모르겠는걸.'

조정이 조슈 번을 내몰고 그 주장을 꺾은 이상 도사 번의 수뇌부는 아마도 이에 힘을 얻어, 조슈와 기맥을 통하고 있는 다케치 한페이타 등을 가차 없이 탄압할 것이 틀림없다. 조슈뿐만이 아니라 천하의 근왕파에게 최악의 시대가 왔던 것이다.

료마는 그로서는 드물게 보는 어두운 표정을 지었으나 등을 구부리고 발톱을 들여다보고 있기 때문에 나카지마 쪽에서는 보이지 않는다.

에도의 사랑

료마는 며칠 뒤, 여행 준비를 했다.

학생들은 료마가 아무래도 조슈로 갈 모양이로구나 하고 생각했다. 아니면 교토에 올라가 분위기를 살필지도 모른다고 쑥덕거렸으나, 당사자인 료마는 일동을 모아 놓고

"아냐, 나는 에도로 간다."

뜻밖의 말을 했다.

──돌아올 때까지 모두들 조용히 있어라.

그런 말도 했다. 또

──지금 우리들은 정치 활동에 나서지 못해.

고베 해군학교는 아직도 알(卵)이야. 설사 장차 천하를 삼킬 구렁이가 된다고 하더라도 지금은 알에 지나지 않아. 눈도 입도 없는 알이 날뛸 수 있느냔 말이다. 날뛰어 보았자 세 살 난 어린이의 손가락에도 깨지고 말거다.

때마침 도베가 돌아와 있었으므로 그를 데리고 출발했다.

고베 마을에는 산요 가도(山陽街道)가 뻗어 있다. 오른편 해변에는 초가을의 물결이 일렁이고 있었다.

료마는 큰길을 동쪽으로 걷는다.

그런데 이 큰길에는 서쪽으로 가는 낭인 차림의 사람들이 연방 눈에 띄었다.

'조슈로 가는 거로군.'

그렇게 생각했다.

짧은 창을 어깨에 멘 자도 있었다. 막부가 한창인 때는 낭인이 창을 메고 걷는 것이 금지되어 있었는데, 이 한 가지만으로도 세상의 어지러움을 잘 알 수가 있었다.

"정말 어수선한 세상이 되었군요. 앞으로 어떻게 될까요?"

"서투른 짓을 했어. 조정, 막부, 사쓰마와 아이즈는 조슈 번을 궁지에 몰아넣어 선불 맞은 짐승을 만들고 말았어. 맹수가 상처를 입은 셈이지. 천하는 조슈를 중심으로 크게 흔들릴 거야."

"난세가 되겠군요."

"음, 군웅할거(群雄割據) 시대가 온 것이지. 혈기왕성한 낭인들은 모두 조슈에 가담하여 일을 일으키려고 서쪽으로 가는 거야."

"그런데 왜 나리는 동쪽으로……."

도베는 처음으로 "나리"라고 부르면서 고개를 갸웃거리고 있다. 이미 천하의 중심은 에도가 아니라 교토라는 것을 도베도 알고 있다.

에도는 단순한 행정 수도에 지나지 않는다. 교토는 전쟁(政爭)의 마당이 되어 있다.

장군 이에모치(家茂)를 비롯하여 그 후견인 도쿠가와 요시노부(德川慶喜), 그리고 집정관, 각료, 총감찰관, 외국 감독관 등도 교토와 오사카에 출장하고 있는 것이다.

에도 성은 이를테면 행정 관리만 있는 빈 도시인 것이다.

"나리는 대체 어떻게 하실 작정입니까?"

도베가 궁금해 하는 것도 무리는 아니다. 교토 정변의 순간부터 군웅할거의 전국시대가 찾아왔다고 한다면, 이 나리는 어떻게 할 작정인 것일까?

"나도 군웅이 되는 거지."

"그야 그렇겠지요. 나리는 척 보면 벌써 그런 분인걸요. 그러나 동쪽으로 간다는 것은 이상하군요."

"군함을 얻으러 가는 거야."

료마는 웃고 있다. 군함을 손에 넣어 천하 풍운에 임하겠다는 것이다.

"나는 이 난세를 한 손으로 휘어잡겠다."

말만은 언제나 크다.

오사카에서는 도오톤보리의 도리게야(鳥毛屋)라는 여인숙에 묵었다.

집 뒤가 도오톤보리에 면하고 있다. 료마는 난간에 기대어 강물을 굽어보았다.

아래쪽 하늘이 저녁놀로 물들어 있었다. 강물에 저녁 안개가 끼고 안개까지 붉다.

상류에 오사카 성이 보인다.

"나리, 저녁 식사 준비가 되었습니다."

도베가 조심스럽게 말을 했다.

"음."

료마는 눈길을 들어 건너편을 보았다. 북쪽 기슭은 소에몬(宗右衞門) 거리의 주택가 뒤꼍이 돼 있다. 여자가 석축 밑에서 빨래를 하고 있었다. 빨래를 한다, 밥을 짓는다, 시대가 아무리 바뀌더라도 이 생활만은 변함없으리라.

료마는 전에 없이 감상적이 되어 있었다.

야마토에서 일어났던 '덴추조(天誅組)'의 난을 오사카에 와서 자세히 들었던 것이다.

이 무장 궐기대에는 료마와 인연이 깊은, 도사 번을 탈번한 친구들이 주동자가 되어 있었다.

요시무라 도라타로(吉村虎太郎)가 있다. 나스 신고(那須信吾)가 있다. 이케 구라타(池內藏太)가 있다. 야스오카 가스케(安岡嘉助)가 있다. 그밖에도 모리시다 기노스케(森下儀之助), 마에다 시게마(前田繁馬), 우에다 소오지(上田宗兒), 도이 사노스케(土居佐之助), 모리시다 이쿠마(森下幾馬), 이부키 슈우키치(伊吹周吉), 시마무라 쇼고(島村省吾), 다도코로 도오타로(田所騰太郎), 구즈메 기요마(葛目淸馬), 사와무라 고오키치(澤村幸吉), 시마 나미마(島浪間) 야스오카 오노타로(安岡斧太郎). 그들은 탈번 뒤 조슈 번을 찾아가 그 보호를 받았다.

애처로운 일이다. 자기 번의 태도가 선명치 못하기 때문에 다른 번의 보호를 받지 않을 수 없는 것이다. 막부 관헌의 추적을 받더라도 도사 번에서는 숨겨 주지 않을 뿐만 아니라 탈주자로서 그들을 잡으려고 한다. 그 점이 사쓰마와 조슈 번과는 달랐다. 사쓰마와 조슈의 지사들처럼 도사 출신의 사람들은 번을 배경 삼든가 번의 힘을 믿을 수도 없는 것이다.

덴추조도 마찬가지다. 이 낭사단에는 사쓰마 사람이나 조슈 사람이 단 한 명도 들어 있지 않은 것이다.

그들은 조슈 번이 계획하여 단단히 추진하고 있었던 천황의 야마토 행차의 선봉대가 되려고 재빨리 교토를 빠져나가 야마토에 입국, 막부의 고조(五條) 지방 관청을 습격하여 그곳에 혁명 정부라고도 할 수 있는 것을 만들었다.

그런데 그들이 출발한 다음 교토에서는 앞서 말한 대정변이 일어나고 조슈 번은 쫓겨나고 말았다.

그들은 고아가 되었다.

하지만 해산하지 않았다. 더욱더 전의(戰意)를 가다듬어 이후 한 달 남짓 동안 야마토에서 천하의 영주를 상대로 악전고투(惡戰苦鬪)를 계속하게 되는 것이다.

'그들은 죽으리라.'

료마는 그것을 생각했다.

개죽음은 아닐 것이다. 그들의 무장 궐기는 이미 국가와 사회를 짊어질 능력을 잃은 도쿠가와 체제를 크게 뒤흔들 것이 틀림없다.

하지만 이에야스 이래 3백 년의 정권이 불과 수십 명의 낭사단에 의해 무너지리라고는 생각되지 않는다. 그들은 아마 죽을 것이다. 죽은 다음이라도 더욱 누군가 죽는다. 또 누군가 죽는다. 그 숱한 시체를 넘고 나서야 지금 야마토에 집결한 요시무라 등의 머릿속에 있는 이상적인 시대가 찾아오리라.

"밥인가."

료마는 밥상 앞에 앉았다.

료마가 에도에 들어온 것은 그해 9월 초였다.

우선 가지바시의 에도 번저에 들러, 올라왔다는 보고를 한 다음 급히 문을 나섰다.

"번저를 싫어하는 사내다."

뒤에서 번사들이 수군거렸다. 료마는 세상에서 무엇보다도, 번이라고 하는 부자유스런 권위만큼 싫은 것은 없다.

가지 다리를 동쪽으로 건너면 거리가 고로베에 거리(五郎兵衛町). 쪽 민가들이 잇달아 있다.

"참, 오랜만에 보는 에도군요."

도베는 기쁜 듯이 숨을 들이마셨다. 사람들의 움직임이 활발하다.

에도 성 내전(內殿)의 화가인 가노오(狩野) 저택이 민가 사이에 끼어 옛날부터 이 거리에 있다. 그 담을 끼고 동쪽으로 걸으면 그 옆집이 역시 화가인 히구치(樋口) 댁. 그 옆에 이나리(稻荷) 신사가 있다.

가을 제사인 모양이다.

깃발이 나부끼고 민가의 남녀가 길을 메우다시피 오가고 있다.

"아야, 발등을 밟았구나."

도베가 한발을 치켜들고 맴을 돌았다. 점원인 듯한 젊은이가 도베에게 사과했다.

도베는 사나운 얼굴로 그 사내를 노려보았다.

"빌 바에야 왜 남의 발을 밟아!"

"아아뇨, 일부러 그런 것은 아닙니다. 그만 한눈을 팔고 있었기 때문에……"

"도베, 웬만큼 해두어라."

료마는 등을 한 대 때리고 걷기 시작했다.

도베가 발등을 밟힌 것도 무리는 아니다. 교토나 오사카와는 달리 에도 시내의 보행자는 걸음이 잰 것이다.

에도 태생인 도베도 잠시 교토, 오사카 생활을 하다 보니 걸음걸이가 느려진 모양이다.

"네가 나빠. 교토의 걸음이 되어 있어."

그러나 료마가 보기로는 에도 사람의 걸음걸이는 예나 다름없지만, 에도 거리는 옛날과는 달리 서서히 바뀌기 시작하고 있었다.

우선 불경기다.

형편없이 경기가 나쁘다. 이유는 얼마든지 있다. 첫째 장군과 막부의 요인들이 교토, 오사카에 체류하고 있다.

그 다음 각 번의 영주 저택 사람의 대부분이 몇 년 동안의 양이 소동, 근왕 풍조 때문에 영지나 교토, 오사카로 옮기고 말았다.

에도는 당시 세계 최대의 도시 중 하나로서 인구가 1백만, 뉴욕, 런던과 어깨를 나란히 하고 있었다.

하지만 이 도시가 세계의 각 도시와 다른 것은, 그 인구의 반인 5십만이 무사였다는 점이다. 직속 무사, 각 번의 에도 근무 무사 등이 5십만인 것이다. 그들은 모두 생산자가 아니다. 영지에서 보내오는 돈으로 소비 위주의 생활을 하고 있었다.

시민은 5십만 무사의 소비 생활을 거들어 주는 일로써 3백 년 동안 먹고 살았다.

그 무사의 인구가 격감되었다. 이것이 불경기의 최대 원인이다.

그리고 물가는 해마다 오르고 있다. 이 물가고(物價高)는 막부가 외국과 무역을 시작했기 때문이라는 소문이 있어, 이 점에서도 막부의 개국주의(開國主義)는 인기가 나빴으며, 양이론은 무식한 시민의 귀에 솔깃하게 들리는 여론이 돼 있었다.

료마는 오케 거리의 지바댁에 찾아갔다.

데이키치 노인도 주타로도, 그 아내인 오야스도 반갑게 맞아주었다.

데이키치 노인의 방으로 인사를 드리러 들어갔다.

"이 집에선 임자의 이야기가 그칠 날이 없어. 나도 한 달에 몇 번씩이나, 에도에 있어 준다면 얼마나 좋겠나 생각할 때가 있지. 그래 검법은 늘었나?"

"딴 일을 하고 있기 때문에 도무지 숙달이 안 됩니다."

"해군에 열중하고 있다면서? 주타로에게서 들었네. 주타로까지 해군에 넣으려 했다던가."

"그런 일도 있었지요. 그러나……"

"곤란한 사내로군. 주타로는 호쿠신일도류 지바 가문의 계승자야. 죽도를 버리게 한다면 내가 곤란해."

료마는 쓴웃음을 짓고 있다.

"대관절 료마, 자네를 19살 때부터 돌봐주고 있지만 자네는 자기가 좋아하는 길로 남을 끌어들이는 수단이 능숙한 모양이야. 하마터면 주타로는 집을 뛰쳐나갈 뻔했지 뭔가."

"예?"

료마는 옆의 주타로를 보았다.

"그런 일이 있었나?"

"글쎄, 자네와 오사카에서 헤어져 에도로 돌아온 다음 왜 그런지 마음이 들떠 혼났어. 지금 생각해도 꼭 열병에 걸린 것만 같았어."

"아냐, 주타로의 병은."

데이키치 노인이 말했다.

"해군열이 아니지. 료마, 자네하고 함께 도장을 해나가고 싶었던 모양이야. 아무래도 료마는 친구를 그렇게 만드는 힘이 있어서 안 되겠어."

노인으로서는 정말 난처했던 사건인 모양으로 한 말을 또 하고 또 했다.

"그것은 죄송하게 되었습니다."

료마도 공손하게 말했다.

"앗하하하, 정말 큰일 날 뻔했지. 아무튼 주타로 녀석은 번(돗토리 번에도 근무)도, 늙은 아비도, 처자도 버리고 료마한데 가겠다 했으니 정말 지바 집안 최대의 위기였지."

"주타로형에게도 좋은 점은 있습니다."

"이봐, 이봐, 료마."

노인은 당황했다.

"이번에 선동하면 안돼. 이제 겨우 주타로가 마음을 잡았는데. 아무튼 그때는 사나코까지 교토로 간다고 집안이 난리였었지."

"예? 사나코 아가씨까지?"

"그러면 지바 가문은 망하는 거지."

그런 다음 주타로의 방으로 돌아갔다. 벌써 날이 저문지 오래였다.

"너무 늦는걸, 사나코는."

주타로가 염려스러운 듯 말했다.

"어딜 갔는데?"

"아침부터 본가(간다 오다마가이케)에 놀러갔어. 해가 지기 전에 돌아온다고 했었는데, 웬일일까? 요즘 에도에서도 낭인이 들끓어 살인, 강도 등 세상이 시끄럽지."

료마는 변소에 가는 척 자리를 일어났다.

사나코를 도중까지 마중나가리라 마음먹었던 것이다.

료마는 사나코가 어떤 길로 올 것인지 대략 짐작이 간다.

이치고쿠 다리(一石橋)를 북쪽으로 건넜다.

기다사야 거리(北鞘町)로 빠졌다.

'아니, 길이 엇갈렸을까?'

그렇게 생각했으나 약간의 자신이 있다.

사나코의 성격에 대해서다.

그 무렵 무사 집안이건 민가에서건 자기의 습관이란 것에 완고한 남녀가 많았다. 시시한 일상의 습관이라도 그것을 좀처럼 깨뜨리지 않는다.

사나코는 소녀 때부터 간다 오다마가이케에서 오케 거리의 자기 집으로 돌아오는 열대여섯 마장의 거리는, 어느 다리를 건너 어느 가게 모퉁이를 돌고 어느 영주님 저택의 옆을 어떻게 꺾는다는 것까지 꼼꼼하게 정하고 있었다.

그러한 것이 자기를 다스려 나가는 엄격한 절도(節度)가 되어 있다. 3백년의 이른바 봉건문화(封建文化)가 만들어 놓은 아름다운 면인지도 모른다.

그리고 사나코는 좀처럼 가마를 사용하지 않는다. 이유는 료마도 모르지만. 무예 면허의 솜씨를 갖고 있으면서도 타는 것에는 약한 것인지도 모른다.

도조 다리(道淨橋)를 건너면 그 너머가 호리도메(堀留).

다리를 건너고 두 서너 걸음 내디뎠을까말까한 곳에서 료마는 우뚝 멈추었다.

그리고 별안간

"앗하하하!"

너털웃음을 터뜨렸다.

'역시 예상이 들어맞았구나.'

……무사 집안 차림의 처녀가 불안스러운 듯이 료마를 먼빛으로 바라보고 있었다.

사나코였다. 손에 지바 집안의 문장(紋章)이 그려진 등불을 들고 있었다.

료마도 지바 집안의 등불을 들고 있다.

사나코는 상대편의 등불을 보고

'도장에서 누군가 마중 나왔구나.'

순간 생각했던 것인데, 설마 료마일 줄은 몰랐다.

알았을 때 조금 발돋움을 했다. 뛰어오르고 싶은 충동을 그러한 자세로 억눌렀다.

"료마요."

"네."

가슴이 두근거리고 있다. 그러나 조금 짓궂게 말했다.

"느닷없이 어둠 속에서 껄껄 웃기 때문에 미치광이인 줄로만 알았어요."

"고맙다고 인사를 해야 할 텐데."

"하지만 인사를 드리려고 해도 느닷없이 그렇게 나오니 말할 틈도 없지 않아요."

"그것은 말하자면 모처럼 대하는 인사 대신으로 한 것이지요. 무엇이든지 그것 한 번으로서 인사가 끝나니까."

"그 멍청이 같은 웃음소리가 말입니까?"

"멍청이란 말만은 빼놓고 말이지."

료마는 사나코의 등불을 받아 꺼버렸다. 등불은 하나만 있으면 된다.

두 사람은 도조 다리를 남쪽으로 건넜다.

사나코는 갑자기 말이 없었다.

자신으로서도 안타까웠지만 가슴이 뿌듯해져 말을 할 수가 없는 것이다.

'기질이 대단한 사람이야.'

료마는 료마대로 새삼 혀를 내두르고 있다. 이 무시무시한 세상에, 그것도 여자의 몸으로 밤중에 하인도 안 데리고 혼자 다닌다는 것은 웬만한 담력이 없으면 못할 일이다.

"저, 사나코 아가씨."

료마는 또 하오리 끈을 질겅질겅 씹으면서 말했다.

"아가씨가 꿋꿋한 기질이라는 것은 잘 알고 있지만, 요즘 세상이 험악해. 어떤 못난 놈이 어둠 속에서 뛰어나올지도 모르지. 잠시 동안 밤의 혼자 나들이는 삼가는 편이 좋겠군요."

"누가 뛰어나와요?"

사나코는 탄력 있는 눈으로 료마를 올려다봤다. 하지만 곧 눈썹을 찌푸렸다.

"아직도 그 버릇을 못 고치셨군요."

"뭣을 말입니까?"

"하오리 끈——"

료마는 입에서 떼었다.

허나 손에서는 놓지를 않고 끈을 빙글빙글 어둠 속에서 돌렸다.

침이 사방에 튀었다.

"어머, 더럽게시리."

사나코는 어이가 없었으나 그래도 료마가 그만두지 않으므로 마침내 그 손목을 잡았다.

"그만두시라니까."

"아, 이거 말이로군."

료마는 비로소 깨닫고 끈을 놓았으나 그래도 아직 사나코의 손가락이 료마의 손목을 잡고 있었다.

사나코도 자기의 그런 행동을 깨닫지 못하는 모양이다.

"조그만 손이로군."

료마가 거꾸로 그녀의 손을 감싸 쥐었다.

"이렇게 작은 손을 갖고 있으면서도 마음만 억세어 밤나들이를 예사로 하는군."

"아파요!"

사나코는 호들갑스럽게 외쳤다. 료마의 큰 손바닥이 사나코의 작은 손가락을 으스러질 만큼 꽉 움켜잡았던 것이다.

"말을 안 듣는 벌이지요."

료마는 얼마 후 힘을 빼고 놓아주었다.

"난폭한 짓이에요. 아직도 아파!"

"폭력배를 만나는 것보다는 낫습니다."

"그런 것 만나도 겁 안나요."

"호쿠신일도류의 솜씨가 있으니까, 하고 지바의 공주님은 생각하시겠죠. 그러니까 여자에게 무예는 필요 없다고 난 생각해."

"진심으로 그렇게 생각하세요?"

사나코는 걸음을 멈추었다.

'그래서 이 사람은 나를 경원(敬遠)해 온 것일까?'

그렇게 생각했던 것이다.

"진심은 아니지요. 나는 오토메 누님에게서 무예 초보를 배웠지요. 지금은 검술이 내가 세지만, 누님은 말달리기라면 자기 쪽이 능숙하다고 생각하고 있어요."

"그 오토메 누님을 좋아하시죠?"

"응."

"그럼 사나코도 좋아요?"

사나코는 숨을 죽이고 대답을 기다렸다.

료마는 돌멩이를 발길로 걸어 차고 머리를 끄덕였다.

"응."

이것이 29살이나 된 의젓한 무사의 태도일까?

이치고쿠 다리를 건너 오른쪽에 해자를 끼고 남쪽으로 걷기 시작했다.

"무슨 일로 에도에 오셨나요?"

사나코는 료마를 쳐다보았다.

료마는 자꾸만 해자 쪽으로 걸어간다. 할 수 없이 사나코도 따라갔으나, 이윽고 그것이 료마가 오줌을 누기 위해서라는 걸 알자, 기가 막혀서 료마의 손에서 등불을 뺏었다.

"등불을 이리 주세요."

료마는 성 쪽을 향해 오줌을 누었다.

우측에 고후쿠 다리(吳服橋) 성문 초소의 불빛이 보인다. 낮이라면 감시병이 새파랗게 질려서 쫓아 나오리라.

'버릇도 없지. 장군님의 성을 향해서.'

사나코는 어이가 없어 등불을 들고 혼자 걷기 시작했다.

료마가 뒤돌아보며 말했다.

"군함을 마련하기 위해서지요."

사나코가 아까 물은 말에, 오줌을 누면서 대답하고 있다.

'참, 별꼴이야——'

사나코는 빨리 걷는다.

이윽고 료마는 소변을 마치고 손에 묻은 오줌 방울을 양쪽 옆머리를 긁적거리며 비벼댔다. 사나코가 알았다면 말도 안하게 되었을지도 모른다.

바람이 불고 있다.

료마는 삼십 보 가량 앞서 가는 사나코의 등불을 보면서 느릿느릿 걷기 시작했다.

문득 발을 멈추었다.

앞서 가는 사나코의 등불이 정지되었기 때문이다. 그 등불 옆에 사람 그림자가 셋쯤 나타나 있었다.

'역시 나왔구나. 내가 뭐라고 했던가?'

료마는 우스웠다.

그 그림자들은 사나코를 희롱하고 있다. 아무래도 칼잡이인 것 같았다.

료마는 천천히 접근했다.

'아무튼 저런 아가씨니까 어떻게 나올까?'

오히려 그 점에 흥미를 느꼈다.

세 사람은 어딘가 작은 도장에 뒹굴고 있는 낭인일 것이다. 그런 자들이 부쩍 늘었다.

아무튼 태평 시대에는 에도에도 손꼽을 정도 밖에 없었던 도장이라는 게 요즘은 3백 군데 가까이나 있다.

시골에서 농촌 젊은이들이 올라와 그런 도장에서 검술을 배우고 상투도 무사처럼 따 올리고 멋대로 성을 지어 부르며, 두 자루 칼을 차고 벼락치기 낭인이 되는 시절이었다. 계급 제도가 엄격했던 한 시대 전이라면 상상도 못 하던 일이다.

한 사람은 아와(安房) 사투리, 두 사람에게는 고오즈케(上野) 사투리가 풍긴다.

'농군이로군.'

료마는 생각했다.

사나코는 어떤가 하고 보았더니, 두 서너 마디 주고받다가 흥, 하고 걷기 시작했다.

──'기다려.'

한 녀석이 사나코의 어깨를 잡았다.

순간 그 사내의 하카마 자락이 공중에 휘날리며 쿵! 하고 땅바닥에 나가 떨어졌다.

'저게 저 아가씨의 나쁜 버릇이야──'

사나코에게 낭인이 내동댕이쳐졌을 때, 료마는 재빨리 다가갔다.

"가엾게도."

그러면서 낭인의 손을 잡아 일으켜 주었다.

"저런 무서운 아가씨에게 손을 댄 당신이 잘못했어. 조용히 물러가시오."

"……"

낭인들은 별안간 끼어든 거인의 정체를 어떻게 해석해야 좋을지 모르는 눈치였다.

"당신은 누구요?"

한 사람이 재빨리 칼 손잡이에 손을 대며 물었다.

"저 아가씨의 제자라네."

"이봐, 이름을 묻고 있어. 이왕이면 처녀의 집이 어딘지 말해 봐."

"여기는 해자 기슭이다. 법정이 아니야. 그런데 제군은 어느 곳 귀공자신지?"

료마는 빈정거렸다. 사나코는 료마가 옛날부터 익숙한 싸움꾼이라는 것을 알고 있었다.

상대는 물론 시비를 걸기 위해 트집을 잡고 있는 것이다.

세 사람이 료마를 둘러쌌다.

쑥, 료마는 뒤로 물러나 장검을 칼자루째 뽑아서 사나코에게 주었다.

"어떻게 하실 셈이에요?"

"갖고 돌아가시오."

이제부터 칼싸움이 벌어질 판인데 이상한 짓을 한다고 사나코는 생각했으나 곧 고쳐 생각했다. 그가 준 칼 무쓰노가미 요시유키(陸奧守吉行)는 료마가 도사 번에서 뛰쳐나올 때 누님인 오에이(榮)가 준 것인데, 그 때문에 오에이가 나중에 전 남편의 문책을 받고 자결했었다. 그 이야기를 사나코는 알고 있다. 아마 그런 일이 있기 때문에 사소한 시비에 쓰고 싶지는 않으리라고 사나코는 생각했다.

"해치워 버렷!"

낭인 하나가 외쳤을 때, 료마는 오른쪽으로 홱 날았다.

칼을 뽑아들고 있다. 우측 사내의 칼을 재빨리 뽑았던 것이다. 소매치기처럼 날렵한 솜씨였다.

'기가 막혀서——'

사나코는 칼을 옷소매로 싸안고 등불을 든 채 구경하고 있다.

"이봐, 이봐, 오른쪽 손목이 허술해."

료마는 놀려줄 속셈인 모양이다. 다시 왼편 사내에게도 가르쳤다.

"자네의 칼끝은 죽어 있어. 그렇게 딱딱하면 변화를 막을 수 없잖아."

"이 새끼!"

막 내리쳐 온, 칼끝이 둔한 사내의 옆얼굴을 료마는 칼바닥으로 후려쳤다. 사내는 너덧 칸 날아가 주저앉아 버렸다.

"이제 그만두자."

료마는 칼을 원임자의 발밑에 내던지고 말했다.

"헛일이야. 내가 이길 것이 뻔해. 자네들도 다치면 손해일 테지. 자네들, 이런 짓거리보다도 해군에 들어와. 해군에. 생각이 있다면 오케 거리 지바 도장에 있는 사카모토 료마를 찾아오너라."

"앗!"

언어맞은 사내가 얼굴을 들었다.

다른 사내도 놀라서 칼을 거두었다. 료마의 이름은 알고 있다. 바보 녀석들은 깍듯이 절을 한 다음 우물우물하며 달아나고 말았다.

"가르침 고마웠습니다."

이튿날 아침 료마는 오케 거리 지바댁을 나와, 새벽길을 걸어서 아카사카 히카와(氷川)의 가쓰 린타로 저택을 방문했다.

"오, 료마군."

가쓰는 서재로 맞아들였다.

이 무렵 가쓰는 군함 감독관을 겸하여 '해륙방비(海陸防備)'라는 새로운 직책을 맡고 있었다. 일본의 방위 체제의 기획 책임자라고 할 수 있는 직책이다.

——가쓰는 온몸이 두뇌와 같은 사내이다.

누군가 그렇게 말했지만 확실히 막부 말기의 정국(政局)을 움직인 최대의 두뇌였다. 유신사(維新史)를 료마, 사이고 다카모리, 가쓰라 고고로 같은 행동가의 '행동'만을 추적함으로써 이해하려고 하는 것은 잘못이다.

거기에는 항상 가쓰의 두뇌가 존재하고 있었다. 이 두뇌는 기묘한 방석에 앉아 있다는 점에서 찬란한 활동을 보였다. 기묘한 방석이란, 가쓰 자신이 막부의 가신이면서도 막부의 이해관계를 떠나 한 계단 높은 일본이란 입장에서 모든 것을 생각한 것을 말한다. 이러한 입장을 취한 두뇌는 막부는 물론 교토의 공경이나 사쓰마, 조슈의 지사에게도 당시에는 없었다.

이 두뇌는 편견적인 입장을 갖지 않았기 때문에, 료마뿐만 아니라 사쓰마의 사이고 등도 가쓰의 의견을 주의 깊게 들었고, 일본을 둘러싼 국제 환경에 대한 사이고의 이해는 그 대부분을 가쓰로부터 얻었다고 해도 좋았다.

더구나 이 두뇌는 학자의 두뇌뿐만 아니라 행동력을 가지고 있었다.

이를테면 가쓰는 마흔 한 살인 이해에 정월부터 가을에 걸쳐 에도, 오사카 사이를 군함으로 세 번이나 왕복했다.

"또 가게 되었어."

가쓰는 료마에게 말했다. 금년에 들어와 이것으로 네 번째의 오사카행인 셈이다.

"집정관 사카이님을 태우고 가는 거야. 2, 3일 중에 시나가와를 출범할 예정일세. 뭣하면 자네도 그 배로 돌아가는 게 좋겠지. 배는 쥰도마루야."

"그렇게 할까요."

"하긴 에도에 오자마자 돌아간다는 것도 안됐군그래. 나한테 볼일 말고 달리 볼일은 없나?"

"없을 것 같군요."

"남의 말 하듯이 하는군. 지바 주타로에게 다 들었어. 그 집의 사나코가 자네에게 몹시 애를 태운다고 하더군."

"놀랐습니다. 정말입니까?"

"료마, 능청떨면 못써."

"그렇지 않습니다. 애를 태우는 것은 이쪽이고 저쪽은 버들가지에 바람이지요."

"그럼, 운을 떼보는 것이 어때?"

"딱한 말씀을 하시는군요. 상대는 뭐니뭐니해도 스승님의 따님입니다. 가령 가쓰 선생님의 따님에게 제가 그 따위 소리를 한다면 선생님은 난처하시겠죠?"

"물론이지. 자네처럼 이 세상을 바람같이 뛰어다니고 있는 녀석에게 귀여운 딸을 줄 수가 있나."

"뛰어다니는 것은 피차 마찬가지입니다."

료마는 쓴웃음을 지었다.

료마는 그날 여러 가지 보고를 했다.

오사카에서는 가쓰의 소개장을 갖고 오사카 치안관 마쓰다이라 노부도시를 만나, 외국 함대가 만일 오사카 만에 쳐들어 왔을 때의 방위 문제를 논의했던 일.

──그때야말로 고베의 해군학교가 방어전에 큰 도움이 될 것이다. 그러므로 이 육성에 후원을 아끼지 말아 달라──고 말했던 일.

이 건의를 경청한 마쓰다이라도 "치안관으로서 권한이 있는 한 응원하겠다"고 대답했던 일.

그리고 오사카의 에치젠(越前) 번저에 동 번사 미오카 사부로(三岡三郎), 동 번 고문격인 요코이 쇼난(橫井小楠)이 와 있었으므로, 해운 무역회사를 만들겠다는 취지의 구상을 말했던 일.

가쓰는 끄덕이면서 듣고 있다.

"요컨대 군함과 기선이지요. 이것이 없으면 해군학교의 보람도 없지만 해운 무역회사도 할 수 없습니다."

"그야 그렇지."

"우선 한 척이라도."

료마는 손가락을 하나 세웠다.

그는 한 척만이라도 있으면 학생에게 실습을 시키는 한편 장사도 할 수 있다는 구상이다.

주식(물론 그런 말은 아직 없었지만)도 여러 영주로부터 모집하여 '회사'는 자립할 수 있게 된다. 장사가 순조롭게 되면 막부에서 빌리는 배의 사용료도 치를 수 있게 되고 새로운 배도 자꾸 사들일 수 있게 되리라.

그 자본으로 한 척이라도 마련해 달라는 것이 막부에 대한 료마의 간청이었다.

"꽤 설득은 하고 있어. 간코마루, 고쿠료마루를 교섭중이야. 어쨌든 간에 이번 항해에는 집정관을 태우고 가니까 배 안에서 충분히 교섭해 보세."

"저는 누구를 만나 볼까요? 누구라도 찾아가겠습니다."

"핫핫, 찾아갈 테지, 자네라면. 그렇군, 자네는 이 에도에 있을 동안 오쿠보를 만나 취지를 말해 두게. 오쿠보에겐 료마가 만나러 간다고 말해 두겠네. 오쿠보는 자네가 마음에 든 모양이니 이야기를 하기 쉬울 거야."

오쿠보 타다히로(大久保忠寬).

이 오쿠보란 성은 그 족보 속에 오쿠보 히코사에몬(大久保彦左衛門)의 이름이 있는 것만 봐도 알 수 있듯이 막부 가신 중에서도 명문의 하나로, 그 본가에는 오다와라(小田原)의 영주인 오쿠보가 있다. 하나 타다히로의 오쿠보 집안은 그 먼 분가의 또 분가인 집안이기 때문에 말석에 속하는 직속 무사였다.

가쓰와 마찬가지로 말석 직속 무사의 가문에 태어나 중요한 지위를 차지하게 된 것은 타다히로의 학문이 뛰어났기 때문이다.

즉 양학파(洋學派)의 한 사람이다. 더구나 양학을 손아래인 가쓰에게서 배웠던 만큼 가쓰의 제자라고도 할 수 있다.

경력은 양서 취급소(洋書取扱所) 소장, 스루가(駿河) 행정관, 교토 치안관, 장군 비서관, 외국 감독관, 퇴직.

은퇴하여 호를 이치오(一翁)라 한다. 그러나 그해에 다시 등용되어 장군 고문(유신 뒤, 그는 신정부에 등용되어 도쿄 부지사, 원로원 의관 등을 역임하고 만년에 자작이 되었다.).

그 이튿날 오후 일찍 료마가 외출하려고 현관을 나서는데, 사나코도 외출 준비를 갖추고 현관 옆방에 앉아 있었다.

"아, 안녕하십니까."

료마는 칼을 허리띠에 꽂으면서 말을 걸었다.

"여전히 아름다운 모습이라 반갑습니다."

"참, 이상한 인사법이네요. 그것보다도 사카모토님은 오쿠보 이치오 댁에 가시는 거죠?"

"그렇습니다."

"사나코가 길 안내를 해드리겠어요."

훌쩍 현관으로 나와서 조리(草履)를 신었다. 끈이 빡빡한 모양인지 오른발을 비틀고 있다.

"예? 여자를 데리고 가야만 합니까?"

"험악한 세상이라 호위를 해드리는 거죠."

"사나코님이?"

"네."

문을 나섰다.

사나코는 오쿠보를 알고 있다. 젊었을 때 막부 가신으로서는 드물게도 호쿠신일도류를 배운 사내이다. 아버지 데이키치가 간다의 사범 대리였을 때의 일이었다.

물론 사나코는 아직도 어린애였을 무렵이라 그때의 오쿠보를 기억하지 못한다.

그러나 오쿠보는 고지식한 사내로서 데이키치의 형 슈사쿠(周作)의 제삿날에는 반드시 찾아 준다. 그러므로 잘 알고 있는 것이다.

"재미있는 분이에요. 종오품(從五品)이 되고 나서부터 시마노가미(志摩守), 우콘노쇼겐(右近將監), 엣추노가미 등 몇 번씩이나 관명(官名)이 달라지셨는데, 그때마다 사나코 아가씨, 이번에는 시마노가미라고 불러요, 이번에는 쇼겐님, 이번에는 엣추님이오, 하고 일일이 자신의 호칭을 가르쳐 주시며, 관리란 성내에서 차 심부름꾼에게 이렇게 불리면 오싹할 만큼 기뻐지니 참 별것도 아니더군, 하고 말씀했지요."

평소엔 사나코도 말이 없는 아가씨지만, 료마가 오면 넘쳐흐르듯 마구 지껄여 댄다. 정말 이상한 일이다.

"입 다물고 잠자코 걸어요."

료마는 생각에 잠겨 있다.

"실례예요."

사나코는 토라졌다.

료마는 상대도 않고 팔짱을 낀 채 터벅터벅 걷고 있다.

"뭣을 생각하고 계세요?"

"시끄럽군, 군함에 대해서요."

한 척의 군함만 손에 들어온다면 그것을 불리어 두 척, 세 척으로 늘이고 끝에 가선 막부를 쓰러뜨리려고 마음먹고 있다. 그 군함을 막부에서 끌어내려는 것인 만큼, 료마는 역시 기요가와 하치로를 닮은 마술사 같은 데가 있다.

이윽고 오쿠보 저택에 이르렀다.

사나코는 심부름으로 왔던 곳이라 집 구조는 잘 알고 있다. 일부러 현관으로 들어가지 않고 우선 부인에게 인사하려고 부엌 쪽으로 돌아갔다.

료마는 현관으로 들어섰다.

객실에 안내되었다.

별로 기다릴 사이도 없이 오쿠보 이치오가 나왔다.

"군함 관계 때문이시죠. 가쓰님에게서 들었습니다."

오쿠보는 정중하게 말했다.

표고버섯이 활짝 편 듯한 얼굴이다. 이마가 넓고 콧날이 오똑하며 턱은 주걱턱이었는데, 이러한 얼굴은 요코하마에 가면 서양 사람에게 흔히 있다. 가쓰도 서양 사람을 닮았는데 양학을 하게 되면 얼굴까지 닮는 것일까?

이즈음 막부는 3백 년의 문벌주의를 다소 완화하여 지위가 낮은 직속무사의 수재를 속속 발탁하고 있다. 가쓰, 오쿠보, 그리고 에노모토 가마지로(榎本釜次郎 : 나중에 武揚) 등이 그러한데, 태평시대라면 샤미센이라도 배우며 앉아 있을 수밖에 없었다. 당하관(堂下官)의 자식들도 마찬가지였다. 하긴 그러한 이례적 출세를 하는 것은 양학 관계에 한정되어 있다. 해군, 육군, 외국 상대와 같은 새로운 관청에는 문벌의 그럴싸한 이름만으로는 되지 않기 때문이다.

말기의 막부를 움직인 사람은 이러한 신관료(新官僚)라고 할 수재들이었다.

"간코, 고쿠료 두 척이라고 확인할 수는 없습니다만, 어느 쪽이고 하나는 어떻게 될 것 같습니다. 장군님에게는 내가 말한 바 있고 각료들에게는 가쓰님이 건의하고 있는 모양입니다. 나머지는 해군 계통에서 좋다고 하면 그걸로 끝나는 거지요. 아무튼 관청 일이라 사카모토님이 생각하는 것처럼 순조롭지는 않습니다."

"그런데 학생은 있어도 막상 필요한 연습선이 없기 때문에, 기운이 남아돌아 매일 씨름이나 싸움만 하고 있습니다. 교토에 변란이라도 생기면 이 녀석들이 우리에서 뛰쳐나갈지도 모르지요."

오쿠보는 "그렇다면 해산해라"라고 말하지는 않는다. 단순한 관료가 아니라 식견을 지닌 관료인 것이다. 막부는 어떻게 되든 상선학교 비슷한 시설이 국가적으로 필요하리라 여기고 있었다.

"글쎄, 그렇게 서둘지는 마시고. 그런 폭발을 방지하는 것이 사카모토님의 장기가 아닙니까?"

교묘하게 추켜세운다.

"군함의 직접 관리는 함장이 하고 있어요. 그자들이 여간 콧대가 센 것이 아니어서 좀체 배를 내놓으려 하지 않거든요."

"해군 통제관이신 가쓰 선생의 힘으로도 안 됩니까?"

"가쓰님이라는 분은 윗사람에게도 아랫사람에게도 환영을 못 받는 사람이라서……"

그러고는 히죽 웃었다.

가쓰는 신랄한 비평가인지라 각료의 감정도 좋지 않고 해군의 후배인 현장 패거리들에게도 평판이 나쁘다. 가쓰는 평소에 말을 시작했다 하면 비꼬는 것이 일쑤이고, 들어보란 듯이 험구도 예사로 하므로 당한 사람들은 모두 앙심을 품게 된다. 가쓰 같은 만능선수도 단 한 가지, 남의 감정에 둔감하다는 결점이 있었다.

"남의 감정이란 아무래도 좋다, 고 하는 게 그 분의 주의니까요."

그러므로 일이 순조롭지 못하다.

"하긴 윗사람, 동료의 눈치를 너무 살피는 게 3백 년 동안의 막부 관리들의 악폐(惡弊)였지요. 눈치만 너무 봐도 일을 할 수 없지만, 가쓰님 같은 식도 좀 곤란해."

"술이 좀 있어요."

오쿠보는 자리에서 일어나려는 료마를 만류하며 아내에게 준비를 시켰다.

안쪽에서 오쿠보의 아내가 부탁하는 목소리가 들렸다.

"사나코님, 술 좀 데워 주세요."

이윽고 준비가 되었다.

안주는 아와(安房)에서 선물로 보내왔다는 생선묵 꽂이가 하나, 그리고 날두부가 한 접시 있을 뿐이다.

"자, 한잔."

오쿠보는 료마에게 권했다. 료마는 술잔을 받았다.

세상은 변했다. 막부 전성기라면 직할 무사가 영주들의 가신과 대작(對酌)한다는 것은 생각도 못할 일이다.

하물며 오쿠보는 엣추노가미라 칭하며 총감찰관까지 역임한 신분이다. 도사 번의, 그것도 향사의 차남인 료마 따위는 가까이서 말 상대도 할 수 없는 것이다.

"어제 성아래거리에서 들은 이야긴데 도사 번에선 근왕파를 탄압할 모양이더군."

"예?"

료마보다 오쿠보 쪽이 잘 알고 있다.

"사카모토님, 다케치 한페이타라는 인물과 교제가 있었습니까?"

"있다뿐입니까. 친구입니다. 도사 번으로선 분수에 넘칠 만한 인물이지요."

"그 다케치도 투옥 당했다더군요."

"……"

료마는 술잔을 놓았다.

"정말입니까?"

"나도 잘은 모르겠소. 성내의 소문에 지나지 않으니까. 사카모토님도 조심하십시오."

'이것, 막부 관리로부터 충고를 받다니 걱정없군.'

료마는 우스웠다.

료마가 우습다고 느낀 데는 설명이 필요하다.

사쓰마, 조슈, 도사, 이들 셋은 저마다 천하를 짊어질 번이라 자부하고 있다. 그러면서도 이 세 번은 다같이 자기 번 운용에는 무섭도록 보수적이었다. 특히 사쓰마, 도사는 그 완고한 신분 제도를 개혁하려 하지 않고, 주군을 배알할 수 있는 신분이하의 사람은 아무리 우수해도 번정(藩政)에 참가시키려 하지 않는다.

이 세 고을 번사가 원수처럼 여기고 있는 막부 편이 오히려 진보된 면이 많다. 이를테면 가문은 장군을 배알할 수 없는 신분인 가쓰, 오쿠보 같은 인물을 속속 발탁하고 있는 것이다.

"다케치는 막부 가신으로 태어났으면 천하를 주무르고 있었겠지요. 도사 번은 바보입니다. 다케치의 미련한 점은 그러한 도사 번을 깨끗이 끊어 버리지 못한 점입니다. 동지들은 번에 실망하고 속속 고향을 등졌지만, 다케치는 남아 있었습니다. 끝까지 번론을 통일하여 24만 석 전체의 힘을 뭉쳐 천하 대사를 도모하겠다는 이상주의를 택했지요."

료마는 흥분하기 시작했다.

오쿠보는 조용히 미소 짓고 있다.

"투옥은 너무해."

료마는 일어났다. 술잔이 떨어져 료마의 옷자락을 적셨다.

"그만 실례하겠습니다. 잠깐 가지바시의 번저로 가서 형편을 듣겠습니다."

료마는 사나코를 오쿠보 댁에 남겨둔 채 가지바시의 번저로 달려갔다.

저택에 들어서자마자 만나는 번사마다 물었다.

"다케치의 소식을 알고 있나?"

"모르겠는걸."

모두 이상한 표정을 지었다.

다행히 중신 후쿠오카 구나이가 저택에 있었다. 다즈의 오라버니다. 그리고 료마의 사카모토 집안은 중신 후쿠오카의 지배 아래 있는 향사였으므로 조상대대로 이른바 주종(主從) 관계다.

후쿠오카의 사무실로 들어가 같은 질문을 던졌다.

후쿠오카는 평범한 얼굴에 광대뼈가 나온 사내로 마음도 악하다. 성격이나 재치나 용모나, 이것이 다즈의 오빠일까 의심스러울 만큼 닮지 않았다.

"고향에서 파발군이 오지 않아 잘 모르겠군. 다케치 따위의 일보다 료마, 자기 자신의 걱정이나 하는 게 어때?"

"예?"

료마는 웃었다.

"저도 잡아갈 건가요?"

"그 상태로 뛰어다닌다면 언젠가는 노공의 꾸지람을 받을 거다. 형 곤페이가 나한테 편지를 보내왔는데, 료마를 잘 부탁한다고 했어. 그런데 그대는 날 찾아오지도 않는다. 감독할래야 할 도리가 없지."

료마가 말한다.

"후쿠오카님에게 감독을 받으면 천하대사는 다 글렀지요."

"말은 잘하는군."

후쿠오카는 쓴웃음을 지었다.

"다시 묻겠습니다만, 다케치에 대해선 조금도 모르십니까?"

"몰라, 다케치 일보다 나는 다즈 일이 걱정이야."

통이 작은 사나이다.

다즈의 주인 산조 사네토미는 과격한 사상 때문에 조정에서 쫓겨나 조슈로 망명했다. 이른바 칠경(七卿)의 우두머리다.

막부 편인 후쿠오카로 본다면 천하의 죄인 같은 느낌이 든다.

다즈는 그 부하다. 더구나 여자이면서도 과격파다. 그 다즈의 존재가 자기 집안에 화를 미치지 않을까 겁내고 있는 모양이다.

"료마, 세상의 변천이란 알 수 없는 거야. 작년(분큐 2년)부터 금년에 걸쳐 그토록 일본 천하가 근왕파로 기울어지더니 다시 막부의 세상이 되었지."

"또 바뀝니다. 세상의 일이란 30년마다 바뀌지요. 지금은 세상이 들끓고 있기 때문에 2, 3년마다 바뀔 것입니다. 그런데 다즈 아가씨는 산조님이 조슈로 낙향을 하셨으니, 이제는 고향에 돌아와 계시겠군요."

"돌아오질 않았어, 그 바보는…… 남은 가족들 시중을 든다면서 말이야. 정말 골치 아픈 일이다, 료마."

료마는 번저를 나왔다.

마치 후쿠오카의 넋두리를 들으러 간 셈이었다.

오쿠보 댁에서는 사나코가 주인 내외에게 붙들려 료마를 기다리고 있었다.

"료마는 틀림없이 이리로 돌아올 거야."

오쿠보 이치오는 자신 있게 단언하는 것이었다.

"그러니까 가지 말고 기다려요."

이렇게 말했다. 사나코는 그렇게 생각하지 않았다. 료마는 도사 저택으로 다케치의 소식을 알아보러 갔다. 번저와 지바 댁은 멀지 않으니까 그대로 오케 거리에 돌아갔을 것만 같다.

"사나코님, 사카모토님은 꼭 이리로 돌아오실 거예요."

오쿠보 부인도 웃음을 머금고 그런 말을 하고 있다.

"하지만 그렇게 별난 사람이니 벌써 잊어버리고 어디로 가버리지나 않았을까요?"

"그렇지는 않을 거야."

오쿠보는 싱글싱글 웃고 있다.

"어떻게 아십니까?"

"앗하하……가쓰님에게서 들었지. 료마는 아가씨를 좋아한대."

"어머!"

사나코는 빨개졌다.

"아니에요."

"그렇게 변명하지 않아도 좋아. 이것이 하인들이라면 내기라도 할 판이지. 료마는 나에 대한 볼일은 그걸로 끝나 버렸어. 그러나 아가씨가 이곳에 남아 있는 이상, 돌아갈 일이 걱정이지. 이제 머지않아 해가 저문다. 데리고 돌아가야지, 하고 궁리하고 있을 거야. 이 추측이 빗나간다면 팔 때리기 내기를 해도 좋지."

오쿠보는 자기 손목을 때려 보였다.

"싫어요, 그런 내기는."

사나코는 급히 자리를 고쳐 앉았다.

"돌아가겠어요."

"아니, 료마가 실망해."

"이제 그런 말씀, 그만두세요."

사나코는 정말 화가 나는지 오쿠보를 흘겨보았다.

쫓기듯 현관을 나섰다.

"누구를 딸려 보낼까?"

오쿠보는 말해 주었으나, 사나코는 거절했다. 문을 나왔다.

해가 떨어져 거리가 불그레해지고 있다. 오쿠보 댁의 옆이 직속 무사 저택, 그 맞은편에 호소가와 저택.

담이 길다. 거리를 지나는 사람의 그림자가 땅거미에 싸이기 시작한다.

그 저녁 어스름 속의 그림자 하나가 료마였다.

"어머, 돌아오셨어요?"

사나코는 놀라움과 기쁨으로 그만 목소리가 켜졌다.

"응, 다짐을 받으러 돌아왔지. 잠깐 기다려줘요."

무뚝뚝한 얼굴로 지나치더니 료마는 오쿠보 댁으로 들어가 현관에서 큰 소리로 외쳤다.

"부탁하겠습니다, 군함 문제!"

오쿠보가 현관까지 나왔을 때, 료마는 사나코와 나란히 걸어가고 있었다.
료마는 성큼성큼 걸었다.

사나코는 옷자락이 감겨 도저히 료마처럼 걸을 수가 없다.

"무엇을 생각하고 계셔요?"

사나코는 쇼텐(聖天) 신사 옆을 꼬부라질 때 작은 소리로 물었다. 료마는
못 들었는지 사나코의 발밑으로 초롱불을 비쳐 주었다.

"아 실례, 어둡지요?"

"아아뇨, 괜찮아요."

확, 하고 바람이 덩어리로 불어 닥쳐왔다. 등불이 꺼졌다. 왼편 쇼텐의 숲
이 술렁거린다.

별이 별안간 반짝이기 시작한 것처럼 생각되었다. 료마는 멍청하니 그 별
의 하나를 우러러보며 매우 얼빠진 소리를 했다.

"꺼졌군."

말을 하며 또 고향의 다케치 일을 생각하고 있다.

'참, 할 수 없는 사람이야.'

사나코는 초롱을 안고 웅크렸다.

"부싯돌과 부싯깃을 갖고 계세요?"

"없는데."

"준비성이 없군요."

"그런 것을 소중히 갖고 다니는 녀석의 마음을 알 수 없어. 몸조심만 하면
서 사는 놈이 제일 싫더라."

"그런 걸 묻지 않았어요. 부싯돌을 갖고 계신가 여쭈었을 뿐이에요."

"그랬던가."

료마는 품안을 더듬었다. 가슴털이 나 있을 뿐 원래 갖고 다닌 일이 없는
부싯돌이 있을 턱이 없다.

"없지요?"

"그런 것 같아."

"할 수 없네요. 내 품안에 지갑이 있어요. 그 속에 들어 있으니 꺼내 주시
지 않겠어요?"

"조심성 있는 사람이군."

료마는 사나코의 품안에 손을 넣었다. 이상하게 따뜻했다.

"남의 품안에 손을 넣어 보긴 처음이지만 이상하군. 다른 세상에 길을 잃고 들어간 느낌이야."

뭐라고 중얼거리고 있다.

이윽고 부싯돌을 꺼내어 부싯깃 끝을 입에 물었다.

탁!

부싯돌을 쳤다. 부싯깃 황에 찍, 하고 붙었으나 바람으로 곧 꺼졌다.

"옷소매로 막아드리겠어요. 이 속에서 하시면?"

사나코는 초롱을 놓고 소매로 바람막이를 만들어 보였다.

료마는 그 속에 얼굴을 들이밀고 옷소매의 바람막이 안에서

탁!

부싯돌을 쳤다.

불이 붙었다.

"야, 붙었다, 붙었다!"

"당연하지요, 빨리 초에 옮겨 붙이지 않으면 꺼져요."

사나코는 화가 나 있다. 왜 자기가 료마에게 화를 내고 있는지 잘 모른다.

사나코는 무언가 기대하고 있었다.

어긋났다.

에도에서 료마는 쓰키지의 해군 조련소로 찾아가 교관 패들과도 만났다.

사사쿠라 기리타로(佐佐倉桐太郎), 스즈후지 유지로(鈴藤勇次郎), 히다 하마고로(肥田濱五郎), 하마구치 고에몬(濱口興右衞門), 마쓰오카 반키치(松岡盤吉), 야마모토 긴지로(山本金次郎), 반 데쓰로(伴鐵郎) 등 하나같이 막부 해군 창설 때부터의 유명한 장교들이다.

모두 료마에게 호감을 갖고 있었다.

하긴 료마에 대한 이해 정도는

──해군에 미친 이상스런 사내.

그런 정도의 것이었으리라.

"사카모토님, 고베 쪽은 어떻습니까?"

장교들이 물었다.

"배의 대여(貸輿)가 순조롭지 못해서 모두 땅위에서 헤엄치는 격이죠. 그

런 짓을 했자 아무 소용도 없습니다. 간코마루나 고꾸료마루를 빌려 줍시사 하고 막부에 부탁은 드렸습니다만, 여러분도 응원해 주십시오."

그러면서 현장 패들의 감정을 그렇게 만들려고 부지런히 노력하고 있다. 수많은 '근왕 지사' 들 중 쓰키지에 나타나서 이런 짓을 하고 있는 것은 료마뿐이었다.

"협력하고말고요."

모두들 농담인 셈으로 웃고 있다.

이윽고 에도를 떠나기 전날 료마는 밤늦게 지바 댁에 돌아왔다.

"자, 자, 주타로형에게도 신세가 많았어. 내일은 날도 밝기 전에 군함이 시나가와로 떠난다니까, 오늘밤은 잘 수 없어. 밤중에 작별해야겠어."

"참 수선스럽군. 역시 군함으로 돌아가는 건가?"

주타로는 시무룩했다.

"할 수 없지. 군함으로 가면 오사카까지 이틀이나 사흘이면 갈 수 있으니까. 이번 길에는 주타로형과 조용히 앉아 이야기할 틈도 없어서 미안해."

도사 사투리로 사과했다.

"료마형, 한잔 하지, 여행 축하로."

주타로는 아내 오야스에게 이르기 위해 부엌으로 갔다.

남은 것은 사나코 혼자다.

"몇 시에 떠나세요?"

"자정쯤일까."

앞으로 세 시간도 안 된다.

"다음엔 언제 에도로 와 주시겠어요?"

"글쎄, 언제쯤 될까요?"

사나코의 마음을 알고 있으니만큼 료마는 일부러 시치미를 떼며 말했다.

"아직도 배를 빌리는 문제가 해결되지 않았으니까 머지않아 오게 되겠지요."

"금년 안에?"

"글쎄."

료마가 끄덕였을 때, 사나코는 재빨리 료마의 새끼손가락에 자기의 새끼손가락을 걸었다.

"그때 사나코는 용기를 내어 드릴 말씀이 있어요. 각오하고 계시겠죠?"

사나코는 웃는 얼굴로 얼버무렸지만 혼자 결심하고 있다. 자기 쪽에서 분명히 사랑을 고백할 작정이었다.

료마는 사나코를 보지 않는다. 자기 하카마의 허리끈을 보고 있다. 풀려 있는 것이다.
추슬러 올려 졸라매면서 말했다.
"무슨 각오 말씀입니까?"
그렇게 말한 다음 얼른 입을 다물었다.
사나코의 눈에 눈물이 그득 고여 있다.
'이건 안 되겠는걸.'
료마는 달아나듯이 복도로 나갔다.
"변소에 가려는가?"
주타로가 부엌에서 돌아와 말하면서 료마의 하카마를 보았다.
"아니야, 하카마가 흘러내렸어. 여기서 졸라매려고 하던 참이야."
"아하하하, 손재주도 없는 사람이로군. 사나코, 매드려라."
주타로는 사나코를 재촉했다.
사나코는 마루에 두 무릎을 꿇고 반쯤 일어난 자세로 료마의 손에서 하카마의 끈을 뺏으려고 했다.
료마는 난처한 표정을 짓고 있다.
"그 끈을 내놓으시라니까요."
끈을 내주자 사나코는 하카마를 재빨리 벗기고 휙 마루 구석에 버렸다.
"아니, 하카마를 훔칠 작정입니까?"
"저런 더러운 하카마를 누가 탐내겠어요?"
사나코는 몸을 돌이켜 마루 모퉁이로 사라지더니 이윽고 새 하카마를 갖고 왔다.
"자, 다리를, 이쪽이에요, 드세요."
아무래도 화가 단단히 난 모양이다.
"이것은 누구 하카마입니까?"
"내가 꿰매 둔 것이에요. 사카모토님에게 드리려고 했는데, 너무나 무뚝뚝한 사람이라 그만 둘까 하고도 생각했어요."
"사나코, 실례가 아니냐?"

오라버니 주타로가 아무것도 모르고 엄한 얼굴로 나무랐다.

사나코는 상관하지 않고 꽉꽉 허리끈을 졸라매 주고 있다.

"아이, 숨 차. 좀 더 느슨하게 해주시지 않겠소."

"원래 헐렁한 분이니까요."

졸라매고, 배꼽 근처에서 열십자의 매듭을 만들어 주었다.

료마가 객실로 돌아오자 오야스가 팥밥과 술잔을 날아왔다.

"언니, 미안해요——"

사나코는 그것들을 오야스 손에서 받아 잰 손길로 늘어놓았다.

과연 검술의 면허를 딴 보람이 있는 듯, 손의 움직임이 절도가 있고 게다가 춤추는 손길처럼 아름답다.

술병을 들었다.

"받으세요."

료마는 빨간 칠을 한 큰 잔으로 받았다.

이어서 주타로의 잔에도 술을 채웠다.

두 사람은 목례를 나누며 동시에 잔을 비웠다.

"이번엔 언제쯤——"

"에도 말인가? 금년 안에 또 오겠어."

료마는 사나코를 보았다.

등잔 그늘 탓인지 사나코의 눈이 반짝반짝 빛나고 있다.

참풍(慘風)

　료마가 막부 군함으로 오사카 덴포 산 앞바다에 닿은 것은 분큐 3년 9월 그믐이다.

　대사건이 기다리고 있었다.

　한 가지는 고향 고치에서 다케치 한페이타가 투옥된 일. 또 한 가지는 야마토 히라노(平野)에서 군사를 일으킨 요시무라 도라타로 등이 여러 번의 군병에게 포위되어 분전한 끝에 그 대부분이 죽었다는 것이다. 료마는 이 소식을 고베의 해군학교에서 듣자 칼을 들고 뜰로 뛰어나갔다.

　'마침내 일어났구나.'

　료마는 정원의 어린 소나무 가지를 한칼로 베어 버리고 나서 칼을 늘어뜨린 채 멍청하게 서 있었다.

　탄압시대가 왔다.

　"사카모토님, 그 칼을 어떻게 하시겠습니까?"

　무쓰 요노스케가 웃으며 말했다.

　"어떻게 하긴."

　칼을 칼집에 꽂았다.

자기에게는 자기의 길이 있다. 참는 것이야말로 남자이리라 생각했다.

그러나 너무 비참하다, 도사 근왕파의 운명이. 료마는 가슴이 지글지글 끓었으나 어쩔 도리가 없었다.

털썩 주저앉고 말았다.

"가마니라도 가져올까요? 거기 흙은 젖어 있습니다."

"왜 젖어 있나?"

"제가 아까 오줌을 누었지요."

"이런 곳에서 소변을 보면 안돼."

료마는 그렇게 말을 했을 뿐 일어나려 하지 않는다.

"무쓰군, 자네는 기슈 사람이라 침착하게 그런 태도로 있을 수 있군."

"소변을 말입니까?"

"아냐, 도사의 인간들이 말이다."

료마는 단편적으로 말했을 뿐이라 무쓰는 그 의미를 잘 몰랐다.

그날 밤 무쓰는 학교의 도사 출신이 이야기를 하는 사이, 낮에 료마의 흉중에 오락가락하고 있던 비통한 감정이 비로소 이해되었다.

무쓰가 들은 바에 의하면 도사 번은 옛날부터 상하(上下) 둘로 분열돼 있다고 한다.

상급자와 향사의 반목이 심한데, 단순히 계급적 반목뿐만이 아니라 종족(種族)적인 반목인 모양이다. 이 점 료마의 말대로 타향 사람으로서는 모르는 혈통적인 문제다.

상급 무사는 번의 시조 야마노우치 가즈도요(山內一豊)가 세키가하라에서의 공훈으로, 가케가와(掛川)의 작은 영주에서 일약 도사의 진영토를 받았을 때 데리고 온 무사들의 자손이다.

향사의 대부분은 세키가하라 싸움으로 멸망한 조소카베 집안의 가신들이었다.

향사는 상급 무사로부터 하급무사 경격(輕格)이라고 불리며, 상급 무사에게는 하급 무사가 무례한 짓을 했을 경우 베어 버려도 무방하다는 특권이 있다.

도사 번의 복잡성은 이 향사들의 태반이 근왕파가 되고 말았다는 데 있다. 상급 무사는 막부편이어서 막부 말기에 와서는 사상적 대립으로 변했다.

다케치의 투옥은 상급 무사들의 책략에 의한 것이라고 할 수도 있다.

향사들은 번의 냉혹하고 완고한 처사에 견디다 못해 차례차례로 탈번하여 근왕 운동에 투신했으며, 이번 야마토에서 여러 번의 군병을 맞아 전멸하다시피 된 덴추조의 도사 낭사 열 일곱 명도, 관점을 달리한다면 상급 무사가 그들을 죽음으로 몰아넣었다고도 할 수 있다.

료마가 달려 나가 소나무 가지를 벤 것은 도사 번의 수뇌부에 대한 노여움이 폭발한 것이라고, 무쓰는 생각했다.

'도사의 노공' 야마노우치 요도는 이해 3월, 영지에 돌아오자 다시 권력의 자리에 앉아 번의 진용을 확 바꾸어 놓았다.

요시다 도요 암살 뒤 크게 세력을 떨친 다케치의 쿠데타 내각은 이때 무너지고 말았다.

요도는 구 요시다 파의 인물을 등용하고 이 기회에 근왕파의 뿌리를 뽑아 버리려고 했다. 그 탄압 정책의 하나로 이미 히라이 슈지로, 마사키 데쓰마 등이 할복을 당했었다.

그 할복은 6월 8일.

하지만 총수 다케치 한페이타는 그 뒤 석 달 남짓이나 체포되는 일 없이 매일 등성하고 있었다.

──죽음은 각오한 바이다.

그러고 태연했던 모양이다.

요도 역시 도요 암살의 배후 인물이 다케치임을 알고 있으면서도 손을 대지 못하고 있었다. 증거가 없는데 다케치를 포박한다면 향사와 하급 무사들의 동요가 걷잡을 수 없을 것이라고 보았을 것이다.

다케치는 등성하여 자기의 반대파인 중신을 만나 자기 주장을 말했고, 때로는 요도를 만나 당당하게 천하대세를 논했다.

다케치의 주장은 요컨대 막부의 부정(否定)이다. 도사 번은 사쓰마, 조슈와 더불어 조정을 받들고 일어나라는 것이었다.

요도는 다르다. 막부가 있음으로써 조정도 있다는 것이었다. 혁명을 원하지 않는 근왕론(勤王論)이었다. 귀족의 입장이라 현행 질서의 전복 따위는 상상할 수 없는 것이었으리라.

요도는 교활하다.

다케치를 배척하면서도 그를 버리지 않는 것은 교토의 정세가 조슈 번에 유리하고 과격론이 우세한 감이 있었기 때문이다. 즉 다케치와 같은 의견이 교토 정계의 주도적 입장에 있었기 때문이다. 다케치를 살려 두는 한 그 과격 세력과도 잘 협조할 수 있다.

그 증거로 교토에서의 조슈 번 세력이 최고로 올랐을 때인 지난 7월 29일, 다케치를 특별히 부른 일이 있었다.

"오랜만에 그대의 의견을 듣고 싶었어."

요도는 기분이 좋았다고 한다.

다케치는 다다미를 칠 듯이 열변을 토했다. 인재를 등용하라는 것. 문벌을 타파하라는 것. 제후를 앞질러 교토 조정에 충성을 바치라는 것.

여느 때라면 자기주장이 강한 요도가 일일이 반박하든가 트집을 잡든가 했을 텐데, 뜻밖에도 시종일관 끄덕이고 있었다. 오전 10시부터 오후 2시까지의 대면이었다니 상당히 긴 시간이다.

다케치는 기록하고 있다.

──온갖 종류의 이야기가 나왔으나 반론은 하나도 없었다. 이 정도라면 근왕양이 운동에 있어 이미 도사 번은 걱정할 것이 없다 생각되어 안심하고 물러났다.

이것이 최후의 대면이다.

그 직후 교토에서 조슈 세력이 쫓겨났다는 소식이 도사에 알려지자, 요도는 손바닥을 뒤집듯이 다케치 이하 근왕파의 체포 투옥을 감행했던 것이다.

요도가 명령을 내려 다케치 한페이타를 비롯한 도사 근왕파의 간부를 일제히 체포한 것은 분큐 3년 9월 20일.

"그 녀석들 말인데."

그 전날 밤 중신들을 비밀히 불러 요도는 차별적인 감정을 풍기며 말했다.

"두목들이 체포된 것을 듣고 성아래거리의 향사 녀석들이 무슨 소란을 피울지도 모른다. 노상에서 구출 소동을 벌일지도 모르지. 만일을 경계하기 위해 상급 무사들은 각각 조장의 집에 모여 있도록."

시가전을 각오했던 것이다.

같은 번사이면서 상급 무사와 향사의 반목이란 이토록이나 철저했다. 요도조차 향사들을 마치 다른 인종 보듯 차별하고 있는 것이다.

그날 아침 다케치는 성아래거리 다부치 신마치(田淵新町)의 자택에서 아

무런 예감도 없이 잠이 깨었다. 덧문을 열고 있으려니까

"아직도 어둡습니다."

아내 도미코(富子)가 부엌에서 말을 했다.

"딴은, 별이 총총하군. 오늘도 날씨가 맑겠는데."

다케치는 기마복을 입고 채찍을 든 채 부엌으로 나가 도미코의 어깨를 토닥거렸다. 다케치가 부엌에 나오는 일이란 일찍이 없었던 일이다.

"군자(君子)는 포주(庖廚)를 멀리한다"는 옛말을 곧잘 인용하며, 음식의 맛이 있고 없고를 일체 말하지 않고 부엌에도 얼굴을 내밀지 않았던 것이다. 그러므로 도미코가 불안해졌을 정도였다.

"음, 날씨가 좋은 것 같으니 오랜만에 말을 조련(調練)하러 가겠소. 우라도(浦戸)의 해변 근처에서 해돋이를 보게 되리라. 물을 한 그릇 주시오."

'겨우 그런 일이었군.'

그렇게 생각하며 도미코는 안심했다.

이윽고 다케치는 마구간에서 말을 끌어내어 잠시 뜰 앞에서 빙빙 돌고 있는가 했더니 이내 달그닥달그닥 말발굽 소리를 울리며 나갔다.

그 무렵, 동지인 시마모토 신지로(島本審次郎) 집의 대문을 누가 요란하게 두들겼다.

시마모토가 손수 나가 보았더니 번청(藩廳)에서의 명령문이 전달되었다. 즉각 출두하라는 것이었다. 왜 번청이 시마모토에게만 출두 명령서를 내렸는지 잘 알 수 없다.

어쨌든 시마모토는 '일제 검거'를 예감했다.

그러나 침착하다.

처자를 자기 방에 불러 놓고 이별의 물 한 잔씩을 나누고 집을 나섰다.

"이것이 최후가 될지도 모른다."

도중 노상에서 동지 오카우치 슌타로(岡內俊太郎)를 만나자 전후 사정을 이야기 하였다.

"이러한 정세이므로 번청은 나에게 할복을 명하리라. 그때는 자네가 목을 쳐주게."

그렇게 부탁한 다음 번청에 곧 가지 않고 남집회소(南集會所)로 갔다.

거기에는 경계중인 상급 무사가 대기하고 있다. 모두 장본인인 시마모토가 나타났으므로 흠칫했던 모양이다.

"오, 여러분들이 모이셨군."

시마모토는 잠시 잡담을 했다. 체포될 사람들을 알아내려고 했던 것이다.

하지만 잘 알 수가 없어서 그길로 다케치의 집으로 달려갔다.

이날 아침은 구름 한 점 없이 활짝 개어 천수각의 흰 벽돌이 눈이 부실 만큼 빛나고 있었다.

시마모토는 뚱뚱하고 명랑한 사내로서 1년 내내 우스갯소리나 하며 지내고 있었는데, 이때만은 앞으로 고꾸라질 듯이 걸음을 빨리 했다.

걸으면서

──침착해라, 침착해라.

큰 소리로 자기에게 타이르고 있다. 길을 걷는 사람들이 모두 돌아다보았다.

다케치 댁의 현관에 서자 도미코 부인이 나왔다. 시마모토는 자기 코앞에 엄지손가락을 하나 세워 보이며 물었다. 도미코는 그것을 보고 웃었다.

"계십니까?"

"말을 훈련시킨다고 새벽 어두울 때 나갔습니다. 곧 돌아오시리라 생각됩니다만."

"그렇습니까. 그럼 옆집에 있을 테니 돌아오시면 말씀을."

황급히 문을 나와 이웃집 시마무라 히사노스케(島村壽之助) 집 문을 두들겼다.

시마무라도 근왕파의 간부다.

작은 문이 열렸다.

뚱뚱한 시마모토는 문안으로 들어가 현관에서 객실까지 가는 동안 시마무라에게 자초지종을 이야기하였다.

"그런데 지금 대장이 말을 타고 나가고 없네. 곧 사람을 보내서 이리로 불러다 주지 않겠나."

시마무라는 곧 사람을 두세 명 달려가게 했다.

이윽고 말발굽 소리가 들려오고 다케치가 돌아왔다.

키가 큰 다케치는 마루 귀틀이 헐거워진 시마무라 댁의 복도를 천천히 걸어 객실로 들어섰다. 물론 객실에 들어와 앉을 때까지 대충은 듣고 있었다.

"그럴 까닭이 없다. 믿어지지 않는 일이야. 요도공에게 장시간에 걸쳐 말씀을 드렸고 내의 견을 전부 받아들이신 것이 바로 얼마 전의 일이 아닌 가."

"요도공은 변덕이 죽 끓듯 합니다. 그때와 지금과는 천하의 근왕 정세가 완전히 바뀌어 졌습니다. 조슈 번은 교토에서 쫓겨나고 근왕파 공경은 모두 조정에서 물러났으며, 교토는 막부파의 세상이 되었습니다. 요도공은 원래가 근왕의 가면을 쓴 막부파로서 우리들의 세력이 강할 때는 숨을 죽이고 있었지만, 지금 천하 정세가 급변하자 때는 왔다고 가면을 벗은 것입니다."

말하는 사이 오카우치 슌타로가 뛰어 들어와 방금 남집회소에서 탐진한 것인데 검거될 자의 이름이 누구누구라고 알렸다. 즉 다케치 한페이타, 시마모토 신지로, 시마무라 히사노스케, 시마무라 에이키치(島村衞吉), 야스오까 가쿠노스케(安岡覺之助), 고바다 마고지로, 고바다 마고사부로, 고오노 마스야(河野萬壽彌).

"그래."

다케치는 얼굴빛도 달라지지 않았다.

"그렇다면 죽음을 내리시는 것이군. 야마토 요시노(吉野)에서 쓰러진 요시무라 도라타로 등과 이처럼 빨리 저승에서 만나게 될 줄은 미처 몰랐군."

그런 다음 진술 내용을 의논했다.

필요한 일이다. 다케치의 도사 근왕파가 참정(參政) 요시다 도요 암살하고 번의 일부 행정을 장악한 것에 대해서는 불평파인 상급 무사도 꽤 이용하고 있었다. 야마노우치 민부(山內民部) 같은 영주의 형제도 있거니와 후카오 가나에(深尾鼎) 같은 중신도 있다.

"어떠한 고문을 당하더라도 그들의 이름은 말하지 않는다."

그렇게 의견을 통일시켰다.

다케치는 마지막으로 시마모토, 시마무라 두 사람의 손을 잡고 말했다.

"일이 이렇게 된 것도 천명(天命)이다. 세 사람 모두 옥이 다를 것이니, 지금 헤어지면 다음에는 황천길 이외에서는 만나지 못하리라. 서로 남아의 대의(大義)를 지켜 단호히 속된 무리들의 간담을 서늘하게 해 주자."

무사란 이상한 것이다. 그들의 자기 극복과 미의식(美意識)은 이런 때가 되면 늠름하게 생기를 띠게 되는 모양이다.

다케치는 시마무라의 집을 나왔다. 그 옆이 자기 집.

문 앞에 몇 사람이 있었다.

번의 감정관이 어마어마한 출동 차림으로 포교와 포졸 십여 명을 지휘하여 앞문과 뒷문을 포위하고 있었다.

"수고하오."

다케치는 인사를 하고 집안으로 들어갔다. 객실에 들어가 정좌하자 감찰관은 짚신을 신은 채 다다미 위에 올라 와 목소리를 가다듬어 이름을 부른 다음 명령서를 읽었다.

"다케치 한페이타!"

"우자(右者), 교토를 받들기 위하여 그대로 둘 수 없다. 그밖에 의심스러운 일도 있다. 후지오카 유우키치(藤岡勇吉), 미나미 기요베(南清兵衞), 세키 겐주로(關源十郎), 시마무라 단로쿠(島村團六), 센고쿠 유우키치(仙石勇吉), 마치 이치로사에몬(町市郎左衞門), 오카모토 가네마(岡本金馬)에게 맡긴다. 곧 아가리야(揚屋 : 상급 무사의 감옥) 입옥을 명하리라."

쭉 이름을 부른 것은 다케치의 친척이다. 옥에 가둘 때까지 친척이 공동 책임 아래 죄인의 신병을 맡는다는 의미이다.

다케치는 부복하여 명령을 받든 다음 얼굴을 들고서 말했다.

"아직 아침 식사를 들지 않았습니다. 잠시 시간을 주시도록."

그런 다음 도미코에게 준비를 명했다.

도미코는 곧 상을 날라와 밥을 펐다. 이것이 남편에 대한 마지막 식사 시중이 될 것을 도미코는 알고 있다.

슬픔을 억지로 참고 있었다.

"료마는 어떻게 지내고 있을까?"

다케치는 문득 중얼거렸다. 도사 근왕파는 세파로 갈렸다. 번에 남아 있겠다는 다케치파, 탈번 무력 행동주의인 요시무라 도라타로파, 그리고 해군에 뜻을 둔 료마파다. 여기서 다케치파는 무너지고 요시무라파는 덴추조의 폭동을 일으켜 야마토에서 쓰러졌으며, 료마의 일파만 남았다.

'누가 료마에게도 미칠 것이 틀림없다.'

다케치는 식사를 마쳤다.

다케치는 옷을 갈아입고 현관으로 나가자, 문득 현관 마루의 도미코를 돌아다보았다.

"여기서 헤어집시다. 옥에는 오지 마오."

도미코는 파고드는 듯한 눈길로 다케치를 보았다. 다케치는 미소를 띠며 끄덕이고 고개를 돌렸다. 이 순간이 이 부부의 영원한 이별이 되었다.

다케치는 문 앞에서 가마를 타고 남집회소를 연행되었다.

이를 전후한 도사 번의 경계는 어마어마했고, 도사 칠군(七郡)의 군 행정관, 마을 관리들에게 엄명을 내렸다.

"만일 같은 무리들이 탈환, 봉기 등의 음모를 기도한다면 곧 군사를 동원할 것이며 반항할 때는 즉결 처분을 해도 무방하다."

그밖에 밑에 후루자와 하치사에몬(古澤八左衞門), 후루자와 우로(古澤迂郎), 이와간누시 이치로(岩神圭一郎), 이하라 오스케(井原應輔), 하마다 다쓰야(濱田辰彌), 하시모토 데쓰이(橋本鐵猪), 히지가다 사헤이(土方左平), 도바 겐사부로(戶羽鎌三郎), 나카야마 시게키(中山刺撃), 나스 모리마(那須盛馬) 등에 이르기까지 한꺼번에 자택 근신, 친척에 맡기는 처벌을 받았다.

이 소식을 들은 도사 칠군의 근왕 향사는 잇달아 시고쿠 산맥(四國山脈)을 넘어 탈주하기 시작했다.

대부분은 조슈로 달아났고, 다케치의 '거번적 근왕(擧藩的勤王)'의 웅대한 계획은 허사가 되었으며, 도사 근왕파는 사실상 전멸되었다.

다케치의 감방은 상사 신분의 대우이므로 이른바 감옥은 아니다. 다다미 두 장을 깔 만한 마루방으로서 조그만 변소와 세수할 설비가 딸려 있다.

세 벽은 판자이고 한쪽은 간살이 네 치 가량 되는 격자(格子)로 돼 있으며, 밤에는 옆 감방과 같이 쓰는 등이 하나밖에 없다.

옥지기는 상급 무사 열두 명, 하급 무사 여섯 명으로서 이들은 모두 다케치에게 동정하고 마침내는 심취(心醉)했으며, 옥지기 가미다 엔조(上田圓增) 등은 옥중의 다케치에게서 글을 배웠을 정도였다.

다음은 잡병 오카다 이조(岡田以藏).

이 암살의 명수는 분큐 2년 섣달그믐부터 '사람 백정 이조'의 이름으로 교토 사람을 떨게 만들었으나, 그 뒤 주색(酒色)에 파묻혔다.

애당초 사상이나 정치 이론이 있어 근왕 운동에 들어간 사내가 아니다.

단지 재미있으니까 한 것이다.

다케치에게도 책임이 있다. 이조가 다케치의 검술 제자이고 신분이 잡병이므로 꽤 이 암살자를 써 먹었다. 이조에게 암시를 주고서는 사람을 베게 했다.

──이제 살인은 그만해라.

료마는 이조를 타일러서 가쓰 가이슈의 호위 무사를 시키기도 하고 한때 고베의 해군학교에 집어넣기도 하며 다른 길을 걷게 하려고 했지만, 결국은 헛일이었다. 그 무렵에는 이조도 살인을 반복하면서 성격이 완전히 변질돼 있었다.

어디서인지 돈을 마련해 와서는 술을 마시고, 계집을 사고, 끝내는 창녀의 기둥서방이 되든가, 돈이 궁하면 강도짓까지 하게끔 되었다.

다케치가 본국에 소환되고 교토에서의 도사번 근왕 활동이 정지되고 나서부터는 집 잃은 들개처럼 거리를 방황했다.

고베 해군학교의 무쓰 요노스케 등은

"사카모토님, 이렇게 말하면 뭣하지만 오카다의 눈을 보면 소름이 끼쳐요. 사람을 죽이는데 익숙해지면 인간이 짐승으로 되돌아가나 보지요"라고 료마에게 말한 일이 있다.

다케치가 투옥된 뒤 이조는 교토에 있었다.

어느 날 노상에서 사소한 일로 상인과 싸움을 하고 그 자리에서 베어 버렸다. 재수 없게도 치안소 관리가 순찰중이어서 어렵잖게 붙잡혔다. 왕년의 찬란했던 무렵이라면 칼을 휘둘러 뚫고 나가든가 달아나든가 했을 것이다. 그러나 이 무렵에는 어지간히 활기 없는 생활을 하고 있었을 게 틀림없다.

고등정무청의 감옥에 갇혔다.

처음에는 가명을 쓰고 있었으나, 어차피 죽는다면 고향인 도사에서, 하고 그는 생각했던 모양이다.

'도사 번 오카다 이조'라고 이름을 밝혔다.

도쿠가와 시대의 법으로 번사의 재판권은 그 번이 갖고 있다. 당연히 도사 번에 신병이 인도될 줄 알았던 것이다.

즉각 고등정무청으로부터 가와라 거리(河原町)의 도사 번저로 조회가 있었다.

교토 도사 번저의 요직은 이미 완전히 막부파로 바뀌어 있었다. 막부의 이

조회에 놀라고 두려워한 나머지 흔히 있는 수단으로 다음과 같이 대답했다.

"우리 번에는 그러한 자가 없습니다."

이 때문에 이조는 고등정무청에서의 취급이 무사도 아니고 시민도 아닌 무숙자(無宿者 : 호적이 없는 자)로 인정되어 '무숙 데쓰조(無宿鐵藏)'라는 이름이 붙여져 전과자의 문신을 새긴 다음 교토 추방이라는 형을 받았다.

추방형은 고등정무청의 시구문에서 포교, 포졸 등 10여 명이 죄수를 몰아내고 니조(二條) 거리 가미야 강(紙屋川) 강둑까지 데리고 가서 풀어 주는 것이다. 이조는 방면(放免)되었다.

추웠을 때다.

이조가 홑옷 바람으로 강둑에 놓아졌을 때, 잠복하고 있었던 자들이 있다.

도사 번 교토 번저의 감찰관들이다.

"오카다 이조, 조사할 것이 있으니 동행하자" 하면서 덤벼들어 포박을 한 다음 준비한 가마에 밀어 넣었다.

실인즉 번의 수뇌부는 "이조가 막부 관리에게 붙잡혔다"는 소식을 들었을 때, 손뼉을 치며 기뻐하였다.

"다케치 일파를 때려잡을 산 증인을 얻었다. 무슨 일이 있더라도 붙잡아서 본국으로 암송하라."

이렇게 명령을 내렸던 것이다.

가마에 태워진 이조는 고래고래 소리를 질러 댔다.

"아니, 이 따위 법이 있느냐. 내가 고등정무청에서 도사 번, 오카다 이조라고 말했을 때, 번에선 뭐라고 했지? 그런 자는 없다고! 그러기 때문에 무숙자 데쓰조가 되고 말았다. 나는 무숙 데쓰조야. 도사 번 따위와는 아무런 관계도 없단 말이다."

"잠자코 있어."

가마는 거리를 달린다.

정말 한심한 일이다. 도쿠가와 시대의 계급제, 신분제, 봉건적 권위주의만큼 일본인을 비참하게 만든 것은 없다.

이조는 졸개의 신분이다. 적어도 향사라도 되었으면 이런 치욕은 당하지 않았을 것이다. 번의 수뇌부는 이조를 개나 고양이보다도 못하게 다루었다. 막부 관리에서 붙잡힌 번사 이조에게 어떤 보호의 손길도 뻗쳐 주지 않았을 뿐 아니라, '무숙 데쓰조'가 되는 것을 보고만 있다가 고등 정무청 관저에서 추방되자 기다린 듯이 잡았다. 그것도 다케치를 없애기 위한 증인으로 삼기 위해서다.

교활한 지혜라고 할까.

하지만 상급 무사들은 양심의 가책조차 없었다. 잡병 따위는 벌레 같은 것이라고 생각하고 있다. 도쿠가와 사회는 일본인에게 이런 종류의 지혜만 발달시켰다.

료마가 나중에 가쓰라 고고로한테 한 말 중에 "미국에선 대통령이, 하녀라 할지라도 생활을 꾸려나갈 수 있도록 생각하며 정치를 한다. 도쿠가와 막부는 도쿠가와 집안의 번영만을 생각하고 3천만의 인간을 억압해 왔다. 막부 지배 하의 영주들도 마찬가지. 번의 이해만 따지며 정치를 한다. 도대체 일본인은 어디에 있는가. 일본인은 3백 년 동안 낮은 신분에 얽매어 어떤 정치의 혜택도 받은 일이 없다. 이 한 가지 이유만으로도 도쿠가와 막부는 쓰러져야만 한다."

이조, 아니 문신을 한 죄수 '무숙 데쓰조'는 본국에 호송되어 고치 야마다 거리(山田町)의 옥에 갇혔다.

번의 수뇌부는 손뼉을 치며 기뻐했다. 이조의 자백으로 구속 중인 향사들의 죄상이 명백해질 것이다.

그날로 심문이 시작되었다.

이조는 뜨락에 꿇어 앉혀진 채 단 한가지만을 말할 뿐이었다.

"나는 무숙 데쓰조다. 그 증거로 문신형을 받았다(무사에겐 그 형이 없다). 그것도 다름 아닌 도사 번에서 오까다 이조란 자는 우려 번에 없다고 말했기 때문이 아닌가. 무숙 데쓰조가 그러한 번의 내막을 알 턱이 없다."

이윽고 체포된 전원이 성 뒷문 가까운 남집회소의 옥에 모아졌다.

옥에도 계급이 있다.

다케치 한페이타는 그가 만든 근왕파 내각 말기에 '수비대장'으로 승진되었으므로, 향사 출신이면서도 상급 무사의 자격을 가지고 있었다.

상급 무사는 독방에 갇히고, 심문 받을 때도 심문자와 같이 다다미방에서 받는다. 고문을 받는 일도 없다.

심문을 받을 때 향사는 마루에 앉는다. 잡병인 경우는 마루 아래인 댓돌.

농군이나 상인은 흔히 그림 등에서 볼 수 있는 맨 땅바닥이었다.

다른 향사들은 비참했다.

시마무라 에이키치 등은 천정에 매달리고 채찍으로 얻어맞고 피부가 찢기고 살이 터지고 지옥 그대로인 고문을 받았다.

"아직도 자백 않겠나!"

시마무라는 몇 번이나 까무러쳤다. 그때마다 물을 끼얹어 정신이 깨어나게 하여 하루 종일 옥안에 넣어 두었다가 또 고문을 한다.

"이놈들! 이 시마무라는 무사다. 불 줄 아느냐!"

죽을 힘을 쥐어짜며 악을 썼다.

마침내 착목(搾木)의 고문이 가해졌다. 이것은 도사 번 독특한 고문 도구로 기름짜듯 인간을 쥐어짜는 것이었다.

시마무라는 이 고문을 당했다.

그뿐만이 아니다. 시마무라 히사노스케도, 고오노 마스야도 모두 이 참혹하기 짝이 없는 기계로 육체가 으스러졌다.

그 신음 소리가 옥 안 가득히 올리어 다케치의 고통은 형용할 수가 없는 것이었다.

'무사다, 참아라.'

마음속으로 그들을 질타하면서도 눈물이 하염없이 흘러내린다.

료마는 일찍이 다케치의 일번 근왕(一藩勤王)의 이상주의를 비웃으면서 말했다.

"당신은 완전주의라 못써. 도사 번이 전부 근왕파가 된다는 건 산에 가서 물고기를 구하는 것과 같다. 나는 탈번하여 천하를 상대하겠어"라고 말했듯이, 다케치의 정치 이론의 잘못이 마침내 이 꼴이 되었다. 그러나 아직도 옥중의 다케치는 그 잘못을 인정하지 않는다.

"죽더라도 아직 혼백이 남아 있어. 혼백으로 천하 대사를 도모하리라. 좋은 세상이 올 때까지 나는 눈을 감지 않으리라. 한발 앞서 할복하여 세상을 떠난 마사키 데쓰마가 죽기 전에 그런 시를 읊지 않았던가."

마사키의 시란

임이시여, 비바람이 몰아치는 밤

혼백 되어 훌훌 머나먼 하늘을 날으리라

　　마사키가 쓴 시의 뜻은——한밤중 바람이 불고 비가 주룩주룩 내리고 있을 때는 나의 영혼이 하늘에 떠돌고 있을 때다. 친구여, 그렇게 생각해 다오, 하는 것이리라.
　　지독한 고문은 시마무라 에이키치의 심장을 멈추게 하고 말았다.
　　절명 직전 시마무라는 찢어질 듯 눈을 부릅뜨고 한마디 했다.
　　"언젠가 좋은 세상이 온다."
　　그리고 고개를 떨구었다. 죽었다. 고문 말이 나왔으니 말이지, 이조는 잡병이다. 상급 무사는 잡병 따위를 인간이라고도 생각하지 않는다.
　　참혹하기 그지없었다.
　　게다가 이조는 도사 번에서 버림을 받아 '무숙자'라고 하는 최하급의 인간으로 떨어진 사내이다. 이미 무사로서의 고집도, 배짱도 잃고 있었다.
　　착목에 끼어 주리가 틀릴 때는 '아귀(餓鬼)'처럼 울부짖어 그 비명은 다케치의 감방에까지 들려 왔다.
　　'이조의 선에서 무너지겠구나.'
　　자백할지도 모른다고 다케치는 생각했다.
　　잡병이라고 다 기백이 없는 것은 아니었다.
　　오히려 막부 말기 지사 중에 기백이 있는 사내는 하급 무사 출신이 많았다. 지쿠젠 후쿠오카 번 출신의 히라노 구니오미(平野國臣)가 그랬고 조슈 번의 이토 슌스케(伊藤俊輔 : 나중의 博文)도 잡병 이하의 신분이었다.
　　그러나 이조는 신념이 있어서 국가의 대사를 위해 들어온 것이 아니다. 난폭하고 다혈성이기 때문에 이 세계에 뛰어든 사내이어서 사상 따위는 눈곱만큼도 없다.
　　칼만이 있다.
　　일종의 살인귀. 살인 기술만으로 근왕파 안에서의 위치를 지켜 왔다.
　　'이조가 자백하면 다른 동지가 결사적으로 고문을 참아 내고 있는 것이 아무 보람도 없게 된다.'
　　이조에게 자살을 권하고 싶었다. 그러나 많은 살인광과 마찬가지로 이조는 자기 목숨에 남다른 집착을 갖고 있었다. 죽이는 것은 파리 목숨 죽이듯 했지만 자기 죽음에는 겁쟁이였다.

'자살을 권해도 마다고 하지 않을까?'

여기에 '천상환(天祥丸)'이라는 독약이 등장한다.

다케치가 미리 고문의 치욕을 받을 때 복용하려고 준비해 두었던 것이다. 도사에 구스노세 슌도(楠瀬春同)라는 양의(洋醫)가 있었는데 이 역시 근왕파의 동지였다. 구스노세에게 부탁하여 조제한 것으로 외국에서 들여 온 아편을 듬뿍 넣은 환약(丸藥)이다. 천상환이라는 복스러운 이름은 다케치가 붙인 이름이다.

잘 듣는다.

이미 옥중의 동지 한 사람이 이 이상의 고문을 받으면 도저히 마음과 기력이 쇠약하여 무엇을 지껄일지 모른다고 생각하고, 감방에 돌아갔을 때 준비해 둔 그것을 먹었다.

다우치 게이키치(田內惠吉)라 하여, 성아래거리 이데부치(井出淵)에 집이 있는 향사로서 나이는 서른. 성은 다르지만 다케치의 친동생이다. 다케치는 이 동생을 사랑하고 있었던 만큼 그의 죽음이 이만저만 쓰라린 것이 아니었을 것이다.

그래서 이 천상환을 오카다 이조에게 몰래 먹이려고 했다.

옥리(獄吏)중에 다케치를 따르는 자가 있으므로 그를 통해 외부와 연락을 하고 있었는데, 외부의 어떤 동지에게 부탁하여 이조에게 천상환을 넣은 김밥을 차입(差入)시켰던 것이다.

이조는 그런 줄도 모르고 이 김밥을 배불리 먹었다. 그런데 복통조차 생기지 않았다. 이상체질(異狀體質)의 사내였던 것 같다.

다케치 등이 수감되고 있는 사이 다시 또 다른 탄압 사건이 생겼다.

향사들 일부가 다케치 등을 구출하기 위해 들고 일어났던 것이다.

'독안룡(獨眼龍)'이라는 별명의 향사가 있었다. 아키 군(安藝郡) 다노(田野)에 집을 가진, 이름은 기요오카 미치노스케(淸岡道之助), 서른두 살.

왼눈이 멀었다.

"나는 애꾸눈이지만 천하를 내다본다."

평소 그렇게 말했다. 검술은 성아래거리 히지가다 이쿠조(土方郁造)에게 배웠는데, 애꾸눈인 까닭인지 칼끝을 약간 왼쪽으로 붙여 겨누었으나 히지가다 도장에선 당할 자가 없었다. 일찍부터 에도에 유학하여 아사카 곤사이

(安積良齋)에게 사사(師事)했으며, 다케치와 더불어 교토에서 활약했다. 조슈 번에 친구가 많아 구사카 겐즈이, 이노우에 몬타(井上聞多), 이토 슌스케 등과도 사귀었다.

이 독안룡이 다케치 등 동지의 투옥을 듣고 움직이기 시작했던 것이다.

같은 아키 군에 동성인 기요오카 지노스케(淸岡治之助)가 있었는데 기요오카 집안의 종가였다. 서른아홉. 독안룡은 우선 지노스케와 의논했다. 지노스케는 교토 활약시절——불과 몇 달 전인 분규 3년의 이른 봄이었지만——시조(四條) 강변의 다리를 건너다가 신센조의 습격을 받았으나, 순식간에 두 사람을 거꾸러뜨리고 자기는 왼팔의 힘줄을 잘렸다.

이 두 기요오카, 즉 애꾸눈과 외팔이 사촌끼리 이마를 맞대고 의논하였다.

"그럼 도사 칠군의 동지를 모으자."

그들은 각각 분담하여 온 도사를 뛰어다녔다.

도사 칠군이란 도사, 나가오카(長岡), 아카와(吾川), 가미(香美), 다카오카(高岡), 아키(安藝), 하타(幡多). 아무튼 동서로 긴 고을인데 동쪽 무로도 곶(室戶岬)에서 서쪽의 아시즈리 곶(足摺岬)까지 가는 데 해안선이 5백5십 리나 된다. 그 길을 미친 것처럼 뛰어다녔다.

물론 은밀한 행동이다.

번청의 눈이 번뜩이고 있으므로, 우선 칠군의 향사 중에서 한 사람씩 대표를 뽑아 성아래거리 어느 집에서 비밀회의를 열었다.

독안룡은 어마어마한 제안을 했다.

"다케치 구출이나 번의 방침 전환을 바라고 번청에 건의하든가 진정하는 것은 미적지근하다. 그것보다도 칠군의 향사가 목숨을 걸고, 무기를 들고 성밖 들에 집결하여 전쟁을 각오하고 요구서를 낼 수밖에 없다. 만일 들어주지 않는다면, 조상인 조소카베 무사들의 무용을 본받아 창을 들고 옥사를 습격, 파괴하고 동지를 구출하여 서로 손을 잡고 조슈번으로 가자. 그리고 막부 타도의 뜻을 이룩하자."

칠군 중 다섯 군의 대표가 "그것은 너무 과격하여 도리어 효과가 없다"고 반대하여, 결국 표면적으로는 평화 진정의 형식으로 전원 예복을 착용하고 번청에 밀려가기로 했다. 일이 여의치 않으면 죽든가 일제히 탈번할 작정이다.

고치 성 바로 남쪽에 후지나미 신사(藤並榎神社)라는 번의 시조 야마노우치 가즈도요를 모신 사당이 있다.

향사 진정단 스물아홉 사람은 이른 아침 8시쯤 이 경내로 모여 남집회소를 향해 걷기 시작했다.

전원 삼베의 예복 차림이다. 묵묵히 거리를 걸었다.

여기에 독안룡 기요오카는 참가하지 않았다. 그는 진정 같은 미적지근한 방법을 못 마땅히 여기고 아키 군 다노 마을에 돌아가 무력을 배경으로 한 요구를 하기 위해 무기, 탄약을 모으고 있었다.

진정단의 대표는 오이시 야타로(大石彌太郎)다.

자(字)는 마도카(圓). 일찍부터 에도에 유학했으며 조슈 사람과도 친교가 있었고 료마와는 소년 시절부터의 친구. 다케치의 도사 근왕당 결성시에는 그 산파역이었다.

그 오이시가 장문의 진정서를 기초(起草)하여 번청에 제출했다.

국가론(國家論)을 논했다. 막부가 정권을 갖는 것은 우습다는 것이다. 그것을 주장한 다케치야말로 정당하다는 것이었다.

번에서는 이것에 대하여 '하달문(下達文)'으로 답변했다. 물론 막부가 필요하다는 뜻이었다. 이른바 국가학적(國家學的)인 논쟁으로서, 모두 당시의 천하를 둘로 나누고 있었던 두 개의 국가론의 대표적인 논문이었다고 할 수 있다.

이 진정 사건은 이것으로 끝났다.

끝나지 않은 것은 아키군 다노 마을에 있는 독안룡이었다.

"미적지근한 것도 분수가 있지."

그렇게 말하면서 아키 군과 하타 군의 동지를 모아 연신 번과의 대항 수단을 협의하고 있었다.

"농성이 좋을 거야."

장소는 험준한 노네 산(野根山)이 좋다. 만일 패했을 경우 아와 번(阿波藩) 영지로 빠지는 지름길을 달려 탈주할 수가 있다. 노네 산에는 번의 초소가 있다. 그 초소를 점령하면 안성맞춤의 요새가 되리라.

결사의 향사 스물 세 명이 모였다. 어찌 된 까닭인지 한결같이 시문(詩文)이 능숙한 사내 뿐이었다.

다노 마을의 사노야(佐野屋)란 여인숙에 몰래 집합하여 밤을 타서 시코쿠

산맥의 산길을 걸어가 마침내 초소를 점령했다.

노네 산 점거와 동시에 독안룡 기요오카 미치노스케, 기요오카 지노스케 연명(連名)으로 고치의 번청에 탄원서를 보냈다. 탄원이란 말뿐이고 내용은 강경한 항의서다.

고치까지 1백 60리.

이 소식은 상급 무사들에게 충격을 주어 술렁거리기 시작했다.

"마침내 향사들이 반란을 일으켰구나."

상급 무사로 볼 때 이미 조정이냐 막부냐 하는 사상적 대립이 아니었다. 3백 년에 걸친 상급 무사 대 향사의 대립 감정이 폭발한 것이다.

"그것들은 원래 야마노우치 집안의 적이었어."

공공연하게 말하는 자가 있는가 하면, 전쟁이다, 전쟁이다, 하고 뛰어다니는 자도 있었다. 번에서도 성아래거리에 계엄 태세를 폈지만, 상급 무사들은 명령을 내리지도 않았는데, 조상 대대의 투구며 갑옷을 걸치고 거리를 동서로 뛰어다니더니 어느 새 무장을 한 채 성 외곽에 진을 쳤다. 그 꼬락서니를 성밑거리의 시민조차 "미쳐 날뛰는 것만 같았다"고 기록하고 있다.

독안룡은 '반란'까지 결심했다고는 할 수 없다. 그 심정, 행동, 발표문은 거기까지 이른 것이 아니라 사실은 번을 위협하려고 생각했을 뿐이었다. 왜냐하면 탄원서 끝머리에

"저희들은 탄원을 위해 이 노네 산에 있습니다만, 만일 그것 자체가 죄라고 하신다면 뒷날 어떠한 죄라도 복종할 작정입니다."

어디까지나 번사로서의 마지막 복종심은 버리고 있지 않다. 당시의 무사는 전국시대의 무사는 아니다. 주군에게 활을 당길 수 없다는 도덕이 3백 년의 교육으로 뼛속까지 스며들어 있었던 것이다.

번에서는 당황하여, 탐색하고 의논하고 작전 계획을 세워 마침내 모리모도 데이사부로(森本貞三郎) 외 네 사람을 장수로 삼아 5백 명 군사를 주어 노네 산을 향해 진격시켰다.

모리모도는 산기슭에 이르자 사자를 보냈다.

"탄원의 조건을 들어 주셨다. 곧 하산(下山)하여 소소쿠 들(裝束野)에서 명을 받들라."

물론 속임수였다.

독안룡은 속지 않는다.

"먼저 다케치 등을 풀어 주고 그 밖의 일을 모두 실행하신다면 하산하겠소."

그러나 모리모토는 이렇게 되면 싸울 뿐이라 생각하고 군사를 배치하여 총을 쏘면서 산을 오르기 시작했다. 독안룡은 이것을 보고 탄식했다.

"이제는 이 썩어 빠진 번을 믿을 수 없다."

그는 동지들과 초소를 나와 숲 속에 숨어 가며 지름길을 따라 아와 영지로 달아난 다음, 동번 무기 군(牟岐郡) 군청을 찾아가 보호를 부탁했다.

망명을 한 셈이다.

전국시대의 예라면 타국 영토로부터의 망명 무사를 숨겨 주는 게 거의 관습이었고 현재라도 정치적 망명객은 그 나라의 정부가 보호하는 국제 관습이 되어 있다.

독안룡은 전국시대의 법에 따라 아와 번이 보호해 주리라 생각했다. 아니면 영내라도 통과 시켜 주리라 생각하고 있었다.

그러나 아와 번에는 그만한 의협심도 아량도 없었다. 이웃 나라 도사 번과 필요 없는 마찰이 생기는 것이 골치 아팠던 것이다.

번사 호위 아래 도사 영지로 쫓아내었고 쫓아내었을 뿐만 아니라 국경에서 도사 관리에게 인도해 버렸다.

관리는 독안룡쯤 되는 사내이라 굉장히 저항할 줄 알았으나, 순순히 무기를 내주고 모두 스물 세 채의 죄수 가마에 태워졌다.

정말 체념도 빠르다.

독안룡은 각오하고 있었다. 동지에게도 그 말을 하고 찬동을 얻고 있었다. 계획이 실패한 이상 나머지 취할 길은 하나라는 것이었다.

"옥에 갇혀 다케치와 함께 죽으리라."

그들은 도사 근왕당을 혈맹(血盟)할 때 동지와 생사를 함께 하기로 맹세했었다. 죽음은 무의미하지만 최소한 그것만이라도 의미가 있다.

——그런데.

그런데 달랐다.

독안룡들이 할복이 되건 참수(斬首)가 되건 투옥을 바란 것은 다케치와 함께 죽는다는 혈맹(血盟)의 약속과 같은 한 가닥 감상만이 이유가 아니라,

심문을 받는 자리에서 당당히 번의 정치를 비판하며 정론을 펴고 싶었던 것이다.

말할 수 있는 장소는 감옥밖에 없었다. 그러기에 순순히 포박을 받았다.

그런데——

가마는 서쪽인 고치 성으로 가지 않는다.

동쪽으로 간다.

생각도 못할 방향이다.

'아니, 학살할 셈인가.'

독안룡은 깨달았으나 끝내 한 마디 하지 않았고, 두 번째 가마에 탄 사촌 지노스케만이 이 뜻밖의 일에 탄식하며 시를 읊었다.

　　몸은 도사에 있고 마음은 아와에 머무르니
　　옥돌의 곧은 기둥 꺾어질 리 있으랴

벌써부터 번청에서는 신문을 겁내고 있었다.

그들에게 재판의 여유를 주면, 그동안에 도사 칠군의 향사가 들고 일어나 그 탈환을 위해 내전이 일어날 것을 겁냈던 것이다.

그러나 상급 무사들의 지레짐작이었다. 독안룡 마저 그가 아와에서 번청에 발송한 편지에 썼다.

　　"저희들은 신분이 낮은 향사이오나 이제까지의 높으신 은혜(도사 번의)를 생각하여, 오직 도사 영주님을 위해 싸우다 죽기만을 원하고 있었습니다. 반역의 뜻은 없었습니다."

가마는 나하리 강(奈半利川) 기슭에 이르렀다.

강변에는 벌써 참형(斬刑)의 준비가 갖추어져 있다.

모두들 뒷결박을 당한 채 그 막 안으로 끌려 들어갔다.

독안룡은 큰 소리로 동지에게 말했다.

　　"일이 이렇게 된 것도 모두 운명이오. 새삼 무슨 말을 할 필요가 있겠소. 여러분, 침착하게 저들의 칼을 맞으며 지사의 본분을 더럽히지 맙시다."

모두들 끄덕이며

　　"알고 있소, 알고 있소."

저마다 대답했다.

저마다 유언시를 읊고, 한시를 좋아하는 자는 그것을 읊었다. 그러나 형리는 사정을 두지 않는다.

독안룡 기요오카가 앉은 채 낭랑한 목소리로 이렇게 시를 읊어 나가는데 번쩍 형도(刑刀)가 번뜩이며 목이 갈대밭에 떨어졌다.

"오오, 남아 대장부, 정확(鼎紀 : 중국에서 죄인을 끓는 기름 가마에 넣어 죽인 형벌)을 달게……"

다나카 슈우키치(田中收吉)라는 사내도 시를 읊다가 입을 벌린 채 목이 날아갔다.

"탄원이 불청이라 내 일도 허사로다……"

요코야마 에이기치(橫山英吉)는

"뭇사람들이 아끼는 그 목숨은……"

유언시의 첫 귀도 채 끝나기 전에 선혈을 모래밭에 뿌렸다.

정경이 처참하다고나 할까.

이날 구름은 강물에 내려닿을 듯이 낮았다고 한다. 바람이 있었고 축축한 비를 품고 있었다. 얼마 후 장마비가 내렸다.

노공 요도는 성 곁의 산덴(散田) 저택을 쓰고 있었다.

아직 40살도 못된 한창 나이로서 지모(智謀), 교양, 배짱은 일본 제일이라고 스스로 믿고 있는 호걸 영주다.

용모도 빼어났다.

신장 5자 6치. 무예도 능숙하다. 특히 승마와 칼을 날쌔게 뽑는 기술에 뛰어나 웬만한 무사로선 요도를 당하지 못하리라.

말씨는 유창한 에도 말이고 술은 도사 사람답게 세다. 무엇보다 좋아하는 그의 벗이었다. 저녁때부터 침실에 들기까지 술잔을 손에서 놓지 않고 취하면 시상(詩想)이 떠올라 호탕한 시를 짓는다.

나하리 강변에서 23명의 근왕파를 한 마디 진술도 듣지 않고 베게 한 것도 요도다.

요도는 번의 관리에게 말했다.

"그들 근왕파는 한 나라의 참정(요시다 도요)을 죽였다. 그 죄인의 규명도 못한대서야 나라(번)가 없는 거나 마찬가지다. 이 규명 때문에 나라 안에 반란이 일어나고 마침내는 번이 멸망해야 한다면 망하더라도 좋아. 나는 국권(國權)을 확립하겠다. 거역하는 자는 모두 나하리 강변에서처럼 베어 버려라."

요도는 비정상적이다.

왜냐하면 옥사에까지 직접 나타났기 때문이다. 옥리를 독려했다.

"아직도 다케치의 일당은 자백 않느냐?"

이 말을 들은 번의 감찰부는 겁을 내어 더욱더 참혹한 고문을 가하게 되었다.

히가키 세이지(檜垣清治), 이 사람은 교오신 아케치류(鏡心明智流)의 고수로서 다케치의 제자였다.

매우 료마를 존경했다. 에도에서 료마를 만났을 때 료마는 히가키의 장검을 힐끗 바라보더니 자기의 짧은 칼을 보여 주며 말했다.

"쓸데없이 길군. 칼이 몇 치 몇 푼 길다고 헤야 도움도 안 되고 잘난 것도 아니야."

히가키는 딴은, 하고 그 긴 칼을 버리고 료마와 같은 치수의 칼을 패도로 삼았는데, 후일 그 말을 료마에게 하자

"하하하, 난 이거야."

료마는 품안에서 권총을 꺼내어 한 방 신나게 쏘았다. 히가키는 놀라, 고생 끝에 권총을 입수한 다음 료마를 만났다.

"난 이번엔 이것이야."

료마는 만국 공법(萬國公法 : ^{국제}_법)을 보였다고 한다.

그 히가키가 착목의 고문을 받았다. 히가키는 번에서도 알려진 검객이고 용기가 있는 사내이다.

그 히가키조차 심문 장소에서 기절했다.

히가키의 수기가 남아 있다.

"엊그제 뜰아래 꿇어 앉혀 심한 고문을 받았다. 아마 노공(요도)이 임석(臨席)하셨으므로 옥리들이 더욱 기세를 부린 것이리라. 이때 부끄럽게도 까무라쳤다."

그러나 히가키는 건장했던 탓인지 고문이나 감옥 생활을 잘 견디어 내고 유신까지 옥중에 살아남았다. 유신 후 경시청(警視廳)에 들어가 총경이 되었으나 얼마 후 사직하고 고향에서 노후(老後)를 보냈는데, 손님이 오면 다케치나 료마의 이야기를 하며 시간을 보냈다.

그런데 문제는 이조이다.

이 사내만은 고문을 견디다 못해 마침내 낱낱이 자백하고 말았다.

재판의 목적인 요시다 도요 암살 사건에 대해서는 이조가 당시 단순한 잡병 신분이고 무관계였으므로 아무 말도 안했지만, 에치고(越後) 낭인 혼마 세이치로(本間精一郎)를 비롯한 교토에서의 막부파 암살 사건은 주로 다케치의 '암시'에 의해 자기가 저질렀다는 일, 오사카까지 번의 하급 경리(警吏) 이와사키 야타로(岩崎彌太郎), 이노우에 사이치로(井上佐一郎)가 탐색하러 왔을 때 구로에몬 거리(九郎右衛門町) 노상에서 이노우에의 목을 조르고 배에 칼을 찔러 죽였던 일, 이것도 다케치의 '암시'에 의한 것이라는 등 낱낱이 불었다.

이 자백은 옥리를 통해 옥중의 동지들에게 알려져 충격을 주었다.

'이조를 동지로 가담시킨 것이 내 잘못이었다.'

다케치는 이를 갈았다.

감찰측은 이 증거를 쥐고 드디어 우두머리 다케치에 대한 본격적 심문에 들어갔다.

감옥 동쪽 담장 밑에 무 장다리가 시들어 가고 있다. 그 무 장다리 둘레에만 파란 것이 남아 있었다.

잡초다. 자란(紫蘭), 호첩화(胡蝶花) 따위로서 그늘의 축축한 땅을 즐기는 모양이다. 옥사의 다케치 눈을 위로하는 것이라면 이 한 무더기의 잡초 정도였을 것이다.

다케치는 격자문을 열고 취조실로 갈 적마다 복도에서 이 잡초를 바라본다.

언제나 발걸음을 멈춘다.

"가십시오."

그때마다 옥리가 재촉하는 게 버릇처럼 되어 있었다.

다케치만은 다행히 상급 무사 대우라 고문도 받지 않고 뜰아래 꿇어 앉혀지지도 않고 옥리들의 말도 무례하지 않았다.

평소에는 사카야키(月代: 무사가 이마에서 정수리에 걸쳐 면도로 민 부분)가 자라고 수염도 거칠게 턱을 가리고 있었으나, 심문 받는 날만은 그것을 면도하고 단정하게 할 수도 있는 것이다.

'다른 동지에게 미안한 일이다.'

다케치는 그렇게 생각하고 있다.

심문에는 병풍 가림이란 설비가 있다. 방에 병풍을 둘러치고 총감찰관, 감찰관과 동석하며 심문하는 언사도 죄인 다루듯하는 것이 아니라 정중하다.

그런데 그날 다케치는 뜰아래 꿇어 앉혀졌다. 병풍 가림 같은 미적지근한 심문으로서는 도저히 다케치가 자백 않는다고 보았으리라.

말투도 확 달라진다. 병풍 가림에서는 '당신'이지만 뜰아래서는 '그대'라고 몰아붙인다.

"교도에서의 막부편 사람들에 대한 숱한 살육(殺戮), 오사카에서의 번 관리 살해, 모두 그대의 지시에 따라 행해졌다고 잡병 이조가 낱낱이 자백했다. 이래도 숨길 테냐?"

"모르겠소."

다케치는 태연하다.

"이조는 그대의 제자가 아닌가?"

"그자는 불의(不義)밖에 모르는 거짓말쟁이요. 감찰을 보시는 여러분께서 그런 자의 말을 일일이 들으시다니 이해할 수 없는 일이오."

이런 투로 모른다, 알지 못한다, 로 버티며 교묘히 대꾸했다.

심문자는 요도의 총애를 받는 측근으로서 살해된 도요의 제자였던 젊은이가 많다.

이누이 다이스케

고토 쇼지로(後藤象二郞)가 주된 자다.

두 사람 모두 다케치의 피가 뿌려짐으로써 이루어진 유신 정부의 백작이 되었으니 세상은 정말 묘한 것이다. 고토, 이누이 등 상급 무사 중의 수재가 왜 유신의 원훈(元勳)이 되었느냐에 대해서는 이 이야기 뒤에 료마의 등장과 더불어 필자는 독자와 함께 알게 되리라.

고토의 취조는 "부드러우면서도 웃음 속에 가시를 품고 간악하기 그지 없었다"고 다케치는 옥중에서 동지 시마무라 하사노스케에게 써 보내면서 주의를 당부했다. 다케치는 또 "고토는 모로나오(師直 : ^악당의 대명사^ ^같은 인물^) 같은 놈이다" 하고 말하기도 했다. 고토로 볼 때 무리도 아니다. 다케치에게 살해된 요시다 도요는 스승일 뿐만 아니라 혈연자(血緣者)이다. 원수를 갚는 마음이었다.

다케치 부인 도미코는 다케치가 투옥된 뒤부터 다다미 위에서 잔 일이 없다. 밤에는 마루방에서 옷을 입은 채 자고 겨울에도 이불을 포개어 덮지 않았다. 여름에도 모기장을 쓰지 않고 남편이 옥중에 있는 것과 같은 모습으로 집에서 기거했다.

료마는 이때 셋쓰(攝津) 고베 마을에서 이 소문을 듣고

"그 연약한 부인이 가엾군" 하며 눈물을 뚝뚝 떨어뜨렸다.

도미코는 열네 살에 다케치한테 시집 왔으므로 아내라고 할 정도 이상이었다. 다케치의 육체 일부가 되어 있었다.

수감 20여 개월, 도미코는 이 습관을 바꾸지 않았다.

옥중에서 다케치는 자주 도미코에게 편지를 보냈다. 도사 사투리를 섞은 구어체(口語體)의 문장인데, 과연 소문 난 '원앙 부부'답게 자상하기 짝이 없었다.

다케치는 그림도 능숙하다. 어렸을 때 화가가 되려고 생각했을 정도의 사내이다. 무슨 까닭인지 이 풍류와 인연이 먼 사내가 미인화(美人畵) 그리기를 좋아하여 꽤 많이 그렸지만 이것은 별로 신통하지 못했다.

그 생애의 걸작은 그가 옥중에서 그린 자화상(自畵像)이었다. 이미 할복을 각오한 시기였고 사진이 없었던 무렵이므로(나가사키에는 이미 건너와 있었다.) 도미코에게 유물로 남겨 줄 작정이었으리라.

먹으로 농담(濃淡)을 나누어 대담한 선을 구사하고 있다(그때까지의 다케치 미인화는 선이 가늘고 색채도 좋지 않았다.)

자기 얼굴을 닮게 하기 위해 대야물에 얼굴을 비치며 그렸다.

다케치는 료마가 '턱주가리'라고 놀리기는 했으나, 미남이라고 할 만한 용모였다.

그러나 본인은 추남(醜男)이라고 체념했던지, 자화상에 곁들여 도미코에게 보낸 편지에 이렇게 쓰고 있다.

"자화상을 그렸소만 좀 잘 생긴 것 같아 혼자 우습기도 하오. 물에 비춰 보니 내 얼굴은 더욱더 여위고 수염은 자라고 볼은 뾰족해져 참으로 수척해졌소. 그렇지만 정신은 튼튼하니 이것만은 염려하지 마오."

다케치는 이 편지 끝머리에 "그림물감이며 인주를 모두 돌려보내오"라고 썼다. 이 그림 도구는 앞서 도미코를 시켜 차입 받은 것인데, 머지않아 불필요하게(할복 날이 가깝다) 됨을 암시한 것이리라.

'아, 벌써 할복하시는구나.'

도미코는 깨닫고 전부터 남편의 마지막 날을 위해 마련해 둔 새 옷, 흰 속옷, 연노란 빛 가문을 박은 상의, 명주띠, 하카마를 차입해 주었다.

다케치는 마지막 의복에 신경을 쓰고 있었을 때이니만큼 도미코의 배려를 기뻐하면서 싱글벙글 옥리에게 말했다.

"내 일생의 행복은 도미코를 얻었던 일이었다."

이조가 자백한 뒤에도 다케치는 끝까지 일체를 부인했다. 하물며 일당의 이름을 불 리가 없다.

그러나 요도는 다케치를 죽이고 싶었다.

"괴수인 다케치만 죽이면 향사들도 지도자를 잃게 되어 도사 24만 석은 조용해진다."

요도는 그렇게 생각하고 있었다. 여러 사람을 고문하며 심문한 것은 요컨대 다케치를 죽일 구실을 찾아내고 싶었던 것이다.

그러나 심문하는 고토 쇼지로를 비롯한 관리들과 다케치는 인간으로서의 그릇이 다르다. 때로는 절절 매고 때로는 조롱받고 때로는 오히려 설득을 당해 어쩌지도 못한다.

들이댈 것이란 이조가 분 자백밖에 없었는데, 이것만으로는 다케치 한폐이타쯤 되는 천하의 명사를 처단할 수가 없다.

요도는 마침내 참다못해 고토 등에게 명했다.

"해치워!"

죄를 자백하지 않은 채로 할복시키는 것이다.

이것이 요도 평생의 십자가가 되었다.

요도는 다케치와 국가론적 입장도 달랐지만 개인으로도 미워하고 있었다.

일찍이 다케치는 요도의 소맷자락을 붙잡고 말했다.

"노공께서는 도쿠가와의 은혜, 도쿠가와의 은혜, 라고 말씀하십니다. 과연 이 집안은 세키가하라의 공으로 엔슈(遠州) 가케가와(掛川)의 작은 영주에서 도사 전국을 얻었습니다. 그러나 그 은혜는 그때의 공으로 갚아져 대차 관계(貸借關係)는 끝나고 있는 일입니다. 세키가하라 싸움이 있은 지 3백 년, 아직도 옛날 꿈에 잠겨 일본의 국난을 판단하십니까? 천치 같은 꿈이 아니겠습니까?"

과격한 말을 했다. 요도는 얼굴빛이 달라졌다. 교만한 수재 귀족이 하급 가신에게 이런 소리를 듣고 감정이 상하지 않을 리가 없다.

그러므로

"죽여라." 했던 것이라 생각된다.

뒷날 시대가 변천하여 마침내 도사 번도 시대 조류에 밀려 사쓰마 조슈와 더불어 막부 토벌전의 주역이 되지 않을 수 없게 되었을 때, 요도는 때마침 교토에 있었다.

몇 안 되는 상급 무사 중에서 근왕파였던 이누이 다이스케가 사쓰마 조슈 도사의 병사들로 구성된 도산도(東山道) 정벌의 관군을 이끌고 교토를 출발할 때, 요도 앞에 나아가 말했다.

"노공은 옛날부터 과격론자는 미치광이라 싫다고 하셨는데, 마침내 그 과격파의 세상이 되었군요."

이렇게 비꼬자, 역시 호탕한 영주인만큼 한 마디 변명도 불평도 않은 채 미소를 띠며 끄덕였다.

"음."

더구나 출전하는 도사 번사에게 술을 내리면서 한마디를 송별사로 주었다.

"날씨가 아직도 추우니 몸들을 조심하도록."

2월달이라 아직도 추우니 감기 들지 말라는 의미다. 요도 또한 보통나기가 아니었다.

유신 후 요도는 신바시나 야나기바시에서 연일 술을 마셔 취해 쓰러지면, 별안간 헛소리를 하는 일이 있었다고 한다.

"용서해라, 다케치, 용서해라, 다케치."

다케치 할복은 요도가 메이지 오년 46살로 죽을 때까지, 남에게는 말할 수 없는 한이 되어 있었던 모양이다.

어쨌든 번청에서는 할복시킬 죄목이 궁하여, 마침내 다케치가 평소 요도에게 무례할 만큼 격렬하게 그 의견을 바꾸도록 청했던 일을 트집 잡아

"주군에 대한 불경(不敬)"이란 죄명을 만들었다. 이만큼 박약한 사형 죄명은 3백 제후의 집안에서도 별로 없는 일이다. 어지간히 요도는 다케치를 죽이고 싶었던 모양이고, 옥리는 그 뜻을 받들기 위해 노심초사했을 게 틀림없다.

이 결정은 금방 감옥 밖으로도 새어나고 옥 속의 다케치 귀에도 들어왔다.

그래서 다케치는 누님과 아내에게 편지를 보내 장례식은 신도식(神道式)으로 해 달라고 부탁 했다.

무사의 허영은 그 최후에 있다.

즉 할복이다. 어떻게 멋있게 배를 가르느냐가──나는 이런 사내이다.
──라고 자기를 말하는 가장 웅변적인 표현법으로 간주돼 있었다.

그러므로 무사의 집에서는 사내아이가 성인식을 올리기 전에 자세히 할복의 예법을 가르친다.

그런데 다케치 한페이타──

그런 의미로서는 가장 허영가였으므로 엄청난 할복 방식을 생각해 냈다.

'할복에는 세 가지 방법이 있다. 보통은 배를 한일자로 가르는 법, 이밖에 열십자로 가르는 법, 그리고 옆으로 세 가닥 긋는 법. 할 수 있다면 남이 않는 '석삼자'의 법으로 하고 싶다.'

다케치는 그렇게 말했으나, 옥리들이 그런 것에 무식할 경우 모처럼 실행하더라도

──다케치란 놈, 마침내 미치고 말았구나.

그런 말을 들으면서 웃음거리가 될 뿐이다.

그래서 자기에게 심취하고 있는 옥리 가도야간스케(門谷貫助)라는 자를 불러 당부했다.

"나는 그런 식의 할복을 하겠네. 그러한 옛 법이 있다는 걸 알고 후일 사람들이 비방할 때 증인이 돼 주게."

그러나 다케치는 오랜 감옥 생활로 쇠약할 대로 쇠약해 있다. 그것을 해보일 체력이 있는지 없는지 자신이 없었다.

드디어 다케치의 할복 날이 왔다.

다케치는 목욕하고 수염과 사카야키(月代)를 면도하고 상투를 다시 튼 다음 도미코가 차입한 흰옷 한벌에 겉옷을 걸치고서 시각이 이르기를 기다렸다.

다케치는 료마가 말하는 '고지식한 사내'이므로, 요도에 대해서 원망 비슷한 말도 없이 말했다.

"노공의 어진 정사를 바라며 간언을 드려 왔다. 그리하여 이제 노공의 은혜로 무사다운 죽음을 맞게 되었다."

다케치는 태연했다. 그러나 중얼거렸다.

"아직도 료마가 있다. 나와는 방법이 다르지만, 뒷일은 그 친구가 잘해 줄 테지. 사쓰마에는 사이고가 있다. 조슈에는 구사카, 다카스기, 가쓰가 있다. 도사 번이 비록 완고하고 낡아 움직이지 않는다 하더라도 천하는 돌아간다. 언젠가 도쿠가와는 쓰러지고 새로운 나라가 된다. 혼백이 되더라도 그때를 즐거움 삼아 기다리자."

이윽고 옥에서 불려 나갔다.

날은 캄캄하게 저물었다.

할복 장소는 남집회소 넓은 마당.

그 북쪽 귀퉁이에 판자가 깔리고 판자 위에 거적이 펼쳐 있다. 주위에는 화톳불이 있어 낮처럼 밝았다.

다케치는 조용히 정해진 자리에 앉았다. 마치 연극에 나오는 무장(武將)과도 같은 아름다움이었다고 한다.

한 단 올라서서 총감찰관인 고토 쇼지로가 낭랑하게 선고문을 읽고, 다케치는 배례.

그러자 동시에 관리가 잽싸게 걸어 나와 흰 시호(四寶 : ᵃᵇ᷇)를 놓았다. 삼뽀(三寶)가 아니다. 삼뽀는 세 곳에 구멍이 뚫려 있지만, 시호는 사방에 구멍이 뚫려 있다. 모양은 같다. 그 위에 한 자루 단검이 얹혀져 있었다.

검사관은 번의 감찰로서 정부(正副) 두 사람 있다. 입회인도 두 사람. 이것은 할복하는 쪽에서 자유롭게 정할 수 있으므로, 다케치는 자기가 지난 날 검술을 가르친 친척 오가사와라 타다고로(小笠原忠五郎), 시마무라 주타로(島村壽太郎)로 했다.

그들은 등 뒤에 있다. 상이 놓여지자 예의로서 칼 뽑는 소리가 나지 않도록 살짝 뽑아 들어 칼끝을 하늘로 향해 팔쌍(八雙)으로 겨누었다.

"알겠다. 내가 됐다 할 때까지 기다려."

다케치는 말한 다음 단검을 들고 복부에 여유를 주어 잠시 기력이 충실해지기를 기다렸다가 이윽고 왼쪽 배 밑을 푹 찔렀다.

소리는 내지 않는다.

힘껏 그것을 오른쪽에 한일자로 그은 다음 일단 칼을 뽑아내자, 이번엔 오른 배에 찔러

얏!

얏!

얏!

세 마디 외치며 멋지게 석삼자로 가른 다음 앞으로 엎어졌다.

핏방울이 무섭게 튀어 검사관 옷자락에까지 뿌려졌을 정도이다.

아직 숨결이 있었다.

입회인 시마무라와 오가사와라는 서로 눈짓하며 좌우에서 심장부를 찔렀다. 다케치의 자세가 이미 엎어져 있으므로 목을 벨 수가 없었던 것이다.

나이 37세.

다케치의 할복과 더불어 다른 사람들도 각각 단죄(斷罪)되었다.

상급 무사 중에서 근왕파였던 고미나미 고로에몬(小南五郎右衛門)은 무사 자격이 박탈되고, 농군이나 상인처럼 성씨와 칼을 차는 것이 금지되어 서인(庶人)으로 떨어졌다. 무사로서 할복 이상의 고통스런 벌이었다.

고미나미는 다케치 전성시대 교토에 주재하며 총감찰관을 하던 인물로서 원래 도량(度量)이 넓은 사내였으나, 이 형을 선고받았을 때 아들 마고하치로(孫八郎)에게 야전용 전복(戰服)을 가져오게 해놓고 고개를 갸웃거렸다.

"진충보국(盡忠報國)."

요도의 글씨가 씌어져 있다. 요도가 교토 시대의 고미나미의 근왕 활동을 기뻐하여 일부러 써 준 것이다.

"도무지 모르겠군. 내가 무슨 죄로 이렇게까지 되었는지……"

고미나미는 중얼거렸다.

자칭 명군인 요도는 막부 말기의 가장 화려한 암군(暗君)이었다고 할 수 있을지도 모른다.

자기를 영걸이라고 과신하고 있는 인간을 주군으로 받들어 온 중신 고미나미의 재난이었다고 할 수 있으리라. 요컨대 정치가 요도의 본질은 기분파였던 것이다.

——영웅은 결단이 필요하다.

요도는 그렇게 과신하는 사내였다. 결단성 때문에 다케치를 죽이고 조상 대대의 중신 고미나미를 한때는 그 인품을 신임하고 있었으면서도 지금은 서인으로 떨어뜨리고 말았다. 영웅 요도는 혼자 영웅인 듯 비장해하고 희극을 연출했다. 그 희극 때문에 앞으로도 몇 사람의 인간이 죽어 간다. 귀족은 바보로서 좋다. 귀족이 너무 똑똑하면 오히려 해가 큰 경우가 많다.

상급 무사 소노무라 신사쿠(園村新作)도 고미나미와 같은 선고.

향사 시마무라 히사노스케, 야스오카 가쿠노스케, 고바다 마고사부로, 모리다 긴사부로(森田金三郎), 야마모도 기사노신(山本喜三之進), 고오노 마스야 등은 무기 징역.

향사 무라다 주사부로(村田忠三郎), 히사마쓰 기요마(久松喜代馬), 오카모토 지로(岡本次郎), 잡병 오카다 이조는 참수(斬首).

이조만은 가장 중죄로서 그 목은 일찍이 요시다 도요의 목이 떨어져 있었던 간기리 강(雁川切) 기슭에 효수(梟首)되었다.

사망자는 자백자 이조를 제외하고 유신 뒤 각각 관직이 추증(追贈)되었다.

그날 밤 도미코는 상복을 입고 기다렸다.

"그럼 부인, 갔다 오겠습니다."

다케치의 유해를 인수하려고 제자와 동지들이 상복을 입고 집을 출발했다. 그들은 가마 하나를 메고 있다.

다케치가 교토에서 득세할 때 공경인 아네고지 집안의 집사(執事)라는 자격을 겸한 일이 있다.

이 가마는 그때 사용하고 있었던 격식이 높은 가마로서, 고인으로는 추억 깊은 것이었다.

이윽고 남집회소에서 유해를 인수하여 시구문으로 가마를 메고 나왔다. 가마를 멘 자, 앞뒤로 따르는 자, 이들도 대부분은 막부 말기 풍운속에서 투사(鬪死), 횡사하게 된다. 오이시야타로, 우에다 난지(上田楠次), 아베 다지마(阿部多司馬), 다다 데쓰마, 이가라시 이쿠노스케(五十嵐幾之助), 니시야마 나오지로(西山直次郎)……

모두 미천한 향사들이다.

다케치와 동지이면서도 이 옥사(獄事)에서 체포가 모면된 사람들은, 수령인 다케치가 일체 동지들의 이름을 입 밖에 내지 않았기 때문이다.

──한 사람이라도 많은 동지를 살려 두면 또 쓰게 될 시절이 있다.

다케치는 옥중의 동지에게 밀서를 돌려 아무리 교묘한 심문을 받더라도 인명만은 입 밖에 내지 말라고 해 두었던 것이다.

가마는 별이 총총한 하늘 아래를 간다.

"별이 소리치고 있는 것 같아."

우에다 난지가 기묘한 표현으로 말했다. "별이 울고 있다"고 하고 싶었겠지만, 이 남국 사람들은 그러한 감상적 표현을 즐기지 않는 전통이 있다.

도미코는 문전에서 유해를 맞아 그날 밤은 집에 두었다.

동지, 제자 여럿이 밤샘을 해 주었다.

도미코는 곧 허드레옷으로 갈아입고 그 밤샘 손님들을 접대하기 위해 분주하게 움직였다. 이튿날 아침 유해를 다시 가마에 싣고 다케치의 본집이 있는 나가오카 군(長岡郡) 후케 마을(吹井村)로 가서 집 뒤 묘지에 매장했다.

다케치는 유언으로 장례식은 신도식으로 해 달라고 했으나, 번청에서는 그런 이례적인 것을 허락하지 않았다. 도쿠가와 시대에는 도쿠가와 집안의 지배 체제를 유지하기 위해 "모든 새로운 것은 허락 않는다"는 이에야스 이래의 병적인 보수 사상이 있었는데, 도사 번 역시 마찬가지였다.

장례식은 불교식이 되어 다케치에게 그 자신이 원치 않았던 계명(戒名)이 붙여졌다. 상조원원돈일승거사(常照院圓頓一乘居士). 그야말로 무해무득(無害無得)이고 무의미한 문자가 나열돼 있다.

그러나 도미코는 묘비에 그것을 새기기를 원치 않아 석수에게 부탁하여 '武市半平太 小榎 墓'라고만 새겼다.

이 후케 마을까지의 먼 길을 료마의 누님인 오토메가 따라왔다.

오토메는 다케치가 좋았다.

그런 만큼 오토메는 도미코에게 유별난 호의를 가졌었고, 이때도 도미코를 부축해 주며 따라왔다.

후케에서 며칠 머물면서 장례가 끝나자 도미코를 성아래거리 다케치 집까지 데려다 주었다.

곧 도미코는 성아래거리 신마치의 다부치 저택에서 외톨이가 되었다.

날이 감에 따라 그토록 총명하다고 일컫던 도미코 부인이 넋 나간 것처럼 되었다.

오후 문득 깨닫고 보면 마루에 웅크리고 앉아 뜨락의 백일홍을 멍청히 바라보면서, 해질녘까지 그렇게 앉아 있곤 했다.

어떻게 된 셈인지 어렸을 때 불렀던 아이들 노래를 조그맣게 노래하는 일이 많았다.

생활은 어려웠다.

다케치 집안은, 사카모토 집안보다는 못했지만 향사로서는 부유한 편이었다. 그런데 다케치는 그토록 동분서주하고 있었기 때문에 전답과 산림을 거의 팔아 없앴다.

게다가 처형 후 녹봉과 후케 마을의 집이 번청에 몰수되는 바람에 도미코는 빈곤하기 그지없었다.

다만 유신이 되어 다소 혜택을 받았다.

메이지 십년, 조정에서 다케치의 옛 녹봉을 부활시켜 지급하게 됐으며, 또 다케치의 제사 비용 3백 원이 하사되었다.

그밖에 도사 번 지사의 생존자로서 메이지의 고관이 된 사람들이 돈을 보내어 그 생계를 도왔다.

도미코는 다케치가 죽은 뒤 유즈하라(橋原) 마을의 신관(神官) 집안에서 양자를 얻어 한타(半太)라 이름 짓고 키웠으며, 그와 다케치의 조카딸 지가(千賀)를 짝지었다.

뒷날 도미코는 도쿄로 옮겼다. 한타의 의학공부를 위해서다. 옛날 다케치의 도장에서 말석이었던 다나카 미쓰아키(甲中光顯)가 백작이 되어 있어, 그가 뒤를 보아 주었던 모양이다.

메이지 44년(1911년), 황실에서 3천원의 양로금(養老金)이 하사되었다. 도미코 75살.

그 이듬해 양자 한타가 고향인 유즈하라 마을에서 개업하기 위해 귀향했을 때, 함께 돌아갔다. 그 유즈하라 마을에서 다이쇼(大正) 7년 78살로 영면했다.

──어쨌든 분큐 3년 10월.

다케치 등 고향의 근왕파 투옥이 계속되고 있을 때, 료마가 있는 고베 마을의 해군학교에 오사카 스미요시(住吉)에 있는 번 출장소에서 감찰관 두 사람이 감찰보조 다섯을 데리고 나타나 료마를 만나자고 말했다.

"번의 명령이오. 귀국하시오."

번의 관리들은 엄격한 표정을 짓고 있었다.

한쪽 소매

번이 귀국하라고 하는 것은 료마에 대해서만은 아니다. 도사 번에 관계되는 학생 전원에 대해서였다.

요컨대 번에서는 료마 등 고베파도 다케치의 동류로 보고 있는 것이다. 실제로 동류였다. 귀국시켜 투옥시킬 속셈이리라.

"흥!"

료마는 코방귀를 뀌었다. 이 사나이는 다케치처럼 번에 대하여 공순하지 않다. 그뿐인가, 번이나 요도 따위를 애당초 무시하고 있는 사내이다.

"사람을 잘못 보지 말라"고 하기나 하듯 료마는 새끼손가락을 콧구멍에 집어넣고 감찰관이 보고 있는 앞에서 시꺼먼 코딱지를 후벼 파서 둥글게 뭉치기 시작했다.

"무엄하다, 번명(藩命)이다!"

원칙적으로는 부복해야 할 판이다.

"천치 놈들."

그렇게 고함치는 대신 료마는 벌렁 눕고 말았다.

"그런 번명이 있었나? 다케치만큼 도사 번을 위해 애쓴 사내는 없어. 그 다케치를 투옥하는 번이 무슨 번명이야! 이 료마를 투옥하겠다는 거냐. 그렇게는 안 될걸."

"사카모토, 무례하지 않느냐. 우리는 주군의 사자로서 온 것이다. 그 태도가 뭐냐!"

"거짓말 마라. 영주님이란 말이야."

료마는 일어났다.

"자비심이 많으신 분일 거야. 사람을 도둑놈처럼 옥에 처넣는 영주님이 어느 세상에 있단 말인가. 아마 번의 악질 중신들이 꾸며 낸 음모일 테지."

"무, 무엄하다!"

"뽑지 말게."

료마는 손을 들어 제지했다.

"감찰쯤 되는 자가 남의 영지에서 함부로 칼을 뽑아 같은 번 사람에게 덤벼든다면, 그것만으로도 할복감이야. 잘못된다면 당신네들이 신주 모시듯 위하고 있는 녹봉은 몰수, 가명(家名)은 단절되지. 게다가 여기서 나한테 베이면 그야말로 우는 얼굴에 벌이 쏘듯 불운에 불운이 겹치는 꼴이야."

"햐, 향사 주제에 뭐, 뭐라고!"

"저것 봐. 상급 무사니 향사니 하는데, 이렇게 일본이 어려울 때 그 따위 차별로 눈에 쌍심지를 켜고 있는 게 도사 번의 돌대가리란 말이거든. 다케치는 너 같은 녀석들을 상대로 전번근왕(全藩勤王)이니 어쩌니 하며 되지도 않는 소리를 하고 있었는데, 그것이 가여웠어. 그러나 나는 너희들과 놀 틈이 없어."

"번의 관리에 대해 갖은 욕지거리를 하다니, 용서 않겠다."

"글쎄, 용서해 주게."

"무, 무례하다. 번법에 따르면 우리 상급 무사는 향사를 베어도 무방한 권리가 있다."

두 사람이 칼 손잡이에 손을 대자 다섯 명의 감찰보조가 재빨리 료마의 등 뒤로 돌아갔다.

"그만해 둬. 나는 지금은 해군에 정열을 쏟고 있지만, 본업은 칼잡이야. 너희들 열 명이나 스무 명……"

료마는 무서운 눈으로 둘러보았다.

"베는 것쯤 식은 죽 먹기야."

번의 관리들을 학교 문에서 몰아내고 말았다. 다케치와는 전혀 다른 태도에 그들은 놀랐다.

료마는 탈번했다.

그보다도 자동적으로 탈번의 몸이 되었다고나 할까. 번의 귀국 명령에 복종하지 않았기 때문이다.

료마뿐이 아니다. 그의 고베 학교 학생 중 도사 번사에게는 전부 소환 명령이 내려져 있었으나 모두 거부했다.

"번 따위는 생각도 말라"는, 다케치와는 전혀 다른 료마의 정치 감각을 따랐던 셈이다. 그 때문에 그들은 전원 탈번자가 되었다.

즉 망명객이다. 국사범(國事犯)이므로 번에서 당연히 밀정, 포졸 등이 파견된다.

고치에서는 요도가 격노했다.

"료마라는 사내에게 나는 알현을 허락한 일은 없지만, 그 사내는 전에도 탈번한 일이 있다. 그 탈번의 죄를 가쓰 가이슈와 마쓰다이라 요시나가(松平慶永)의 주선으로 나는 용서해 주었다. 그걸 은혜로 여기지 않고 또다시 내 명을 거슬러 탈번했단 말이냐!"

노공의 노여움이 고베의 료마에게로 전해져 왔으나, 료마는 코웃음을 쳤다.

"애송이가 뭘 알아."

료마는 비웃었다. 다케치에게는 '조상 대대의 은혜를 입은 주군'이라는 엄숙한 존재의 요도였지만, 료마의 입에 걸리면 애송이다.

하긴 연령으로 말하는 게 아니다. 나이든 요도 쪽이 훨씬 위며 료마야말로 애송이다.

감찰관이 왔다 간 날 밤, 료마는 수첩에 비밀히 몇 글자 적었다. 현군(賢君)을 가장한 희대(稀代)의 암군 요도에 대한 격렬한 반감이 그것을 쓰게 만든 것이리라.

"세상의 생물이라는 것은 인간도 개도 벌레도 모두 같은 중생(衆生)이며 상하 따위는 없다."

료마도 충성만을 배워 가며 자라난 봉건시대의 무사다. 그러한 감정을 억눌러 버리고 이렇듯 격렬한 문장을 적는다는 것은, 고향의 근왕파 투옥이 그만큼 이 사내에게 큰 충격이 되었기 때문이다.

다시 료마는 계속썼다.

"본조(本朝 : 즉일본)의 국풍(國風)이란 천자를 제외하고는 장군이고 영주고 중신이고 모두 그 시대 시대의 명목에 지나지 않는다. 대단한 것도 아니다."

그리고 또 썼다.

"녹봉이란 새에게 주는 먹이 같은 것이다. 천도(天道 : 잡엄)는 사람을 만들었다. 게다가 먹을 것도 만들어 주었다. 새처럼 새장에 갇혀 녹이라고 하는 이름의 먹이를 받아먹는 것만이 인간은 아니다. 쌀밥 따위는 어디를 가더라도 따라다닌다. 그러니 녹봉 따위는 내 마음에 차지 않으면 헌 짚신처럼 버려라."

번을 버린다는 게 무슨 대단한 일이냐고 하는 기백이 오토메 누님에게 배웠던 그 기묘한 글속에 약동하고 있다.

이튿날 아침 료마는 도사 계통의 학생을 모아놓고 말했다.

"번이니 노공이니 하는 것에 일일이 신경 쓰고 있다간 천하의 대사는 못한다. 만일 번에서 쳐들어온다면 총탄이나 창검으로 대접해 줄 셈이니 그렇게 알아 둬라."

료마는 매일 분주했다.

연습선이 아직도 입수되지 않았기 때문에, 막부의 군함이나 기선이 오사카의 덴포 산(天保山) 앞바다에 올 적마다 학생을 쉰 명, 백 명 데리고 가서 그 함선을 이용하여 연습했다.

물론 가쓰가 교섭해 준 것이다. 함선들도 할 수 없이 그들에게 사용을 허락했다.

이 무렵 막부의 배 쥰도마루가 입항해 있었으므로, 료마는 학생들을 지휘하여 효고(兵庫)에서 기슈 해협까지 마음껏 돌아다녔다.

료마는 기관실 화부(火夫) 노릇도 했다. 마스트에도 올랐다. 얼핏 보아 둔한 것같이 보이지만, 원래가 검객이어서 그런 조작법을 배우는 요령을 곧 터득하여 전문가인 시아쿠(鹽飽) 열도 출신의 수부나 화부보다 능숙해졌다.

천측(天測), 측량(測量), 기관 조작(機關操作) 등은 료마보다 무쓰나 모치즈키 기야타(望月龜彌太) 등이 능숙했다.

선장으로서의 지휘 솜씨는 료마가 과연 제격이었다. 료마 다음으로 잘한 것은 사쓰마인 이토 스케유키(伊東祐亨)라는 젊은이였다.

"너도 제법이다."

료마는 언제나 칭찬했다.

스케유키도 료마를 따르며 료마의 걸음걸이까지 흉내 낼 정도였다.

스케유키는 곧잘 자기 나라의 사이고 다카모리(西鄕隆盛) 이야기를 했다.

"신분은 낮습니다만, 모두들 사이고님을 존경하고 있지요. 씨름꾼처럼 몸집이 큰 분인데, 사카모토님과 어딘가 닮았어요."

"그렇게 닮았나?"

료마도 사이고의 이름은 듣고 있다. 그러나 훗날 막역한 동지가 된 사이고에 대하여 료마는 이 무렵 아무런 흥미도 없었다. 첫째, 나를 닮은 놈이라면 별놈 아니겠지, 하고 생각했다.

스케유키는 치밀한 두뇌와 지나치게 신중할 만큼의 성격을 지니고 있었다.

배의 운전도 좀 소심할 정도로 신중하여 료마는 그 점이 마음에 들지 않았다.

"신중한 것도 좋지만 대담한 데가 있어야만 해. 신중은 하급 관료의 미덕이고 대담은 대장의 미덕이야. 대장이냐, 부하냐, 하는 것은 사람의 천성으로 정해지는 것이지만, 너는 대장이 될 공부를 해라."

그렇게 말하곤 했다.

이런 함선 연습 동안에도 료마의 꽁무늬만 따라다니는 무쓰는 이따금 료마를 놀렸다.

"사카모토님, 도사 번에선 다케치님 이하 동지들에게 큰 난이 닥쳤는데, 한가하게 군함 연습을 하시는군요."

"나는 서두르지 않아. 막부가 어떠니저쩌니해도 넘어질 시기가 있어. 종기도 완전히 곪지 않으면 바늘을 댈 수 없지."

료마는 그렇게 보고 있다. 조슈 사람이나 도사 다케치파처럼 초조해한다면 희생만 많을 뿐 아무것도 안된다. 시기와 막부라는 종기는 료마가 보기에는 아직 바늘로 딸 정도까지는 되어 있지 않았다.

료마는 고베 마을을 떠났다. 교토에 가서 가쓰를 만나기 위해서다.

사이고쿠 가도(西國街道)를 걸어 히라가다(枚方)로 나가 거기서 요도 강(淀川)을 30석 배로 올라, 이른 새벽 후시미 데라다야 앞 선창에 닿았다. 때마침 배에서 내리는 료마의 모습을 가게 앞에서 오료가 보았다.

　'어머……'

　오료가 일어서는 것이 근시인 료마의 눈에도 보였다.

　료마는 힐끗 가게 안을 기웃거리면서 말했다.

　"들르지 못해. 바쁜 길이야."

　오료는 빨개지며 끄덕였으나 오토세는 계단대에서 외쳤다.

　"거기서 뭘 하고 있는 거예요, 족제비처럼 얼굴만 내밀고."

　"족제비라니 너무하군."

　료마는 가게 안으로 들어갔으나 마루에 걸터앉을 뿐 짚신을 벗으려고 하지 않는다.

　"추워졌군."

　"이제 겨울로 들어서는걸요. 그것보다 교토는 무시무시해요. 신센조가 인원을 자꾸만 늘려 시내를 거드럭거리고 다니지요."

　"그까짓."

　료마는 오료가 가져다 준 뜨거운 차를 한 모금 마시고 나서 이상한 표정을 지었다.

　"쓴가요?"

　"응."

　우지(宇治)의 고급 차를 사용하고 있다. 오료는 태생이 태생이니만큼 그토록 가난한 몇 년을 보냈으면서도 차만은 사치스런 것을 썼다.

　그 오료의 사치를 아무 말 없이 묵인하고 있는 오토세도 과연 오토세답다.

　"나는 시골뜨기라서 이런 차를 마시면 위장이 오므라드는 것 같아."

　"그럼, 물?"

　오토세가 놀렸다.

　"아니면 도사에선 바닷물을 마셨나요?"

　"수다스럽군."

　오토세의 입심에는 질색이다.

　"그런데 이번에 또 탈번을 하셨다면서요?"

　오토세는 정보가 빨랐다. 당연한 일로서 데라다야는 사쓰마 번 지정의 여

관이 돼 있고 도사번의 근왕파도 곧잘 숙박한다. 천하의 근왕파 지사 소식에
대해서는 오토세만한 정보통(情報通)도 별로 많지 않으리라.

"이를테면 탈번이지."

"들락날락."

오토세는 우습다는 듯이 웃었다. 그러나 곧 진지한 얼굴이 되어 말했다.

"어젯밤에 묵고 간 사쓰마 손님 말로는 도사 번은 사카모토님을 끝까지 쫓
아서 잡을 셈이라나 봐요."

"붙잡아 어떻게 하려는 걸까?"

료마는 남의 일처럼 고개를 갸웃했다.

"삶아 먹으려는 걸까?"

료마가 자못 심각하게 말하자, 오토세는 배를 잡고 웃었다.

"틀림없이 도사 노공님(요도)이 술안주로 할 작정인가 보죠."

"그럴까?"

"하지만 도사 번도 그렇지만 신센조 순찰대가 우굴우굴하고 있으니 지금
은 될 수 있는 대로 교토에 가까이 오시지 않는 게……"

"염려없어."

가쓰는 데라 거리(寺町)의 절에 묵고 있을 것이다. 료마는 기온 돌계단
밑까지 오자, 마침 같은 번 출신의 해군 학생인 야스오카 가네마(安岡金
馬), 센야 도라노스케(千屋寅之助)를 만났다.

료마는 이 두 사람을 호위병 대신 가쓰에게 딸려 주고 있었다.

"빈둥거리면서 뭐 하고 있나?"

료마가 꾸짖자, 두 사람은 대답했다.

"가쓰 선생은 니조 성에 가셨기 때문에 저희들은 산책중입니다."

"바보로군, 가쓰 선생에게 꼭 붙어 있어."

"그러나 아무리 세상이 험하더라도 성 안에 계시다면 안심입니다."

"정말 돌대가리군. 내 말은 선생에게 꼭 붙어있지 않으면 너희들이 위험하
다는 거야. 가쓰 선생의 옆에 있는 한 신센조가 너희들에게 손을 대지 못
해. 가쓰 선생은 양이 지사가 노리고 있어. 그리고 너희들은 신센조가 노
리고 있지. 그래서 서로 붙어 있으면 염려 없으리라고 생각한 거야."

"아, 그렇구나."

가네마는 머리를 긁었다.

"그러나 사카모토님, 사카모토님은 어떻습니까? 교토이 혼자 나들이는 위험할 텐데요."

"나는 하늘이 지켜 주고 있어. 큰일을 하려고 하는 자는 모두 하늘이 지켜 주는 거야."

료마는 성큼성큼 걸어간다.

그러나 춥다.

남쪽 출신이라 추위를 타는 료마는 아직 늦가을인 데도 교토의 바람은 질색이다.

바람이 센 날이다. 시조의 동쪽 기슭으로 나선 료마의 옆머리가 흩날리고 있다.

다리를 건너 번화한 서쪽 기슭으로 들어섰다.

그때, 호랑이도 제 말하면 온다는 속담처럼 맞은편에서 신센조의 시내 순찰대가 나타났다.

인원은 열 두서넛.

모두 제복을 입었고 선두의 두서넛은 짧은 창을 지팡이삼아 짚고 온다. 모두 상투를 강무소(講武所)식으로 따 올리고, 어깨를 으스대며 하인 몇 명에게 큰 궤짝을 지우고 오는 모습이 사뭇 위풍당당하다.

'이러니 교토의 낭사들이 떠는 것도 무리가 아니지.'

지난날 도도 헤이스케 등을 만났던 무렵과 비교하면, 불과 얼마 동안에 신센조의 규모와 위용이 몰라볼 만큼 어마어마해졌다.

선두에 선 살결이 희고 쌍까풀진 배우 같은 사내는, 야스오카 가네마의 말에 의하면, "저것이 부대장인 히지가다 도시조"였다.

교토의 낭사들은 신센조 순찰대를 만나면 골목에서 골목으로 꽁지가 빠지도록 달아나 버렸다. 특히 누구보다도 히지가다를 가장 두려워한다고 한다.

"사카모토님, 놈들에게 심문을 당하면 귀찮습니다. 달아납시다."

"허허어."

료마는 천치인 모양이다.

양편은 집들이다.

길은 좁다.

이대로라면 당연히 정면으로 충돌하게 된다.

선두의 히지가다는 맞은편에서 나타난 도사 낭사인 듯한 세 사람을 보았다. 칼 모양 등으로 도사인은 구별하기 쉽다.

"가네마, 도라노스케, 한번 검의 묘기를 가르쳐 줄까?"
료마는 눈을 가늘게 뜨며 말했다.
"어, 어떤……"
두 사람 모두 신센조를 눈앞에 둔 마당이라 겁쟁이가 아니더라도 긴장으로 이빨이 딱딱 마주친다.
"인간 만사의 묘기(妙機)에 통하는 거야."
료마는 두 사람을 집 추녀 밑으로 피하게 하고 자기 혼자 길 복판을 성큼성큼 걸었다.
"저새끼, 싸울 셈이로구나."
히지가다 이하 신센조 순찰대는 아차 하면 산개(散開), 발도(拔刀)하여 칼싸움할 준비를 갖추며 전진했다.
료마의 검은 무명옷은 동분서주하는 생활로 색깔이 완전히 바래고 땀 냄새조차 풍긴다.
머리도 더부룩, 원래가 거친 머리에 양쪽 모두 면구에 스쳐 굉장한 곱슬머리가 돼 있었고 그것이 바람에 일어나 언뜻 보기에는 나한(羅漢)이 나타난 것 같았다.
게다가 1백80센티의 장신에 너털너털 떨어진 하카마, 얼굴은 한 3일 동안 세수도 하지 않았다.
아무리 보아도 교토에서 한바탕 소동을 벌이기 위해 나타난 낭인 괴수의 모습이다.
──모두 조심해라.
히지가다는 그의 명검 이즈미노가미 가네사다(和泉守兼定)를 살며시 뽑기가 쉽도록 해 두었다.
'아무래도 낯이 익은 사내인데?'
생각이 나지 않는다.
짙은 눈썹에 약간 먼 곳을 보는 듯한 눈, 모양이 잘 생긴 두툼한 입술.
'앗, 도사의 사카모토 료마구나!'
히지가다가 에도에서 삼류 도장이라고 비웃음을 받았던 고이시카와(小石

川) 고히나다(小一向) 야나기 거리(柳町)의 곤도 도장 '시에이 관(試衞館)'에 있을 무렵, 기회가 있어서 간다 오다마 가이케의 지바 도장 대시합을 구경간 일이 있었다.

그때 료마도 출장(出場)하고 있었다. 순식간에 타류(他流)의 검객 세 사람을 쓰러뜨렸으므로 기억에 남아 있다.

당시 지금의 신센조 모체였던 곤도 이사미, 히지가다 도시조, 오키다 소오시 등의 덴넨리신류(天然理心流) 시에이 관 따위는 검술 도장 축에도 끼지 못했던 것이다.

주로 곤도, 히지가다의 생가(生家)가 있는 미나미 다마(南多摩) 방면의 농군 제사로 밥 먹고 있는 도장으로서, 농촌에 선생, 사범 대리 등이 몸소 출장 교수를 한다. 그러한 촌뜨기 검법인 것이다.

당시 에도의 상당한 검객이라도 장군 슬하인 부슈(武州)에 그러한 이름의 검술파가 있다는 것을 모르는 자가 많았다.

료마 등 향사가 같은 번의 상급 무사에게 격렬한 적개심을 갖고 있는 것처럼, 곤도, 히지가다 등도 지바, 모모이(桃井), 사이토(齋藤)와 같은 쟁쟁한 각 도장, 각 무술파에 대하여 필요 이상의 적의와 열등감을 가지고 있다.

"히지가다님!"

옆에 있던 오키다 소오시가 료마를 보면서 작은 소리로 말했다.

"저 사내는 벨 수 없어요."

"어째서?"

"왜 그런지 말하기가 어렵지만 베기 힘든 사내군요. 검기(劍技)가 아닌, 칼 솜씨 이외의 것이지만……"

"그럼 내가 베어 볼까?"

그런 어린애 같은 생각은 히지가다에게 없다. 신중하고 날카롭게 갈아 놓은 칼날처럼 매서운 지혜가 있는 사내인 것이다.

료마는 신센조 순찰대의 선두와의 거리가 대여섯 칸으로 좁혀지자, 홱 목을 왼쪽으로 돌렸다.

그곳에 새끼 고양이가 있었다.

겨우 생후 3개월쯤 된 모양이다. 추녀 밑 양지 쪽에 등을 꼬부리고 자고 있는 것이다.

료마는 행렬 앞을 유유히 가로질러 그 새끼 고양이를 안아 올렸다.

대열 앞을 가로지르는 자는 베도 좋다는 것이 당시의 상식이다.

순간, 신센조 대원들의 얼굴에 노기가 떠올랐으나, 당자인 거인은 얼굴 앞까지 새끼 고양이를 안아 올려

"찍, 찍, 찍."

쥐 울음소리로 고양이를 어르면서 놀랍게도 대열의 중앙을 빠져나가기 시작했다.

모두 기가 꺾였다.

멍하고 있는 사이 료마는 새끼 고양이를 볼에 비벼 대며 유유히 빠져나가고 말았다.

료마는 그대로 서쪽으로.

신센조는 동쪽으로.

"예, 그렇지요?"

아직 소년티가 남아 있는 오키다는 히지가다에게 말했다.

"저 녀석은 벨 수 없어요."

"이상한 사내야."

히지가다가 날카롭게 돌아보았을 때, 료마는 훨씬 뒤쪽을 찍 찍, 하면서 걸어가고 있었다.

"놀랐어요."

료마 옆으로 다가온 가네마와, 도라노스케가 말했다.

"놈들, 기가 꺾였던 모양이죠?"

"그랬을 거야."

료마는 말했다.

"저럴 경우 좋지 않은 것은 기(氣)와 기가 부딪치는 거야. 싸우겠다, 싸우겠다, 하고 쌍방이 같은 기를 내뿜는다면 깨달았을 땐 벌써 칼싸움을 하고 있을 때야."

"그럼 달아난다면 어떻습니까?"

"같은 이치야. 싸운다, 달아난다는 것은 적극, 소극의 차이는 있을망정 같은 기의 문제지. 그럴 경우엔 저쪽이 한사코 뒤쫓아 올 거야. 인간의 움직임과 활동의 팔 할까지는 그러한 기의 발작이지. 저럴 경우엔 상대의 그러한 기를 뽑을 수밖에 없어."

──그러나.

말한 것은, 신센조의 선두를 가는 히지가다.

"그야, 그렇군요."

오키다가 끄덕였다.

"그러나 그것뿐만 아니죠. 우리들의 기를 순간적으로 녹여 버리고 가 버렸어요. 보십시오, 우리들 패의 인상(人相)이 달라지고 있습니다. 모두 아이들에게도 호감을 받을 듯이 온화한 얼굴이 되어 있습니다."

"음!"

"그자의 손바닥에서 완전히 놀아난 것이지요, 우리들은."

"그런 모양이야."

히지가다는 씁쓰레한 얼굴로 끄덕였다.

'이상한 사내이다. 무언가 심상치 않은 큰일을 꾸미고 있는 것 같기도 하고, 그저 고양이를 좋아하는 게으름뱅이 같기도 하고.'

료마는 가와라 거리(河原町)의 서적상 '기쿠야(菊屋)'의 사랑채를 빌려 가쓰 가이슈를 만나러 가든가 도사 번사와 만나든가 했다.

"료마가 왔다"는 소문은 도사 번사, 도사 낭인뿐만 아니라, 각 번을 탈번한 낭인들 귀에도 들어갔다.

그들은 속속 료마를 찾아왔다.

"사카모토 선생은 계신가. 안에 계신가?"

상노(床奴)역은 기쿠야의 미네키치(峰吉) 소년이다. 미네키치는 그 전갈과 차를 나르는 일만으로도 녹초가 되고 말았다.

미네키치는 우스웠다. 료마는 낭인들로부터 선생, 선생, 하는 소리를 들을 적마다 낯간지럽다는 듯 묘한 얼굴을 짓는다.

──내가 선생 소릴 들을 주제인가.

료마는 혼자 웃음을 터뜨리곤 한다.

'어쨌든 선생은 굉장한 인기를 얻었구나.'

소년의 눈에도 그것이 이상스런 변화였다. 전에는 료마가 교토에 오더라도 이처럼 낭인들이 찾아오지 않았던 것이다.

그날 밤 마지막 손님이 겨우 돌아갔을 때, 미네키치는 료마를 놀렸다.

"이렇게 번창한다면 장사를 하는 게 어떨까요. 차 값을 열 푼씩 받으면 돈을 벌겠다고 아버지가 말했어요."

"그들도 곤란한 처지야."

료마는 신기하게도 농담을 농담으로 받아 주지 않고 좀 심각한 표정을 지었다.

"왜 그렇게 선생님의 인기가 올라갔을까요?"

"내 인기가 아냐."

료마는 곧 심각한 얼굴을 거두고 자기의 지금 입장이 우스꽝스러워 견딜 수 없다는 듯이 웃기 시작했다.

료마는 이렇게 보고 있다.

작년과 금년에 걸쳐 속속 번을 탈주하여 교토에 올라온 여러 고을의 근왕파 낭사는 사쓰마 조슈 도사의 지도자들로부터 온갖 지시를 받아, '덴추(天誅)'라는 이름의 살인 행위를 청부받거나 지도자들을 찾아다니며 시국담을 듣거나 했다.

그 지도자는 조슈의 가쓰라 고고로, 구사카 겐스이, 그리고 조슈 번 고문 격인 구루메(久留米)의 신관(神官) 마키 이즈미, 도사의 다케치 한페이타 등이었다.

그런데 조슈 번은 교토에서 실각되고 다케치는 본국에서 투옥(이 시기엔 아직 할복하지 않았다) 되었으며, 사쓰마 번은 막부 편인 아이즈 번과 동맹을 맺는 등, 그들 낭인들은 하루아침에 지도자를 잃어 배경을 잃고 들에 버려진 개처럼 되고 말았다.

게다가 작년에는 없었던 신센조와 순찰대 같은 비상 경찰단이 더욱 조직과 활동을 확대하기 시작했으며, 그들 근왕파 낭사는 그러한 단체의 밥이 되어 눈에 띄기만 하면 무나 뭣처럼 마구 베어 던져진다.

돈도 없다.

완전히 궁짜가 들어 있는 것이다.

자연히 지금까지 그들의 눈에 '이상한 활동을 하는 사내'라고 밖에 보이지 않았던 료마가 다케치, 구사카, 가쓰라가 버리고 난 뒤의 새로운 지도자로서 주목받게 된 것이다.

'시대도 많이 변했구나.'

료마는 그것이 우습다.

교토에 근왕 낭사 2백.

료마는 그쯤 보고 있다.

료마는 그들을 실업자라고 보고 있었다. 그 점이 다케치나 가쓰라, 구사카, 마키 등 전기(前期)의 지도자와 다르고, 기요가와 하치로(淸河八郎) 등 전전기(前前期)의 지도자와도 다른 점이었다.

'어떻게든지 밥을 먹여야 할 텐데.'

료마는 그런 생각을 한다.

기요가와의 시대는 책동시대(策動時代), 다케치와 가쓰라의 시대는 폭발시대(暴發時代), 그 어느 것이나——내일이라도 막부가 쓰러질지 모른다는 그런 시기였다. 그러기에 그 막부 타도군에 참가하기 위해 천하의 뜻있는 자들이 조상 전례의 칼을 들고 나와 풍운을 찾아 교토로 달려온 것이다.

그런 시대가 단 1년만에 다시 뒤바뀌어 막부 타도의 기운은 급속히 식었다.

——종기도 곪지 않으면 건드릴 수 없다.

이런 료마의 시국관(時局觀)은 거기에 있다. 막부라는 종기는 퉁퉁 부어 있을 뿐, 완전히 곪아 있지는 않았다.

그렇기 때문에 신센조가 마구 사람을 베 던지는 무력시위로 교토 일대를 설치고 다니는 것이다.

료마는 기요가와, 마키, 다케치 등의 유산인 근왕파 낭사들의 실업 대책에 골머리를 썩이지 않을 수 없는 입장이 되었다.

"우선 그들의 생명을 신센조의 칼날에서 구하자면 교토를 떠나게 해야만 한다."

고향으로 돌아가도록 권할까?

그것은 불가능하다.

료마 자신이 탈번한 낭인이므로 잘 알고 있다. 탈번자는 고향에 돌아가면 죄인으로서 잡히고 만다.

돌아갈 수는 없다.

그날 밤 료마는 기쿠야의 사랑채 이불 속에 파묻혀 있다가 "그렇다!" 하고 벌떡 일어났다.

'홋카이도(北海道)를 개간시키자!'

둔전병(屯田兵)을 만들겠다는 것이다.

군사 조직으로 소총, 대포 등을 쥐 놓고 막상 북방의 적(러시아)이 침략해 왔을 때의 방위군으로 사용하는 것이다. 그리고 또 막부 타도의 기회가 무르 익었을 때에는 그들을 북방에서 불러 들여 막부 타도군으로 쓸 수도 있다.

"될 수 있으면 홋카이도를 점령하여 근왕 국가로서 일시적으로 독립시키는 것도 좋다."

이 구상은 우연하게도 나중에 에노모토 다케아키(榎本武揚)가 막부 편의 입장에서 이를 채택하여, 구막부 함대와 육군을 데리고 하코다테(函館)에 상륙한 다음 임시 정부를 세운 역사로서 재현되었다.

이튿날부터 료마는 이 계획의 실현에 열중하기 시작했다.

막부는 교토에 들어와 있는 낭인들 때문에 골머리를 썩이고 있다.

'당연히 기꺼이 돈을 낼 테지.'

먼저 가쓰 가이슈의 숙소를 찾아갔다.

가쓰는 묘한 표정을 지었다.

"료마, 이상한 일을 생각했군."

그러나 직감이 빠르고 이해력이 뛰어난 사내이다.

"좋아, 협력하겠다."

쾌히 승낙해 주었다.

료마는 곧 미네키치 소년을 불러 근처 조슈 번 저택에 심부름을 해 달라고 부탁했다.

조슈가 교토 정계에서 실각했다고는 하나 교토 저택은 그대로 있고, 거기에 소수의 번사가 잔류하고 있다.

"조슈 번의 어느 분에게 말씀입니까?"

미네키치는 료마가 준 만두를 먹으면서 말했다.

"이 편지는 조슈 번의 데라시마 주사부로(寺島忠三郎)란 분에게 전해주면 돼."

데라시마는 이때 나이 21살. 죽은 요시다 쇼인의 제자로서, 이 이야기의 다음 해 하마구리(蛤) 궁문의 변란 때 동문(同門)인 구사카 겐스이와 서로 맞찔러 죽은 젊은이다.

료마는 데라시마에게 볼일은 없다. 데라시마가 맡아서 저택 안에 숨겨 주고 있는 도사 번 탈주 낭인에게 볼일이 있었다.

그 도사 낭인의 대표가 기다소에 기쓰마(北添佶摩).

료마는 기다소에를 부르고 싶다.

"그럼 다녀오겠습니다."

미네키치는 나갔다.

밖은 비가 내리기 시작한 모양이다. 이상하게도 으슬으슬 추운 오후였다.

'나도 그들을 데리고 홋카이도에나 갈까?'

홋카이도 둔전병 부대를 만든다면 기다소에를 대장으로 삼을 작정이었다.

"기다소에는 보통 인물이 아니다."

료마는 그렇게 생각하고 있다. 눈이 크고 살결이 검으며 몸은 작다.

바로 이웃이므로 기다릴 것도 없었다.

기다소에 기쓰마가 비를 맞으며 달려왔다.

"뭡니까, 사카모토님?"

료마 앞에 앉았다.

"너를 보니 고향 생각이 나는군."

료마는 웃었다.

"고향은 아직도 가을일 테지만 교토는 정말 춥군요."

호인이다.

그러나 본질은 행동력의 덩어리 같은 사내로서 그러한 감상적 이야기를 싫어하는 편이다.

"뭡니까, 볼일은?"

무릎을 조급하게 문지르며 말했다.

기다소에는 도사 다카오카 군(高岡郡) 이와메지 마을(岩目地村 : ^{지금은} 加茂村) 출신이다.

촌장의 아들이다. 도사의 촌장은 조소카베 집안의 유신을 조상으로 모신 집이 많아서, 모두 일종의 무사 기질을 갖고 있다.

이 사내는 할복하여 죽은 마사키 데쓰마의 제자로서 특히 시는 스승보다 낫다는 말이 있었다.

분큐 3년 2월 기다소에는 "아리마(有馬)에 온천 요양을 간다"는 핑계로 동지 세 사람과 탈번하여 곧 고베 마을의 료마를 찾아왔다.

그때 료마는 이상한 흰소리를 했었다.

"기다소에, 홋카이도 구경하고 오지 않겠나?"

기다소에는 깜짝 놀랐다. 그 당시의 일본인으로서 홋카이도라고 한다면, 심리적으로 오늘날 남극을 보러 가라는 것과 같았다.

더구나 기다소에 등은 근왕 도막(勤王倒幕) 운동을 위해 탈주해 온 것이다. 홋카이도에 가기 위해서가 아니었다.

"사카모토님, 도무지 영문 모를 이야긴데, 홋카이도에도 지사가 있는가요?"

"지사는 없지만 곰이 있지."

"사람을 우습게 보지 마시오!"

기다소에는 소리를 질렀다. 함께 탈번한 노세 다쓰타로(能勢達太郎), 야스오카 오노타로, 고마쓰 고타로(小松小太郎) 등도 눈을 부릅떴다.

모두 결사적인 탈번 직후이므로 신경이 곤두서 있다.

"그럴 게 아니라……"

22살의 가미 군(香美郡) 향사 고마쓰가 일동을 달래면서 말했다.

"사카모토님에게도 생각이 있으시겠지. 우리는 시골에서 갓 나왔기 때문에 천하의 사정을 몰라. 그래서 느닷없이 홋카이도에 가라고 하시는 말씀을 얼떨떨해서 판단할 수가 없군……사카모토님."

고마쓰는 료마를 보며 말했다.

"아무튼 우리로선 갑작스런 얘기라……"

"나로서도 갑작스런 일이야."

료마는 말했다.

문득 전부터 생각하고 있었던 일을 입 밖에 내었을 뿐이다.

이른바 지사 활동(志士活動)이란 교토의 공경을 움직이거나 막부파 요인에게 칼을 휘두르는 것만이 능사는 아니다. 규모를 북쪽 변경에까지 넓혀야 한다는 것이 료마가 전부터 마음먹고 있었던 일이다.

료마는 러시아가 반드시 홋카이도, 지시마(千島), 가라후토(樺太)를 점령하러 올 거라고 말했다.

"먼저 홋카이도를 모르고서는 일본의 국사(國事)는 논할 수가 없어. 홋카이도가 있는 것도 모르고 양이, 양이, 하고 떠들어 대는 건 모두 헛소리야."

"……"

모두들 아연했다. 생각의 초점이 다르기 때문에 료마의 말이 허풍으로 들려 오는 것이다.

"나선 김에 조선, 청나라도 시찰하고 와 주기 바라네. 나는 언젠가 한일청 (韓日淸)의 양국 공수 동맹(攻守同盟)을 맺을 작정이야."

"옛?"

어안이 벙벙했다.

하나 료마가 연신 지껄여 대는 동안 기다소에 등은 가지 않으면 안 될 것 같은 생각이 들었다.

"그러나 여비가 없는데요."

"있지."

료마는 일어나 안으로 들어가더니 금방 금고 속에서 백 냥의 돈을 안고 나와 기다소에 등의 앞에 놓았다.

"이걸로 갔다 와 주게."

부득이 그 길로 기다소에 등은 오우(奧羽)를 거쳐 홋카이도 길을 떠났다.

기다소에와 동행한 노세 다쓰타로는 에도의 후지모리 다이가(藤森大雅)의 문하생으로 시문(詩文)을 배운 아끼 군의 향사.

야스오카 오노타로도 마찬가지로 아키 군 야스다 마을(安田村) 출신이고, 고마쓰 고타로는 가미 군의 벽촌인 후나야 마을(舟谷村) 출신이다.

고마쓰는 결핵이었던 모양이다. 여행으로 병이 악화되어 하코다테로 가는 배 안에서 죽었다. 기다소에 등은 그 유해를 하코다테 이웃의 시리사부(尻澤邊)라는 어촌의 지조오 산(地藏山)까지 가지고 가서 매장했다.

남은 세 사람은 료마의 알선으로 가쓰가 써준 소개장을 가지고 하코다테 행정관 고이데 야마토노가미(小出大和守)를 찾아갔다.

고이데는 북쪽 변경의 임지(任地)에서 몹시 사람이 그리웠던 모양으로 이 세 사람의 도사 낭인을 극진히 대접했다.

세 사람은 고이데로부터 여행의 편의를 얻어 에사시(江差)까지 갔다가 발길을 돌려 다시 오우로, 건너가 난부 번(南部藩)의 영지인 오마(大間)에 상륙한 뒤, 이어 모리오카(盛岡)를 거쳐 센다이(仙臺), 후쿠시마(福島), 시라카와(白川)로 내려와 이해 7월 10일 에도에 도착했다.

──에도에선 지바 댁에서 유숙하게.

료마가 주타로와 사나코에게 써 준 소개장을 가지고 지바 댁을 찾아가 며칠 묵었다. 남매는 환대해 주었다.

에도에서는 다행히 군함이 오사카까지 간다고 하므로, 가쓰의 소개장 덕분으로 타게 되어 오사카를 거쳐 교토로 돌아왔다.

여기서 야스오카만은 동향인 요시무라 도라타로의 권유로 덴추조에 참가하여 그 포대(砲臺) 오장(伍長)이 되어, 야마토 각지로 전전하다 요시노 산 와시카(鷲家) 어귀의 마지막 혈전에서 중상을 입고 도도(藤堂) 번 군사에게 생포되어 교토의 록가쿠 감옥에 압송되었다.

료마의 이 이야기의 현재, 야스오카는 막부의 국사범으로 옥중에 있었다 (이듬해 겐지 원년 막부 관리 손에 참형되었다. 26살). 노세는 이 이야기의 이듬해인 겐지 원년 7월, 조슈군 낭사대에 참가하여 하마구리 궁문의 싸움에서 패하고 덴노 산(天王山)에 올라가 마키 이즈미(眞木和泉) 등 17명과 함께 할복하여 죽었다.

대표자인 기다소에도 뒷날 이케다야(池田屋)의 변으로 신센조와 싸우다가 죽었다.

모두가 죽었다.

"기다소에."

료마가 말했다.

기다소에의 자란 앞머리에서 뚝뚝 빗발울이 떨어졌다.

미네키치 소년이 차를 날라왔다.

"뭡니까?"

기다소에는 추운 듯이 차를 마셨다.

"자네가 보고 온 홋카이도에는 땅이 얼마쯤 있던가?"

"끝없이 넓은 땅이지요."

기다소에는 먼 산을 바라보았다.

료마는 그것으로 알았다. 낭인 3백이나 4백은 이주시킬 수 있으리라.

물론 정부는 도쿠가와 막부이므로 허가를 얻지 않으면 안 된다. 개척 자금이나 무기 등 일체를 막부에서 내놓도록 하리라 생각했다.

"아무래도 한 차례 에도까지 갔다 와야 하겠는걸."

료마는 '홋카이도 낭인군'의 모집을 기다소에에게 부탁했다.

"싫소!"

기다소에는 한 마디로 거절했다.

"사카모토님에게 넘어가 홋카이도까지 갔다 왔지만, 동지를 거기에 보낸다는 건 반댑니다. 교토에서 해야 할 일이 있어요."

기다소에가 생각하고 있는 것은 료마와 같은 우회적인 계획이 아니다. 조슈 번에 호응하여 교토에서 낭사단이 일제히 들고 일어나 황실을 점령하고, 거리거리에 불을 지르고, 막부 기관인 교토 수호직(아이즈 번 영주 마쓰다이라 가다모리) 본진을 습격하고, 고등정무청을 뒤엎어 새 정부를 수립하려는 것이었다.

만일 실패하면 천황을 모시고 조슈로 달아나 거기에서 세 정부를 세워 전국의 영주들에게 호령하여 에도 막부와 대항하려는 것이었다.

쿠데타였다.

"그 용기, 과연 대단하다!"

료마는 무릎을 쳤다.

허나 진심은 딴 데 있다. 실인즉 나날이 막부로부터 궁지에 몰리는 근왕 낭사들이 마지막에는 그런 생각을 갖게 되리라고 료마는 넘겨다보고 있었던 것이다. 이 기다소에 계획은 그 이듬해 이케다야의 변이 되어 역사의 표면에 나타나게 된다.

"하지만 되지 않을걸."

료마는 실패를 단언했다.

"어째서요?"

기다소에는 험악한 표정을 지었다.

"기다소에, 사람이 일을 이룩하자면 하늘의 힘을 빌려야만 되네. 하늘이란 시대의 추세야. 시운(時運)이라고도 할 수 있겠지. 시대의 흐름, 시운이라는 말을 타고 일을 추진할 때라야만 대사를 단숨에 성취할 수 있어. 그 하늘을……"

료마는 손바닥으로 콧물을 쓱 문지르고 말했다.

"통찰하는 게 대사를 이루려는 자의 첫째 마음가짐이야. 기다소에, 나의 가문(家紋)을 보게."

"아케치(아케치 미쓰히데. 織田信長을 죽이고 3일 천하로 豊臣秀吉에게 멸망)의 도라지꽃이군요."

"정말인지 거짓말인지 모르지만 우리 족보 전설로는 아케치 미쓰히데(明智光秀)의 장수 아케치 사마노스케(明智左馬之助)의 자손이라고 하더군."

무사의 집안은 그 가계를 자랑하기 마련이다.

도쿠가와 집안은 니이다 요시사다(新田義貞)의 자손인 것으로 되어 있고, 도사 번의 영주 야마노우치 집안의 먼 조상은 후지와라에서 나왔다고 한다. 모두 거짓말이다. 3백 영주의 9할까지가 전국시대에 벼락감투를 쓴 사람들인데, 출세를 한 다음 엉터리 족보들을 꾸며 댄 것쯤은 료마도 잘 알고 있다.

료마의 사카모토 집안은 아케치가 멸망한 뒤 오미(近江) 사카모토의 성주 사마노스케의 아들이 도사로 낙향하여 자리를 잡았다고 하여 도사에서는 명문으로 알려져 있었지만, 료마는 그런 것쯤 개방귀처럼 알고 있었다.

'나가오카 군이다니 촌 화전민의 자손이야. 땅을 늘리고 돈을 모아 향사의 족보를 산 노동자의 자손일 게 뻔해.'

료마의 입에서 "나는 아케치의 자손이야"라고 말한 것은 이번이 처음이다.

"아케지 미쓰히데는 천운을 깨닫지 못하고 일을 너무 서둘렀기 때문에 호노오 사(本能寺)에서 노부나가를 죽이는 데 그치고 말았지만, 히데요시는 시운을 탔기 때문에 천하를 얻은 것이야. 기다소에, 시운은 아직 오지 않았어."

"왔어요!"

기다소에는 큰 소리로 외쳤다. 료마도 지지 않고, "안 왔어!"라고 고함을 쳤다.

"기다소에, 너도 참 엉터리로군."

료마가 말했다.

료마가 보기로는 사쓰마 번과 조슈 번의 사이는 갈수록 나빠져 가고만 있었다.

지금 조슈 번과 함께 무력으로 교토를 점령하고 교토 정권을 세워 보려고 해도 사쓰마 번이 협력하지 않을 것이다. 그뿐만 아니라, 현재 동맹중에 있는 아이즈 번과 손을 잡고 조슈를 치게 될 것이다.

"현재의 정세로 보아 사쓰마나 아이즈 양 번은 조슈가 머리를 쳐들려고 하면 무조건 두들길 거야. 물론 무력적으로는 사쓰마, 아이즈 두 번이 강하니까 조슈를 조정의 적으로 몰것이 뻔해. 뭐, 조슈가 조정의 적이 아니라는 거야? 조슈 번의 생각이 순수하다는 건가?"

"이봐, 료마님!"

기다소에는 칼을 끌어당겼다. 성을 내는 것도 무리는 아니다. 당시의 근왕 낭사들에게 조슈 번은 내 집과 같은 것이었고, 근왕 양이의 활동면에 있어서는 역사의 지상 명령을 받은 '신성번(神聖藩)'이라고도 말할 수 있는 존재였다.

"조슈 번이 조정의 적이 된다는 거요?"

"기다소에, 머리를 좀 부드럽게 가져봐. 일본 역사를 보았는가? 아시카가 시대 수백 년, 구스노키 마사시게(楠正成)는 줄곧 조정의 적이었어. 왜 그런가? 졌기 때문이야."

료마는 관념론자가 아니다.

지사라는 지사가 모두 미도류(水戶流)의 근왕 양이 사상에 열을 올리고 있을 때 그만은 냉정했다. 역사를 관념적으로 보려고 하지 않았다.

쉬운 말로, 이기면 충신이요, 지면 역적이라는 것이다. 일본의 조정은 힘이 강한 자의 편이 되어 왔다. 약한 자는 언제나 역적이었다.

료마는 그렇게 달관하고 있었다. 그러므로 기다소에 같은 관념론자와는 의견이 엇갈릴 수밖에 없었다. 한페이타 역시 그런 전형적인 근왕 지사였기 때문에 그 관념에 순사(殉死)하고 만 것이다.

"사쓰마 번과 아이즈 번이 손을 잡으면 천하에 그보다 강한 자는 없어. 강하면 조정의 의사를 뜻대로 할 수 있어. 그러면 조정에 강요하여 조슈 번을 적으로 몰아 막부와 3백 영주의 힘으로 두들겨 부수고 말 거야."

기다소에는 말이 없다. 그도 그렇게 생각하고 있었기 때문이다.

"그러니까 홋카이도 번(北海道藩)을 만들게!"

옛? 하고 기다소에는 놀랐다.

료마가 말하는 것은 모두 비약하고 있다.

아니, 비약은 아니다.

료마가 하는 말은 잘 생각해 보면 그건 그것대로 계통이 서 있었다.

"홋카이도 번"

료마는 그렇게 말했다. 번, 그것은 재미있게 그런 표현을 했을 뿐, 물론 번은 아니다. 홋카이도에 주둔할 낭인 육군을 말한 것이다.

료마의 꿈은 세도 내해(瀬戸內海)에 낭인 상선대와 낭인 함대를 띄우고, 가능하면 홋카이도에도 낭인 육군부대를 창설하는 것이었다.

"그렇게 되면 일단 막부 타도의 시기가 왔을 때 바다와 육지가 서로 호응하여 막부를 공격할 수 있어. 그 실력은 가능하면 백만 대군에 맞먹는 정도면 좋겠어. 그렇게 되면 기다소에, 막부 타도도 근왕 양이도 헛소리가 안될 수 있지. 자네는 육군을 인솔하게. 막부가 무너지면 북방을 지키면서 땅을 개간하는 거다. 나는 해운업이라도 하겠어."

'사카모토의 허풍.'

그런 말을 기다소에는 생각해 냈다.

"싫소!"

기다소에는 어디까지나 교토의 국지적인 폭동주의자였다.

"좋아, 나는 에도로 가겠어. 준비를 해가지고 오지. 기다소에, 내가 교토로 돌아온 뒤에 한 번 더 만나 상의를 하자고."

"막부에 돈을 얻으러 가는 거요? 그 더러운 돈을……"

"무슨 소리! 막부는 이에야스 이래 3백 년의 정부야. 그 돈은 모두 일본 백성들의 세금에서 나온 돈이야. 일본인 전체의 돈이지. 도쿠가와의 개인 재산은 아냐. 일본을 위해서 쓰는데 무슨 상관이 있나."

"적의 돈이오."

"막부도 일본 사람이야. 나는 적이라고는 생각지 않아. 하여간 그런 이론은 그만두자. 어쨌든 우선 돈."

료마는 손가락으로 동그라미를 만들어 보였다.

"돈 없이 무슨 일이 되겠나?"

그날 밤 늦게까지 기다소에를 설득시켜 마침내 "료마가 담당한 준비 공작만 성공하면 기다소에가 낭인 모집에 나선다" 하는 데까지 이야기가 되었다.

"됐어! 내일이라도 에도로 가겠다."

료마는 힘차게 외쳤다. 그의 머릿속에는 육해군의 늠름한 모습이 떠올랐다. 천하 대사는 이미 반쯤 성공된 것 같은 느낌이었으리라.

비를 맞으며 기다소에는 돌아갔다.

료마는 가쓰의 소개장을 얻어, 때마침 오사카 덴포 산 앞바다에서 에도로 떠나는 배가 있다기에 가쓰에게 양해를 얻은 다음 그 배를 타고 교토를 떠났다.

후시미로 들어갔다.

데라다야의 30석 배를 타야 되는데 그러려면 오토세의 데라다야에 들르지 않으면 안 된다.

"여어!"

문간으로 들어섰다.

"오료가 아파 누웠어요."

오토세가 일어서서 료마에게 말했다.

방으로 들어가 보니 오료가 얼굴이 벌개진 채 누워 있었다.

"열이 있는가?"

이마를 짚었다. 불같이 뜨겁다.

"언제부터 열이 났나?"

료마는 뒤따라 온 오토세에게 물었다.

"그런 건."

오토세는 쓴웃음을 지었다.

"본인한테 물으시면 되잖아요?"

"그도 그렇군."

료마는 다시 오료의 충혈된 눈을 바라보았다.

서로가 눈부신 듯한 표정을 짓고 있다.

"어제 저녁부터예요."

"죽을 염려는 없겠지?"

"그런 말씀을."

오료나 오토세는 펄쩍 뛰는 표정을 지었다. 죽을병은 아니다. 고작 감기가 아닌가.

"오한이 나는 것뿐이에요. 저는 감기만 들면 열이 높아요. 늘 그러니까 염려하실 건 없어요."

"의사는 뭐라고 하던가?"

"감기."

오료는 작은 소리로 말했다.

"사카모토님, 열흘쯤 묵으시면서 천천히 간호 좀 해주세요."

"아니 괜찮아."

"뭐가 괜찮아요?"

"죽지는 않는다고 했잖아. 그렇다면 오늘 밤 배로 오사카로 가서 즉시 에도에 가지 않으면 안돼."

순간, 지바의 사나코 얼굴이 떠올랐다. 머리를 갸웃거렸다.

'나는 어느 쪽을 더 좋아하는 것일까?'

자신도 알 수 없다. 결국 자기는 그렇고 그런 바람둥이일는지도 모른다고 스스로 생각했다.

오토세는 날카롭다.

"어머, 이상한 얼굴을 하고 있네. 에도의 지바댁 아가씨라도 생각하고 있는 거겠죠?"

"잘도 아는군."

료마는 감탄했다.

오토세는 어이가 없었으나 이내 웃음이 터졌다. 오료도 하는 수 없다는 듯이 웃고 있다.

"사카모토님, 설사 그렇더라도, 아니 그렇지는 않아, 일 때문이야, 그렇게 말씀하셔야죠. 오료가 불쌍하지 않아요?"

"그렇지만 간호는 할 수 없어."

료마는 고지식한 소리를 했다.

"참 별꼴이야. 그래서는 틀림없이 여자한테 밉상을 살 거예요."

"그래도 하는 수 없지."

"오료야."

오토세가 불렀다.

"이런 분이니까 이제 마음을 주지 않는 것이 좋겠어."

"하지만 은의(恩義)가 있는 걸요."

무심코 한 익살이었다. 오토세는 자지러지듯이 웃었다.

"그래? 오료는 은의 때문에 이 분을 좋아한 거로군. 너도 꽤나 타산적이야."

"아니, 아니, 그게 아니래도요."

"그렇다고 해 둬. 멋진 대사(臺詞)야. 이런 박정한 남자에겐 그렇게 말해 두는 것이 제일 좋아."

"그래야 하나?"

료마는 이상하게도 쓸쓸한 표정을 지었다.

오료의 진심을 아직도 모른다.

마침 의사가 왕진을 왔다.

후시미에서는 유명한 내과 의사인 야마네 쇼안(山根祥庵)이었다. 쇼안은 오료가 같은 의사인 죽은 나라사키 쇼사쿠(楢崎將作)의 딸이라고 하여 특별히 보아 주고 있는 것 같다.

"이건 아무래도……"

머리를 꼬며 말했다.

"보통 감기로는 좀 이상해."

료마의 눈으로 보아도 고열뿐이 아니다. 기침과 담이 심하고 맥도 정상이 아닌 것을 알 수 있었다.

"잘못되면 담결통(痰結痛)이 될 염려가 있는 걸요."

담결통이란 폐렴을 말한다. 그렇다면 죽을 염려도 없지는 않다.

'허허어……'

료마는 의사의 얼굴을 바라보고 있다. 중대가리에 뚱뚱보였다.

"괜찮을까요?"

료마는 공손한 태도로 물었다.

"예?"

의사는 작은 눈을 치떴다. 질문의 의미를 겨우 알게 되자

"그런 건 의사에게 묻는 게 아니오."

무뚝뚝하게 쏘아붙였다.

"제기랄."

료마는 화가 났다. 사느냐 죽느냐, 그런 걸 아는 기술자가 의사가 아닌가.

료마가 분개하여 그렇게 말하자, 쇼안은 그렇다고 끄덕였다.

"그러나 죽느냐 사느냐 하는 것은 함부로 의사가 단언할 수 없소."

거만한 의사다.

료마도 말이 거칠어졌다.

"어째서?"

"그런 건 점쟁이에게나 물어 보오. 이 야마네 쇼안은 인간의 수명, 천명을 알아맞히려고 할 만큼 불손하지는 않아."

"……"

"의사가 진실하면 할수록 더욱 알 수 없는 거야. 그러기에 나는 위험하다는 표현을 썼어. 알겠소?"

"딴은."

료마는 끄덕였다. 쇼안은 괴팍한 사람인 것 같으나 요컨대 철학을 말하고 있는 모양이다.

"거지라도 90살까지 사는 수가 있고 10여 명의 시의를 거느리고 있는 군왕이라도 덧없이 죽고 말 때가 있어."

"옳거니!"

료마는 이 의사의 말이 마음의 다른 부분을 울려 문득 눈이 뜨인 것 같은 생각이 들었다.

'그렇다면, 인간은 생사 따위를 생각할 필요가 없지 않겠는가?'

자신에게 그렇게 말하고 있다. 수명은 하늘에 있다. 인간은 그것을 하늘에 맡겨 둔 채 일에만 열중하면 되는 것이다.

"알았어!"

료마는 오료를 보았다.

"오료의 목숨은 하늘에 달렸어. 그렇게 알고 나는 이번 배편으로 떠나겠어."

"네."

오료는 입으로 숨쉬고 있다.

료마는 막부 함선으로 에도로 향했다.

이름은 반료마루(蟠龍丸), 3백70톤짜리 목선이다.

"사카모토님, 이 배는 처음입니까?"

함장인 마쓰오카 반키치(松岡盤吉)가 갑판 위에 서 있는 료마에게 소리쳤다.

프록코트, 조끼, 바지로 된 해군복 소매에는 금테 세 줄이 들어 있다.

소박한 성격이지만 실무에는 밝다.

"처음이긴 한데 무척 낡았군요."

"아니, 아주 성능이 좋아요."

반료마루는 범선이었다. 거기에 1백 28마력의 엔진이 붙어 있고 순풍일 경우에는 석탄을 절약하기 위해 돛을 달고 달린다.

본래의 이름은 엠퍼럴 호(皇帝號)였다.

영국제였다. 영국에서는 황실의 유람선으로 만들어진 것인데, 안세이(安政) 5년, 빅토리아 여왕이 일본의 주권자인 '장군'에게 선사한 것이다.

마스트는 두 개.

지금 그 마스트 가득히 돛이 펼쳐져 구마노(熊野) 산맥을 왼쪽으로 바라보며 기슈 앞바다를 달리고 있다.

두 번째 마스트에 일본 국기가 바람에 펄럭이고 있었다.

료마는 신기한 듯이 그 기를 바라보았다.

"저겁니까, 히노마루라는 것이……?"

소문으로만 듣고 있었다.

이해 8월 7일, 막부는 대외적인 접촉 때문에 국기를 만들어야 할 필요를 느끼고 "나라의 표지(標識)로 이것을 쓰라!"고 공표했다.

히노마루를 국기로 정하기는 했으나, 실제로 그것을 쓰고 있는 것은 막부의 육군이나 함선뿐이었다. 그러므로 뒷날 도바(鳥羽) 후시미 싸움을 비롯해 간토(關東), 도후쿠(東北), 하코다테의 싸움에까지 계속되는 이른바 보신 전쟁(戊辰戰爭)에서 관군은 일월(日月)의 비단 깃발을 썼고, 막부 군대는 히노마루를 썼다.

말하자면 막부의 기와 같은 것이었다. 이것이 정식 국기로 제정된 것은 메이지 3년(1870년) 7월이었다.

여하튼 료마로서는 신기했다.

료마는 반료마루의 승무 사관이 놀랄 정도로 배에 익숙했다.

"함장을 맡아도 훌륭히 해내시겠군요."

마쓰오카 함장은 겉치레가 아니라, 진심으로 칭찬했다.

다음날 밤에는 스루가 앞바다를 항행하고 있었다. 료마는 마쓰오카의 부탁으로 임시 당직 사관을 맡았다.

달이 떴다.

항해 일지의 끝에

'달빛 밝음, 깊은 밤, 소나기 한 차례'라고 쓰고, 다시 '풍력(風力) 6번'이라고 썼다. 풍력 6번이란 웅풍(雄風)을 가리킨다. 돛을 달고 달리기에 가장 알맞다. 이 당시는 바람을 0번에서 12번까지로 구분했다. 6번의 웅풍은 풍속이 11.2미터로 어지간한 돛이면 다 올릴 수 있는 바람이다. 0번은 무풍, 1번은 지경풍(至輕風), 3.18미터이다. 그 다음엔 경풍, 연풍(軟風), 화풍(和風), 질풍, 웅풍, 강풍, 질강풍(疾强風), 대강풍(大强風), 전강풍(全强風), 폭풍, 태풍의 순.

료마는 계기류(計器類)에서 얻은 숫자도 써 넣었다.

계기류란 한난계, 청우계, 나침판, 경선의(經線儀), 측정의(測程儀) 등인데 처음엔 어렵게 느껴졌으나 익숙해지자 퍽 재미있는 것들이었다.

료마는 이런 것들을 '기계의 종자(從者)'라고 부르고 있었다.

"이것들을 잘 사용하면 자신이 지금 어디에 있으며 무엇을 할 것인가를 알게 된다."

그는 곧잘 사람들에게도 이렇게 말했다.

예를 들어 육분의(六分儀)로 태양과 별을 관측한다. 그것으로 천체의 높이를 알고 경선의──위도(緯度)를 측량하는 기계──와 천문력(天文曆)에 의해 아무리 큰 바다 한복판에서도 자신의 위치를 알 수 있는 것이다.

료마는 이런 함선의 지식에서 천하를 움직일 수 있는 요령을 터득했다고 말하고 있다.

항상 시대의 풍력과 습도와 청우를 측정하고 다시 자신의 위치를 확인함으로써 무엇을 할 것인가를 판단했다. 기다소에처럼 폭풍이 부는데 돛을 달고 출항하려는 생각은 당초부터 없었다.

어느덧 배는 시나가와 앞바다에 닿았다.

곧 에도로 들어가 오케 거리의 지바 댁으로 들어갔다.

하인인 요헤이가 말했다.

"공교롭게도 노선생님을 비롯해, 젊은 선생님, 아가씨, 모두 오다마가이케의 본댁으로 가셨습니다. 저녁때면 돌아오시기는 할 텐데……"

"응, 그래. 그럼 잠깐 다른 볼일을 보고 올테니 조리(草履) 좀 빌려 주지 않겠나?"

료마는 신고 온 짚신을 버리고 하인이 주는 조리를 신었다.

막부의 가신인 오쿠보 이치오를 찾아 예의 홋카이도 낭인 번(浪人藩)의 실현 방법을 교섭하기 위해서였다.

"늦게 돌아올지도 모르겠어."

"예예."

'다릿심 좋은 나리야.'

하인은 멀어져 가는 료마의 뒷모습을 어이없는 듯 보고 있었다.

마침 오쿠보는 집에 있었다.

료마는 서재로 안내되었다.

일본, 중국, 서양의 책들이 산더미처럼 쌓여 있고 한쪽 모퉁이에 지구의가 놓여 있다.

"무슨 일이야?"

담배함을 들고 이치오가 나타났다.

허여멀쑥한 얼굴에 이마가 넓다. 눈은 연방 웃고 있다.

"지금 러시아가 연해주로 진출해서 홋카이도로 쳐들어온다면 막부는 어떻게 하겠습니까?"

"갈팡질팡하겠지."

이치오는 가볍게 받아 넘겼다.

"그뿐입니까?"

"뭐, 그뿐이겠지. 요코하마의 외국 공사들에게 매달려 그들의 힘으로 견제하도록 하는 도리밖에 없겠지."

"싸우지 않고?"

"싸우지 않을 수는 없겠지. 싸우지 않는다면 견제해 줄 영국이나 프랑스도 일본은 이런 나라구나, 하고 러시아와 함께 나눠 먹으려 들 것이 아닌가?"

"그러면 싸운다는 건 알겠는데, 누가 싸웁니까. 막부 직속 무사 8만인가요?"

"아냐, 그들로는 안 돼."

이치오가 말하는 대로 막부의 가신들은 3백년의 태평과 도시 생활에 젖어 옛날의 야성(野性)이 전혀 없어지고 말았다.

이야기는 료마가 생각하는 방향으로 이끌려 갔다.

"그렇습니다. 직속 무사로는 안 됩니다."

료마는 거침없이 말했다.

이치오는 쓴웃음을 지었다. 그도 물론 직속 무사의 한 사람이다.

이치오도 자기네 직속 무사들에게는 이미 시대를 감당해 나갈 기개도 능력도 없다는 것을 누구보다 잘 알고 있다.

"각 번의 문벌이나 녹봉 많은 무사도 안 됩니다. 3백 년 호의호식해 온 집안에서 시국을 위해 죽으려는 사내가 나올 리 없습니다."

결국 무사 계급은 뿌리까지 썩어서 시대적 사명을 질 수 없게 되었다는 이야기다.

"그럼, 백성들이 좋을까?"

이치오는 이상한 눈으로 바라보았다. 료마도 같은 눈빛으로 머리를 저었다.

"안될 겁니다."

백성들은 도쿠가와의 정책에 따라 자기 계급에 대해 긍지라는 것을 갖지 못하도록 훈련을 받아 온 것이다.

게다가 욕심만 있고 교양이 없다. 그저 세금이나 바치는 피지배 계급으로, 바꿔 말해 사회에 대해 책임이 없는 계급이었다. 그런 계급에서 나라를 위해 희생하겠다는 사람이 나오기는 어렵다.

"이런 묘한 계급을 만든 것은, 오쿠보님, 도쿠가와 집안의 죄입니다."

료마는 미국 '시민'과 비교하면서 그렇게 말했다. 이런 국사 다난한 시대에 일본인의 대부분을 차지하고 있는 농민과 상인들에게 아무런 기대도 걸 수 없다는 것은, 생각하면 다른 나라에서는 볼 수 없는 기이한 현상일 것이다.

일본의 인구 중, 9할이 농민과 상인이고 1할이 무사였다. 1할만이 자신의 긍지를 가지고 사는 '시민'이라고 말할 수 있을 것이다.

"하지만 사카모토, 죄만 있는 건 아닐 걸세. 도쿠가와는 무사를 만들어 냈다. 이것은 하나의 인간으로서, 청나라에도 미국에도 없는 것이야."

그 무사 가운데 상급 무사들이 썩었다면 기대를 걸 수 있는 것은 하급 무사라는 이야기가 된다. 무사로서의 교양과 도덕을 지니고 있으면서 마시지도 먹지도 못하는 가난한 가정에 태어난 사람들이므로 터질 것 같은 야성과 기개를 가지고 있는 자가 많다.

"그런 의미에서……"

료마는 말했다. 교토에 모여 있는 이른바 근왕의 지사들 중에 그런 계급의 출신이 많고, 그 중에서도 특히 야성과 기백을 가지고 있는 사람들이 집과 고향을 버리고 교토에 몰려들고 있다.

"그런 무리들을 홋카이도로?"

오쿠보는 난색을 보였다. 모두가 극단적인 양이주의자나 도막(倒幕)주의 자들이다. 요컨대 막부로서는 독약과 같은 무리들이다.

"막부로서는 독약일는지도 모릅니다. 그러나 독이 없는 무리들은 아무 쓸 모도 없지만, 그들은 쓰기에 따라서는 일본을 위해 강장제가 될 수 있습니다."

밤이 깊도록 료마는 이치오를 설득하여 드디어 막부에 그 안을 상정시키 기로 타협을 보았다.

오쿠보는 촛불을 켜들고 손으로 바람을 가려 가며 료마를 현관까지 바래 다주었다.

"아 참, 중요한 이야기를 깜빡 잊고 있었군."

이치오는 현관 마루에 서서 자신의 소홀함을 우스워했다. 그의 웃는 얼굴 로 보아 료마가 좋아할 이야기인 것 같다.

"아아, 군함 일입니까?"

료마가 외치듯 물었다.

"알아맞혔군."

"언제 얻게 됩니까? 가능하면 지금 얻어 가지고 가고 싶습니다."

료마는 한쪽 발을 마루 끝에 걸쳤다.

"서둘지 마라. 강아지 새끼라도 얻어 가듯이 얘기를 하는군. 2, 3일 내에 시나가와로 돌아온다니까, 어쩌면 오사카로 타고 돌아갈 수 있을 거야."

"타고 가겠습니다."

침이 이치오의 얼굴에 튀었다.

료마의 얼굴이 바싹바싹 다가오는 것이다.

"얼굴 좀 치워!"

이치오는 어이가 없어 뺨에 묻은 침을 닦아 내며 말했다. 그러나 료마의 얼굴은 여전히 웃음꽃을 피운 채 다가오고 있다.

"무슨 배입니까?"

"간코마루야."

"그것 잘됐군. 처음 계획대로군요."

"이봐, 이봐, 얼굴 좀……"

이치오는 몸을 젖혔다.

료마는 껑충껑충 뛰고 싶을 만큼 기뻤다. 이 같은 기쁨은 여지껏 겪어 본 일이 없다.

료마는 오쿠보 저택을 나왔다.

초롱불을 들고 사람의 왕래가 없는 거리를 총총걸음을 치며 몇 번이나

"아아, 군함——" 하고 외치면서 길에서 껑충껑충 뛰었다. 그러면서 사다 케공의 저택 모퉁이를 돌자 개가 마구 짖어 댔다. 료마는 그제야 겨우 조용한 걸음으로 걷기 시작했다.

간코마루는 4백 톤.

선령(船齡)은 14년, 다소 오래된 것이다. 네덜란드에서 만든 것인데 안세이 2년 빌헬름 3세(三世)가 막부에 선물로 주기 위해 나가사키로 보내 온 것이다. 막부가 가진 최초의 서양식 군함으로, 가쓰 가이슈 등 제1회 해군 연습생들도 이 군함에서 기술을 습득했다.

마스트는 3개. 1백 50마력의 엔진을 가진 종범선(縱帆船)으로 함재포(艦載砲)는 여섯 문이었다.

료마가 이럴 무렵, 간코마루는 사가 번(佐賀藩)의 해군 훈련을 위해 대여 중이었는데 이번에 사가 번에서 막부로 되돌리게 된 것이었다.

'드디어 연습함(練習艦)을 가질 수 있게 됐다.'

료마는 다리가 허공에 뜨는 듯이 오케 거리의 지바 저택으로 돌아갔다.

문지기는 어이가 없었다.

"이런 새벽에 돌아오시다니요!"

하긴, 동녘 하늘이 희끄무레해지고 있다.

우물가로 돌아가니 젊은 선생인 주타로가 막 일어난 듯 세수를 하고 있었다.

"뭐야, 료마?"

젖은 얼굴을 들고 볼멘소리를 냈다.

"어젯밤 돌아왔는가 싶더니 없어졌더라고 문지기가 투덜대고 있더군. 어

젯밤 어디서 묵었나?"

"오쿠보 댁에 있었어."

"그래?"

료마의 등 뒤에서 인기척이 났다.

사나코다.

"아니, 이건……"

료마는 사나코에게 인사를 했다. 사나코는 아무래도 기쁨을 감출 수 없는 모양이다.

"탈번하신 뒤 사카모토님은 전보다 더 너저분해지셨군요."

"진짜 떠돌이 낭인이죠. 탈번하고 나니 본국의 송금이 끊어져 못 견디겠어. 아 참, 그렇군. 실은 배가 고파. 정말 놀라운데. 생각해 보니 어제 저녁부터 아무것도 먹지 않았군요."

"진지도 잡숫지 않고 주무시지도 않고 어디를 가셨나요?"

그만 장난꾸러기를 꾸짖는 듯한 말투가 된다.

"이거 면목 없습니다만, 꾸중은 나중으로 돌리시고 조반을 대접해 주시지 않겠습니까?"

"곧 준비하겠어요."

사나코는 종종걸음으로 사라졌다.

"료마, 어서 아내로 맞이해 주라고. 저애는 저렇게 보이지만 자네를 세상에 다시없이 사모하고 있는 모양이야."

"농담 말게. 나 같은 뜨내기에게 반하는 사람이 어디 있어?"

료마는 상대조차 하지 않았다.

"어이, 좀 빗으라고, 그 머리. 군함을 타고 왔기 때문에 바닷바람으로 머리칼이 한 오리 한 오리씩 은실처럼 꼿꼿해졌네."

"까짓, 머리칼은 그렇다 치고."

료마는 간코마루가 입수된 일을 기쁜 듯이 이야기했다.

주타로도 손을 잡을 듯이 기뻐하면서 말했다.

"앗하하하, 료마, 드디어 뜻을 이룰 수 있게 될 것 같군. 정말 인간은 소망을 품고 볼 일이야. 그야말로 소망을 품지 않으면 안 되는 모양이야. 생각해 보면 빈털터리 낭인인 당신이 군함 한 척만 달라고 말한다면 모두들 미치광이 취급을 하겠지. 나도 처음에는 놀랐네만 드디어 손에 넣었는가?

믿을 수 없군. 틀림없는 군함인가?"

"진짜 군함이야."

료마는 웃었다.

"움직이는 배야. 간코마루라는 것인데 그것 한 척만 있으면 지구 위 어디라도 갈 수 있어."

"해냈군!"

이 사람 좋은 검객은 눈물을 글썽거렸다.

"하여간 배가 고파."

"이봐, 이봐."

주타로는 부엌 쪽으로 소리를 쳤다. 아무래도 사람이 너무 좋아 경솔한 구석이 있다.

조반 준비가 갖추어졌다.

료마는 밥상 앞에 앉았다.

사나코가 시중을 들었다. 주타로도 오야스도 들어오지 않는 것은 단 둘이 있게 해 주려는 배려일까?

"으시시하군."

료마는 젓가락을 들고 부르르 떨었다. 공복과 수면 부족으로 추위가 한층 더 느껴지는 모양이다.

"많이 드세요."

사나코는 말했다.

순식간에 료마는 밥 세 공기, 국물 두 사발을 먹어치우고 나서야 겨우 제정신을 차린 듯한 표정을 지었다.

"참, 인사를 깜빡 잊었군. 올 이른 봄에 홋카이도에서 돌아온 기다소에 기쓰마 등이 이곳에 머물게 해준 것을 여간 기뻐하지 않더군요. 또 부탁합니다."

료마는 천하의 지바 도장을 동지들의 에도 여관으로 만들어 버릴 작정이다.

"도사 분들은 재미있더군요. 탈번하여 천하를 주유하게 된 덕분에 처음으로 쌀밥을 먹었다고들 말씀하시더군요."

"옳은 말이지."

료마는 재미있어했다.

"올가을 야마토 의거(덴추조)때 죽은 나스 신고(那須信吾)라는 사내는 유즈하라 마을(楢原村)이라는 산골 태생이죠. 피(稗)와 좁쌀만 먹었죠. 무사는 무사지만 도사나 사쓰마의 향사들은 가난해요. 에도나 교토, 오사카의 상인들이라면 하루도 참지 못합니다."

"사카모토님 댁은 대단한 부자 향사(鄕士)시죠?"

"그렇기 때문에 이런 태평스런 놈이 생겼나보죠."

"게다가 둘째 도련님이고, 누님 밑에서 응석꾸러기로 자라났고."

여염집 처녀라면 너무 태평스러워서 마음이 몸의 어느 구석에 붙어 있는지도 모른다고 빈정대었으리라.

"사나코 아가씨에게 걸리면 견딜 수가 없군. 언제까지나 19살에 출번한 그때처럼 취급하니."

"그렇지 않아요. 깍듯이 존경해 드리고 있어요."

"고맙소."

료마는 뜨거운 차를 마시고 나자 졸음이 왔다.

벌렁 드러누워 방석을 끌어당겨 베개로 삼았다.

"행실이 나쁘군요."

사나코가 그렇게 말했을 때는 벌써 코를 골며 잠들어 있었다.

사나코는 이불을 덮어 주었다.

'이상한 냄새……'

교토, 오사카의 때를 그냥 묻혀 온 것이리라. 몸뿐만 아니라 무명의 검은 하오리는 어깨 쪽이 햇볕에 바래고 소매가 때로 반들반들 빛나고 있다.

료마는 저녁때까지 잤다. 어처구니없는 노릇이지만 잠자리에 오줌을 싸버렸다.

일어나 보니 바지가 흠뻑 젖어 찝찝해서 견딜 수 없다.

'어쩐지 푹 잔 것 같더라니.'

투덜투덜 대면서 마루로 나와 바지를 입은 채로 탁탁 털었다.

오줌이 방울져 튀었다.

'난처한데.'

료마는 사나코가 두려웠다.

등 뒤에서 장지가 바지직거리는 소리가 들렸다. 사나코가 들어온 모양이다.

비단 옷자락 스치는 소리가 들리고 이윽고 방구석에 앉는 기척이 들렸다. 한참 동안 침묵이 흘렀다.

"……"

이상스러운 듯 료마를 보고 있는 모양이다.

"왜 그러시죠?"

"응?"

계속 탁탁 바지 자락을 털고 있던 료마는 이윽고 단념했다. 자락은 물기를 품은 채 묵직하게 늘어져 정강이에 찰싹 달라붙었다.

"미적지근한데."

료마는 불쑥 중얼거렸다.

"뭐가 미적지근하시죠?"

"바지 말이요."

"바지가 미적지근하다고요?"

'성가시군.'

료마는 사나코 쪽을 돌아보았다.

사나코는 야릇한 표정으로 윗목의 다다미를 보고 있다. 그곳이 젖어 있었다.

"사나코 아가씨, 아가씨는 무사(武士)의 딸이죠?"

"네."

사나코는 멍하니 고개를 끄덕이며 다다미 위를 바라보고 있다.

"무사의 딸이라면 보고도 못 본 척하는 겁니다."

료마는 찌푸린 표정으로 말했다.

그때 머리가 빨리 돌아가는 사나코는 료마가 14, 5살이 될 때까지

──오줌싸개

라고 불리던 것을 생각했다. 순간 그것과 이 일이 겹쳐 사나코는 조심스럽지 못하게도 상체를 푹 숙였다. 허리띠가 파고든다. 숙인 채 온몸을 부들부들 떨었다. 필사적으로 웃음을 억누르고 있다. 피가 곤두 솟았다.

얼굴이 빨갛게 달아올랐다.

"해로운데."

료마는 도사 사투리로 말했다. 사나코의 모양이 걱정스러워진 것이다.

"우스울 때 웃지 않으면 해로운데."

그렇다고, 간호해 줄 도리도 없이 료마는 멍청하게 선 채 충고했다.

"웃어 버려, 웃어 버려요."

료마는 마침내 사나코 곁으로 다가가 등을 두들겼다.

주정꾼을 간호하는 것과 비슷하다. 토해라, 토해라, 하는 것 같은 자세다.

"사카모토님, 사카모토님은……"

간신히 말하고 있지만 말이 되지 않는다.

"말하지 마, 말하지 말아요. 말하면 우스워져서 몸에 해로워요."

확, 소맷자락을 얼굴로 가리더니 사나코는 방 밖으로 달려 나가고 말았다.

"앗하하하, 저 아가씨도 참 별수 없는 사람이군."

료마는 유쾌한 듯이 웃었다.

그때 주타로가 들어와서 뭐야, 무슨 일이 일어났어, 하고 물었다. 료마는 자초지종을 설명해 주었다.

"사나코 아가씨는 나이를 먹어도 어린 아이 같아."

그러고 료마는 또 웃었다. 주타로는 어이가 없었다. 나이를 먹어도 어린 아이 같은 것은 오히려 료마가 아닌가.

료마의 에도 체재가 길어졌다.

매일 시나가와(品川)로 간다. 빌려쓰게 된 막부(幕府) 군함 간코마루는 시나가와 바다에 닻을 내리고 있었지만 자질구레한 수리가 아직 끝나지 않은 것이다.

료마는 그 군함편에 오사카로 돌아갈 작정으로 수리가 끝나기를 기다리고 있었다.

'이것은 나의 군함이다.'

이렇게 생각하면, 매일 갑판에 서 보지 않고서는 마음이 놓이지 않는다.

뿐만 아니라 선채(船體)의 못, 나사 하나하나까지도 쓰다듬어 주고 싶을 정도였다.

료마는 함내에서 쉴 새 없이 왔다 갔다 하며 장치, 비품 등, 눈을 감아도 환히 알 수 있을 정도까지 친해졌다.

특히 돛과 기관에 익숙해지려고 했다. 돛을 올려 매는 것을 돕기도 하고,

스스로 마스트에 올라가 조망대의 상태를 조사하기도 하고, 배 밑으로 기어 들어가 기관에 금이 가지 않았는가를 점검하기도 했다.

이 배를 빌려쓰고 있던 사가 번에서 어선(御船) 감독 히데시마 후지노스케(秀島藤之助)란 훌륭한 무사가 막부에 인도해 주기 위해 출장 와 있었다.

히데시마는 양식 군함에 숙달했으며 간코마루가 사가 번에 있을 때는 함장을 지냈다.

료마는 그 히데시마에게 간코마루의 성능의 특징을 자세히 들었다.

"우현(右舷)이 좀 무거운 것 같습니다."

히데시마는 말했다.

"거기다가 기관도 성능이 나빠 처음 불을 땔 때는 좀처럼 힘이 나지 않습니다."

히데시마는 투덜거렸다. 그러나 료마에게는 그런 불평 한 마디 한 마디가 즐거웠다. 성능이 나쁜 배일수록 친근감이 있어 좋지 않은가.

"그거 좋군요."

싱글벙글이다.

히데시마는 당시 나베시마 간소(鍋島閑叟)라는 천하제일의 '양학 영주(洋學領主)' 휘하에 있는 영리한 해군 사관인 만큼 료마가 싱글벙글하는 얼굴을 이상히 여겨 의심하기조차 했다.

'이 사내, 바보가 아닌가?'

히데시마가 보기에 료마는 우스운 사내였는지도 모른다.

마스트에 올라갈 때는 곧 미끄러져 떨어질 것 같았고, 기관의 상태를 조사할 때만 하더라도 어딘가 덤벙대는 것만 같았다. 뭐니 뭐니 해도 지금까지 좋아서 군함에 달라붙어 왔을 뿐, 정식으로 양학(洋學)과 해군학(海軍學)을 배운 것은 아니었다. 료마가 가지고 있는 기술 중 뛰어난 것이라고는 면허를 받은 호쿠신일도류의 솜씨일 뿐, 조함(操艦)쪽은 그때까지도 서툰 취미 정도의 단계였다.

히데시마는 료마가 도사 사람이므로 이 막부의 군함이 다음엔 도사 번에 대여될 줄 알고 그렇게 물었더니, 료마는 무뚝뚝하게 대답했다.

"도사 번이 아닙니다. 낭인입니다."

"뭣, 낭인에게?"

히데시마는 의외인 모양이었다. 낭인이 군함을 조작할 수 있을는지 의심스럽다.

그런데 료마는 이미 오사카 쪽에 있는 가쓰 가이슈에게 전령을 보내, 고베 학교의 학생들을 에도에 보내 달라고 부탁해 두었다.

며칠이 지난 오후, 료마가 함교에서 타륜(舵輪)의 상태를 조사하고 있는데 일장기를 올린 범선이 조용히 미끄러져 들어왔다.

'뭐야, 이건?'

료마는 손길을 멈추었다.

마스트 세 개짜리의 순수한 범선으로, 기관은 달려 있지 않고 톤수는 2백 50톤 정도이리라.

"어선(御船), 센슈마루(千秋丸)군."

곁에 섰던 막부의 사관이 말했다. 어선이라는 것은 막부의 함선이다. 센슈마루는 군함이 아니라 운수선이었다.

미국 보스턴 시에서 제조된 배로서, 원명은 다니엘 웹스터였다. 그것을 재작년 분큐 원년 7월, 막부가 1만 6천 달러에 사들인 것으로서, 선령 12년, 페인트칠이 많이 벗겨져 있었다.

"저 어선, 어디서 돌아오는 길입니까?"

료마가 물었다.

"오사카."

막부 사관은 무뚝뚝하게 대답했다.

으시대는구나, 생각하면서 료마는 막부 사관에게 다가가 그가 목에 걸고 있는 쌍안경을 훌쩍 벗겼다.

"잠깐 빌립시다."

눈에 갖다 대고 센슈마루를 보았다.

쌍안경을 뺏긴 막부 사관은 본래 료마라는 낭인을 좋게 여기지 않고 있던 것 같다. 사사건건 퉁명스러운 태도를 보여 온 사내였다.

"이봐, 무례하지 않은가!"

위압적으로 나무랐다.

료마는 묵살한 채 쌍안경을 그냥 눈에 대고 있다.

"들리지 않나?"

막부 사관은 귓전에다 외쳤다.

"않아."

료마는 나직한 소리로 말했다. 들리지 않아, 를 줄여서 한 말이다. 그런 말투가 도사의 고치(高知)에 있는 모양이다.

"야아, 갑판에 무쓰 요노스케(陸奧陽之助) 비슷한 자가 타고 있구나."

료마는 정신이 온통 쏠려 버렸다.

센슈마루는 돛을 내리는 작업을 하고 있다. 거기에는 무쓰 요노스케뿐 아니라, 우마노스케(馬之助)도 있었다.

우마노스케는 앞의 마스트로 올라가서 돛을 내리는 작업을 하고 있었다.

료마의 큰누이 지즈루(千鶴)의 아들 다카마쓰 타로(高松太郎)가 닻줄을 다루고 있다. 그 옆에서 스가노 가쿠베에(管野覺兵衛)의 커다란 몸이 움직이고 있었고, 또한 옛날 료마와 함께 산을 넘어 탈번한 사와무라 소노조(澤村惣之丞)도 있다.

모두들 고베 학교의 학생들로 뒷날 료마의 해원대(海援隊) 용사가 될 사람들이다.

"앗하하하, 왔구나!"

료마는 홍소를 터뜨렸다.

옆에서 막부 사관이 외쳐 대고 있다.

"돌려 줫, 돌려 줫!"

료마는 쌍안경을 눈에서 떼어 불쑥 그 사내의 목에 걸어 줬다.

"고맙소, 잘 보이던데. 그러나 막부 가신이라고 너무 으시대지 말라고."

그 사내를 툭 치고는 료마는 겨울 햇볕이 함빡 내려 쬐고 있는 갑판으로 트랩을 밟고 내려왔다.

바람은 4번, 연풍(軟風)이었다.

저쪽 센슈마루에서는

풍덩

시나가와 바다에 닻을 던졌다.

배의 닻을 내리는 것은 료마에게 눈에 익은 풍경이었다. 그러나 이때만은 물보라를 퉁긴 새하얀 바닷물 빛에서 눈이 아플 만큼 선명한 인상을 받았다.

료마는 센슈마루 갑판 위에 그냥 서 있었다. 그는 근시라 충분히 살펴볼 수는 없었으나, 센슈마루는 입항 뒤의 작업을 거의 끝낸 모양이었다.

료마는 센슈마루 뱃전에서 보트가 내려지는 것을 보았다.

보트는 물 위에 떴다.

뱃전의 밧줄 사다리를 타고 여러 명의 무사가 내려간다.

"아, 무쓰 요노스케 들이로군."

료마는 흐릿한 시선 속에서 열심히 육안의 초점을 맞추면서 그들의 얼굴 하나하나를 가려보려고 했다.

반짝, 하고 노가 오후의 햇빛 속에서 반사했다.

보트는 이쪽을 향해 오고 있다.

'오오, 틀림없다.'

료마는 날카롭게 뒤를 돌아다보았다.

"지금 센슈마루에서 보트가 오고 있소. 모두들 수고스럽지만 사다리를 내려 주지 않겠소?"

갑판 위의 사가 번사와 막부 해군의 수부들에게 부탁했다.

"염려 마시오."

모두들 절도 있게 움직여 주었다.

료마는 다시금 보트를 보았다. 가슴이 벅차올라 눈물을 참기가 어려웠다.

료마는 보트가 다가오기를 기다렸다. 그의 생애 중 이처럼 기다리기가 지루했던 적은 없다.

'드디어 우리들은 연습함을 얻었다!'

이 기쁨은 혼자서는 충분히 맛볼 수가 없다. 자기처럼 배의 입수를 애타게 기다려 온 동지들과 얼싸안음으로써만 맛볼 수가 있다.

보트는 노를 반짝반짝 빛내면서 점점 다가왔다.

료마가 뱃전에서 몸을 쑥 내밀었다. 바다 속으로 굴러 떨어질 것 같은 자세였다.

"나다! 사카모토다!"

힘껏 외치고 싶었으나 말소리는 나오지 않고 눈물만이 이지러진 두 볼을 적셨다.

한편, 보트 쪽에선 뱃머리에 도사 탈번자 스가노 가쿠베에가 턱을 쓰다듬으며 서 있었다.

기이(紀伊) 탈번 무쓰 요오스케, 도사 탈번 다카마쓰 타로, 사와무라 소노조 등은 노를 잡고 있었다.

“저 친구, 바다에 떨어질 것 같군.”

스가노 가쿠베에가 이상한 표정을 짓고 있었는데, 이윽고 그 사람이 사카모토 료마라는 것을 알자

“어이, 모두 봐라, 사카모토형이 와 있다. 뱃전을 쥐어뜯고 있군” 하고 웃으려 했으나, 뒤돌아보니 료마의 모습을 본 노잡이들은 단 한 명도 웃고 있지 않았다. 스가노도 울상이 돼 버렸다.

'본래는 한낱 검객이었던 사내이다. 그런데 군함을 동경하여 마침내 군함 한 척을 손에 넣고 말았다.'

더구나 낭인의 신분으로.

스가노는 눈물을 뚝뚝 떨구었다.

스가노 등은 간코마루의 갑판 위로 올라왔다.

일곱 명이다.

“이것뿐인가?”

료마는 불만인 모양이다. 가능하면 학생 전원을 불러올리고 싶었던 것이다. 그러나 경비 등의 사정으로 일곱 명이 돼 버린 것이리라.

“훌륭한 군함이로군.”

스가노는 갑판 위를 거닐기 시작했다.

료마의 조카 다카마쓰 타로는 뱃머리의 대포 쪽으로 걸어갔다.

이 젊은이는 포술과(砲術科)를 주로 연구하고 있다. 성질이 경솔하고 머리도 그다지 좋지 않다.

무쓰 요노스케는 료마의 곁에서 떠나지 않고 굴뚝을 쳐다보고 있다.

“연기가 오르지 않는군요.”

“당연하지. 석탄을 때지 않았으니까.”

“아하, 석탄을 때지 않으면 연기가 나지 않습니까?”

무쓰 요노스케는 시치미를 뗐다.

“너는 그런 것도 모르는가?”

료마는 곧이듣고 정말로 걱정했다. 이런 정도의 지식으로 군함을 시나가와 바다로부터 오사카 덴포 산 앞바다까지 가져가려는 것이니까 좀 위태롭다.

“요노스케.”

료마는 침울해졌다.

"항해를 시작할 때까지 너는 매일 배 아래에 틀어박혀 화부로부터 기관에 불을 때는 방법을 익혀라."

무쓰는 목을 움츠렸다. 이마 둘레가 고운 젊은이다.

"다음 보트로 가쓰 선생께서도 오십니다."

"허어, 선생님도 승선하고 계셨나?"

료마는 기뻐했다. 실은 료마 자신 함장이 되어 이 함을 끌고 갈 자신은 없었다.

"한시름 놓으셨죠?"

무쓰는 료마의 안색을 재빨리 살피고 놀려댔다.

"이 연습함이 오사카에 닿을 때까지 가쓰 선생께서 함장을 맡아 보시겠다고 합니다. 사카모토형 같은 게으름뱅이에게 소중한 막부의 배를 맡겨 둘 수 없다고 말씀하셨습니다."

"거짓말 마라."

료마가 쓴웃음을 짓고 있을 때 가쓰 가이슈를 태운 보트가 다가왔다.

이윽고 가쓰가 갑판 위에 섰다. 공무 중이므로 전립을 쓰고 검은 문복(紋服)에 비단 하카마 차림이었다.

"여어, 료마."

가쓰는 키가 큰 료마의 오른팔을 툭 쳤다.

"자네가 오사카에 닿을 때까지의 함장 견습이다. 나는 따라가지 않는다."

이야기가 다르다. 들으니 가쓰는 올 연말 장군이 막부 기선 쇼가쿠마루(翔鶴丸)로 다시 상경하기 때문에 군함 감독관으로서 호종하지 않으면 안 된다는 것이다.

"뭐, 근심할 것 없어. 실제로 조함은 막부 해군들이 할 테니까. 배를 부숴 버리면 야단이거든."

료마는 출항할 때까지 일곱 명의 무리들을 어디에 머물게 할까 고심했다.

모두들 탈번한 몸이라 번저(藩邸)에 수용할 수도 없고, 그렇다고 여관에 머물게 할 돈은 료마에게도 없고 그들에게도 없다.

"걱정 마라."

가쓰는 말했다.

"막부 해군에서 부담하기로 하지. 이 간코마루에 머물면 돼."

그 취지를 스가노 등에게 전하자 무쓰는 반대했다.

"사카모토형, 전 싫습니다. 여기는 시나가와 바답니다. 저녁때가 되면 시나가와 유녀촌의 불빛이 물에 비친다고요."

'이 애송이 녀석이.'

료마는 혀를 찼다.

무쓰는 기이 번의 명문 출신으로 10대 때부터 방랑하여 유흥에 젖어버린 사내이다.

미모에 자칭 한량이어서 그런 데는 빈틈이 없다.

"요노스케, 그 자금은 어디서 나나?"

"뭐, 시나가와 유곽에 등루(登樓)하면 조슈(長州) 무리의 누군가가 마시고 있겠죠. 잠깐 빌린다는 형식으로, 어떨까요?"

"다른 번의 돈을 믿고 등루한단 말이냐?"

"말하자면 그런 거죠."

"그야말로 재미가 없어. 그뿐인가? 우리들의 맹약에도 어긋나잖아."

맹약이라는 것은 "남의 돈으로 주색(酒色)을 즐기지 말라"는 것이었다. 어디까지나, 독립독보(獨立獨步)하자는 약속이었다. 출신 번이나 다른 번의 신세를 지지 않고 세도 내해에 사설 해군을 만들어 훈련을 하는 한편 상선 활동을 하여 돈을 벌자는 것이었다.

스스로의 힘으로 돈을 벌어 그 돈으로 마신다. 그때까지는 인내하자는 것이다.

"조슈의 무리들은 공금을 유녀촌에 뿌려 아주 화려하게 논다. 그러나 우리들 낭인들이 그 흉내를 내서 난봉꾼같이 놀면 다른 번들이 얕잡아 보게 되어, 뒷날 큰일을 하는 데에 지장이 있다. 요노스케, 인내가 상책이야."

"그럴까요……"

무쓰 요노스케는 불만스러운 듯이 고개를 끄덕였다.

그날 밤, 료마는 그들과 함께 선실에서 잤다.

밤이 되자 바람이 일었다.

배가 흔들렸다.

한밤중, 무쓰 요노스케는 새파란 얼굴로 료마의 침실로 들어와 말했다.

"뱃멀미가 납니다. 사카모토형, 도저히 배의 요동에 견딜 수가 없습니다. 곧 단정(短艇)을 내려 주십시오. 저 혼자 시나가와에 상륙하겠습니다."

"돈은 있나?"

"없습니다."

"그러면 이것을 팔아 비용으로 써라."

료마는 자기의 칼 두 자루를 내밀었다.

무쓰도 거기에는 어안이 벙벙하여 방 밖으로 나가 버렸다.

료마는 다음 날 아침 하선했다.

그에겐 뭍에서 해야 할 일이 많았다.

쓰키 남쪽 오다와라 거리(小田原町)의 막부군함 조련소로 가서 기재(器材)의 차용에 대해 교섭하기도 하고, 아카사카 히카와(氷川) 남쪽에 있는 가쓰 가이슈에게 연락하러 가거나 했다.

연말이 바싹 가까워졌다.

섣달 27일, 군함 감독관 가쓰 가이슈는 기선 쇼가쿠마루에 장군(將軍)을 모시고 상경하기 때문에, 전날 특별히 자택으로 료마를 불렀다.

"사고가 없도록 부탁한다."

스스로 호담하다고 자처하는 가쓰도, 막부의 군함을 낭인에게 맡기는 워낙 중대한 일이라 한 가닥의 불안이 있는 모양이다.

"뭐, 만일 침몰, 좌초 등의 사건이 발생하면 선생과 제가 배를 가르면 되지 않습니까?"

료마는 태연히 말했다.

"농담 마라."

가쓰는 눈을 부릅떴다.

"나는 싫어. 그런 일로 하나밖에 없는 배를 가른다는 것은."

"그리고 보니 저도 싫군요."

료마는 급히 말했다. 그렇게 함부로 배를 가르는 취미는 가쓰에게도 료마에게도 없다.

"안심했다. 가르기가 싫거든 힘껏 조함에 주의하여라. 일기가 불순해지거든 아무 항구에라도 기어 들어가야만 해."

"알고 있습니다."

료마는 가쓰가 불안을 품지 않도록 힘있게 단언했다.

그 뒤는 세상 얘기가 나왔다.

"묘하군, 료마. 올해같이 이에야스님 에도 개부(開府) 이래의 다난했던 해도 저물 때가 되니까 저물어 가는군. 천도(天道)에는 아무래도 당할 길이 없거든."

가쓰답지 않게 말투에 영탄(詠歎)이 서려 있었다.

가쓰의 말처럼 그해 분큐 3년이란 해는 분명히 세키가하라 이래 가장 어수선한 한해였다.

에도는 아직 조용하다.

교토는 가마솥처럼 들끓었다. 근왕 낭사의 덴추 사건으로 해가 시작되자 조슈 번이 독주했다. 다시 조슈 번의 공작으로 천황이 양이전(攘夷戰)을 결의하여 4월, 이와시미즈(石淸水) 하치만 신궁(八幡神宮)으로 행차하여 그것을 기원하고, 장군은 있으나마나한 상태가 됐다.

다시 5월, 조슈 번이 바칸 해역(海域)에서 외국 함선을 포격하기 시작했고, 7월에는 사쓰마 번이 영국 함대와 교전했으며, 8월에는 궁중에 정변이 일어나 조슈적 양이주의(攘夷主義)가 포기되고, 조슈 번의 세력은 교토에서 일소되었다. 그 직후, 도사 번의 요시무라 도라타로 등이 야마토에서 혁명의 첨병이 되어 덴추조(天誅組) 의거를 일으켰다가 이윽고 토멸됐다. 이어서 친막파(親幕派)의 시대가 왔다. 그 풍조를 타고 도사 번에서도 좌막파가 부활하여 다케치 한페이타 등이 혹은 사로잡히고 혹은 살해당했다.

"내년은 어떨까?"

통찰력을 지닌 가쓰도 워낙 앞일을 내다볼 수 없는 세상이 되어 있었다.

"드디어 광풍 노도의 해가 되겠지요."

"료마, 기쁜 듯이 말할 일이 아냐. 막부의 토대는 올해의 큰 바람으로 인해 어지간히 기초가 흔들리고 있어. 한 바람만 더 불어 닥치면 허물어질지도 몰라."

가쓰의 말투는 충동하는 듯 그렇지 않은 듯, 복잡한 어감을 풍기고 있었다.

다음 날, 가쓰는 장군 이에모치(家茂)가 좌승한 쇼가쿠마루를 타고 시나가와 바다를 출범했다.

14대 장군 이에모치는 턱 언저리가 살찐 천진스러운 얼굴이었다. 기슈의 도쿠가와 가문에서 들어와 13살에 정이대장군(征夷大將軍) 자리를 물려받은, 그때 18살밖에 안된 젊은이였다.

그야말로 귀한 핏줄을 이어받은 듯한 미모와 온화하고 성실한 성격 때문에 내전의 여관들 사이에 평판이 좋았다.

병든 몸이었다.

이번의 상경만 하더라도 시의(侍醫)는 고개를 갸웃거렸지만, 이에모치는 교토 조정의 막부에 대한 여론이 악화될 것을 두려워하여 허약한 몸으로 쇼가쿠마루를 탄 것이다.

출항 후에는 줄곧 선실에 틀어박힌 채 바닷바람을 쐬지 않도록 하고 있었다.

이 젊은 장군은 명석한 두뇌를 가진 42살의 군함 감독관 가쓰 가이슈가 그저 좋아서 그의 얘기를 즐겨 들었다.

첫날은 불어 닥칠지 모를 바람과 야간 항해의 위험을 피하기 위해 사가미(相模) 우라가(浦賀) 항에 입항, 장군을 비롯하여 모두들 상륙하여 숙박했다.

"가쓰, 얘기를 좀 해라."

이에모치는 점심 때 가쓰를 불러, 손수 가쓰의 잔에 술을 따라 주었다. 이에모치로서는 의지할 수 있는 아저씨라는 기분이리라.

가쓰도 이 병약한 장군을 위해서는 생명도 아깝지 않다고 생각하고 있었다. 그래서 가쓰는 이에모치의 신뢰를 받았지만, 그 다음 15대 장군 요시노부(慶喜)로부터는 의식적으로 경원 당했다. 재기가 넘쳐흐르는 요시노부와는 그런 점에서 서로 반발하는 것이 있었으리라.

가쓰는 이 분큐 3년 말경에는 이미 도쿠가와 정권도 마지막이라고 내다보고 있었다. 에도, 교토라는 복잡한 이중 정권으로서는 일본이 국제사회에서 활약하기도 어렵고, 교토의 양이정권을 방패삼아 에도의 개국정권(開國政權)을 흔들려는 사쓰마 조슈나 일부의 공경(公卿)들, 낭인 지사들을 억누르기도 어려우리라고 생각하고 있었다.

가쓰가

——이미 막부도 끝장이다.

이렇게 생각한 것은 재작년인 만엔(萬延) 1년 3월 3일의 사쿠라다 문(櫻田門) 밖의 사변 때부터인 것 같다.

가쓰라는 사내가 그 당시에 드문 두뇌의 소유자였음을 보여주는 것은, 막부 가신이면서도 막부가 곧 일본이 아니라는 것을 알고 있었다는 점이다. 막부의 역사적 사명이 끝난 것을 냉정하게 깨닫고, 어떻게 혼란 없이 다음 정권으로 넘겨주는가 하는 것을 은밀히 생각하고 있었다.

가쓰가 마음속으로 이런 결심을 점점 굳힌 것은 장군 이에모치와 접촉할 기회가 많았기 때문이리라.

가쓰가 볼 때 이에모치는 비극적인 사람이라고 할 수 있었다. 병약하고 나이 어린 몸으로 막부가 시작된 이래 가장 다난한 정국(政局) 속에서 떠돌아다니지 않으면 안 되었던 것이다.

떠돌아다닌다—고 했는데, 막부에는 조정(朝廷), 제번(諸藩)을 억압할 수 있는 강권(强權)이 없어지고, 대외적으로도 여러 외국은 에도 정권이 일본의 유일하고 절대적인 공인 정권이 아니라는 것을 알기 시작했기 때문에 이에모치가 고심한 데 비해서는 그 효과가 적었기 때문이다.

이에모치는 이 오찬 석상에서 가쓰에게, 접시꽃 무늬(도쿠가와 집안의 家紋)가 든 검은 명주옷과 칼첨자(籤子)를 주면서 말했다.

"해상(海上)은 모두 그대에게 맡긴다."

이 한 마디로 가쓰는 훨씬 수월한 입장이 됐다.

장군이 나들이 간 에도는 관례에 따라 사루와카 거리(猿若町)의 세 극장이 연극 흥행을 쉬게 된다.

그 정도로는 거리의 풍경이 별로 달라지지 않는다.

료마는 가쓰를 자연스럽게 시나가와 역참까지 호위한 뒤, 곧 에도로 되돌아왔다.

막부의 명령에 의해(사실은 군함 감독관 가쓰의 명령이지만) 료마의 연습함 간코마루의 출항이 모레 해뜨기 전으로 결정된 것이다.

처음엔 시나가와에서 '이렇게 됐으니, 이대로 순함하여 출항할 때까지 지낼까.' 하고 생각했으나, 그렇다면 주타로나 사나코에게 미안하다고 생각하고 일부러 에도로 되돌아왔다.

지바 저택으로 되돌아오자 곧 노선생 데이키치(貞吉)의 방으로 찾아가 보고했다.

"드디어 내일 모레, 새벽녘에 닻을 올리고 오사카로 향하게 됐습니다."

데이키치는 말없이 미소를 띠었다.

지바 슈사쿠의 친동생으로서, 칼에는 형 슈사쿠보다도 더 뛰어났다고 소문난 이 노검객도 료마가 하는 일이 무엇인지 모른다.

"료마는 검을 버리고 수부(水夫)가 될 작정인 모양이다."

늘 이렇게 불평하고 있었다. 데이키치가, 그 오랜 검객 생활을 통하여 가르친 제자 중에서 료마만큼 뛰어난 소질을 지닌 검객은 본 일이 없었다.

료마만한 솜씨라면 제아무리 큰 번(大藩)일지라도 사범으로 충분히 들어갈 수 있고, 가능하면 사나코를 아내로 맞이하여 자기의 사위가 돼 주었으면 하고 생각해 왔다.

사나코도 늙은 아버님의 꿈이 그렇기 때문에 료마를 단념할 수가 없었다.

그래서 사나코는 현재까지, 혼담을 거절해 왔다. 데이키치 노인은 노인대로 혼담이 들어와도 거절해 왔다.

——아니, 사나코에게는 저대로 생각이 있는 것 같으니깐.

'저분도 나와 같은 마음이겠지.'

사나코에게는 이런 생각을 품어 오게 만들었다. 그러나 료마가 그런 기회가 있을 때마다 늘 아리송한 언동을 취했기 때문에 더욱 사태에 변화가 일어나지 않고, 그만 이런 상태에까지 와 버리고 만 것이었다.

아무튼, 지바 사나코는 유신(維新) 후까지도 "사카모토 료마의 약혼자였습니다"라고 자기도 생각하고 남에게도 말해 온 사람이다.

모두 료마의 태도에 죄가 있다.

료마는 사나코가 좋았던 것은 분명하지만, 그렇다고 밤에 잠을 못 이룰 정도로 격렬한 사랑을 느끼지는 못했다.

주타로를 포함한 지바 남매를 자기가 가장 신뢰할 수 있는 친우라고 생각하고 있었던 것이다.

그러므로

——싫은가?

이렇게 물어 온다면 좋다고 대답하지 않을 수가 없다. 그러나 그 이상은 아니었다.

그러나, 사나코는 은밀히 어떤 행위를 결심하고 있었다.

그날 시나가와에서 돌아온 료마는 주타로의 서재에 있었다.

지바 주타로는 돗토리 번(鳥取藩) 세자(世子)의 용무 때문에 어제부터 번저에 틀어박힌 채 며칠 동안 돌아오지 못한다.

검객의 서재답게 책은 그다지 없지만 대시합의 기록, 도장의 일지(日誌) 따위는 비교적 많이 쌓여 있다.

장지문은 서향이다. 석양 때문에 여덟 장의 다다미는 완전히 바래 있었다.

사나코가 차를 날라왔다.

"꽤 싸늘하군요."

료마가 말했으나, 사나코가 그저 뾰로통하게 입을 다물고 있기 때문에 처음부터 묘하구나, 하고 생각했다.

그날 밤, 료마는 서재에서 잤다.

다음 날 아침 이불을 개고 여전히 세수도 하지 않은 채 방 한복판에 앉아 있으려니, 사나코가 보랏빛 비단옷을 입고 차를 날라다 주었다.

"고맙습니다."

료마는 인사를 하고 받았는데 사나코는 여전히 화난 듯한 얼굴로 말이 없었다.

이윽고 불쑥 나가 버렸다.

'이상하구나'

생각했으나 곧 잊어버리고, 그 뒤 시간을 보내기 위해 도장으로 나갔다.

도장에서 문하생들과 연습을 했다.

오랫동안 죽도를 든 적이 없었기 때문에 처음 오륙합은 어쩐지 몸이 딱딱했지만, 곧 익숙해졌다.

청해 오는 대로 열 명 가량을 상대로 연습 시합을 했다.

──강하다.

도장에 있는 누구나가 숨을 죽였다. 열 명이 모두 료마에게 단 일격도 가하지 못한 채 물러났다.

'이 도장도 약해졌구나.'

료마는 료마대로 이렇게 생각했다. 옛날 데이키치 노인이 건장할 때에는 맹연습으로 유명하여, 문하생들의 기량의 수준이 본가(本家) 오다 마가이케(玉池) 보다 뛰어나다는 말을 들었는데, 주타로가 주로 도장을 맡아 보게 되면서부터는 아무래도 신통치가 않다.

주타로는 준수한 자들뿐인 지바 일족 중에서는 가장 그 솜씨가 뒤졌다. 거기다 인품이 가벼워 스승티를 내지 못하기 때문에 문제들의 마음이 어딘가 풀어지는지도 몰랐다.

그러나 사나코는 격(格)이 달랐다. 이 도장의 백미(白眉)라고 할 수 있으리라.

그 사나코가 새하얀 하카마에 바늘로 누빈 연습복을 입고 어느 곁엔가 도장 구석에 앉아 있었다.

"사카모토 선생과 안 해 보시겠습니까?"

사범 대리를 하는 사내가 권했다.

사나코도 그럴 작정이었다.

면구(面具)를 쓰고 도장 중앙으로 나왔다.

쌍방은 서로 인사를 나누고, 무릎을 구부리며 칼끝을 맞댄 후, 이윽고 일어섰다.

사나코는 청안(青眼 : 칼을 몸 앞에서 적의 얼굴께로 치 겨누는 것)이다.

칼끝이 지바 슈사쿠 이래의 이곳 검법의 버릇에 따라서 할미새 꼬리처럼 떨리고 있다.

료마도 청안이었다.

이윽고 칼끝을 쳐들어 허리를 치라는 듯 머리 뒤로 젖혔다.

사나코의 죽도가 움직였다. 알 듯 모를 듯 유인했다.

그러나 료마는 응하지 않았다. 땅에서 솟아오른 자연목처럼 쭉쭉 하늘에 뻗어 있는 듯한 느낌이었다.

'칠 수 있다——'

사나코는 생각하고 있었지만, 칼끝 저쪽에서 그렇듯 방자한 자세로 활짝 벌리고 있으니 오히려 기가 꺾이고 말았다.

'이 사람은 오랫동안 도당에 나오지 않았다. 기량이 떨어져 있을 것이다.'

사나코는 스스로에게 이렇게 일렀다.

'이것은 마치 초심자의 자세가 아닌가……'

이렇게 생각했다. 그러므로 상대방이 사카모토 료마라고 생각지 않고 친다면 문제없이 격파할 수 있지 않을까?

사나코는 기백을 충일시켰다.

칼이 움직였다. 사나코는 뛰어들었다. 아니 뛰어들려고 할 때, 동작을 일으키려는 손목을 료마의 죽도가 번개보다도 빨리 습격했다.

탁!

하고 울렸다.

일격, 사나코의 패(敗)다.

다음엔 서로 청안의 자세.

자세를 취한 순간, 사나코의 몸은 공처럼 날아서 료마의 면상을 습격했다.

료마는 받았다. 탁탁, 두 개의 죽도가 공중에서 울렸고, 그런 자세에서 사나코는 료마의 허리를 습격했다.

쓱——료마의 주먹이 아래로 떨어지며 날밑으로 받았다.

이른바, 날밑 다툼이 됐다.

료마는 접전하기가 싫어 사나코의 몸을 밀어 버리려고 했으나 사나코는 떨어지지 않았다.

돌연 사나코의 얼굴이 기울어졌다.

접전의 자세대로 재빨리 말했다.

"오늘 밤, 아홉시 반, 방으로 찾아뵙겠습니다."

확——하고 사나코는 물러났다.

틈을 주지 않고 료마는 사나코의 면상을 습격했다. 사나코는 머리 위에서 받았다.

"무슨 볼일입니까?"

제법 큰 목소리였다.

'바보!'

사나코는 서글퍼졌다. 수치심이 몸의 움직임을 둔하게 했다.

딱!

료마의 죽도가 사나코의 맨 한복판을 쳤다.

'바보, 바보——'

딱! 손목을 맞았다. 죽도를 떨어뜨릴 만큼 아팠다.

'에잇!'

사나코는 화가 났다. 노기가 사나코의 칼을 확 바꿔 버렸다.

"허릿!"

날카로운 죽도 소리가 료마의 윗허리께에서 멋지게 울렸다고 생각한 순간, 그보다도 빨리 료마의 죽도가 사나코의 면상에서 요란하게 작렬했다.

"성공!"

어느 곁엔가 도장에 데이키치 노인이 나와 있었다. 사나코의 이상한 기미를 눈치 챘는지 선고했다.

"그만!"

쌍방은 훌쩍 물러났다. 료마는 미련 없이 죽도를 거두었다.

사나코는 언제나 올케인 오야스와 함께 부엌에서 식사를 했다. 이날, 저녁밥이 목구멍으로 넘어가지 않았다.

"왜 그러죠?"

오야스가 물었다.

"아무것도 아녜요."

수저를 놓고 만 것이다. 안색이 왜 그런지 시원치 못했다.

"어디, 편찮아요?"

"아뇨, 아무데도……"

웃어 보였다.

그 미소가, 평상시의 사나코와는 달리 퍽 맥이 없어 보였기 때문에 오야스는 점점 더 수상해했다. 오야스는 온화하고 남의 일 돌보기 잘하는 성품이었으므로, 이 두 사람은 친자매보다도 사이가 좋다.

'사카모토님 때문이로군.'

오야스는 직감적으로 깨닫고 있었다.

"좀 더 드세요."

오야스는 올케의 입장에서 타일렀다. 그렇지만 오야스 쪽이 한 살 아래인 것이다.

"호호, 사나코 아가씨는 남한테 지기 싫어하니까……"

오야스는 일부러 핵심에서 벗어난 말을 했다.

"아무래도 사카모토님에게 진 것이 분하셔서 밥을 못 드시는 거겠죠."

"그런 것도 아녜요."

그러고 보니, 오늘 시합처럼 비참하게 패한 적은 요 몇 년 동안에 없었다. 료마가 강하다기 보다는 사나코가 너무 약했던 것이다. 전혀 몸이 움직여지지 않았다.

핑그르, 눈물이 솟았다.

오야스는 눈을 동그랗게 떴다. 그보다도 놀란 것은 본인인 사나코 쪽이었다. 왜 눈물이 솟았는지 알 수 없다.

한 방울, 눈물이 떨어지자, 새삼스럽게, 정말로 서글퍼졌다.

하염없이 흘러내렸다.

씻으려고도 하지 않았다. 얼굴은 점점 상기하기 시작했다.

끝내 새빨개졌다.

"언니!"

잇따라 나온 말은 사나코 자신도 그 순간까지 예상조차 하지 않았던 것이었다.

"언니, 오늘 밤, 나 사카모토님 방으로 가겠어요."

"옛?"

오야스는 어찌할 바를 몰랐다.

"가겠어요, 나는. 그러니까 언니, 누군가가 그 방으로 가려고 하면 꼭 막아 줘요."

"사나코 아가씨……"

처녀의 몸으로서 이런 말을 하다니, 이만저만한 일이 아니리라.

눈이 눈물을 머금은 채 반짝반짝 빛나고 있다. 오야스는 시집 온 이래, 이렇듯이 이상스러운 시누이의 얼굴을 본 적이 없다.

"알았어요."

오야스는 고개를 끄덕였다. 제지해야만 할 텐데 이상하게도 그런 마음이 일어나지 않는다.

문제가 일어나면 오야스는 자결하든가 어떻게 하든가, 자기 자신이 책임을 지면된다고 생각했다.

그런 생각은 암암리에 똑같이 들었다. 그와 같은 말을 사나코가 했다.

"만약, 이 불미한 짓을 남이 알게 되면 나는 언니에게 폐를 끼치지는 않겠어요. 자결하겠어요."

그 정도의 결의라면 아무것도 할 말은 없다고 오야스는 생각했다.

자결——

사나코는 말했는데 헛말은 아니다.

각오는 되어 있다.

처녀의 몸으로 자청하여 이성의 방을 찾아가 그 자리에서 결혼을 간청하고, 경우에 따라서는 정조까지 바치려고 각오하는 일 따위는 무가(武家)에서 자란 여자로서 있을 수 없는 일이다.

불의, 불륜, 방탕, 등등 악덕 이전의 문제다, 라는 것쯤은 사나코도 잘 알고 있었다.

그걸 무리로 해 보려는 것이다. 만약 거절당하면 여자로서 그 이상의 치욕이 없기 때문에, 그때엔 미련 없이 가슴을 찔러 죽으려고 생각하고 있다.

그러한 자기를 '스스로도 이상한 처녀야.' 라고 생각한다.

본래 여성적인 처녀가 아니다. 검술에 열중할 정도이므로, 그런 점이 너무나 부족할 정도의 처녀였다.

그러므로 사랑의 표현도 막다른 곳까지 이르면 이렇듯 대결과도 같은, 부딪쳐 부서져라, 는 식의 행동을 취하려는 것이리라.

더구나 거절당하면 죽는다는 데까지.

그날 밤 어두워진 뒤에야 주타로가 돗토리 번저에서 돌아왔다.

"드릴 말씀이 있어요."

옷을 갈아입기를 기다릴 수가 없어, 오야스는 입을 열었다.

사람 좋은 오야스는 시누이의 심정을 헤아리고 긴장으로 인해 파랗게 질려 있었다.

그러나 오야스의 경우, 자기 혼자만의 가슴속에 숨겨 둘 수가 없었다.

남편에게 의지하려고 했다.

조심스러운 표현으로 사나코의 일, 그에 대한 자기의 심경 등을 얘기하자, 주타로도 일이 일인지라 깜짝 놀란 모양이다.

"사나코도 난처한 녀석이로군."

나지막한 소리로 말했다. 누이동생의 마음과 그때까지의 경위를 잘 알고 있으니만큼 다부진 말로 꾸짖을 마음은 우러나지 않았다.

"그 애는 말이지."

주타로는 말했다.

"검술이 애인이야. 어릴 때부터 검술을 배웠는데 뜻밖에도 천분이 있었지. 나보다도 천분이 있는 모양이야. 그래서 열중했어. 거기에 19살인 료마가 입문했어. 무척 강했지. 맞설 마음이 우러난 거야. 끝내 이기지 못했고 그것이 료마에 대한 경모의 기분으로 변한 거야. 아버지가 그 애에게 검술 같은 것을 가르치지 않고 처녀들이 갖추어야 할 재주를 가르쳐서 일찍 시집보냈더라면, 료마 따위에게 반하지 않고 넘어갔을지도 몰라."

"사카모토님은 훌륭한 분이에요."

"훌륭한 사내지. 그러나, 그런 사내는 여자를 행복하게 해 줄 수가 없어."

주타로는 평소와는 달리 가벼운 말을 하지 않았다.

"여자를 행복하게 해 줄 수 있는 것은 나 같은 사내지. 세상에는 독(毒)도 약(藥)도 되지 못하지만."

진지한 말투로 말했다. 물론 자신을 자랑하고 있는 것이 아니라, 그러한 표현으로써 자기의 존경하는 벗인 료마를 평하고 있는 것이다.

"엉뚱한 사내에게 반해 버렸어."

그뿐, 입을 다물고 말았다.

지바 집안에는 프랑스제의 회중시계가 있다.

데이키치 노인이 돗토리 영주로부터 하사받은 것인데, 제작 연대가 얼마 되지 않았다.

사나코는 그것을 살그머니 아버지의 방에서 꺼내 와, 자기 방에서 바라다 보고 있었다.

밤 여덟 시가 되자 저택 안은 완전히 잠들어 버리고 말았다.

그동안 몇 번이고 시각을 알리는 종소리와 딱딱이 소리를 들었지만, 사나 코는 시계만을 쏘아보고 있었다.

사나코의 방에서는 안마당 너머로 료마의 방이 보인다.

불이 밝혀져 있었다.

문창호지에 료마의 그림자가 비쳐, 커졌다 작아졌다 하고 있다.

'……'

사나코는 정원수 너머로 그 그림자를 보면서 안절부절 못했다.

시계가 아홉시를 가리켰다.

'앞으로, 반시간……'

후우, 하고 한숨이 나왔다.

그때 바깥문을 세차게 두들기는 소리가 들렸다.

'누굴까? 이런 시각에──'

사나코는 몸을 일으켰다.

복도로 나갔다. 문지기가 응대하리라고 생각했으나 조바심이 나서 견딜 수 없었다. 자기의 가장 중요한 시간이 이제부터 시작되려고 하고 있는 것이다. 훼방꾼이라면 좀 지나친 말일는지 모르지만, 무례한 침입자인 것만은 틀림없다.

사나코는 문까지 나갔다.

마침 문지기가 사잇문을 열고 있는 참이었다.

한 젊은 무사가 들어왔다.

"뉘시옵니까?"

사나코는 탓하듯이 물었다.

무사는 방갓을 겨드랑에 끼고, 머리칼을 뒤에서 묶은 매끈한 상투를 사나코에게 보였다. 고개를 숙인 것이다.

고개를 들었다.

"방금 문지기에게 말했습니다."

건방진 대답을 했다.

아직 애티가 남아 있다. 흰 살갗에 콧날이 오뚝한, 배우라도 만들고 싶은 젊은이였다.

"저는 아직 못 들었습니다. 저는 이 집의 딸 사나코예요."

"아, 당신이 고명한 사나코님이십니까?"

조금도 조심스러워하지 않았다.

"저는 이 댁에 숙박 중이신 사카모토형의 동생으로, 무쓰 요노스케라고 합니다."

"용건은?"

"내일 새벽에 간코마루는 출항합니다. 이제 이 댁을 출발하실 시각이 된 것 같아 맞이하러 온 것입니다. 그분은 저희들의 총수니까요."

"사카모토님이 벌써 떠나셔야 됩니까?"

모르고 있었다. 료마는 자기에게뿐만 아니라, 집안의 그 누구에게도 말한 일이 없지 않는가!

"그럴 리야 없겠지요."

"아니 떠나십니다. 같이 타고 갈 제가 말씀드리는 것이니 틀림없습니다."

무쓰는 무쓰대로, 아무리 지바 댁의 호랑이 아가씨라고 해도 건방진 여자라고 화가 났다.

우겨 봤자 별수 없다, 고 요노스케는 생각하고 일부러 싸늘한 표정으로 말했다.

"하여간 사카모토형을 만나게 해 주실 수 없겠습니까?"

"안됩니다."

사나코도 아니꼬워하고 있다. 이 남녀는 성격적으로, 만난 순간부터 반발하도록 돼 있는 모양이다.

"놀랐는데요."

무쓰는 빤히 사나코를 보았다.

"저는 사카모토형의 방문객입니다. 실례의 말씀입니다만, 당신의 뜻대로 만나고 안 만나고의 여부를 정할 일이 아니죠. 자아, 안내해 주십시오."

"안됩니다. 요즘은 교토뿐만 아니라 에도에도 정체불명의 낭인들이 횡행하고 있습니다. 함부로 손님을 맞아들일 수는 없습니다."

"그러나 저는 무쓰 요노스케란 말입니다."

"증거가 있습니까?"

"점점 어이가 없군. 내가 나 자신의 증거를 세워 본 일이 없습니다. 안내하지 못하겠다면 그냥 들어갈 뿐입니다."

요노스케의 건방진 성격이 노골적으로 나타났다. 그 위에 말재주까지 능란하다. 그러나 사나코도 지고 있지는 않았다.

"이 집이 지바 집안인 줄 알면서도 그러시는 거겠죠? 무인(武人)의 저택은 성과 다름없는 것. 만약 우격다짐으로 통과하시겠다면 제가 상대하겠습니다."

무쓰는 놀랐다.

그러나, 이렇게 도전을 받은 이상, 그러지 마시오, 하는 듯 물러난다면 겁먹은 것처럼 생각할지도 모른다.

"그럼 들어가겠습니다."

가슴을 쭉 펴고 한 발 내디딘 앞을 사나코가 막아섰다.

무쓰는 실례, 하고 사나코를 밀쳐 내려고 했다. 그 순간, 무쓰의 왼팔 관절이 거꾸로 비틀렸다.

"아얏!"

비명을 지르며 펄쩍 뛰었다. 뛰어오르지 않으면 관절이 부러질 것 같았다. 그러나, 점점 더 팔이 비틀려 끝내 스스로 발딱 뒤집혀

쿵!

하고 벌렁 나자빠져 버렸다. 과연 지바의 호랑이 아가씨였다.

어정어정 일어났을 때, 소동을 듣고 지바 주타로가 현관의 발판에서 내려왔다.

"사나코, 도둑이냐? 우리 집에 숨어들다니 제정신이 아닌 놈이군."

"사카모토님의 동생뻘이 된다고 자칭하는 사나이예요."

사나코는 밉살스러운 듯 말했다.

어안이 벙벙해진 것은 요노스케다. 울상이 된 얼굴로 외쳤다.

"사실이란 말입니다. 지바님, 들으셨죠? 저는 무쓰 요노스케."

"아아, 무쓰야."

갑자기 현관 곁의 정원에서 모습을 나타낸 것은 료마다. 완전히 길 떠날 차림이다. 그 복장을 보고 사나코가 울먹이듯 말했다.

"약속이 틀리지 않습니까?"

이미 시각은 약속한 아홉시 반이다.

료마는 고개를 끄덕였다.

료마는 스스로 요노스케를 안내하여 현관 곁의 작은 방으로 데리고 갔다.

"자네, 미안하지만 여기서 기다려 주게."

의아해하는 무쓰를 무작정 밀어 넣고, 주타로에게 말했다.

"주타로형, 잠시 사나코 아가씨와 얘기를 하고 떠나겠어. 자네는 그만 자라구."

주타로는 말없이 고개를 끄덕였다.

료마는 다시 방으로 돌아와 등롱에 불을 밝히고 사나코를 청해 들였다.

"이거, 화로가 없는데."

"괜찮아요."

사나코는 단정하게 앉았다.

"그런데 무슨 용건이죠……?"

료마는 전에 없이 공손했다.

"저, 말씀드리고 싶은 것이 있습니다."

사나코는 눈을 내리깔았다.

……침묵이 계속되었다.

"무척 하기 힘든 말 같군요."

"네……"

눈길을 들었으나 황급히 다시 내리깔았다.

료마의 눈이 사나코의 전신을 훑어보고 있다.

"사카모토님의 얼굴을 보고 있으니 말이 나오지 않습니다."

"그렇다면 돌아앉죠."

료마는 등을 보이고 돌아앉았다.

"내 등에다 대고 말하십쇼."

"……하지만."

"사나코 아가씨는 여자지만 호쿠신일도류의 면허를 받은 분이 아닙니까? 마음을 단단히 먹고 시원스럽게 말씀하시죠."

"말하겠어요. 그 대신 사카모토님도 언제나처럼 농으로 돌리지 마시고 확실하게 대답해 주세요. 그렇지 않고 저만 탁 털어놓고 말씀드리고, 사카모토님이 어물쩍 넘겨버리시면 저는 어찌할 바를 모르게 됩니다. 그럴 때는 이 사나코는 자결하고 말겠습니다."

'뭐?'

등을 돌리면서 료마는 놀랐다.

"대답을 하면 되는 거죠?"

료마는 말이 말인지라 긴장했다. 사나코가 하려는 말을 료마는 대략 짐작하고 있었다. 그러나 미리 가부(可否)의 대답을 생각하려고 하지 않았다.

이럴 때에는 숨김없이 마음을 비우는 것이 좋다고 생각했다.

료마는 눈을 감았다.

허심 상태가 되려고 했다.

"말씀하십시오."

"말씀드리겠어요……저를."

사나코는 자기의 왼손을 쥐었다.

"아내로 맞이해 주실 수 없으시겠어요?"

"허어!"

하려다가 소리를 집어 삼켰다. 적당히 얼버무려 넘길 게재가 아니다.

"줄곧 사카모토님을 사모해 왔습니다. 아내로 맞이해 주시지 않는다면 죽어 버리겠습니다."

"모, 목숨을."

료마는 자기도 모르게 목소리가 떨렸다.

"소홀히 여기시면 안 됩니다."
이래가지고는 대답도 되지 않는다.

사나코는 무슨 말인가 하려고 했다.
료마는 그 말머리를 꺾고 돌아보면서 코를 쓱쓱 문질렀다.
"몰랐는데."
얼굴을 주먹으로 쓱쓱 문질렀다.
"몰랐습니다. 사나코님이 그렇게까지 나 같은 놈을 생각해 주셨다고는, 조금도 몰랐습니다."
"정말 모르셨습니까?"
"농담이라고 생각했습니다."
"어머!"
사나코는 서글픈 표정을 지었다.
"그러나 사나코 아가씨, 나는 지금 아가씨를 원하지 않습니다."
"옛?"
"원하는 것은 자유자재의 경지(境地)입니다. 탈번하여 그것을 얻었습니다. 아내를 얻음으로써 그것을 잃고 싶지 않습니다."
료마는 큰 소리로 말했다.
"과부가 될 거요. 아가씨는 상관없다고 하실지 모릅니다만 나는 그럴 수 없습니다. 지사(志士)는 구학(溝壑)에 있음을 잊지 않고, 용사는 그 원(元)을 잃음을 잊지 않는 도다."
"무슨 의미입니까?"
"뜻을 품고 천하를 움직이려는 자는 자기의 시체가 도랑에 버려져 있는 정경을 늘 각오하라. 용기 있는 자는 자기의 목이 없어진 정경을 항상 잊지 말라는 말입니다. 그렇지 않고서는 사내의 자유를 얻을 수 없습니다."
"저어……"
사나코는 무슨 말을 꺼내려 했으나 료마는 그 말을 못하게 하기 위해 자기 문복(紋腹)의 왼쪽 소매를 쭉쭉 찢었다.
"무슨 짓을 하십니까!"
"나는 아무것도 가진 것이 없습니다. 이것을 받아 주십시오."
료마는 약간 엄숙한 표정을 짓고 사나코에게 내밀었다.

"어떤 의미이시온지?"

"유품이오."

료마는 싱글벙글하고 있다.

"지사는 구학에 있음을 잊지 말라고 했습니다. 언제 이 세상에서 사라져 버릴지 모릅니다. 그때의 기념품입니다."

"……"

사나코는 소매 조각을 손에 들고 하염없이 들여다보았다. 사카모토 가문의 도라지꽃 문장이 때와 먼지로 완전히 더럽혀져 있다.

"드릴 것이 아무것도 없습니다."

"어떤 의미로 받아야 하겠습니까?"

"료마가 감격한 표시라고 생각해 주십시오."

그 말을 사나코는 료마가 사랑을 받아들여준 것이라고 해석했다. 사정이 있어서 당장 부부가 될 수는 없지만, 마음만은 서로 통했다는 증표라고 해석한 것이다. 사나코의 행복은 이때부터 시작됐다고 해도 좋다.

'약혼자 사이다.'

사나코는 그렇게 생각했다. 약혼자라면 료마는 남편이라고 생각해도 좋으리라.

"기쁩니다."

사나코는 소매 조각을 안았다.

료마는 일이 엉뚱하게 된 데 당황하여 얼굴을 문질렀으나 뜻밖에도 주먹이 젖기 시작했다. 사나코의 마음을 애처롭게 생각한 탓이기도 했지만, 또 하나는 뜻이 통하지 않는 데 서글픈 느낌이 들었기 때문인 것 같다.

료마는 분큐 3년 섣달 그믐날의 이른 새벽 간코마루의 닻을 올리고, 조용히 증기(蒸汽)로 운전하면서 출항했다.

순풍이다.

"보조 돛을 올려라."

함장격인 료마는 명령했다.

쏵——하고 간코마루는 파도를 가르기 시작했다. 돛이 바닷바람 속에서 펄럭였다.

료마는 마스트 아래를 걸으면서 차례차례 필요한 것을 명령했다.

고문격으로 승함한 막부 사관들은 료마의 정확한 명령에 놀랐다.

——이 낭인이 어느 틈에 항해술을 익힌 것일까……?

이런 눈으로 서로 마주보고 있다.

앞바다까지 나오자 연료를 절약하기 위해 기관을 정지시키고 돛에만 의지했다.

모든 것을 규정대로 하고 있었다. 더욱 사관들이 놀란 것은 기관이 식기를 기다려 기계 언저리의 나사를 다시 바싹 조이라고 료마가 명령한 점이다.

이 역시 규정대로였다.

"사카모토님, 놀랐는데요. 이런 배려를 하지 않으면 안 된다는 것은 우리들도 배웠지만 귀찮아서 실제로는 그다지 하지 않습니다. 어디서 배웠습니까?"

"항해 일지입니다."

료마는 무뚝뚝하게 대답했다. 선박에 대해 거의 독습했다고 해도 좋을 료마는 자기 나름대로의 공부 방법을 연구해 내고 있었다. 군함 감독관 가쓰 가이슈에게 있는 각 함선의 항해 일지를 깡그리 읽어치운 것이다. 일례를 들면, 이전에 간린마루(咸臨丸)가 도미했을 때 가나가와(神奈川)를 떠난 지 두 시간 만에 증기를 멈추고 보조 돛을 올린 후 증기 기관의 나사 조이는 작업을 한 일이 안세이(安政) 7년 정월 16일의 간린마루 항해 일지에 씌어 있다.

나사라는 것은 출범 전에 조여 둬도 운전의 진동으로 헐거워진다. 그런데 운전 후 두 시간가량 지나서 다시 조여 두면, 다시는 헐거워질 염려가 없다.

3시간 만에 가나가와 앞바다로 나갔다. 그 무렵에 료마는 출항 직후의 바쁜 일손에서 약간 해방됐다.

뱃머리로 나갔다.

"사카모토님, 기쁘시겠죠?"

요노스케가 놀려 주러 왔다.

"응, 그런 기분이군."

"그런데……"

무쓰는 힐끔힐끔 료마의 소매를 바라보고 있다. 정말 기묘한 복장으로, 왼 소매가 없고 속옷이 완연히 드러나 있었다.

"어떻게 된 일입니까?"

"남 주었어."

료마는 그 일을 말하고 싶지 않은 모양이다.

"한쪽 소매를?"

무쓰는 호기심을 느꼈다. 한쪽 소매를 남에게 증정한다는 얘기 같은 것은 들은 적도 없다.

"누구에게, 무슨 까닭으로요?"

"꼬치꼬치 캐묻지 마라."

보기 드물게 노기를 띠고, 무서운 눈으로 무쓰를 노려보았다.

무쓰는 목을 움츠렸다.

겐지 원년

그날, 료마는 새벽어둠 속에서 갑판으로 나왔다. 푸른 빛 우현등(右舷燈)이 흔들리고 있다.

바닷바람이 강하다.

"돛이 울부짖는 것 같군."

료마는 한참 돛을 쳐다보고 있다가 바람 속으로 머리를 쑤셔 박듯하는 걸음걸이로 선미(船尾)쪽으로 나갔다.

하카마를 걷어붙이고 앉았다.

춥다.

지금, 분큐 4년(1864년) 정월 초하루의 태양을 맞이하려 하고 있다.

이윽고 사람의 그림자가 료마의 주변에 나타났고, 점점 불어나 주연 준비가 갖추어진다.

고베 해군학교의 무리들뿐이다. 술꾼인 스가노 가쿠베에의 제안으로 원단(元旦)의 태양을 벗 삼아 술을 나누려는 것이었다.

술통이 날라졌다.

통대를 자른 초라한 컵을 술잔 대신으로 삼고 다카마쓰 타로와 얼굴이 붉은 우마노스케가 술통을 쳐들고 각자에게 따랐다.

"안주는 오징어야."

사와무라 소노조가 어둠 속에서 한 줌씩 일동에게 나눠줬다.

해는 아직 떠오르지 않는다.

모두들 무릎 위의 대통잔을 들고 있기 지루하던 참에, 가쿠베에가 살짝 훔쳐 마신 것을 계기로 소리를 내어 마시기 시작했다.

"사카모토형, 맛이 좋군요."

서민 출신인 우마노스케 등은 젖먹이가 젖을 빠는 듯한 모습으로 마시고 있다.

"노래나 한 곡조 뽑아 보지."

가쿠베에가 목구멍을 하늘로 향했다.

"첫째, 사람으로 태어나면 충효(忠孝), 의용(義勇)을 겸하여 절개를 지키다 죽는다."

그러자, 소노조가 받았다.

"둘째, 깊은 방갓은 얼굴 가리고, 사랑어린 눈매는 흘러내린 머리칼이 가리네."

도사에 전해 내려오는 오래 된 노래로서 언제부터 시작되었는지 모른다.

도사 번 사람들은 상급 무사, 향사(鄕士) 등의 구별 없이 노래하여, 소위 국가(國歌) 같은 것이 되어 있다.

창법(唱法)은 무로마치(室町) 시대의 유행가 비슷하므로, 지쿠젠(筑前) 후쿠오카 번의 구로다부시(黑田節)에 가까울 것이다.

가락은 때로는 웅장(雄壯), 격앙(激昻), 때로는 소리를 푹 낮추어 처량하게 노래한다.

"넷째, 새벽녘의 소동을 모르는 무사, 쥐 잡을 줄 모르는 고양이라네."

적의 새벽 기습에 대비하지 않는 것은 쥐를 잡지 못하는 고양이와 같다는 것이다.

"다섯째, 언제나 시험하라, 자신의 칼을. 칼날과 향기와 칼에 새긴 명문(銘文)을."

"아홉째, 내가 있다면, 백만 대군처럼 생각하여라."

"열째, 도저히 물러설 수 없을 때에는 칼로 맞서며 저승에의 길."

왁자지껄하고 있을 때 활짝 주위에 광명이 깃들고 동녘 어둠이 붉게 물들었다.

어느덧 붉은 빛을 떨어뜨리며 해가 떠올랐다.

"정말 장관이구나!"

스가노는 칼을 뽑아들고 화조춤(花鳥舞)을 추기 시작했다.

이해 분큐 4년이 되지만 2월 20일에 연호가 바뀌어 겐지(元年) 원년이라고 개칭되었다. 막부 말기의 가장 다난한 시기로 그들은 접어든 것이다.

료마는 고베 오노하마(小野濱)에다 간코마루를 정박시키고 학생들을 지도하게 되었다.

원칙적으로는 학교의 주재자인 가쓰 가이슈가 가르쳐야 할 것이지만 마침 공무에 분망하다.

가쓰는 료마 등보다 한발 앞서서, 장군이 탄 쇼가쿠마루(翔鶴丸)에 동승하여 정월 8일에 오사카로 들어가, 막부 군함 감독으로서 오사카 성내에 있다.

"그래서 내가 가르친다."

료마가 엄숙히 말했을 때 무쓰 요노스케는 자기도 모르게 실소를 터뜨리며 말했다.

"사카모토님이 말이죠?"

료마는 교장이라고는 하지만 그의 해양 기술은 들은 풍월식으로 익혀 온 자기류(自己流)의 것 뿐이었다.

가쓰처럼 네덜란드 사람으로부터 배운 유럽 정통의 항해술은 아니었다.

"이놈! 그래도 나는 선장(船長)으로서, 이 함을 시나가와로부터 고베까지 몰고 오지 않았느냐?"

"예, 그것은 인정합니다만, 여러 학문, 여러 재주는 처음이 중요합니다. 처음부터 사카모토님의 아류(我流)를 주입당하면 야단입니다."

"무슨 소리냐!"

료마는 무쓰의 거친 말투에 어이가 없었다. 물론 무쓰는 본심에서 그러는 것이 아니라, 료마를 곯려 주고 있는 것이다.

무쓰는 이론적인 면과 터무니없는 이론을 그럴듯하게 꾸며 대는 말재주 때문에 동료들과 잘 조화되지 않는다. 료마와 같은 우두머리 밑에 있어야만 제구실을 할 수 있는 사람이다.

그때 사쓰마 사투리를 쓰는, 태도가 정중한 젊은이가 나서며 말했다.

"저는 사카모토님에게 배우겠습니다."

사쓰마 번의 위탁 학생인 이토 스케유키(伊東祐亨)였다.

이토는 다른 낭인들과 달리 번명을 받고 왔으므로, 일각이라도 빨리 실지의 훈련을 받아 습득해 버리고 싶었다. 번에서는 이미 산본(三本) 마스트의 증기선 안코마루(安行丸)라는 것을 구입하여 이토 등의 귀번을 기다리고 있는 것이다.

이토에 대해서는 몇 번인가 말했다. 청일전쟁의 연합 함대 사령장관으로서 황해(黃海) 해전에서부터 위해위(威海衛) 공격까지의 전 전투를 지휘한, 세계 해전사에 오른 제독인데 황해 해전에서는 적의 북양함대(北洋艦隊)와 마주쳤을 때 막료를 돌아보고 자랑했다.

"나의 전기(戰技)는 사카모토 료마에게서 배운 거야."

학교의 숙사에는 언제 어디서 왔는지 도베가 와 있다.

료마는 도베에게도 귀가 따갑도록 해군 습득을 권했으나 도베는 늘 이렇게 사양했다.

"그것만은 용서해 주십시오. 도둑놈이 바다에 나가 있는 꼴은 좋은 꼬락서니는 아니니까요."

료마는 할 수 없이 도베를 오사카의 가쓰와의 전령(傳令)으로 쓰고 있다.

가쓰도 도베를 귀여워하여 "나는 도둑을 부하로 가지고 있다"고 동료인 막신이나 영주에게 자랑했다.

"나리, 오사카에 가셔야겠습니다."

2월 어느 날, 도베가 오사카에서 돌아오더니 가쓰가 오란다고 하면서 재촉했다.

"뭐냐, 용건은?"

"무엇인지 모르지만 좋은 일인 모양입니다."

고베 마을의 이쿠다(生田) 숲에서 오사카 성까지 육로로 십 리가 될 것이다.

"연습 겸 군함으로 갈까?"

이렇게 생각하고 료마는 학생 일동에게 출범 준비를 시켰다.

바람이 역풍이어서 돛을 이용할 수가 없다. 증기 운전을 하게 되었다.

"기관 가득히 고헤이타(五平太)를 때라!"

료마는 명령했다. 고헤이타라는 것은 석탄(石炭)의 속어(俗語)다.

고헤이타라고 하는 지쿠젠 사람이 처음으로 파내서 장사를 시작했기 때문에 그런 명칭이 생겨난 모양인데, 고헤이타가 어떤 사나이였는지는 모른다.

간코마루 고헤이타는 지쿠젠 다카도리 산(應取山) 탄광의 고헤이타였다.

"사카모토님, 막부 해군에서는 석탄이라고 부릅니다."

무쓰가 비꼬았다.

"나는 고헤이타로 충분해."

"사카모토류로 배우면 연료의 이름까지 정통파와 달라져 버립니다."

간코마루는 검은 연기를 뭉게뭉게 피어 올리면서 남진하기 시작했다.

타륜(舵輪)은 스가노 가쿠베에가 쥐고 있다.

니시노미야(西宮) 앞바다까지 왔을 때 바람 방향이 달라졌다. 풍속은 약 8미터로, 거의 순풍이라고 해도 좋았다.

"기관을 멈춰라. 큰 돛을 올려라."

주머니에 손을 찌른 채 명령했다.

즉시, 전령인 다카마쓰 타로가 갑판을 향해 큰 소리로 외쳤다.

"큰돛 올려!"

이 소리를 들은 갑판원인 도사 탈번 모치즈키 기야타(望月龜彌太), 인슈(因州) 번사 요시다 나오토(吉田直人)가 제일 높은 돛대를 향하여 달리기 시작했다.

"앗하하하, 달려가는구나!"

료마는 즐거웠다. 검술도 재미있지만 군함도 재미있다.

이윽고 오사카의 덴포 산(天保山) 앞바다로 접어들었다.

료마는 눈을 크게 떴다.

온갖 형태의 군함이 죽 닻을 내린 채 정박중이다.

세어 보니 열 한 척이나 되었다.

장군 이에모치가 상경중인 것이다. 말하자면 장군이 이끄는 함대라고 해도 좋다.

위엄을 나타내기 위해서다.

본래 장군의 행렬이라면 대영주, 소영주 등이 시종하여 현란하고 호화스러운 것이지만, 지금은 장군도 군함으로 에도로부터 왔다.

그런데 한 척으로는 너무 간소하다고 해서, 장군의 위엄을 나타내기 위해 각 번의 군함을 오사카만으로 소집한 것이다. 말하자면 장식이었다.

그러나 군함을 가지고 있는 번은 적다. 가지고 있어도 번사들이 아직 군함 수업중이라 움직일 수 없는 번이 많다. 그러므로 군함 감독 가쓰 가이슈가 막부 해군의 사관들을 각 번으로 파견하여 그들이 조함(操艦)을 지도하면서 여기까지 끌고 온 것이다.

사쓰마 번 안코마루(安行丸), 가가 번 홋키마루(發起丸), 난부 번 고운마루(廣運丸), 지쿠젠 번 다이호마루(大鵬丸), 운슈(雲州) 마쓰에 번(松江藩) 야구모마루(八雲丸), 에치젠 후쿠이 번 고쿠류마루(黑龍丸). 이 외 막부의 함선으로 어함(御艦)인 쇼가쿠마루, 아사히마루(朝陽丸), 지아키마루(千秋丸), 제1나가사키마루(第一長崎丸), 한료마루(蟠龍丸).

"막부의 위력은 아직 왕성하군."

료마는 생각했다.

간코마루를 조함하면서 오사카 만으로 들어온 료마는 찾아가는 가쓰가 오사카 성 안에 있을 것이라고 생각하고 있었다.

그런데 장군 승선함인 쇼가쿠마루의 마스트에 장관기(將官旗)가 펄럭이고 있다.

"저 기는 가쓰 선생 것이 아닌가."

료마는 고개를 갸웃거렸다.

장군이 오사카 성으로 입성했을 텐데 가쓰만이 함 안에 남아 있을 리가 없다고 생각되는 것이었다.

혹시나 하여 함을 가까이 몰고 가자 어쩐지 가쓰의 냄새가 난다. 육감이다.

료마는 쇼가쿠마루로 신호를 보낸 뒤 보트를 내리게 했다.

쇼가쿠마루의 뱃전에 닿았다.

그러나 올라갈 수는 없다. 해상이라고는 하지만 쇼가쿠마루는 장군의 성이다.

함의 갑판 위에는 접시꽃 무늬의 장막이 쳐져 있는 것이다.

보트에서 쳐다보자 묘한 곳에 가쓰가 있는 것을 발견했다.

"무쓰, 나는 근시이기 때문에 모르겠는데 저 앞 돛대의 조망대 위에 올라가 있는 것은 가쓰 선생이 아닌가?"

"전립(戰笠)의 문(紋)을 보니 그렇군요."

무쓰는 눈이 좋다.

한편 조망대의 가쓰는 간코마루가 입항한 이후의 모든 것을 망원경으로 보아 알고 있다.

가쓰라는 사내는 얼핏 보기에 기발한 사상과 기교(奇矯)한 행동을 하는 인물로 보이지만, 그 반면에 에도 출신다운 고지식함이 있어서 장군 수행의 대임(大任)에 긴장하여 요즘 줄곧 자지 못했다. 그 때문에 군함 감독관 자신이 직접 수부처럼 마스트에 올라가, 정박 중인 각 함의 모양을 조망대에서 살펴보고 있는 것이었다.

그 당시의 가쓰 자신에 대한 일을, 뒷날에 그가 한 말을 빌려 설명을 대신하겠다.

"하여간 각 번의 군함은 모을 수 있었다. 그런데 번의 무리들은 배에 미숙하므로 만사 나에게 지휘를 부탁하겠다고 청해 왔다. 그것은 그렇다 치고, 장군이 다수의 군함을 이끌고 상경한다는 것은 전례에 없었던 일이다. 그러나 전례에 없었던 일이니만큼 나의 책임은 무거웠고 또한 각 번의 배도 있기 때문에 나는 시종 마스트 위로 올라가 함대 전부를 둘러보았다."

가쓰는 마스트에서 내려와 뱃전으로 나가 보트 위의 료마를 내려다봤다.

"료마인가, 잘 왔다."

가쓰는 줄사다리를 내리게 하고, 지체 높은 막부 직속의 '대감님'이 수부같이 가뿐히 내려왔다.

가쓰는 료마의 보트로 뛰어내리자마자 말했다.

"어이, 나가사키로 가자."

가쓰는 료마를 세상의 무대에 내세우고 싶어서 견딜 수 없는 모양이다.

이번의 나가사키 수행도 그 하나다.

그러나 강산 구경이 아니다. 중대한 일이 있는 모양이었다.

"나는 막부에서 곧 가라는 명령을 받았어. 막부의 어용이야. 자네를 데리고 가는 것은 첫째, 호쿠신일도류의 경호원이 필요하기 때문이요, 또 하나는 항해 연습 때문이지."

간코마루로 갈 모양이다.

조슈 번은 화약고 같은 곳이다.

과격한 번사가 화약고 속에서 관솔불을 뒤흔들면서 난무하고 있다.

위태할 정도가 아니다. 이미 폭발은 시작했으며, 계속 유폭(誘爆)을 일으켜 막부도 손을 댈 도리가 없다.

조정에서조차 조슈 혐오의 빛이 짙었는데, 특히 현 천황(孝明天皇)의 조슈 번에 대한 혐오는 누구보다도 심했다.

조슈 번은 가련하게도, 그만큼 조정에서 혐오당하고 있는 것도 모르고 "우리 번이야말로 근왕 제일번"이라는 것을 자랑삼아, 번의 존망을 걸고 온 번이 발광하지나 않았는가 여겨질 만큼 이상한 행동을 계속하고 있었다.

막부에 창끝을 겨누는가 하면, 외국에 대해서도 겨누었다. 조슈 번의 바칸(馬關) 포대(砲臺)의 활동은 계속되어, 바칸 해협을 항행하는 외국 함선은 여전히 무경고 포격을 받고 있다.

이미 국제 문제가 되어 있었다.

런던 타임즈 등은 가끔 그것을 보도했는데, 너무 빈번하기 때문에 기사가 차차 작아졌을 정도였다.

잘못하여 일본 기선조차 격침시켰다.

하필이면 견원지간(犬猿之間)인 사쓰마 번의 기선이었다.

밤 여덟 시 경이었다. 사쓰마 번 배는 시마쓰 가문(家紋)을 넣은 큰 등롱을 걸고 조슈 포대 앞에 닻을 내리고 정박하려고 했다.

포대는 돌연 포격을 개시하였다. 사쓰마 번은 닻을 올리고 10리 가량 도망쳤는데 끝내 불을 일으켜 침몰해 버리고 사관 이하 28명이 익사했다.

분명히 오격(誤擊)이었다. 그러나 사건 뒤 조슈 번측은 이것저것 이유를 붙여 자기 번의 잘못을 인정하지 않았다.

이 사건이 사쓰마 조슈간의 감정적 대립을 더욱 격화시켰다. 여러 외국도 조슈 번의 양이(攘夷)란 이름을 빈 발광한 듯한 일방적 전쟁 행위를 잠자코 보고 있지는 않았다.

외국 함선은 기회 있을 때마다 응전하여 번번이 포대의 일부를 파괴시키고 있다. 조슈 번도 그때마다 수리하여 다시 포격을 했다.

료마는 조슈에 호감을 갖고 있는 사람이다. 이지적으로는 가쓰의 개국주의에 동조하고, 감정적으로는 조슈의 용감한 양이활동을 지지하고 있다.

이 모순, 복잡성은 점점 의외의 방향으로 통일되어 가는 것이지만 그가 조슈 편인 것만은 평생 바뀌지 않았다.

항간에 소문이 떠돌았다.

막부에서는 외국 함선에 모질게 언어맞고 있는 조슈 번의 고전을 잠자코 보고 있다. 뿐만 아니라 바칸 해협에서의 포전으로 손상당한 외국 함선을 요코하마(橫濱)에서 수리하는 편의까지도 봐주고 있다는 것이다.

료마의 피가 용서하지 않았다.

지난해, 오토메 누님에게 편지를 보낸 일이 있다.

"그야말로 통탄할 일은, 나가토(長門)의 나라 조슈 번에서 싸움이 시작되어 다음 달까지 여섯 차례의 싸움에서 일본은 극히 이(利)가 적었으며, 어처구니없는 일은 그 조슈에서 싸운 배를 에도에서 수리하여, 다시 조슈에서 싸웠다는 것입니다. 이 모두가 간리(奸吏)들이 이인(夷人)과 내통한 탓입니다."

그런데, 여러 외국이 연합 함대를 편성하여 조슈 번을 공격, 번을 여러 외국의 공동 관리 하에 두려는 움직임이 있다고 가쓰는 말하고 있는 것이다.

생각이 떠오르기에 여담(餘談)을 쓴다.

간지(元治)——라는 연호에 대해서다. 나는 이 중간 제목에

간지(元治)를 내세웠는데 간(元)이라고 부르는 것은 오음(吳音)이다.

그러나 역경(易經)을 전거(典據)로 하여 채택한 연호이므로, 원래는 한음(漢音)인 겐(元)으로 발음해야 하며 겐지(元治)가 올바르다.

그런데 보통 간지(元治)라고들 부른다. 당시의 사람들조차 간지라고 부른 흔적이 있으며 메이지 이후에도 '간지'라고 부르는 것이 보통으로 돼 버렸다.

자연, 겐지라면 시대적 분위기가 잘 나타나지 않기 때문에 특히 간지라는 통례를 따랐다. 독자들은 양해해 주기 바란다.

료마가 가쓰 가이슈를 따라서 나가사키로 향한 것은 분큐 4년, 즉, 간지 원년 2월 9일이었다.

배는 세도 내해를 서쪽으로 항행했다.

가쓰의 얘기로는 나가사키 항에는 영국, 네덜란드의 군함이 집결돼 있다. 더구나 상해(上海)로부터 잇달아 집결하고 있는 중이라고 한다. 영국, 네덜란드뿐만 아니라 프랑스, 미국의 군함도 나가사키를 향하여 오고 있다는 것이다.

조슈 번을 공격하기 위해서다.

"꼴좋군."

막부의 관리들 중에는 이런 말을 하는 자가 많았다.

조슈 번의 횡포에 애를 먹고 있던 참이다. 아니 막부에서는 현재 그것과는 별도로 '조슈 정벌'을 전제로 삼아 조슈 번의 처분 방책을 생각하고 있는 시기였다.

"마침 잘 됐다."

막부의 어느 각료는 손뼉을 치며 말했다.

"막부가 일부러 원정을 하지 않더라도 외국이 손을 써서 조슈를 멸망시켜 주지 않느냐 말이야."

막부 사람들의 조슈 증오의 감정은 이토록 병적이 되어 있는 것이다.

사건의 대립이 날카로워지면 쌍방이 이성을 잃고 증오로써 매사를 생각하게 된다. 일부의 막부 관리들은 오히려 외국 쪽을 동지라고 생각했다. 막부 세계에서의 적은 조슈 번인 것이다.

여담이지만 그 뒤 시국이 변전(變轉)하여 조슈 번이 관군이 됐을 때, 조슈 사람은 필요 이상의 보복과 증오로써 막부와 도쿠가와 집안을 처분하려고 했다. 에도를 공격할 때, 조슈 사람 중의 일부는 에도를 초토로 만들고 장군은 참수하려고까지 했다.

만약 메이지 유신이 조슈 사람들에 의해서만 행해졌다고 한다면, 비참한 유혈 혁명이 되었을지도 모른다.

이렇듯, 막부는 그렇게까지 조슈 사람들을 증오했지만 일본 정부의 입장에서 보면 일본 국내에서 대외의 전쟁이 행해지는 것은 바람직한 일이 아니었다.

그러나 적극적으로 외국의 외교 기관을 설득하여 공격을 중지시키려는 노력은 하지 않았다. 체면을 세울 정도로, 가쓰 한 사람에게 명령하여 그 위무 공작을 시키려 한 것이다.

그래서 가쓰는 나가사키 항에 모여 있는 외국 군함의 함장들을 이제부터 만나려고 하는 것이다.

배는 지금 국제적으로 화제가 되어 있는 바칸해협을 통과했다.

오른쪽 해안으로 조슈 번의 영지인 시모노세키(下關)며, 해협 20여 리에 걸쳐 문제의 조슈 번 포대들이 보였고, 햇빛 아래서 포신(砲身)이 푸르게 빛나고 있는 것이 료마의 망원경에 잡혔다.

"분발하고 있구나!"

번병이 포대 주변에서 조련을 하고 있는 것이 소나무 숲 사이로 나타났다. 가려졌다 하며 조그맣게 보였다.

이것이 조슈 편인 료마에게는 아주 흐뭇했다. 어쨌든 간에 일본 제일의 영주이면서 유럽을 상대로 싸움을 하려 하는 것이다. 배짱이 엄청난 점으로는, 일본 역사상에 유례가 없다.

하지만, 조슈 번의 대외 감각이 잘못이라는 것은 알고 있었다.

"바보지만 재미있다"는 감정이었다. 바보라는 것은 야유의 기분이 아니다. 오히려 모든 조슈 사람을 만나서 어깨를 두드려 주고 싶은 친근감이다.

그리고 해협의 왼편 해안은 부젠(豊前) 고쿠라 번(小倉藩)이다.

막부의 직할 영주며 오가사와라(小笠原) 17만 석으로, 예부터 도쿠가와 집안 방위 행정면에서 이 고쿠라 번이 규슈(九州) 단다이(探題 : 지방의 정치, 국방 등을 맡았던 요직)의 소임을 맡고 있었다.

가쓰 이래, 도쿠가와 가문의 가상 적국(假想敵國)은 서부 영주들이며 특히 사쓰마의 시마쓰 가문과 조슈의 모리 가문이 위태로웠다.

막부 말기에 한정된 일이 아니라, 이들이 도쿠가와 2백여 년의 가상적(假想敵)이다.

그러므로 일단 조슈에 난이 일어났을 경우 이 고쿠라 번주가 조슈 영주를 독려하여 진압하게 되어 있다. 말하자면 시고쿠(西國) 단다이인 다카마쓰 번(高松藩)과 같았다.

말하자면 홍백의 양 진영이 해협을 사이에 두고 마주 서 있는 것이다.

양 번의 대립 감정도 악화되어 있다.

그러므로 조슈 번의 포대가 외국 군함에 함포 사격을 받을 때마다 맞은편 해안의 고쿠라 번사들은 손뼉을 치면서 더 좋아했고, 그 좋아 날뛰는 모습이 조슈 쪽에서 뚜렷이 보여 점점 더 조슈 사람들에게 있어서는 참기 힘든 증오를 품게 했다.

뒷날의 일이지만 조슈 번사 다카스기 신사쿠(高杉晋作)가 보복 일념에 불타올라, 기병대(奇兵隊)를 이끌고 이 해협을 건너서 고쿠라 성을 공격했다. 그 때문에 오가사와라 나가유키(小笠長行)는 배를 타고 나가사키로 도망쳤고 번사들은 직접 성에다 불을 지르고 성 밖으로 도망쳐 나갔다.

해협을 빠져나온 료마 등은 북 조슈 연안을 항해하여 비젠(肥前) 이마리 만(伊萬里滿)으로 들어갔다.

이마리 만은 마쓰우라(松浦) 반도의 동남쪽에 있는 큰 만으로서 안쪽은 뾰족하게 파고 들어가 있는데, 그 가장 안쪽에 이마리 항이 있다.

이 만으로 들어가는 데 세 개의 항로가 있다. 히비 수로(日比水路), 아오지마(靑島) 수로, 쓰사키(津崎) 수로가 그것인데, 료마는 가쓰와 의논하여 히비 수로를 택했다.

수로는 좁은데다가 크고 작은 섬들이 많고 여기저기 암초도 있어 상당히 곤란한 항로다. 비지땀을 흘리며 조함하여 2월 24일, 이마리 항에 들어가 닻을 내렸다.

간코마루는 여기서 오사카로 돌려보내고 그 후엔 육로로 나가사키로 가기로 했다.

가쓰와 료마는 가도를 걷기 시작했다.

이미 연도에는 복숭아꽃이 피어 있다.

나가사키로 들어간 것은 그달 23일이었다.

"좋은 마을이로군요."

료마는 거리를 걸으면서 몇 번이나 말했다. 보는 것, 듣는 것이 다 신기했다.

이 마을은 에도, 오사카, 교토나 각 국의 성 밑에 있는 마을과는 전연 다른 인상을 료마에게 주었다.

이국의 정취가 풍겼다.

전국시대 중기인 겐키(元龜) 원년에 한 척의 포르투갈 배가 이 항구로 들어온 이후, 이 항구는 서양 문화의 도입구가 됐다.

전국 말기인 덴쇼(天正) 8년으로부터 수년 동안 로마 교황의 영지가 된 일조차 있다. 도요토미의 천하가 안정된 덴쇼 15년에 히데요시는 외국 침략의 거점이 될까 두려워서 압수해 버렸지만, 뭐니 뭐니 해도 이 마을의 개성을 만든 것은 남만인(南蠻人)이라고 해도 좋았다.

도쿠가와 막부가 쇄국(鎖國)을 행한 뒤에도 이 항구만은 네덜란드인, 중국인에 한해서 한정적인 거주권(居住權)과 무역권을 용인했다.

막부는 두 사람의 나가사키 행정관을 두어 내외의 행정을 행하게 했는데, 실제의 시정(市政)은 여섯 사람의 행정 보좌관에 의해서 행해지고 있다.

거리를 오가는 사람들의 모양이 어딘가 한가롭게 보이는 것은 성밑거리의 부자유스러움이 이 고을에는 없는 증거이리라.

"마음에 드나?"

가쓰는 물었다. 가쓰는 청춘 시절을 이 고을에서 제1회 해군 전습소(海軍傳習所) 소생으로 지낸 사람이다. 그는 그때가 그리웠다.

하늘은 푸르렀다.

남해(南海)의 도사도 하늘이 아름답지만 그래도 수증기가 많다. 나가사키의 하늘은 그 정도의 것이 아니었다. 동지나해의 하늘의 푸름이 그냥 나가사키까지 이어져 있는 듯한 느낌이다.

"가쓰 선생님, 교토 앞쪽은 오사카에 지나지 않고 에도 앞쪽은 오다와라에 불과합니다만 나가사키 저쪽은 상해로군요."

료마의 가슴속에 구상이 떠올랐다.

그가 꿈꾸고 있는 사설 함대의 근거지는 이곳을 제외하고는 없다고 생각한 것이다. 상해를 상대로 한 무역으로 이(利)를 얻고 그것을 밑천으로 자꾸자꾸 군함을 늘려 일본 최대의 해상 왕국을 만들고, 한편으로 사쓰마 조슈와 연합하여 막부를 쓰러뜨리려고 생각했다.

가쓰는 묘한 사내이다.

료마가 막부 타도론자임을 꿰뚫어보고 있으면서도 료마의 성장을 돕기 위하여 나가사키로까지 데리고 온 것이다.

가쓰는 시중(市中)의 모리사키(森崎)에 있는 행정청으로 들어갔다.

나가사키 통치관 핫토리 쓰네스미(服部常純)와 만났다. 나가사키 통치관은 직속 무상 중에서도 준재 중에서 뽑아 상당한 권세를 가졌었고, 집정관에 직속하여 봉록은 1천 석, 역료(役料)는 4천4백 두 가마, 역금(役金) 3천냥, 에도 성 중에서의 석차(席次)는 부용실(芙蓉室) 대기(신분에 따라서 성내의 대기실이 다르다)로, 나가사키에 일이 발생했을 때는 장순의 이름으로 규슈 여러 영주들을 호령하는 권리를 가지고 있었다.

"막부의 외국 담당관이 얻은 정보에 의하면."

가쓰는 핫토리에게 말했다.

"조슈 번의 해협 포격에 분개한 영(英), 불(佛), 네덜란드, 미국 4개국은 연합함대를 나가사키에서 편성, 그곳을 진발하여 조슈를 습격하고 다시 기세를 몰아, 장군이 입성해 계시는 오사카까지 가려하고 있다고 한다는데, 이미 군함은 모여 있습니까?"

"글쎄 현재로서는 번소로부터 아무런 보고도 받고 있지 않습니다만."

나가사키 통치관 핫토리가 대답했다. 외국 군함은 모여 있지 않다는 것이다.

"하지만, 혹시 모르니까 다시 부하를 보내 조사하도록 하죠."

그러나 가쓰는 손을 내저었다.

"아니오, 내가 보러 가겠습니다."

가쓰의 방법은 만사가 이러했다. 자기 눈으로 확인하지 않으면 마음을 못 놓는 성질이다. 귀로 듣는 것은 믿지 않고 눈으로 본 뒤에야 만사를 생각하는 사내였다. 즉물적 사고법(即物的思考法)이라고 할까.

이런 점이 료마의 사고법과 똑같았다. 발로 걷고 눈으로 보아 직접 일에 부딪치지 않고서는 그 일에 대해 생각했다는 느낌이 들지 않는다.

관념론자들이 많았던 막부 말기 일본인 중에서는 두 사람 다 진기한 인물에 속할 것이다.

"몸소?"

핫토리는 놀랐다. 당시 직속의 대관쯤 되면 이처럼 소탈할 수가 없었다.

"그럼 저도."

나가사키 통치관 핫토리도 일어서지 않을 수가 없었다.

시가지의 서쪽, 스와 신사(諏訪神社)가 등에 지고 있는 다치 산(立山)이라는 고지에 다른 또 하나의 행정소가 있다.

그곳에서는 항내(港內)가 한눈에 내려다 보였다.

가마 세 채가 준비되었다.

한 채는 통치관, 한 채는 가쓰, 또 한 채는 마침 그곳에 와 있던 막부의 감찰관 노세 긴노스케(能勢金之助)를 위한 것으로서, 이 세 채 이외에도 수많은 인원이 배송한다. 통치관 바로 아래의 대관(代官) 관리장(官吏長), 조사관(調査官), 포장(捕將), 포교(捕校) 등의 무리로 통치관이나 가쓰의 위의를 나타내기 위해 줄줄 따라간다.

"료마, 이거다."

가쓰는 속삭였다.

"이것 때문에 일본은 망한다. 미국의 고관은 용건이 있으면 곧 혼자서 시찰 나간다. 막부라는 것은 만사에 있어서 이런 식으로 일을 처리해 나가니 전혀 능률이 오르지 않아."

료마는 가쓰의 가마 옆으로 따라갔다.

키는 다섯 자 여덟 치.

짙은 갈색의 문복(紋服), 쭈글쭈글한 바지에 낭인풍의 더벅머리 사내가 무뚝뚝하게 걸어가는 것이 행정소의 관리들에게는 기분 나쁘다.

――뭐야, 저자는?

수군거리는 소리가 들린다. 군함 감독관쯤 되는 고관이 낭인을 거느리고 다닌다는 것 자체가 괴상했다.

그럼에도 관리들이란 기묘한 것이어서 가쓰를 따라 온 인물이라는 것만으로 료마에게 공손하게 대하고, 아첨이 서린 웃음을 보이면서 여러 가지로 얘기를 걸어온다. 료마는 아아, 라든가 음, 이라고 대답하고 있다가 갑자기 질문했다.

"행정소에는 돈이 얼마나 있습니까?"

정말 엉뚱하기 짝이 없다.

벼슬아치들은 눈을 둥그렇게 떴다. 그러나 그 중의 한 명이 료마도 에도의 벼슬아치에 준(準)하는 존재라고 보고 털어 놓았다.

"10만 냥 있습니다"

"으음."

료마는 뱃속에서 끄덕였다.

언젠가 막부 토벌전이 벌어지면 나가사키 행정소를 습격하여 10만 냥을 압수, 그것을 군자금으로 삼으려고 생각한 것이다.

다치 산으로 올라갔다. 항만 내를 내려다보았으나 아직 외국 군함은 한 척도 와 있지 않았다.

하여간 외국 군함이 오지 않았으니 별 도리가 없다.

"올 때까지 며칠이고 기다리자."

가쓰는 말했다. 나가사키로 몰려드는 외국군함의 함장들을 달래서 조슈 공격을 중지시키는 것이 가쓰의 공무니까, 하여간 기다리기로 했다.

그동안 모리사키의 행정소에서 옮겨 다치 산의 행정소를 숙소로 삼았다.

항만을 내려다보는 고지인 만큼 정말로 조망(眺望)이 좋았다.

당시 나가사키의 시민들은 두 곳의 행정소를 구별하기 위해서 이 다치 산 쪽을 '다치 산 행정소'라고 불렀다. 현재는 그 부지에 나가사키 현립 도서관, 지사 관사(知事官舍) 등이 있다.

료마 때의 다치 산 행정소라면 넓은 저택이었다.

행정소 정문은 너비 네 칸에 높이 두 칸 반이라는 당당한 것이다. 정문으로 들어서서 왼쪽이 수위실, 오른쪽이 대기실인 수행원들의 방.

문을 들어선 정면의 대현관은 큰 영주의 저택같이 컸다. 그 현관 왼쪽이 상공 조합(商工組合)의 사무장 방, 조달실 등의 사무실로 재판을 하기 위한 모래 마당을 앞에 갖고 있다.

그 외에 서원(書院), 사자(使者)들의 방, 회의실, 응접실 등의 어용방이 있어, 구조를 모르면 헤맬 정도였다.

료마는 가만히 틀어박혀 있지 않았다.

매일 시내로 나갔다.

물건을 사기도 했다.

나가사키는 이렇듯 색다른 거리이면서도 점포는 에도, 오사카, 교토 등의 점포와 그다지 다르지 않다.

단 가게 앞의 옥호 포장은 남빛이 아니라 한결같이 검은 무명이었다. 검은 무명이 기왓장 사이를 칠한 흰 석회 반죽과 하늘의 푸르름을 등지고 잘 떠올라 보였다.

료마는 당물(唐物) 가게로 들어갔다.

중국이나 서양으로부터 배에 실려 온 진기한 잡화, 집기 등을 다루고 있다.

"프랑스제 향수는 없나?"

료마는 계산대의 지배인에게 물었다.

지배인은 깜짝 놀랐다.

이 쭈글쭈글한 문복(紋服) 바지를 입은 낭인이 프랑스제 향수라니 대체 어찌 된 일일까?

료마는 벌써부터 향수에 대해 듣고 있었다. 서양에서는 신사들의 기호품 이란다.

'한 번 뿌려보고 싶군.'

우스운 일일지 모르지만 료마만큼 사치스러운 사내는 별로 없다. 단지 사치의 재능이 전혀 없을 뿐이지 그 기분만은 넘쳐흐를 만큼 있었다.

향수에는 신사용과 부인용이 있다. 지배인은 그것을 물을 작정으로 물었다.

"나리께서 쓰실 것인가요?"

그 상냥한 웃음에는 어딘가 남을 깔보는 듯한 빛이 있다.

"응, 그래."

"나리께서는 향수보다도 목욕과 세탁이 선결 문젭니다요."

차마, 지배인은 이렇게 말할 수는 없다. 그저 망설이기만 했다.

"저어, 좀 비쌉니다만."

지배인은 눈을 치뜨면서 말했다.

"알고 있어."

료마는 천성적으로 물가(物價)에는 민감한 사내다. 이 점이 그와 같은 시대에 살고 있는 무사, 지사 등과 전연 달랐다.

"얼마인가?"

주머니 속에는 20냥의 돈이 있다. 지난 해 여름, 형 곤페이(權平)가 송금해 준 나머지다.

"한 병에 3냥입니다."

"3냥이라고?"

료마는 주머니 속에서 금화 세 닢을 꺼내 내던졌다. 석 냥이라면 하녀나 노복의 1년분의 급료와 맞먹을 정도의 대금이다.

"잘 알았습니다."

지배인은 기가 꺾인 채 안으로 들어가서 프랑스의 우비강 회사 제품인 향수와 오 데 코론을 꺼내 왔다.

오 데 코론 쪽이 싸다. 료마는 향수를 집어치우고 오 데 코론을 3냥 어치 샀다.

"그런데 프랑스제의 분(粉)은 있나?"

"나리께서 쓰실 것입니까요?"

그만 지배인 쪽이 끌려들어 갔다.

"바보 같으니! 내가 어떻게 분을 바르나?"

료마는 껄껄 웃었다.

"사랑하는 임께 선물할 생각이야."

"잘 알았습니다요."

지배인은 아름다운 흰 사기통에 담긴 것을 가지고 나왔다. 값을 물으니 한 개에 한 냥 두 푼이라고 한다.

"세 개만 줘."

호화로운 쇼핑이었다.

"여기에서 배달해 주지 않겠나? 미안하지만 붓과 종이를 좀 줘. 보낼 곳과 물건에 딸려 보낼 편지를 쓰겠다."

료마는 걸터앉았다.

'다즈 아가씨와 오료와 에도의 사나코님에게 보낼까?'

료마는 이렇게 생각했다.

"보낼 곳이 어디십니까?"

"에도와 교토."

료마는 멍청하게 거리를 보았다. 세 사람의 얼굴이 생생하게 떠오른 것이다.

'기뻐하리라. 그러나 기뻐하는 모습은 세 사람이 각각 다른 성격이니 다르겠지.'

이런 생각을 하니 흐뭇하기도 했다.

그런데 문득 묘한 것을 깨달았다.

'과연 그 세 사람은 내 연인일까?'

초조해졌다.

세상에서 말하는 사랑과는 무척 다른 감정이다. 첫째, 료마 자신 쪽에서 반했다고 할 때, 세 사람에게 똑같이 반했다고 하기에는 우습다. 반한다는 심정은 단 한 사람에게 푹 빠져드는 것인데, 료마가 경우, 그렇다고 할 수 있을는지 어떨는지?

'알았다. 나는 세 사람을 좋아하지만 반하지는 않았어. 반할 정도까진 가지 않았어. 아니 반하지 않으려고 나 자신이 비지땀을 흘리면서 노력하고 있어.'

이것을 경솔하게 보낼 수 없다고 생각했다. 보낸다면 '좋아한다'는 것이 '반했다'는 표현으로 되어 버릴지도 모른다.

"이봐요."

료마는 보낼 곳을 바꾸려고 했다.

하여간 료마는 엉큼했다.

다즈 아가씨, 사나코, 오료 세 사람에 대해서는 지금까지의 관계가 가장 좋다. 한 발자국이라도 깊이 들어가면 진흙탕이 된다.

'군자(君子)의 사귐은 담담하기가 물과 같이……'

예기(禮記)에 있는 말이다. 그 뜻은, 신의 있는 신사는 아무리 친우에 대해서일망정, 산뜻한 태도를 취하면서도 속정은 있어야 한다는 것이다. 손을 잡고 어깨동무를 하면서 야단스럽게 친근미를 나타내 보이지도 않으며, 약점을 사로잡아 파고드는 것 같은 교제도 하지 않는다.

하긴 이것은 남자끼리의 교우에 대한 말인데, 료마는 남녀간도 가능하면 그런 방법으로 사귀고 싶었다.

'담담하기가 물과 같이'

좋은 말이라고 생각했다. 연애는 마음이 빠져드는 것이다. 애정의 늪 속에 빠져서 정신과 행동의 자유를 잃고 싶지 않다.

료마에겐 그 자신이 생각하고 있는 생애의 주제가 있다. 그 주제를 관철시키기 위해서는 꿀 같은 애욕은 방해밖에는 되지 않는다.

'좋아하는 것만으로 족하다.'

프랑스제 향수를 보내면 '반했다'는 쪽으로 기울어지기 십상이다.

'어디까지나 담담하게, 담담하게──'

이렇게 작정하는 데는 료마대로의 서글픔이 있었지만, 순간적으로 결단을 내리고 찰싹찰싹 손바닥을 쳤다.

"도사의 고치로 보내다오."

료마는 보낼 곳을 썼다.

도사국 고치 성아래거리 혼초 일가 사카모토 곤페이(土佐國高知城下 本町一街目坂本權平)

님방

하루이(春猪)에게

료마는 곤페이의 외동딸 하루이를 어릴 때부터 귀여워했는데, 그녀가 살갗이 하얗고 뚱뚱하다 하여 '복어새끼 하루이'라고 하기도 하고, 그녀의 뺨에 약간 곰보가 있다고 해서 '곰보 하루이' 하며 놀렸다는 것은 이미 말했다.

그 하루이도 지금은 세이지로라는 신랑을 맞이하여 쓰루이(鶴井)와 도미(兎美)라는 두 딸의 어머니가 되어 있다.

료마는 하루이에게 편지를 썼다. 짐보다도 편지 쪽이 먼저 닿을 것이었다.

　　요즘, 분(粉)이라는 외국 화장품이 유행하고 있어. 몇 개 싸서 보내니, 듬뿍 바르기를 바란다. 곧 도착할테니 기다려. 이만.

　　　　　　　　　　　　　　　　　　　료오(龍)
　　　　　　　　　　　　　　복어새끼 하루이에게

요컨대 이 분을 발라서 곰보 자국을 메우라는 농담이다.

료마는 송료를 놓고 활짝 개인 얼굴로 가게를 나섰다.

옷깃에서 오 데 코론의 향기가 풍겼다.

다음 날 숙소를 옮겼다.

시내에 있는 후쿠사이 사(福濟寺)라는 절이다. 가쓰와 료마, 그리고 주지 세 사람은 밤이 되자 바둑을 두었다.

주지는 재미있는 사람이라 가쓰를 붙잡고 물었다.

"같이 데리고 온 무사는 누굽니까?"

"그 사람은 사카모토 료마라는 자죠."

가쓰가 이렇게 말하자 무슨 의미에선지 "잊어서는 안 될 이름이다"라고 몇 번이나 되풀이해서 말했다.

어딘가 료마의 풍모와 언동에서 느끼는 바가 있는 모양이다. 구체적으로는 어떻다고 말하지 않았다.

그건 그렇고, 외국 함선에 관한 일이다.

나가사키에 사는 외국인 사이에 풍문이 떠돌았다.

"영국 함대는 2천 명의 육전대(陸戰隊)를 태우고, 네덜란드 함대는 8백 명의 육전대를 태우고 조슈 번의 시모노세키를 공격한다."

가쓰는 이 풍문을 막부에 대한 제1보(第一報)로 쓰고 에도로 급파발을 보냈다.

조슈 번사 몇 사람이 나가사키에 잠입하여 가쓰를 암살하려 한다는 풍문도 돌았다.

조슈 사람 가운데 가쓰가 어떤 사람인가를 알고 있는 것은 가쓰라 고고로(桂小五郎) 쯤으로, 다른 번사들은 단순히 막부의 높은 벼슬아치로 밖에는 보고 있지 않았다. 그들은 이렇게 생각했다.

"외국 함대를 충동하여 조슈를 짓부수려는 것이겠지."

과연 소문은 사실이었다. 조슈 번사 오다무라 후미스케(小田村文助), 다마키 히코스케(玉木彦助) 등 네 명이 가쓰와 료마가 나가사키에 들어오기 전날에 기선으로 입항하여 시중의 여관에 머물면서 은밀히 동정을 엿보고 있었다.

"조 번(長藩) 네 명, 내방(來訪)."

가쓰의 겐지 원년 2월 28일의 일기에 써 있다. 네 명의 조슈 사람은 대낮에 당당히 후쿠사이 사의 산문으로 들어왔다.

암살자가 아니다.

번청에서 정식으로 가쓰의 동정을 살피라고 파견된 자들로 가쓰가 만약 반(反) 조슈적인 의도를 품고 있다면 즉시 암살하라는 비명(秘命)을 띠고 있었다.

오다무라는 조슈의 가신 중에서 널리 알려진 검객이었다.

"가쓰 선생께서는 계십니까?"

그들이 절의 현관에 섰을 때, 우선 응접차 나온 것은 료마였다.

"어서 오십시오."

부드럽게 말했다.

서재로 안내한 뒤 료마도 단정하게 앉았다.

네 사람 다 긴장하여 만일 무슨 일이 있으면 즉석에서 칼을 뽑을 태세이다.

그런데 30분 가량이 지나는 동안, 료마가 지껄이는 농담에 웃음을 터뜨리고 끝내는 폭소하여 암살이니 뭐니 할 판이 아니게 되고 말았다.

"그런데 가쓰 선생께선 아직 안 돌아오셨습니까?"

"저기 계시지 않소."

료마는 턱으로 마루를 가리켰다.

과연 언제 왔는지 솜옷을 입은 노인 티 나는 40대의 사내가 조용히 마루에 걸터앉아 있다.

그 뒤, 가쓰는 예의 말투로 세계정세와 일본의 현상을 논하고, 조슈 번의 양이(攘夷)의 무모를 힘주어 말했다.

"외세는 내가 잘 무마하겠소."

조슈 번에 희망적인 말로 끝을 맺었으므로 네 사람은 아주 기뻐하며 돌아 갔다.

가쓰의 나가사키행은 과연 성공한 것일까.

하여간 체재 두 달에 이르렀다. 료마에게 있어서도 그의 생애에 있어 가장 긴 여행이었다.

하기는 이미 고향을 버린 료마에게 있어서는 이제 여행이라는 것이 없었 다. 그의 생애 자체가 여행이었으니.

가쓰는 이 동안, 나가사키 주재의 미, 영, 네덜란드의 영사와 다치 산의 행정소에서 가끔 회견하고 부탁했다.

"하여간 시모노세키 공격만은 멈추도록 귀국의 해군을 지도해 달라."

상대방은 말했다.

"우리들은 싸움을 좋아하지 않는다. 단지 바칸 해협의 선박 항행의 안전을 얻고 싶을 뿐이다. 지금처럼 조슈 번이 우리들을 포격해 온다면 아무래도 위험해서 견딜 도리가 없다. 그 횡포한 조슈 번을 일본 정부가 억누를 수 없는 상황에서는 우리들도 무력으로 항행의 안전을 타개할 도리밖에 없 다."

이런 대답이라 가쓰에게도 한마디 한마디 옳게 들렸다.

요컨대 막부가 나쁘다. 조슈를 억누를 수가 없지 않은가, 라는 것이다.

"어떻게든 잘 말해서 억누를 테니까 공격을 두 달만 연기시켜 줄 수 없겠 는가?"

가쓰는 이렇게까지 양보했다.

이윽고 네덜란드, 영국 군함이 들어와 가쓰는 그 함장들과도 얘기를 나누 었다. 함장들은 군인인 만큼 강경하게 말했다.

"하여간 시모노세키 습격을 명령받고 있다. 승패는 시운(時運)으로 우리 들도 생명을 보장받을 길 없는 싸움이 되리라."

가쓰는 일일이 에도와 오사카 성에 있는 막부 요인에게 보고했다.

요컨대 조슈 위무를 일본 측이 하면 되는 것이다. 가쓰는 자기라면 할 수 있다는 의미의 말을 은연중에 내포시켜 써 올렸다.

그러나 가쓰의 보고와 제반 정세를 살핀 막부에서는 의견을 달리했다.

——외국을 달래기 위해서라도 조슈를 막부의 손으로 무력 공격하지 않으면 안 된다.

유신 회천 사상(維新回天史上), 중대한 고비가 될 막부의 제1차 조슈 정벌은 이런 기운 속에서 실현되어 간 것이다.

하여간 가쓰는 가능한 한의 노력을 하여 영국과 네덜란드 두 함장에게

"하여간 기다리겠습니다. 나가사키에서 곧장 시모노세키로 직행할 작정이었는데 그것을 중지하고, 곧 가나가와로 가서 닻을 내리고 일본 정부의 조슈에 대한 조치를 기다리기로 하지요."

이런 대답이 나오게끔 끌고 갔다. 그러나 습격 자체를 중지시킨 것은 아니다.

"료마, 한낱 군함 감독관인 내가 할 수 있는 것이라고는 이것뿐이다. 뒤는 막부의 쟁쟁한 양반들의 일인데, 글쎄, 그 무능한 무리들이 감당할 수 있을까?"

가쓰는 체재를 끝내고 3월 6일에 구마모토(熊本)에 도착.

료마는 구마모토 성아래거리에 남아 당시 사쿠마 쇼잔(佐久間象山), 가쓰 가이슈 등과 함께 최대의 선각자라고 할 요코이 쇼난(橫井小楠)의 시세론을 듣게 된다.

가쓰, 료마 두 사람이 나가사키를 떠난 것은 겐지 원년 3월 4일이다.

"구마모토로 가자."

가쓰가 말했다.

막부의 군함 감독관 가쓰 린타로가 히고(肥後) 구마모토 호소카와 번(細川藩)에 용건이 있을 리가 없다.

구마모토에는 명사 한 사람이 있다.

요코이 쇼난이다.

가쓰와는 뜻이 맞는 벗으로서 어쩌면 당대 제일의 평론가라고 할 수 있는지 모른다.

"쇼난을 만나는 거야."

가쓰가 말했다.

"쇼난 선생에게 용건이 있습니까?"

"없어."

가쓰는 대답했다. 요컨대 료마를 쇼난에게로 데려가는 것만이 가쓰의 목적이었다.

가쓰는 료마를 기르고 있다. 말하자면 가쓰 대학이라고 해도 좋았다. 학장은 가쓰, 학생은 료마 단 한 사람이다.

교수진은 가쓰의 지우들이다.

에치젠 후쿠이 번의 노공(老公) 마쓰다이라 슌가쿠(松平春嶽).

막신(幕臣) 오쿠보 이치오(大久保一翁), 그리고 구마모토 번의 요코이 쇼난.

이동 대학이라고 해도 좋다.

료마 자신이 가쓰의 소개장을 가지고 후꾸이로 가거나, 에도로 가거나, 오사카에서 만나거나 하는 '대학'이다.

가쓰의 소개장은 언제나 "이자, 참다운 대장부(大丈夫)이므로"라는 문구로 이루어져 있다.

이 말은 "당당한 몫의 사내다. 장차 영걸이 되리라. 여러 가지로 가르쳐 주기 바란다."

이런 의미가 은연중 내포되어 있는 것이다.

가쓰 학장 이하 교수진의 특색은 당시 유행이었던 단순한 양이주의자가 아니라는 것이었다.

적극적 개국론자라고 해도 좋다.

당시 일반적인 사조(思潮)를 도식적(圖式的)으로 보면 이러하다.

좌막(佐幕) ──개국주의(開國主義)

근왕(勤王) ──양이주의(攘夷主義)

그런데 가쓰 대학의 교수들은 '근왕 개국론자'라고 할 수 있었으며, 단순한 막부파나 근왕가와 전연 다른 점은 세계관을 가지고 있다는 것이었다.

세계정세 속에 일본이 놓여 있는 위치를 알고 어떻게 할 것인가를 생각하고 있는 파들이다. 당시의 일본에서는 이들과 가쓰의 매부인 사쿠마 쇼산을 합쳐 몇 사람에 불과한 소수파였다고 해도 좋다.

료마는 소위 유신의 지사들과는 전연 다른 코스를 밟아 나가고 있었다.

한낱 검객 출신인 료마가 '사상인(思想人)'으로서 외국의 정치사상 학자들에게까지 연구 대상이 된 것은 가쓰 대학의 덕분이라고 해도 좋다.

구마모토에 닿자 가쓰는 그를 요코이 쇼난의 저택으로 데리고 가서 말했다.

"부탁하네."

다음 날 가쓰 혼자 장군이 있는 오사카로 떠났다.

료마는 며칠 동안 '요코이 쇼난 교수' 밑에서 지냈다.

여기서는, 필자의 감상을 얼마간 더하여 써내려가겠다.

료마는 이 시기보다 수년 뒤 역시 히고의 구마모토까지 가서 요토이 쇼난을 방문하고 있다.

이때는 료마의 생애 최대 사업의 하나였던 사쓰마 조슈 연합을 꾀하고 있었을 때였으므로 쇼난의 의견을 들으러 온 모양이다.

쇼난은 언제나 술상을 앞에 놓고 료마와 얘기를 나누었다.

때마침 좌석에 젊은이가 있었다. 쇼난의 제자이다.

히고 미나마타(水股) 마을의 향사(鄕士)로서 도쿠도미(德富)라는 자였다.

이름은 가스요시(一敬), 뒷날의 호는 기스이(淇水).

이 젊은이는 이미 같은 나라의 마스시로 군(益城郡)의 향사, 야지마 히사코(矢島久子)를 아내로 맞아 아들까지 하나 낳았다.

그 아들의 이름은 이이치로(猪一郎)로, 후에 소호(蘇峰)가 된다. 차남은 겐지로(健次郎), 로카(蘆花)가 된다.

요컨대 도쿠도미 형제의 아버지 기스이(淇水)가 젊었을 때, 스승인 쇼난에게로 놀러 갔더니 사카모토 료마가 왔더라는 것이다.

"여행으로 새까맣게 햇볕에 탄, 깜짝 놀랄 만큼 거대한 사내였다"라는 말을 형제는 남겼다.

그 무렵 쇼난은 번의 정변 때문에 실각중이어서, 녹봉도 사적(士籍)도 몰수당해 하는 일 없이 놀고 있었다.

그 자리에서 쇼난은 날개를 뜯긴 새처럼 날아다니지 못함을 한탄했다.

"사카모토, 나는 보다시피 이런 신세야."

그러자 료마는 잔을 들고 웃으며 말했다.

"선생님, 한탄하지 마십시오. 천하의 대사(大事)는, 사이고(다카모리), 오쿠보(도시미치)의 무리가 있습니다."

그리고 본인 료마.

자신을 굳이 집어넣지는 않았으나, 은연중 이 세 사람이 천하를 요리한다는 의미를 내포하고 있었다.

이 호언장담에 젊었을 때의 기스이 노인은 무척 놀란 모양이다.

"그럼, 나는 어떤 일을 하는가?"

쇼난이 묻자 료마는 이렇게 말했다.

"선생님께서는 고루(高樓)에 앉아 미인에게 미주(美酒)를 따르게 하고, 잔을 든 채 대연극을 구경해 주시기 바랍니다."

쇼난은 크게 만족하여 손을 치면서 웃었다.

요코이 쇼난이란 사람은 "국가의 목적은 백성을 편안하게 하는 데 있다"는 사상의 소유자로, 쇼와(昭和)의 우익 사상가 같은 신성 국가주의자는 아니다. 막부 말기에 양이 지사를 비웃고 개국(開國)을 주장한 그는, 크게 산업을 일으켜 무역을 왕성케 하여 나라를 부강하게 만들고 강력한 군사력으로써 외국의 멸시를 방지한다는 소위 적극적 양이주의자였다.

그 사상은 그 당시에도, 그 당시라기보다 일본의 태평양 전쟁 종료까지 관제 사상으로 보더라도 위험시되는 것으로서 나중에는 '공화국가(共和國家)'를 꿈꾼 듯한 면까지 있다.

그러면서도 호인 쇼난(小楠)이 말해주듯 다이난공(大楠公 : 楠正成)의 숭배자로서 천황을 공경했다.

그런 위험 사상가인 쇼난조차 이 겐지 원년 3월에 한 료마의 말이 너무나 천진스러운 데 놀라 주의를 주었다.

"호걸이여, 유감스럽게 난신적자(亂臣賊子)가 되지 말라."

료마는 어쩌면, 그의 수첩의 글귀 등으로 보아서 미국식의 공화국을 이상으로 삼는다고 말했는지도 모른다.

"사카모토, 그건 너무 앞질러 가는 거야. 근왕의 과격파들에게 오해받는다."

이렇게 주의한 것처럼도 여겨진다.

그 쇼난이 메이지 2년 천주교도, 공화주의자라는 이유로 우익의 과격분자에게 암살당했다.

상당한 선각자라고 해도 좋다.

보슈와 조슈

"조슈 번은 막부에 대해 반기를 드는 것이 아닌가."

이런 소문을 들은 것은 료마가 구마모토에 있을 무렵이었다. 조슈와 함께 낭인들도 폭동에 가담한다는 소문도 돌았다.

료마는 이 때문에 급히 서쪽으로 돌아가는 여행길에 올랐다.

여기서 얼마 동안 눈을 조슈 번으로 돌려 보자. 왜냐하면 겐지 원년이라는 해의 초점은 조슈 번의 움직임에 있었기 때문이다.

여담이지만 이 번만큼 비통한 번은 없다.

모리 모토나리 이래, 근왕 선창의 번을 자부했고 실제로 막부 말기의 풍운을 타고 교토에서 과격 공작을 하는 한편, 모막(侮幕), 반막(反幕) 행동을 취하고 천황에게 정권을 주는 운동을 음으로 양으로 행했다.

천황도 공경도 자기들을 따르는데 미워할 리는 없다. 처음에는 조슈 번에 호의적이었다.

그러나 차차 조슈 번의 태도가, 당시의 유행어를 빌리면 '악녀의 흘림'격이 되어 공경의 거의 모두가 오히려 반감을 품게 되었다.

조슈계 지사들의 방법이 너무 살벌했다. 예를 들면 반 조슈적인 공경이나 영주들의 저택에 사람의 손목을 던져 넣는 등, 말할 수 없는 불쾌감을 주었고 서면으로 협박까지 했다.

과격한 낭사들의 난폭도 모두 '조슈적 행동'이라는 인상을 교토 정계에 주었다. 조슈 번이 그들을 비호했기 때문이다. 이쯤 되면 번의 주의나 사상이 문제가 아닌 것이다.

그런 체질 자체가 배척되었다.

공교롭게도 조슈 사람들은 천황을 위해서라면 기꺼이 목숨도 바치려고 했는데 천황은 그들을 가장 미워했다.

고메이(孝明) 천황은 이해, 겐지 원년 정월 27일에 입궐한 장군 이에모치에 대해 조서를 내렸다.

조슈에 대한 천황 자신의 도전장이라고 할 수 있을 만큼 감정이 노출되어 있었다. 의역하면 대략 이렇다.

"산조 사네토미(조슈계의 공경. 관위를 박탈당해서 조슈에 있었다) 등의 공경은 시골 낭인들의 언설을 신용하여, 해외 정세도 살피지 못한다."

불과 1년 전의 고메이 천황 자신이 그랬었는데 지금은 표변하여 "해외정세를 살피지 못한다"고 공격하고 있다.

"짐의 명(命 : 攘夷命令)을 새삼 변경하여, 경솔하게 양이의 영(令)을 포고하고."

조서는 계속된다.

"함부로 막부 토벌의 군사를 일으키려 했고, 나가토 재상(長門宰相 : 長州 藩主) 등이 폭신(暴臣)처럼 그 주인을 우롱하며, 이유 없이 이국선을 포격했다."

그러나, 조슈의 이국선 포격이 시작될 당시에 천황은 그것을 찬양하는 조칙을 내렸던 것이다.

"이와 같이 광포한 무리는 반드시 벌하지 않으면 안 된다."

황실을 사랑하는 나머지 광란 상태에 빠진 조슈를 징계하라는 말과 다름없다.

물론 조슈 번이 교토에서 전성했던 시대에는, 칙명(勅命)쯤은 측근인 조슈계 공경이 적당히 바꿔 버린 일도 있었다. 그렇다고 해도 막상 국면이 바뀌자 흰 것을 검다고 하는 조서(詔書)가 같은 천황의 손에서 나오는 것은 어찌 된 일일까?

더구나 이 조슈 탄핵의 조서는 사실 궁정의 새 세력으로 등장한 사쓰마측이 기초하여 사쓰마계의 공경을 통해서 조서의 형태를 취하게 된 것이다.

조슈인에게는 이해되지 않았다.

광기인 것이다.

이 번이 지닌 극단적인 양이주의, 독선주의라는 것은 이미 정신병학(精神病學)에서 말하는 '집단 히스테리' 같은 것으로서, 당시의 평형감각(平衡感覺)을 가진 지식인에게는 이맛살을 찌푸리게 하는 것이었다.

그러나 료마는 알고 있는 것이다.

그는 사람들에게도 말했다.

"조슈의 마음은 동부에 있는 여러 번에게는 이해될 수 없다."

조슈의 저쪽에는 조선이 있다. 바다를 사이에 두고 있다고는 하지만, 좁은 바다 저편에 외국이 있는 번은 조슈 번 외에는 없다.

자연 해외에 대한 감각이 예민해진다. 실상, 그 뒤 막부 말기의 조슈 정벌, 그 밖의 일들로 조슈 번이 참담한 곤경에 빠졌을 때, 다카스기 신사쿠는 말했었다.

"끝내 안 된다면 주군과 세자를 받들고 조선으로 망명한다."

이런 말이 술술 입 밖으로 나올 만큼 외국은 가깝다.

그러나 이러한 조슈 번도 요시다 쇼인이 나타나기 전까지는 잠자는 번이었다. 조금도 나랏일에 끼어들고 있지는 않았다.

시대감각에 대해서는 미도 번(水戸藩)이 가장 민감했다. 이어 희대(稀代)의 명군이라고 해도 좋을 만한 나리아키라(齊彬)를 낸 사쓰마 번에서는, 시대감각을 위해 나리아키라가 교육한 가신 사이고 다카모리 등이 일찍부터 시국 속에 돌출해 있었다.

아니, 조슈 번에 갑자기 '지사(志士)'가 떼 지어 나타나 앞에서 말한 두 번을 앞질러 폭주하기 시작한 것은 쇼인이 학숙을 열어 문하생을 가르치기 시작한 뒤부터다.

그러나 단순히 쇼인 때문만은 아니다.

실물 교육이 있다.

분큐 원년 2월 2일의 일이다.

조슈의 일본 해안을 항행하고 있던 러시아 군함이 갑자기 쓰시마(對馬)의 아사미 만(淺海灣)으로 들어와 오자키우라(尾崎浦)로 상륙해 온 것이다.

"이 오자키우라의 일부를 빌리고 싶다"고 청했다. 분명히 그들이 중국에서 써 먹은 영토 침략의 한 수단이었다.

이 러시아 군함은 러시아 제독 리하쵸패의 지휘 아래에 있는 빌리레프라는 함장이 지휘하고 있었다.

당시 쓰시마는 열국들이 노리고 있던 섬으로서 특히 영국에 그런 기도가 있었던 모양이다. 그 증거로 러시아 해군보다 한 발 앞서 영국 군함이 쓰시마 해안을 측량하고 있다는 것을 발견했다.

러시아는 영국에 뒤지지 않으려고 황급히 군함을 파견했다.

그 뒤 3월 2일, 다시금 앞에서 말한 러시아 군함이 나타나서 육전대(陸戰隊)를 이모사키우라(芋崎浦)로 상륙시킨 뒤 제멋대로 나무를 베어 막사를 세우고, 다시금 쓰시마의 영주 소오 요시도모(宗義知)에게 "이 아사미 만 안에 요해지를 빌리고 싶다. 그 대신 대포를 주겠다"고 어린애 속임수 같은 말을 했다.

4월이 되어도 물러가지 않는다.

마침내 쓰시마 번에서는 지리적으로 가까운 조슈 번에 도움을 청해, 번사를 하기 성(萩城)으로 파견하여 실정을 말하게 했다.

그동안 러시아 육전대는 쓰시마 번의 보초 한 명을 총으로 쏘아 죽이고 부근의 향사 두 명을 사로잡는 등 폭거를 감행했다.

조슈 사람이 유별나게 외국인에게 적의를 품은 것은 이 사건 때문이었다.

다시 여담——

여기 기이한 인물이 있다.

조슈계의 지사 사이에 "기지마(來嶋) 할아버지"라고 불리며 존경과 사랑을 받고 있는 기지마 마다베(來嶋又兵衛)다. 당시 지사 중에서는 가장 나이 많은 축으로 마흔 여덟 살.

조슈 번에서는 중신이라고 해도 과언이 아니었다.

마다베는 영주 모리 요시치카(毛利敬親)에 대한 교토 조정의 변절과 냉혹에 격노했다. 그러나 근왕가(勤王家)인 마다베로서는 조정 자체에 대해 노할 수는 없었다.

천황을 조종하고 있는 '배후'의 세력에 대해 분노를 터뜨렸다.

배후란 첫째 사쓰마 번, 둘째 아이즈 번, 셋째 나카가와 노미야(中川宮), 고노에 공(近衞公) 등 천황 측근의 공경들을 말한다. 그리고 막부의 요인들.

"교토의 요운(妖雲)을 흩날려 버리는 거다. 군주(모리공)가 욕을 당하면 신하는 죽는다고 한다. 지금이야말로 조슈 번사라면 누구나 죽음을 각오하지 않으면 안 될 때다."

기지마 마다베는 이렇게 말했다.

마다베의 의견은 대군을 일으켜 교토로 밀고 올라가 무장(武裝) 진정(陳情)을 하자는 것이었다.

"만약 받아들여지지 않으면?"

누군가가 묻자

"일전이 있을 뿐."

마다베는 분연히 대답했다.

"그 할아버지의 혈기에는 질렸어."

번사 중에 과격하기로 천하에 소문난 다카스기 신사쿠, 구사카 겐스이 등의 젊은이들조차 마다베의 격론에는 골치를 앓았다. 이윽고 이 기지마 마다베 한 사람이 폭발함으로써 조슈 번이라는 화약고가 대폭발을 일으켜, 막부 말기의 역사는 형언하기 어려운 혼란 속으로 빠져드는 것이다.

마다베는 그 예스러운 이름에서도 연상할 수 있듯이, 에도 시대의 무사가 아니라 전국시대의 호걸이라고나 할 사내였다. 조슈형의 영리하고 따지기 잘하는 면이 마다베에게는 없었다. 그런 점에서 사쓰마형과 비슷하다.

처음엔 무예로써 날렸다.

그는 신혼 시절에 현재의 야마구치 현 나가토시 다와라야마(山口縣長門市 俵山) 거리에 살고 있었는데, 그 마을에 마다베에 대한 전설이 많다.

어느 날, 마다베는 다다미 여덟 장 방에 마을 젊은이 대여섯 명을 모아 놓고 좌담을 하고 있었는데, 이런 말을 했다.

"자아, 자네들, 내가 곧 다다미를 치겠다. 그것을 신호삼아 모두 함께 나를 붙잡아 봐라. 거뜬히 붙잡을 수 있을까?"

젊은이들은 문제없다고 생각했다. 마다베는 눈앞에 있다. 혼자뿐이다. 그것을 여럿이서 잡는 것이다.

"좋습니다."

일동은 일어나서 손에 침을 바르고 태세를 갖추었다.

"자아, 됐느냐?"

마다베는 다짐을 주고서

탁

다다미를 쳤다.

일동은 와 하고 덤벼들었으나 마다베가 없다. 사라지고 없었다.

무예에는 이런 수법이 있다. 요컨대 다다미를 손바닥으로 친다. 진공이 생긴다. 다다미가 딸려 올라온다. 그 틈으로 기어 들어가 마루 밑으로 몸을 숨기는 법이다.

지쿠고(筑後) 야나가와(柳川)에 유학하여 오이시 스스무(大石進)에게 사사하고 스물일곱 살에 오이시 신가게류(神陰流)의 면허를 받았다. 그 뒤 한동안 현재의 야마구치 현 미네 시 니시아쓰다모 거리(美禰市西厚保町)에서 무예 도장을 열어 검, 창, 마술(馬術)의 세 가지 재주를 인근 마을 향사들에게 가르쳤다.

그렇다고 해서 단순한 검객은 아니다.

요시다 쇼인과 친교가 있어 쇼인은 이 애교있는 무골한(武骨漢)을 열심히 추천했다.

쇼인의 인물평은 장점을 보는 점에서 뛰어났다.

쇼인이 번의 요로에 마다베를 추천한 글이 많은데, 그 중 한 통을 의역하면 다음과 같다.

"행정부는 정무(政務)의 근본이므로, 인재를 잘 선발하지 않으면 안 됩니다. 기지마 마다베는 담력이 남보다 뛰어나고, 또 치밀하고 정확한 데가 있습니다. 이 사람을 재정관으로 쓰시면 퍽 도움이 될 것입니다."

조슈 번에서 재정관이라 하면 번의 예산과(豫算課)다. 마다베가 단순한 무인만이 아니었음을 알 수 있다.

다카스기 신사쿠, 이노우에 몬타(井上聞多) 등은 에도 저택의 수습 무관으로 있을 때도 부지런히 시나가와(品川) 창녀촌에 들랑거리며, 돈이 떨어지면 뭐든 명목을 붙여 곧잘 번의 공금을 유용하곤 했다.

중역인 스후 마사노스케(周布政之助) 같은 사람들은 같은 지사들이라 해서 가끔 그들 수단에 넘어가곤 했는데, 같은 편이라도 기지마 마다베만은 그리 간단하지가 않았다.

그래서 그들 역시 마다베가 있으면 교섭을 단념하는 형편이었다.

"오늘은 영감님이 있어서 다 틀렸다."

막부 말엽의 조슈 번은 인재를 등용하는 면에서 다른 번보다 훨씬 앞서 있었다. 마다베는 계속 승진을 거듭한 끝에 직속 무관에 발탁되어 가마 감독관에 임명된 것을 시초로 대검사관(大檢使官), 에도 성 경호 무사, 에도 성 회계 감사관, 에도 주재 황실 연락관, 다시 교토로 나와 공경(公卿)들과의 절충계(折衝係)인 학습원 담당관, 다시 고향에 돌아와서는 바칸 행정청 총감독관 등을 역임했다.

대체로 경제 계통의 관료였던 것으로 보아도 좋다. 쇼인의 인물평이 맞은 셈이다.

쇼인은 마다베와 가스라 고고로를 동시에 평하는 일이 종종 있었다.

가쓰라 고고로의 장점에 대해서는 역시 번청에 올린 문장 가운데서 볼 수 있다.

"고고로는 도량이 크고 너그러워 누구에게나 다정하게 대하며 재주와 패기가 있으니, 첩보원이나 문관으로 삼아 차츰 행정의 본무에 종사하게 해 주시기를……"

이렇게 말했고, 또 다른 문서 가운데는 이런 말도 씌어 있다.

"기지마 마다베는 강직하고 사무에 밝은 사람이고, 가쓰라 고고로는 충실하고 온화하며 외교능력이 있습니다. 두 사람 다 좋은 관리가 될 것입니다."

마다베는 그의 과격한 시절의 행동을 통해 상상될 수 있는 그런 호탕한 사람이 아니었음을 알 수 있다.

마다베는 사무가로서 등용되었지만 만년에 이르러 비로소 그의 본질에 맞는 무관직에서 일하게 되었다.

조슈 번의 병제(兵制)가 일변했다. 네덜란드식 군사 제도가 채택되어, 병사들도 종래와 같은 번의 무사만이 아니고 널리 농민과 도시민들 가운데 뜻있는 사람들을 징모하게끔 되었다. 그 대표적인 것이 다카스기 신사쿠를 초대 총독으로 하는 기병대일 것이다.

마다베는 유격군 총독에 임명되었다.

대원은 6백 명.

각 번의 낭사도 많았다. 낭사 중에도 도사의 탈번 낭사들이 가장 많았다.

마다베는 장수가 되었다. 이것이 47살인 그로 하여금 군인다운 본연의 성격을 그대로 나타나게 만들었다고 해도 과언이 아니다.

마다베의 유격군 둔영(屯營)은 지금의 야마구치 현 보오후 시(防府市)의 미야이치(宮市)란 곳에 있었다. 미다지리 만(三田尻灣)에 면해 있어, 옛날부터 무역항으로 번창하고 있었다.

대담하고 도량이 넓은 무인 기골이었던 마다베는 대원들에게 상당히 인기가 있었던 것 같다.

"기병대에 들어가는 것보다 마다베님의 밑으로."

유격군이 결성된 뒤에도 이렇게 말하며 응모해 오는 농민과 도시민들이 많았고, 그 통에 유격군을 소대로 나눠, 향용대(鄕勇隊), 시용대(市勇隊), 신기대(神祇隊)라는 이름을 붙였다. 향용대는 농민의 아들, 시용대는 장사꾼의 아들, 신기대는 신관의 아들들이 들어갔고, 그밖에 직공의 아들들을 모은 금강대(金剛隊), 사냥꾼의 아들들을 모은 저격대(狙擊隊) 등이 있었다.

제복은 통소매였는데, 마다베만은 진중에 있는 동안 투구와 갑옷을 입는 경우가 많았다. 그것이 그에게는 잘 어울렸다. 흡사 전국시대의 무장이 네덜란드식 군대를 거느리고 있는 것 같았다.

각 번의 낭사들도 들어와 있었다.

대개는 참모격이나 소대장, 분대장과 같은 격이었다.

그런 낭사단 가운데 교토 낭사인 우키다 하치로(浮田八郎), 미도 낭사 다카하시 구마타로(高橋態太郎)가 있다.

"이와 같은 광포한 무리(조슈 번)는 반드시 벌하지 않으면 안 된다."

이런 조칙이 내렸다는 말을 듣고, 두 사람은 본영으로 기지마 마다베를 찾아와 말했다.

"기지마님, 군주가 욕을 당한다면 신하는 죽어야 한다는 것을 아십니까?"

"그것이 진정한 무사의 길이지."

마다베는 고개를 끄덕였다. 두 사람은 문제의 조슈 탄핵 조칙의 사본을 보이며 마다베의 얼굴을 바라보았다.

"어떻게 생각하십니까?"

마다베는 얼굴이 새파랗게 질려 부들부들 떨더니 한심스러운 나머지 마침내 목 놓아 울기 시작했다.

"기, 기초한 사람은 누구냐?"

"사쓰마의 시마쓰 히사미쓰(島津久光)라고 합니다."

"죽일 놈!"

번쩍 하고 안광이 빛났다.

"사쓰마가!"

"그렇습니다. 우리 두 사람은 이제 곧장 교토로 가겠습니다. 우키다는 니조 간파쿠를 뵙고, 저는 막부의 각로(閣老)를 만나 조슈 영주님의 진의를 호소할 예정입니다. 이로 인해 어떤 참형에 처하게 될지……"

그렇게 말하고 두 사람도 울음을 터뜨렸다. 교토에는 정부 명령으로 번저의 주둔관 이외에는 조슈 무사들이 와 있는 것을 금하고 있었으며, 눈에 띄는 대로 신센조, 순찰대들이 목을 베어 버리는 형편이었다.

"죽음을 당해도 상관없습니다. 새로 들어온 저희들까지 그렇게 될 경우, 보슈, 조슈의 사기는 진작될 것이며, 머지않아 주군이 누명을 벗게 될 날도 오리라 봅니다."

"잠깐, 나도 간다."

"안 됩니다. 나리는 무거운 책임이 있지 않습니까?"

"무슨 상관이 있느냐. 그렇다, 유격군 전원을 인솔하고 진정차 교토로 가자. 그대들만을 죽게 하지는 않는다."

마다베는 야마구치 번청으로 급히 달려가 그것을 허가해 주도록 청했다.

물론, 마다베는 단순한 진정을 하기 위해 갈 생각은 아니었다. 주위에 있는 간신들을 없애 버릴 생각이었다.

당시 조슈 번청은 근왕파에 의해 움직이고 있어서 뛰어난 총수격의 인물은 없었지만, 신분이나 나이로 보아 스후 마사노스케가 영수라 할 수 있었다.

그는 겸손하고 또 격정적인 성격의 사람이었지만 그 스후마저 유격군의 교토 진출에는 반대했다.

"교토에 발을 들여놓기만 해도 역적으로 몰리고 말 거야."

스후는 그렇게 말했다.

기지마 유격군의 상경 탄원과는 별도로 번청에서는 번공의 세자 사다히로

(定廣)가 군사를 이끌고 상경할 계획을 세우고 있었는데, 이것 역시 스후에 의해 중지 상태에 있었다.

"막부와 사쓰마와 아이즈가 바라고 있는 함정으로 뛰어드는 길밖에 되지 않는다. 틀림없이 그들은 우리에게 역적이란 이름을 뒤집어씌워 각 번의 병력을 동원하여 우리 영지를 몰수할 것이다."

억측은 아니다.

교토의 주재관인 노미 오리에(乃美織江)와, 그 밖에 교토와 오사카에 잠입시켜 둔 첩보원들의 보고를 종합해 보면 그런 결론이 나오게 되어 있다.

그러나 마다베는 듣지 않았다.

이 사내는 이미 죽음을 각오하고 있었다. 이해 설날 아침에도, 보통 같으면 축복해야 할 일인데도 "나의 목이여, 온전히 남을 것인지, 원단(元旦)의 아침"이라는 하이쿠(俳句)를 지어 읊는 등, 이 겐지 원년이야말로 자기가 죽을 해인 것을 마음속으로 혼자 직감하고 있었다.

"한번 간다면 간다."

그는 막무가내였다.

스후는 자기의 힘으로 도저히 막을 수 없다는 것을 알게 되자, 번공과 세자를 움직여 그를 만류하려 했다.

번공과 세자는 놀랐다. 마다베라면 당해 내지 못한다는 걸 알고 있다.

세자는 손수 위로와 만류의 편지를 써서 사자를 시켜 이것을 전달하기로 했다.

"그런데, 누구를 보낸다?"

세자 사다히로는 마다베와 같은 사상을 지니고 있는 사람이 좋으리라 싶어 다카스기 신사쿠를 보내기로 했다.

신사쿠, 26세.

이미 기병대를 창설하여 그 총독이 되었고 지금은 세자의 비서관이 되어 아버지의 녹과는 별도로 1백6십 석을 받고 있다. 그의 과격한 사상과 유다른 성격으로 보아, 다른 번에 있었으면 벌써 할복자살이나 탈번을 했을 젊은 이였지만, 조슈에서는 오히려 그런 사람이 우대를 받았다.

"신사쿠, 틀림없이 잘 달래서 만류시키는 거야."

세자의 특명을 받았으므로 하는 수가 없다. 곧장 말을 타고 번청 소재지인 야마구치에서 남쪽으로 50리 길인 미야이치로 향했다.

그때가 겐지 원년 정월 24일 저녁이었다.

좋지 못한 날이었다.

신사쿠가 달래려 하고 있는 '기지마 영감'은 이날 "출진의 장도를 축하한다"고 하면서 전 대원을 데리고 미야이치의 덴마 궁(天滿宮)에 참배하여 점괘를 뽑아 보았고, 그리고는 사흘에 걸쳐 전승을 기원하는 씨름대회를 열고 있는 중이었다.

"애송이, 무엇하러 왔나?"

이런 식으로 전혀 상대조차 하지 않았다.

신사쿠는 그만 기가 탁 질리고 말았다.

"기지마님, 저는 젊은 주군의 사자로서 찾아왔습니다. 애송이라니 그게 무슨 말씀이십니까."

다카스기는 말했다.

마다베는 가타부타 말이 없었다. 입과 손을 씻은 다음, 본진의 큰 객실로 다카스기를 안내했다. 그런 다음, 자신은 아랫자리로 내려앉아 절을 한 번 하고 나서 세자 사다히로의 친서를 펴들고 정중히 읽어내려 갔다.

친서는 "경솔히 행동하지 말라. 만일, 번의 명령에 따르지 않고 일을 터뜨린다면 번 전체의 큰 일이 되고 만다. 그런 점을 대원들에게도 잘 타일러 마음을 가라앉히도록 하라"는 내용이었다.

"어떻게 하시겠습니까?"

다카스기는 새삼 강압적으로 나갔다. 마다베는 땀을 닦고 나서 말했다.

"친서는 삼가 받들겠지만, 우리들의 출발을 중지해달라는 것은 무리한 부탁이다. 나는 끝까지 밀고 나가겠다."

"나이 값을 하시오. 지금 일을 벌이면, 막부를 비롯해 사쓰마의 간신, 아이즈의 도적이 바라고 있는 함정 속으로 빠지고 마오. 기지마님 생각이 모자라지 않소?"

"바보 같은 소리. 교토로 뛰어드는 것은 조슈 번의 기지마 마다베가 아니다. 나는 탈번을 하는 거다. 낭인의 자격으로 상경하는 거다."

"마찬가지요. 세상에선 조슈의 기지마, 조슈의 유격군이라는 것을 다 알고 있소."

"신사쿠, 겁이 나는가?"

마다베가 소리를 버럭 질렀다.

"똑똑한 체 마라. 그럼 애송이, 너는 1백6십 석의 새 녹봉을 받고 나서 관료 근성에 떨어지고 만 거냐? 적어도 주군은 지금 누명을 쓰고 있지 않느냐. 역사상 영원히 역적이란 이름을 남길지도 모른다. 그것을 씻는 데는 이치도 방법도 없다. 번의 흥망 같은 건 아무래도 좋다. 만세에 오명을 남기느냐, 남기지 않느냐, 하는 순간에 놓여 있다. 신사쿠! 오직 무력을 앞세워 우리의 뜻을 알릴 뿐이다."

"바로 말했소."

다카스기도 이렇게 외치고 싶었다. 그는 비록 만류하기 위한 사명을 띠고 오기는 왔지만 속마음만은 기지마 영감과 똑같았다.

밤이 희끄무레 밝아오는 것을 보고 다카스기는 우선 미야이치에서 엎어지면 코 닿을 미다지리 유관(流舘)으로 물러갔다.

거기서 이틀 동안 처박혀 있었다.

무엇을 생각하고 있었을까?

모르긴 해도 생각이 정돈되지 않았을 것이다. 이틀째 되던 27일 밤, 다카스기의 여관으로 세자의 근시(近侍) 오카베 시게노스케(岡部繁之助)가 찾아와서 독촉을 했다.

"결과가 어찌 되었는지 보고하라는 말씀이십니다."

그날 밤, 다카스기는 결사의 각오로 마다베를 다시 찾아갔다.

"나는 주군의 명령으로 왔소. 사명을 완수하지 못하면 돌아가지 못하는 것이 무사의 본분이오. 기어코 갈 생각이면 먼저 내 목을 쳐 주시오."

"듣기 싫다. 비록 미치광이라 불리고 폭도로 지적받는 한이 있더라도 정의를 위해서 목숨을 바치는 것이 조슈 남아의 의기이다. 겐로쿠(元禄) 연간 아코(赤穂) 번에도 만류파와 상식파가 있었다. 그러나 47명이 궐기했다. 사내란 것은 막다른 골목에 다다르면 상식이나 경우로 사리를 판단해서는 안 되는 거다. 사내의 도리를 가지고 판단해야 한다. 신사쿠, 어때, 내 말이 옳지 않은가?"

"바, 바로 그렇습니다!"

다카스기의 얼굴이 흥분으로 상기되었다.

다시 필자는 료마가 활동하던 이 시기에 있어서의 조슈 번의 동향에 관해 쓰기로 한다.

료마는 보슈, 조슈에는 없다. 이때 료마는 나가사키와 구마모토, 오사카와, 고베 등지를 돌아다녔고, 때로는 에도에도 여행을 했다. 겐지 원년 정월에서 첫여름에 걸친 그의 행동은 그야말로 동에 번쩍 서에 번쩍 했다.

그러면서도 그는 어디에 가 있든 폭발 직전에 놓여 있는 조슈 3만 6천 석의 소문만은 듣고 있었다. 그것이 그 당시 시국의 중심 화제가 되어 있었기 때문이다.

특히 그것에 대한 막부의 태도, 사쓰마·아이즈의 동향, 공경들의 언동 같은 것은, 변화가 있을 때마다 지사들의 입을 통해 전국에 전해지고 있었다. 특히 도사 계통의 과격파 지사단의 한 중심이 되어 있는 료마의 귀에는 누구에게보다도 먼저 들어왔다.

조슈 번의 지사들과 함께 들고 일어나겠다는 그 동지들을 료마는 한 마디로 누르고 있었다.

"시국은 아직도 우리들을 필요로 하지 않고 있다."

그러나 료마는 시대가 낳은 아들이다.

특히 그는 조슈편이어서 최근의 곤란한 처지를 무척 동정하고 있었다. 그가 조슈 동정론을 펼 때면 눈물이 쏟아져 감당을 못할 정도였다.

그러나 료마 안에 있는 또 다른 료마는 이렇게 생각하고 있었다.

'하지만 지금 이 시기는 조슈는 조슈고 나는 나니까.'

료마는 조슈 번의 무모한 폭발에는 반대했다.

내란이 된다. 청국의 예를 보더라도 열강은 반드시 이 혼란을 틈타 끼어들게 될 것이다.

료마의 의견이 그러했고, 또한 료마는 여기 등장하고 있는 기지마 마다베를 모른다. 그러므로 소설의 장면을, 료마와는 별 관련도 없는 조슈로 옮긴 데 대해 독자들은 이상한 생각을 가질지도 모른다.

그러나 유신사(維新史)는 역사 그 자체가 장대한 희곡이기도 하다. 그리고 그 극은 각처에 흩어져 있는 극장에서 제멋대로 따로따로 흥행을 하고 있는 것이 아니고 한 극장 한 무대 위에서 연출되고 있다.

이 시기의 조슈 번의 이상 과열은 낭인 지사단의 폭발을 불러 일으켰고 이케다야의 변을 유발시켰으며, 다시 이케다야의 변은 그것에 격분한 조슈 번 병사들의 대거 상경으로 발전했고 막부의 제2차 조슈 정벌과 료마의 해원대(海援隊) 활약과 관련이 되어 간다.

잠시 독자들은 눈을 본토의 최서단에 있는 보슈와 조슈로 계속 옮겨 주기 바란다.

그러면 이야기는 다시 미야이치 다이센보(大專坊)에서의 다카스기와 기지마에게로 돌아간다.

"애송이, 언제 영감이 되었지?"

이런 식으로 마다베는 다카스기에게 꽤 충격적인 이야기를 한 모양이었다.

다카스기도 마침내는 감정이 격해져서 논리가 비약했다. 이럴 경우의 비약에선 다카스기가 단연 천재적인 일면을 지니고 있었다.

"좋소, 기지마님."

다카스기는 말했다.

"나는 지금 당장 탈번하겠소."

"허어, 사명을 띠고 온 사람이 야마구치 고등정무청에 보고도 하지 않고 이 자리에서 나라를 빠져나간다는 건가?"

"그렇소."

다카스기는 마다베보다도 생각이 깊었다.

"바닷길로 번을 탈출해 교토, 오사카로 잠입해서 그곳의 정세를 탐지하고 올 테니 그때까지 기다려 주지 않겠소?"

좋아, 하고 마다베는 고개를 끄덕였다.

다카스기는 번을 떠나 달아났다.

이 사내는 언제나 광채를 발하는 것처럼 행동한다.

탈번이니 망명이니 하는 것은 무사로서 주군에 대한 최대의 범죄로 되어 있지만, "목적은 수단을 정화시킨다"는, 조슈다운 기질을 지닌 다카스기에게는 아무것도 아니다.

역시 번의 영토인 도노우미 항(富海港)에 도착하자, 때마침 오사카로 가는 배가 막 출범하려는 참이었으므로 칼 한 자루를 들고 배 위로 뛰어올라 명령했다.

"나를 오사카로 태우고 가라!"

다카스기의 혁명가로서의 천재적인 면은 막부 말엽에 있어서는 제1인자였다.

막부 말기에는 료마를 비롯해, 사이고 다카모리, 오쿠보 도시미치, 가쓰라 고고로 등 구름 일 듯 많은 인물들이 나왔으나, 그들은 혁명기 아닌 다른 때에 태어나도 쓸모 있는 사람들이었다. 그러나 다카스기만은 혁명 이외에는 별로 쓸모가 없는 천재였다.

만일 평화로운 시절에 태어났더라면 술이나 마시며 돌아다니는 탕아로서 일가친척이나 귀찮게 하며 평생을 마쳤을지도 모른다.

정치와 군사면에 재주가 있다.

그것도 혁명기에 있어서의 정치, 군사로서 그 이전이나 그 이후의 일본에서는 별 소용이 없다. 말하자면 메이지 유신을 일으키기 위해 태어난 것 같은 그런 사내였다.

복명(復命)도 하지 않고 탈번을 했다는 것은 아무래도 너무 지나친 기이한 행동이다. 그러나 이런 행동을 하도록 만든 것은 기지마 마다베의 욕설이었을 것이다.

배는 세도 내해(瀬戸内海)의 섬 속을 누비며 동으로 돛을 달고 달렸다. 다카스기는 그 배에 앉아 비로소 깊은 생각에 잠겼다.

이 천재적인 사내는 모든 것을 육감에 따라 행동했다. 그 육감이란 것은 남에게는 이상하게 보였지만 언제나 틀림이 없었다.

이유는 행동을 하는 동안, 혹은 행동을 마친 뒤에 생각한다.

'이렇게라도 하지 않으면 기지마란 영감이 그대로 주저앉지는 않았을 것이다.'

틀림없이 그렇다.

다카스기가 단순한 수재 관료(秀才官僚)였다면, 야마구치로 부랴부랴 돌아가서 영주나 세자에게 복명하기를

"기지마 마다베는 그런 성격이므로 나 같은 무력한 사람으로선 해 볼 도리가 없었습니다." 이러면 그것으로 일은 끝나는 것이다.

그러나 그렇게 되면 기지마 마다베와 그의 유격대는 집단 탈번을 하고 만다.

다카스기는 배 안에서 또 다시 생각을 했다.

물론 그의 의견은 기지마 마다베식의 격발이 번 전체를 망치고 만다는 것이었다. 그 점에 있어선 언제나 같은 결론이었지만, 다카스기만큼 엉뚱해 보이면서도 자중하고 신중을 기하는 사람도 없었다.

그런가 하면 구태의연하여 조정이나 막부로부터 얻어맞을 대로 얻어맞아

쩔쩔매는 번 내부의 속론파 의견과도 달랐다.

　조슈 번을 옛날로 되돌려 전국시대처럼 막부로부터 무장 독립을 해 버린 다는 의견이었다.

　이것을 당시의 유행어로 말한다면 '할거주의(割據主義)'라고 하는 것이었는 데, 조슈 번은 결과적으로 다카스기가 예상한, 같은 방향으로 키를 잡고 가게 된다. 아니 키를 잃고, 그 할거의 방향으로 흘러간다고도 말할 수 있다.

　다카스기 신사쿠는 오사카로 가서 도사보리에 있는 번저로 갔다. 주재관 인 시시도 구로베(宍戸九郎兵衛) 노인은 그를 보자 깜짝 놀랐다.

　"탈번해 왔는가?"

　"그렇습니다."

　사정을 말하자, 시시도 노인은 다카스기를 이해하고 있는 한 사람이었으 므로, 그를 망명한 죄인으로 대우하지 않고 우선 교토와 오사카의 정세를 들 려주었다.

　"히도쓰바시공(一橋公)은 말이야."

　히도쓰바시 요시노부(一橋慶喜)를 그렇게 불렀다. 뒷날 막부의 15대 장군 이었던 요시노부는 현 장군 이에모치(家茂)의 후견역으로, 교토에서의 그의 팔면육비(八面六臂)의 활동상은 눈부신 바가 있었다. 그의 정치적 재능은 이에야스 이래 처음이란 평이 있어 그의 지혜와 변재(辯才)에 부딪치면 평 소 영리한 체하던 조신들과 영주들도 입을 다물고 말 정도였다.

　취미면에 있어선 굉장한 서양통이었고 정치가로서는 어디까지나 막부 옹 호자였다.

　그러나 요시노부의 출생은 양이론의 옛날 총본산이었던 미도의 도쿠가와 댁이었다.

　"그런 만큼 막부와 같은 얼빠진 개국론이 아니고, 양이(攘夷)의 냄새도 풍긴다. 그런 점에서 조슈에 동정적인 것 같아."

　시시도는 이렇게 말했다.

　이들 정보는 교토에 잠입하여 음으로 양으로 조슈 번의 입장을 회복시키 려 애쓰고 있는 가쓰라 고고로와 구사카 겐스이에게서 얻은 것이다.

　"어쩌면 우리 번에 대한 처리 방침이 지금보다는 누그러질지도 모른다고 가쓰라는 말하고 있다."

물론 희망적인 관측에 불과했다. 막부는 간사이 지방 11개 번에 대해 비밀리에 조슈 정벌에 관한 동원령(動員令)을 내리고 있었다. 시시도는 그런 풍문도 듣고 있었으며, 그것의 진위에 대해 교토에 주재해 있는 노미 오리에에게 조사를 의뢰해 두고 있었다.

"좌우간, 우리 번을 친다 해도 아직은 표면화 하지는 않고 있다. 지금 교토의 정치 정세는 미묘해서, 만일 마다베가 유격대를 이끌고 들어오는 날이면 그야말로 화약 창고에 불을 지고 들어오는 격이 된다."

"가쓰라는 뭐라고 했습니까?"

"신중론이야, 어디까지나 신중론이야. 그는 본국의 폭발을 극도로 두려워하고 있어. 막부는 구실만 있다면 모리 36만 9천 석을 궤멸시키려 하고 있어. 주군에 대해 경솔히 행동하는 것 이상으로 불충스러운 일은 없다."

"요컨대"

다카스기는 말머리를 돌렸다.

"사쓰마의 시마쓰 히사미쓰가 조슈 번을 궤멸시켜 버리려는 책동의 거두로군요."

"그런 모양이야."

시시도 노인이 무심코 고개를 끄덕인 순간, 다카스기의 생각은 결정되었다. 사쓰마의 시마쓰 히사미쓰를 암살하려고 결정한 것이다.

히사미쓰는 사쓰마 번주는 아니지만, 그의 생부로, 또 후견인으로 번주와 똑같은 대우를 받고 있었다. 일종의 유아독존적인 정치가 기질이었고, 스스로 조정과 막부 사이에 끼어들어 개인적인 위명을 떨쳐 보려는 버릇이 있다.

주장은 공무 합체론(公武合體論)이지만 기분은 그렇지 않다.

막부를 경시하고, 사쓰마 번을 막부와 대등하게 여기며, 적어도 거기까지 이끌어 올리려는 내심이 있다. 사이고(西鄕)를 미워하여 두 번씩 귀양 보낸 것도 바로 이 사람이다.

"그렇지만"

다카스기는 시시도 노인에게 말했다.

"고국의 기지마 마다베는 저 같은 풋내기로선 어떻게 해 볼 도리가 없습니다."

"신사쿠가 어쩔 수 없는 사내가 있다니 놀라운걸. 그 마다베라면 그렇기도 할 거야.”

“제가 아무리 설득하려고 해도 풋내기, 풋내기 하고 외칠 뿐, 도무지 의논이고 뭐고 할 틈이 없습니다. 그래서 노공께서 귀국해 주시든가, 교토 탐찰(探察)중인 가쓰라, 구사카 등을 귀국시켜 직접 이곳 정보를 알려 주어서 단념시킬 도리밖에는 다른 방책이 없습니다.”

“자네라도 괜찮잖나. 이렇게 탈번하여 사정을 살피러 온 것이다. 왜 속히 귀국하여 기지마를 달래지 않는가.”

“실은”

싱그레 웃었으나 그 뒷말은 하지 않았다. 다카스기는 오사카까지 나온 이상, 전연 다른 행동을 생각하고 있었다.

살인이다.

사쓰마의 시마쓰 히사미쓰를 죽이려는 것이다.

그는 막부의 권위를 회복하기에 급급하고 있다. 조슈를 깔아뭉개고 자기 번이 천하를 잡게 하려는 듯 과대망상 비슷한 행동을 취하고 있다.

‘그 간물(奸物)을 살해한다. 그 길 외에 현 난국을 구할 도리는 없다.’

대 사쓰마 번으로 돌격해 들어가는 것이다. 다카스기는 본래 살아 돌아가기를 기약하고 있지 않았다.

시마쓰 히사미쓰, 이름은 사부로(三郎). 번주와 같은 대우를 받고 있지만 번주의 부친이라는 것만으로 사쓰마 번을 이끌어 가는 무위(無位) 무관(無官)의 한 개인이었다. 그래서 막부, 조정의 공식 석상에 나가면 아무런 자리도 주어지지 않는다. 그래서 치열한 매관 운동을 벌여, 처음에는 좌근위 권소장(左近衞權少將), 이어서 좌근위 권중장(權中將)의 지위를 얻었다. 정치상 필요해서라고는 하나 그러한 인물이다.

사쓰마 번의 전 주군은 막부 말기에 으뜸가는 영걸이라고 불리던 시마쓰 나리아키라(島津齊彬)였다.

나리아키라의 평판은 번의 내외를 압도하였는데, 애석하게도 안세이 5년에 갑자기 병을 얻어 죽었다.

위독한 병상에서 배다른 동생 히사미쓰를 불러 유언했다.

“가권(家權)은 마다지로(又次郎 : 久光의 아들. 후의 忠義)에게 잇게 하여라. 그러나 어리니까 네가 국정을 보살펴라.”

이 유언에 의해서 히사미쓰는 번의 사실상의 군주가 됐다.

히사미쓰는 평범한 인간은 아니다. 다른 번의 군주에 비해서 정견도 기재도 있다. 그러나 아무래도 나리아키라와 비교할 때에는 인간과 흙인형 같은 차이가 있었으며, 그 흙인형이 나리아키라와 마찬가지로 '영주지사(領主志士)'를 자처하고 사쓰마 번 77만 석을 배경으로 눈보라 속으로 뛰어들려고 한 것이다.

죽은 나리아키라가 사랑하던 부하들도 분수없는 그를 좋게 받아들이지 않아, 사이고 등은 히사미쓰 앞에서 귀에 들릴 만한 목소리로 내뱉었다.

"촌놈 같으니!"

그런데 그 촌놈이 사쓰마의 대병을 이끌고 교토로 올라가자, 뜻밖에도 천황으로부터 대단한 신뢰를 받아 조슈 번에 브레이크를 거는 기능으로 이용당했다. 고메이 천황은 극단적인 좌막론자(佐幕論者)다. 자연히 촌놈도 그에 연합하여 좌막론자가 돼 버렸다.

조슈 번의 오사카 번저는 도사보리 강에 면해 있고, 조안 다리(常安橋) 남쪽 가에서 동쪽에 걸친 강기슭에 벽돌담을 두른 큰 건물이었다.

"머리 좀 식히고 오겠습니다."

다카스기는 돌층계를 딛고 내려가 물가에 웅크리고 앉았다.

강 건너에는 마루가메 번(丸龜藩), 도쿠시마 번(德島藩), 야나가와 번(柳川藩), 히메지 번(姬路藩), 이와구니 번(岩國藩), 아카시 번(明石藩), 히로시마 번(廣島藩) 등의 번저가, 역시 똑같은 벽돌담을 두른 거무칙칙한 건물로 죽 늘어서 있었다.

참방!

다카스기는 물을 퍼 올려서 얼굴을 씻었다. 밀물이 쓸려 들어왔는지 좀 짰다.

등 뒤쪽에서 사람이 다가오는 기척이 들렸다.

"……"

뒤돌아보니 살갗이 검고 눈이 번들거리는, 보기에도 매서운 무사가 팔짱을 끼고 다카스기를 내려다보고 있다.

검은 문복에 다카마치 하카마.

검소한 무명옷이었지만 닿기만 하면 손이라도 베일 듯 주름이 잡혀 있어, 그의 성격이 잘 나타나 있었다.

도사 번을 탈번한 나카오카 신타로(中岡愼太郎)다.

요즈음 줄곧 조슈에 몸을 의탁하고, 고향에서는 번내에서 충용대(忠勇隊)라는 낭사 부대를 조직했으며, 다시 교토 정세의 악화와 함께 그 정찰을 위해 동쪽으로 올라와 오사카, 교토를 중심으로 끊임없이 뛰어다니고 있다.

강경한 막부 타도주의자였으나 소위 부랑 지사들의 공론과는 달리 치밀한 이론과 날카로운 현실 감각을 가지고 있다.

이 이야기의 주인공 료마와는 옛날 나카오카가 모모이 도장(桃井道場), 료마가 지바 도장(千葉道場)에 있던 문하생 시대이래 왕래가 끊어져 만나지 못했다.

그러나 나카오카는 반은 조슈인이 돼 버렸으므로 다카스기와는 막역한 사이였다.

"왔군."

나카오카는 짤막하게 말했다.

"그래."

다카스기는 돌층계를 올라가서 나카오카가 서 있는 길 위로 나갔다.

"얘기나 하자."

나카오카는 돌 축대 위의 흙먼지를 털고 털썩 주저앉았다.

그 아래, 물이 쓰레기들을 띄운 채 흘러간다.

다카스기는 고향의 정세를 얘기했고, 나카오카는 교토의 정세를 얘기했다.

"이미 조슈 번은 빼도 박도 못할 지경까지 와 버렸어. 토론해 보았자 결론도 나지 않아. 방책도 없어. 안 그런가? 다카스기군."

나카오카는 도사 사투리로 말했다.

"팔면이 다 막혔어."

"다카스기군, 자네는 자중론인가?"

"생각은 하고 있지."

"그건 잘못이야. 이런 정세가 되었을 때에 자중 같은 것은 패배 사상이야. 끝내 조슈는 위축되어 망해 버린다. 조슈 번이 망하면 일본의 근왕 양이는 멸망해 버린다. 다카스기군, 행동해야 해. 하여간 막다른 골목으로 끌려 들어간 현상의 어느 구석인가를 무작정 무법으로 깨야 해. 그 길밖에는 없어."

"그건 예를 들자면 어떤 일이지?"

"시마쓰 히사미쓰를 죽이는 일이지."

나카오카의 얼굴에 물의 반사광이 비치고 있었다.

교토, 오사카에는 막부가 '부랑(浮浪)'이라고 부르는 근왕 낭사가 다수 잠복해 있다. 그 대부분은 최근 막부가 단행한 피비린내를 풍기는 탄압 정책으로 흩어져 버리고, 남아 있는 것은 죽음을 결심한 무리들뿐이었다.

"조슈가 망하면 근왕파도 망한다."

그들은 그렇게 믿고 있다. 어떻게 해서든 조슈를 비참한 환경에서 구했으면 하고 있었다.

교토에서는 매일, 그들 중 몇 명씩 신센조 패들에게 길거리에서 칼을 맞았고, 잠입 장소를 엄습당해 피를 흘리는 등, 하루를 무사히 넘기면 "오늘도 무사히 살았구나" 하는 형편이었다.

이런 현상을 타파하기 위해서 그들 맨주먹 낭사들이 할 수 있는 일은 하나밖에 없었다.

"벤다."

조슈 반대파의 영주들을 베는 것이다. 우선 최대의 적은

교토 수호직 아이즈 번주 마쓰다이라 가타모리.

사쓰마 번주의 생부인 시마쓰 히사미쓰.

"나카오카군."

다카스기 신사쿠는 불렀다.

"교토, 오사카에 잠복해 있는 낭사 제군들을 모으면 한 세력이 된다. 그것으로 사쓰마와 아이즈의 적들을 습격하자."

"나도 생각 중이야."

나카오카는 그 가장 좋은 시기를 노리고 있는 것이다. 나카오카는 말했다. 나카오카의 지모, 군략이라는 것은 흔해 빠진 경거망동의 낭사와는 비교할 정도가 아니었다. 나카오카는 조슈 번을 대거 동쪽으로 올려 보내고 교토, 오사카의 낭사들은 그와 호응하여 궐기, 교토에서 쿠데타를 일으키고 천황을 받들어 양이 정권을 수립하려는 것이었다.

"그러려면 본번(本藩)을 설득시켜야 한다."

"옳은 소리."

다카스기는 급히 귀국하기로 했다.

한편──

조슈 본국.

미야이치(宮市)에 주둔하고 있는 기지마 마다베는 다카스기의 귀국을 목이 빠지게 기다리고 있었다.

"신사쿠는 무엇을 하고 있나. 그 풋내기는 결국 얼간이었던가."

이렇게 투덜거리며 지내는 동안에 다카스기가 나카오카와 함께 돌아왔다.

그런데 다카스기는 귀국하자마자 탈번의 죄로 번리(藩吏)에게 붙잡혀 친척에게 위탁됐고, 그 뒤 노야마(野山) 감옥에 갇혀 버리고 말았다. 다카스기는 이 옥 속에 갇혀 있었기 때문에, 그 뒤 유폭(誘爆)이 거듭되는 소란 속에서 전사하지 않았다고도 할 수 있다.

기지마 마다베는 매일처럼 번청으로 달려가 담판을 했다.

"무슨 일이 있더라도 출발시키자."

때로는 칼집을 두드려 칼을 철렁 울리면서 압력을 넣었다.

드디어 번에서는 허가했다. 단, "교토, 오사카를 정찰하라"는 명령이었다.

거느리고 가는 유격군의 대원도 번에서는 11명으로 제한했는데, 나도, 나도, 하고 참가하여 끝내는 50여 명이란 다수에 이르렀다.

모두들 결사의 무사다. 세상에 풍파가 일지 않을 까닭이 없었다.

기지마 마다베는 오사카로 뛰어들었다.

뛰어들었다고밖에 형언할 도리가 없는 기세였다. 결사의 유격군 50여 명을 거느리고 있다.

모두들 작년까지 교토의 큰길을 활보하던 각 번의 탈번 근왕 낭사로서, 조슈 번의 정계 몰락과 함께 조슈로 간 무리들이다.

도사 사람도 많았다.

료마의 고향 집 근처 사람들도 있었다.

"시끄러운 무리들이 왔군."

도사보리에 있는 조슈 번저의 수비관인 시시도 구로베 노인은 쓸쓸히 웃었다.

그러나 이 인정 많고 젊은이를 좋아하는 노인은 행랑채를 그들의 방으로 제공했고, 도착한 날 밤에는 밥상에 구운 생선 한 마리씩을 놓아 대접했다.

"구로베, 나는 본국에서 영결의 물잔을 나누고 왔네."

마다베가 말하자, 시시도 구로베는 쓰게 웃으며 말했다.

"그 물잔이 말썽이야."

이미 마다베가 도착하기 전에 본국에서 급한 파발이 와서 젊은 주군의 편지가 노인에게 전달되어 있었다. 편지 내용은 이런 것이었다.

"기지마 마다베가 머지않아 그곳으로 다수의 인원을 데리고 간다. 만일 그들이 소란을 일으키면 만사가 다 깨어지고 만다. 교토에는 가쓰라 고고로, 구사카 겐스이도 있으니까 잘 연락을 취해서 마다베의 난폭한 행동을 억제해 다오."

다음날 마다베가

"오늘 밤, 밤배를 타고 교토로 올라간다."

이렇게 말했으므로 시시도 노인은 소스라칠 듯이 놀랐다. 교토에서 난폭한 짓을 하면 점점 더 막부에 조슈 정벌의 구실을 주는 거나 다름없기 때문이다.

"오사카에 있으라니까."

달랬지만 듣지 않았다.

"그럼 마다베, 최소한 그대 혼자서 가 줄 수 없겠나?"

"좋아."

마다베는 간단하게 승낙했다. 지금 계엄 상태나 다름없는 교토로 50명의 대원을 이끌고 올라가면 신센조 순찰대 등과 시가전이 벌어진다. 마다베도 그 점은 알고 있다.

"그 대신 대원을 몇 명씩 나눠서 교토로 올려 보내 줘. 부탁하네, 노인장."

"노인, 노인, 하지 말게. 그대도 노인이 아닌가."

"나는 혈기가 있어. 나이는 들었어도 남을 달래는 소임 같은 건 맡지 않아."

기지마 마다베는 교토로 들어갔다.

가와라거리(河原町)의 번저에 들어가자 노미 오리에, 가쓰라 고고로, 구사카 겐스이가 나와 어두운 표정을 지으며 말했다.

"오셨군요."

마다베의 입경에 대해서는 오사카의 시시도 노인이 보낸 급파발로 인해 알고 있었던 것이다.

그날 밤 셋이서 마다베에게 교토의 정세를 설명해 주고 감정을 다스리도록 달랬다.

마다베는 흠, 하며 순순히 듣고 있다가 상대방의 얘기가 끝나자 고개를 쳐들고 크게 호통을 쳤다.

"모두 겁쟁이들이군!"

"마다베님, 말씀이 좀 지나치군요."

가쓰라가 말했다.

"나는 겁쟁이가 아니오!"

미간을 찌푸리고 있다.

마다베는 상관하지 않았다.

"신사쿠도 그렇지만 당신도 책을 너무 읽었어. 정세를 따지고 나서 행동하려고 한단 말이야. 무사가 무사도를 세우는데 정세고 뭐고 있을 게 뭐야. 주군이 욕을 당하면 신하는 죽는다. 무사는 이것만 알면 돼."

논점이 두 갈래로 갈라져 있다. 가쓰라 고고로는 무사로서의 혁명가지만 마다베는 그렇지 않다. 단순히 순수한 무사가 되려고 한다. 그러므로 번주도 젊은 주군도, 다카스기도 구사카도 마다베의 언동을 꾸짖을 수가 없어 "그럴 게 아니라" 하고 달랠 수밖에 없었다.

가쓰라가 말한 '정세'라는 것은, 한 열흘 가량 전에 조슈 번에 대해서 동정하고 있는 가가 번 이하 14개 번의 양이주의 번사 44명이, 쓰시마 번사의 주선으로 시미즈 산네이자카의 요정 아케보노 관에 모여 조슈 번 구제책을 협의해 주었다는 것이다.

물론 이 회합은 가쓰라의 준비 공작으로 행해진 것으로서 회합에서는 "조슈의 참상은 모두 사쓰마 번의 간계에 의한 것이다"라는 분위기가 강했다.

"그러니까 기다려라. 곧 호전된다."

가쓰라가 말했지만 마다베는 코웃음을 치며 말했다.

"여러 번의 잡병들이 모여들어 봤자 무엇이 되겠는가. 장부란 그런 것에 기대를 걸지 않는다."

아닌 게 아니라 듣고 보니 막연한 희망에 불과한 것이다.

그런데 기지마가 나타난 며칠 뒤, 뜻밖에도 막연한 희망만도 아닌 것 같은 사태가 일어났다.

소문에 의하면 사쓰마 번의 시마쓰 히사미쓰가, 세론이 자기에게 냉담한 것을 알고 싫증이 난 모양이다.

근본이 영주다.

좋은 사람, 위대한 사람이 될 작정으로 교토에 올라와 정계를 휘둘러보았으나, 뜻밖에 세상은 자기를 영웅으로도 그 무엇으로도 보아 주지 않고, 끝내는 정적인 조슈 번뿐만 아니라 다른 여러 번들까지도 '사쓰마는 역적'이라고 하자 그만 화가 치밀었다. 도사의 대영주 야마노우치 요도에게도 이런 구석이 있어, 교토에 올라와도 마음에 들지 않는 구석만 있으면 부지런히 귀국해 버린다.

히사미쓰도 "돌아가겠다"는 말을 갑자기 꺼냈다. 그 때문에 사쓰마 번저에서는 귀국의 행차 준비로 야단 법석이라는 소문이었다.

"다행이로구나."

이 소문을 들은 기지마 마다베는 손뼉을 치면서 기뻐하고, 후시미에 잠복했다가 히사미쓰의 행렬로 돌격하자고 주장하기 시작했다.

"나와 유격군의 대원이 돌격하겠다. 물론 전원이 시체가 되겠지. 그러나 큰 간물은 쓰러뜨린다. 그래서 주군의 원한을 푼다."

말뿐이 아니었다.

이 무렵에는 이미 교토 가와라 거리의 조슈 번저에는 유격군 대원 50여 명이 모조리 잠입해 있었다.

"알겠지?"

마다베는 그들에게 죽음을 각오하라고 했다. 사쓰마 번의 행렬로 돌격하기 위해서는 모조리 죽을 각오가 필요하리라.

"가쓰라나 구사카에게는 비밀로 하라."

이렇게 이른 다음 기지마는 준비를 시작했다.

그 습격을 위해 창, 사슬, 갑옷, 줄사다리 등을 준비하고, 또한 아코 의사(赤義士)처럼 합인(合印)의 옷까지도 주문하여 만들었다.

"비밀인데이."

마다베는 조슈 사투리로 여러 사람에게 귓속말을 하고 돌아다녔지만, 본인 자신은 입을 다물고 있을 수가 없었다.

"고고로, 머지않아 깜짝 놀랄 만한 일이 일어난데이."

고고로가 깜짝 놀라 기지마의 방으로 들어가 보니 과연 아코 사십 칠 의사

같은 준비물이 높이 쌓여 있다.

"기지마님, 큰일이군요."

가쓰라는 한숨을 쉬었다.

"낭사 기지마 마다베가 하는 거다. 그대에게 폐는 끼치지 않겠다."

다행이라고 하면 묘하지만 이 소문을 교토 고등정무청의 밀정이 정탐해서, 고등정무청으로부터 수호직(守護職) 마쓰다이라 가다모리에게, 가다모리로부터 히사미쓰에게 전해져, 히사미쓰는 갑자기 출발 기일을 앞당겼고 더구나 문제의 후시미에서는 숙박하지 않고 그냥 지나쳐 귀국하고 말았다.

"아뿔싸!"

기지마 마다베는 이를 갈며 분해했으나 실망은 하지 않았다. 정력 있는 사내들에게는 언제나 행동 목표가 있는 법이다.

"아직 큰 간물(奸物)이 남아 있다. 교토 수호직 아이즈의 마쓰다이라 가다모리 중장이야 말로 아이즈 간적 사쓰마 역적의 패거리다."

목표를 바꾸었다.

구로다니(黑谷)의 아이즈 번 본진으로 돌격하여, 번주 가다모리의 목을 베자는 것이다.

상대는 행렬이 아니라, 벽돌담을 둘러친 어마어마한 규모를 가진 성 못지 않은 아이즈 번의 본진이다.

번병만도 2천 명이 있다.

"핫핫핫핫. 준비가 대단해졌데이."

마다베는 겉으로는 태평스럽게 보였으나 본래 전략가라 막상 계획을 세우게 되니 뜻밖에 머리가 잘 돌아갔다.

여기, 후루다카 슌타로(古高俊太郎)라는 낭사가 있다.

이 후루다카 슌타로라는 불행한 근왕 지사가 신센조에 잡힌 것이 계기가 되어 이케다야(池田屋)의 변이 일어나는 것이다.

후루다카는 서민 같은 풍채를 하고 있었다. 마스야 기에몬(枡屋喜右衛門)이라는 이름으로, 가와라 거리 시조(四條)에서 북쪽으로 올라가 동쪽으로 빠지는 길목에서 철물점을 경영하며 막부 관리의 눈을 속이고 있었다.

기지마 마다베는 말썽거리가 될 여러 도구를 이 조슈계의 간첩 후루다카로부터 사들이고 있었다.

"후루다카형, 계획을 아이즈 본진으로 바꿨어."

기지마는 번저의 구석진 방에서 나직이 속삭였다.

"그렇다면 전쟁이로군요."

후루다카는 고개를 끄덕였다.

회의란 묘한 것이다.

최초엔 마다베도 구로다니의 아이즈 본진으로 쳐들어가 마쓰다이라 가다모리의 여윈 목을 베어 버리겠다는 것뿐인 단순한 계획이었다.

"그것만이라면 좀 아쉬워."

그러나 이런 의견이 나왔다.

요즈음 마다베의 정열과 계획이, 술로 말하면 발효의 씨가 되어, 교토와 교토 주변에 숨어 있는 근왕 낭사들 간에 이야기가 되었고, 그 때문에 여기저기서 비밀 회합이 개최되고 있었다.

"내친 김에 교토 고등정무관 마쓰다이라 사다아키(松平定敬 : ^{가다모리의}_{친동생})도 죽이자."

이런 이야기에까지 발전되었다.

지금 같은 때 이 시끄러운 교토, 오사카에 잠복해 있는 지사라면 모두 의지가 굳은 사람들로, 목숨 따위는 애당초부터 버리고 달려들었다.

그 비밀 연락 장소는 후루다카 슌타로인 '마스야 기에몬'의 철물점이다.

이 장소는 지금은 '시루사치'라는 교토류의 일급 요리점이 되었고, 그 요리점 앞에 '근왕 지사 후루다카 슌타로 집터'라는 돌비석이 서 있다.

후루다카는 온화한 서민풍의 얼굴을 가진 중년 남자로 교토 말이 유창하여, 이웃 사람들도 그가 무사라고는 생각조차 하지 않았다.

그는 본래의 신분은 번 소속의 무사가 아니라 사원 무사(寺院武士)였다. 야마시나비샤몬 당(山科毘沙門堂)의 주지인 잇폰지쇼호 친왕(一品慈性法親王)의 가신 후루다카 슈조(古高周藏)의 아들로, 오쓰의 저택에서 태어나 일찍부터 아버지와 함께 교토로 옮겨와 사카이 거리, 마루다 거리(丸太町)에 자리 잡고 있었다.

그의 근왕 이력은 오래 된 것이다. 우메다 운핀(梅田雲濱)의 감화로 근왕가가 된 그는, "막부는 정권을 천자로부터 훔쳤다"고 하며 친왕(親王)이나 공경(公卿)의 부하들과 연락하여, 소위 근왕 교토파의 유력한 한 사람이 됐다. 그의 근왕 이력이 오래된 것은, 이이(井伊)의 안세이(安政) 대옥(大獄)

때의 생존자라는 것만으로도 알 수 있다.

그 대옥 당시, 밀정에게 미행당하고 있을 때 동지인 유아사 고로베(湯淺五郎兵衞)란 자가 말했다.

"어떨까? 나의 친척 중에 각 번의 조달을 맡고 있는 마스야 기에몬이라는 자가 있다. 최근 주인도 가족도 다 죽어 버렸는데 만약 괜찮다면 귀공이 뒤를 이어 주었으면 고맙겠는데."

이런 얘기를 걸어왔다. 후루다카는 마침 잘 되었다는 듯 그 얘기에 응해, 곧 마스야 기에몬이라고 개명하고 그 가게에서 살았다.

그로부터 6년.

지배인도 이웃 사람들도 후루다카의 내력을 모른다.

지사 활동은 여전히 계속되어 탈번의 지사들을 곧잘 잠복시켜 주었는데, 히고 제일의 인걸로 일컬어진 미야베 데이조(宮部鼎藏) 등은 줄곧 이 마스야에 잠복해 있었다.

"제군의 의도는 잘 알았다. 더구나 조슈 번의 응원을 어느 정도 얻을 수 있는가에 따라서 일의 성패가 결정된다. 곧 기지마님에게 의논해 보겠다."

서민 차림으로 조슈 번저로 갔다.

동지 일동의 기분을 전하자

"훌륭한 일이야."

기지마는 무릎을 쳤다.

"후루다카형, 어차피 죽을 바엔 일을 크게 벌이는 것이 좋지 않겠나. 이왕이면 이렇게 하는 것이 어떨까?"

기지마는 부채를 꺼내 다다미에 글자를 썼다.

"교토 점거"

"교토 점거——"

후루다카 슌타로는 눈을 날카롭게 빛냈다.

"기지마형, 하십시다. 새로운 시대를 이루기 위해서는 죽을 사람이 필요합니다. 나는 올해 37살이 됩니다. 너무 오래 살았군요. 이번 거사를 위해 죽기로 할까요."

"잠깐, 나는 50살이야."

마다베는 창피스러운 듯 부드러운 조슈 무사 말씨로 말했다.

"나이에 대한 말은 꺼내지 마오. 후루다카형."

기지마 마다베는 작전 계획을 세웠다.

굉장하다.

"우선 열풍이 부는 밤을 택해서 바람받이에 불을 질러 교토를 불태우고, 그 혼란을 틈타 3개 부대로 나뉘어 한 부대는 고등정무청, 한 부대는 구로다니의 아이즈 번 본진으로 쳐들어간다. 나머지 한 부대는 대궐로 들어가 천황을 받든다."

다시 말을 이었다.

"그리기만 해서는 막부와 각 번의 군사에 에워싸여 일이 깨져 버릴 테니, 본국 조슈로부터 대병(大兵)을 불러 와 기맥을 통하고 은밀히 연락해서 천황을 조슈 본군(本軍)으로 모신다. 그런 뒤 조슈군은 교토로 들어가 군정을 펴고 일거에 막부 타도로 돌진한다."

"만약, 싸움을 벌였다가 패하면?"

"천황을 받들고 조슈로 몽진해 가시도록 청한다. 멀리 보슈, 조슈 두 고을에서 막부 토벌의 칙명을 내려 천하의 근왕 제번, 근왕 지사의 궐기를 촉구한다."

"성난 파도 소리를 듣는 것과 같습니다."

후루다카는 눈물을 글썽였다.

"계획이 훌륭하군요."

"후루다카형"

기지마 마다베도 자기 계획의 장절함에 후들후들 몸을 떨며 쓰러지듯 후루다카의 두 팔을 잡았다.

"나는 조슈 태생, 당신은 교토 사람, 그런데 기이하게도 죽는 때가 같게 됐군."

"성패는 묻지 맙시다."

후루다카가 말했다. 그도 오랜 동안의 숨은 근왕 운동으로 지칠 대로 지쳐 있었다. 이쯤에서 죽어 버리는 것이 오히려 법열(法悅)에 가까운 기쁨이 될 것 같다. 눈물은 그런 눈물이었다.

아내도 없다. 자식도 없다. 그저 노모 스미만이 불쌍하다.

'하, 할 수 없다.'

어머니를 생각하니 새삼 눈물이 흘렀다. 이러한 아들을 가진 부모의 불행이라고 체념시키는 도리밖에 없다고 생각했다.

여담이지만 정5품(正五品)을 하사받은 후루다카 슌타로의 노모 스미는, 유신 정부 성립 직후인 메이지 원년 12월 5일에 조정으로부터 노후의 봉록을 받았다.

'기지마의 계획은 거칠고 엉성하지만.'

후루다카는 거기까지도 알고 있었다.

'그러나 일을 일으키지 않으면 현상을 깰 수는 없다. 요는 일을 일으키는 데 있지, 그 성패까지를 생각할 것이 아니다.'

"기지마형, 저는 무기와 화약을 모으고 또한 교토, 오사카에 잠복해 있는 동지들에게 연락해 두겠습니다. 도사의 무리들만도 5, 60명은 모일 것입니다."

"나는 곧 조슈로 돌아간다. 죽음을 걸고 번을 설복시켜 대거 상경시키겠다."

마다베는 눈물을 씻었다.

한편, 료마.

밤, 창에 기대서서 장지문 밖의 빗소리를 듣고 있다.

바람이 거세어졌는지 빗소리 사이사이에 들려오는 파도 소리가 높다.

고베 학교 료마의 방이다. 이 방은 바다에 면해 있다.

찰싹. 뺨에 앉은 모기를 때렸다. 피를 빨아 먹었는지 료마의 뺨이 검붉게 물들었다.

'난처하구나.'

학교는 붕괴의 위기에 처해 있다. 왜냐하면 교토 지사의 무리들이 학교로와 후루다카 슌타로 등의 교토 궐기에 참가하라고 도사계 학생을 설복시킨 것이다.

모두 동요했다.

'간다'는 것이다.

무리도 아니었다. 2, 3년 전의 료마라면 칼을 쥐고 교토로 달려 올라갔을지도 모른다. 바로 그러한 쾌거에 죽기 위해서 본국에서 탈번해 온 것이 아닌가.

그런데 료마의 안목은 길어졌다. 지금 몸 하나 죽어 보았자 무엇이 되느냐

하는 것이다.

'불과 1백 명이나 2백 명 낭인의 손으로 3백 년의 막부가 쓰러질 리 없다.'

이루어질 수 없는 것은 이루어지지 않는다고 료마는 생각했다. 이루어지기 위해서는 시대의 기운이라는 것이 필요하다.

'지금은 힘을 배양할 때다. 그 시기를 참지 못하는 것은 대장부가 아니다.'

료마는 세도 내해의 제해권을 쥘 날을 꿈꾸고 있다. 그 이전에, 아직 함선을 움직일 기술도 제대로 익히지 못한 시기에 교토에서 어린애 병정놀음과 다름없는 투쟁에 휩쓸려 무엇이 된단 말인가.

이렇게 일동을 설득시켰다.

"가려면 나를 베고 가라."

그는 이렇게도 말했다.

그래서 거의 진정되었다. 그러나 그래도 혈기가 가라앉지 않는 자가 몇 명 있었다.

"밤새껏 생각해 보아라. 나는 방에서 자지 않고 기다리고 있겠다. 생각을 다 하거든 오너라."

이렇게 말해 놓고 자기 방으로 돌아왔다.

미닫이가 열렸다.

'왔구나.'

고개를 쳐드니 도베였다. 모깃불을 가지고 온 것이다.

"도베, 아직 자지 않았나?"

"나리가 안 주무시는데 어떻게 잘 수 있습니까? 뭐 전직(前職)이 전직인 만큼 밤이 깊어도 눈은 끄떡없습니다."

도베는 방구석에 모깃불을 놓았다.

"비가 곧잘 오는데."

료마는 무료한 듯 중얼거렸다.

"올 장맛비는 거칠 모양입니다. 이런 해에는 인간의 마음도 거칠어지는 모양입죠."

"안에서는 아직도 의논을 계속하고 있나?"

"의논 정도가 아닙니다."

도베는 쓴웃음을 지었다.

"나리를 베고서라도 가겠다고 2, 3명이 칼자루 끝을 두드리고 있는 모양입니다요."

"하하, 그래?"

료마는 헛웃음을 쳤다.

복도를 밟고 오는 발자국 소리가 들렸기 때문에 도베는 자취 없이 방에서 사라졌다.

료마는 순간적으로 두 칼을 허리에서 떼어 벽장 안에다 집어넣고 맨몸이 되었다. 만일 저쪽이 습격해 온다면 고이 죽으려고 생각한 것이다.

"사카모토님."

미닫이가 열렸다.

기다소에 기쓰마(北添佶摩)

모치스키 가메야타(望月龜彌太)

두 사람이었다. 기다소에 기쓰마는 도사 다카스기 군 이와메지 마을(高岡郡岩目地村) 출신으로, 이 고베 학교 학생은 아니지만 료마의 권고로 홋카이도를 시찰하고 온 사내라는 것은 이미 말했다.

줄곧 교토에 잠복해 있었다.

오늘은 교토의 동지 몇 명과 함께 고베 해군학교로 학생의 궐기 참가를 권하러 온 것이다.

"아아, 가메군인가?"

료마는 중얼거렸다. 기다소에의 권유로 학생 모치스키 가메야타만이 교토로 가게 된 것을 두 사람의 태도로 알 수 있었다.

모치스키 가메야타는 젊다.

아직 입 언저리에 애티가 있다.

'기다소에도 가메도 죽는구나.'

료마는 암담하게 두 사람을 보고 있다.

모치스키 가메야타는 료마의 본집과 가까운 니시마치 거리에 사는 향사 모치스키 단에몬(望月團右衞門)의 아들이다. 분큐 2년 10월, 요도의 에도행 때 50인조라는 자발적인 친위대에 가담하여 고향을 떠나, 그 뒤 료마의 권고로 해군학교로 들어왔다.

"사카모토님, 당신을 베지 않을 수 없게 되었습니다."

가메는 고개를 푹 숙였다. 가려면 나를 베고 가라고 아까 료마가 말했기 때문이다.

"베어도 좋아."

료마가 말했다.

"당신은 강합니다."

가메는 정직했다. 도사 번 제일의 검객인 료마를 벨 수 있을 리가 없다.

"칼을 받아 줄 테니 베어라."

"당신, 칼을 안 가지고 계시잖습니까?"

가메는 의아해했다.

"가지고 있지 않으니까 베기 쉽지 않겠나?"

료마는 진지한 표정으로 말했다. 가메는 고개를 폭 숙여 버리고 말았다.

"사카모토님, 기다소에님과 함께 갈 테니 제발 보내 주십쇼. 부탁입니다."

두 손을 모았다.

료마는 자기도 모르게 눈물이 솟아올랐다.

"그렇게까지 죽으러 가고 싶은가?"

"가고 싶습니다."

눈물을 뚝뚝 흘리고 있다. 고향을 떠날 때 죽음을 결의한 이상, 보다 격렬한 장소를 택하는 것은 가메같이 단순하고 피가 끓는 사내에겐 별 수 없는 일이리라.

"사카모토님."

이번에는 기다소에 기쓰마가 말했다.

"몇 번씩 말하지만 사카모토님 이하 전원이 참가해 주면 일은 용이해지오. 아무래도 안 되겠소?"

"더 이상 말하지 마라."

료마는 일어섰다. 빗속을 배웅해 주려고 생각한 것이다.

료마는 도베를 불러 부탁했다.

"이 두 사람을 교토까지 배웅해 주지 않겠나?"

요즈음 후시미 부근까지 신센조, 순찰대 등이 출장하여, 교토로 들어오는 불령 낭인(不逞浪人)들을 염탐하고 있다. 위험이 닥쳤을 때 도베의 후각과 지혜가 도움이 되리라고 생각한 것이다.

"알았습니다."

도베는 믿음직스럽게 고개를 끄덕였다.

이윽고 네 사람은 빗속으로 나갔다.

"바다가 울고 있구나."

료마는 삿갓 아래서 불쑥 중얼거렸다. 해안의 파도가 높은 듯했다.

모두들 도롱이를 뒤집어쓴 모습으로 가도로 빠지는 언덕길을 걸었다.

언덕을 올라가면서 기다소에 기쓰마와 모치스키 가메야타 두 사람은 계속 료마를 향하여 고향 애기를 했다.

료마는 그저 고개를 끄덕이고 있다. 두 사람은 열심히 이야기를 했다.

'기다소에님들은 죽음을 결의하고 있군.'

도베는 초롱을 안고 앞장서 가며 이런 생각을 했다. 도롱이 속의 몸이 떨려오는 것 같은 느낌이었다.

한참 동안 침묵이 계속되었는데 이윽고 가메야타가 료마에게 웃음을 던지며 말했다.

"시구가 떠올랐습니다."

료마가 어떤 거냐고 물으니 가메야타는 기침을 한 번 하고 나서 읊었다.

도사 인간의 시체요 진흙에 여름 엉겅퀴

료마는 잠자코 있었다. 이윽고 짧게 웃었다.

"이상한 시구인데."

기다소에 기쓰마도 초롱불 빛 속에서 못생긴 그 입을 일그러뜨렸다.

"그럼 나도 발표하지. 하긴 무척 오래 전에 지은 시(詩)지만."

기다소에는 생김새와는 달리 시인(詩人)인 것이다. 호를 다이쇼켄(對松軒)이라고 했다.

離家半月絕音書
客舍時時思弊盧
故國爺孃亦應說
吾兒今夜定何如

집을 떠나 반 달, 소식이 끊어지니

객사에서 때때로 고향 집을 그리네
아버지와 어머니는 이밤도 말하리라
그놈은 지금쯤 무엇을 하느냐고

이러한 의미다.

언덕을 다 올라와 가도로 나왔을 때 료마는 애써 명랑하게 말했다.

"길은 멀다. 경솔하게 목숨을 버리지 마라. 일에 실패하면 배를 가르거나 하지 말고 목숨이 붙어 있는 한 달려 돌아오너라."

오덴 찻집 곁에 소나무 두 그루가 있다.

그곳에서 헤어졌다.

모치스키 가메야타, 기다소에 기쓰마 두 사람이 도베의 도움을 받으면서 무사히 교토로 들어왔을 때, 거리에는 계속 비가 내리고 있었다.

가와라 거리의 조슈 번저로 들어가자 이미 여러 번의 낭사들이 모여 있었다.

특히 도사의 무리들이 많았다.

고치 성밑에 있는 뎃포 거리(鐵砲町)의 하급 무사 집안에서 태어난 이시가와 준지로(石川潤次郞), 역시 같은 고장의 후지사키 히사타로(藤崎壽太郞)·후지사키 요시고로(藤崎吉五郞) 형제, 도사 근왕파로서는 드문 상급 무사 출신의 미야가와 스케고로(宮川助五郞), 보졸로서 일곱 섬 일곱 말을 받는 도코로야마 고키치로(野老山五吉郞), 향사(鄕士)인 안도 가마쓰구(安藤鎌次), 역시 향사인 오리 데이키치(大利鼎吉).

"뭐야? 가메 혼잔가?"

오리 데이키치가 못마땅한 듯한 얼굴로 외면을 했다. 료마 이하 전원이 달려올 줄 알았던 모양이다.

"그 배에 미친 자는 꼼짝하지 않더군."

설득하러 갔던 기다소에 기쓰마가 쓴쓸히 웃었다.

"흐흐."

모두가 웃고 있다. 료마의 풍모를 생각할 때 어쩐지 우스워진 것이었다.

"미워할 수 없어, 그자는."

오리 데이키치도 끝내는 쓰디쓴 웃음을 지었다.

"그러면 가메."

기다소에 기쓰마가 가메의 어깨를 두드렸다.

"히고 구마모토의 미야베 데이조님에게 소개하지. 이름은 이미 들었겠지."

"듣고 말고요."

가메는 황급히 고개를 끄덕였다. 미야베 데이조라 하면 요시다 쇼인조차도 형으로 모시고 사귄 지명의 지사다.

별실로 안내되어 가메는 미야베 데이조와 대면했다. 미야베는 이 낭사단(浪士團)의 수령격, 또는 참모격이었다. 나이 45살.

"내가 미야베 데이조요."

가메 같은 젊은이에게 몹시 정중한 자세로 머리를 숙였다.

미야베는 구루메(久留米) 출신의 마키 이즈미(眞木和泉)와 함께 규슈파 낭사의 대두령이다. 도저히 그러리라고는 생각할 수 없을 정도로 온화하고 근실한 중년의 무사였다.

어릴 때부터 대단한 수재로 알려졌고, 동시에 할머니에 대한 효행이 온 가문의 이야깃거리가 돼 있었다.

히고 구마모토 번의 병학 사범(兵學師範)이었다. 탈번하여 고향을 떠날 때, 아직 어린 두 딸을 불러 놓고 한 수의 시를 남겼다.

　　아이야 어서 말에 안장을 얹어라
　　구중심처 다리 위의 벗꽃이 지기 전에

또 훈계의 말을 했다.

"미도(水戶)의 다케다 고운사이(武田耕雲齋)의 장녀는 열일곱 살 무렵 번리에게 사로잡혀 살해당할 때, 웃으면서 칼 아래로 고개를 들이밀었다. 너희들도 그때는 울거나 하지 말고 옷을 갈아입고, 의젓이 하고 있어야 한다."

언니는 라쿠, 동생은 미쓰였다. 이 자매(姉妹)는 아버지의 탈번 뒤, 밖에 놀러 나갔다가도 가끔 달려 돌아와서는

"어머니, 아직 옷은 갈아입지 않아도 되나요?"

이렇게 물었다고 한다.

이케다야의 변

그러는 동안 고베의 료마는 에도의 가쓰 가이슈로부터 급한 편지 연락을 받았다.

급히 에도로 오라는 것이다.

"……"

다 읽고 나서 고개를 쳐든 료마는 한참 동안 짠 소금을 씹은 듯한 표정으로 침묵을 지켰다.

"어떻게 된 일입니까?"

옆에 있던 무스 요노스케가 물었다.

"아니, 세상이란 묘한 것이로군."

"그야 묘하지요."

패기가 왕성하고 사리를 잘 따지는 무쓰는 까닭도 듣지 않은 채 고개를 끄덕였다.

"반갑지 않은 소식입니까?"

"행차 뒤에 나팔이지."

가쓰의 편지에 따르면, 료마가 오쿠보 이치오를 통해 추진하던 홋카이도 둔전병단(屯田兵團)의 편성이 그럭저럭 잘돼 가, 그 수송을 위해 막부에서 군함 고쿠료마루가 대여된다는 것이다.

료마가 지난번 에도에 갔을 때 계획한 교토, 오사카의 낭사단 이주 문제였다. 그것이 이제 와서 싹트기 시작한 것이다.

"늦었어."

그 낭사들은 지금 교토에서 폭발 일보 전까지 가 있지 않은가. 사태는 과열해 버렸다. 이제 와서는 료마의 우원(迂遠)한 북방 낭사군 설치안 따위는 모두 일소에 붙여지고 말 것이다.

"시기가 나쁘다."

료마는 중얼거렸다. 이마가 땀방울로 번들거리고 있다.

땀이 때때로 턱으로 흘렀다. 그럴 때마다 료마는 소매로 쓱쓱 문지르지만 그래도 여전했다.

"대단한 땀이군요."

무쓰는 어이없이 보고 있다. 더위 때문만은 아니라는 것을 무쓰는 민감하게 깨닫고 있었다.

'만약 이 고쿠료마루가 조금만 더 일찍 왔더라면……'

료마는 그렇게 생각했다. 1백 명이든 2백 명이든 설득하여 홋카이도(北海道)로 데리고 가 그곳에서 힘을 길러 뒷날을 기약할 수가 있는 것이다.

'폭발(爆發)로 모두 죽는다.'

료마는 이렇게 보고 있었다. 료마가 볼 때 이번의 폭발의 밀계는 시기적으로 보아 백해(百害)는 있을망정 일리(一利)도 없다.

'조슈 번도 멸망한다. 지사의 씨도 마른다. 새 국가 건설은 10년 이상은 늦어진다. 썩은 도쿠가와 정부로 인해 일본이 그 10년 동안에 청국(淸國)과 마찬가지로 엉망진창이 되지 말란 법도 없다.'

그러나 늦다.

"하여간"

료마는 말했다.

"나는 에도로 급행한다. 걱정되는 것은 고베 학교의 2백 명의 일이다."

"사카모토님이 안 계실 동안에?"

"그렇지. 교토로 달려가서 궐기에 참가하는 무리가 생길지도 모른다."

그것이 료마의 땀의 원인인 것은 무쓰도 알고 있다.

오사카에 조회를 했더니 다행히 막부 배가 한 척 에도로 돌아간다는 것이다.

료마는 무쓰에게 뒷일을 부탁하고 급히 오사카 덴포 산(天保山)으로 달려가 막 출항하려는 배에 뛰어 올랐다.

한편, 교토에서는 신센조가 움직이고 있다.

신센조가 움직이고 있다.

——조슈 번저가 수상하다.

이 첩보는 기지마 마다베(來嶋又兵衛)가 번저로 뛰어들었을 무렵부터 교토 수호직을 통해 신센조에 들어가 있었다.

기지마 마다베의 시마쓰 히사미쓰 암살 계획이라는 것은, 암살이라고 하기에는 너무나 공공연하게 그 자신이 큰 소리로 설득하고 다녔으므로 교토에서는 모르는 사람이 없을 정도로 소문이 자자했다. 더구나 히사미쓰 자신은 후시미를 피해 갔기 때문에 무사했지만 소문은 사라지지 않았다.

"조슈 번은 필사적이다."

이런 인상이 실지보다 훨씬 강하게 막부측에 느껴졌다.

"무슨 짓을 할지 모른다."

고등정무청 등 막부 기관이 계속 밀정을 펴놓고 있었다.

아니나 다를까, 낭인이 번저로 출입하기 시작했고 무엇인가 불온한 형세가 보였다.

"만만치 않은 음모를 꾸미고 있는 모양이다."

막부 기관이 이렇게 본 것은 당연하리라. 기와라 거리 번저의 부근은 그 뒤쪽이 다카세 강(高瀬川)이다. 길 건너쪽 기야 거리(木屋町)의 길가 어느 민가에서든 번저의 동태는 알 수 있었고, 또 앞길은 민가가 빽빽이 들어 찬 가와라 거리다. 밀정들은 그 민가 사람들을 매수하여 출입자를 감시시키고 있었다.

비밀이 유지될 수 있는 장소는 아니다.

조슈 번과 그들 지사측은 기지마 마다베의 양성적인 언동으로도 알 수 있듯 비밀 유지란 점에서 거의 무지(無知)에 가까웠다.

그런데 철물상 마스야 기에몬.

한 껍질 벗기면 잠복중인 근왕 지사 후루다카 슌타로. 그는 자주 가와라 거리 번저에 출입했다.

문득 가와라 거리의 길에서 만난 안면이 있는 서민이 지나가는 말처럼 인사를 했다.

"마스야님, 요즈음 번창하시는군요. 반갑습니다."

"아니, 뭐 그렇지도 않습니다. 아직 기온회(祇園會 : 京都 八坂神社의 祭禮) 전이라 여름 불경기는 멀었을 텐데 장사가 전연 안 됩니다."

"헤헤. 잘 피해 넘기시는군요. 요즘은 조슈 번의 볼일로 바쁘신 것 아닙니까."

후루다카는 찔끔했다.

생각해 보면, 지금은 번사 수 명밖에는 남아 있지 않은 불 꺼진 듯한 조슈 번저에 상인이 바쁜 볼일이 있을 까닭이 없다.

얼버무려 넘기고 헤어졌지만 이러한 길거리의 대화조차 낮말은 새가 듣고 밤말은 쥐가 듣는다는 격으로 누군가에게 끊임없이 감시당하고 있다.

마스야가 수상하다고 신센조가 눈을 번쩍이기 시작한 것은 그러한 고등정무청 밀정항의 보고 때문이었다.

좁은 골목이다.

'철물상 마스야 기에몬(枡屋喜右衛門)'이라는 간판이 이 골목 중간쯤에 걸려 있다.

간판은 비바람에 낡았지만 집은 컸고 고용인도 남녀를 합해 네댓 사람은 있는 가게다.

주인인 마스야 기에몬으로 통하는 후루다카 슌타로는 이날 가와라 거리에서 동쪽으로 꺾어 이 골목으로 돌아왔다.

"덥습니다."

상인 차림의 후루다카는 이웃 사람에게도 인사가 공손했다. 이웃 사람들은 선대(先代) 마스야 기에몬의 조카라고 일컫는 이 중년 남자에게 관심을 가지고 있다.

첫째, 독신이다. 인물도 사내다워 이웃 부인네들의 화제의 대상이었다.

다음엔 이 가게가 지금 화제의 중심인 조슈 번저의 단골이었으므로, 조슈 번의 몰락으로

──장사가 어려워지겠군.

하고 관심을 보냈다.

이날, 후루다카가 돌아온 것이 저녁때였기 때문에 일찍 문을 닫은 가게 사람들은 이미 추녀 아래 평상을 내다놓고 바람을 쐬고 있었다.

'이거 난처한걸.'

후루다카는 배우가 관객 속을 걷는 기분이었다.

"이거 수고하시는군요."

평상에서 말을 걸어온다. 그러고는 교토식으로 후루다카의 모습을 힐끔 보는 것이다.

"어디에 갔다 오시는 길이요?"

캐묻는 자도 있다. 역시 간단한 인사 대신의 질문인데, 세상 눈을 속이는 후루다카에게는 바늘처럼 따갑다.

"예, 좀 저기까지."

"저기라면 조슈 번저에?"

"예예……"

적당히 얼버무리면서 지나간다. 그 뒷모습을 평상 위의 눈들이 뒤쫓고 있다.

'못 당하겠군.'

이 동네에서는 비밀을 지키려고 해도 우루루 몰려들어 들춰내고 만다.

그런 만큼 밀정의 염탐도 이곳만큼 쉬운 동네는 없다.

신센조에서는 고등정무청과 행정청의 밀정을 통해 요즈음 며칠 동안 '마스야 기에몬'의 동정에 대해서 조사해 보았다.

'수상하다'고 여겨지는 것은 철물을 살 필요도 없는 낭사풍의 무사들이 자주 출입하는 일이었다.

"한두 사람 장기 유숙하고 있습니다."

그런 귀가 솔깃한 탐문(探聞)도 있었다.

후루다카는 막부 관리의 눈이 그렇게까지 자기를 뒤쫓고 있다는 것을 깨닫지 못했다.

그런데 이날 저녁 때 가게로 돌아오자 이웃부인네 두 명이 찾아와 가르쳐 주었다.

"나리, 무슨 일인지 모릅니다만, 앞잡이들이 가게의 일을 염탐하고 다니는 모양이에요."

후루다카는 자기도 모르게 가게 안에 멍하니 얼어버렸다. 안색이 창백해진 것을 스스로도 깨달았다.

그날 밤, 한밤중에 후루다카 집의 바깥문을 조심스럽게 두드리는 소리가 들렸다.

'아니, 막부 관리인가?'

후루다카가 2층으로 올라가 창살 틈으로 한길을 내려다보니 사람의 그림자가 둘 서 있다. 그림자 하나는 무사였다.

마음이 놓였다.

히고의 미야베 데이조와 그 하인이다.

곧 안으로 그들을 끌어들여 안방에 앉히자마자 나직이 속삭였다.

"미야베군, 아무래도 이 집이 막부 관리에게 들킨 모양일세."

"큰 일이야 있을라구."

미야베는 상관하지 않았다. 낭사들의 장로이기도 하고 병학자이기도 하지만 여하튼 만사를 희망적으로 보고 싶어 하는 버릇이 있었다.

"교토의 사람들은 소문을 좋아해. 상가의 소문 같은 것은 근거도 없을 때가 많지."

"그럴까?"

후루다카는 미야베의 두터운 얼굴을 보고 있으려니 어쩐지 마음이 침착해졌다.

"그러고보니 그럴지도 모르겠군."

"후루다카군."

미야베 데이조는 품에서 서류를 꺼내 펼쳤다.

"거의 계획이 짜여졌어. 이거야."

"허어"

후루다카는 긴장했다. 병학자 미야베는 동지들에게 위임받아 교토 궐기의 작전안을 짜고 있었던 것이다.

"그런데 후루다카군."

미야베는 서류를 품속에 넣으면서 말을 낮추었다.

"무기는 모여졌나?"

"충분하다고는 할 수 없으나 총, 연초(煙硝), 쇠사슬, 옷, 창 등의 종류는 꽤 갖추었네."

후루다카는 미야베를 창고로 안내했다. 과연 놀랄 만한 전투 용구가 잔뜩 쌓여 있었다.

"점화탄(點火彈)이 아직 부족하군."

미야베는 말했다. 점화탄이란 종이로 된 통속에 연초를 채워 넣은 것으로서 옛날부터 공성용(攻城用)의 발화 병기로서 사용되어 왔다.

"점화탄은 50개쯤은 있어야 해."

"50개?"

"그렇지."

미야베의 계획에 따르면, 제1대는 대궐의 바람이 부는 곳으로 돌아서 점화탄을 자꾸 던져 넣어 순식간에 불태워 버린다. 이것이 작전의 요점이다.

불길에 놀라서 뛰어나오는 천황을 일시 에이 산(叡山)이나 다른 적당한 장소로 옮겨 모시고, 그 행재소에서 근왕 양이의 조칙(詔勅)을 내리도록 한다.

대궐의 불길을 보고 달려오는 교토 수호직 마쓰다이라 가다모리를 도중에서 잠복 대기했다가 습격하여 참살한다.

또한 대궐의 불을 보고 놀라서 저택을 나오는 반 조슈파 정신(廷臣)의 수괴 나카가와노미야(中川宮)를 잡아 유폐시켜 버리고 그 이외의 조정의 인사(人事)도 바꾸어 다시 조슈 번으로 하여금 교토 수호직을 삼는다.

"문제는 불이야. 병학에서 말하는 화공(火攻)이야. 불길이 빨리 돌게 하지 않으면 일을 그르친다."

미야베 데이조는 그 부서 등을 정하기 위해서 6월 5일, 산조의 작은 다릿목에 있는 "이케다야(池田屋)에서 집회를 연다"는 뜻을 후루다카에게 전했다.

미부(壬生)의 신센조 수뇌부가 입수한 정보로는, 의혹은 후루다카의 '마스야'보다도 오히려 산조 작은 다릿목에 있는 여인숙 '이케다야' 쪽이 짙었다.

정확한 탐색이라고 해도 좋다. 이 이케다야는 수년 전부터 조슈 번의 지정 여관으로 최근 정체불명의 낭사들이 자주 출입하고 있다고 한다.

신센조의 감찰부는 부장(副長)인 히지가다 도시조(土方歲三)가 쥐고 있다.

그는 대원 중 오사카 낭인 야마사키 스스무(山崎烝)를 약장수로 변장시켜 이케다야에 장기 체류시켰다.

야마사키는 애를 썼다. 그는 오사카까지 내려가서 덴마(天滿) 선창의 교야(京屋) 여관으로 가, 그 교야에서 이케다야의 주인 소베(惣兵衛)에게 보내는 소개장을 써 받았다.

"이 사람은 오사카의 약장수 모씨(某氏)입니다. 우리 가게의 소중한 단골 손님입니다만 이번 교토에 장사를 위해 장기 체류하시고 싶다니, 기온회가 머지않아 여러 가지로 복잡하시겠지만 숙박에 대해 편의를 보아 주신다면 고맙겠습니다"라는 의미의 글이었을 것이다.

사실 이케다야 소베측은 기온회 구경을 위한 예약으로 방을 내기가 어려운 형편이었다.

그런데 오사카의 여인숙과 교토의 여인숙은 서로 연락을 취해 무리한 부탁도 들어주는 사이이므로, 할 수 없이 바깥채의 방 하나를 비웠다.

약장수 스스무는 같은 여인숙에 든 손님의 동태를 빈틈없이 관찰하고 있었다.

그런데 그 무렵, 후루다카 슌타로의 마스야에 대해 결정적인 정보가 뜻밖의 밀고자로부터 신센조 대장인 곤도 이사미(近藤勇)의 귀에 직접 들어갔다.

곤도가 시중 순찰중, 에도에서 도장을 개장하고 있을 무렵 알게 된 미도 번사(水戸藩士) 기시베 효스케(岸邊兵輔)라는 무사와 불쑥 마주친 것이다.

"곤도님, 오랜만이군요."

기시베는 곤도 앞을 막아섰다.

그날 저녁 때 미부의 둔소(屯所)에서 두 사람은 술을 놓고 옛 회포를 풀었는데 돌연 기시베가 말을 했다.

"가와라 거리 시조에서 길 하나건너 동쪽으로 꼬부라진 골목길에 묘한 철물점이 있던데요."

당시 미도 번은 당파가 복잡한 번으로서, 덴구당(天狗黨)처럼 극단적인 근왕 양이파가 있는가 하면, 극단적인 막부파도 있었고 그 중간파도 있어 서로 원수처럼 미워했다. 그런 만큼 각 파의 정보도 쉽게 들어왔다.

"그 철물상……"

곤도는 말했다.

"마스야 기에몬이라고 하지 않던가?"

"아, 알고 있습니까. 과연 신센조라 다르군요. 그렇다면 난 아무것도 할 말이 없군요."

역사란 때로는 이런 짓궂은 악마에게 조롱당하는 수가 있는 모양이다. 기시베 효스케라는 사내에겐 주의도 주장도 없었으리라. 이 사내는 단지 잡담을 했을 뿐이었다. 그것만으로 역사적 역할을 마치고 그 뒤 어느 기록에서도 모습을 나타내지 않는다.

하여간 기시베가 말했을 때까지, 신센조에서는 그처럼 마스야를 중시하고 있지 않았다.

"하여간 습격해 보는 것이 어떨까?"

히지가다가 곤도에게 말했다.

곤도는 고개를 끄덕였다.

4일(四日).

교토는 전에 없이 무더웠다.

초저녁에 바람이 끊어지고, 거리는 마치 한증막 같았다.

특히 철물상 마스야 부근은 골목이 꼬부라진 곳이라 바람이 잘 들어오지 않아, 밤중이 되어도 사람들은 자지 않았다.

모두들 평상을 내놓고 발치께에 모깃불을 피운 뒤 한담을 나누고 있었다.

요즈음 시중의 소문이란 거의 신센조에 대한 것뿐으로, 이날 밤도 어느 거리에서 어떠한 싸움이 벌어졌다든가, 누가 죽었다든가 하는 말뿐이었다.

우연이라고 해도 좋으리라.

소문의 주인공이 가와라 거리 입구, 기야 거리 입구, 그리고 뒷길 쪽에 나타난 것이다.

놀랄 사이도 없었다.

질풍처럼 달려들어 철물상 마스야 집의 덧문을 두드린 것이다.

사람들은 모두 집안으로 도망쳐, 덜컹 덧문을 내려 버렸다.

"마스야 기에몬, 조사하러 나왔다. 문을 열어라!"

등불을 쳐들고 외친 사람은 부장의 보좌인, 마쓰야마 번을 탈번한 하라다 사노스케(原田左之助)라는 사내였다. 그의 장기(長技)인 창을 들고 있다.

총인원 20여 명.

모두 연황색 바탕에 소매를 얼룩덜룩 물들인 하오리를 걸치고 있는데, 쇠사슬 옷을 입고 있는 자, 격검(擊劍)때 쓰는 동구(胴具)를 입고 있는 자도 있다.

간부 중엔 하라다 외에 오타다 소지(沖田總司), 나가쿠라 신파치(永倉新八)가 나와 있고, 국장인 곤도 이사미는 뒤를 보살필 작정인지 검은 하오리에 흰 끈이 달린 조리를 신고 문 앞에 서 있었다.

'드디어 왔구나.'

집안에서 후루다카는 생각했다.

잠옷차림이었다.

다행히도 위험한 문서는 며칠 전에 불태워 버렸고, 또 노모를 비롯하여 지배인, 점원들은 고향으로 돌려보내 놓았다.

뿐만 아니라 어제까지도 묵고 있던 히고의 미야베 데이조와 그의 하인도 오늘 다른 곳에 가 있다.

'불행 중 다행이군.'

후루다카는 칼을 끌어당겼으나 곧 생각을 고쳐 천정 위로 던져 넣었다. 한두 사람 베어 봤자 감당해 낼 수 있는 적이 아니다.

"열어 주어라."

후루다카는 소녀에게 명령했다.

와르르 사람들이 몰려들어 왔다.

"후루다카 슌타로!"

외친 것은 봉당에 있는 곤도였는지, 방으로 뛰어든 히라다였는지……

"그대가 은밀히 부랑배를 충동하여 교토에서 모반을 꾀하고 있다는 말을 들었다. 어명이다. 결박을 받아라."

"사람을 잘못 아셨습니다. 그런 일은 한 기억이 없습니다."

일단 말해 보았으나 들어 줄 상대가 아니다. 후루다카는 이미 죽음을 각오했다.

"옷을 갈아입을 테니 잠시 여유를 주십시오."

침착하게 잠옷을 벗고 옷걸이에 걸린 옷을 내려 입었다.

미부에 신센조 둔소가 있다.

후루다카는 그곳으로 끌려가, 가혹하기 짝이 없는 취조를 받았다.

"증거를 잡고 있다."

부장 히지가다 도시조가 후루다카의 눈앞에 동지들의 결사 연판장 한 권을 들이댔을 때 어지간한 후루다카도 핏기를 잃고 말았다.

그것만은 불태우지 않고 찾기 힘든 곳을 골라서 숨겨 놓은 것이었다.

신센조 쪽에서도 이 후루다카에게 그다지 기대를 걸고 있지 않았기 때문에 기뻐하기보다는 오히려 전율해 버렸다.

"교토를 불바다로 만들 음모는 역시 사실이었던가."

점화탄, 화승총(火繩銃) 그 밖의 무기도 나왔다.

'이젠 의심할 여지가 없다!'

신센조는 후루다카를 증오했다. 당연했으리라.

신센조에게도 정의가 있다. 그들도 또한 근왕 양이의 시류(時流)에 끌려 고향을 버리고 모여든 낭사였다. 단지, 당시의 정부인 도쿠가와 막부에 의지하여 양이의 선봉이 되려는 점이 후루다카 등 조슈계의 지사 무리들과 다르다.

게다가 아이즈 번의 감독 아래 막부의 급료를 받고 있다. 그들의 임무는 '황성의 치안'이었다.

구체적으로 말하면 텐추(天誅)나 약탈을 일삼는 과격 지사, 편승하는 낭인들의 단속에 있다. 그런데 미묘한 점으론 양자가 모두 사상적으로는 다름이 없다. 이를테면 근왕 양이라는 당시의 지식 계급과 공통점이 있는 것이다.

그러나, 태도에 있어서는 다르다. 현정부를 인정하느냐, 하지 않느냐는 점에서 신센조와 후루다카와는 양극처럼 돼 있다. 신센조에서 볼때 후루다카는 '난신 적자(亂臣賊子)'였다. 입으로는 근왕을 외치면서 '황공스럽게도 대궐을 불태워 버리려는 악마'인 것이다.

그러나 후루다카 쪽에서 보면 신센조는

"그 임무는 과연 황성 수호에 있는 것처럼 보인다. 그러나 어디까지나 막부의 지령을 받는 황성 수호다. 근왕을 가장한 친막파인만큼, 미부 낭사들은 가장 다루기 힘들다"고 할 수 있으리라.

요컨대 신센조는 현 질서를 긍정하는 지사단(志士團), 후루다카 등 조슈계 지사단은 현 질서를 부정하는 지사단이었다.

세상은 들끓고 있다. 그런 만큼 입장이 다르다는 것만으로 증오를 낳고 잔학을 낳고 살육을 낳는다.

신센조는 후루다카에게 말로 다하지 못할 만한 고문을 가했으나 후루다카는 잘도 견뎌 냈다.

그러나 마지막으로 후루다카를 대들보에 거꾸로 매달고, 발등에서 발바닥까지 다섯 치짜리 못을 박은 뒤 거기에 큰 초를 꽂고 불을 붙였다.

후루다카는 그래도 견디려고 애썼다. 그러나 원래 몸은 강한 편이 아니다. 의식이 몽롱해져 자기도 모르게 지껄이고 말았다.

"6월 5일 밤 8시, 산조 작은 다리 서쪽의 여인숙 이케다야 소베 집에서 동지 집회"라는 일건(一件)을.

고베 해군학교를 뛰쳐나온 모치스키 가메야타는 그 뒤 교토 시중을 전전하면서 거처를 옮겼으나, 지금은 이 산조 작은 다리에 있는 여인숙 비젠야(備前屋)에 잠복해 있다.

이케다야의 바로 옆 여인숙이다.

이 부근은 교토의 시중이기는 하지만 도카이도의 역참이므로 산조 거리 양쪽엔 여인숙이 많다.

모치스키 가메야타는 같은 고향인 기다소에 기쓰마 등과 함께 이 비젠야에 잠복해 있었다.

물론 가명을 썼다.

가메야타뿐이 아니다.

이 거리의 여인숙에는 동지의 무리들이 여러 가지 가명을 써서 며칠 전부터 묵고 있다.

'궐기는 20일 심야(深夜)'로 결정되어 있었다. 20일 밤에 바람이 불지 않으면 그 다음날 밤으로 계획되어 있다.

그런데 '후루다카 슌타로가 신센조에게 잡혔다'는 것이 미야베 데이조를 통해서 알려지게 된 것은 궐기의 사전 타합을 하기로 한 6월 5일 아침이었다.

"가메야타."

같이 방을 쓰는 기다소에 기쓰마가 말했다.

"후루다카군이 엊저녁에 잡힌 모양이다."

"뭣?"

가메야타는 놀랐다.

"상대는 신센조다. 필경 오장육부가 찢어질 만큼 고문을 할 것이다. 후루다카군이 자백은 하지 않겠지만 선후책은 강구해 두지 않으면 안 된다."

"미부로 쳐들어가서 탈환해야 하겠군."

"아마 그렇게 되겠지. 가메야타 우선."

"응?"

"이웃 여인숙의 동지들에게 은밀히 알려 주고 오게."

"알았네."

가메야타는 태연스럽게 여인숙을 빠져나와 이웃 여인숙들을 찾아다녔다.

이케다야에도 머물고 있는 동지들이 많다. 거의가 조슈 번사다.

"……"

가메야타는 추녀밑 물받이통 뒤에 있는 거지를 보았다. 요즈음 며칠째 거적을 둘러쓰고 누워 있는 것이다.

이것이 교토 고등정무청 마쓰다이라 사다아키(松平定敬)의 졸개인 와타나베 사치에몬(渡邊幸右衞門)인데, 낭사의 출입을 탐색하여 고등정무청에 보고하고, 고등정무청에서 신센조에 통보되고 있다.

모치스키 가메야타는 그 거지가 어떤 자인지에 대해서는 물론 의심조차 하지 않았다.

쑥 현관으로 들어가니 빨간 앞치마를 두른 소녀가 상냥하게 인사를 했다.

"어서 오세요."

"덥구나."

"정말 더워요."

말을 주고받는다. 서로 친분이 있음을 알 수 있다.

그것을 민감하게 눈치 챈 것은 바깥으로 향한 방에 약장수로 변장하고 있는 신센조 감찰 야마사키 스스무였다. 오사카의 침쟁이 출신이라 오사카의 서민 말투를 잘 써, 여인숙 사람들은 누구 하나 의심하지 않았다.

'도사 놈이로구나.'

사투리로도 그것을 알 수 있었다. 야마사키는 모치스키의 얼굴을 응시하고 기억하려고 했다.

오후가 됐다.

그날은 기온회의 전날이라, 그 지방에서는 전야제라고 하여 일몰(日沒)

전부터 법석이다.

여관의 고용인들도 공연히 분주해 보였다. 야마사키 스스무는 미리 친해 둔 소녀 한 사람을 붙잡고 정답게 웃어 보이며 말을 걸었다.

"무척 바쁜 모양이구나."

"그야 오늘은 바쁘죠."

소녀도 이 젊고 늠름한 호남인 약장수가 싫지는 않았다.

야마사키는 검술도 능했지만 그보다도 가도리류(香取流)의 봉술(棒術)을 잘 쓴다. 그 탓인지 손마디가 무척 굵다.

신센조가 미부에서 처음 생긴 뒤 제1기 모집때 응모한 사내로, 간토 사람이 많은 대내에서는 교토, 오사카통(通)이라 하여 소중한 존재가 되어 있다.

뒷날 도바 후시미(鳥羽伏見) 싸움 때, 후시미 행정청의 공방전에서 사쓰마군의 총탄에 맞아 중상을 입고 가이요 함(開陽艦)으로 에도로 가는 도중 함내에서 죽었다.

"무척 한가하신 모양이신데요."

"그게 아니라"

야마사키 스스무는 웃었다.

"오늘은 전야제인데, 부지런히 일할 바보가 어디 있겠나. 그런데 남이 노는 날에 바쁘다니, 여인숙 영업도 애먹는 장사로군."

"정말이에요."

"오늘 밤은 복작거리는 모양이구나."

야마사키는 천연스럽게 물었다.

"예, 8시께부터 모임이 있어서요."

"손이 모자라면 상 나르는 것쯤은 도와 줘도 좋아. 나는 그런 복작거리는 데서 일하는 게 좋아서……"

"정말예요? 그러면 도와 주셔요."

"그렇지만"

야마사키는 잠시 입을 다물었다.

"무사는 싫어. 설마 무사들의 모임은 아니겠지?"

"안됐습니다만 무사님들의 모임이에요."

"뭐, 그래도 괜찮아."

야마사키는 가슴이 두근거렸다.

곧 방으로 되돌아 와 "오늘 밤 8시 회합"이라고 휴지에 써서 품속에 넣고 밖으로 나왔다.

거지로 변장한 와타나베 사치에몬이 누워 있다.

야마사키는 넣고 온 휴지에 동전을 싸서 휙 던져 주었다.

사치에몬은 미부에 급보하리라.

해가 완전히 졌다. 그와 동시에 여러 거리에 장식 수레가 나타나고 산 위 누각에서는 축제의 노래가 시작되었다.

이케다야에서 서쪽으로 빠지면 가와라 거리, 그곳에서 조금 북쪽으로 올라간 곳에 조슈 번저가 있다.

그 깊숙한 어느 방에서 조슈번 교토 수비관 가쓰라 고고로가 노미 오리에(乃美織江)와 씁쓸한 얼굴로 마주 앉아 있다.

"할 모양이야."

가쓰라는 씁쓸한 얼굴로 말했다.

예의 폭발탄 같은 기지마 마다베 노인은 때마침 본국에서 분주한 중이지만 그 대신 에도에서 공작 활동을 하고 있던 요시다 도시마로(吉田稔麿)가 잠입해 와 있다.

요시다 도시마로는, 죽은 요시다 쇼인이 가장 그의 인품, 재질을 사랑한 제자로서, 다카스기 신사쿠, 구사카 겐스이와 함께 쇼인 문화의 세 재사(才士)로 불리운 인물이다. 나이 24살.

"도시마로는……"

고고로가 말했다.

"교토에는 막 들어왔지만 히고의 미야베 데이조로부터 이번 계획을 듣고 그 폭발에 목숨을 버리려고 생각하는 모양이더군."

"당신의 설득으로는 안 되나?"

노미 오리에는 말했다.

"안돼. 죽음을 결심한 사내를 설득하는 것만큼 어려운 일은 없어. 하여튼 나는 오늘 밤 정시에 이케다야로 간다. 그곳에서 거사가 이롭지 못하다는 것을 설득해 보겠어."

"가겠나?"

"가겠네. 그런데 자네는"

가쓰라는 관리형의 오리에를 보았다.

"만일의 경우, 번저의 경비를 엄중하게 해 주게. 번저 안의 자들은 오늘 밤 외출시키지 말도록."

"알고 있네."

가쓰라가 번저의 통용문으로 빠져 길거리로 나갔을 때 전야제의 노래 소리가 들끓듯이 울리고 있었다.

가쓰라는 민첩하게 걸었다. 비단 하오리, 좀 짧은 칼, 부채.

이케다야로 들어갔다. 오늘 모임은 곗날이라는 핑계였다.

부엌에서는 네댓 사람의 요리사들이 부산하게 일하고 있다.

"아" 하는 듯한 표정으로 주인인 이케다 소베가 얼굴을 내밀고 나지막한 소리로 말했다.

"모두들 아직 안 오셨습니다."

"그래?"

가쓰라는 회장인 2층으로 올라갔다.

2층의 뒤쪽 네 칸의 미닫이를 떼어 내고 모두 쭉 통하는 넓은 자리를 만들었다.

그곳에 3, 40명분의 방석이 놓여 있고 담배합이 두 사람에 한 개씩, 부채가 한 사람 앞에 한 개씩 놓여 있다.

"저기 쓰시마(對馬) 번저에 가서 볼일을 보고, 적당한 시각에 돌아오겠네."

가쓰라는 주인에게 말을 남기고 나왔다.

"8시, 그 집에 이르다. 동지들이 아직 오지 않았음. 그래서 일단 물러갔다가 다시 오려고 하여 쓰시마 번저에 이르다."

가쓰라는 그 수기에 그렇게 써놓고 있다.

가쓰라가 번저를 나간 직후, 요시다 도시마로가 불쑥 돌아와 마루에서 머리를 빗기 시작했다.

"자네, 이케다야로 가려는 거지?"

노미 오리에 노인이 이렇게 물었다.

"예."

살갗이 흰 젊은이는 흐트러진 머리를 손으로 다발을 만들었다. 요시다 도시마로에 대해서는 앞에서 말했다.

이 중에서 사세 야소로를 제외하고는 모두들 막부 말기에 쓰러졌다.

이날 요시다 도시마로의 복장은 엷은 황색 하오리에 흰 바탕에 무늬가 놓인 무명 하카마, 모두 막 지은 듯한 새 옷차림이다.

"웬 일인가? 그런 옷을 다 입고."

노미 노인이 의아했을 정도였다.

요시다 도시마로는 이날 어쩐지 죽음을 결의하고 있는 것 같았다.

좀 전에 번저를 나가 고조 다리 곁에 있는 하숙으로 돌아가 이 옷으로 갈아입고 번저로 되돌아온 것이다.

미리 결사의 경우에 입으리라 예상하고 하숙집 안주인에게 부탁하여 지어 둔 것이었다.

도시마로는 상투를 묶기 시작했다.

그런데 이상하게도 세 번쯤 묶었는데 세 번 다 끊어지고 네 번째야 겨우 묶을 수 있었다.

'이상한데'

노미 노인은 말없이 보고 있다.

그 시선이 도시마로의 시선과 마주쳤다. 도시마로는 수줍어하며 말했다.

"시를 지었습니다."

그리고 낮은 목소리로 읊기 시작했다.

"묶어도 또 묶어도 검은 머리처럼, 헝클어진 이 세상을 어이 할꺼나."

"도시마로"

노미 노인은 조심스럽게 불렀다.

"오늘 밤 이케다야로 가는 것을 중지하면 어떤가? 상투 끈이 세 번이나 끊어지다니 불길하지 않은가."

"가겠습니다."

그렇게 말하고 그는 평소 언제나 몸에 지니고 다니던 세 가지 물건을 내놓으며 부탁했다.

"맡아 주십시오."

그것은 요도(腰刀), 동곳, 칼첨자였는데 모두 영주가 내린 물건이다.

노미 노인은 더욱 수상히 여겨 이케다야로 가는 걸 몇 번이고 만류했으나 도시마로는 끝내 듣지 않았다.

이날 저녁 때, 노미는 일부러 하급 무사인 도시마로를 현관까지 배웅했다.

"오늘 밤, 이케다야에서의 집회가 끝나면 고조의 하숙으로 곧장 돌아가지 말고 번저에 먼저 들러라."

왜 그런지 걱정이 되었다.

"알겠지?"

"예."

힘있게 끄덕이고 도시마로는 나갔다.

정각이 지나, 도사를 탈번한 모치스키 가메야타는 동향의 형님뻘인 기다소에 기쓰마와 함께 산조 거리의 여인숙 처마 밑을 따라서 이케다야로 들어갔다.

"모두 모여 있나?"

기다소에는 주인에게 물었다.

"예, 모두 모여 계신 모양입니다."

"가까이 있는 우리들이 늦은 것 같군."

그는 쿵쿵 계단을 올라갔다.

그 모습을 아래층에서 상 심부름을 하고 있던 신센조의 야마사키 스스무가 힐끗 보았다.

물론 두 사람은 깨닫지 못했다.

2층을 다 올라간 곳에 난간이 있고 왼쪽이 복도.

왼쪽으로 간다.

오른쪽이 장지문.

장지문이 활짝 열려 있고 자리에 여러 사람이 모여 있었다.

모두들 아직 자리에 앉지 않고 이곳저곳에 모여 부채질을 하면서 담소하고 있다.

"여어, 도사의 두 분이군."

좌상격인 히고의 미야베 데이조가 말을 걸었다.

"이제 다 왔군. 아직 조슈의 가쓰라군이 오지 않았지만 슬슬 마시기 시작할까."

미야베는 일어나 계단 입구까지 가서 아래층을 향해 손바닥을 쳤다. 상을 나르라는 뜻이다.

"예이."

아래층에서 활기 있는 대답이 들려왔다. 그것이 임시로 상 나르기를 돕고 있는 약장수, 실은 신센조 감찰 야마사키 스스무라는 것을 신이 아닌 지사(志士)들은 전연 모른다.

이 대목, 이 사건은 연극보다도 잘 돼 있다.

이윽고 가짜 약장수인 야마사키가 무늬 있는 무명옷에 띠를 질끈 매고, 하녀 세 사람에게 상을 들려 들어와 문지방 앞에서 무릎을 꿇고 바쁜 듯이 일어났다.

"예, 그럼 자리에 앉아 주십시오."

그 말에 끌려 낭사들은 우루루 일어나 각각 자리에 앉았는데 워낙 좁다.

"좁군요."

야마사키는 껑충껑충 뛰어다니다가 앗! 하고 두려운 듯한 표정을 지었다.

"이거 안 되겠습니다요. 소중한 칼을 그만 타 넘을 뻔했습니다. 오기, 오기!"

전부터 친하게 지내던 하녀를 불러 말했다.

"너희들이 칼을 타 넘으면 벌이 내린다. 옆방에 소중히 모시도록 해라."

그러자 하녀들은 묘안이라는 듯 연방 옮기기 시작했다. 칼을 옮겨다 놓고는 상을 놓는다.

낭사들은 깨닫지 못하고 이야기만 하고 있다.

'잘됐다.'

야마사키는 생각했으리라. 옆방으로 운반한 칼을 서너 자루씩 다발로 묶어 벽장 안에 집어넣어 버렸다.

이것이 두 시간 뒤의 공방전에서 낭사들에게 결정적인 불리(不利)를 안겨 주게 된다.

"아직 안 왔나? 술 빨리 가져 와."

도사를 탈번한 도코로야마(野老山)가 말을 하자 가메야타도 맞장구를 쳤다. 도사 사람들은 술을 좋아한다.

이윽고 술이 돌았다.

'슬슬 시작해 볼까.'

좌상격인 히고의 미야베 데이조는 자리에서 벗어나 아래층으로 내려갔다.

주인 소베를 불러서 대문의 빗장을 걸게 하고, 손바닥을 칠 때까지 종업원들을 2층으로 올려 보내지 말라고 단단히 일렀다.

이케다야는 오랫동안 조슈 번의 지정 여관이라 주인도 오늘 밤의 회합이 어떠한 성질의 것인지 대강은 짐작하고 있었다. 그리고 평민이기는 하지만 뼈대가 있어

'조슈 영주님을 위해서라면.'

하고 생각하고 있었다.

"잘 알고 있습니다."

고개를 끄덕이고 자신이 아래층 계단에 앉아 자연스럽게 경계에 임했다.

미야베 데이조는 2층 좌석으로 돌아와 입을 열자마자 후루다카 도시타로 체포 건에 대해서 의논했다.

"후루다카는 무슨 일이 있더라도 자백은 안하리라고 생각합니다만, 그건 그렇더라도 선후책을 강구하고 싶소. 예정대로 20일 밤, 그것을 결행하느냐 않느냐……"

"결행."

도사의 기다소에 기쓰마가 그 독특하게 낮은 목소리로 말했다.

"그러나……"

부좌상격인 조슈의 요시다 도시마로가 말했다.

"후루다카군을 그냥 버려둬도 괜찮을까? 제군, 어떻게 하겠소? 실은 나는 오늘밤 결사적인 각오로 온 것이오."

아니나다를까, 의복이 새롭다.

"미부의 신센조 둔소를 습격하여 저택을 불태우고 대원들을 죽인 뒤 후루다카군을 구출하고 싶소."

"옳은 말씀."

도사패인 기다소에, 모치스키, 후지사키, 도코로야마 등 여섯 사람이 고개를 끄덕였다.

"제군들, 돌격하자."

가메야타가 소리치자 옆의 기다소에가 가메야타를 제지하고 말했다.

"소리가 크다. 너의 뒤쪽 문은 열린 채야. 발 저쪽에 옆집의 노대(露臺)가 튀어나와 있다는 것을 잊지 말라."

일동은 소리를 낮추었다.

신센조 습격 날짜에 대해서는 의논이 분분했으나, 결국 미야베 데이조가 내린 단안이 결론이 돼 버렸다.

"궐기하는 날 밤, 한 조를 나누어 미부의 신센조를 습격한다"는 것이다.

결국, 이상과 같은 작전 계획이 이루어졌다.

과연 병학자 미야베 데이조가 만든 것답게 무리 없는 계획이었다.

'전책(前策)'이라는 말을 쓰면서, 우선 맨 먼저 총력을 기울여 미부 둔소를 에워싸고 화습(火襲)을 감행하여 신센조 대원들을 모두 죽이고, 대궐로 달려가서 전주관(傳奏官)인 공경을 만나 칙명을 받아내어 조슈군을 교토로 끌어들인다.

그 일이 성공되면, '후책(後策)'이라는 작전을 쓴다.

반 조슈 공경들을 죽이고 조정의 주도권을 조슈파 공경이 장악하게 한 다음, 일동은 배를 가른다.

만일 할복(割腹)을 약간 유예할 수 있으면 여책(餘策)이라는 작전을 쓴다. 반 조슈파의 수괴 나카가와노미야를 유폐시키고, 히도쓰바시 요시노부(一橋慶喜)를 오사카로 쫓아 보내고, 아이즈 번을 물리치고 교토 수호직을 조슈 영주로 임명하여 조정의 의견을 양이로 통일시킨다는 것이다.

이날 밤, 이케다야 2층에 모인 인원수는 22, 3명이다.

당시의 가장 날카로운 지사들이라고 해도 좋다.

이들은 이미 목숨을 버리고 덤벼들고 있다.

그것을 노리는 다른 하나의 막부파 지사단도 목숨을 버리고 덤벼들고 있다.

신센조다.

이 관설(官設) 낭사단이 결성될 때 막부 각료 중에서는 "독으로써 독을 제한다"는 의미에서 찬의를 표한 자가 있었다.

막부는 교토에서 덴추(天誅) 덴추, 하고 날뛰는 근왕 양이 낭사단에게 애를 먹고 있었다. 그들을 정벌하는 데 낭사를 이용한다.

더구나 그들의 세계관은 비슷하다. 신센조도 또한 양이주의자의 집단이었다.

'양이의 선봉'이 되려는 것이 결성 당초로부터 그들 대원의 공통의 목표였고, 우연히 그 당면 임무로 교토에 체재중인 장군의 경호와 황성 수호를 맡은데 불과하다.

그들은 '진충 보국(盡忠報國)'이라는 말을 좋아하고, 그 대기(隊旗)에 '성(誠)'이란 한 자를 물들여 그 기개를 자랑했다.

단지 이케다야 2층의 지사들과 다른 점은 혁명가가 아니라는 것이다.

현행의 질서를 존중해 가며 외국의 위협을 막자는 것이었다.

여기서 한 가지 말할 수 있는 것은 신센조 대원은 곤도 이하 사상가가 아니다. 현행 질서가 좋은가 나쁜가, 하는 비판의 힘은 가지고 있지 않다.

신센조라고 해도 그 사실상의 집행 기관은 국장인 곤도 이사미와 부장인 히지가다 도시조다.

무사시(武藏) 미나미다마 군(南多摩郡)의 같은 지방 태생으로 어릴 적 친구들과 함께 무사시의 '덴넨리신류(天然理心流)' 검법을 배웠고, 똑같이 농부의 아들이다.

다마 군 일대는 장군의 직할 영토였다.

그들은 옛날부터 '장군님의 직할 농부'라는 긍지를 가지고, 에도의 직속 무사보다도 더 열렬하게 장군을 경모하고 있었다.

이러한 무사시 백성의 이념이 바로 신센조의 사상이라고 해도 좋다.

성격이 단순한 검객이 많고 단순하면서도 무사도(武士道)에 죽으려는 기개가 강렬했다. 이런 의미에서도, 또 강한 단결력으로도, 일본 사상 최강의 검객 결사대라고 해도 좋으리라.

그 신센조는 일몰 후부터 활약했다. 대는 두 패로 나뉘어 제1대는 곤도가 지휘하고, 제2대는 히지가다가 지휘하여 각각 은밀히 미부 둔소를 출발했다.

목표는 곤도대는 이케다야.

히지가다대는 기야 거리(水屋町), 삼가의 시고쿠야 주베(四國屋重兵衞) 등을 각각 분담했다. 지사들이 이케다야로 모이는지, 시고쿠야로 모이는지, 최후까지 애매했기 때문이다.

신센조를 돌격대라고 한다면, 경비진이라고 할 수 있는 것도 교토 수호직, 교토 고등정무청의 명에 의해서 동원됐다. 아이즈 번을 비롯하여 막부파 각 번의 번명으로 그 수는 3천.

그들이 이케다야를 포위하여 길목마다 경비하게 되어 있었다.

밤이 깊었다. 이미 거리거리의 축제 노래는 멈춰 있었다.

곤도는 출동한 대원 일동과 함께 기온 거리의 회합 장소에서 숨을 죽인 채 시각이 되기를 기다리고 있었다.

회합 장소는 이케다야에서 멀지 않다. 근대 전술로 말한다면 전투 준비 지점이라고 할 수 있으리라.

곤도 등은 밤 10시까지 기다렸다.

교토 수호직이 지휘하는 막부 군사(각 번의 병)들이 포위진이 완성되기를 기다리고 있었던 것이다. 그들 이삼천 명이 거리를 경비할 것이었다.

그것이 지체되었다.

곤도는 짜증이 났다.

"기회를 놓치지 않겠는가."

당연한 일이다. 너무 늦으면 이케다야의 회합이 끝나 버릴지도 모른다.

한편 이케다야에서는 주연이 계속되고 있었다. 모두 흠뻑 취했고, 특히 교토의 니시카와 고조는 평소에도 창백하던 얼굴이 백지장처럼 변했다.

아무튼 마시기 시작한 지 2시간이 지난 것이다.

국사를 논하고, 조슈 번의 비극을 애통해하고 반동 공경을 매도하고, 변절자 나카가와노미야를 간신의 괴수로 성토했다.

각 번의 인물론도 나왔다.

"도사에서는 누군가?"

"사카모토 료마겠죠."

고베에서 료마에게 귀염 받던 모치스키 가메야타가 말했다.

"그자는 이상한 사람이야."

좌상격인 구마모토 사람 미야베 데이조가 히고인 특유의 우중충한 흙빛 얼굴을 들고 말했다. 이 미야베가 침통한 어조로 인물평을 하자, 어조 그대로 료마가 정말 이상한 인물처럼 들렸다.

"동지일 텐데 이번 거사에는 끼지 않았다."

도사의 기다소에 기쓰마가 그렇게 말했다.

"아니, 기다소에군. 시경(詩經) 대아편(大雅編) 문왕(文王)의 항(項)에 보면 모든 것을 새롭게 개혁한다는 뜻의 유신(維新)이란 말이 있지. 유신 회천(維新回天)의 길은 아직 멀어. 우리들이 죽는다. 또 누군가가 죽는다. 또 죽는다. 사카모토 같은 사람은 그것을 일괄하여 완성시켜 줄 사람이야. 아직 남겨 두어야 할 인물이야.”

안색이 좋지 않은 구마모토 사람은 이렇게 말했다.

그와 대조적인 존재로서 조슈 기지마 마다베의 이름이 튀어나왔다.

마다베라는 사내는 가장 앞장서서 돌격하여 피와 살을 뿌리기 위해 존재하는 것 같다.

“그 노인은……”

조슈 사람 요시다 도시마로가 말했다.

“지금 본국에서 우리들의 거사와 동시에 대군을 진발시켜 줄 거야.”

“하여간 일이 성공했을 때는”

미야베 데이조가 말했다.

“죽는다. 황성을 소란스럽게 한 죄는 면할 수 없다. 동지들, 장하게 배를 가르자. 성사돼도 죽음, 실패해도 죽음……시가 한 수 됐네. 읊고 싶은데 들어 주겠나?”

이때, 아래층에서 소란스러운 소리가 들렸다.

신센조 국장 곤도 이사미가 이마에 철편을 붙인 띠를 두르고, 엷은 황색의 제복인 하오리를 입고, 배에 검술 연습 때의 동구(胴具)를 가리고 하카마 자락을 끌어올려 허리에 꽂은 모습으로 통용문을 통해서 봉당으로 쑥 들어선 것이다.

빗장은 가짜 약장수인 야마사키 스스무가 미리 벗겨 두었었다.

“주인 있느냐? 관에서 검색 나왔다.”

곤도는 봉당의 흙바닥을 짚신으로 천천히 짓밟았다.

귀를 곤두세우고 집안의 동태를 살피고 있다. 애기 소리는 2층에서 들려왔다.

‘2층이로구나.’

곤도는 이렇게 생각하고는 현관 툇마루에 흙발을 올려놓았다.

앗, 하는 듯 달려 나온 것은 주인 이케다야 소베였다. 곤도에게 인사를 하자마자 기지를 활용하여 이층을 향해 소리쳤다.

“여러분, 나리님들이십니다. 공용 검색입니다.”

닥쳣! 곤도는 소베의 따귀를 후려갈기고 툇마루 위로 뛰어 올랐다.

이 목소리와 소란이 2층까지 들린 것이다. 불행하게도 말소리로서가 아니라 윙, 하는 울림으로 들린 것이다.

아직 안 온 동지들이 있다. 조슈의 가쓰라 고고로, 인슈(因州)의 가와다 사쿠마(河田左久馬) 등이다.

'그들이겠지.'

일동이 그렇게 생각한 것도 무리는 아니다.

도사의 기다소에 기쓰마.

동작이 날쌔다.

게다가 층계에서 가장 가까운 곳에 자리를 잡고 있다.

일어섰다. 칼은 물론 들지 않고, 또한 들려고 해도 약장수 스스무가 옆방으로 옮겨 버려 손 가까이에 없다.

낭하를 대여섯 발자국 뛰어 입구의 난간까지 가서 소리쳤다.

"뭐야, 소베?"

그러나 얼굴을 난간 위로 내밀려고 할 때, 쿵 쿵 쿵, 한달음에 뛰어 올라온 곤도 이사미가 어깨를 비스듬히 칼로 내리쳤다.

"으악!"

비명을 지르며 칼을 가지러 되돌아가려고 팔다리를 움직였으나 그대로 절명.

그는 그 얼마 전에 도사의 고향 노모에게 편지를 써 보냈었다.

"한 말씀 아뢰겠습니다"로부터 시작되는 글로서 료마의 권유에 따라 홋카이도 답사를 끝마쳤다는 뜻을 쓰고, "10월 경까지는 조선(朝鮮)으로 도항할 참입니다. 그때는 일단 귀국하여 여러 가지로 말씀을 드리려고 생각하고 있습니다"라고 씌어 있다. 조선으로 가려고 한 것은 가쓰, 사카모토의 구상인 '일한청 삼국 공수 동맹론(日韓淸三國攻守同盟論)'의 영향을 받아 그 예비 조사를 할 작정이었던 것이리라.

"만 리의 파도, 집은 아득히 멀고, 몇 줄의 눈물 편지 한 장에 담도다"라는 시구도 그 무렵에 지은 것이었다. 격정가답게 그는 곧잘 깊은 슬픔에 빠지곤 하는 시인이었다.

습격하는 쪽이 강하다.

옥내 전투의 법칙이라고 해도 좋다. 기습한 쪽이 이기는 법이다.

곧 옥내에선 발칵 뒤집혀질 것 같은 소동이 벌어져 여기저기서 혈전이 전개됐다.

우선 칼을 찾지 않으면 안 되었다.

운이 좋았다고나 할까, 조슈인은 거의가 칼을 곁에 두고 있었으므로 우선 뛰어 일어나 칼을 뽑았다.

천정은 낮다.

낭하는 좁다. 그 속에서 몸뚱이와 몸뚱이가 서로 부딪치고 칼날과 칼날이 부딪쳤으며, 곤도가 그 직후 고향으로 보내는 편지 속에 "모두들 만부(萬夫)의 용사"라고 쓴 지사단의 필사적인 방어전이 시작됐다.

히고의 미야베 데이조는 태연했다.

"왔는가."

그러더니 일어나 요도를 뽑았다.

방어전의 지휘를 했다. 과연 음모의 주인공답고 병학자다왔다.

그의 지휘의 목표는 적을 베는 것이 아니라 한 사람이라도 많이 탈주시키는 데 있었다.

미야베가 직감한 것은 이 경우, 신센조 따위는 몇 명 베어 보았자 허사라는 사실이었다. 그보다는 오늘 밤 모인 동지들의 목숨 쪽이 중요하다고 생각했다.

가려 뽑은 무리들이 많다. 그들이 한 사람이라도 살아남은 한 양이 도막(攘夷倒幕)의 대망은 언젠가는 이루어지리라고 생각했다.

"도망쳐랏!"

이것이 그의 지휘였다.

"거기서 옆집 지붕을 타고 도망쳐랏!"

미야베는 동지들을 창가 쪽으로 떼밀며 소리쳤다.

그 자신도 창가로 달려가서 도망치기 위해 발 디딜 곳을 찾았다.

캄캄하다.

더구나 멀리 바라보니 거리마다 수많은 등불이 움직이고 있었다.

'포위당했다——'

미야베는 창가에서 물러났다. 이젠 이 자리에서 탈출하더라도 만에 하나인 행운만이 탈출자를 구할 수 있으리라.

"미야베 선생, 피하십시오. 제가 여기서 막아 싸우겠습니다."

이 말을 하면서 달려온 것은 같은 번 출신이며 제자인 마쓰다 주스케(松

田重助)였다.

"나는 모주(謀主)다. 물러가지 않겠다. 너나 도망쳐라. 목숨을 버릴 장소는 이케다야가 아니야. 궐기 때에 버려라."

동시에 주스케를 창에서 떼밀었다. 주스케는 곧장 아래층 마당으로 떨어졌다.

떨어진 주스케를 때마침 마당에 있던 신센조 대원이 번개같이 베어 버렸다. 아마 오키다 소지였으리라.

주스케는 풀썩 쓰러졌다. 어깨에서 피가 솟고 술 냄새가 풍겼다.

'죽지 않겠다!'

용을 썼으나, 의식이 희미해졌다. 다행히 오키다 소지인 것 같은 신센조의 간부는 생명을 완전히 끊는 최후의 일격을 가하지 않고 사라졌다.

주스케는 그 뒤 의식이 깨어났을 때 손이 결박되어 있는 자신을 발견했다.

그대로 그는 옥내에서 탈출했다. 비틀거리며 길거리로 나왔을 때 포위중인 아이즈 번사 수 명이 칼을 들고 에워싸 주스케의 허리, 등, 목을 꿰뚫었다. 주스케는 찔러오는 창 하나를 이빨로 물려고 했으나 그 자세 그대로 힘이 다하여 안세이(安政) 이래 가장 오랜 활동 이력을 가진 지사는 죽었다.

"분골 십년(粉骨十年), 그러나 공(功), 아직도 이루지 못하다."

이것이 주스케의 유시(遺詩)다.

한편 미야베 데이조는 옆방으로 달려가서 자기의 칼을 집어 들었다.

칼을 잡은 것과 신센조 대원 오쿠자와 에이스케(奥澤榮助)가 달려든 것은 동시였다.

미야베는 한쪽 무릎을 세운 채 등을 돌리고 있었는데 뒤로 몸을 틀면서 날카롭게 옆으로 후려쳤다.

삭——하고 칼끝이 오쿠자와의 윗허리를 베고 다시 방향을 바꾼 칼이 오쿠자와의 오른쪽 어깨를 베었다. 오쿠자와 에이스케는 사건 뒤 얼마 되지 않아서 죽었다.

다카키 모도에몬(高木元右衛門)은 미야베와 같은 고향인 히고 사람이다.

"모도(元), 도망쳐라."

미야베 데이조가 안방 윗목에서 다카키와 엇갈렸을 때 외쳤다.

"알았습니다."

다카키는 여윈 얼굴을 흔들었다. 머리칼이 흩날렸다. 미야베는 모도에몬의 이런 늠름한 기세가 좋았다.

다카키 모도에몬은 히고 기쿠지 군 후카가와 마을(菊地郡深川町)의 향사로서, 인품은 무사라기보다 일종의 협객 비슷한 점이 있어 마을 젊은이들로부터 아낌을 받았다. 어릴 때부터 칼을 좋아하여 솜씨가 월등했다.

그러나 지금은 칼이 없다.

다카키는 작은 요도를 왼손에 들고 오른손에 단도(短刀)를 쥐었다.

"그럼 탈출하겠습니다. 선생, 무사히……"

"오오, 너야말로."

두 사람의 히고인은 윗목에서 작별의 인사를 나눴다.

그러나 도망칠 수 있을까.

신센조는 지금 집 안에 다섯 사람이 있다.

불과 다섯 사람이다. 이것이 국장 곤도 이사미가 이끄는 제1차 습격대이고, 부장 히지가다 도시조가 이끄는 소위 주력은 기야 거리의 시고쿠야 주베의 집으로 간 채, 아직 이 이케다야의 현장에 도착하지 않았다. 단 다섯 사람으로 돌격을 감행한 곤도의 배짱도 보통은 아니다.

그런 만큼 교묘한 전법을 썼다.

이케다야의 2층에는 앞 뒤 두 개의 계단이 있다.

앞쪽 계단을 곤도가 막고, 뒤 계단은 신도무넨류(神道無念流)의 고수인 부장 대리 나가쿠라 신파치가 막고 있다.

두 개의 계단은 복도를 지나 막다른 곳에 있었다. 복도가 좁아 한 사람이 겨우 지날 정도여서 자연히 지사들은 떼를 지어 이 강적에게 덤빌 수가 없다.

항상 한 사람씩만 상대하게 된다.

곤도와 나가쿠라는 각각 계단의 입구를 발판으로 삼아 교묘히 진퇴하면서 싸웠다. 이미 온 몸은 적의 피로 새빨갛게 물들었다.

다카키는 곤도가 기다리고 있는 복도로 유유히 걸었다. 상대방의 기를 꺾기 위해서다.

곤도는 다카키를 노려보았다. 그러나 다카키는 곤도의 눈을 보지 않는다.

"……?"

곤도의 눈에 주저하는 빛이 떠올랐다.

그 순간, 다카키는 곤도에게 단검을 던지면서 몸째로 부딪쳐 갔다. 곤도는 칼을 쳐들었다.

정면에서 다카키를 내리쳤다.

챙, 하고 공중에서 불꽃이 튀었을 때, 다카키의 왼손에 든 칼이 보기 좋게 곤도의 칼을 막아 내고 있었다.

뿐만이 아니다. 몸을 빙그르 돌리자마자 그냥 계단 아래로 떨어진 것이다. 봉당으로 굴렀다.

앞문을 지키던 하라다 사노스케가 창을 휘두르며 쑥 뺐다 찔러 왔으나, 살짝 피하고 거리로 뛰어 나갔다.

거리를 대여섯 발자국 가자, 거리를 꽉 메우고 있는 아이즈 번사들의 벽에 부딪쳤다.

번개같이 몇 사람을 베어 버리고 와르르 무너진 틈으로 빠져 달아나, 조슈 번저로 들어갔다. 이 다카키만이 유일한 생존자가 됐다.

이케다야의 변에서는 히고 사람 다카키 모도에몬만이 난전(亂戰) 틈에서 벗어나 유일한 생존자가 됐지만, 수명은 길지 못했다.

몇 달 뒤의 하마구리 궁문(蛤宮門) 사건 때, 조슈군의 선봉이 되어 싸우다가 아이즈군이 쏜 총탄에 가슴, 허벅지를 맞고 즉사했다.

뒤에 아이즈 번사가 시체를 점검했을 때, 말린 밥을 넣어 허리에 매단 무명 주머니에 히고 번사 다카키 모도에몬 미나모토 나오히사, 나이 서른 둘(肥後藩士 高木元右衞門源直久 三十二)이라고 씌어 있었고 수첩에 유시가 적혀 있었다.

"시체만은 황성의 이끼 속에 묻어 놓고서, 거룩하신 우리님 지키오리라."

정5품을 추종 받았다.

이케다야의 현장에서는 미야베 데이조가 곤도와 몇 합인가 칼을 맞대었으나 당하지 못하고, 갑자기 배를 갈라 최후를 마쳤다.

"내 일은 끝났다."

이것이 마지막 말이었다.

복도는 피로 미끄러웠다.

도사의 가메야타가 뒹굴었다. 뒹굴었을 때 신센조 닛다 가쿠에몬(新田革右衛門)이 칼로 내려쳤다.

가메야타는 몸을 굴리면서 닛다의 두 정강이를 베었다.

"이엽!"

가베야타는 도사인 특유의 기합을 질렀다. 닛다가 풀썩 가메야타의 몸뚱이 위로 덮쳐왔다.

"이엽!"

가메야타는 외치면서 칼을 휘둘러 닛다 가쿠에몬의 허리를 푹 찌르고 뛰어 일어났다.

여담이지만, 료마는 바로 이 시각에 에도에서 가메야타의 꿈을 꾸고 있었다 한다. 꿈속의 가메야타는 아주 힘이 넘쳐 혼자 들판에서 뛰고 날고 했는데 이윽고 없어져 버렸다.

그날 밤 가메야타의 활약은 신센조에게는 가장 위협적인 것이었다.

아직 적은 곤도 등 다섯 명뿐이었을 때이므로, 2층에서 이리 뛰고 저리 뛰며 활약했다.

"이엽!"

괴상한 기합을 걸면서, 계속 쳐들어가며 싸우다가 이윽고 길거리로 뒹굴다시피 나왔을 때는 손의 상처와 적이 뿌린 피로 후줄근히 젖어 있었다.

'가와라 거리의 조슈 번저로.'

가메야타는 이렇게 생각했으리라.

기야 거리의 어두컴컴한 곳으로 빠져 다카세 강의 버드나무 사이를 누비듯이 하며 북쪽으로 달리기 시작했다.

그러나 아이즈군이 있다.

어둠을 이용하여 가메야타는 버드나무 뒤에서 달려 나가 베고, 달려 나가 베고 했다. 재미있을 만큼 잘 베어졌다.

"이엽!"

벨 때마다 외쳤다. 아이즈군은 그 기합 소리를 목표로 등롱을 들고 모여들었으나 가메야타의 모습은 쉽사리 포착할 수 없었다.

그런데 가가 번저의 뒤쪽까지 왔을 때 가메야타는 지쳤다.

'이제 거사가 실패한 이상, 며칠 더 목숨이 붙어 있어 봤자 사로잡히든가 죽어야 한다.'

그렇게 생각하며 쿵 하고 버드나무에 등을 기댔다. 등 뒤 쪽으로 다카세 강이 흐르고, 내리 덮칠 듯이 가가 번저가 솟아 있었다.

가메야타는 기대선 채 배에 칼을 찔렀다.

'사카모토님, 당신의 충고를 듣지 않아 이렇게 되었지만 후회는 없습니다. 먼저 갑니다.'

몸이 넘어졌을 때 가메야타는 숨이 끊어졌다.

조슈의 요시다 도시마로.

"습격이다!"

제일 먼저 외친 것은 그였던 모양이다. 상을 걷어차고 장검을 뽑았다.

위에서 아래까지 새로 만든 옷을 입고 있었다. 더구나 머리를 막 새로 빗어 올린 도시마로가 하오리를 버리고 칼 끈으로 어깨띠를 만들어 걸고 하카마 자락을 끌어올려 허리에 꽂은 모양은 늠름한 젊은 무사다웠다.

얼굴이 좀 길쭉하고 살갗이 희다. 어느 편이냐 하면 미남 쪽이었다.

도시마로는 싸우기 시작했다. 그는 사잇문을 차서 쓰러뜨려 전투 장소를 넓게 한 뒤, 뒤쪽 계단 근처로 달려 나가 신센조의 나가쿠라 신파치와 격돌, 몇 합 칼을 맞부딪쳤다.

그러나 나가쿠라는 신센조 제일의 검객이다. 실내 전투의 경험도 있다.

쓸데없이 칼을 휘두르지 않고 도시마로를 밀어붙였다.

그런데 그때, 도사의 도코로야마 고키치로가 칼을 휘두르면서 파고 들어왔다.

"요시다형, 물러나시오!"

고키치로는 열아홉 살. 가장 나이가 어리다. 무서운 걸 모르고 나가쿠라를 공격했다. 나가쿠라는 칼끝을 획 끌어 올리면서 고키치로의 오른쪽 어깨를 베었는데, 고키치로는 그래도 굴하지 않고 이격, 삼격, 공격해 들어가는 동안, 발을 헛디뎌서 층계에서 굴러 떨어지고 말았다.

그동안 도시마로는 배후에서 습격한 신센조의 안도 하야타로에게 왼쪽 어깨를 맞고 동시에 뒤를 돌아서면서 안도의 목덜미를 쳐서, 그 피가 칙 하고 천정까지 튀었다. 안도는 곧 현장에서 죽었다.

도시마로는 어떻게 혈로를 뚫었는지 이케다야를 튀어나와, 길거리의 아이즈군을 무서운 기세로 물리치면서 조슈 번저로 돌아가 한 마디 외쳤다.

"스기야마, 원군을 부탁한다."

다시 달려 나가 이케다야의 현장으로 돌아갔을 때는 신센조의 인원수가 몇 배로 늘어나 있었다.

기야 거리의 시고쿠야 주베에 집으로 향한 도시조 부대가 그곳에서 지사의 회합이 없다는 것을 알자, 땅을 울리면서 이케다야로 달려가 곤도 부대와 합세한 것이다.

도시마로는 칼을 맞으면서 싸우고 또 달리다가 다시 칼을 맞으면서 결사적으로 날뛰었으나, 끝내 신센조 오키다 소지의 칼을 맞고 절명했다. 그의 스승 쇼인이 "도시마로는 나의 좋은 약이다"라고 한 것은 이러한 이해를 초월한 직정경행(直情徑行) 때문이었으리라.

그가 번저에서 "스기야마!" 하고 부른 사람은 같은 번의 스기야마 마쓰스케(杉山松助)였다. 스기야마는 연회 도중에 번저로 돌아와 있었다.

마쓰스케는 도시마로와 쇼인 문하의 동창으로 가장 사이가 좋았다.

번저의 현관에서 튀어나가자 이미 도시마로의 모습은 없었다. 더구나 문지기의 얘기로는 마침내 이케다야에서 일이 일어났다는 것이다.

"아차!"

이 말을 남긴 마쓰스케는 안색을 바꾸고 방으로 돌아와, 애용하는 창을 쥐자마자 다시 낭하로 달려 나갔다.

"마쓰스케, 너까지 죽을 작정이냐?"

울면서 만류한 것은 번저 경비 담당인 오리에 노인이었다.

"몇 마장 앞에서 도시마로가 사투를 벌이고 있습니다. 못 본 체할 수 있겠습니까?"

마쓰스케는 캄캄한 길거리로 뛰어나가 달려서 이케다야 앞까지 갔다.

마쓰스케는 창을 휘둘러 아이즈 번군 두 명을 찔러 넘어뜨리고 분노에 떨며 소리를 질렀다.

"도적의 무리들, 길을 열어라!"

그러나 창으로 담을 치고 나란히 밀려드는 아이즈 번군의 사람의 벽에 가로막혀, 이케다야의 등불을 바로 눈앞에 보면서도 들어갈 수가 없었다. 이케다야 2층에서는 굉장한 소리를 일으키면서 지사단과 신센조가 싸우고 있다.

마쓰스케를 에워싼 아이즈 번군은 20여 명.

그들은 등불을 내밀어 마쓰스케의 모습을 확인해 가면서 창, 칼을 휘둘렀다.

그때 아이즈 번과 친한 구와나 번(桑名藩)의 번사단이 달려와서

"뭐야, 적은 한 놈인가?"

아이즈 번사들의 귀에 거슬리는 소리를 했기 때문에 그들은 화가 나서 마쓰스케를 향해 우르르 덤벼들었다.

물러나, 물러나, 하면서 무리들을 헤치고 나타난 새로운 아이즈 번사가 있었다. 상당히 칼을 잘 쓰는 듯, 장검을 쑥 뽑자 호통과 함께 칼로 내려쳤다.

"조슈 역적놈!"

마쓰스케는 상처와 피로로 휘청거리고 있던 참이다. 불운하게도 창을 헛찔렀다. 그 왼팔이 창을 쥔 채 잘리고 말았다.

그때 사람 울타리 뒤에서 칼을 휘두르며 뛰어든 사내가 있었다.

도사 사람 고키치로다. 닥치는 대로 무찌르며 아이즈인을 흐트러뜨리고 마쓰스케를 안아 일으켰다.

마쓰스케는 그래도 힘이 남아 있었다. 두 사람은 조슈 번저를 향해서 달리기 시작했다.

"스기야마군. 창은 어떻게 했나?"

고키치로가 묻자

"창은커녕, 팔도 없다."

이렇게 말하고 달렸다. 그런데 어깨에서 등까지 치명상에 가까운 상처를 입고 있는 고키치로는 점점 눈이 흐려져 왔다.

겨우 번저 앞까지 이르렀을 때는 땅에 엎드려 문을 두드릴 기운조차 없었다.

문은 닫혀 있다.

조슈 번저에서는 아이즈군이 밀려 올 것을 예측하고 노미 오리에 지휘 아래 농성 태세를 취하고 있었던 것이다.

번저에는 인원수가 적었다. 모두 갑주를 입고 무장하고 있었다. 때마침 이 번저에 낭사로서 신세를 지고 있던 도사의 센야 기쿠지로(千屋菊次郎 : 후에 天王山에서 眞木 和泉 등과 자결)는 이날 밤의 저택 안의 모양을 도사의 부

형에게 편지로 써 보냈다. 쉽게 풀어 보면 다음과 같다.

"그날 밤은 조그만 전쟁 같았습니다. 20명 가량 즉사, 기타 부상자가 적지 않았습니다. 저택 안은 정말 농성(籠城)과 같았는데 분하게도 저 한 사람만이 제 몫의 갑주가 없어 빌려 입은 쇠사슬 옷차림이라 부끄러웠습니다."

문이 열리지 않는다.

고키치로는 밀려오는 아이즈 번사들의 등불을 보자 이미 끝장이라고 생각하고 문기둥에 기대서서 자결했다.

그 직후, 작은 문이 열렸다. 저택 안에서는 놀라, 고키치로의 시체와 실낱같이 숨결이 남은 마쓰스케를 업어 들였으나, 마쓰스케도 곧 노미 노인이 지켜보는 앞에서 숨을 거두었다.

이케다야의 변(變)은 끝났다.

지사들은 죽고, 막부는 새삼 신센조의 강렬한 힘에 혀를 내둘렀다.

신센조 국장 곤도 이사미가 에도의 양아버지에게 붙인 편지를 보면 이렇게 씌어 있다.

"도당 다수를 상대로 불꽃을 튕기면서 두 시간 남짓 전투를 벌인 결과, 나가쿠라 신파치의 칼은 통째로 부러지고 오키다 소지의 칼은 끝이 부러졌으며, 도조 헤이스케의 칼은 칼날이 톱니처럼 무뎌지고 슈헤이(周平)는 창을 부러뜨렸습니다. 다만 저의 칼만은 명검이라 무사했습니다."

막부는 이 '전공'을 크게 기뻐하여 교토 수호직에 훈공장을 수여했다. 무장에게 훈공장을 내린 것은 전국시대의 일인데, 도쿠가와 시대에 들어와서는 시마바라(島原)의 난 이래 끊어지고 없었던 일이다.

즉 일국의 정부인 막부는 경솔하게도 이 사건의 성격을 치안 문제로 삼지 않고 이미 '전쟁'이라고 보았다. '훈공장'이 그 증거이리라.

자연, 교토를 싸움터로 본 것이 된다. 동시에 조슈 번 및 조슈 낭사들을 적이라고 보았다. 그런 의미에서도 이번 사건은 막부 말기의 정치사상 중요한 사건이었다. 조슈 번으로서는 자기 번의 사람들이 참살당하고 적에게는 훈공장까지 수여되었으니 단단히 결심하지 않을 수가 없었다.

아니 훈공장뿐이 아니다.

신센조의 군공에 대한 임시 포상으로 국장인 곤도에게는 미요시 나가미치(三善長道)의 명도(銘刀) 한 자루를 하사하고, 부상자에게도 한 사람 앞에 50냥씩, 대원 모두에게는 5백 냥이 하사되었다.

조정에서도 대원 위로라는 명목으로 지출되고 있다.

금 1백 냥──

많은 돈은 아니었지만, 조정에서 돈을 지출한 일은 도쿠가와 시대를 통틀어 전에는 거의 없던 일이었다. 비속한 예를 들면 신사 불각(神社佛閣)이라는 것은 단가(檀家 : 시주집)로부터 돈이나 곡식을 받는 것이지, 신사 불각으로부터 단가로는 돈이 나가지 않는다. 나간다면 "해가 서쪽에서 뜬다"는 속담대로 진기한 일이 된다. 에도 시대의 조정은 이러한 신사 불각의 위치와 비슷하다.

그러므로 필경, 그 하사금(下賜金) 1백 냥은 막부의 교토 고등정무청의 공작에 의해 내용적으로는 막부의 돈, 표면적으로는 조정에서── 라는 극히 정치적인 것이었으리라.

조정의 상을 받았다──고 한다면 이케다야에서의 지사 참살은 천하에 떳떳한 근왕 행위가 되는 것이다.

근왕파의 세론을 억누르기 위해서 막부에서 꾸며 낸 일이리라.

그러나 과연 이케다야의 변이 도쿠가와 막부라는, 이미 시대를 담당할 능력을 잃은 정권의 수명을 연장하는 데 도움이 되었을까?

오히려 독이라고 해도 좋다.

폭력은 끝내 폭력밖에는 부르지 못한다.

이케다야의 변에 대한 보고가 세도 내해의 배편으로 조슈에 이른 것은 며칠 뒤였다.

조슈 번은 격노했다.

이미 자중하자는 의견은 자취를 감추고, 기지마 마다베식의 무력 진정론(武力陣情論)이 세력을 얻어 급히 교토를 향해 군사를 진발시키게 했다.

막부 말기, 쟁란의 방아쇠가 당겨졌다.

당긴 것은 신센조라고 해도 좋으리라.

인간의 해일(海溢)이었다.

조슈 번의 영지인 미다지리 항구로부터 조슈 번의 군선이 번병과 낭사들을 가득 싣고 속속 출항하여, 교토를 향해 세도 내해의 파도를 해치며 동진하기 시작한 것이다.

선발대는 겐지 원년 6월 10일에 출항했다. 대원은 유격군이고, 대장은 전국 시대의 무구로 몸을 장비한 마다베였다.

마다베의 아내는 오다치라고 한다.

조슈 번 제일의 용사인 이 사내도 아내에게만은 고개를 들지 못했던 모양이다.

제대로 가정을 돌보지 않고 동분서주하는 이 남편을 아내는 아주 어처구니없게 생각한 모양이었다.

"그만큼 나이를 먹었으면 이젠 좀 차분해지세요."

아내는 핀잔만 늘어놓았다.

"부탁이야. 병이라고 생각해 줘."

번주에게조차 격론을 벌이는 이 사내도 아내하고는 충돌을 피하고 꽁무니를 뺐다.

이번 결사적인 출진을 할 때에도 합장하듯 하면서 사정했다.

"오다케, 이번이 마지막이다."

이번을 마지막으로 동분서주는 그만두겠다는 것이다.

"정말이지요?"

오다케는 웃지도 않고 다짐을 했다.

"정말이야. 차분히 들어앉겠어."

"꼭?"

아내가 다짐을 받을 것까지도 없이 그것은 사실 그대로 되고 말았다.

기지마 마다베는 대군을 이끌고 교토로 쳐들어가 하마구리 궁문으로 난입하다가 말 위에서 적탄을 맞고 전사해 버린 것이다.

출진 날, 전국 시대 풍을 좋아하는 마다베는 일족의 사내만을 모아 가까이에 있는 진구 황후 신사(神功皇后神社)에 참배하여 잔을 나누고 출발을 축하, 그곳에서 곧바로 떠났다.

제1진의 대장은 마다베이고 제2진의 장은 중신 후쿠하라 에치고(福原越後), 제3진은 역시 중신인 구니시 시나노(國司信濃), 제4진은 역시 중신 마스다 우에몬노스케(益田右衞門介), 또한 그와 일문인 모리 사누키노가미(毛利讚岐守)의 차례였다.

뒷날 료마의 협조자가 되는 도사 사람 나카오카 신타로는 구루메(久留米) 사람 마키 이즈미와 함께 낭사대인 충용대를 이끌고, 이 진발군의 진영 속에 있었다.

이윽고 모두들 교토 부근으로 들어갔다.

교토를 포위했다고 해도 좋으리라.

이 각 진지는 야마사키(山崎)의 덴노 산(天王山) 기슭, 다카라 사(寶寺),
다이넨 사(大念寺), 이궁(離宮)인 하치만 궁(八幡宮), 사가(嵯峨)의 텐류
사(天龍寺), 아라시 산(嵐山)의 산켄야(三軒家), 호류 사(法輪寺), 그리고
후시미(伏見).

포진이 끝나자 조슈인이 가장 장기로 삼는 언론전(言論戰)을 시작했다.

조정에의 진정이다. 그러나 보통 진정이 아니다. 받아들여지지 않으면 군
대가 움직인다.

흐르는 등불

료마는 에도에 있었다.

그날 저녁 때, 지바 도장의 부엌에서 혼자 밥을 먹고 있었는데 방문자가 있었다.

현관으로 나가 보니, 이웃 도사 번저로부터 달려 온 히가키 세이지(檜垣淸治)였다.

"웬일인가?"

"아직 모르시오? 교토 동지들이 모두 산화했습니다."

"좀 차근차근히."

료마는 자세히 얘기를 듣고 나서도 말이 없었다. 기쓰마도 가메야타도 죽었다. 그밖에도 여럿이 죽었다.

"어떻게 하시겠습니까?"

"히가키, 번저로 안 돌아가겠나?"

"예, 돌아가겠습니다만 가서 어떻게 할까요?"

"거기까지 내가 알 게 뭐야. 밥을 먹든 자든 네 마음대로 해."

료마는 얼른 안으로 들어가 버렸다. 혼자 있고 싶어졌던 것이다.

방 안은 캄캄하다. 등불을 밝히지도 않은 채 벌렁 드러누워 죽은 그들을 생각했다.

'바보들 같으니!'

눈물이 끊임없이 볼을 타고 흘렀다.

료마는 얼핏 보기에 감정이 둔한 것 같지만 사고(思考)의 지방(脂肪)이 두텁기 때문에 일단 이런 사태에 부딪치면, 그 두터운 지방도 살도 가죽도 다 찢어져 감정이 온 몸을 휘몰아쳐 전후 분별을 할 수 없는 꼴이 돼 버리고 마는 것이다.

"가메……"

이렇게 중얼거리기만 해도 가슴이 꽉 막혀 와, 이윽고 목메인 오열을 터뜨려 버렸다. 얼굴이 못생긴 기쓰마가 어둠 속의 료마 곁에 앉아 있다.

"기쓰마, 너도 바보다."

료마는 벌렁 몸을 뒤치더니 이번에는 소리를 죽여 울기 시작했다.

이 사건은 그 시기의 료마에게 모든 것을 잃게 했다.

이번 에도로 온 것도 기쓰마와 함께 하려고 생각하던 홋카이도 낭사군의 설립 비용 조달을 위해서였다.

매일 가쓰 가이슈나 오쿠보 이치오의 저택을 방문하거나 그들의 소개장을 받아 돈이 나올 듯한 곳을 찾아다니고 있었다.

가쓰의 일기에는 이렇게 씌어 있다.

"사카모토 료마, 에도로 온다고 듣다. 그의 말로는 교토, 오사카의 과격한 낭사 2백 명 정도를 모아 홋카이도 개발과 통상을 하려고 한다는 것이다. 비용 3, 4천 냥, 동지들을 모아 속히 그 일을 시행해야겠다고 한다. 료마는 의기 왕성했다."

그 계획도 이번 일로 허사가 되리라. 뿐만 아니라 까딱하면 가메야타 등을 내보냈다 하여 고베 해군학교도 탄압, 해산당하게 될 것이다. (사실 머지않아 그대로 된다.)

그러나 그것은 좋다.

왜 막부 관리들은 우국 결사의 무리들을 미친개처럼 때려죽이지 않으면 안 되는가?

이런 것에 대한 비분, 거기다 자기가 뛰어다닌 일의 좌절, 나아가 죽은 자에 대한 애통함이 뒤섞여 료마는 한 시간 가까이 뒹굴면서 울었다.

한 시간 가량 지나자 사나코도 교토 이케다야의 변을 알았다.

오빠 지바 주타로가 문하생들로부터 듣고 사나코에게 얘기를 한 것이었다.

"사카모토님은 아시는지 몰라."

"글쎄."

주타로는 고개를 갸웃거렸다.

"모를 거야."

"나, 알려 드리고 오겠어요."

불을 밝혀 들고 복도를 종종걸음으로 달려갔다. 막다른 곳에서 직각으로 꼬부라졌다. 그 맨 앞 방에 료마가 있을 것이다.

캄캄했다.

이상하다고 생각하며 무릎을 꿇고 장지문을 열었다. 손을 뻗쳐 넣어 촛불만을 들이밀고 방안을 밝히려고 했다.

문창호지에 이백(李白)의 시가 씌어 있는 것이 흐릿하게 어둠 속에 떠올랐다.

그 문창호지 저편에서 한 사람의 거한이 벌렁 누워 오른편 무릎을 세우고 왼쪽 다리를 그 위에 포개고 있었다.

'어머, 버릇도 없으셔라……'

졸음에 빠져 있는 것이라고 생각했다.

깨우려고 생각하고 방으로 들어간 순간 촛불이 움직인 탓인지 료마의 잠든 얼굴 위에서 번갯불 같은 빛이 번쩍했다.

놀랐다.

칼로 허공을 겨누고 있는 것이다. 하얀 칼날을 료마는 주먹 베개 위에서 가만히 쏘아보고 있었다.

"사카모토님."

료마는 일어나서 칼을 칼집에 꽂았다.

사나코는 그 이상한 모습에 소리를 삼키고 한참동안 잠자코 있다가 겨우 물었다.

"어쩐 일이세요?"

료마는 잠자코 있다. 사나코는 기다릴 수가 없어서 등롱을 끌어당겨 부싯돌을 쳐서 불을 밝혔다.

"이케다야의 변사를 들었소?"

료마 쪽이 육감이 날카롭다. 그것을 알리기 위해 사나코가 복도를 달려 왔다는 걸 알았던 모양이다…… 사나코가 고개를 끄덕이자 료마는 사나코가 모르는 사실을 전했다.

"언젠가 여기서 신세를 지고 간 기다소에 기쓰마도 죽었소."

"기, 기다소에님이?"

사나코는 촛불을 떨어뜨렸다. 불이 꺼지고 다다미 위로 촛농이 흘렀다. 사나코는 당황하여 휴지로 다다미를 닦고 고개를 들었다.

"정말인가요?"

"응."

료마는 고개를 끄덕였다.

"막부에 살해당했소. 범행을 한 미부 낭사는 그 때문에 은상을 받았소. 언젠가 막부도 미부 낭사들도 복수를 당할 때가 올 거요."

"누구에게?"

"내가 쓰러뜨리지. 요시무라 등의 덴추조(天誅組)가 망하고, 본국의 다케치 당(武市黨)도 망하고 교토의 기다소에들도 죽었지만, 세상에 사카모토 료마가 있는 한, 도쿠가와 막부는 무사할 수 없어."

료마 뺨에 눈물 자국이 남아 있다.

이 종이를 쓰겠다, 고 하며 방금 사나코가 다다미의 촛농을 씻은 종이로 얼굴을 문질러 댔다.

눈물 흔적이 사라지고 촛농이 묻었다.

다음날 아침 료마는 컴컴할 때 오케 거리를 나와, 그가 '일본 제일의 지식인'이라고 부르는 가쓰 가이슈를 찾아갔다.

아카사카 히카와(米川)까지 왔을 때 겨우 거리가 밝아졌다.

저택마다 담장 너머로 두레박 소리가 연방 들려 왔다. 길 위를 종들이 왔다 갔다 하며 문 앞을 쓸거나, 물을 뿌리거나 한다. 에도의 아침이 시작되고 있다.

료마는 가쓰의 저택으로 들어가서, 그의 서재로 안내되었다.

가쓰가 담배합을 쥐고 나타났다. 방금 막 일어난 모양이다.

"무슨 볼일인가?"

이렇게 묻지도 않고 담배만 뻐끔뻐끔 피워 댔다. 가쓰도 료마도 말없이 마주 앉아 있다. 이윽고 방 안이 연기로 자욱해졌을 때 어지간한 료마도 감탄을 했다.

"정말 담배를 즐기시는군요."

료마는 놀랐다.

"담배나 피우는 수밖에 별 도리가 없을 때가 있는 법이야."

가쓰도 쓸쓸히 웃었다.

예의 사건을 가쓰는 알고 있는 것이다.

이 이른 아침에 료마가 그 일로 왔다는 것을 꿰뚫어보고 있었고, 료마도 가쓰의 태도로 미루어 그것을 알 수 있어, 아무 말을 하지 않았다.

그 전날 밤, 가쓰가 쓴 일기에는 이렇게 씌어져 있다.

"교토에서는 이달 5일, 부랑자에 대한 살육 사건이 있었다. 미부 낭사들, 흥분한 나머지 무고한 자를 죽여, 도사 번사, 그리고 또 나의 학교 학생 모치스키 등이 그 재난을 만나다. 조슈 번도 역시 그랬다. 그래서 분격하여 상경, 칠경(七卿)을 복직시키고, 요시노부 공은 나카가와 친왕(中川親王)을 폐하고 양이를 관철시키려고 하여……"

막신들은 모두들 이케다야의 변에 쾌재를 불렀으나 가쓰만은 불쾌해 했다.

일기 속의 "무고한 자를 죽여"라는 한 구절에 가쓰의 분노가 나타나 있었다. 서로 죽여 무엇이 되겠느냐는 것이었다.

가쓰는 이웃의 대청제국(大淸帝國)이 왜 외국에 침략당하고 있는가를 알고 있었다. 모두 국내의 체제가 무르고, 관인당(官人堂)을 결성하여 당리만을 생각하고 국가를 생각하지 않기 때문이라고 역설해 왔다.

도쿠가와 막부 등은 단순한 정부에 지나지 않으며, 그것을 국가라고 생각하는 것은 어리석은 자라는 증거다, 라고 만일 공언할 수 있다면 그렇게 공언할 사내이다.

막부파는 당이다. 그 당리를 취하여 상대편을 죽이고 좋아하고 있다.

"바보가 국가를 망친다"라고, 가쓰는 자기가 막신이나 군함 감독관이 아니라면 외쳤으리라.

가쓰는 조슈에도 호감을 품고 있지 않았다. 조슈는 전후 분별없는 양이론을 내세워 온갖 횡포를 다하고 있다. 이것 역시 당이다.

그러나 가쓰의 견해는 유약하고 아무런 국가의식도 없는 직속 무사 8만 기보다도 고군 결사의 양이 지사 쪽에 그래도 호의를 품고 있었다. 그들은 막신(幕臣)들보다도 순수하고 열정적으로 국가를 생각하고 있다.

"어리석은 얘기야."

가쓰는 대통으로 재떨이를 두드려 담뱃재를 털었다.

"그런데 뭣 하러 왔나?"

"군함은 없습니까?"

"군함 말인가?"

가쓰는 웃었다. 눈앞에 있는 이 사랑스러운 막부 타도론자는, 이케다야의 변에 대해 분개한 나머지 막부에서 군함을 빌려 막부를 쓰러뜨리려고 하지 않는가. 가쓰는 웃으면서 말했다.

"군함은 뭣하려고?"

"타려는 거지요."

료마는 무뚝뚝하게 대답했다. 이렇게 된 이상 하루라도 빨리 교토의 흙을 밟고 싶다. 수천, 수만의 조슈군이 도사인 낭사대와 함께 교토로 밀어닥치려 하고 있다.

아니, 어제나 오늘 이미 싸움이 시작되고 있는지도 모른다. 에도에서의 홋카이도 개척 계획이 실패한 이상, 이제 이곳에 머물러 있을 이유가 없다.

"말하자면 오사카로 갈 배편이 아쉽습니다"라는 것인데, 료마의 표정은 그런 것이 아니었다. 군함을 몰고 가서 조슈군과 합류, 교토의 막부군과 아이즈군에게 공격을 가할 듯한 기색이다.

"나도 간다."

가쓰는 말했다. 그의 교토행은 공무 때문이다. 막부는 그에게 분고(豊後) 히메지마(姬島)에 가도록 명령을 내리고 있다.

예의 4개국 함대가 그대로 조슈 번의 시모노세키 연안을 포격할 것 같은 모양이므로, 막부는 외국과의 교섭에 능한 가쓰를 파견하여 그들을 달래려고 했다.

"지금 가가 번의 번선이 시나가와 바다에 닻을 내리고 있어. 그 배에 편승할 수 있도록 교섭 중이므로 동승하는 것이 좋을 거야."

"언제 출범합니까?"

"모르겠어. 아무튼 가가 번은 이제 막 서양식 배를 소유하게 되어서 움직이는 법도 잘 모르거든. 그래서 그쪽에서는 내가 가르친 쓰키지의 해군 연습소의 무리들이 타 주기를 희망하는 모양인데, 쓰키지는 쓰키지대로 각 번을 가르치러 다니기에도 손이 모자라, 이런저런 사정으로 가가 번선(藩船)은 시나가와에서 주저앉아 버렸지."

각 번에서는 군함, 기선, 범선(帆船)을 외국으로부터 사들이기에 열심이었다.

그런데 사들이긴 해도 자기 번의 힘으로는 움직일 수가 없다. 어느 번에도 옛날부터 어선 감독(御船監督), 어선 관리관이라는 세습적인 관리가 있지만 일본 배를 다룰 능력밖에는 없어 그 방면의 기술자 부족으로 애를 먹고 있다.

"가가 1백만 석이라고 하더라도 기선 한 척 움직일 수 없는 것이 일본의 현실이다. 조슈 번만 하더라도 마찬가지지. 군함 한 척 다루지 못하는 인간이 양이, 양이, 부르짖으며 뛰어다녀 보았자 아무 일도 할 수가 없어."

가쓰의 의론은 끝내 그곳으로 쏠린다.

"안 그런가. 천하에 지사라는 자가 횡행하고 있다. 교토에는 그 두목급들이 모여 있다. 그들은 양이를 외치면서 혀가 닳도록 떠들어 대지만, 그 속에서 양이를 위해서 군함을 움직이고 대포를 쏠 수 있는 것은 료마, 자네 말고는 한 사람도 없어."

"이거, 몸 둘 바를 모르겠습니다."

"아니, 자네를 칭찬하고 있는 것이 아냐. 자네를 가르친 나 자신을 자화자찬하고 있는 것이지. 부탁하네, 료마."

"무엇을 말입니까?"

"무엇이라니, 나라의 일이지. 나는 막부의 관리다. 자네같이 자유스런 처지가 아니야. 서재에서나 으르렁대고 있을 뿐이야. 내가 고맙게 여겨지거든 내가 달아 준 그 등의 날개로 힘껏 하늘을 날라구."

그날 저녁 가쓰가 보낸 사자가 와서 내일 오후 가가 번의 번선에 타라고 전했다.

"정말 눈코 뜰 새 없군."

지바 댁의 젊은 선생 주타로는 못마땅해 했다.

"료마, 이제 떠나나?"

"응"

료마는 방으로 돌아와서 여장을 챙기기 시작했다. 사나코가 와서 갈아입을 속옷 등을 개면서 혼잣말을 했다.

"나, 배웅할까 봐요."

"아니, 시나가와 선창까지 말이냐?"

주타로는 벌써 몸을 일으켰다. 이 젊은 선생은 생각하고 있기보다는 수족을 움직이는 편이 빠르다.

"나도 가겠어."

"오라버니도?"

사나코는 어이없는 표정을 지었다.

"왜? 너에게 방해가 되나?"

"아뇨, 나는 배웅하겠다고는 말하지 않았어요."

"지금 다 들었어."

"그것은 혼잣말이에요."

"그래? 내 귀가 너무 밝은 모양이로구나. 그러나 모처럼 생각이 난 김이니 자아, 문하생들을 모두 불러 여럿이서 배웅하자."

다음날 아침, 캄캄할 때 료마는 지바 댁을 떠났다. 배웅하는 것은 주타로, 사나코, 그리고 인슈 번사인 사나다 다이고로(眞田大五郎)라는 사범, 그 외에 문하생이 대여섯 사람.

모두 초롱을 들고 있다.

시나가와에 닿은 것은 한낮 전이었다.

바다를 보니 과연 가가 번의 선기(船旗)를 단 배가 연신 검은 연기를 내뿜고 있었다.

'뭐야, 돛배인 줄 알았더니 증기 기관이 붙어 있구나.'

배는 시운전을 하고 있는 듯, 은은히 항내에 파도를 일으키며 천천히 움직이고 있었다. 그 거동을 보고 있으려니 먼발치에서도 위태위태해 보였다.

'이상한 배로구나.'

그렇게 생각하며 가쓰가 오기를 기다리기 위해 선창 어구에 있는 찻집으로 들어갔다.

료마는 구석에 있는 의자에 앉았다. 주타로와 다이고로가 그 앞뒤로 앉았고, 사나코는 옆에 앉았다.

에도를 떠난 뒤 사나코는 걱정이 될 정도로 말이 없어지고 말았다.

이 찻집에서도 한쪽 옆에 앉아 있으면서 가끔 뜨거운 눈길로 료마를 보긴 했지만 말은 하지 않았다.

가쓰의 일행이 찻집 앞을 지나갔다.

료마도 그것을 뻔히 보았으면서도 일어서지 않고, 찻잔을 든 채 의젓이 앉아 있다.

"왜 그러나?"

주타로가 근심스러운 듯 물었다.

"생각하고 있네."

싱긋 웃고 사나코를 보았다.

"사나코님에게 마지막으로 하고 싶은 말이 왜 그런지 잘 떠오르지 않는데."

료마는 끝내 그의 생애를 통해 다시는 에도의 흙을 밟지 못했다.

그날로 승선했다.

그러나 가가 번선은 그대로 출항하지 않고 다음날 새벽이 되어서야 겨우 시나가와 바다를 떠났다.

"움직이기 시작한 모양이군요."

료마는 가쓰의 방으로 찾아와 이렇게 말했다. 가쓰는 선창을 보았다.

"정말 움직이고 있구나."

밖은 캄캄했다.

로쿠고 강(六鄕川) 어구의 불빛이 보일 때 날이 샜다.

배는 돛으로 바꾼 뒤, 충실한 연안 항법에 의해서 천천히 남하하고 있다. 타고 있는 가가 번사들은 열심히 배를 다루고 있는 모양이었지만 사관도, 수부나 화부들도 익숙지 못해 누가 보아도 위태롭게 보였다. 여담이지만 복장은 그 당시 일반적인 제복이 있는 것이 아니고, 사관들은 자기 비용으로 만든 통소매옷과 하카마 차림, 수부들은 주물 직공(鑄物職工) 같은 모습을 하고 있었다. 양장을 하게 된 것은 게이오(慶應) 3년에 에노모토 다케아키(榎本武揚)가 네덜란드 유학을 마치고 귀국한 뒤의 일이다.

"좀 무리였을까?"

가쓰는 미간을 찌푸리고 말했다. 왜냐하면 막부의 해군측이 손이 모자라서 조선(操船)을 돕게 할 수가 없었기 때문이다. 배는 미숙한 가가 번사의 손으로 움직이고 있다.

요코하마 앞바다를 지나 혼모쿠 곶(本牧岬)을 돌았을 때 풍향이 바뀌었다. 곧 돛을 조작하지 않으면 안 되었는데, 잘되지 않아 어물어물하고 있는 동안에 배가 일 마장 가량 바람에 밀려가기도 하고 옆으로 기울기도 했다.

그때마다 사관이 가쓰의 방으로 뛰어 들어와 조치에 대해서 물었다.

가쓰도 웃음을 터뜨리고 말았다. 한 나라의 해군 국장이라는 군함 감독관이 돛을 내리고 올리는 것까지 일일이 지시하지 않으면 안 된다는 것은 우스꽝스러운 일이었다.

"할 수 없지. 이것도 뱃삯 중의 하나란 말인가."

가쓰는 일일이 지시를 내렸다. 나중에는 귀찮아져서 고문의 역할을 료마에게 맡겨 버렸다.

"사카모토 료마라는 자가 승선하고 있다. 나의 문하생이니까, 그자에게 물어 보게."

가가 번사들은 배 안을 구석구석까지 뒤지며 료마를 찾았으나 눈에 띄지 않았다.

겨우, 굴뚝 옆의 보트 속에서 자고 있는 거한을 발견했다.

"귀하가 사카모토씨입니까?"

신분이 상당해 보이는 선원 무사가 예의 바르게 물었다.

"그렇습니다."

료마는 일어섰다.

지시를 좀 해달라는 것이었다.

선뜻 응낙하고 선교(船橋)로 가서 이것저것 지시를 했는데, 항해법은 알아도 기관 쪽은 영 골칫거리였다.

그러면서도 배 밑으로 내려가서 증기를 맡고 있는 사람이나 화부들을 지도했다.

그날은 잘 넘어갔다.

그 다음날 료마가 기관의 조작을 하고 있는 동안에 어찌된 까닭인지 기관 소리가 이상해지고, 달그락달그락 이상 진동을 일으켰는가 싶더니 증기가 무서운 기세로 새기 시작했다.

"묘한 일을 했군. 터져 버렸어."

료마는 안색 하나 바꾸지 않고 가가 번사에게 말하고 곧 다음과 같이 명령했다──돛을 이용하여 시모다 항까지 간다. 그런 각오를 하라고.

료마는 가가 번이 막 사들인 배를 망가뜨리고 말았다.

료마가 배를 망가뜨렸다고 하여 가쓰는 놀라서 배 밑으로 내려가 보았다.

기관실로 들어가자 가가 번사 열 명쯤이 망연히 기관 주위에 서 있었다.

료마가 없다.

그런데 살펴보니 훈도시 하나만 차고 기관 밑으로 기어들어가 있었다.

기어들어 간다고 해서 고칠 수 있을 리가 없다.

파손된 부분은 실린더(汽筒)였다. 외각이 터져 버려 용접이라도 하지 않는 한 어쩔 수가 없다. 그런데도 료마는 기관 아래를 쇠망치로 쾅쾅 때려, 그야말로 수선 진행 중이라는 듯한 소리를 내고 있다.

"좋은 소리로군."

가쓰는 속으로 웃음이 터지려는 것을 참았다. 료마가 핑계 삼아 연기를 하고 있다는 것을 알았던 것이다.

"가쓰 선생님, 고쳐질까요?"

가가 번의 선장이 파랗게 질려서 물었다.

"글쎄."

가쓰는 난처한 듯 고개를 갸웃거렸다.

"귀번의 운이 좋으면 고쳐지겠지요."

스스로도 엉터리 의사의 말과 비슷하다고 생각했다.

사관들로서는 큰 야단이었다. 이 배는 가가 번이 고심참담 끝에 겨우 손에 넣은 단 한 척의 서양 배인 것이다.

번의 보물이라고 해도 좋았다.

가쓰는 자기 방으로 돌아왔다.

료마는 세 시간 가량 기관 밑을 두드린 끝에 기어 올라와서 네 발로 긴 자세 그대로 고개를 갸웃거렸다.

"묘하군."

"어떻게 됐습니까? 사카모토 선생."

"터졌군요."

"옛?"

"어쩔 수가 없어. 예를 들자면 테두리가 헐거워진 물통과 같소."

"그러나 귀하께서······"

터뜨린 것이 아니냐고 가가 번사가 추궁하려고 했을 때, 땀과 그을음으로 범벅이 된 료마가 여럿 앞에서 천천히 훈도시를 벗기 시작했다.

앗, 하고 기세가 꺾여 버렸다.

그 훈도시를 뭉쳐 쥐고 온몸의 그을음을 씻기 시작했다.

모두 침묵했다.

"각자 자기 부서에 임하시오!"

료마는 외쳤다. 이렇게 되면 풍력 범주(風力帆走)로, 가장 가까운 항구인 시모다로 들어갈 도리밖에는 없다.

이윽고 시모다 항으로 들어갔다.

가쓰는 시모다 행정청에서 에도의 해군소로 파발을 보내, 가가 번의 배를 위해 수리의 편의를 꾀해 주도록 명령하고, 료마와 둘이서 시내에서 일박했다.

"자네도 사람이 짓궂군. 그러나 가가 번도 가가 번이야. 망치 한 개로 증기선이 움직인다고 생각하는 모양이지."

과연 1백만 석의 큰 번이다, 하고 가쓰는 비웃고 있는 것이다. 사풍(士風)도 어딘가 유장하고 품위가 있다.

"성질이 거친 가난뱅이 번 같으면, 자네, 그 자리에서 결투가 벌어졌을 거야."

가쓰와 료마는 그 다음날 마침 입항해 온 막부의 배 쇼가쿠마루를 타고 서쪽으로 사라졌다.

료마는 고베 해군학교로 되돌아왔다.

학교 안이 소연하다.

"조슈 번의 군진에 참가하겠다"는 자가 많은 것이다. 이미 료마가 없는 동안에 학교에서 빠져나가 교토를 포위중인 조슈군에 몸을 던진 자도 있었다.

물론 예에 따라 도사 사람이 많았다. 그리고 조슈 낭사군 속에 대표자가 두 사람 있었다.

한 사람은 구루메 사람 마키 이즈미이고 다른 한 사람은 도사 사람 나카오카 신타로다. 같은 고향 사람인 나카오카를 믿고 그들은 달려간 것이리라.

학교 내의 동요는 료마가 돌아오자마자 가라앉아 버렸다.

별로 이렇다 저렇다 말은 없었지만 수령이 없어서 공연히 불안했던 것이리라. 부장격인 무쓰 요노스케도, 비록 그가 뒷날 무쓰 무네미쓰(宗光)라는 이름으로 일본 외교 사상 불세출의 외무대신이 되기는 하지만 이때는 나이가 너무 젊었다.

더구나 무쓰는 따지기를 너무 좋아해서 그 때문에 사람들이 따르지 않았다.

그 반면 무쓰는 료마의 비서관으로서, 그처럼 도움이 된 사내도 없었다.

료마가 없는 동안에 학교 내의 움직임이나 교토, 오사카의 정세를 능란하게 설명하고 이해시켰다. 그 점에선 료마가 쭉 고베에 있었다고 하더라도 그처럼 정세를 정리하고 이해할 수 있었을는지 의문이다.

"자네는 면도날 같은 머리를 가지고 있구나."

료마는 항상 감탄했다.

더구나 무쓰는 정보 수집을 위해서 도베의 기술과 재능을 가혹할 만큼 부려먹고 있다. 도베도 몸의 위험을 돌보지 않고 교토에 잠입하거나 하여 무척 활약한 모양이다.

"도베, 수고 많았다."

료마가 진심으로 위로해 주자 도베는 멋쩍은 듯 온 얼굴을 일그러뜨렸다.

"나도 말입죠, 나리, 근왕 지사의 말단은 되니까요."

도베는 가슴을 쭉 펴며 말했다. 이 사내는 료마와 붙어 다니는 동안, 목숨을 아끼지 않는 지사들을 헤아릴 수 없을 만큼 만났다. 그 목숨을 아끼지 않는 데에 감동하여 점점 그 경향에 물들어 가고 있었다. 그 위에 료마는 항상 도베에게 말했다.

"지금 나라를 걱정하여 생명을 버리고 분투하고 있는 자들의 약 9할은, 대대로 옷을 따뜻이 입고 배불리 먹어 온 권문귀족의 아들이 아니다. 무사라고 하더라도 잡병이나 다름없는 신분의 자든가, 아니면 서민, 농부 출신들이다. 도베, 뜻만 있으면 전신이 뭐든 상관이 없다."

또, 이런 말도 했다.

"지사라는 것은 이미 그 칭호를 들을 때 생명은 없는 것이라고 생각하는 자들이다."

도베는 이런 자들에게 도움이 되는 것이 기뻐서 뛰어다니고 있다.

요컨대 교토에는 전운(戰雲)이 감돌고 있다.

후시미, 사가 등에 포진하고 있는 조슈군은 매일 밤 어마어마한 화톳불을 교토 서쪽과 남쪽 들에 피우고, 이미 총에 탄환을 재거나 창날 씌우개를 벗기고 칼집을 늦추어, 명령 한 마디만 떨어지면 교토로 난입할 기색을 보이고 있었다.

료마는 고베에서 형세를 관망하고 있다.

필자는 여기서 잠시 교토의 조슈군 쪽으로 눈길을 돌리고 싶다.

과연 교토로 난입할 것인가.

이것에 천하의 이목은 집중되고 있었다.

참, 필자가 잊고 있었다. 료마는 가쓰의 양해를 받아 고베 학교에 조슈 무사를 한 사람 숨겨 주고 있었다. 첩자였던 모양이다.

다케다 요지로(竹田庸二郎)라고 했다. 가쓰는 그 조슈 번사와 학교 안에서 은밀히 만나 말했다.

"조슈 영주를 뵙거든 아뢰시오. 교토에 머물러 기세를 올리고 있는 귀번의 무리들이 만약 교토에 난입하더라도, 그것은 절대로 깊은 생각이 있기 때문이 아니라 일시적인 울분을 풀기 위한 것일 뿐, 생각이 깊은 조슈 영주의 의사는 아닐 것이다──고 가쓰가 말하고 있더라고."

막신의 자리에 있는 가쓰가, 조슈 번에 베푼 최대한의 호의였으리라.

교토에 몰려간 조슈군의 사실상의 참모장은 구루메스이텐 궁(水天宮)의 신관직을 지낸 적이 있는 낭인 지사단 중의 총수 마키 이즈미였다.

인물, 두뇌, 모두가 과격 양이파 중에서 최고봉이라고 할 수 있는 사내다. 52살.

그 마키가 이렇게 되기 전에 은밀히 가쓰 가이슈를 고베 학교로 찾아 온 일이 있었다. 료마가 교토로 가고 없을 때였다.

마키는 자타가 공인하는 막부 타도파의 명사로서 그의 사상은 천하에 널리 알려졌다. 그 마키가 자신의 적이나 다름없는 막신 가쓰의 토론을 듣기 위해 일부러 찾아왔다는 것만으로도, 가쓰라는 사내의 이상한 매력을 알 수 있을 것이다.

그 가쓰가 마키를 위해 세계정세를 설명하고 세계 속의 일본의 위치를 부각시켜, 맨손으로 이기려는 양이론이 얼마나 어리석은가를 설파했다.

마키도 그 무렵에는 자기의 양이 사상에 의문을 품고 있었던 모양이다.

그것이, 가쓰의 말로써 명백해졌다.

"내 연래(年來)의 뜻이 잘못이었다——"

마키는 이렇게 생각했을 것이다.

그러나 마키의 등 뒤에는 그를 총수로 받들어 온 결사의 양이 낭사가 있고, 또한 그를 스승처럼 우러러보고 있는 조슈 번주와 조슈 번사가 있다.

이제 새삼 "길은 다른 곳에 있다"고 할 수는 없다.

기세다. 사람의 운명도 기세에 좌우되고 한 나라의 운명도 기세에 좌우된다.

"옛날부터 지사란 도량과 식견이 좁다"고 가쓰는 거침없이 말했다. 지사의 자격은 그 격렬한 기개, 절개와 행동력이다. 이 두 가지는 광신적인 좁은 사상에서 우러난다는 의미다. 가쓰는 다시 설파하여 "만약 오늘날, 양이파를 기선에 태워 멀리 외국 구경을 시킨다면 저절로 의견이 달라지리라"고 말했다.

"나라는 도량이 좁은 지사의 손으로는 구할 수 없다. 오히려 나라를 조각 낸다."

이렇게도 말했다.

"참으로 옳은 말씀이오."

마키는 넋을 잃고 말했다.

——그러나 이미 일은 이 지경까지 이르렀다. 기호(騎虎)의 기세, 어찌해 볼 도리가 없다. 나는 끝내 갈 수 있는 곳까지 가지 않으면 안 된다. 그 '갈 수 있는 곳까지 간' 상태가 지금 교토에서 팽팽하게 전기(戰機)를 품고 있다.

덴노 산은 교토와 오사카를 잇는 요도 강을 따라 웅크리고 있다.

표고 2백7십 미터에 불과한 조그만 산이지만, 역사적으로 이처럼 이름 높은 산도 없다. 멀리 덴쇼 10년의 그 옛날, 아케치 미쓰히데(明智光秀)와 도요토미 히데요시(豊臣秀吉)가 이 전술적인 고지의 쟁탈전을 벌이다가 끝내 히데요시가 제압, 야마시로 야마사키 대전을 승리로 이끈 것으로 유명하다.

그 덴노 산에 조슈군의 본영 하나가 있다.

낮에는 싱싱한 잎이 반짝거리지만 요도 강둑에 어둠이 깔리면 덴노 산은 한 무더기의 불꽃이 되어 하늘을 태울 것만 같다.

산마루에서 큰 화톳불을 피우고 있다.

조슈 사람들의 수단이다. 교토의 조정 각 번들을 화세(火勢)로 누르려는 것이다.

한편 막부의 교토 부근 근거지인 오사카 성에서도 북쪽으로 저녁놀이 발갛게 물들어 있는 것이 보였다.

산이 타고 있다. 막부 말기의 긴장이 끝내 불이 되어 천지를 시뻘겋게 물들이기 시작한 것만 같았다.

교토는 어수선하다.

그것이 훌렁 뒤집혀질 것 같은 큰 소동으로 변한 것은 기지마 마다베의 이동이었다.

이동하게 된 까닭은,

후시미의 조슈군 본영에는 총수격인 중신 후쿠하라 에치고가 있다.

사가 덴류 사에도 본영이 있다. 덴류 사의 본영에는 지휘관이 없다.

후쿠하라는 덴류 사 진지의 사령관으로서 기지마 마다베를 파견한 것이다.

이동하려면 교토 시중을 통과해야만 한다.

"시중이 소동을 일으키지 않도록 밤중에 덴류 사로 이동하면 어떨까?"

"조슈 사람이 좀도둑처럼 밤길을 걸을 수야 있는가. 대낮에 무장하여 당당하게 통과하겠다."

그들은 머리에 높은 모자를 쓰고, 금빛 찬연한 갑옷을 몸에 두르고 전복을 입었다. 그리고 흰 바탕에 얼룩점 있는 말을 타고 각 군사들을 부서에 배치했다.

이끌고 가는 부대는 화승(火繩) 장비의 유격군, 그리고 장창, 장검 장비의 역사대(力士隊)다.

마다베는 금빛 지휘 채찍을 휘두르면서 후시미의 거리를 출발, 다케다 가도를 진군하여 가쓰라 강의 동쪽 기슭을 따라 행군했다.

도중, 시내의 거리거리에서 가끔 군을 정지시키고 행진 구령을 외치게 하며 진군했다.

"에이, 에이, 오우!"

교토 시중에서는 전쟁이 시작된 줄 알고 짐수레에 가재를 싣고 피난 가는 사람도 있었다.

마다베는 덴류 사로 들어가자, 대방장(大方丈)을 본진으로 정하고 법당 여섯 군데를 숙진(宿陣)으로 삼고, 다시 아라시 계곡 쪽으로 면한 아라시 산의 여관 세 채와 호류 사를 징발하여 하진(下陣)으로 삼았다.

이 마다베의 이동 소식이 교토 시내에 과장되게 퍼졌다. 아이즈의 수호직 가다모리는 병중임에도 뛰어 일어나 갑주를 입고 궁궐로 급행하기 위해 저택을 나섰는데, 이때 그는 전쟁에 이긴다는 밤과 다시마를 먹는 등 출진 때와 같은 의식을 올렸다.

교토 시중은 무장한 아이즈군, 구와나군 등 막부파의 각 번 군사들로 야단법석이었다.

"큰길이란 길마다 군사가 없는 곳이 없었다."

당시의 공경 일기에 씌어 있다.

교토에 한 사람의 인물이 있다.

뒷날 료마와 서로 사귀게 된 사쓰마 번사 사이고 다카모리였다.

사이고는 시마쓰 히사미쓰에게 미움을 받아 가끔 그의 분노를 사서, 두 번씩이나 섬으로 귀양을 갔다.

이 조슈 소동 때에는 두 번째의 유배지인 사쓰마령 오키노에라부 섬(沖永良部島)으로부터 소환되어 막 교토로 올라와, 교토 주재의 중신 고마쓰 다데와키(小松帶刀)를 도와 복잡한 교토 정세 속에서 사쓰마 번의 키잡이 역할을 하고 있었다.

여담이지만 필자는 여기까지 썼을 때 문득 막부 말기 일본에 영국 공사 관원으로 주재하여 눈부신 활약을 한 어네스트 사토라는 영국 청년의 일이 생각났다.

사토는 영국 외무성의 통역관으로서 현지 공부를 하기 위해, 조슈 소동이 있기 2년 전인 분큐 2년에 요코하마로 와 있었다.

얼마 안 되어 회화를 하고, 읽고 쓰기까지 할 수 있게 됐다. 호기심에 찬 명랑한 청년으로, 통역관으로 막부의 고관이나 각 번사들과 교제하는 동안 격동하는 일본에 무척 흥미를 느껴, 영국 공사 관원이라는 신분을 떠나 일본의 친근한 벗이 되려고 한 젊은이다.

갓 스물두 살인 그는 지난해 그믐께 공용으로 영국 공사와 함께 효고 항(兵庫港)까지 온 배 안에서 며칠 묵고 있었다. 따라서 효고 항이라면 배 위에 있는 사토의 눈에도 멀리 물위에 료마 등 해군학교가 있는 이쿠다의 숲이 보였을 것이다.

항내에는 일본 기선 일곱 척이 있었다.

그 가운데 사쓰마 번의 번기를 올린 기선이 한 척 닻을 내리고 있었는데, 마침 그 사쓰마 번의 선장이 사토를 알고 있었기 때문에 배로 찾아 왔다. 물러갈 때 그 사쓰마 사람은 말했다.

"꼭 우리들의 배로 오십시오. 대접하겠소."

며칠 뒤 사토는 사쓰마 선을 방문하여 술, 달걀 등의 대접을 받았다.

사토는 변소로 갔다. 문득, 어떤 방 앞을 지나자니 문이 열려 있다.

한 거한이 침대에 누워 있었다. 한쪽 팔에 칼자국이 있었다. 변소로 안내하는 사쓰마인이 "시마쓰 사추"라고 속삭이고 사토를 연회석으로 재촉했다.

사토가 본 사이고는 복잡한 국내 정세에 대처하기 위해, 번의 여망을 짊어지고 오키노에라부 섬으로부터 소환당해 교토로 올라가는 도중이었다. 사쓰마 번에서는 왜 그런지 사이고에게 별명을 쓰게 하고 있었다.

사토는 그로부터 몇 달 뒤, 효고의 사쓰마 번 집회소를 찾아갔을 때 교토로부터 와 있던 사이고를 만났다. 이때 사토는 이미 사이고를 가리켜 '사쓰마 번에서 으뜸가는 지도적 인물'이라는 말을 쓰고 있다. 이 대면 때의 정경을 사토가 쓴 '막말 유신 회상기(幕末維新回想記)'에서 보자.

사토는 입을 열자마자, 예의 별명에 대한 일건을 사이고에게 물었다.

"내 질문을 받자 그는 뱃속으로부터 우러나는 큰 웃음소리를 냈다. 그런데 형식적인 인사가 끝나자 그 뒤가 난처해졌다. 멍청하게 얼빠진 듯한 표정으로 도통 얘기를 하지 않는 것이다. 그래도 그의 눈은 커다란 검은 다이아몬드처럼 빛났고, 말을 할 때의 미소 속엔 무엇이라고 말할 수 없는 정다움이 서려 있었다."

그 사이고가 교토 니시키고지(錦小路)의 사쓰마 번저에서 조슈군의 움직임, 궁정의 정세, 막부와 각 번의 움직임을 가만히 보고 있다.

되도록 번사를 움직여 정보를 모으고 직접 찾아가 만나야 할 요인은 모두 만나 그것을 판단의 자료로 삼았다.

드디어 사이고는 단호히 결정했다.

"조슈군을 쳐야 한다."

이렇게 결정한 뜻을 사이고는 증기선 편을 이용하여 본국으로 급보를 전했다. 본국의 히사미쓰의 측근에는 그의 동지이며 어릴 때의 벗인 오쿠보 도시미치가 있다. 사이고의 편지를 받고 기민하게 번의 외교 방침으로 만들어 군사가 필요하면 군사를 교토로 보내는 것이다. 말하자면 교토의 사이고는 투수(投手)고 본국의 오쿠보는 포수(捕手)였다.

그 편지가 남아 있다.

"조슈의 일은 될 수 있는 대로 참을 방침으로 있었지만, 그들은 폭위(暴威)로써 조정을 붕괴시키려 하고 있네. 이 지경에 이르러서는 더 이상 참고 있을 수 없는 형편일세. 당상관(堂上官)들께서도 태반이 조슈에 동정적인 듯이 여겨지네. 이 이상 참아 보았자, 반드시 우리 사쓰마 번은 조슈 때문에 허물어지고 말 것은 의심할 여지가 없네. 어차피 조명(朝命)을 받들어서 싸울 도리밖에는 없겠네."

여담이지만, 사이고는 이 시기에 있어 천하 국가의 일보다도 사쓰마 번의 이해에 입각하여 말을 하고 있는 점이 재미있다. 가쓰나 료마와의 차이다. 가쓰나 료마에게는 '일본'을 자각한 선각자의 면이 있지만, 사이고는 그 이상의 현실적인 정치가였다. 하기는 사쓰마 번의 이해관계에 관한 역할이 사이고의 직무이긴 했지만.

사이고는 이 편지에 그러한 결단을 내릴 때까지의 판단 자료를 한껏 열거하고 그 항목 하나하나마다 자세한 설명을 붙이고, 그 뒤에 쾌도(快刀)로 삼(麻)을 자르듯하는 비평, 판단을 내리고 있다. 이 사이고는 비평가로서도 당대 일류의 인물이었다는 것을 알 수가 있다.

다음에 그 편지에 중요한 말을 하고 있다. 조슈를 쓰러뜨린 뒤의 전망에 대해서다.

"어차피 대전이 벌어지네. 우리들은 그 싸움에서 막부를 도와 조슈를 꺾어 버리는 셈이지만 조슈를 꺾어 버린 뒤의 정세는 어찌 될 것인가? 막부는 다시금 옛날의 세력을 되찾아 가겠지. 그렇게 되면 난처하네. 그렇게 되지 않도록 사쓰마 번의 방침으로서는 '조슈 격퇴는 어디까지나 조위(朝威)를 확립시키기 위한 전쟁'이라는 주장을 관철시켜 가야만 하네. 먼 훗날에 가서도 그 점에 있어 유감스러운 일이 없도록 잘해 가지 않으면 안 되네."

요컨대 사쓰마 번을 중심으로 한 근왕주의의 수립이라는 것이었다. 일시적으로 막부와 손을 잡을망정, 언제까지나 잡고 있어서는 안 된다는 것이다.

조슈 사람은 관념주의.

사쓰마 사람은 현실주의.

이렇게 말하지만, 이러한 사쓰마 번의, 소위 영국을 연상하게 하는 현실적 외교 감각이 이 편지에 넘쳐흐르듯이 나타난다.

사쓰마인도 역시 일본인임에는 틀림이 없다. 그들은 사이고뿐만 아니라 모두가 일본인이 아닌 듯이 외교 감각에 뛰어났다. 말하자면 전국시대 이래 전해 내려온 시마쓰 집안 특유의 재주로서, 특히 막부 말기에 유감없이 발휘되었다.

관념적인 이론가가 많은 조슈인이 볼 때에는 사쓰마의 이러한 점이 간녕사지(奸佞邪智)로 보였으리라. 체질적인 차이라고 해도 좋을 것이다.

말하자면——

이 난은 조슈가 역적이 되느냐, 사쓰마가 역적이 되느냐 하는 갈림길이었다.

왜냐하면 고메이 천황은, 그 진의야 어떻든 간에 중대한 변절을 했다. 지난해 8월 18일 조슈 번 몰락까지에 남발된 말들은 광신적인 양이주의 사상에 의한 것으로서 '외국을 치라'는 용감한 것이었다. 그것이 칙어(勅語)의 대외적 태도였다. 대내적 태도로서는 "막부가 짐으로부터 무권을 위임받고 있으면서도, 외국을 치라고 하는데 도무지 치지 않는다. 짐은 그것이 못마땅하다"라는 것으로서 이미 막부를 부정하는 살기를 품고 있었다.

물론 이런 칙어 작성의 이면에는 모두 조슈 번과 조슈계 공경의 책동이 있었으며, 요컨대 그들이 천황으로 하여금 그런 말을 하게끔 만들었다고 보아도 좋다.

그런데 지난해 8월 18일의 정변 이래, 궁정의 배후 세력으로서 사쓰마 번이 일어나, 계속 내려지는 조칙(詔勅)은 거의 사쓰마 색으로 뒤바뀌어졌다.

사쓰마 번은 점진주의(漸進主義)를 갖고 있었으며 현실적이고 온건하다.

대막부 문제에 있어서도 속으로는 막부를 비웃으면서도 '공무 합체주의(公武合體主義)'를 취했다. 공은 조정, 무는 막부. 양자가 사이좋게 하자는 것이다.

이것은 막부에게는 도움이 되었으나 반막주의 조정 중심주의인 조슈 번에는 분명히 적대 행위가 되었다.

사쓰마는 막부를 도왔다.

고메이 천황은 그러한 사쓰마를 좋아했다. 얄궂은 일이다. 조정과 천황에 대한 충성으로 필사적이 된 조슈를 천황은 싫어하였다.

옛날부터 무가와 조정과의 관계는 미나모토 요리토모(源賴朝) 이래로 남성과 여성의 관계다. 양쪽의 심리도 그대로였다. 천황은 사랑으로 미쳐 죽을 것 같이 된 조슈라는 남자의 깊은 정을 못마땅하게 생각할 뿐만 아니라, 미워하기 시작한 것이리라.

그보다도 사정을 잘 아는 사쓰마 신사(紳士)에게 호의를 가졌다고 보아도 좋다.

교토 교외에 포진하고 천황을 연모한 나머지 광란 상태에 빠져 버린 옛 연인은 열심히 조정에 작용을 가해 '복연(復緣)'을 강요했다.

"지난해, 8월 18일까지의 칙어는 거짓인가. 거짓은 아니리라. 아무쪼록 그때의 상태로 돌려주기 바란다."

이러한 복연 운동에 놀란 것은 사쓰마 번이다. 만일 조슈가 성공하면 8월 18일 이후의 칙어의 배경이 된 자기 번이 몰락하고 역적이 돼 버린다. 사이고의 활약은 이러한 사정에 의한 것이었다.

사이고 등 사쓰마 번의 외교관은 조정에 손을 뻗쳐 중대한 결정을 천황의 친필로 받아 냈다.

"지난해 8월 18일의 것은 간파쿠(關白) 이하의 교칙(矯勅)이 아니라 짐의 의사에서 나온 것이다."

덧붙여

"조슈인이 입경한 것은 좋지 못하다. 이 점에 대해서도 모두들 의혹을 품지 말도록 하라"는 것이었다.

사이고는 이것에 의해서 정치적 명분을 얻어 친조슈파 여러 번에 대한 공작을 폈다.

사이고는 친 사쓰마파의 정신(廷臣)인 나카가와노미야와 고노에(近衛) 전 간파쿠에게 매일 인사를 다녔다. 사이고 입장에서는 칙명으로서 '조슈 토벌령'을 내려 주었으면 싶었다. 물론 이때 사쓰마와 한 통속인 막부파 아이즈 번도 열심히 궁정 공작을 했다.

그런데 교토를 포위중인 조슈군도 이러한 공작을 멍청히 보고만 있었던 것은 아니다.

언론보다도 공갈로 나왔다. 친 조슈파 공경의 입을 빌어 연방 유언을 퍼뜨렸다.

"자객을 보내 나카가와노미야와 고노에 전 간파쿠를 죽인다"는 것이다.

이 유언에 나카가와노미야나 고노에 전 간파쿠는 겁을 내어, 사이고의 이야기를 이해하면서도 좀처럼 '조슈 토벌령'을 내리려 하지 않았다.

사이고는 오쿠보에게 보내는 편지에 불만을 털어놓고 있다.

"조슈 편을 드는 당상관이 나카가와노미야 및 고노에공을 암살한다는 설을 퍼뜨려, 예의 공포증이 일어나, 여러 가지로 건의를 했으나 조슈 토벌의 결정이 이루어지지 않아 분하기 짝이 없네. 어찌 해 볼 도리가 없어 피눈물을 삼키고 있네."

사이고는 끝내 참을 도리가 없어, 조슈에 반감을 품고 있는 열한 개 번의 중신, 번저 수비관 등을 산본기(三本木)의 '세이키루(淸輝樓)'에 모아 여론을 조성하려고 했다.

사이고는 눈을 부릅뜨고 말했다.

"만약 귀번 등이 조슈 토벌에 반대하신다면 사쓰마 단독으로 하겠소. 토벌령이 이렇게 지연되니 정말 피눈물을 삼킬 지경이오."

이 격렬한 연설은 당시 '사이고의 혈루회의(血淚會議)'라고 하여 여러 번에 알려졌다.

이 회의의 결과, 도사 번과 이요(伊豫) 우와지마 번(宇和島藩)만이 사이고에게 동조하여, 세 번이 합동으로 "지금 조슈를 치지 않으면 후환은 백년의 한이 됩니다"라는 격렬한 문구를 써서 상주했다. 이때가 겐지 원년 7월 17일이었다. 이 세 번 합동의 상주가 조정과 막부를 조슈 정벌로 내딛게 만든 기폭제(起爆劑)가 되었다.

——한편, 교토를 포위중인 조슈군은 "진정이 끝내 이루어지지 않는다"고 보았다. 어쩌면 19일에는 조슈 토벌령이 내릴 것이 틀림없는 사실로 보았다.

그래서 사이고가 혈루회의를 열고 있는 17일 같은 시각에 총사령관인 중신 후쿠하라 에치고는 각 진지에 퍼져 있는 지휘관들을 오도코 산(男山) 하치만 궁의 사무소(社務所)로 모았다.

모여든 주요 지휘관들은

후시미 진지——후쿠하라 에치고, 다케노우치 쇼베, 사쿠마 사헤에(佐久間佐兵衛).

사가 덴류 사 진지——기지마 마다베, 고다마 쇼민부(兒玉小民部), 나카무라 구로(中村九郎), 오타 이치노신(太田市之進).

야마사키 덴노 산 진지——구사카 겐스이, 마키 이즈미, 데라지마 주사부로, 시시도 사마노스케, 사사키 오도야(佐佐木男也).

총세 20여 명.

"어떻게 하겠는가?"

의장격인 후쿠하라 에치고가 물었다.

"일단 오사카까지 철병하자"라는 자중론이 많았다. 조정의 명령이 내렸는데 전투를 하면 역적이 된다. 오명을 영원히 남기게 되리라는 것이 자중론의 근거였다.

방안이 물들 정도로 녹음이 짙었다. 좌중이 조용해지자, 매미 소리가 온 집안에 가득 찼다.

자중론은 젊은 자들에게 많다. 불덩이라고 불리는 구사카 겐스이조차 그렇다.

그러나 그러한 분위기 속에서 기지마 마다베가 혼자 노호했다.

"토벌령이 무엇인가! 사태가 여기까지 온 이상 그런 것이 나타나리라고는 본래 각오하고 있었다. 제군은 역적이 되는 것을 두려워하는가? 학문을 너무 파고 든 증거다. 고래로 승리한 측이 패한 측을 역적으로 만든다. 일본의 습관이다. 그처럼 역적이 되는 것이 두려우면 명령이 내리기 전에 선수를 써서 쳐들어가면 어떤가?"

"안 된다."

겐스이가 반대했다.

"조정에 대해 선수를 치는 것은 명분상 바람직한 일이 못된다. 첫째, 이제 와서는 막부나 사쓰마, 아이즈의 전비(戰備)가 다 갖추어져 버렸다. 우리들은 후비(後備 : 豫備隊)를 필요로 한다. 다행히 젊은 영주님께서 군사 2천을 이끌고, 머지않아 바닷길을 통해서 오사카에 도착하신다. 화전(和

戰) 어느 쪽을 택하든 간에 도착하기를 기다려서 하는 것이 좋으니까 지금은 일단 군사들을 거두어서 오사카로 철수하자.”

“닥쳐!”

기지마 노인이 말했다.

“기선(機先)을 잡으면 남을 제압할 수 있다. 선수를 치지 않고 어떻게 이 싸움을 이길 수 있는가. 교토에 있는 막부, 여러 번의 병력은 7만, 적게 잡아도 5만.”

마다베는 다시 말을 이었다.

“우리 쪽은 2천. 적은 오늘, 내일이라도 부서를 정하여 세 길로 나뉘어 공격해 온다. 그것을 한가하게 기다리고 있다가는 전멸을 당할 뿐. 구사카가 말한 후비대란 무엇인가! 기껏 군사 2, 3천이 아닌가. 새 발의 피와 다름 없어. 그런 것을 믿느니 차라리 번개같이 기습하는 편이 좋다. 제군, 어떤 가? 제군은 싸우지 않겠는가? 싸우기 싫으면 싸우지 않아도 좋아! 이 마 다베 혼자 싸우겠다. 진격하고, 기습하고, 아이즈 진영을 때려 부수고, 마 쓰다이라 가다모리의 목을 베어 가모 강변에 효수하겠다.”

눈물이 주르르 볼을 타고 흘렀다.

“그대들은 히가시 산에라도 올라가 이 마다베의 활약을 구경하라고. 알겠 는가, 구사카?”

“노인장, 그러나······”

“그러나고 개똥이고가 어딨어! 구사카, 그대는 의원 집에서 태어났어. 의 원 따위가 싸움에 대해 알 게 뭐야! 싸움이 무서운 놈은 이 자리에서 부 지런히 도망치라!”

그런 말을 해놓고, 마다베는 회의 도중에 일어나 덴류 사의 본영으로 철수 해 버렸다.

그 뒤, 더욱 갑론을박했으나 좌장격인 에치고가 사실상의 지도자인 구루 메 사람 마키 이즈미에게 의견을 구했다.

“별수 없소. 기지마님 주장에 동의할 수밖에 달리 취할 길은 없을 거요.”

침통하게 대답했다.

근왕가인 마키는 “교토로 쳐들어가는 형식은 아시카가 다카우지(足利尊 氏)와 비슷하다. 그러나 마음이 구스노키 마사시게(楠正成)라면 괜찮을 것 이다”고 그 주전론(主戰論)에 대의명분을 붙였기 때문에, 조슈인은 비로소 싸움으로 발을 디뎠다. 매사에 관념론을 좋아하는 번의 풍조인 것이다.

결국은——
천황 쟁탈전이다.

이 점, 장기와 다름이 없다. 장을 뺏은 쪽이 이기는 것이다.

천황은 조칙 기관에 불과하다. 이것을 뺏어 받들고 자기의 적을 역적으로 몰아 천하의 군사를 불러 이를 토벌하고 자기가 원하는 체제를 만든다.

사이고는 그런 본질을 잘 알고 있었다. 그는 격조 높은 이상가였지만 동시에 현실의 본질도 알고 있었다.

——자질구레한 이론보다도 우선 장을 잡아야 한다.

이런 전략을 실제로 배운 것은 그 뒤의 도막(倒幕) 활동 시기가 아니라 이 조슈 소동 때였다. 이런 점에서, 이 소동은 혁명가 사이고에게는 좋은 예행연습이 되었다.

"자질구레한 여론보다 우선 장을 잡아야 한다"라는 것을 조슈군 중에서도 가장 깊이 알고 있는 것은 얄궂게도 혁명가도 아무것도 아닌 한낱 무장인 기지마 마다베였다.

그렇기 때문에 그는 오히려 망설이는 젊은 혁명가 구사카, 데라지마, 이리에 등을 호령하여 꾸짖은 것이다.

"이 지경에 이르러서 무엇을 우물쭈물하는가?"

결국 조슈군의 군사 회의는 기지마 마다베에게 이끌려서 '교토 공격'으로 결정됐다. 물론 전쟁의 명분은 '천황 측근의 간신을 물리친다'는 것이었다.

천황 측근의 간신이란 첫째 아이즈 번, 둘째 사쓰마 번. 노골적으로 말하면 이 두 번의 수중에서 무력으로 천황을 빼앗는다는 것이다.

이 점에 있어, 쌍방에서 이 소동의 본질을 제대로 파악하고 있는 것은 조슈에서는 마다베, 사쓰마에서는 사이고였다고 할 수 있다. 필경은 이 두 사람의 대결이 아니었겠는가.

아무튼 조슈군은 후시미, 야마사키, 사가의 세 부대가 18일 밤을 기해 행동을 일으키는 동시에 금문으로 쳐들어가기로 의논했다.

기습이었다. 막부는 오산을 했다. 조슈 번의 행동 개시를 19일이라고 보고 그날을 기해서 전비를 갖추었다.

그 수가 5만이다. 황성 안팎에 그만한 전투원이 모인 것은 무로마치(室

町) 말기의 오닌의 난(應仁亂) 이후 처음이었다.

막부는 다시 오산을 했다.

이 작전은 머지않아 15대 장군이 되는 궁정 수위 총독인 히도쓰바시 요시노부가 세웠다. '이에야스 이래의 재걸(才傑)'이라는 평을 들은 인물이다.

그는 여러 가지 정보를 근거로 하여 조슈군의 주력은 후시미의 후쿠하라 에치고 부대라고 보았다. 무리도 아니었다.

후시미의 주장 에치고는 조슈 번의 수석 중신이다. 더구나 그가 이끄는 부대는 번내(藩內)의 상급 무사로써 조직되어 있다. '선봉대(先鋒隊)'라고 했다. 5백 명.

상급 무사니까 강하다. 이 부대가 필경 주력이리라. 이것만 격파하면 된다고 요시노부는 판단했다.

그런데 반대였다. 도쿠가와 3백 년의 태평은 에도의 직속 무사들뿐만 아니라 각 번의 상급 무사들을 둔하게 만들어 버렸다.

료마는 전에 도사 번의 상급 무사에 대해 "대대로 높은 봉록에 신물이 난 계급 중에는 변변한 자가 없다"고 말한 일이 있다. 조슈 번도 다를 것이 없었다.

어쨌든 이에야스의 재래라고 일컬어지는 요시노부는 조슈군의 가장 약한 부대가 주둔하는 후시미 방면을 중시하고, 그곳을 주결전장이라고 보아 막부측의 최대, 최강의 군사를 배치했다. 즉 아이즈, 구와나 번을 주력으로 삼아 이 두 번의 군사를 구조(九條) 강변에다 포진시켰다.

감군(監軍)은 마키다 사가미노가미(蒔田相模守)로 하고 그 아래에 신센조와 순찰대를 두어 가모 강(鴨川), 간진 다리(勸進橋) 서쪽 구석에 포진.

이에야스 이래, 도쿠가와군의 선봉이라는 관례가 되어 있는 히코네 번(彦根藩)은 모모야마(桃山)로.

최전선에는 오가키 번(大垣藩)을 두었다.

오가키 번을 최전선에 둔 이유는 도다(戶田) 십만 석의 작은 번이면서도 이 번이 당시 서양 총을 가장 빨리 사들여 양식 훈련을 하였고, 더구나 그 병제 개혁자인 중신 오하라 뎃신(小原鐵心)은 천하의 명장으로 소문이 나 있었기 때문이다.

한편——

후시미의 조슈군이 행동을 개시하여 후시미 조슈 저택을 출발한 것은 18일 밤 12시였다.

선두에는 소총수 20명.

거기에 뒤따르는 창부대 30명. 이들 50명이 선봉이다. 이들은 예의 약졸인 '선봉대'와는 다르다. 후쿠하라가 일부러 사가 방면의 기지마에게 부탁하여 돌려받은 정예였다. 다년간 지사 활동을 해 온 오타 이치노신이 지휘하고 있었다.

이 뒤로 중군이 뒤따른다. 중군은 소총대 20명에 발도대(拔刀隊)가 그 뒤를 따르고, 중앙에 총대장 후쿠하라 에치고가 전복 차림으로 말 위에 높이 앉아 있다.

참모가 그 뒤를 따른다.

그 참모의 등 뒤에 대포가 두 문 덜그럭덜그럭 차바퀴 소리도 요란스럽게 끌려가고 대포 뒤에 발도대, 맨 뒤가 창부대 20명.

군은 후시미 가도를 북상했다.

명필가(名筆家)인 후쿠하라의 필적으로 근왕 양이, 고라 대명신(高良大明神), 가도리 명신(香取明神)이라고 크게 쓴 깃발이 밤바람에 펄럭이고 있다.

조슈군 후쿠하라 에치고 부대가 후시미 가도의 숲에 이르렀을 때, 막부군 선봉인 오가키 번 병과 마주쳤다.

오가키 번은 검문소를 설치하고 있었다.

"무슨 일이냐!"

수하(誰何)를 하자 조슈군 선봉인 오타 이치노신은 말 위에서 채찍을 어깨에 맨 채 이 말만 남기고 유유히 통과하고 말았다.

"조슈군, 통과하겠다."

그 뒤를 긴 대열이 뒤따른다.

'막부는 다루기 쉽구나.'

이렇게 생각했으리라.

그러나 조슈 쪽에만 인물이 있는 것은 아니다. 후지(藤) 숲의 오가키 번 진지에도 번장(藩將) 오하라 뎃신이 있다.

작달막한 사내로 기괴한 용모를 지니고 있었다. 갑옷도 입지 않고 평복의

가슴팍을 헤친 채 바람을 쏘이고 있다. 전령이 급보를 해도

"아, 왔는가."

할 뿐 의자에서 움직이려고도 하지 않았다.

그에게는 비책이 있다. 우선 통과시켜 놓고 방심시켜야만 한다.

진지 바로 저쪽에 스지가이 다리(筋違橋)가 있다.

조슈군이 그곳을 건널 때 오하라 뎃신은 의자에서 일어나, 활활 타오르고 있는 화톳불에서 불꽃이 펄럭이는 장작을 하나 집어

"야앗!"

하늘 높이 던졌다.

그것이 미리부터 정해 둔 신호였다. 후지 숲 속에 매복시켜 둔, 오가키 번의 자랑인 소총부대가 길 위를 전속력으로 달려가 다리 옆에서 흩어지자마자 조슈군의 등 뒤를 향해 일제 사격을 가했다.

다리 저쪽의 둑 뒤에도 뎃신이 매복시켜 둔 소총부대와 창부대가 있다.

그들이 조슈군의 옆구리를 공격했다.

순식간에 조슈군은 혼란에 빠졌다.

포에 포탄환을 재는 자, 무턱대고 발포하는 자, 창을 가지고 적진으로 달려 들어가는 자, 자기군 쪽으로 도망쳐 오는 자, 이미 지휘조차 할 수 없었다.

최강이라는 선봉대는 두서너 마장 저쪽으로 전진하고 있었지만, 급변을 알고 달려 돌아왔을 때는 중군이 무너지기 시작하고 있었다.

중군은 약하기로 정평이 있는 선봉대였다.

오타는 자기 군진 속으로 말을 몰아대며 칼을 뽑아들고 외쳤다.

"도망치지 마라! 도망치는 자는 베이리라!"

그러나 일단 무너지기 시작한 병사들을 어쩔 수가 없었다.

더구나 말을 타고 있던 후쿠하라 에치고가 총탄에 턱을 뚫렸다.

드디어 총퇴각령이 내려졌다. 오타는 그래도 퇴각에 반대하여 난군 틈에서도 소수의 군사들을 수습해 진격하려고 했으나, 진출해 온 신센조, 히고네, 아이즈 등의 군사들에게 가로막혀 끝내 분산되고 말았다.

이 싸움의 총성, 포성은 대궐에까지 들려 와 히도쓰바시 요시노부는 황급히 입궐했다.

공경들은 모두 넋을 잃고 있었다. 천황은 칙명을 내렸다.

"속히 토벌하라."

조슈와의 싸움은 이때부터 시작된다.

도박에 비유한다면, 막부군은 '눈가림을 당했다'고나 할 수 있으리라. 적정 판단을 잘못한 것이었다.

후시미의 조슈군에 주력을 기울이고 있는 동안 사가 덴류 사의 조슈군이 달빛 어린 교토 시내로 유유히 들어온 것이었다. 더구나 바로 코앞에 다가올 때까지 막부군은 눈치를 채지 못했다.

이 방면의 조슈군의 총수는 중신 구니시 시나노이며 사실상의 총지휘자는 기지마 마다베였다. 더구나 군사는 조슈 번 중에서도 기병대(奇兵隊)와 함께 최강이라고 불리는 유격군이 주력이었다. 그 위에 결사의 낭인 지사들도 다수 포함되어 있었다.

그들은 오전 두 시에 덴류 사 본영을 출발했다.

총수 구니시 시나노는 25살의 젊은 중신이다. 조상 대대로 전해져 내려오는 연둣빛 갑옷, 등에 구름을 휘감고 등천하는 용을 그린 하얀 비단 전복을 입고 마상에서 흔들거리며 나아간다.

군의 앞머리에는

"근왕 양이(勤王攘夷)"

"토 아이즈 사쓰마 간적(討會奸薩賊)"

등의 기치가 18일 밤의 달빛을 받아 중천에 펄럭이면서 나아간다.

도중 가다비라(帷子)의 네거리에서 부대를 둘로 나누었다.

한 부대는 구니시가 지휘하여 가라스마루(鳥丸) 거리를 지나 대궐의 나카다치우리 문(中立賣門)으로.

한 부대는 처음부터 이 소동의 주역이었던 마다베 노인이 이끄는 4백 명의 군사. 이들은 조자마루(長者丸) 거리를 지나 대궐로 향했다.

대궐 부근의 고오 신사(護王神士) 앞에 이르면 다시 두 부대로 나누어 한 부대는 고다마 쇼민부(兒玉小民部)가 이끌고 시모다치우리 문(下立賣門)으로──다른 부대는 기지마의 지휘로 하마구리 궁문(蛤宮門)으로 진군할 예정이었다.

한편 구니시 부대가 나카다치우리의 앞거리까지 오자, 등 뒤쪽에서 수많은 무사들이 달리는 듯한 발자국 소리가 요란하게 들렸다.

"적인가, 아군인가, 달려가 보고 오너라."

구니시가 명령했다.

척후 몇 명이 달려갔다. 곧 되돌아 와서

"히도쓰바시(一橋)군입니다. 대궐을 지키러 달려간다고 합니다."

"음, 대궐 수호라고 하더냐?"

젊은 구니시는 흥분하여 어느 정도 신파기(新派氣)를 띠고 있었다.

"대궐로 가는 길목을 치는 것은 대의가 아니다. 길을 터서 통과시켜라."

전투인 이상, 적과 마주치면 즉시 전투를 시작해야 할 텐데, 이런 한가로운 소리를 하면서 못 본 체해 준다. 이 정도까지는 의식화된 무사도가 살았다고 보아도 좋을 것이다.

이 히도쓰바시군은 급히 참내하는 요시노부를 경호해 온 것으로서 요시노부의 후일담에도 이 조슈 척후를 목격했다고 한다.

심야의 거리를, 흰 머리띠에 갑주를 입은 무사 두 사람이 창을 들고 달려온다. 일 마장 가량 가니 똑같은 모습의 무사가 또 두 명 달려갔다.

'이것은 아이즈 번의 정찰이겠지. 이 얼마나 기민한 활동인가.'

뒤를 지켜보며 요시노부는 내심 믿음직스러워했는데, 뒤에 그것이 조슈 번의 정찰병이라는 것을 알았다. 정말 피장파장이라고 할 수 있으리라.

대궐에는 구니시 부대가 먼저 도착했다.

그러나 이미 정면의 나카다치우리 문은 지쿠젠(筑前) 구로다 번(黑田藩)과 히도쓰바시군이 지키고 있다. 조슈군이 쇄도해 오는 것을 보자 어지럽게 총탄을 쏘아 댔다.

맞지 않는다.

구니시 시나노는 마상에서 금으로 된 지휘 채를 크게 휘두르며

"분명히 적이 먼저 발포했다. 대궐문이라고는 할망정, 이미 사양할 필요는 없다. 쏘아라!"

사격 명령을 내렸다.

치열한 총격적이 벌어졌는데, 이윽고 구니시는 옆에 있는 발도대(拔刀隊)를 질타했다.

"달려라! 남김없이 베어 버려라!"

명령 일하, 모두 함성을 지르면서 달려갔다. 전에 교토에서 활약하면서 살

아남은 근왕 낭사가 많다.

격돌하여 접전이 벌어졌다.

먼저 히도쓰바시군이 지탱하지 못하고 이치조 거리로 퇴각했다. 지쿠젠군은 거의 맞서 보지도 못하고 어둠 속에서 사방으로 흩어져 버렸다. 지쿠젠 구로다 번은 조슈에 대해 동정적인 번이었기 때문이리라.

"자아, 궐문을 열어라!"

전군은 담장을 뛰어넘어 빗장을 열고 난입(亂入)했다.

여기에서 두 패로 나뉘어, 한 패는 곧장 앞으로 나아가 나카다치우리 문의 남쪽 가라스마루 저택의 뒷문을 통해서 저택 안으로 침입하고, 다시 히노(日野) 저택의 정문을 열어 대궐 가라 문(唐門) 앞으로 나왔다.

이 가라 문은 막부군 최강의 아이즈 번병이 지키고 있다. 총신 창대 등이 달빛 속에 번뜩이며 화톳불이 타오르고 있었고, 등롱이 떼 지어 웅성거리고 있었다.

그 등롱의 정문(定紋 : 영주의 표지)을 보았을 때 조슈병 전원은 머리칼이 곤두서는 것 같은 느낌이 들었다. 아이즈 번이야말로 조슈에게는 철천지 원수였다. "그 살점을 씹어도 시원치 않다"고 할 만큼 미워하고 있다. 특히 이번의 대거 상경의 직접 동기가 된 것은 아이즈 번에 속하는 신센조의 이케다야 습격 사건이었다. 그 보복이 동기가 아니었던가.

여담이지만 조슈와 아이즈의 충돌은 이케다야가 최초, 두 번째가 이번 사건이고, 세 번째가 조슈군이 관군이 된 뒤의 아이즈 와카마쓰 성(若松城) 공격이다. 이 와카마쓰 성 공격 때도 영주 가다모리가 근신하고 있는데도 불구하고 조슈가 '섬멸시키고 싶다'고 주장하여 끝내 공격, 함락시켜 백호대(白虎隊)의 비극 등을 일으켰다. 이케다야 사건에서부터 시작된 조슈인의 아이즈인에 대한 증오는 굉장한 것이었다. 아이즈인도 또 조슈인을 미워하여 와카마쓰 성 공방전 때는 포로가 된 조슈 척후의 머리에 다섯 치 못을 박아 살해했다. 증오가 쌓이면 상대방을 인간이라고 생각지 않게 되는 모양이다.

다시 여담이지만, 아이즈는 유신 때 조슈 때문에 억지로 '적군(賊軍)'이란 입장에 몰려 메이지, 다이쇼(大正) 때 기를 펴지 못했고, 쇼와 3년, 천황의 동생 치치부노미야 야스히도 친왕(秩父宮雍仁親王)이 가다모리의 손녀가 되는 마쓰다이라 세쓰코(松平勢津子)를 맞이하여 비(妃)로 삼았을 때, 아이즈

와카마쓰 시에서는 성대한 초롱 행렬을 벌였으며 노인들은 "이제 유신 이래의 은수(恩讐)를 풀어 주셨다" 하고 미친 듯이 기뻐했다. 겨우 그런 일로 그만큼 기뻐하지 않으면 안 될 정도로 아이즈인의 감정은 이지러져 있었다. 원인은 막부 말기에 있다고 해도 좋았다.

"저것은 아이즈다!"

시나노는 말 위에서 껑충 뛰며 공격 명령을 내렸다.

조슈와 아이즈는 가라 문 앞에서 격돌했다.

당시 천하에서 최강이라고 일컬어진 번병은 우선 사쓰마와 아이즈였다. 그 두 번에 도사, 조슈가 끼어 사대 강번(强藩)이라고 불렀다.

조슈군에게 이점은 있었다. 이미 바칸 해안의 경험으로 전투에 익숙해져 있었던 것이다.

기민하게 싸움터 부근의 지형과 물건을 이용했고, 특히 히노 저택의 담장을 임시방패로 삼아 그곳에서 총구를 내밀고 사격을 하는 한편, 아이즈군이 주춤하는 사이에 발도대, 창대가 공격을 되풀이했다.

'병세(兵勢) 맹렬'이라는 것이 아이즈측 기록에 나타난다. 아이즈군은 픽픽 쓰러져 모래 위에 피가 낭자했다. 더구나 날아오는 탄환을 피하려고 하면 발도대의 칼을 맞으니 수비를 포기하고 퇴각할 도리밖에는 다른 방도가 없었다.

그때 전선 순찰중인 막부군 총대장 요시노부가 군사 4백을 이끌고 달려왔다.

후에 15대 장군이 된 이 인물은

──훈련 벌레

라는 별명을 들었을 정도로 군대 지휘를 좋아하는 사내였다. 제2의 이에야스라고 불리었던 만큼 보통 사내가 아니었다.

아이즈군의 패색을 보자 심하게 질타를 했다.

"이게 무슨 꼴이냐! 이 문은 대전에 가깝다!"

그리고 다시 자기 직속 군사들을 향해 힘차게 지휘채를 휘두르며 명령했다.

"총공격!"

그러나 대장의 기개는 왕성했지만 히도쓰바시 요시노부의 부하들은 문약

(文弱)하기로 정평이 나 있어 덤벼들기도 전에 미리 기가 죽었다.

　이 모양을 조슈군 속에서 보고 있던 것은 말 위의 사나이였다. 말을 채찍질하여 자기 군의 소총부대까지 달려가 불같이 명령했다.

　"저것이 히도쓰바시다. 말 위, 말 위, 저 말 위의 대장을 쏘아라!"

　전투중이라 조슈군도 착란을 일으키고 있다. 들리지 않는다. 들은 자는 겨우 2, 3명, 황급히 탄환을 재고 요시노부를 겨냥하려고 했다.

　그때 요시노부의 직접 지휘에 용기를 되찾은 아이즈의 창부대가 결사적으로 돌격해 왔다. 그 위에 요시노부군이 참가하여 조슈군의 총구 앞에서 치열한 백병전이 벌어졌다.

　조준을 할 수가 없다.

　겨우 쏘았다. 그 중의 한 발은 요시노부의 허벅다리를 아슬아슬하게 스쳐 그가 탄 말에 상처를 입혔다.

　그러나 요시노부는 교묘히 말고삐를 조종하여 말을 놀라게 하지 않고 더욱 맹렬하게 지휘를 했으므로 조슈군은 차차 밀리기 시작했다.

　그때였다.

　하마구리 궁문 쪽에서 함성 소리, 포성, 창칼 소리가 동시에 일어났다.

　구니시군과 고오 신사 앞에서 헤어진 기지마 마다베 2백 명의 부대가 하마구리 궁문으로 쳐들어온 것이다.

　그 직후, 시모다치우리 궁문에서도 대포, 소총이 동시에 벼락 치듯 울렸다. 그것은 고다마 쇼민부 지휘하의 군사 2백 명이 궁문으로 돌격하는 소리였다.

　마다베는 충차(衝車)로써 궁문을 부수고 앞장서서 장창을 번뜩이며 돌입했다. 문 안에는 아이즈군이 전열을 펴고 있었다. 대장은 뒷날 도바 후시미 싸움에서 죽은 하야시 곤스케(林權助)였다.

　총성이 일시에 울리며 그 초연 속에서 마다베는 악귀처럼 날뛰었다.

　여기서 사쓰마군에 대해서 살펴보자.

　이 하마구리 궁문의 변으로 최대의 전공을 올린 이 번은, 실은 부서가 여기가 아니었다.

　일부는 궁문 수비로 남기고 주력은 서쪽으로 행군하여 사가 덴류 사의 조슈군을 제압하라는 명령을 받고 있었다.

출발은 새벽이다.

한밤중에 이곳에서 번명이 집결하여 각 부대 부서가 결정되었다.

사가로 향하는 간부 장교는 대장이 시마쓰 빈고(島津備後), 그 참모단으로서 중신인 고마쓰 다데와키(小松帶刀), 보좌관인 사이고 다카모리, 군사 감독 이지치 마사하루(伊地知正治)가 끼어 있었고, 선봉의 인원수를 1번 대, 2번 대, 3번 대로 구분했다.

사이고는 대단한 무장은 하지 않고 여행이라도 떠나는 것 같은 모습을 하고 있었다.

"이지치공, 슬슬 출발할까."

허리를 들었을 때는 동녘 하늘이 아직 컴컴했다.

아무리 준민(俊敏)한 사이고로서도 자기들이 목표로 하는 덴류 사가 이미 텅텅 비었고, 조슈군이 지금 대궐을 향해서 시내를 진군하고 있다는 것을 알지 못했다.

번저의 현관 앞, 문앞, 길 위에는 사쓰마군들이 와글와글 들끓으며 초롱과 횃불들이 머리 위를 밝히고 있었다.

"축제와도 같군."

사이고의 말에 모두들 웃음을 터뜨렸다.

사이고는 이지치를 뒤돌아보고 말했다.

"자아, 이지치공. 거침없이 앞으로 밀고 나가자구. 풋내기들은 혈기만 왕성하지 별수 없어."

그러면서 대의 앞쪽으로 걸어가기 시작했다. 보따리를 하나 차고 있다. 도시락이라도 넣은 것이리라. 말은 타고 있지 않았다. 사쓰마는 전국시대 이래 말은 별로 사용치 않고 보병 전투를 주로 삼아 왔다.

그러므로 대장 외에는 간부도 모두 도보였다.

겨우 대열이 움직였으나, 길 폭이 좁다. 와글거리기만 할 뿐 좀처럼 나아가지 않는다.

이 때문에 사이고와 함께 가는 선두는 시조 거리를 지나 가라스마루 거리까지 나가 있는데도 아직 뒤쪽은 번저를 벗어나지 못했다.

그때 대궐 쪽에서 갑자기 포성이 들려 온 것이다.

"저게 무슨 소리야?"

전군이 멈춰서는 동안에 북쪽의 포성, 총성은 점점 더 치열해졌다.

──조슈 놈들이 쳐들어왔군.

이렇게 되면 누구나 마음속으로 알 수 있었다.

그때에 이누이 궁문(乾宮門)을 지키고 있던 사쓰마 번의 병사가 전령으로 달려와서 "조슈가 역습을 해 왔다"고 전했다.

곧 사이고 등은 전력을 대궐에 집중하기로 결정하고 1번 대, 2번 대, 3번 대의 순으로 각각 북쪽으로 향하여 달려가게 했다.

사이고도 3번 대와 함께 달려간다. 3번 대장은 시바야마 류고로(柴山龍五郎)였다.

대궐로 다가가자 이미 각 문에서 난전(亂戰)이 시작되고 있었다.

그러자 그때, 갑자기 대를 이탈하여 앞장서서 달려가는 몇 사람이 있었다.

"앞질러 달려 나가는 것은 군령 위반이다!"

그러자 그 몇 사람이 돌아다보고 웃으면서 말했다.

"이 지경이 됐는데 군령이 다 뭐야!" 그 속에 기리노 신사쿠(桐野新作 : 利秋), 시노하라 도이치로(篠原冬一郎 : 國幹) 등이 끼어 있었다.

조슈군은 여러 문에서 사력을 다했다.

그러나 하마구리 궁문을 공격하는 마다베와 그의 대원 2백 명이 가장 맹렬하여, 방어하는 측도 주전장을 그 궁문으로 삼지 않을 수가 없었다.

이 소란을 후에 '금문(禁門)의 변(變)'이라고도 하고 '하마구리 궁문의 변'이라고 일컫게 된 것도 그 때문이었다.

하여간 마다베.

전복뿐만 아니라 모자까지 피를 뒤집어쓰면서 계속 적군 속에서 말을 이리저리 몰며 분전했다.

"덤벼랏!"

"덤벼랏!"

계속 외치면서 장창을 휘두르며 적진 속으로 돌진했다.

그때 시모다치우리 궁문을 격파하고 난입한 고다마 쇼민부의 군사 2백 명이 합세했으므로, 요시노부군은 어이없이 궤멸당해 도주했다.

아이즈군만은 싸움터에서 버텼으나 총탄에 맞아 쓰러지는 자가 헤아릴 수 없이 많았고, 대장 가즈세 덴고로(一瀬傳五郎), 하야시 곤스케가 피 묻은 창을 휘두르며 필사적으로 독전을 했지만 군사들의 마음이 흐트러져 어쩔 수가 없었다.

그때 구니시 시나노의 부대도 달려와서 기지마와 합류했다. 아이즈측은 이제 방어할 수가 없어 와르르 무너졌다.

그들 수비측의 각 번 군사들이 문 안에서 이리저리 쫓겨 허둥대다가 저희끼리 싸우는 소동조차 일어났다.

기지마 등은 더욱 진격했다.

"대전으로!"

그것이 목표였다. 천자를 모시고 조슈로 몽진해 가야 한다. 그 외에는 역적의 누명을 피할 길이 없었다.

이미 기지마도 구니시도 고다마도 반광란 상태가 되어 있었다.

"진격, 폐하가 계신 곳이 어디냐!"

기지마는 전진했다.

바로, 궐내에서 천자는 정전(正殿)에 있었다. 싸움이 하마구리 궁문까지 닥쳤을 때에는 총탄이 정전의 추녀 끝에 맞아 쨍 쨍 울렸다.

공경들은 어쩔 셈인지 의관 위에 띠를 매고 이리저리 뛰어다녔으나 모두들 핏기를 잃고 있었으며, 개중에는 마루 밑에 기어들어가 있는 공경도 있었다.

총대장 요시노부의 움직임은 그야말로 기민했다. 정전으로 달려들어가 천황을 배알하는 한편 동요하는 공경들을 호통 쳐서 진정시켰다.

공경들 거의 모두가 총성, 돌격전에 넋을 잃고 앉아 조슈를 용서하라, 조슈를 용서하라, 고 외쳐대며 날뛰고 있었다.

"싸움은 이기고 있다. 대궐에 난입하는 적도들을 용서한단 말이냐!"

요시노부는 벌컥 화를 내며 꾸짖었다.

그는 조정이 공포에 휩싸인 나머지 이런 전황아래서 갑자기 조슈가 옳다는 칙어를 낼지도 몰라 두려워하고 있었다. 그렇게 되면 막부군은 만사 끝이다.

그래서 히도쓰바시 요시노부는 아이즈 영주 마쓰다이라 가다모리, 구와나 영주 마쓰다이라 사다아키 두 사람을 감시역으로 정전의 마루 아래에 앉혔다.

"나는 나가서 지휘를 하겠다. 그대들은 여기를 떠나지 마라."

단단히 명령한 뒤, 다시 싸움터로 달려나갔다.

마다베의 분전으로, 조슈군은 하마구리 궁문의 일각을 점령했다고 해도 좋으리라.

적어도 그 직후에 사쓰마군의 주력이 싸움터에 도착하지만 않았다면 말이다.

"내가 첫 공을 세우겠다!"

사쓰마군의 기리노, 시노하라 등, 뒷날 세이난 전쟁의 장수가 된 젊은이들은 숨결도 거칠게 나는 듯이 달려갔다.

이렇듯 사기가 왕성한 번은 없다.

지리적으로 일본 열도의 서남쪽 구석에 위치하고 있고 더구나 자기네 번만 쇄국(鎖國)을 지켜 왔으므로, 전국시대의 사풍(士風)을 그대로 보존하고 있다고 볼 수 있을 것이다.

거슬러 올라가면, 히데요시, 이에야스 두 대에 걸쳐 사쓰마의 시마쓰는 그들 지배자들이 정권을 잡을 시기에 반항했으나, 그러면서도 영토를 압수당하지 않고 고스란히 유지하고 있다. 병마의 강력함이 두려움을 주었기 때문이다.

히젠 히라도(平戶)의 영주로서 수필을 쓰기 좋아했던 마쓰우라 시즈야마(松浦靜山)의 저서 '갑자야화(甲子夜話)'에 다음과 같이 쓰고 있다.

"사쓰마에는 야로(野郎 : 놈)라는 모임이 있다."

젊은이들이 주연을 베푼다.

좌석 중앙에 천정으로부터 끈을 늘어뜨리고 총을 수평으로 매달아 놓는다.

총구는 둘러앉은 사람들의 바로 가슴 높이에 있다.

이윽고 술이 얼근해지면 총의 화승에다 불을 붙이고 빙글빙글 돌린다.

화승이 다 타 이윽고 뇌관에 옮겨가면 쾅, 하고 총은 폭발을 일으켜 자동적으로 탄환이 튀어나가게 되어 있다.

누구에게 맞을지 모른다.

그런데도 태연히 술을 마시고, 당황하는 자를 멸시하는 담력 겨루기 모임이었다.

또 그 나라에는 독특한 검법이 있다.

번 전체가 모두 그 수련을 쌓는다. 세상에서는 '지겐류(元現流)'라고 부른다. 사쓰마에서는 '오큐니류(本國流)'라고 부른다.

태세는 흔히 검술에서 말하는 팔 쌍(八双)의 자세 하나밖에 없다.

그러나 팔 쌍의 자세처럼 부드러운 모습이 아니라 팔을 쭉 뻗쳐들어 칼끝을 하늘 높이 치켜들고 두 다리를 벌린다.

벌리자마자 상대를 향해 "캭!" 하고 절규한다. 괴상한 소리를 내는데, 이 소리를 다른 지방 사람들은 '원규(猿叫)'라고 불렀다. 원숭이가 절규하는 소리로밖에는 들리지 않았기 때문이리라.

치는 곳도 얼굴, 손목, 허리 등이 아니다. 왼쪽에서 비스듬히 내려치는 것, 오른쪽에서 비스듬히 내려치는 것, 단 한 수였다. 적을 향하여 전속력으로 달려가면서 좌 우 교대로 내리친다.

방어법은 없다.

방어가 없고 오로지 공격뿐이었다. 칼의 공격은 무서워 사쓰마의 지겐류로 베인 시체는 무참하게 한 줌의 살덩어리로 화해 버릴 만큼 참혹했다.

지금 싸움터로 달려가는 기리노는 바로 얼마 전까지 나카무라 한지로(中村半次郎)라는 이름으로 교토의 거리를 횡행하며 소위 암살을 자행하여 '사람 백정 한지로'라는 별명을 들은 사내다.

그가 칼을 뽑으면 이를 막을 자는 없으리라고 까지 일컬어졌다.

사쓰마군은 이러한 집단이었다.

하늘이 푸르다.

이미 날이 샜다.

겐지 원년 7월 19일의 아침 해가 하마구리 궁문 주변의 모래를 내리쬐기 시작했다.

아이즈 히도쓰바시 군사들을 쫓아 버린 마다베가 이누이 궁문 쪽을 보았을 때, 어지간한 그도 역시 안색이 변했다.

"사쓰마 적군이다!"

말고삐를 고쳐 쥐고 말머리를 돌리면서 사방에 흩어져 있는 소총부대를 끌어 모으려고 했다.

한편 이누이 궁문으로 밀려든 사쓰마군은 쫓기는 히도쓰바시군에게 욕설을 퍼부었고, 도이치로 등은 자기 군사들을 밀어제치고 도망치려는 자들을 두서너 대 때려 주고 나서 말했다.

"사쓰마가 가세하겠다! 정신을 똑바로 차려라!"

사쓰마군의 도착은 히도쓰바시의 패주를 막았다. 아이즈군도 희색을 띠고 곧 공격으로 옮기기 시작했다.

이 때문에 조슈군은 전후좌우에 적을 맞이하게 됐다.

그러나 마상의 마다베는 굴하지 않고 장난꾸러기같이 원기 왕성하게 지휘채를 휘두르면서 소총대를 질타했다.

"사쓰마 적도를 쳐라! 모두 몰살시켜라!"

사쓰마군에는 대포가 4문 있다.

그것을 이누이 궁문으로부터 끌고 온 것은 구로키 시치사에몬(黑木七左衛門) 등이었다. 이 젊은이는 뒷날 노일전쟁 때 제1군 사령관으로서 압록강서부터 봉천까지의 전 전투에 참가한 구로키 다메토모(黑木爲楨)다.

그들은 포구에 모래 주머니를 재고 때를 보아 점화하며 소리쳤다.

"내가 쏘겠다. 모두 돌격하라."

폭음과 함께 폭발한 모래가 조슈군 쪽으로 날아갔고 잇따라 일 문씩 모래를 쏘아대, 천지는 자욱한 모래 먼지로 뒤덮였다.

눈을 못 뜨게 하는 것이다. 그 때문에 조슈군의 전투력이 일순간 주춤해졌을 때

"캭!"

예의 지겐류의 '원규'가 사쓰마병의 입에서 튀어나오며 모두들 칼끝을 하늘로 쳐들고 모래먼지 속으로 달려 들어갔다.

기리노도 간다. 시노하라, 시바야마도 간다. 나마무기(生麥) 사건의 주역이었던 나라하라 기사에몬(奈良原喜左衛門)도 간다.

료마의 고베 학교에 사쓰마 번의 위탁생으로 들어가 있던 이토 스케유키(伊東祐亨)도 이미 자기 번으로 귀환해 있었던지라 이 무리 속에 끼어 달리고 있었다. 노일전쟁 때의 제4군 사령관이다.

사이고는 대포 뒤에서 전군을 지휘하고 있다. 그의 옆에는 보좌역으로서 사이쇼 조조(稅所長藏)가 있었다. 사이고, 오쿠보와 함께 당시 사쓰마의 삼걸(三傑)로 불리는 사내로 유신 뒤 아쓰시(篤)란 이름으로 남작이 되었다.

"사이고공, 말을 타시오."

지휘하기 편하도록 말에 태웠다.

그 모양을 난전 틈에서 멀리 바라다보고 있던 마다베가 소리쳤다.

"저자가 사쓰마의 대장이다!"

그런 뒤 소총수 대여섯 명을 불러 모아 그를 쏘게 했다.

몇 발이 사이고의 말에 맞았고, 그 한 발은 사이고의 다리에 맞아 낙마했다.

말에서 떨어진 사이고는 크게 엉덩방아를 찧었으나 웃으면서 일어났다.

"골짜기에 떨어져 본 적도 있어."

자기의 부상에 대해서는 아무 말도 하지 않았다. 경상이기 때문이기도 하지만 이런 경우 상처를 입었다는 것이 전군에 알려지면 반드시 사기에 영향을 미친다는 것을 사이고는 알고 있다.

엉덩이의 먼지를 털면서 바로 눈앞에서 총을 조작하고 있는 젊은이를 불렀다.

"마사노신(正之進)!"

눈이 약삭빠르게 움직이며 영리해 보이는 조그만 사내로서 가와지 마사노신(川路正之進)이라고 했다.

뒷날 경시청의 초대 대경시(大驚視)가 된 가와지 도시요시(川路利良)다. 그 무렵 기리노와 함께 사이고의 사랑을 받고 있었다.

"저 사내가 대장으로 보이는데, 누구냐?"

"기지마 마다베 말씀입니까?"

가와지는 탄환을 채우면서 말했다. 사이고는 상체를 쭉 뻗치고 발돋움을 하면서 중얼거렸다.

"아아, 저 사람이 기지마 마다베냐? 저 사람은 싸움에 강하군. 저 사람이 있으니 조슈가 여간해서 패하지 않는 거야."

가와지는 속으로 끄떡였다. 적장 기지마 마다베를 쓰러뜨리기만 하면 조슈는 패한다. 저자를 쏘아라──하고 사이고는 명령하고 있다고 깨달았다. 이 시대에는 의사의 교환이 대개 이러한 형식으로 이루어졌다.

탄환을 잰 다음, 가와지는 재빠르게 달려가 문뒤로 들어가자마자 무릎을 꿇고 사격 자세로 숨을 죽였다.

기지마 주변에서 자기편인 사쓰마, 아이즈, 히도쓰바시의 군사들이 공격하고 있으므로 쉽사리 조준할 수가 없다.

가와지는 끈기 있게 쏠 기회를 기다렸다.

마다베는 이 가와지의 조준 속에서 분전을 거듭하고 있다. 그의 등 뒤에 근왕 양이(勤王攘夷)

토 사쓰마 아이즈간적(討薩賊會奸)

고오라 대명신(高良大明神)

등의 기치가 펄럭이고 있었지만 여기저기서 싸우는 조슈군도 극도로 지쳤다. 더구나 몇 배의 인원수로 늘어난 적의 총탄, 칼, 창에 연달아 쓰러져 간다.

마다베가 사쓰마군을 찔러 넘어뜨리고 말머리를 돌리려고 했을 때, 가와지 마사노신의 가늠쇠 저쪽에 순간 하늘이 크게 틔었다.

그 7월의 하늘을 배경으로 마다베의 모습이 크게 떠올라 천천히 움직였다.

'지금이다.'

가와지의 손가락이 방아쇠를 당겼다.

쾅, 하며 탄환이 튀어나갔다.

탄환은 말을 타고 있는 기지마 마다베의 가슴을 꿰뚫었고, 용맹무쌍한 마다베도 그것에만은 견딜 도리가 없어 안장에서 푹 솟았다가 거꾸로 떨어졌다.

마다베는 창을 지팡이 삼아 일어나려고 했으나 힘이 없다.

"마지막인가."

큰 소리로 중얼거리고서는 달려온 조카 기다무라 다케시치(喜多村武七)에게 명령했다.

"다케시치, 내 목을——"

그러자마자 마다베는 창을 거꾸로 들고 자기의 목을 찔러 숨을 끊었다.

다케시치가 마다베의 목을 들고, 역사대(力士隊)는 몸뚱이를 메고 총을 쏘아 가며 퇴각했다.

이 순간부터 조슈군의 패주가 시작됐다. 동시에 조슈인들이 사이고를 저주하기 시작한 것도 이때부터 비롯되었다.

조슈군은 궤멸했다.

그들이 패주한 직후에 싸움터에 도착한 것은 중신인 마스다 우에몬노스케가 이끄는 야마자키 진영의 부대였다.

작전이란 뜻대로 되지 않는다. 사가, 후시미, 야마사키 삼군이 동시에 도착하여 돌격했다면 대단한 힘을 발휘했으리라.

그런데 따로따로 싸움터에 닿았다.

이 마스다 부대에는 도사 탈번 낭사들이 가장 많이 있었다.

우선 나카오카 신타로가 있다. 그는 참모장격인 마키 이즈미와 함께 본진에 속해 조슈의 구사카 겐스이 등과 함께 작전에 관여하고 있었다.

낭사대를 충용대(忠勇隊)라고 했다. 이 충용대에 끼인 료마가 아는 도사 사람들을 꼽아 보면

니스 슌페이(那須俊平) 58세

우에오카 단지(上岡胆治) 42세

오자키 유키노신(尾崎幸之進) 25세

야나이 겐지(柳井建次) 23세

나카히라 류우노스케(中平龍之助) 23세

이토 고노스케(伊藤甲之助) 21세

등이다.

우에오카 단지는 전에 덴추로 수령으로 야마토에서 전사한 요시무라 도라타로(吉村寅太郎)의 누이 오미쓰(光)의 남편이며, 나스 슌페이 노인 역시 덴추조 간부였던 나스 신고(那須信吾)의 장인이자 양아버지였다.

애처로운 얘기가 있다.

나스 신고가 앞서 도사 번 참정(參政)인 요시다 도요(吉田東洋)를 고치 성 밖 오비야 거리(帶屋町)에서 베고 도사에서 탈주했을 때, 산골인 유즈하라 마을(檮原村)에 살고 있는 나스 슌페이는 아무것도 몰랐다.

"사위에게 그런 뜻이 있었던가?"

슌페이는 매우 놀랐다. 대단한 사위를 얻었다고 생각했으리라.

본래 슌페이는 가난뱅이 향사다. 그 위에 유즈하라 마을이라는, 쌀이 나지 않는 고장에서 피와 좁쌀만 먹고 살았다.

외동딸의 남편감으로서 데릴사위를 구하는 데도 모두들 꽁무니를 뺄 정도의 가난한 집이었고, 마을이었다.

그때 인연이 있어서 사가와(佐川) 분지에 사는 하마다 다쿠사에몬(濱田宅左衞門)의 차남 신고가 와 주었다. 신고도 가난에는 익숙해져 있었다. 그의 생가는 단 두 사람 반의 봉록을 받았으며, 신고의 조카 겐스케(顯助 : 후의 백작 田中光顯)가 구술로 속기시킨 '유신야화(維新夜話)'에 의하면 "쌀밥은 1년에 두세 번 먹을 정도였고 1년 내내 보리나 수수, 감자 등을 밥에 섞어

먹었다. 등불만 하더라도 기름을 살 돈이 없어 산에 가서 나무를 베어, 그것을 피워 등불을 대신했다. 거름지게를 짊어지고, 감자를 심는 등 농사일을 했다"고 할 정도였다.

신고가 데릴사위로 와서 외동딸인 다메요(爲代)와의 사이에 두 아이를 낳고 잘 사는가 했더니, 번의 참정을 암살하고 탈번을 한 것이다.

슌페이는 한탄하며 서투른 노래를 읊었다.

"처자까지도 버리는 것이 무사의 본분이라 들었건만 그래도 옷소매는 젖는구나."

한탄하는 동안 이윽고 단념하고, 손자의 교육에 여생을 보내려고 생각하며 다음과 같은 노래도 읊었다.

"남겨 놓은 두 손자를 의지하여, 늙어 가는 세월을 잊어 볼 거나."

그런데 이 노인은 혈기가 왕성했던 모양이다. 곧 딸, 손자들을 버리고 사위의 뒤를 따라 탈번하여 조슈로 달려가 버린 것이다. 시대의 거센 물결은 이런 노인조차 채찍질하여 소용돌이 속으로 던져 넣으려 하고 있다.

그 슌페이가 적을 향해 달렸다.

이 야마사키로부터 온 조슈군은 사카이 거리 궁문 곁의 다카쓰카사(鷹司) 저택으로 들어가 그곳을 '성(城)' 삼아, 사방의 막부군을 향해 발포했다.

적은 많고 자기편은 소수이기 때문에 이젠 농성전을 할 도리밖에 없었던 것이다.

"쥐가 구멍 속에 틀어박혀 버린 것 같군."

조슈인의 무기력함에 분개한 것은 낭사부대인 충용대였다.

"밀고 나가 떳떳하게 죽자."

그렇게 떠들어 댔다. 사실 이대로 농성을 계속하면 적의 포탄, 총탄 때문에 모조리 죽고 만다. 적탄은 들이치는 소나기처럼 저택 안으로 쏟아져 들어오고 있다.

충용대의 도사인 오자키 유키노신이 큰 소리로 외쳤다.

"나와 함께 갈 결사의 용사는 없는가!"

그러자 부근에 있던 낭사들이 모두 참가했다. 20여 명이다. 나스 슌페이 노인도 섞여 있었다.

일동은 바깥문을 열고 왈칵 밀려나갔다.

"나간다!"

오자키는 외치면서 장창을 휘두르며 제일 먼저 앞장서서 달려 나갔고 슌페이는 그 뒤를 따라 달려 나갔다.

오른쪽은 다카쓰카사의 흙담, 왼쪽은 구조 저택의 흙담으로 그 너머에 센도(仙洞) 대궐이 있다.

그 센도 대궐 쪽에서 몰려온 에치젠, 아이즈군과 그들은 창검을 번쩍이며 격돌했다.

죽기를 무릅쓰고 싸웠지만 적측은 히코네병들이 달려와 수 배로 늘어났기 때문에, 불과 20여 명의 낭사들은 마치 노리개처럼 차례차례 죽어갔다.

오사키와 나스 노인은 서로 감싸 주며 싸우고 있었으나 오사키의 창이 너무 길어서 뜻대로 휘두를 수가 없었다. 오사키는 흙담에 창대를 기대놓고 칼을 뽑아 창대를 짧게 자른 뒤 웃으며 말했다.

"노인장, 이제 단창이 됐어요."

이것이 유키노신이 이 세상에 남긴 마지막 말이 되었다.

그 길로 적중으로 돌격해 들어가 온몸이 생선회처럼 난도질을 당해 전사했다.

슌페이 노인은 오사키가 돌입할 때 함께 달려 들어가, 난군 틈에서 뛰어난 창술을 발휘했다.

시골 도장의 사범이라고는 하지만 과연 창으로 밥을 먹어 온 사내였다. 적을 찔러 쓰러뜨렸는가 하면 번개같이 거둬들였고, 거둬들이는 기세로 등 뒤의 사내를 뒷쇠로 찔러 쓰러뜨리며 분전했으나 뜻밖에도 담 옆 도랑에 발을 헛디뎌 두 팔을 짚고 엎어졌다.

그때 에치젠 번사, 쓰쓰미 고이치로(堤五一郞)가 창을 겨냥하여 찔렀다.

고이치로는 창의 명수다. 슌페이는 지쳐 있기도 했다. 잘못 피하여 허리를 꿰뚫린 채, 땅을 긁으며 숨이 끊어졌다.

그를 찌른 고이치로는 에치젠 번에서도 소문난 준재로, 유신 후 마사요시(正誼)라고 개명하고 새 정부에 발탁되어 후쿠이 현(福井縣) 권대 참사(權大參事), 시종장(侍從長), 궁내 차관(宮內次官), 궁중 고문관 등을 거쳐 남작이 되었다.

역사를 만든 것은 사카이 거리 궁문 안의 모래 위에서 죽은 무명의 슌페이 노인인가, 다이쇼 10년, 88세의 장수를 다하고 병으로 세상을 떠난 남작 쓰쓰미 마사요시인가. 그 어느 쪽인가는 역사의 영구적인 과제가 되기에 족하리라. 슌페이의 창은 쓰쓰미 집안에 보존되어 있다.

이 다카쓰카사 저택에서 농성한 조슈군의 최후는 비참하기 짝이 없었다.

구사카 겐스이는 저택 주인인 다카쓰카사 마사미치(鷹司正通)에게 탄원하려고 탄환이 어지럽게 나는 저택 안을 뛰어다녔다.

마사미치, 전 태정 대신(太政大臣)이다. 칠십 고개의 반을 넘은 노인으로 전에는 조슈 동정자였다.

그 마사미치는 황급히 참내하려는 참이었다. 겐스이는 낭하에 꿇어 엎드려 탄원했다.

"우리들은 궁궐에 난폭한 짓을 하기 위해서 온 것이 아닙니다. 탄원할 일이 있어 온 것입니다. 나리, 나리, 참내하신다면 꼭 데리고 들어가도록 해 주십시오."

"부탁입니다, 부탁입니다."

젊은 겐스이는 엎드려 울면서 마사미치의 옷자락에 매달렸으나 마사미치는 큰 눈을 휑하니 뜨고 아무 말이 없었다.

이윽고 옷자락을 뿌리치며 도망치듯이 사라졌다. 마사미치로서는 솔직히 말해서 조슈인의 천자에 대한 '악녀의 깊은 정'이 두려워진 것이리라.

그 뒤 겐스이는 참담한 전황 속에서 자살했다.

"주군을 역적으로 만들어 버린 이상, 이제 본국으로 돌아갈 수는 없다."

그러고는 쇼카(松下) 서원의 동문이었던 데라지마 주사부로와 함께 저택 안의 행랑방을 빌려 장검을 뽑아 서로 찔러 죽었다.

역시 같은 동문인 이리에 구이치는 겐스이와 데라지마로부터 설득당해, 이 전말을 본국에 보고하기 위해 저택에서 탈출하려고 했다.

막부군은 겹겹이 저택을 에워싸고 있다.

이리에가 전립 끈을 고쳐 매고 창을 들고 달려가 사잇문으로 뛰어나간 순간, 그곳에 매복하고 있던 에치젠병의 창이 쭉 뻗쳐와 눈과 눈 사이를 팍 찔렀다.

눈알이 두 개 다 튀어나와 뒤로 넘어진 채 곧 저택 안에서 숨이 끊어졌다.

막부군의 총지휘관 요시노부는 다카쓰카사 저택의 조슈인이 필사적으로 저항하는 것을 두려워하여, 전술의 상식에 따라 명령했다.

"다카쓰카사 저택을 불살라라."

그래서 아이즈, 구와나, 히도쓰바시 군사가 손에 손을 횃불을 들고 저택 안으로 던져 넣었기 때문에 순식간에 저택 안은 한 덩어리의 불꽃으로 변했다. 또한 가와라 거리 산조 동쪽에 있는 조슈 번저도 막부의 손으로 불태워졌다.

이 두 곳에서 오른 불길은 순식간에 교토 전 시가지에 번져 사흘 동안 계속 불타 821개의 동네가 잿더미가 되었다.

집 수는 2만 7513채.

타 버린 다리가 41개, 절간 신사가 253개, 궁문 사찰이 3곳, 당상관 저택 18채라는 놀라운 숫자에 이르렀다.

이 불길은 오사카, 고베에서도 보였다.

때마침 고베 해군학교에 있던 가쓰도 이 불길을 보고 마당으로 달려 나가

"료마, 불이다."

이 한 마디를 외치고는 달려 돌아와 곧 출발 준비의 명령을 내렸다. 료마는 가쓰와 함께 고베를 출발했다.

교토의 이변을 안 가쓰는 기민하게 행동했다.

료마에게 명령하여, 효고 바다에 정박 중이던 연습함 간코마루의 닻을 올리게 하여 오사카로 급행했다.

"모든 일은 내 눈으로 직접 봐야 한다."

이것이 가스와 료마의 방침이다. 현장을 본 뒤에 생각한다. 보지도 않은 일을 이것저것 말하는 것은 제아무리 사리가 정연해도 공론에 불과하다는 것이 두 사람의 지론이었다. 그들은 뛰어난 저널리스트의 일면을 지니고 있었다고 해도 좋으리라.

오사카에 닿자, 료마는 여관에서 기다리고 가쓰는 성으로 들어가 막부 요인의 회의에 참가했다.

성내에서는 여러 가지 논의가 들끓고 있었다.

그런데 교토 방면의 정세를 전연 알 수가 없어, 의논 모두가 상상과 억측을 기초로 삼고 있어 아무런 도움이 되지 못했다. 어느 쪽이 이겼는지조차도 모르는 판이다. 조슈가 이겼다면 지금쯤 교토에는 조슈 정부가 세워져 있을 것이었다.

"어처구니없는!"

가쓰는 분개했다.

"이처럼 의논하고 있어 보았자 아무것도 될 일이 없습니다. 교토 방면으로 척후를 보내야 합니다."

"그것도 그렇구나."

그제야 교토의 싸움터로 몇 사람의 기마를 척후로 파견했다.

그런데 그 척후들은 모두 겁쟁이라, 오사카 시내에서 벗어나자마자 곧 돌아와서 도중에서 들은 소문만을 전할 뿐이었다. 가쓰가 깊이 추궁하자

"글쎄요, 모르겠습니다"라고 해 버린다. 도청도설(道聽塗說)이란 문자가 있지만, 바로 그런 것이었다.

"──나는 몹시 분개했다."

가쓰의 '계륵(鷄肋)'이란 회상록에 씌어 있다.

분개한 나머지 "내가 척후가 되겠다"고 뛰어나갔다. 도중의 여관에 들러서 료마를 불러내

"자네를 데리고 가면 천하 무적이다."

이렇게 농담을 하면서 사쿠라노미야(櫻宮)로 나가 요도 강의 둑을 북상하기 시작했다.

덥다. 두 사람의 턱을 조이고 있는 방갓 끈이 땀으로 흠뻑 젖었고, 밟고 가는 흙 둑길이 뜨거운 햇빛에 타고 있었다.

"료마, 어느 쪽이 졌다고 생각하나?"

"글쎄요, 모르겠는데요."

료마는 시름에 잠긴 듯 여름풀을 보았다. 억새풀이 무덥도록 무성했다. 좁은 둑길은 그 억새풀로 양쪽 경계를 이루면서 끝없이 북쪽 하늘로 뻗쳐 있었다. 그 북쪽 하늘에 이변이 일어나고 있다.

'조슈가 보기 좋게 천황을 받들었을까?'

료마는 북쪽 하늘을 쳐다보았다. 희미하게 검은 연기가 하늘을 물들이고 있다.

"교토가 불타고 있군요."

"자네는"

가쓰는 이 막부 타도론자인 문하생을 보았다.

"조슈가 이기기를 바라고 있지?"

"아닙니다."

료마는 방갓 속에서 미소를 지었다.

"지금 손쉽게 이기면 조슈인은 거만해져서 제멋대로의 정부를 만들겠지요. 그런 기질이 그 번 사람들에게는 있습니다. 그렇다고 지는 것도 반갑지 않습니다. 어느 쪽이냐 하면 지금은 그저 견딜 수 없이 덥다고밖에는 대답할 말이 없습니다."

막부와 조슈, 어느 쪽이 이기고 어느 쪽이 졌는가, 하는 정찰의 목적은 이 둑길을 몇 마장 가량 걸어감으로써 우연히 달성되었다. 가스와 료마는 색다른 광경을 본 것이다.

가쓰 자신의 문장을 빌려 보자.

"사쿠라노미야를 몇 마장 지나자 요도 강 상류로부터 배 한 척이 떠내려왔다."

배를 본 것이다.

──료마, 저걸 보게.

가쓰는 손가락질을 했다.

료마는 잠자코 있다.

"배 안에 장사(壯士) 셋이 타고 있었다"라고 가쓰는 썼다. 세 사람 다 피와 땀에 젖은 모습으로 검도복을 입고 어깨에 게벨 총을 메고 있었다. 게벨 총이란 발화 장치에 부싯돌을 쓰는 총으로서, 반동이 크고 명중률이 좋지 않다. 막부 말기에 나타난 최초의 서양 총이다.

"조슈인이군요."

료마는 조용히 말했다.

그런데 놀란 것은, 그 조슈인들이 가쓰 등을 보자마자 배를 이쪽 기슭으로 대 온 것이다.

'쏘려나?'

료마는 이렇게 생각했으리라. 순간적으로 가쓰의 팔을 잡아 자기의 등 뒤에 감싸려고 했다.

"장사들은 기슭으로 상륙했다."

가쓰는 그때의 광경을 쓰고 있다.

"나는 무척 두려웠다. 그러나 나갈 수도 물러설 수도 없었다."

가쓰는 정직하게 내심의 공포를 쓰고 있으나, 이때에는 그것을 억누르고

"괜찮아, 료마."

료마의 뒤에 숨기를 거절했다.

──우뚝 선 채, 무슨 일이 일어날지 기다렸다.

가쓰는 이렇게 쓰고 있다. 둑 위에 우뚝 선 채 상대방이 어떻게 나오는가를 기다렸다. 다리가 떨렸으리라.

료마는 방갓을 기울이고, 팔짱을 낀 채 묵묵히 그들을 내려다보고 있다.

조슈 사람들이 배에서 뛰어내렸다.

"그들(상대방)은 기슭으로 오르자 즉시 칼을 뽑아"

가쓰는 계속한다. 조슈인은 갈대밭 속에서 번쩍이는 칼을 뽑았다.

"즉시 서로 찔렀다."

앗,

가쓰도 료마도 숨이 막혔다. 조슈인들은 서로 상대방의 가슴을 쥐고 찌른 채 쓰러졌다. 자결한 것이다.

남은 한 사람도 선 채로 자기 목을 찔러 죽었다.

이 처절한 광경을 보고 가쓰는 교토 방면에서 조슈군이 패배했다는 것을 알았다.

"나는 크게 놀라, 온 몸에 소름이 끼쳤으며 한동안 걸음을 떼어 놓을 수가 없었다."

정경이 너무 뜻밖이었다고 가쓰는 자기의 심정을 설명하고 있다.

이 당시의 료마의 행동도 심상치 않았다. 둑에서 달려 내려가 갈대밭으로 뛰어 들더니 한 사람 한 사람씩 안아 일으켰다.

"할 말은 없는가? 고향에 전해 주겠다."

료마가 외쳤으나 두 사람은 이미 숨이 끊어져 있었고, 한 사람은 알 듯 모를 듯 미소를 띄우면서 말을 하려고 했다. 그러나 피가 입안에 넘쳐흘러 말이 되지 않았다.

료마가 안고 있는 그 조슈인은 소매에 씌어 있는 표지로 '요시다 스케사부로 요시히로(吉田佐三郎義弘)'라는 이름인 것을 알 수 있었다. 그 이름이 있는 오른쪽 어깨에 근왕 양이라고 꺼멓게 먹으로 씌어 있었다.

그는 남은 힘을 짜내어 입을 움직이려고 했다. 그러나 말은 나오지 않고 피만 넘쳐흘렀다. 그러다 겨우 "분하다"라고 한 마디 내뱉었으나, 그 바람에 피가 기관(氣管)으로 들어갔는지 일순간 괴로워하다가 숨이 끊어져 죽었다.

갑자기 무거워졌다. 료마는 강변 모래 위에 시신을 살그머니 내려놓았다. 누구에게 살해당한 것도 아니다. 희생이라는 말이 료마의 가슴에 떠올랐다. 무슨 희생인가?

역사가 극도로 긴장하기 시작하고 있다. 피에 굶주려 희생을 요구하고 있다.

"개죽음을 시키지 않는다."

료마는 일어섰다.

"나는 사카모토 료마라는 사람이다. 영혼이 있다면 기억해 두어라. 너희들의 죽음이 반드시 열매를 맺게 해 주겠다."

입 밖에 내서 말하지는 않았지만 료마는 입속으로 중얼거렸다.

그리고 나서 료마는 문득 뒤돌아보고 멋쩍은 듯이 미소를 띄웠다.

그곳에 가쓰가 있었던 것이다. 료마를 기다리다 못해 내려온 것이리라.

"료마, 막부를 쓰러뜨릴 작정인가?"

이 대막부의 군함 감독관은 평소와는 달리 쓸쓸한 미소와 함께 물었다. 막부의 신하 가쓰로서는 복잡한 심정이었으리라.

"국가를 위해서라면 할 수 없겠지요."

료마는 말하기 거북한 듯 대답했다.

"괜찮아. 도쿠가와 막부도 2백 수십 년간 계속되었다. 외국이 오지 않았으면 다시 백 년 더 계속되겠지. 그러나 왔다. 오고부터 이런 소동이다."

가쓰가 말하는 의미를 료마도 안다. 이에야스 이래, 일본의 사실상 황제는 에도의 장군이었다.

교토의 천황은 이에야스로부터 "천자의 여러 가지 배우는 것 중에 첫째가 학문이요……"라고 시가(詩歌)나 학문에 전념하라는 명령을 받고 허수아비 지위만을 지켜 왔다. 잠재 정권이라고 해도 좋다.

대외 교섭이 시작됨에 따라 이 일본의 이중 정권 제도가 최대의 암이 되어 왔다. 외국과 조약을 맺음에 있어서는 교토의 천황의 옥새가 필요한 것이다.

천황은 조약을 거부할 때가 많다. 이 때문에 상대편인 외국까지도 난처해했다.

당연히 통일 정권이 이루어지지 않으면 안 된다. 그것을 천황 중심으로 하느냐, 장군 중심으로 하느냐에 따라 근왕, 친막론이 생겨났다.

가쓰는 내심 결단을 내리고 있었다.

'시조(時潮)라는 것이다. 점점 쇠약해져 가는 막부에 강력한 통일 정치를 앞으로 기대할 수 없다. 막부가 쓰러지고 교토 중심의 세상에 이르는 것은 막부 가신으로서는 슬픈 일이지만 일본에는 그 길밖에 없다.'

그러나 가쓰는 막부를 쓰러뜨리는 '세력'이 문제라고 생각하고 있었다. 지금의 조슈인이 쓰러뜨린다면 어떠한 정부가 이루어질 것인가.

"자네라면 괜찮아."

덧붙여, 사쓰마에 사이고 다카모리라는 사내가 있다. 사이고나 사카모토 등에 의해 쓰러진다면 일본도 막부도 양쪽이 다 다행이다——가쓰는 말했다.

둑 위로 발길을 돌렸다.

"나는 시문(詩文)에는 어둡지만⋯⋯ 이 둑의 풍경을 읊은 요사 부손(與謝蕪村)의 춘풍마제곡(春風馬堤曲)이라는 시가 있다."

가쓰는 말했다.

료마도 그것을 들어서 알고 있다. 시인 부손은 이 부근의 무밭이 많은 마을에서 태어나 각지를 방랑한 끝에, 20년 만에 고향의 전원을 찾은 적이 있다.

지금 료마와 가쓰가 가고 있는 요도 둑을 부손이 가던 도중에, 하녀로 있다가 정월 휴가를 얻어 돌아가는 동향의 미소녀와 길동무가 되어, 그날 밤 단숨에 이 고향을 슬퍼하는 장시(長詩)를 쓴 모양이다.

매화꽃이 희구나, 나니와(浪花) 다릿목 재주(財主)의 집
춘정(春情), 다 배웠구나 나니와 풍류(浪花風流)
⋯⋯
고향 봄은 멀어져 가고, 가고 또 간다
버드나무 긴 둑 이제사 저무는데
다릿머리에 비로소 보이누나 고향의 집.

"료마."

가쓰는 강의 물결을 손가락질했다.

"유등(流燈)이 있군."

과연 죽은 자의 영혼을 위로하는 유등이 점점 이 강 위를 흘러간다. 생각해 보니 우란분(盂蘭盆 : 음력 7월 보름에 조상의 영혼을 제사 지내는 불교 행사)은 벌써 지나 버렸다. 상류의 여러 마을에서 흘려보낸 것일까. 아니면 멀리 교토, 후시미 쪽에서 흘러와, 굽이굽이 머물러 가며 바다가 그리워 하염없이 흘러가는 것일까.

마치 교토에서 숱하게 죽은 조슈인이나 낭사들의 영혼이 강의 물결 위에 떠돌고 있는 것 같았다.

"흘러가는군요, 끈기 있게."

"끈기 있게?"

가쓰는 료마의 말투가 이상했던 모양이다. 방갓 속에서 비로소 웃었다.

"그렇군. 끈기 있게, 언젠가는 바다로 들어가겠지. 시류(時流)라는 것도 그래. 언젠가는 바다로 흘러가지."

막부의 신하이면서도 가쓰는 조슈군의 참담한 말로에 동정을 기울이고 있는 것 같았다.

"그러나 흘러가기에는 막부라는 둑이 너무 크군요."

료마는 대담하게 말했다. 가쓰는 별로 감정을 상한 것 같지도 않았다. 가쓰의 두뇌는 다른 사람보다도 훨씬 메말라 있었다.

이 사내의 눈으로 볼 때, 도쿠가와 막부도, 조슈도, 사쓰마도, 도사도, 아이즈도, 상자 속에 만들어 넣은 산천의 한 점경(點景)으로밖에는 보이지 않는 모양이다.

"둑이 큰 것도 당연하지. 아무튼 공사에 3백 년 걸렸으니까."

"가쓰 선생님, 만약 이 료마가 그 둑을 허물어 버리는 사내가 된다면 어찌하시겠습니까?"

"그야 자네 멋대로지."

가쓰의 표정은 방갓 그늘에 가려서 알 수가 없다.

"나는 사카모토 료마라는 사내의 매력에 끌려서 어울리고 있네. 그 사내가 무엇을 생각하고 무엇을 하든 내가 알 게 뭐야."

"고맙습니다."

료마는 언제나 가쓰가 마음에 걸렸다. 그런 만큼 왠지 발걸음이 가벼워졌다.

그들이 덴만 산켄야(天滿三軒屋)의 막부 시설인 강의 감시소를 강 건너로 보고 지나는데 감시원 두 명이 조슈인으로 오인했는지 갑자기 총격을 가했다. 그중 한 발이 가쓰의 방갓을 꿰뚫었다.

　　어쩐지 막부 중신 가쓰의 입장과 운명을 상징하고 있는 것 같았다.

변전

9월이 되었다.

가쓰는 군함 담당의 행정관으로서 오사카 성안에 있고 료마는 고베의 해군학교에 있었다.

료마는 고베를 본거지로 하여 사방으로 동분서주하고 있었다.

그가 9월 초에 마침 오사카에 와 있는 막신(幕臣) 오쿠보 이치오의 숙소로 찾아 갔을 때, 뜻밖에도 오쿠보의 입을 통해 심상치 않은 말을 들었다.

"가쓰님은 아무래도 벌을 받겠더군."

"이유는 뭡니까?"

"바로 자네 때문이지."

오쿠보는 물었던 담뱃대를 쑥 뽑으며 그것으로 료마를 가리켰다. 이 막부의 고급 관리는 료마에게 몹시 호감을 갖고 있다.

"저 때문이라고요?"

"반드시 그렇다고만은 할 수 없으나 여하튼 자네들이 원인이지. 고베 학교의 학생들이 이케다야 사건 때도 이케다야 2층에서 싸우다 죽었고, 이번의 금문사변(禁門事變)에도 많은 학생들이 탈주하여 조슈군에 가담하고 교토에서 싸웠지. 그러므로 가쓰는 막신이면서도 막부를 쓰러뜨리려는 군사를 양성하고 있다고 하여 막부에서 굉장한 물의를 일으키고 있다네."

"정말 놀랐는데요."

료마는 얼굴을 쓱 문질렀다. 땀이 축축히 그의 손을 적셨다.

가쓰에게 그런 폐를 끼친 것만은 정말 뭐라고 말할 수 없이 괴로웠다.

"사카모토군, 자네 땀을 흘리는군."

"늦더위가 심하군요."

료마는 이렇게 말하며 슬쩍 옆에 있던 오쿠보의 부채를 집어 들었다.

"그건 내 부챌세."

"알고 있습니다."

그는 펄럭펄럭 부채질을 해 댔다.

"그런데 그 가쓰 선생의 건은 어떻게 좀 안 될까요?"

"나 같은 소리(小吏)의 힘으로는 어림도 없네. 그러나 설마 할복까지야 될라구."

"할복?"

료마는 부채를 탁 집어 그것으로 배를 가르는 시늉을 했다. 그리고 그는 한동안 고개를 갸우뚱하고 생각에 잠겨 있더니, 갑자기 오쿠보가 깜짝 놀랄 만큼 큰 소리로 웃어 젖혔다.

"왜 그래, 갑자기 큰 소리로!"

오쿠보는 미간을 찌푸리며 뚱딴지같은 이 젊은이에게 불쾌감을 느꼈다.

"할복이라, 좋지요! 가쓰 가이슈의 뱃속이 시커먼가 빨간가 한번 갈라 보면 알게 되겠지요. 이 료마에게도 흥미가 있습니다. 꼭 그 할복 장면을 구경하고 싶군요."

"여보게, 그는 자네 스승이 아닌가?"

"그렇습니다. 스승입니다. 하지만 오쿠보님."

료마는 머리가 좋고 학문이 깊으며 서양 사정에 통달해 있는 이 능숙한 관리의 얼굴을 보았다. 가쓰를 구하려고 하지 않는 점으로 미루어 보아 과연 관료(官僚)로구나, 하는 생각이 들었던 것이다.

"가쓰 가이슈는 단순한 막신이 아니지요. 백년에 하나 나올까 말까 하는 천하의 호걸입니다. 그런 가쓰에게 막부의 썩어빠진 관리들이 할복을 명할 수 있다면 어디 해 보라고 하십시오. 그거 참 좋은 구경거리가 되겠는데요."

"누가 꼭 할복을 시킨다고 했나? 예를 들었을 뿐이지."

오쿠보는 못마땅한 표정을 지었다.

"그건 그렇고, 막리(幕吏)의 추궁은 자네들에게까지 미치고 있네. 지금 교토나 오사카에서 조슈의 잔당(殘黨)과 낭인(浪人)들을 부지런히 소탕하고 있는데, 그것보다도 우선 난폭한 낭인들의 소굴인 고베의 해군학교를 신센조로 하여금 습격하게 만들겠다는 말도 있네."

"그렇다면 신센조야말로 딱하게 되겠군요."

그 무렵 교토에 있던 사쓰마 번의 사이고 다카모리는 무슨 생각에서인지 오사카의 가쓰 가이슈에게 사람을 보내, 서면을 통해서 정중히 가쓰와의 회담을 요청하며 그의 의사를 물어 왔다.

"알겠소, 날짜는 9월 10일로 정합시다."

가쓰는 대답했다.

이것이 뒷날 백년지기가 된 가쓰와 사이고의 첫 회담인 것이다.

사이고는 사쓰마 번을 대표하고 있다.

가쓰를 만나자는 용건은 "막부는 속히 조슈를 정벌하라"는 것이었다. 무엇을 꾸물대고 있나, 조슈가 반죽음이 되어 꼼짝 못하고 있을 때 처버리지 않는다면 다시 재정비를 하고 분기할 게 아닌가, 하는 것이었다.

사이고는 조슈를 혐오하는 막부나 조정에서조차 놀랄 정도로 철저한 조슈 박멸론자(長州撲滅論者)인 것이다.

그럼에도 불구하고 진심으로는 미워하는 게 아니었다. 그 증거로 하마구리 궁문의 싸움에서 잡은 조슈인 포로 24명을 교토에 있는 사쓰마 번저에 수용하고, 손님 대접하듯 융숭히 대우하여 비밀리에 조슈로 돌려 보냈던 것이다.

교토에서 조슈의 패잔병이 막부와 신센조 또는 다른 여러 번의 손에 포박되어 무자비하게 살육된 것에 비한다면 전대미문(前代未聞)의 대우라 해도 과언이 아니다.

원래 전국시대 이래로 사쓰마인들에게는 포로를 우대하는 풍습이 있었으므로 그 풍습에 의한 것인지는 모르나, 그보다도 이 사쓰마인들의 외교 능력에서 나온 행위였을 것이다.

외교 능력의 결핍은 일본인의 결점으로 알려져 있다. 그러나 예부터 사쓰마인에 한해서만은 전연 이민족이 아닌가 의심할 정도로 외교적 수완이 대단했던 것이다.

사이고 등 사쓰마인은 지금 왼손으로는 조슈 포로들을 옹호하고, 오른손으로는 칼을 빼들고 막부의 코앞에다 들이대며 위협을 가하고 있다.

"어째서 조슈를 정벌하지 않는가?"

이들 사쓰마인의 최종 목적은 외교적으로 우선 막부의 힘을 빌려 조슈를 치게끔 하고, 그 포로를 융숭히 대우하여 그들에게 은혜를 베푼 다음 조슈와 다시 손을 잡고, 결국은 막부를 쓰러뜨릴 때의 포석(布石)으로 삼으려는 심산이었다. 이것은 마치 능숙한 바둑 수와 비슷하다.

필자는 세키가하라를 기억하고 있다. 세키가하라 싸움에서는 모리(毛利) 가문이나 시마쓰 가문이 모두 패배한 서군(西軍)을 지원하고 있었다.

싸움이 끝나자 이에야스는 그들의 죄를 따져 모리 가문을 없애 버리려고 했다. 그러나 사실은 그 싸움에서 모리는 총알 하나 쏘지 않았던 것이다. 뿐만 아니라 그의 친척인 기쓰가와 히로이에(吉川廣家)가 동군(東軍)과 내통하고 있었으니 그의 영지 몰수란 너무 가혹한 처사였다.

모리는 어제까지의 동료였던 도쿠가와에게 손이 발이 되도록 사과하여, 가까스로 영지를 4분의 1로 줄이고 히로시마 성에서 서해 연안의 벽촌 하기(萩)로 옮겨가게 되는 악조건 밑에 가명(家名)만은 간신히 부지하게 되었다. 이 졸렬함은 줄곧 머리만 숙이는 외교술에 기인하는 것이었다.

그러나 한편 시마쓰는 자기의 영지로 돌아가자 곧 전투 준비를 갖추고 닥쳐올 변에 대비했다.

그리고 한쪽으로는 가신을 교토로 보내 강약이 뒤섞인 외교를 전개하여 마침내 한 치의 땅도 뺏기지 않고 일을 무마시켰던 것이다.

사쓰마와 조슈, 두 번의 외교 능력의 현격한 차이는 이처럼 판이했으며 막부 말엽에 이르러 더욱 두드러지게 나타나 있다. 사쓰마 사람들이 볼 때 조슈인은 아이들이나 다름없는 것이었다.

그 외교 능력을 볼 때 사쓰마인들 중에서도 사이고가 특히 뛰어난 두뇌를 가지고 있었다. 아마 이 무렵의 사이고를 가리켜 일본 사상 최대의 외교 감각을 지닌 인물이라고 해도 과언은 아닐 것이다.

그러한 사이고가 가쓰를 찾아온다고 한다.

사이고는 드물게 보는 거구(巨軀)이다.

도사 사람 나카오카 신타로가 고향의 동지들에게 써 보낸 편지에는 그를 가리켜 이렇게 씌어 있었다.

"고멘(後免)의 가나메이시(要石) 못지 않는 거구(巨軀)."

고멘이란 고치(高知) 동쪽에 있는 마을로서 이곳에 가나메이시라는 장사(將士)가 있었다. 그 가나메이시와 같다고 했으니 이 편지를 본 도사의 시골 무사들은 무척 놀랐을 것이다.

"그는 학식이 많고 담략(膽略)이 있으며, 항상 과묵하면서도 사려 깊고 과단성이 있어 이따금 입을 열면 반드시 사람의 폐부를 찌르는 말을 하오. 또한 그는 덕망이 높아 사람을 따르게 하며 누차 고난을 겪어 모든 일에 노련(老練)하오. 그리고 그의 성실한 인품은 다케치 한페이타와 흡사한데 다가 지식이 풍부하므로, 실로 지행(知行)이 합일된 인물로서 서부 지방 으뜸가는 영웅임에 틀림없소."

서부 지방 하면 보통 교토의 서쪽 교외를 가리키는 말이었으나 그 편지를 쓴 나카오카 신타로는 서일본(西日本)이라는 뜻으로 썼던 것이다.

여하튼 거한 사이고는 정장을 하고 당당한 사쓰마 번의 중신으로서 가쓰를 방문한 것이다.

가쓰는 표준 이하의 작은 체구의 사내였다. 그러므로 두 사람이 마주 앉았을 때 그 엄청난 대조는 저절로 웃음을 자아내게 하였다.

사이고는 수인사가 끝나자 대뜸 말을 꺼냈다.

"외람된 말이지만 이번에 저는 막부의 우유부단을 책망하러 왔소이다."

막부에서 조슈를 정벌하겠다고 공표해 놓고도 도무지 실천을 하지 않는 것을 사이고는 지적한 것이다. 그는 이렇게 지적함으로써 막부의 뜻이 어디 있는가를 살피려는 것이었다.

전술에 탐색 사격이라는 것이 있다. 적이 어디에 있는지 분간을 할 수 없을 경우, 여기저기의 풀숲이나 부락에다 덮어놓고 사격을 해 본다. 그렇게 되면 적은 놀라서 반격을 해 올 것이니, 자연 적의 포진을 알게 되는 것이다.

사이고의 이번 방문도 바로 그것이었다.

"어째서 조슈를 치지 않는가?"

트집을 잡듯 따져 본 것은 막부의 능구렁이 같은 속셈을 타진해 볼 심산이었던 것이다. 사이고는 마음대로 사격을 가했다. 그가 뛰어난 정찰자(偵察者)였음은 이것으로도 알 수 있는 것이다.

"옳은 말씀이오."

가쓰는 정좌했던 무릎을 편히 고쳐 앉았다. 지혜덩어리 같은 이 사내는 사이고의 속셈을 즉시 간파했다.

그러나 간파했다고 해서 태도를 숨긴 것은 아니다. 사이고의 탐색 사격에 응하여 막부의 포진을 알려 주기 위해 자포자기 상태로 마구 응사를 개시했던 것이다.

"막부 각료들을 마치 대단한 것처럼 말씀하시지만 쓸 만한 인간은 없습니다. 중신들이나 직속 무사들만 하더라도 모두 시세에 어둡습니다. 예를 들어 이번의 그 금문사변만 하더라도 과격파의 낭사(浪士)들이 조슈군에 종군하여 전사했으며, 설혹 살아남았다 해도 겁을 먹고 재기 불능한 상태에 있지요. 막료들은 이를 기뻐하며 이제는 이것으로 천하태평이라고 안심하고만 있는 겁니다. 놀랄 만큼 무능한 하루살이들뿐이지요."

"허어."

사이고는 대답할 말을 잊었다.

막부의 군함 감독관으로부터 이처럼 통렬한 막부의 비판을 듣게 될 줄은 꿈에도 생각지 못했던 것이다.

"뭐니 뭐니 해도 요즘 세상에 막부 고관만큼 교활한 건 없다고 봅니다."

가쓰는 말했다.

"서로 감싸고 있기 때문에 어디에 권능이 있는지 모르게끔 하고 있습니다. 정말 노련들 하지요."

"그래요?"

사이고는 조용히 듣고 있었다.

"그 중에서도 두목격인 인물은 정무를 지배하고 있는 스와 이나바노가미 (諏訪因幡守)일 거요. 누가 올바른 의견을 말하면 덮어놓고 지당한 말이오, 하고 절대로 반대는 하지 않습니다. 반대를 하지 않으므로 아마 행정에 반영되나 보다, 하면 그것도 아니고 시치미를 뚝 떼고 있지요. 만일 자신에게 불리한 것이라면 뒷구멍으로 다니며 그 인물을 매장시켜 버립니다. 그래서 아무도 바른 말을 하는 사람이 없습니다."

"네에……"

사이고는 진심으로 놀랐다. 좋든 싫든 막부는 일본의 공식 정부인 것이다. 점진론자인 그는 가능하다면 이것을 후원하여 난국을 타개해 보려는 마음도 있었다.

'그처럼 심하단 말인가?'

이런 생각에, 그가 지니고 있는 소년같이 솔직한 정의감이 온몸의 피를 들 끓게 하였다.

"가쓰 선생, 그런 간신을 어째서 물리쳐 버리지 않습니까? 길이 없단 말 인가요?"

"소인배 하나를 물러나게 하는 것쯤은 쉽습니다. 그러나 그 자리에 누가 앉든 몸과 마음을 바쳐 국가를 이끌어 나갈 인물이 없습니다. 결국 막부의 지금 형편으로는 바로 잡으려는 사람이 쓰러지게 되어 있습니다. 그러므 로 손을 댈 엄두들을 내지 못하고 있지요."

"그렇다면 각 번에서 모두 힘을 합치면 어떨까요?"

"소용없습니다."

가쓰는 찰싹! 하고 목덜미에 앉은 모기를 손으로 때리며 말했다.

"가령 사쓰마 번에서 이러이러한 의결이 나왔습니다, 하고 그것을 각의 (閣議)에 내놓으면, 저것은 사쓰마 번에 속고 있는 인물이라는 딱지가 붙 어서 어느 사이엔가 그 직책에서 쫓겨나게 되고 말지요. 각 번에서 아무리 뒷받침을 한다고 해도 목욕통 속에서 방귀를 뀌는 격입니다."

"허어, 방귀를……?"

사이고는 울분을 누를 수가 없었다.

"만일 이처럼 혼탁할 때 청국(淸國)의 경우와 마찬가지로 열국(列國)이 연합군을 조직하여 육군을 함대에 가득 싣고 교토를 점령하려고 쳐들어온 다면 어떻게 되지요?"

"일본은 멸망하게 되겠지요."

그는 자신이 막부의 관리이면서도, 지금의 막부에게 나라를 맡겨 놓는다 면 일본은 망한다는 말을 태연히 지껄이는 것이었다.

"좋은 방책은 없을까요?"

"있지요."

가쓰는 설명했다. 그의 말에 의하면 지금 천하에는 현명한 영주가 4, 5명쯤 있다. 그것은 사쓰마의 시마쓰 히사미쓰, 도사의 야마노우치 요도, 에치젠의 마쓰다이라 요시나가, 이요 우와지마의 다테 무네나리(伊達宗城) 등이다. 그들이 각기 자기들의 군사를 이끌고 교토로 올라와 동맹을 맺고, 한편으로는 오사카 앞바다에 외국선을 격퇴시킬 병력을 상주시킨다. 그리고 또한 요코하마와 나가사키의 두 항구를 열고 그들 동맹을 맺은 번의 이름으로 모든 대외 담판을 행한다면, 막부가 당하는 그런 굴욕적인 조약도 강요당하지 않을 것이며 외국도 오히려 굴복한다는 것이다.

"제번 동맹(諸藩同盟)."

사이고는 나직이 중얼거리고는 얼른 입을 다물었다. 그것은 쿠데타가 아닌가?

요컨대 가쓰의 의견은 "막부를 부정하고 일본의 외교권과 군사권은 제번 동맹의 손으로 장악해 버려라!" 하는 것이다.

아직 도막론(倒幕論)까지는 아니지만 분명히 막부 무시론이긴 했다.

사이고는 가쓰와의 이 대면에 의해 비로소 자신의 세계관과 신국가론을 확립시켰다고 볼 수 있다.

어쨌든 가쓰는 훌륭하다.

그렇게 생각했다.

막부의 신하이면서도 그 막부를 이다지도 명쾌하게 부정하고 있다.

"막부 같은 건 잠시 빌려 입은 옷이나 진배없습니다. 빌려 입은 옷을 벗어 준대도 몸뚱이인 일본은 남습니다. 그러니 우리는 일본의 생존 흥망에 관한 것을 생각하는 게 당연하지 않을까요?"

"암, 그렇고말고요."

사이고는 고개를 끄덕였으나 내심으로 자기 생각은 어떤지, 그 순간 돌이켜 생각해 보았을까? 사이고는 뒷날 세이난 전쟁(西南戰爭)을 일으켰듯이, 평생토록 사쓰마 번이라는 것이 그의 뇌리에서 사라지지 않았다.

사쓰마 번을 무시하고 일본에 대한 것만을 생각한다는 것은, 사이고처럼 감정이 지나치게 풍부한 사람에게는 불가능한 일이다.

사쓰마 번을 초월하여 바로 일본을 생각한다는 것은 그에게 있어 추상론이 되고 만다. 이를테면 여담이긴 하지만, 21세기인 오늘날 "인류에 대한 것만을 생각한다"고 한다면 대부분의 경우 다소의 거짓이 섞이는 것이다.

인류란 아직은 추상 개념(抽象槪念)의 영역을 벗어나지 못하기 때문이다.

그러나 가쓰의 경우는 거기까지 이미 비약하고 있었던 것이다. 물론 그것은 오늘날의 인류주의자보다도 더 배짱이 필요했다. 가쓰는 그래서 어쩌면 피살될지도 모르는 존재였다.

사쓰마 번의 가신 사이고는 정신이 번쩍 들만큼 놀라움을 느꼈다.

'이것 참 이상한 사람인데.'

지상에 사는 생물 이외의 것을 본 듯한 놀라움이었을 것이다.

그는 그때의 감정을 가쓰와 만난 지 5일 뒤인 9월 16일자의 편지로 고향에 있는 맹우(盟友) 오쿠보 도시미치에게 이렇게 전했다.

"가쓰씨와 처음 만났던바 실로 놀라운 인물이라 절로 머리가 수그러지더군요. 그는 추측하기 어려울 만큼 지략에 뛰어난 인물이라고 느껴졌습니다. 무엇보다도 영웅 기질을 풍부하게 지닌 사람으로서 사쿠마 쇼잔(佐久間象山)보다도 더 인물이 출중하며, 학문과 격식은 그 이상입니다. 저는 지금 다만 이 가쓰 선생에게 몹시 이끌리고 있는 중입니다. ——"

마주 앉아 있는 동안 사이고는 차도 마시지 않았다.

차를 마실 마음의 여유가 없었다고 해도 과언이 아니다.

하직할 때 가쓰는 사이고에게 말했다.

"재미있는 사내가 하나 있습니다."

"그래요?"

그 당시 사이고뿐 아니라 뜻있는 사람은 모두 교분을 맺을 만한 인재를 구하고 있었다. 그 말에 사이고는 "만인을 매혹시켰다"고 일컬어지는 그 눈을 티 없이 빛냈다.

"그게 누굽니까?"

"도사 사람으로 사카모토 료마라는 사내지요. 언제고 소개시켜 드리겠습니다."

꼭 부탁한다고 말하고 사이고는 물러갔다.

그 직후, 료마가 마침 "교토를 정찰하고 오겠습니다"라고 하였으므로, 가쓰는 그렇다면 니시키고지에 있는 사쓰마 번저에 잠깐 들러서 꼭 사이고와 이야기를 나누고 오라고 권했다.

생각하면 할수록 가쓰는 이상한 인물이다. 료마와 사이고에게 중대한 영향과 방향을 제시해 놓고도 천연덕스럽게 지나가는 말처럼 말한다.

——만나 보게나

그 두 사람이 서로 만나 친해짐으로써 역사가 크게 움직이게 되리라는 것을 가쓰는 예상했던 것일까?

가쓰는 항상 착실한 성품이었는데도 근본적으로 도시에서 자란 토박이라 점잔만 뺄 수가 없어, 언제나 역설과 풍자와 장난기로 자신의 성실성을 감추고 있다.

"덩치가 큰 사내라네."

이때도 그는 싱긋이 웃었다. 료마도 공연히 우스워져서 마주 웃었다. 가쓰가 료마에게 준 예비지식은 그것뿐이었다.

묘한 사내였다. 그들 두 사람을 맞붙게 하여 씨름이라도 해서 일본을 뒤집어엎어 버리라고 할 생각이었을까?

어쨌든 가쓰에게서는 요정(妖精) 같은 냄새가 풍긴다. 그의 장난기와 헤아릴 수 없는 지혜, 막부의 신하라는 입장을 초월한 그 발상력(發想力), 그리고 시류(時流)에 처해 있으면서, 신(神)만이 알고 있을 그 시류의 전철기(轉轍機)가 어디에 있는가를 잘 알고 있다. 뿐만 아니라 료마와 사이고라는 전철수(轉轍手)를 발견하여 천연덕스럽게 대면시키려는 점 등, 이 사내의 존재는 막부 말엽의 혼란에 허덕이고 있는 일본을 신께서 불쌍히 여겨 파견해 준 요정이라고밖에 생각되지 않는다.

여하튼 료마는 교토로 향했다. 도베 하나를 종자로 데리고 있었다.

"모조리 쑥밭이 됐다더군요."

요도 강을 거슬러 올라가는 배 안에서 도베가 말했다.

"낭인들의 소탕전도 심하다더군요. 나리께서도 조심 않으시면 목이 몇 개 있어도 모자라십니다."

후시미 데라다야의 해변가에 그들이 상륙한 것은 날이 훤히 샐 무렵이었다.

료마가 배에서 육지로 뛰어내리자 왼쪽 길가에는 후시미 행정청의 등불이 쭈욱 늘어서 있고, 오른쪽에는 신센조의 등이 높다랗게 걸려 있는데 각기 사람들이 출동해 있다.

낭인들이 입경하는 것을 감시하고 있는 것이다. 특히 조슈 계열의 낭인들은 불문곡직하고 체포하든가 그 자리에서 베어 버리고 만다.

"여보시오, 잠깐! 이름은? 어느 번의 분이시오?"

신센조 대원과 후시미 행정청의 포리가 우르르 몰려왔다.

료마는 탈번(脫藩) 이후 언제나 사이다니 우메타로라는 가명을 쓰고 있었다. 통관 중에도 가쓰 아와노카미의 가신으로 되어 있었다.

"입경의 목적은?"

"저기——"

료마는 턱으로 저쪽을 가리켰다. 거기에는 데라다야가 있고 문간에는 여자가 하나 서 있었다. 오료였다. 타는 듯한 눈길을 료마에게 보내고 있었다.

"저 여자를 만나러 왔지요."

그는 말을 던지고 오료의 곁으로 다가갔다. 그리고 다짜고짜 남의 눈도 꺼리지 않고 료마는 덥석 오료를 안아 올렸다.

백주, 길거리에서 처녀를 안는 얼간이가 어디 있단 말인가.

"낭인도 낭인이지만 계집애도 계집애지."

길을 가던 상인이 침을 탁 뱉었다.

그러고 보니 과연 여자 쪽에서도 조금도 부끄러운 내색 없이 진지한 눈빛으로 료마를 쳐다보며 안겨 있다. 이런 점이 아주 오료답다.

"오료!"

료마는 오료를 머리 위까지 치켜들며 말했다.

"오래 못 만났지만 잊어버렸던 건 아냐! 나는 당신 이름을 틈만 있으면 생각했었지."

"이름을요?"

"응, 나하고 이름이 비슷해서 자꾸 혼동이 된단 말야. 그래서 이름을 고쳐 주려고 좋은 이름을 이것저것 생각해 보았지."

"그래서, 새 이름을 지었나요?"

"응, 도모코가 어때?"

"어떻게 쓰죠?"

오료는 미소를 지으며 고개를 갸우뚱해 보였다. 원래 남의 생각 같은 것은 하지 않는 성품이다. 그녀는 주위에 있는 구경꾼 따위는 무시해 버리고 두 사람만의 분위기를 즐기고 있다.

"가죽 혁(革) 변에 남녁 병(丙)을 쓰는 도모코(鞆子)야."

"좋은 이름이군요."

그의 목을 안은 채 두 발끝을 가지런히 모았다.

료마의 말은 농담이 아니었다. 정말 열심히 생각했던 이름으로, 이날부터 오료는 도모코로 바뀌었으나 이름을 고치라던 료마 자신이 그 뒤에도 여전히 오료, 오료, 하고 불렀기 때문에 결국 그 이름은 별로 쓰이지 않았다.

료마는 넋을 잃고 바라보는 신센조와 행정청의 포리들을 돌아보고 가볍게 머리를 숙여 보였다.

"그럼 실례!"

료마는 오료를 안은 채 네거리를 꺾어 골목으로 들어가 데라다야의 부엌문 앞에 가서야 내려놓았다.

전법(戰法)은 성공했다.

"허, 겨우 놈들이 보이지 않게 됐군!"

"보이지 않으니까 내려놓는 거예요?"

"응."

료마는 콧등을 쓱 문지르며 오료의 생각은 이미 깨끗이 잊은 듯한 표정으로 부엌문을 열고 들어가 버렸다.

뒤꼍이기 때문에 거기 바로 목욕탕이 있다. 그는 훌훌 옷을 벗고 칼을 동댕이치자 목욕탕으로 뛰어 들어갔다.

그러더니 곧 소리를 질렀다.

"아이쿠! 이건 냉수 아닌가!"

안주인인 오토세가 달려오며 기쁜듯이 말했다.

"아니, 사카모토님 아니세요? 언제 오셨어요?"

"목욕물이나 좀 데워 줘요."

"네, 데워 드리고말고요. 너무 오래 안 오시기에 우리는 걱정하고 있었어요. 모두들 이케다야에서 돌아가셨다느니, 하마구리 궁문에서 전사하셨다느니, 하고 소문이 자자해서 얼마나 걱정했는지 몰라요."

"그래서 이렇게 오지 않았소. 우선 목욕물이나 어서 데워 줘요."

아궁이 앞에 쪼그리고 앉은 오료가 부지런히 장작을 땐 보람이 있어 겨우 가마솥이 뜨거워지기 시작했다.

무쇠 목욕통이다.

"오, 이만하면 됐어."

료마는 탕 속으로 풍덩 들어갔다. 물이 그럭저럭 체온 정도로 데워졌다.

"오료, 당신은 불 때는 솜씨가 좋구려. 숯불도 잘 피우지만."

"잘한다고 남들이 그러더군요."

"오토메 누님도 잘해. 그 두 가지 솜씨가 좋은 사람은 머리가 좋대."

"그래요?"

"그 대신, 성질이 거세어서 시집을 못 가는 말괄량이들이 많대."

"……"

오료는 화가 난 모양이다.

"아무튼 오토메 누님이나 당신이나 바느질도 못하고 밥도 못 짓는 여걸이니 말이야."

"사카모토님!"

오토세가 와서 나무랐다.

"남에게 목욕물을 데우게 해놓고 그런 소리 하는 게 아니에요. 정말 이상한 분이군요."

"오토세, 모치스키 가메야타도, 기다소에 기쓰마도 죽었다. 서너 달 동안에 도사의 패거리들이 20명쯤 죽어 갔지……"

"글쎄, 그랬다더군요. 언제까지 이런 세월이 계속될지, 원……"

"내가 천하를 호령할 때까지."

첨벙, 하고 물소리가 났다.

"그러나 오료, 시대의 광란노도(狂亂怒濤)는 지금부터야. 지금 앞바다에는 외국 군함이 와 있어. 청국은 수도까지 공략 당했어. 외국인들이 오사카 만으로 쳐들어와서 상륙하는 날에는 교토까지 불과 130리밖에 안돼. 어물어물하다가는 양이(洋夷)들이 천황을 거느리고 천하를 호령할 때가 오게 돼."

물이 미지근해서 으스스한 탓인지 오늘의 료마는 이상하게 말이 많았다.

"조슈가……"

오토세도 데라다야가 사쓰마 번의 단골 숙소처럼 돼 있기 때문에 정세에 밝았다.

"양인들 함대의 공격을 받고 큰일 날 뻔했다면서요?"

"정말 조슈는 딱하게 됐어. 하마구리 궁문에서 졌지, 그 직후에는 또 4개국 함대의 내습으로 시모노세키를 포격 당했지, 아무튼 채이고 밟히고 죽을 지경이지. 태평스럽게 천하를 관망하고 있는 것은 사쓰마뿐이야."

"도사는요?"

"영주가 너무 똑똑하고 유아독존이라 정론을 탄압하고 있기 때문에 모두들 탈번을 하는군. 그들은 조슈에 붙거나, 아니면 교토로 달려가 무슨 변이 있을 때마다 죽어 가고 있어. 도사를 탈번한 낭인들의 시체가 거리에 즐비하지. 어느 때건 그들의 넋을 위로할 수 있는 시대가 오지 않는다면 그야말로 원한이 천지에 가득 찰 거야──그런데 참!"

료마는 화제를 바꾸었다.

"오토세는 사쓰마의 사이고라는 사나이를 알고 있나?"

"알다 뿐인가요? 그저께도 그분은 지금 사카모토님이 쓰고 계신 그 욕탕에서 목욕을 하셨는걸요."

"이 욕탕에서 말이지."

료마는 갑자기 친근감을 느낀 모양이다.

몸을 말끔히 씻은 료마는 오토세의 방을 빌려 오전 중 푸욱 잠을 잤다.

저녁때가 다 되어서야 일어난 료마는 오료에게 물었다.

"도베는 돌아왔나?"

자기 전에 도베를 교토로 보내 거리의 경계 상황을 미리 정찰시켰던 것이다.

교토는 계엄령 하에 있다고 해도 과언이 아니었다. 지금의 경시총감(警視總監) 위치에 있는 교토 수호직 마쓰다이라 가다모리는 자기의 아이즈 번병 1천 명, 그리고 신센조 순찰대, 교토 고등정무청의 구와나 번병 5백과 교토 행정청의 관리들을 동원해서 조슈 패잔병의 수색과 수상한 낭인들의 교토 잠입을 저지하고 있었다.

"수상한 자는 베어라!"

무서운 엄명이 내려져 있다. 여담이지만 조슈 사람인 가쓰라 고고로가 교토를 탈출하지 못하고 거지로 분장하여 산조 다리 밑에서 숨어 살던 것도 이 무렵이었다. 재치 있는 이 사내는 한밤중에 본토 거리(先斗町), 산본기(三本木)의 유흥가를 지날 때는 피리를 불어 안마사로 의장(擬裝)하고, 어떤 때는 훈도시 차림의 가마꾼의 모습으로 오쓰(大津)까지 달리기도 했다. 또한 길가의 거지들 움막에서 기거하기도 했으며, 교토로부터 찾아온 애인 이쿠마쓰(幾松)와 재회하여, 얼마 뒤엔 다시 상인으로 둔갑을 하고 다지마(但

馬)로 도망하여 그곳에서 전전하며 해를 넘겼다.

이윽고 도베가 돌아와 이번만은 순순히 오사카로 돌아가는 것이 나을 것 같다고 말했다.

"나리, 위험합니다. 개미새끼 한 마리 들어갈 틈도 없습니다."

"난 가겠다."

료마는 태연히 말했다. 조슈가 궤멸하고 난 뒤 막부의 권위가 회복되는 동시에 광포화 되어, 왕성의 땅 교토가 완전히 막부의 아성(牙城)이 되어 있는 그 광경을 직접 자기 눈으로 보고 싶었다. 실증(實證)을 좋아하고 현실을 좋아하는 이 사내의 천성이 그것을 부채질하고 있다. 눈으로 보고 귀로 듣지 않고는 사물을 생각할 수 없는 성질이므로 앞으로의 천하를 예상할 수가 없다. 사카모토 료마라는 사내가 다른 관념주의적 지사들과 판이하게 다른 점이 바로 이 점인 것이다.

"무엇 때문에 그렇게도 가고 싶으신가요?"

"다즈라는 아가씨가 있어서 그래."

오료가 고개를 번쩍 들었다.

"어떻게 되었는지 걱정이 돼서 그래. 아마 집도 타 버렸겠지."

"그러나 다즈 아가씨는"

오료가 입을 열었다.

"도사 번 중신님의 누이동생이 아닙니까. 그런 높은 댁 아가씨니까 가와라 거리(河原町)의 도사 번저에서 잘 보호하고 있을 거예요."

그런데 무엇 때문에 걱정을 하느냐, 하고 오료는 슬픈 듯한 눈빛으로 말했다.

도베가 보다 못해 한 마디 했다.

"나리는 도대체 누굴 좋아하십니까? 에도의 사나코님입니까, 교토의 다즈님입니까, 아니면 후시미의 오료입니까?"

"쓸데없는 소리 마!"

료마는 화가 나 버렸다.

"모두 다 좋아해."

"그건 안 되지요. 모두 다 좋아한다는 건 아무에게도 반하지 않았다는 것과 매한가지죠. 반한다는 것은 단 한 분에게 열정을 바치는 것입니다. 안 그런가요, 오료님. 그런데 어째서 나리를 반하게 만들지 못하시오?"

도베는 담뱃대를 탁 쳐서 재를 털었다.

저녁 식사에 반주가 나왔다.

료마는 오토세와 오료가 번갈아 따라 주는 바람에 다소 취했다.

"놀랐는데, 내가 취했어."

료마로서는 드문 일인지도 모른다. 그는 별로 술을 좋아하는 편은 아니나 주량이 세어 평소에 한 되쯤은 마셔도 끄떡도 않는다.

"도베, 노래라도 불러 봐."

"그럼 한 곡 뽑을까요?"

도베는 노래로 밥이라도 먹을 수 있을 만큼 좋은 목청을 지니고 있었다.

"나리, 샤미센을 부탁합니다."

"좋아, 반주해 주지."

료마는 곁에 있는 샤미센을 집어 들었다. 오토메 누님의 지도를 받은 그의 솜씨는 그런 대로 서툰 편은 아니다.

그의 반주로 도베는 유행가를 두세 곡 불렀다.

료마는 샤미센을 타면서도 궁리를 하고 있다.

'내일은 어떻게 해서 교토로 들어갈까.'

개미새끼 한 마리 들어갈 틈이 없다는 교토로 료마처럼 얼굴이 널리 알려진 낭인이 무사히 들어갈 수 있을 것인지?

"오료!"

료마는 샤미센을 던져 버렸다.

"우리 유쾌하게 캉캉춤이라도 추어 볼까? 월금(月琴)을 부탁해."

"출출 아세요?"

"알다 뿐인가, 이래봬도 나가사키 본바닥에서 배웠어!"

오료가 월금을 집어 들자 료마는 일어나 두 손으로 하카마를 살짝 쳐들고 춤을 추기 시작했다.

"캉캉시 쓰누디쓰렌환(看看兮, 賜奴的九連環)……"

나가사키에 와 있는 청국인(淸國人)들이 가져온 청나라 술좌석의 좌흥으로, 교토, 오사카를 비롯해 에도에까지 유행하고 있다. 반주는 역시 청국 악기인 월금으로, 이건 오료가 잘 하니 안성맞춤이다.

료마는 춤을 추며 노래를 불렀다.

노래의 뜻은
님에게 받은 지혜의 고리를
두 손에 안고 오기는 했으나
풀려야 풀 수 없고
찢을려야 찢을 수 없어
진정 안타깝구나

라는 그럴 듯한 내용이다. 물론 료마의 청국어 발음은 나가사키식 발음이라 청국인도 일본인도 알아듣지 못하는 아리송한 것이었으나, 그 우스꽝스러움 속에 어딘지 모르게 애수(哀愁)를 느낄 수 있어 료마도 좋아했다.

"그렇다!"

료마는 춤을 끝내자 손뼉을 쳤다.

"내일은 캉캉춤을 추면서 교토로 들어가기로 하자. 오료, 내일은 월금을 들고 교토까지 동행해 줘!"

"오료가 아니에요, 도모코예요. 자기가 이름을 지어줬으면서."

"아 그렇군, 도모코."

털썩 주저앉으니 취기가 갑자기 돌았다.

"자야겠어!"

벌렁 드러눕자 벌써 코를 골기 시작했다.

오토세는 료마에게 침실을 빼앗기고, 하는 수 없이 오료의 방에서 자기로 했다.

"그런데 말야, 오료."

손을 뻗쳐 머리맡의 담배함을 끌어당기며 말했다.

"그 사람 정말 교토로 들어갈 작정일까?"

"그렇다고 생각해요."

"위험한걸……"

오토세는 담배를 채웠으나 불은 붙이지 않고 담뱃대를 든 채 물끄러미 생각을 하고 있다.

그 옆얼굴을 오료는 아름답다고 생각했다.

"내가 그이의 연인이라면 절대로 보내지 않겠는데……"

은근히 오료에게 말리라는 암시를 주었다. 그러나 오료는 오료대로

'연인——'

이라는 말이 마음에 걸렸다.

"사카모토님은 엄마(오토세)를 좋아하나 봐요. 난 그렇게 생각해요. 오토메 누님과 똑같은 성격이라 보통 인연이 아닌 것 같은 생각이 든다고 말한 적이 있거든요."

"이런 바보, 그건 육친과 같은 심정이라는 뜻이야."

그러면서도 오토세는 당황했다.

"나도 동생 같은 기분이란다. 나이는 몇 살 차이더라? 세 살……아냐, 다섯 살이던가?"

오토세는 입을 다물고 말았다. 한참 만에 다시 웃으며 말했다.

"이상한 사람이야……"

료마를 두고 하는 말이다.

"다즈 아가씨가 좋다고 한동안 그러더니 또 에도에 계신 지바님 댁의 사나코님만큼 좋은 처녀는 없다고 나에게 말한 적이 있었지. 이번에는 너야. 바느질도 못하고 월금만 잘 뜯고 거기다 오사카까지 가서 건달의 뺨을 갈겼다는 것이 아주 마음에 들었다나."

"엄마, 담뱃불."

오료가 주의를 주었다. 오토세는 불도 붙이지 않은 담뱃대를 빨고 있었던 것이다.

"아, 참."

웃음으로 얼버무렸으나 오토세가 료마에게 동생 이상의 감정을 갖고 있다는 것은 오료가 누구보다도 잘 알고 있다.

"오료, 난 말이다. 아침 일찍부터 밤늦게 까지 영업하는 선창가 여인숙 주인이라 꼭 한 가지 장기가 있단다."

"어떤 건데요?"

"잠이 쉬이 드는 데다가 잠만 들었다 하면 도둑놈이 와서 깨워도 못 일어나는 재주지."

"어머나"

오료는 웃었다.

"내가 잠이 들면, 오료는 어딜 가도 좋아. 지금 교토가 얼마나 무서운 곳인가를 알려 주러 가도 좋아. 아니, 꼭 가야 한다고 생각해. 하지만 내가 잠이 든 다음에 갈 것, 그리고 내가 눈뜨기 전에 살짝 돌아와 있어야 해. 즉 내가 모르는 사이에 갔다 오란 말야."

오토세가 잠든 숨소리를 내기 시작했다. 그러나 오료는 좀처럼 잠이 오지 않았다.

──잠이 오지 않을 때는 아무것도 생각하지 말고 발바닥으로 숨을 쉬도록 해. 그러면 곧 잠들 수 있어.

언젠가 료마가 가르쳐 준 일이 있다.

'정말일까?'

오료는 이불을 끌어 당겨 푹 뒤집어쓰고 조용히 다리를 뻗어 발바닥을 의식하면서 숨을 쉬어 보았다.

'틀렸어.'

역시 가슴으로 숨을 쉬고 있다. 어떻게 발바닥으로 숨을 쉴 수가 있담.

'그러나 사카모토님이 거짓말을 하실 리가 없다.'

이렇게 생각하며 힘껏 숨을 들이마시고는 후욱, 하고 발바닥으로 내뿜으려 해 보았으나 잘 되지 않는다.

'말하자면 그런 기분으로 하라는 것이겠지.'

생각을 돌리고, 나는 지금 발바닥으로 숨을 쉬고 있다, 하고 스스로에게 일렀다. 그리고 나서 오료는 열심히 발바닥을 의식하며 숨을 쉬어 보려고 했다.

그러나 그러면 그럴수록 몸이 뜨거워지는 것 같았고 나중에는 가슴의 고동이 목구멍까지 울리는 것 같은 느낌이 들었다.

묘한 기분이었다. 이런 기분은 처음 느끼는 것이었다.

마침내 참을 수 없게 되었다. 아무것도 생각지 말라고 했으나 도저히 그럴 수 없는 노릇이었다. 료마가 있다. 료마가 오료의 몸속 가득히 들어가 있는 듯한 느낌이 든다.

'아유, 안되겠어.'

오료는 이불을 걷어찼다.

'사카모토님에게 가야지.'

막상 무슨 일에 처하면 오료는 몸속에 용수철이 생긴 듯 자신도 놀랄 만큼 행동력이 풍부한 처녀가 된다.

'처녀 쪽에서 남자 침실로 가도 괜찮을까?'

이런 반성 같은 것은 없어지고 만다.

"미안해요."

이 중얼거림은 오토세의 잠든 얼굴에 대고 한 말이었다. 이불 가를 돌아 복도로 나왔다.

료마의 방 앞에 서자 몸을 구부려 장지문을 열고 잽싸게 안으로 들어갔다.

'싫어하지나 않을까?'

이런 것은 이미 생각하고 있지 않다. 오사카로 가서 건달의 따귀를 갈기고, 하마터면 팔려 넘어갈 뻔한 동생을 찾아온 그 오료가 지금 어둠 속에서 싱싱하게 숨쉬고 있다.

"사카모토님, 오료가 왔어요."

또렷이 말했다.

료마는 누워 있다.

그러나 장지가 열릴 때부터 잠이 깨어 있었다.

칼이 머리맡에 있었다.

순간적으로 움켜쥐었던 칼을 놓고 말했다.

"난 또 누구라고, 오료구나."

옆으로 돌아눕자 다시 잠이 들었다.

그 숨소리를 듣자 오료는 용기가 꺾이고 말았다.

그러나 여기까지 부끄러움을 무릅쓰고 찾아온 이상 오토세 곁으로 다시 돌아갈 수도 없지 않은가.

"저어, 사카모토님."

좀 과장해서 말하면 오료는 결사적인 각오를 했다. 그녀는 무릎걸음으로 다가가 이불 위로 료마를 힘껏 흔들어 깨웠다.

"왜 그래?"

료마는 놀라서 눈을 떴다.

"잠이 오지 않아요. 사카모토님이 언젠가 가르쳐 주신 발바닥으로 숨 쉬는 방법도 해 보았지만, 하면 할수록 잠이 오지 않아요."

료마에게 책임이 있다는 듯한 말투이다. 하긴 몰래 찾아온 데 대한 이유를 둘러대자니 그 말밖에 없었다.

"하는 방법이 잘못 돼서 그래."

료마는 귀찮은 듯이 대답했다.

"아무리 해도 안 돼요."

오료는 결사적이다. 어둠 속이라 료마에게는 보이지 않았지만 그녀의 눈엔 살기가 있었을 것이다.

"아무리 해도 잠이 오지 않아요, 사카모토님."

"왜?"

"안 되는 것은 안 되는 거예요. 발바닥으로 숨쉬는 따위……"

"좋아."

료마는 결심한 모양이었다. 바보가 아닌 이상 오료의 마음이 어디에 있는 것인가 하는 것쯤은 짐작이 갔을 것이다.

"껴안고 재워 주지, 들어와."

"괜찮겠어요?"

"잔소리 마라. 지금부턴 말 같은 게 필요 없는 세계야."

오료는 뛰어들 듯 료마의 이불 속으로 들어갔다.

료마는 잠옷 입은 오료의 허리를 바싹 끌어안았다.

오료는 몸을 떨었다. 이가 딱딱 마주칠 만큼.

"오료"

"도모코라고 불러 주세요."

"마침내 내 여자가 되는 건가?"

료마는 무언가를 슬퍼하는 듯한 목소리였다.

"그럴 생각으로 계셨던 게 아니었던가요?"

"응, 그러나 다른 생각도 갖고 있었어. 평생토록 아내를 갖지 않으리라 생각했었지. 지금도 그렇게 생각하고 있어."

"왜요?"

"전에도 말했잖아. 대망을 품은 몸이라 언제 지상에서 사라질지 모르니 아무런 흔적도 남기고 싶지 않아서지."

"저, 이야기 같은 건 필요 없다고 하시지 않았어요?"

"아아 그랬지. 깜박 잊어버렸어. 남녀 사이란 이쯤 되면 말 같은 건 필요 없어."

멀리서 개 짖는 소리가 들린다.

료마는 오료의 속옷 끈을 풀어 주었다.

"자, 오료……"

"잠깐만."

오료는 갑자기 공포심이 생겼다.

"억지 쓰지 마."

료마는 킬킬 웃었다.

"오료, 당신 앞자락은 벌어져 있어. 이제 와서 기다리라니 무슨 억지야. 안됐지만 기다릴 수 없어."

오료도 우스워져서 그만 따라 웃었다. 웃으니 공포감이 사라졌다.

"그럼 좋아요."

"바보, 좀더 정답게 말하는 거야."

료마는 오료의 몸을 제대로 다루지 못하고 있다.

"생각보다 보드라운데."

"뭐가요?"

"당신 몸이 말이야."

감탄했다. 오료는 성격이 사내 같아 겉보기엔 근육질의 단단한 몸을 상상케 했는데, 뜻밖에 그렇지 않은 것이 놀라왔던 것이다. 젖은 비단 같은 살결과 미묘하게 탄력 있는 몸매를 지니고 있었다.

"역시 여자야!"

무심결에 소리를 내고 말았다.

그러고 나서 료마는 오료의 그 부분을 만졌다.

젖어 있다.

료마는 즐거웠다.

"오료, 당신은 평소에 큰소리를 잘 치지만 역시 여긴 여잔데."

"그야 물론이죠."

"자연의 불가사의라고나 할까."

"왜요?"

"아니, 왠지 모르게 예술 작품의 향취 같은 것이 느껴져서 그래."

'이상한 사람이야.'

오료는 긴장이 풀어졌다.

바로 그 순간, 천지가 캄캄해지는 듯한 충격을 받았다. 충격이 사라지자 음악이 남았다. 몸의 중심이 생전 처음 듣는 음악을 연주하기 시작하자 그것이 미묘한 경련(痙攣)을 수반하여 전신에 퍼져 간다.

오료는 눈을 감고 있었다.

자신의 몸이 심하게 움직이고 있는 것 같은데 자기는 알지 못한다.

자의식은 안개처럼 흩어져 버렸다. 료마의 품에 안겨 있는 것은 오료가 아닐 것이다.

사람이라는 생물일 것이다.

몸이 몹시 요동을 쳤다. 그 요동은 점점 심해졌으며 오료는 하늘에라도 오르는 듯한 기분이 들었다.

"아!" 하고 큰 소리를 쳤던 모양이다.

허공을 헤매던 몸이 다시 가라앉기 시작했다. 마치 깊은 바다 속 같은 짙푸른 색채 속으로 오료는 차츰차츰 가라앉아 가고 있다.

"료마님!"

이렇게 중얼거린 모양이다.

"평생을 두고 사랑하겠어요."

"사랑하지 않아도 좋아."

료마는 조용히 몸을 떼었다.

"내게 짐이 되니까."

"아니에요, 절대로 짐이 되진 않겠어요. 오료 혼자서만 사랑하고 있겠어요."

"도모코라고 했잖아."

"아, 참, 자꾸 잊어먹어요. 도모코."

오료는 날이 새기 전에 살그머니 자기 방에 돌아왔다.

오토세는 곤히 잠들어 있다.

'미안해요'

잠든 오토세의 얼굴을 바라보며 사과를 하고 자기 이불 속으로 들어갔다.

그러나 잠은 오지 않는다.

이불을 뒤집어쓰고 눈을 감고 있으려니, 감은 눈에서 하염없이 눈물이 흘러나온다.

여자란 묘한 것이라고 생각했다. 바로 조금 아까 오료는 처녀가 아닌 몸이 되고 말았다. 그보다도 이상한 것은, 처녀였던 자신이 그림자놀이의 그림자

같이 먼 옛날에 존재했던 것처럼 느껴지는 것이었다.

'왜 그럴까?'

알 수가 없다.

오료는 이불자락을 물고 소리 죽여 울고 있다. 우는 것을 즐기는 듯한 그런 울음이었다. 울면 울수록 야릇한 서러움이 복받쳐 견딜 수가 없었다.

갈가리 찢기어 그림자놀이 그림자의 세계로 들어가 버린 자신의 과거에 대한 석별(惜別)인 것일까?

그 뿐만은 아니다.

오료는 새로운 세계로 발을 들여놓은 자신을 느끼고 있다.

이제는 이전의 자기처럼 오료 그 자체만이 오도카니 지상에 존재하고 있는 것이 아니다.

'료마의 오료'

바로 그것으로서 새로운 자신이 땅 위에 탄생했다. 이제는 고독한 오료가 아니다.

'그분의 것이란 말이에요!'

이렇게 외치고 싶은 충동을, 지금 오료는 우는 것으로써 음미하고 있다.

그러나 엉뚱한 료마이므로 귀찮은 듯 잡아떼는지도 모른다.

"나는 모르는 일이야!"

그래도 좋다. 그가 뭐라고 말하건 '그 사람의 것'이 된 데는 변함이 없다.

오료는 눈물을 거두었다.

갑자기 방안이 밝아졌기 때문이다. 어느 틈엔가 방에 불이 켜져 있다.

"왜 그러니?"

오토세가 등잔 옆에서 한쪽 무릎을 세우고 앉으며 말했다.

"무서운 꿈이라고 꾸었니?"

"아니에요"라고나 하는 듯 고개를 저었다. 눈치 빠른 오토세는 그 모습을 물끄러미 바라보다가 어렴풋이 사정을 알아차렸다.

"사카모토님한테 갔었구나?"

"네."

오료는 어린애같이 고개를 끄덕였다.

"괜찮아. 나는 사카모토 료마라는 사람은 일본 제일가는 남자일 거라고 생각해. 그래서 나는 네가 전일본의 모든 여자들이 부러워할 행복을 얻었다고 생각하는데, 그러나……"
"그러나?"
"평온한 일생은 보낼 수 없겠구나."
"각오하고 있어요."
"샘이 나서 하는 말이지만 너는 절대로 그분의 짐이 되어서는 안 된다. 만약 짐이 되는 날에는 그분을 좋아하는 한 여자로서 내가 너를 방해할 테다."

"저어, 나리, 아침 식사 준비가 됐습니다. 2층 방이에요."
복도에서 료마에게 말한 것은 오료가 아니고 하녀였다.
"오오, 그래."
료마는 벌떡 일어나 세수도 하지 않고 복도로 나와 계단을 두 층계씩 뛰어 올라갔다.
이 여관은 계산대 앞과 계단 입구 등, 지난날의 데라다야 사건으로 많은 사쓰마 지사의 피를 흡수한 인연이 있다.
계단 위 옆방에 아침상이 마련되어 있었다.
부두에 면하고 있어 난간에서 내려다보면 오가는 나그네들이 보인다.
"날씨가 좋군."
오늘은 무슨 일이 있어도 교토에 들어가야겠다고 생각하며 료마는 상 앞에 앉았다.
시중은 오료가 들었다. 고개를 숙이고 눈을 들지 않는다.
귀뿌리까지 빨갛게 되어 있었다.
"이건 뭐야? 전갱이포에 가지 조림이구나."
료마는 포육을 그다지 좋아하지 않았다. 그러나 생선이 귀한 교토나 후시미에서는 고작해야 이 정도가 좋은 대접이었다.
"포육을 싫어하셨던가요?"
"씹기가 귀찮아서 그래."
아무튼 료마는 해변 태생이라 포육 같은 것은 별로 먹어 본 일이 없다.
"우리 고향인 도사의 고치에서는 해변에만 나가면 고기들이 헤엄을 치고 있지. 고래도 있어."
"거짓말!"

"거짓말이 아니야. 어쩌다가 고래가 만(灣)으로 들어오는 날에는 어부들이 배를 있는 대로 출동시켜 야단법석을 하며 잡지. 그 해변에서 수박덩어리만한 고래 살점을 날것으로 먹고서 얼굴이 피투성이가 된 놈도 있단 말이야."

"어머나!"

어쩐지 야만스러운 이국 이야기라도 듣는 것 같아 교토 태생인 오료는 무서운 생각이 들었다.

"그래서 도사 사람들은 성품이 사나운 걸까요?"

"아니야, 도사가 얼마나 넓은데. 저 지난달 하마구리 궁문에서 전사한 나스 슌페이(那須俊平) 같은 노인처럼, 겨우내 눈 속에 파묻히는 산속 마을에 살면서 한평생 바다 구경을 못하는 사람도 있어. 하기야 산중에 사는 도사 사람들은 고래잡이 대신 날쌘 멧돼지 사냥만 하니, 그래서 사납긴 하지."

"자, 좀더 드세요——모처럼 만든 음식이니까요."

"아니, 그럼 이건 오료 솜씬가?"

"네, 새벽부터 열심히……"

"허어."

료마는 놀랐다. 그러나 부엌일을 못하는 오료로서는 애를 많이 썼겠지만, 기껏해야 포육을 굽고 가지를 조렸을 뿐이 아닌가.

료마는 포육을 뜯어 입에다 넣었다.

오료는 그 입을 열심히 바라보고 있다.

'맛이 있는지 모르겠네.'

"과연, 오료는 음식 솜씨가 좋은데."

료마는 마지못해 한마디 하고는, 입속의 짜디짠 포육을 꿀꺽 삼켰다.

"교토로 함께 가자. 준비를 해요."

"그럼, 부디 몸조심하세요."

오토세의 전송을 받으며 데라다야를 나온 료마 일행 셋은 마치 스무 고개 놀이의 대상 같았다.

한 사람은 6척에 가까운 후리후리한 낭인으로 니리야마(韮山) 삿갓을 쓰고 있다.

그 뒤를 사람이 뒤돌아볼 만큼 아름다운 처녀가 월금을 안고 따라간다. 그리고 그녀의 왼쪽에는 도둑이 걸어간다──

도둑이라 해서 수건으로 얼굴을 싸매고 있는 것은 아니다. 행상꾼 같은 차림으로 덜렁덜렁 걸어간다. 나그네길에 아주 익숙한 걸음걸이다.

후시미는 번화한 거리이다.

가옥 수가 6,656호, 절의 수효만도 150개나 되며, 이 절엔 대부분 교토에서 온 피난민들이 들어 있어 인구가 갑자기 늘어나 있다. 그리고 큰길에는 나그네들이 길을 누비듯이 오가고 있어 매우 번잡했다.

"뭐냐, 저건?"

지나가는 사람들이 눈을 휘둥그렇게 뜨고 료마 일행을 보며 지나간다. 앞장선 료마는 왼손을 품에 찌르고, 콧노래로 캉캉춤의 가사를 흥얼거리며 간다.

뒤따르는 오료가 반주를 하는 것은 아니었으나 어쨌든 월금을 안고 있기 때문에, 얼핏 보기엔 반주를 하는 것 같이 보이는 것이다.

"나리, 이거 원 창피해서."

도베가 딱 질색을 한다. 그럭저럭 스미조메 마을(墨染村)로 접어들었다.

이곳에는 한길 가에 싸구려 청루(靑樓)가 몇 집 있다.

집집마다 긴 발을 드리워놓고, 그 발을 헤치고 기녀들이 달려 나와 길손들의 소매를 끌어 잡는다.

"손님, 들어오세요. 놀다 가세요."

푸른 줄무늬 무명 솜옷에 비로드 깃을 달고, 얼굴에는 흰 가루를 뒤집어쓴 듯 분칠을 하고 있다.

"여보세요, 낭인 어른."

기녀 하나가 료마를 불렀다.

"왜 그래, 우리는 나가사키에서 온 캉캉춤꾼이다. 문전에서 한곡 부르라는 주문인가?"

"정말이세요?"

기녀는 반쯤 곧이듣고 말았다.

"칼 찬 풍각쟁이는 처음 봤는데요."

료마는 들은 척도 않고 곧장 간다.

얼마 가지 않아 길은 교토로 접어들어 속칭 대불(大佛)이라 부르는 호코

사(方廣寺) 문전에 당도했다.

'이거 안 되겠는걸.'

료마가 이렇게 생각한 까닭은 절 문 앞에 떡갈나무 문장(紋章)을 박은 등이 높다랗게 매달려 있었기 때문이다.

도사의 영주가 교토에 와 있다.

가와라 거리 번저가 좁기 때문에 이 절을 임시 본진(本陣)으로 쓰고 있는 것이다.

"료마! 여보, 당신 료마가 아니오?"

문에서 나온 점잖은 무사가 료마를 불러 세웠다.

——누가 나를 부르나?

료마는 걸음을 멈추고 돌아보았다.

이곳은 모번(母藩)의 임시 본진 앞이다. 모번이라고 하나 탈번한 신세의 료마에게는 같은 편이 될 수 없다.

오히려 적이라고 할 수가 있다. 왜냐하면 번의 보조 감찰들이 탈번한 료마를 발견하는 대로 체포하려 하고 있기 때문이었다.

"나요, 나."

무사는 료마에게 다가왔다. 상투를 깨끗이 빗어 올리고 대소(大小)의 훌륭한 칼을 차고 있었다. 아무리 보아도 상당한 신분의 상급 무사이다.

아직 젊다. 늠름한 얼굴과 민첩한 몸집을 지니고 있었다.

"나를 잊었소? 이누이 다이스케(乾退助)요."

뒷날의 이다가키 다이스케(板垣退助)이다. 그는 고토 쇼지로(後藤象二郎)와 같이 노공 요도의 눈에 들어, 요도로부터 도사 번의 군사 조직을 양식화(洋式化)하라는 분부를 받고 있는 고급 관료였다.

이것은 여담이지만, 이다가키라는 사내는 메이지 이후에 자유 민권 운동의 총수 노릇도 했고, 메이지 14년의 국회 개설 후에는 자유당의 총재 노릇도 했다. 그는 그 다음 해 기후(岐阜)에서 유세중 자객의 습격으로 부상을 입었을 때

——이다가키는 죽어도 자유는 죽지 않는다.

라는 명문구를 부르짖기도 하였으나, 인품이 너무 담백해서 정치가나 사상가로서의 능력은 대단한 편이 못되었고, 오히려 무장으로서의 소질이 훨

썬 많았다. 유신 전쟁 때는 관군(官軍)을 인솔하고 도산도(東山道) 선봉의 총지휘관이 되어 고후 성(甲府城)을 함락시키고 간토를 진압하였으며, 다시 나아가 아이즈 와카마쓰 성을 공격하여 함락시킨 그 일련의 작전 지도는 유례없는 탁월한 솜씨였다.

그 다이스케가 료마를 노상에서 불러 세웠을 때의 성은 이누이였다.

그는 상급 무사들 중에서도 유일한 근왕당으로서, 전부터 료마에게 호의를 갖고 있었다.

"잊었다면 섭섭하오."

다이스케는 말했다.

"전에 상급 무사와 향사(鄕士) 간에 큰 싸움이 벌어졌을 때 당신하고 나하고 고다이 산의 늪지에서 싸운 적이 있는데, 난 칼을 뽑고 대항하다가 당신한테 혼쭐난 일이 있었소."

"난 잊어버렸소."

료마는 상급 무사에게 호의를 갖고 있지 않았다. 무뚝뚝한 표정으로 발길을 돌려 그대로 지나치려고 했다.

그러나 다이스케는 강아지처럼 쫓아왔다.

그 무렵의 다이스케는 뒷날의 그와는 달리 매우 경솔했다. 그는 료마에게 따라붙었다.

"당신을 존경하고 있소."

다이스케는 가신 중에서도 명문의 아들이었다. 더구나 노공 요도의 총애를 받고, 장래에는 도사 24만 석을 등에 지고 일어설 것이 약속되어 있는 젊은이였다.

같은 가신이지만 신분의 차이가 까다로운 도사 번에서 다이스케 같은 권문(權門)의 자제가 한낱 향사의 아들인 료마에게 이 같은 태도를 나타낸다는 것은 전대미문의 일이라 해도 과언이 아니다.

더구나 료마는 탈번하고 있는 망명의 죄인이 아닌가? 오히려 이때 다이스케라는 젊은 고관은 료마를 체포하는 것이 당연했을 것이다.

"무슨 일로 교토에 왔소?"

키가 작은 다이스케는 료마를 올려다보며 물었다.

"오고 싶어서 왔을 뿐이오."

료마는 퉁명스럽게 말하며 발걸음을 늦추지 않는다.

"부탁이오, 나는 당신에게 호의를 갖고 있소. 모처럼 이렇게 쫓아와서까지 이야기를 하는데 좀 웃는 낯이라도 보여 줘야 하지 않겠소?"

"말해 두지만 나는……"

료마는 삿갓 밑에서 그늘진 미소를 띠우며 말했다.

"싫고 좋은 것이 별로 없는 사내요. 그러나 이 세상에서 가장 싫은 것이 하나 있는데, 그게 바로 도사 번의 상급 무사란 말이오!"

"료마, 알고 있소. 나를 이해해 주시오. 나만은 다르오."

다이스케는 천성이 반골(反骨)의 소유자였던 모양이다. 어느 번에서나, 가령 그것이 조슈나 사쓰마라 할지라도 상급 무사라는 것은 보수파, 막부파라고 정해져 있었다. 행복한 환경에 처해 있는 인간은 누구나 현상 유지를 원하고 있기 때문이다.

그러나 다이스케만은 좀 달랐다.

그가 교토에 온 것은 간단한 연락 관계가 있었기 때문인데, 그는 원래 에도에서 번의 명에 따라 양식 기병(洋式騎兵)의 연구를 하고 있었다.

기병의 훈련도 시키고 있었다. 그는 틈만 있으면 에도의 거리를 기마로 달렸으며, 지리를 익히려고 노력했다.

'지금 이 정세로서는 반드시 난세가 온다. 에도 막부 토벌이 있게 될 것이다. 그때의 시가전(市街戰)에 대비해서 준비해 두자.'

그는 이렇게 생각했었다고 유신 후에 말한 적이 있다. 그 무렵에는 근왕파도 나오고 도막론자(倒幕論者)도 나왔으나 순전히 군사적으로 에도 성 공격을 연구하던 자는 이 다이스케뿐이었을 것이다.

그러나 그는 입장이 곤란하여 그것을 노공 요도에게조차 비치지 못했으며, 더구나 상급 무사란 모두 막부 지지파들이라 함께 흉금을 털어 놓을 수도 없었다.

여러 해 전부터 료마를 동경하던 그는 료마가 여러 나라를 방랑하고 있다는 말을 들었을 때, 언젠가 꼭 한번 만나 보았으면 하는 생각을 하고 있었다.

그러던 차에 우연히 이 호코 사 문전에서 만나게 된 것이다.

쫓아간 것도 무리가 아니었다.

"교토는 위험하오. 어디로 가는지는 모르나 내가 바래다주겠소. 막부의 관리가 와도 도사 번의 중직에 있는 내가 곁에 있는 한 당신을 해치지는 못할 거요——그건 그렇고."

화제를 갑자기 돌렸다.

"후쿠오카(福岡)의 다즈 아가씨 소식을 알고 있소?"

"뭐, 후쿠오카의 다즈 아가씨?"

료마는 부지중에 당황했다.

"당신은 소식을 알고 있소?"

"그렇소."

다이스케는 과연 전략적인 재능이 있었다. 료마의 약점을 알고 있다. 중신 후쿠오카 가문의 다즈를 료마가 좋아했다는 소문을 듣고 있었고 그 이상으로 다즈가 료마를 사모하고 있다는 말도 들은 적이 있었다. 나아가 고치에서는, 두 사람의 신분이 너무 차이가 있어 끝내 맺어질 수 없었다는 비련(悲戀)이 이야깃거리가 되어 퍼져 있기도 했다.

"교토에서 무사한가요?"

료마가 우선 그것부터 물은 것도 무리는 아니다. 지난번 하마구리 궁문의 번으로 교토의 시중이 8할이 불타 버렸던 것이다. 다즈가 있는 산조 저택만이 무사하리라고는 생각되지 않았다.

"역시 타 버렸지."

다이스케가 대답했다.

"그러나, 무사하겠지?"

아무튼 공경인 산조 가문에는 도사 번이라는 큰 배경이 있다. 다즈가 있는 산조 가문의 선대인 사네쓰무(實萬)경의 미망인 신주인(信受院)은 친정이 도사의 야마노우치 가문이며, 노공의 마님인 마사히메(正姬)도 산조 가문의 양녀인 것이다. 이중으로 겹쳐진 인척이니까 산조 저택이 불에 탔다면 도사 번에서 모른 척할 리가 없을 것이다.

"어째서 대답이 없소?"

료마는 다이스케를 노려보았다.

"말해 보시오."

"잠깐, 다즈 아가씨도 무사하고 신주인께서도 무사하신데, 그 뒷사정이 복잡하오."

"도사 번에서는 당연히 그분들을 번저로 모셔 갔겠지."

"아니, 그렇지 않소."

그들을 맡으려고 해도 정치 문제가 복잡하여 그렇게 할 수 없었다고 다이스케는 말했다.

산조 가문의 젊은 주인 산조 사네토미(三條實美)경은 과격하기 짝이 없는 근왕가로서 조슈파 공경의 우두머리였으며, 작년 8월 그를 포함한 일곱 공경이 조슈로 망명하여 벼슬을 박탈당했다. 지금은 조정에서 쫓겨난 소위 정치범인 것이다.

더구나 조슈는 바로 지난 여름 대궐로 난입하여 소란을 피워 역적이 되고 말았다. 그래서 산조 가문의 가족들은 더욱더 난처한 지경이 되었다.

"료마형, 지금 교토의 정세는 완전히 변해 버렸소. 조슈의 근왕파는 역적이 되고 말았소. 그러므로 자연 조슈에 망명하고 있는 산조 사네토미경은 역적이 되고 다즈 아가씨가 있는 그 집은 역적의 가족이라는 취급을 받고 있소."

"당치도 않은 소리!"

"그러나 사실이니까 할 수 없지. 도사 번의 고루한 생각을 가진 중신들은 막부를 두려워해서 산조 가족의 인수를 거부하고 있소."

"집 없는 이재민이 아닌가?"

"글쎄 내 말을 들어 보오. 도사 번은 다케치의 활약 시대와는 달리 크게 전환하여 막부파가 되었소. 우선 신주인이나 다즈 아가씨보다도 마님이 더 큰일 나셨소."

마님이란 지금의 젊은 번주 도요노리(豊範)의 부인을 가리키는 말이다. 그 부인은 조슈의 모리 가문에서 시집 온 사람이다.

"주군께서는 막부의 노여움을 살까 두려워하여 마님과 이혼하셨소. 친정이 모리 가문이라는 이유로."

그렇다면 다즈 아가씨는 어떻게 되었단 말인가?

"도사 번이 막부파로 전환했다는 것은 잘 알았소. 그보다도 집을 잃은 다즈 아가씨는 지금 어디에 있소?"

"신주인 마님과 함께 사가에 있는 다이가쿠 사 근처의 농가에 있소. 정치의 희생자라고 해도 과언이 아니오."

"사는 형편은? 물론 도사 번에서 내밀히 보조를 하고 있겠지요?"

"그것마저도 번에서는 하지 않고 있는 것 같소."

"이누이 다이스케!"

료마는 다이스케의 소맷자락을 붙잡고 다짜고짜 그의 주머니에 손을 넣어 지갑을 빼냈다.

마치 노상강도 같은 행위다.

"무, 무슨 짓이오?"

"다이스케, 부탁이오, 용서하오. 이 돈을 잠시 빌려 쓰겠소. 나는 지금 돈과는 인연이 없는 탈번 낭인이오. 산조 집안의 궁핍한 현상을 듣고도 어쩔 도리가 없소."

"놀랐는데."

다이스케는 꽤 마음이 좋은 사내다. 수건을 꺼내 얼굴의 땀을 닦고 있다.

료마는 다이스케에게 다즈가 있는 농가의 소재를 자세히 물은 다음 도베를 가까이 불렀다.

"그 농가에 가서 이누이 다이스케가 보낸 위문금이라고 말씀드리고 이것을 전해라. 내일 가와아 거리에 있는 책방 기쿠야(菊屋)에서 만나자."

"알았습……"

여기까지 말하자 도베는 더 말이 나오지 않았다. 료마의 지갑 강탈 솜씨가 너무나 기막혀서 홀딱 반해 버린 것이다.

"나리, 아무래도 저……그 방면의 솜씨가 저보다 나은 것 같습니다."

료마의 귓전에다 속삭이고는 홱 돌아서서 사가 쪽을 향해 달리기 시작했다. 해가 떨어지기 전에 그곳에 닿으려는 모양 같았다.

그를 보내고 난 다음, 다이스케는 도사 번의 내정에 관해 이야기를 하고, 교토에 있는 여러 번의 동향 등 료마가 가장 궁금해 하던 정보를 자세히 알려 주었다.

"한데 사쓰마 번의 움직임이 수수께끼거든. 그 번은 도무지 내막을 알 수가 없단 말이야."

"그럴 거요."

료마도 고개를 끄덕였다. 사쓰마 번은 침묵의 거인(巨人) 같은 기분 나쁜 인상을 준다.

왜냐하면 이 사쓰마 번의 최대 특징은 일번 통제주의(一藩統制主義)이고,

그것에 따라 모든 일에 조직 전체가 움직이기 때문이다.

다른 번은 물론이거니와 조슈 번만 보더라도 개인행동이 많았으며, 번사 개인이 가지각색의 의견을 가졌고, 외부에도 그것을 내세우고 돌아다녔으므로 전체적으로 볼 때 개인의 집단에 지나지 않는다.

미도 번 같은 것은 그 극단적인 예일 것이다. 번 내에 수많은 당파가 생기고, 그 당파가 서로 말다툼을 할 뿐 아니라 서로 살육마저 하고 있다. 막부주의, 근왕주의라는 그런 단순한 양당 대립이 아니고, 그 양당에 또 복잡하게 파가 갈라져서 번이라고는 도저히 할 수 없을 만큼 수습할 길이 없게 되어 있다.

여하튼 사쓰마인들은 결코 개인적으로 번의 내정을 지껄이지 않기 때문에 사쓰마 번이 어떻게 움직이고 있는지 짐작을 할 수가 없는 것이다.

료마도 지금 그것을 알아보려고 사이고를 만나러 간다.

료마가 니시키고지의 사쓰마 번저로 사이고를 방문한 것은 그 다음날이었다.

사쓰마 번저에는 낭인 논객(浪人論客)의 방문이 많았는데 대부분은 보기 좋게 쫓겨나고 만다. 지난날의 조슈 번과 달리 사쓰마 번에서는 시마쓰 히사미쓰(島津久光)의 방침으로 낭인의 출입을 좋아하지 않았던 것이다.

"사이고님은 계시오?"

문지기 방 앞에 불쑥 나타난 것은 료마다.

지금 사이고는 교토 제일의 인기인이 되어 가고 있다. 그러므로 자연 그의 이름을 경모하여 만나 보러 오는 사람이 많다.

그런 사람들을 상대하거나 쫓아 버리거나 하는 역할을 맡고 있는, 통칭 사람 백정 한지로(半次郞)라고 불리는, 뒷날의 기리노 도시아키(桐野利秋)가 문지기 방에서 뒹굴고 있었다.

사이고의 경호원이라고 해도 좋았다.

"당신은 누구시오?"

한지로가 가까이 다가왔다. 하카마를 바싹 추켜서 입고 붉은 칼집의 대소도를 빗장같이 찌르고 있다.

그림에 그려져 있는 그대로의 사쓰마인이다. 목숨을 아끼지 않는 호걸에다 욕심이 없고 교양도 없으며 이 세상에서 사이고만을 둘도 없는 스승처럼, 아니 하느님처럼 생각하고 있는 사내이다. 그는 향사였으므로 번사로서는 신분이 낮다.

'이 사내가 사람 백정 한지로구나.'

료마는 대뜸 알아차렸다.

그러나 그런 인상은 주지 않았다. 거동이 겸손하고 얼굴에 애교가 있는 데다 마음이 흐뭇해지는 미소를 띠고 있다.

"고친 이름은 사이다니 우메타로라고 하오만, 이 사쓰마 번저 안에서는 본명을 말해도 괜찮겠지요?"

"예, 괜찮고말고요. 우리 번에서는 장군이 와도 때에 따라서는 문을 잠그고 들여놓지 않는다는 것이 기풍이올시다."

"흐음."

료마는 감탄했다. 사쓰마 번은 막부에 대하여 은연중 하나의 적국이 되어 있다. 그러한 독립 자존(自尊)의 번풍(藩風)이 한지로 같은 사내의 언동에까지 배어 있다.

'그 번풍이야말로 천근의 무게다. 이 번이 후일 천하의 주도권을 장악할 거다.'

료마는 속으로 생각하며 주위를 둘러보았다.

현관 앞에 장목(樟木)이 있다. 쳐다보니 그 가지 위에 흰 구름이 한 조각 조용히 서쪽으로 흘러간다.

"저, 본명이 어떻게 되십니까?"

"도사의 사카모토 료마라고 하오."

"아!"

한지로는 천진스럽게 손뼉을 쳤다.

"댁이 사카모토님이었군요. 존함은 벌써부터 알고 있었습니다. 오토메 누님이라는 분이 굉장한 분이시라구요?"

도사 패들에게 들었는지 료마의 여러 가지 일화(逸話)까지도 알고 있었다.

"사이고님도 말씀하시더군요. 근일중에 고베로부터 훌륭한 분이 오시는데 가문(家紋)은 도라지다, 정중히 모셔라, 하고요."

한지로는 이처럼 말이 많은 사내가 아니다. 그런데 이렇듯 늘어놓더니, 사이고에게 료마의 내방을 알리기 위해 쏜살같이 안으로 뛰어 들어갔다.

사이고와 료마의 역사적 대면을 쓰기 전에 우선 두 사람의 풍채와 용모에 대해 언급하고 싶다.

먼저 정식으로 료마를 소개한다. 키는 180센티미터(다섯 자 여덟 치). 그 당시로서는 보기 드문 거인이었다.

료마의 가계(家系)는 아버지 핫페이가 덩치가 컸으며 어머니는 몸집이 작은 여자였다. 형 곤페이는 료마 만큼은 안됐으나 그도 덩치가 컸으며, 눈썹이 성글고 얼굴이 큰 뚱뚱한 사내였다.

다른 누이들은 모두 어머니를 닮아서 깡마르고 몸집이 작았으나 료마와 오토메 누이만은 아버지의 골격을 이어받았다.

아무튼 오토메는 '사카모토의 수문장'이라는 별명을 들을 만큼 마을에서 가장 큰 여자였다. 그러나 몸매가 균형이 잡혀 있어 날씬한 허리가 아름다웠다.

오토메는 료마와 치수가 같았다.

어느 해 여름, 마침 료마가 에도의 지바 도장에서 첫 번째 검술 수업을 마치고 고치에 돌아와 있을 때였다.

그날은 축제가 한창 벌어지고 있었는데 한길에서 겐 할아범이 뛰어 들어오며 소리쳤다.

"도련님, 지금 막 꽃수레가 지나가요! 어서 나와 보셔요!"

할아범은 료마가 어릴 때부터 미친 듯이 축제를 좋아했던 것을 알고 있는 것이다.

"오, 그래!"

료마는 방을 뛰쳐나갔으나 여름인지라 아랫도리만을 가린 벌거숭이다. 료마는 허둥지둥 아무거나 잡히는 대로 몸에 걸치고 집을 뛰쳐나가 꽃수레를 따라 한참 달려갔다.

가까스로 꽃수레를 따라잡아 사람들 틈에 끼어 구경을 하고 있는데, 사람들은 꽃수레보다도 료마 쪽을 보고 있다.

"어이 료마, 너 뭘 입고 있나?"

친구가 주의를 해 주어서 겨우 알아차렸다. 오토메 누나의 새빨간 속옷을 걸치고 있었던 것이다.

그 속옷은 그의 치수에 맞춰서 만든 것처럼 몸에 꼭 맞았던 것이다. 오토메는 유신 후에도 때때로 그 이야기를 하고는 웃으며 말했다.

"그 애는 나하고 키가 꼭 같았지요."

그녀도 다섯 자 여덟 치였다. 이것으로 료마의 키를 알 수 있는 것이다.

살집은 형 곤페이와 달리 근육질이었으며, 검술로써 단련했기 때문에 그의 팔은 돌처럼 단단했다.

료마는 원래부터 곱슬머리인 데다 검술 수업때 늘 면구(面具)에 마찰되는 바람에 양쪽으로 살쩍 머리가 유난히 꼬부라져 그것이 그의 풍모를 더 씩씩하게 만들고 있었다. 뿐만 아니라 눈썹이 굵고 눈에 광채가 있었다.

무뚝뚝한데다 손을 품에 찌르기를 좋아했고 좀처럼 웃지 않았으나, 한번 웃으면 사람의 마음을 뒤흔들 만큼 애교가 있었다.

그런데 사이고는——

다소 추상적으로 말한다면, 사이고라는 사람은 인간 분류(分類)의 어떤 분류표의 항목에도 들기 어렵다. 이를테면 사이고는 혁명가이고 정치가이고 무장(武將)인 동시에 시인이고 또한 교육자였으나, 그 어느 항목에 적용시켜도 사이고의 영상은 뚜렷이 나타나지 않으며, 가령 억지로 어느 항목에 밀어 넣어 본다 해도 사이고는 유능한 직능인(職能人)은 못되었다. 즉 직업 기술자가 아니었던 것이다.

철인(哲人)이라고 할 수밖에 없다.

사이고는 '경천 애인(敬天愛人)'이라는 말을 퍽 좋아했는데, 그만큼 사심(私心)이 없는 사내였다. 젊었을 때부터 사심을 없애고 대사를 이룩한다는 것을 자신의 이상상(理想像)으로 삼고, 열심히 자기를 교육하여 마침내 중년에 이르러 거의 자기의 이상에 가까운 인간이 되었다.

천성의 탓이겠으나, 그러한 단련에 의하여 이상하게 사람을 끄는 인격이 형성되었다. 그 특이한 흡인력이 그의 원동력이 되었으며, 그를 위해서라면 목숨도 아끼지 않겠다는 사람들이 사방에서 모여들어 대집단이 되었고, 마침내는 사쓰마 번을 움직여 그 번을 막부 말엽의 소용돌이 속에 밀어 넣음으로써 유신이 완성되었다.

가쓰는 료마와 사이고를 이렇게 평하고 있다.

"사카모토 료마는 사이고를 좀더 빈틈없이 만든 것 같은 사내다."

그 두 사람은 같은 형이지만 그런 점이 다르다는 것이다. 쓰는 김에 좀더 사이고에 관해 그를 알고 있는 선인(先人)들의 평을 적어 보기로 하자.

그의 사적(事績)과 생장에 관해 쓰는 것보다 선인들의 평을 쓰는 것이 그 인물을 좀더 역력하게 독자의 눈에 부각시킬 것이라고 생각된다.

사이고는 두 번 섬으로 유배된 일이 있다.

영주의 친아버지 히사미쓰에게 미움을 사게 되어 두 번째로 섬에 유배되었을 때, 그 섬의 노파가 크게 놀라며 설교를 했다.

"아니, 어쩌다가 또 이렇게 왔나?"

이 몸집 큰 사내를 토목 공사판의 십장인 줄 알고 있었던 모양이다.

"어지간히 나쁜 사람인가 보군. 이 섬에 왔던 사람은 한 번으로도 질려서 두 번 다시 오는 사람이 없어요. 그런데 당신은 두 번이나 오는군요. 이번에는 마음을 고쳐먹고 하루 빨리 돌아가도록 해요."

사이고는 부끄러워서 얼굴을 붉히고 용서하십시오, 이번에는 마음을 고치겠습니다, 하고 당황해서 세 번이나 거듭 같은 말을 했다.

우스울 정도로 허둥거리는 그 모습을 보고 노파는 고개를 끄덕이며 칭찬했다.

"당신은 마치 갓난아기처럼 순진하군."

사이고에게는 천성적으로 그런 순진한 데가 있었다. 이것 역시 사람을 끌어들인 매력이었을 것이다.

그러나 물론 사이고는 유배되었던 섬의 노파가 본 것처럼 순진하고 애교 있는 그런 사내만은 아니다.

과격한 반골한(反骨漢)이기도 하다.

그를 번의 서기라는 말단 직위로부터 끌어올린 것은 선대의 영주 시마쓰 나리아키라였다. 나리아키라는 평범한 영주가 아니라 천재적인 정치가이자 학자인 동시에 비평가였으나, 아깝게도 막부 말엽의 풍운 직전에 죽었다.

이 나리아키라가 자신이 스승이 된 기분으로 사이고를 제자처럼 길렀다.

어느 날 나리아키라가, 료마를 평생토록 사랑했던 에치젠의 마쓰다이라 요시나가(松平慶永)에게 이렇게 말한 적이 있다.

"과연 우리 시마쓰 가문에는 가신들이 많습니다만, 유감스럽게도 이 어지러운 시국에 하나도 쓸 만한 자가 없소이다. 그러나 다만 사이고라는 자가 하나 있는데 그자만은 우리 시마쓰 번의 큰 보물이올시다. 이름을 기억해 주시기 바랍니다."

그러나, 하고 나리아키라는 덧붙였다.

"그는 독립의 기상이 강해서 그를 거느릴 수 있는 자는 아마 나 이외에는 없는 줄 압니다."

나리아키라가 죽자 그의 서제(庶弟) 히사미쓰가 사실상의 번주가 되었다.

그 히사미쓰가 천하의 슬기로운 영주로 손꼽히던 형 나리아키라의 유지(遺志)를 받들어, 교토로 올라가 조정과 막부의 대립 혼란을 자기 손으로 수습하겠다고 했다. 그는 그 문제를 형의 유신(遺臣)이라고도 할 수 있는 사이고에게 의논했다. 그러자 사이고는 냉담하게 대답했다.

"영주님께선 하실 수 없습니다."

그것은 어디까지나 나리아키라 공만이 할 수 있는 일이지 당신 같은 사람은 어림도 없다는 감정이 은연중에 나타났다. 고집이 센 히사미쓰는 크게 노했으나 사이고는 모르는 체 외면을 하며 씹어뱉듯 말했다.

"촌놈 같으니!"

물론 히사미쓰의 귀에 들어갈 만큼 큰 소리로 말했던 것이다.

그가 히사미쓰의 미움을 사고 두 번째로 유배를 당하게 된 간접적인 원인은 여기에 있었으며 히사미쓰는 그 뒤로도 쭉 사이고를 미워했다. 메이지 유신 후 히사미쓰는 공작(公爵)의 작위를 받은 뒤에도 이렇게 말했다.

"토막 유신(討幕維新)이란 나는 모르는 일이야. 그건 사이고가 우리 번을 이용해서 제멋대로 한 짓이다."

다시 극단적으로 이런 말까지 했다.

"사이고는 안 녹산(安祿山)이다."

안 녹산이란 당나라 현종(玄宗) 황제의 무신(武臣)이다. 원래 그는 오랑캐 출신으로 용기가 있는 데다 재치가 있어 사람의 비위를 맞추는 재주가 놀라웠다. 겉으로는 정직함을 가장하여 교묘하게 현종 황제(히사미쓰는 이 현종을 자기 형 나리아키라로 비유함)에게 아첨하였기 때문에 총애를 받았으며, 마침내 변경 방위(邊境防衛)의 절도사가 되어 병마(兵馬)의 전권을 장악했다. 그것을 기화로 하여 반란을 일으켜 현종을 몰아내고 낙양(洛陽)에 도읍을 정하여 '대연(大燕)'이라는 나라를 세워 제위(帝位)에 올랐다. 오래지 않아 이 대연국은 멸망되었지만, 아무튼 히사미쓰의 입장에서 증오심을 가지고 사이고를 본다면 안 녹산으로 보였을 것이다.

어쨌든 사이고는 히사미쓰를 촌놈이라고 욕할 정도로 격정가(激情家)였으며, 헤아릴 수 없는 배짱도 있었고 굽힐 줄 모르는 반골가이기도 했다.

사이고는 신장이 다섯 자 아홉 치.

료마보다 한 치가 더 컸다. 그러나 료마는 호리호리했지만 사이고는 엄청난 뚱보였다.

료마가 최초로 그 사쓰마 번저에서 그를 만났을 때는 불과 몇 달 전까지 유배 생활을 했기 때문에 약간 살이 빠져 있었으나, 그래도 27, 8관(약 103킬로그램)은 되었다.

사이고는 언젠가 사쓰마의 가지키(加治木)로 가서 아는 집에 묵었던 일이 있다.

"소처럼 잘 잡수신다."

그 집 하녀가 사이고에 대해 남긴 말이었다. 그녀에게는 사이고가 다만 초인적인 대식가(大食家)로밖에 보이지 않았던 것 같다.

식후에 커다란 왕귤이 세 개나 나왔다. 왕귤이란 서양배(梨) 모양의 잠보아 같은 과일이다.

"오, 이거 참 먹음직스러운 왕귤이군요. 하나 먹겠습니다."

후딱 먹어치우고는 또 하나를 집어 들고 움쑥움쑥 먹어치웠다. 그리고 거침없이 나머지 하나를 마저 집어 들고 껍질을 벗기다가 자기가 생각해도 좀 우스웠던지 중얼중얼 말했다.

"아무튼 이런 몸집이라 말입니다. 옷감도 한 감으로는 어림도 없습니다. 술은 안 먹습니다만 밥은 많이 먹지요. 덩치가 큰 것도 소나 말이라면 좋지만 인간이 그러면 손해더군요. 그러나 대식가라 해서 게걸스레 굴지는 않습니다. 음식을 놓고 불평을 하는 자가 오히려 더 탐욕스럽더군요."

하녀는 그 중얼거리는 모습이 우스워서 부엌에서 배를 움켜쥐고 웃었다.

사이고가 탐욕에 구애되어 변명한 것으로도 알 수 있듯이 욕심을 떠나야 한다는 것을 평생토록 자기 수양의 목표로 삼고 있었다.

"자기 자신을 사랑하지 말지어다."

이것이 그의 자기 종교(自己宗敎)의 유일한 교의(敎義)였다. 그는 어릴 때 글 읽기를 싫어해서 규고(休吾)라는 하인에게까지 핀잔을 들었을 정도였다. 그러나 두 번째 유배 생활을 하는 동안 그는 대단한 독서가가 되었으며

——어떤 인간이 대사업을 할 수 있는가에 대해 깊이 생각하여 마침내 결론을 얻었다.

"목숨도 필요 없고 명예도 원치 않으며 관직이나 돈도 탐내지 않는 사람은 처치 곤란한 사람이다. 이 처치 곤란한 인간이 아니고는 고난을 같이할 수 없고 국가의 대업도 성취할 수 없는 것이다."

료마에게도 이와 비슷한 어록(語錄)이 있다. 그의 경우는 사이고보다 역설적이며 사이고와 같은 종교성은 없으나 그 대신 매우 날카롭다. 가쓰가 료마를 가리켜 '빈틈없는 사이고'라고 한 것도 바로 그런 점을 말한 것이리라.

예를 들면 큰일을 이룩한다는 점에서도 료마의 어록에는 "세상에 태어난 것은 큰일을 하기 위함이다"라는 점에서 사이고와 일치하고 있으나, 곧 이어서 "남의 사적(事跡)을 따르고 남의 흉내를 내지 말라" 하는 것을 강조하는 점에 모험과 투기성이 강하다.

또한 생사(生死)의 관념도 사이고와 비슷했다.

"사지를 찢겨 죽으나 책형(磔刑)을 당해 죽으나 또는 방에서 편히 죽으나 그 죽음에는 다를 바 없다. 그러니 웅대한 포부를 가져라"든가, 또는 "자신이 죽을 때는 목숨을 하늘에 돌려주고 높은 관직에 오른다는 심정으로, 죽음을 두려워하지 말라"고 하는 점 등 사이고와 흡사했으나, 료마에게는 아무래도 현실적인 냄새가 짙게 풍긴다.

사이고는 만년에 총사냥을 즐겨해, 우에노 공원에 있는 동상에도 그러하듯 소탈한 모습으로 고향의 산야를 돌아다녔으나, 원래부터 복장을 아무렇게나 입었던 사람은 아니었다.

료마가 찾아왔다는 말을 들었을 때 곧 가문(家紋)이 박힌 예복으로 갈아입었다.

솔직히 말해서 가쓰에 대한 경의 때문에 옷을 갈아입었다는 편이 옳을 것이다.

'가쓰 선생이 말씀하셨던 그 사람이로구나.'

그가 '사카모토 료마(坂本龍馬)'의 이름을 '良馬(료메)'로 잘못 알고 있었던 시기였다.

무리도 아니었다. 당시 사카모토 료마의 이름은 교토에 와 있는 지사들 사이에 모르는 사람이 없을 정도로 유명했다. 그러나 사이고는 섬에서 유배 생활을 해 왔기 때문에 천하의 정세 속에서는 말하자면 신출내기였던 것이다.

과연 그가 이 대면을 어느 정도로 기대했던 것일까?

"고스케(幸輔)도 함께 가세."

그는 합석할 것을 권했다. 고스케는 사이고와 함께 일찍부터 번내에서 지사 활동을 계속해 온 사내로서, 메이지 유신 후에는 요시이 도모사네(吉井友實)라고 하였으며 백작(伯爵)의 작위를 받았다. 가인(歌人) 요시이 이사무(吉井勇)의 조부이다.

"해군 사정에 밝은 사람이라네."

사이고가 설명했다. 그는 그 정도로밖에 료마를 인식하고 있지 않았던 모양이다.

복도를 지나 서원으로 들어갔다.

"아니, 손님이 없지 않나?"

고오스케가 놀랐다. 방석만이 놓여 있을 뿐 료마가 없다.

료마는 이때 번저의 마당에 내려와 방울벌레를 잡고 있었다.

실은 기다리고 있는 동안에 방울벌레의 울음소리를 들었던 것이다. 마루에서 내려와 그 소리를 따라 살금살금 다가가니 과연 풀그늘에 있었다.

팔딱 뛰어오르는 놈을 허공에서 낚아채고 그대로 소매 속에 잡아넣었다. 그는 어릴 적부터 방울벌레를 좋아하여 기른 적도 있었다.

"허어, 방울벌레를 잡고 계셨구려."

사이고는 마루로 나와 료마에게 말을 걸었다.

료마는 고개를 돌려 근시(近視)인 눈을 가늘게 뜨고 사이고를 바라보았다. 그 자리에서 사카모토올시다, 하고 인사를 하는 것이 당연했으나 소매 속의 방울벌레에 정신이 팔려 소맷부리를 누르며 말했다.

"여치통 없습니까?"

사이고도 당황하여 집안을 찾아보라고 했다.

"고스케, 여치통 없나?"

'거참 이상한 사람이 다 왔군.'

고스케는 속으로 생각하며 창고지기에게 가서 여치통이 있는가 물었다. 다행히 한 개 있었다.

고스케가 뜰로 내려가 그것을 료마에게 건네주자, 료마는 얼굴을 여치집에 바짝 갖다대고 소맷부리를 조심스럽게 벌려 얼른 그 속에 방울벌레를 넣었다. 그 진지한 모습은 고스케로 하여금 의아심을 느끼게 할 정도였다.

'이 사내가 사쓰마 번저에 벌레를 잡으러 왔나?'

료마는 잡초의 덩굴 줄기를 꺾어서 끈 대신 그 여치집에 매었다. 이윽고 마루로 올라가 발돋움을 하고 추녀 끝에 매달았다.

'묘한 사내로군.'

사이고는 얼이 빠진 눈빛으로 이 도사인을 보았다.

료마는 또 료마대로 사이고를 관찰하고 있었다. 그가 감탄한 것은 방울벌레를 잡고 "여치통 없소?"라고 했을 때 사이고도 함께 여치통은 없느냐, 고 하며 몹시 당황한 점이었다. 천진스러울 만큼 성실성이 넘쳐흐르고 있었다.

'이만하면 대사를 맡길 수 있는 사람이다.'

료마는 생각했다.

여담이지만 사이고의 가장 친숙한 지기(知己)의 한 사람이었던 가쓰는 뒷날 이렇게 말했다.

"나는 사이고보다 머리가 좋다. 그러나 인간으로서 도저히 그 사람을 따를 수 없는 것은 그의 대담성과 성의 때문이야. 에도 성 개성(開城) 때만 해도 그렇지. 나의 한 마디를 믿고 단신 에도 성에 들어왔거든. 나 역시 경우에 따라서는 다소의 권모술수를 쓸 때가 있는데 그 사람의 지성(至誠)에는 당할 수가 없단 말야. 나로 하여금 그를 기만할 수 없게 했지. 그 마당에 잔재주를 부린다는 것은 오히려 사이고에게 속셈을 들여다보이게 하는 것이라고 생각하고 나 역시 지성으로 임했으므로 에도 성의 명도(明渡)도 그처럼 순조롭게 끝났던 거지."

에도 성도, 방울벌레도, 사이고의 경우 같은 것이었다.

사이고도 가만히 료마를 관찰하고 있다.

사실 그는 왠지 모르게 속으로 놀랐다.

'이건 보통 사람이 아니다.'

그 뒤부터 료마에 대한 사이고의 두터운 우정은 남다른 것으로서, 료마가 그 뒤 데라다야에서 막부의 포리(捕吏)들 수백 명에게 포위당해 구사일생으로 그 포위망을 뚫고 탈출하여 후시미의 사쓰마 번저로 피신했을 때, 사이고는 불같이 격노하였다.

"지금 당장 막부 청사를 습격하여 쑥밭을 만들겠다!"

이러면서 날뛰는 바람에 모두들 겨우 말렸을 정도였다.

이들 두 사람의 맹약과 동시에 막부 말기의 역사는 의외의 방향으로 발전해 가나, 그것은 앞으로 이야기하기로 하고 다시 그들의 첫 대면으로 돌아가자.

어찌 됐던 사이고는 료마를 보고 생각했다.

'이제까지 보지 못한 형(型)의 사내이다.'

료마도 같은 생각을 했다.

두 사람의 사상은 다르다. 료마는 그의 어록에서 보듯, 21세기의 오늘날에도 여전히 독물(毒物) 같은 괴상한 광채를 뿜고 있으며 그 신선미를 조금도 잃지 않고 있다.

료마는 그 어록에서 이렇게 말하고 있다.

"마음이 약하면 선행이 많고 마음이 강하면 악행이 많다."

"간지(奸智)에 뛰어나고 욕심이 없는 사람을 일본에서는 귀신이라고 부르고 당나라에서는 성인(聖人)이라 일컫고 인도에서는 부처라 하며 서양에서는 갓(god, 神)이라고 한다. 요컨대 하나이다."

그의 논리(論理)는 찬란한 역설에 가득 차 있다. 료마는 '대간지(大奸智) 무욕인(無慾人)'이 되려고 노력했고, 사이고는 '대지성(大至誠)'을 지향하며 욕심을 버리려고 애썼다.

료마의 말을 빌리면 "똑같은 괴짜들이다"라는 것이었다. 두 사람의 형은 같았으나 그들의 체취는 판이한 것이었다.

두 사람의 대화는 좀처럼 진전되지 않았다. 왜냐하면 사이고는 사쓰마인 특유의 과묵한 성격이고, 료마는 도사의 친구들 간에 무뚝뚝하기로 이름난 사람이라 필요 없는 말은 하지 않는다.

중간에 앉은 고스케가 애가 타서 서투르게 엉너리를 쳤다.

"사카모토님, 방울벌레가 우는데요."

과연 료마가 매단 추녀 끝의 방울벌레가 맑은 소리로 울기 시작했다. 그야말로 음악을 곁들인 대담이라고 할 만했다.

사이고는 마침내 웃으면서 말했다.

"나도 말이 없다고 남들에게 평을 받습니다만 사카모토님도 나 못지않군요."

료마는 그 말에 빙긋 웃었다. 그 웃는 얼굴이 매우 애교가 있어, 사이고는 생각했다.

'참 멋있는 사내야.'

사내에게도 애교가 필요한 거라고 사이고는 생각하고 있다. 방울벌레가 풀이슬을 그리워하듯 만인이 그 애교에 이끌리어 따르게 되면 어느 틈엔가 사람을 움직이고 천하를 움직여 큰일을 하게 되는 거라고 사이고는 생각하고 있다.

그러나 사이고의 철학에서 말하는 애교란 여자의 애교가 아니다. 무욕(無慾)과 지성(至誠)에서 우러나오는 분비액이라고 생각하고 있다.

"사카모토님, 우리 사쓰마 번은"

사이고는 그제야 좌담으로 들어갔다.

"사회에서 평판이 좋지 않습니다. 조슈인이나 조슈 계열의 지사들은 사쓰마 적(賊)이라고들 하지요. 저 하마구리 궁문의 사변 때도."

사이고는 뜻밖에 도사인의 이름을 대었다. 나카오카 신타로이다.

신타로는 낭인의 신분이면서도 조슈군의 참모격이 되어 교토에 난입했으나, 마침내 패주하게 되자 혼자 싸움터에 남았다.

'근왕을 배신한 사이고를 찔러 죽이겠다.'

신타로는 대담하게도 사쓰마 번의 지번(支藩)인 사도하라(佐土原)의 번저를 방문하여, 우선 구면인 그 번의 외과의(外科醫) 도리이 오이사에몬(鳥居大炊佐衛門)이라는 자를 찾았다.

"싸움 구경을 하다가 그만……" 하고 오른쪽 다리를 내보였다. 보니 넓적 다리에 소총탄이 관통되어 상처의 살점이 떨어져 나가고 없었다. 거기서 응급 치료를 받고서, 야포를 즐비하게 늘어놓고 살기등등해 있는 사쓰마군 진지를 천연덕스럽게 찾아갔다.

사이고와는 안면이 있다.

신타로는 위병에게 교섭하여 사이고에게로 안내되어 갔다. 사이고의 주위에는 번쩍거리는 창을 쥔 군사들이 20명 가량 호위하고 있다.

"사쓰마는 언제부터 막부 지지파가 되었소?"

신타로는 우선 호통부터 쳤다. 그 자리에 동석하고 있던 사쓰마 번의 중신 고마쓰 다데와키는 그때를 회상하며 이렇게 말했다.

——그때의 나카오카 신타로의 결사적인 모습은 마치 도사견(土佐犬)과

꼭 같아서, 사이고를 호위하던 사쓰마인들도 차마 달려들지 못했다.

"정말 굉장히 공박을 당했지요."

사이고는 료마에게 말했다. 료마는 속으로 이런 생각을 하며 감탄했다.

'신타로는 사려 깊은 것 같으면서도 일단 한다고 결심만 하면 무분별한 짓을 하는구나.'

"사카모토님, 당신은 우리 사쓰마 번을 어떻게 생각하시오?"

사이고쯤 되는 사람도 사쓰마 번에 대한 세간에서의 악평이 마음에 걸리는 모양이었다.

료마는 별 생각 없이 불쑥 말했다.

"조슈는 인기가 있더군요."

한때 조슈 번은 마치 광신의 무리들이 교조(敎祖)와 함께 정신없이 춤을 추는 듯한, 이른바 종교성 히스테리 집단 같은 데가 있었다.

모든 행동거지가 엉망이었다. 철없는 아이처럼 격발(激發)하는가 하면 또 그 격발을 정당화하는 핑계가 좋았다. 육체와 정신의 균형이 잡혀 있지 않은 것이다. 그러나 이 역사의 긴장기에 필요한 것은, 아무것도 하지 않는 사려 깊은 노인보다도 오히려 그들과 같은 광기(狂氣)가 아닌가, 하고 료마는 생각하는 것이다.

"교토 시중에서는 아녀자들까지도 조슈 편이더군요."

"화류계에서겠지요."

사이고는 말했다. 과연 조슈인들은 교토의 화류계에다 풍성하게 돈을 뿌렸다. 가쓰라 고고로나 구사카 겐스이 등도 산본기에서 물 쓰듯이 돈을 썼다. 그러기 때문에 기온 기생의 대부분이 조슈 편이었던 것이다.

"사카모토님, 화류계에서 돈을 쓰면 교토 시중의 절반이 어떠한 형태로든 혜택을 받습니다. 상인들까지도 조슈님, 조슈님, 하고 따르는 것은 그 때문이겠지요."

"글쎄올시다."

료마는 쓴쓰레하게 웃었다. 그것만은 아닐 것이라고 생각했다. 조슈군이 패주한 뒤 시중에서는 아직도 목숨을 걸고 조슈인을 숨겨 주고 있는 민가들이 있다고 한다. 그들 조슈인들이 갖고 있는 행동적 정열이 시민들에게 감동을 주기 때문일 것이다.

산조 대교의 다릿목에 높다랗게 방이 붙어 있다. 아니, 그곳뿐 아니라 시중 20여 군데에 행정 포고문이 붙어 있다.

"이번 조슈인은 황공하게도 스스로 싸움을 일으켜 교토를 공격하고 대궐문을 범했다. (중략) 원래 조슈 번은 근왕을 빙자하여 가지가지 수단을 써서 인심을 현혹시켰다. 그러므로 시중에서는 그런 조슈인을 신용하고 있는 자도 있을 줄 안다. 그러나 조슈인은 대궐에다 총을 쏜 역적들이다. 명백한 반역배들이므로 조정에서는 막부에 명해 그들을 정벌키로 조치를 내렸다. 만일 조슈인을 신용하고 옹호하는 자라 할지라도 그 잘못을 깨닫고 뉘우친다면 용서를 받을 것이다. 또한 숨어있는 그들을 발견하는 자는 즉시 신고하라. 그러면 나라에서 후한 상이 내려질 것이다. 반대로 혹시 그들을 숨겨주는 자가 있다면 역적으로 취급할 터이므로 각별히 명심하라."

막부는 마지막 구절을 말하기 위해 이 방을 세운 것이었으니 이것만 보더라도 얼마나 조슈인들이 교토에서 인기가 있었는가를 알 수 있을 것이다.

"그것을 친 사쓰마는 인기가 없더군요."

료마는 빙긋이 웃었다.

"인간이란 인기를 얻지 못하면 아무것도 할 수 없습니다. 아무리 정의의 행동을 해도 모조리 악의로 해석되므로 끝내는 스스로 일을 포기하게 됩니다."

"그러나 조슈는 황송하게도 대궐을 향해 총을 쏜 역신들입니다."

"말씀 안하셔도 잘 압니다. 그것은 막부에서 세운 방문에 명백히 적혀 있으니까요."

료마는 태연히 정강이의 털을 뽑았다.

"사카모토님"

사이고는 다그쳤다. 이 시기의 사이고는 초조했다. 숙적 조슈를 쓰러뜨리긴 했으나 기뻐해 준 것은 우선 첫째로 막부였고 다음에는 조슈를 싫어하는 천황 정도로서, 세론은 어딘지 냉랭하다.

"나는 당신의 의견을 묻고 있소. 시중의 인기를 묻고 있는 게 아닙니다."

"좋아하지요!"

료마는 가볍게 대답했다.

"사쓰마 번을 말입니다. 어느 쪽인가 하면 나는 조슈보다 사쓰마를 더 좋아하지요."

"그거 참 고마운 일이군요. 그런데 좋고 싫은 건 접어 두고 당신의 사쓰마 평(評)은 어떻습니까?"

"없소이다!"

료마는 웃으며 말을 이었다.

"없는 게 당연하지요. 당신은 지금 포고문의 말대로 조슈를 비판했고 또 사쓰마 번의 입장을 설명하셨소이다. 그런 피상적인 의견으로 나오신다면 나도 대답할 필요가 없소이다."

"이거 참, 난처한 분이 오셨군!"

사이고는 웃었다.

"그런데 말씀이오, 사이고님, 한마디 묻겠는데……"

"네, 어서 말씀해 보시오."

"조슈를 미워하는 것은 이해하오. 그러나 지금 천하에 믿을 만한 큰 번은 사쓰마와 조슈 뿐입니다. 만일 두 번이 화해하여 손을 잡는 것이 일본을 위한 길이라면 어떻게 하시겠소?"

"좋은 일이라면……"

뒷말은 하지 않고, 그가 만인을 매혹시켰다는 그 성실한 표정으로 고개를 끄덕였다.

"그렇지만."

옆에서 고스케가 참견을 했다.

"사카모토님, 조슈인의 기질로 볼 때 우리 사쓰마인을 증오하고 손을 잡으려고 하지 않을 것입니다."

"옳습니다."

료마는 고개를 끄덕이며 고스케를 위해

"우리 고향에는 이런 노래가 있지요" 하고 노래를 한 곡 뽑았다.

야스나미(安並) 오세이는 시바(芝)의 괴물
이리다(入田)의 촌장(村長)을
두 번 속였네, 두 번 속였어.

"아니 그게 무슨 노랩니까?"

고스케와 사이고는 기가 찬 듯 물었다.

"글쎄요, 무슨 노랠까요? 도사에서는 아이들이 잘 부르는 노랩니다. 개천에 조조로쿠님을 잡으러 갈 때 이 노래를 부르지요."

"그래요? 그런데 그 조조로쿠님은 누군가요?"

"미꾸라지지요."

그들은 서로의 사투리가 통하지 않아 이야기가 무르익기 어려웠다.

추녀 끝에서는 방울벌레가 울어 대고 있다.

이런 상태로 이 두 거인의 첫 대면은 몇 마디의 대화 정도로 끝났다.

그러나 료마가 돌아간 뒤 사이고는 고스케에게 말했다.

"묘한 사람이야. 만났을 때 몇 마디 하지도 않았는데, 돌아가고 나니 묘하게 마음에 남거든."

"저 방울벌레를 어떻게 할까요?"

"아, 저거."

사이고는 료마가 매달아 놓고 간 추녀 끝의 여치집을 보았다.

"맡은 것이니까 풀을 넣어 주고 물도 주구려. 그가 또 왔을 때 당신의 벌레는 없앴소, 할 수야 있나. 인간의 신의에 관련되는 거니까."

'그까짓 벌레 한 마리를 갖고.'

고스케는 속으로 못마땅하게 생각했다. 벌레를 돌봐 주는 것은 자기이기 때문이다.

'괴상한 사내가 다 왔군.'

그 다음날도 사이고는 료마에 관해 똑같은 말을 했다. 그의 가슴속에 있는 료마의 상(像)이 시간이 흐를수록 더욱 성장해 가는 모양이다.

그들의 첫 대면 대화 중 가장 중요한 대목은 료마가 한 질문이었다.

——사쓰마는 조슈를 뒤쫓아 치겠는가?

막부는 지금 조슈를 치려고 준비를 서두르고 있다. 사쓰마가 그것에 가담하느냐 않느냐에 따라 사태는 몹시 달라진다.

"글쎄올시다."

사이고는 말꼬리를 얼버무렸다. 이 기회에 조슈를 꼼짝 못하게 눌러 놓고 싶지만 그렇다고 해서 방침이 세워진 것도 아니다.

료마는 사이고의 대답을 기다리지 않고 화제를 비약시켜 말했다.

"지금 당장이 아니라도 좋소. 장래에 조슈와 손을 잡으시오."

료마는 날카롭게 한 마디 던졌을 뿐 그 말의 답을 굳이 구하지 않고 얼굴을 돌려 뜰만 바라보고 있었다.

사이고가 그 말에 대해 즉시 대답할 수 없는 입장과 시기에 있다는 것을 료마는 알아차리고 있었으므로, 일부러 그 당황한 표정에서 눈길을 돌려주었을 것이다.

사이고는 그 민첩한 재치에 혀를 내둘렀다.

'세상에 흔히 횡행하는 평범한 논객이 아니다.'

사이고는 생각했다. 료마는 사이고에게 의논이 아니고 정치를 논하러 왔다고밖에 할 수가 없다.

이야기는 바뀌어, 고베의 해군학교로 돌아온 료마는 가쓰에게 전혀 사이고에 관해 이야기를 하지 않았다.

가쓰는 며칠 뒤에 먼저 물었다.

——사이고를 어떻게 여기는가?

그때의 이야기를 가쓰의 어록에서 뽑아 보기로 하자.

료마는 대답하였다.

"사이고를 처음 보니 그 인물이 막연하여 추측할 수가 없었습니다. 그는 마치 커다란 종 같아서 조그맣게 치면 조그맣게 울리고 크게 치면 크게 울릴 인물입니다."

명답(名答)이로다, 하고 가쓰는 크게 감탄하며 일기에 적어 놓았다.

"평하는 자도 훌륭한 인물이거니와 평을 받는 자 역시 출중한 인물이로다."

국화베개

　가을이 깊었다.

　후시미 데라다야의 안마당에 있는 늙은 감나무 잎이 붉게 물들기 시작했
으나 그 뒤 료마는 오지 않는다.

　'영 오지 않는구나.'

　오료는 기다림에 지쳤다. 애타는 마음을 꾹 참고 있는데도 안주인 오토세
는 그녀의 태도에서 민감하게 느끼는 모양이다. 그녀는 알아도 그것을 입 밖
에 내지 않았다. 그러던 어느 날 보다 못해 말을 했다.

　"오료야, 그렇게 외곬으로 생각하는 게 아냐."

　"무엇을 말이에요?"

　시치미를 떼려는 것은 아니었지만 무의식중에 입버릇으로 그렇게 되물었
다.

　'멋대가리 없는 계집애로군.'

　오토세는 성격이 거센 데다 질투심도 섞이어 이렇게 생각했다. 료마 같은
사내가 하필이면 이런 계집애와 그렇게 됐을까? 하는 생각마저 드는 것이었
다.

'다즈 아가씨나 사나코님 쪽이 훨씬 낫다.'

오토세는 그렇게 단정하고 있다. 그렇지만 그녀는 료마에게서 그녀들의 이야기를 들었을 뿐 아직 본 일은 없는 것이다.

'이러는 나도 좀 이상하군!'

오토세는 영리한 여자였으므로 자기의 그런 점도 잘 알고 있다.

사실은 질투를 하고 있다는 것도 알고 있었다.

그러나 마음이 단련된 여자라 그 질투를 교묘하게 표현했다.

"오료야, 그렇게 마음이 심란할 때는 나한테 어리광이라도 부리려무나."

"엄마에게?"

"그래, 무엇이든지 털어 놓는 거야. 혼자서 고민하지 말고."

"그럼, 저 국화꽃을 주세요."

오료는 뚱딴지같은 소리를 했다.

"국화꽃을?"

오토세는 국화를 좋아해서 여러 가지 종류의 국화를 현관 앞과 선창 양쪽 돌계단, 그리고 뒷마당과 동쪽 빈터 등에 가득 심어 놓았다.

여러 지방의 유명한 국화를 심어놓고 손질은 물론 남자들에게 맡겼으나 그래도 가을만 되면 마음이 들뜰 정도로 오토세는 그 국화꽃이 좋았다.

"그야 꼭 갖고 싶다면 줘도 되지만……어떤 국화를 갖고 싶니?"

"모두 다——"

오료는 눈을 반짝이며 선언하듯이 말했다. 오토세는 간이 뒤집혀질 만큼 놀랐다.

"이 마당에 있는 국화를 모두?"

"네, 그것을 잘라 꽃술만 따서 말려가지고 사카모토님을 위해 국화베개를 만들고 싶어요."

"뭐라고?"

오토세는 당황하고 말았다. 베개 하나를 만들려고 데라다야의 국화를 모두 꺾어 버리겠다는 것이 아닌가.

"아니……"

오토세는 갑자기 맥이 탁 풀려 버렸다.

"저 국화들을 말이지?"

오토세는 얼굴이 아주 창백해져 버렸다. 그도 그럴 것이, 천하에 이름난 후시미의 데라다야 여관이라고는 하나, 빽빽이 들어선 동네 복판에 있는 것이다. 마당 또한 구색만 갖춘 것이어서, 여관의 풍치를 살리기 위해 추녀 밑에까지 국화분을 늘어놓고 있는 것이다.

말하자면 그것도 장사속이었고, 또한 오토세가 다시없이 국화를 좋아했기 때문이기도 했다.

그런데 그것을 모조리 자르겠다는 것이다.

"국화베개를 베고 자면 머릿속과 눈이 상쾌해진대요."

오료는 오토세의 기분 같은 것은 아랑곳없이 혼자 생글거렸다.

'원래 남의 심사를 이해하려는 마음 같은 것이 이 괴짜 계집애에게 있을 리 없겠지.'

그렇게 생각하니 오토세는 화도 나지 않았다. 다만 이렇게 많은 국화를 일시에 잃을 슬픔만이 남았다. 그 슬픔을 애써 누르며 고개를 끄덕였다.

"하긴 머리에도 좋을거야."

"부탁이에요, 꼭 들어주세요. 이만큼 많은 국화로 단 한 개의 베개밖에 만들 수 없다는 사치스러운 기분을 오료는 한번 맛보고 싶어요."

오료는 자신의 계획에 담뿍 취해 있는 것 같다.

"안 그래요? 엄마, 재미있는 생각이지요?"

"재미있구나."

오토세는 힘없이 맞장구를 쳤다.

"아이 좋아라. 그럼 지금부터 주키치를 불러서 꽃을 자르게 할까요?"

"글쎄."

막다른 궁지에 몰렸다. 이쯤 되면 천하의 여걸로서 소문난 오토세도 오히려 서글픈 심정이 든다. 싫다고 할 수가 없는 것이다. 못할 바에는 차라리 명랑하게 웃을 수밖에. 그녀는 손뼉을 탁 치며 말했다.

"오늘밤 모두 자르도록 하자꾸나. 오료도 거들어 주어라."

"엄마는?"

"나는 안의 일이 바쁘니까."

오토세는 괴로운 나머지 이렇게 꾸며댔다. 애지중지 하던 국화가 잘리는 것을 눈뜨고 볼 용기는 없다.

저녁때가 되었다.

집의 안팎에서 찰칵찰칵 국화를 자르는 가위 소리가 들려 왔으나 오토세는 되도록 그 소리를 듣지 않으려고 애썼다. 평소보다 더 부지런히 부엌일을 시키고, 2층에 올릴 저녁상 준비를 직접 거들기도 하면서 분주하게 일했다.

달이 떠오른 뒤에 오토세는 무심코 집 앞으로 나왔다.

이미 국화꽃은 없었다. 추녀 끝에도 선창가에도.

오토세는 넋을 잃고 그것을 바라보며 왠지 모르게 자신의 경박한 처사가 참을 수 없이 역겨워졌다. 그럴 때, 안 된다——고 잘라 말할 수 없었던 허세가 국화를 이 지경으로 만들고 말았다.

'못된 것.'

이렇게 생각한 것은 자기 자신에 대해서이다.

오료를 미워할 마음은 없다. 그녀는 그녀 나름대로 천진난만하게 살아가는 계집애니까 말이다.

'그러나, 사카모토님이 그런 것을 좋아할까 몰라.'

그로부터 열흘쯤 지나 료마가 데라다야 현관에 바람처럼 들어섰다.

"어머나——"

장부를 정리하던 오토세가 고개를 들었다. 해질녘이라 해자 위의 구름이 붉게 물들어 있다.

"어쩐 일이세요?"

오토세가 무심결에 물을 만큼 료마는 이상한 얼굴을 하고 있었다.

살결은 볕에 그을어 시커멓고, 원래부터 명랑하고 늠름한 사내라 얼핏 보면 몰랐으나 어딘지 그늘져 보였다. 수척해졌다고 보는 게 옳을 것이다.

"오료가 무척 기다리고 있어요."

일부러 명랑하게 놀려 보았으나 료마는 대답도 하지 않고 마루 끝에 앉더니 작은 칼로 짚신의 끈을 툭툭 잘랐다.

'무언가 중대한 일이 있었구나.'

오토세는 직감하고 손수 물을 떠다가 료마의 발을 씻어 주었다.

"오토세, 술은 있나?"

"여관이니까요, 물론 있지요."

오토세는 발을 씻어 주며 대답은 했지만 이상하다고 생각했다. 료마는 도사인이라 주량은 셌으나 그렇다고 술을 좋아하는 편은 아니어서, 들어오자마자 술을 청한 일은 없었던 것이다.

"술은 왜요?"

"마시려고 그러지."

"마시고 어쩌시려고요?"

"자지 뭐."

료마는 웃지도 않고 말했다.

"좀 피로해서 그래. 한잠 자야겠어. 12시쯤 깨워 줘요."

"그때 일어나서 어떻게 하시려고요?"

오토세는 씻기던 손을 멈추었다.

"교토로 가는 거야. 오늘은 묵지 않겠어. 묵고 있을 수가 없어."

"도대체 어떻게 된 거예요?"

"——해산이야."

료마는 마루로 올라서며

"고베 해군학교는 해산하게 됐어. 막부에서 해군학교를 역적들의 소굴이라고 하더군—— 하기야" 하며 대담하게 웃었다.

"그 말에 틀림은 없겠지만."

료마가 가쓰와 함께 경영하고 있는 고베 해군 연습소, 통칭 고베 해군학교는 사실상 가쓰의 사립학교였으나 막부에서 보조금이 나오고 있다. 학생들의 식대로서 3천 냥이 지급되고 있다. 말하자면 반관반민의 학교였다.

그럼에도 불구하고 이 해군학교의 몇몇 학생들이 이케다야의 변에서 싸우다 죽거나 하마구리 궁문 사변 때 조슈군에 가담해서 싸웠고, 조슈의 패잔병을 은닉해 주는 등 마치 반란군 양성소 같은 느낌을 주었다.

막부에서는 이 해군학교 현상에 눈을 돌리기 시작하여, 학생들의 명부를 작성하여 제출하라고 명령하기도 했다.

가쓰와 료마는 한결같이 그럴 필요가 없다고 강경히 거부했다. 그러자 막부는 10월 21일자로 갑자기 가쓰에게 에도 소환을 명했다.

처벌의 전제인 것이다. 뿐만 아니라 사실상의 학교 패쇄 명령이었다.

그처럼 배를 좋아하던 료마로서는 이건 틀림없이 일생의 중대 사건이었을 것이다.

'가엾게도.'

오토세는 장난감을 뺏긴 어린이를 위로하는 듯한 눈빛으로 료마를 바라보앉다.

료마는 술을 마신 탓인지 안색이 좋지 않았다.

그 자리에는 오료도 동석하여 오토세와 번갈아 술을 따르고 있었다.

"그렇다면 자랑하시던 간코마루(觀光丸)인지 하는 그 군함도 막부에 돌려줘야 하나요?"

오토세가 물었다.

"물론이지. 군함뿐인가, 당사자인 가쓰 선생은 에도 소환 후에 군함 감독관 자리도 파면될 것이 분명한 형편인걸."

료마의 충격은 한두 가지가 아니다. 더구나 지금 학생은 이미 각 번의 무사와 낭사들을 합해 2백여 명에 달하고 있다. 각 번에서 파견된 무사들은 각자의 번으로 돌려보내면 되지만 반수를 차지하고 있는 낭사들은 어떻게 처리한단 말인가? 이것은 실로 큰 문제였다.

사실은 이틀 전날 밤, 에도로 출발하는 가쓰와 료마는 이 문제에 관해 이야기한 바 있었다.

"막부의 관리들은 교활하단 말야."

가쓰는 자기가 막부의 고관이면서도 이렇게 말했다.

"해산이 되어 보게. 각 번에 적을 둔 자들이 돌아가고 나면 탈번한 패들만 남게 돼. 이들은 하늘 밑에 몸 둘 곳이 없다. 막부는 바보 같은 아이즈(會津)를......"

가쓰는 막부 지지파인 아이즈 번에 대해 호감을 갖고 있지 않다. 신센조 따위를 시켜 사람을 마구 죽이고 있는 우둔한 정치 감각은 마침내 막부를 멸망시킬 원인이 되리라고 생각하는 것이다.

"바보 같은 아이즈 사람들을 부추겨서 옳다 됐다 하고 잡아 죽이려 올 것이 틀림없어."

그의 말이 옳을 것이다. 막부의 포졸들이 오지 않더라도 도사 번의 감찰들이 료마들을 잡으려 올 것은 분명하다. 이제까지는 가쓰의 간판을 봐서 모두 삼가고 있었던 것이다.

"자네는 어떻게 할 셈인가?"

가쓰가 묻자 료마는 잠시 생각하다가 멍하니 뜰의 들국화를 바라보고 있었다.

사실은 경천 동지(驚天動地)할 묘책이 있다.

그러나 아무래도 꿈같은 생각이라 실현될 것인지 어떤지 그것은 료마도 자신이 없다.

"자아, 어떻게 하겠는가?"

가쓰가 거듭 묻자 료마는 가쓰가 상상도 하지 못했던 안을 말하기 시작했다.

군사 회사(軍事會社)를 설립한다는 것이다.

말하자면 사설함대(私設艦隊)이다. 즉 돈이나 군함을 '주(株)'로서 각 번에서 내놓게 하여 평소에는 통상을 하여 이윤을 분배하고, 막상 외국이 침범할 경우에는 함대로서 활약한다.

"거, 참 재미있는데."

가쓰는 무릎을 탁 쳤다. 동시에 료마라는 사내의 비상한 두뇌에 놀라기도 했다. 그것을 할 수 있다면 서양에서 행하고 있는 '회사'라는 것을 일본에도 탄생시키는 최초의 실마리가 될 뿐 아니라, 독창적인 점에 있어서는 전쟁과 통상을 겸할 수 있는 낭인 회사인 것이다.

그리고 대주주(大株主)로서 사쓰마 번을 생각하고 있습니다, 라고 료마는 말했다.

"그것도 좋은 생각이다. 이왕이면 이렇게 하는 것이 어떤가? 사쓰마 번의 소속이라는 명의로 한다면?"

그렇게 하면 낭인들의 신원은 안전하리라고 가쓰는 생각했다. 그는 어디까지나 친절한 사내였다.

이리하여 료마는 교토의 사쓰마 번저와 교섭하여 이 전대미문의 계획을 실현시키기 위해 고베로부터 교토를 향해 가는 길이었다.

'판룡 비등(坂龍飛騰)'

료마를 한 마리 용으로 견주어, 이 용이 막부기의 풍운을 휩쓸고 단신 상경해 가는 늠름한 모습을 표현한 것이었으나, 이 시기야말로 정말 용이 비상(飛翔)하기 직전이었다고 할 수 있다.

그러나 술을 마시고 있는 료마에게는 전혀 반대인 침울함이 있다.

무리도 아니다. 가쓰의 에도 소환과 해군학교의 해산, 그리고 연습함의 몰수 등에서 오는 충격, 나아가서는 앞으로의 일, 예를 들면 학생의 처리와 사쓰마 번과의 교섭, 낭인 회사의 설립 등, 료마의 가슴 속에서 소용돌이치고 있는 생각이 정리되지 않은 채 뒤범벅이 되어 있다.

'어떻게 하면 좋을까?'

료마는 행동을 해 가면서 생각하려 하고 있다. 지금이 바로 그 행동 개시의 직전인 것이다. 술을 마셔도 초를 마시는 것 같아 도무지 취기가 돌지 않는다.

"찻잔에다 따라 줘!"

오료에게 부탁해서 술잔을 찻잔으로 바꾸어 한 되 가까이 마셨으나 안색은 점점 더 창백해질 뿐이었다.

"참 이상하군요."

오토세는 평소 모습과는 다른 료마를 근심스러운 듯 바라보았다.

"마음이 울적해서 그래. 비상(悲傷)이 오장을 찢는다는 말이 있는데, 그게 사실이군. 인간은 슬픔과 노여움이 피에 섞이면 오장육부마저 둔해져서 술도 취하지 않는 모양이야."

안타깝다는 표정으로 어깨를 으쓱했다. 뼈마디가 우두둑 소리를 냈다.

"주물러 드릴까요?"

오토세의 입에서 이 말이 떨어졌을 때는 이미 사뿐히 일어나 하얀 버선발로 료마의 뒤로 돌아가고 있었다.

'이 세상에 소인(小人)들이 권력을 쥔 것만큼 두려운 것은 없다.'

료마는 어깨를 오토세에게 맡긴 채 생각하고 있다.

가쓰의 실각(失脚) 원인은, 뜬소문에 의하면 고베 해군학교가 간코마루의 선원용 모포(毛布)를 외국에서 대량으로 사들였기 때문이라고 한다.

막부의 고관이 집정관에게 고자질을 하였던 것이다.

"모포를 사들인 것은 선원용으로 산 게 아닙니다. 그것은 그 해군학교에 조슈인을 다수 은닉하기 위한 처사입니다."

이미 일찍부터 가쓰의 해군학교는 모반인의 소굴이라고 막부에서 눈독을 들이고 있었다. 마침 잘됐다! 하고 막부에선 가쓰를 처분하게끔 조치를 내렸다. 어쨌든 모포를 사들인 것은 료마였던만큼 아무래도 재미가 없다.

"제가 주무를게요."

오료가 일어나 오토세 대신 료마의 어깨를 주무르기 시작했다.

주물리면서 료마는 문득 깨달은 듯이 말했다.

"오토세, 들어올 때 보니 국화가 하나도 없더군."

"네."

오토세는 제자리로 돌아가 앉으며 방긋 웃었다.

"오료가 말이에요."

오토세는 국화베개에 대한 이야기를 오료의 공(功)으로 돌려 말했던 것이다.

료마는 안색이 싹 변했다.

'이 양반 화가 났구나……'

오토세는 료마의 화난 얼굴을 처음 보고 솔직히 말해 무서워서 몸이 떨렸다.

절에 가면 흔히 이런 얼굴이 있다. 아수라(阿修羅)라 할까, 인왕(仁王)이라 할까, 원래부터 료마는 양쪽 살쩍이 꾸불꾸불 곤두서 있기 때문에 성을 내면 굉장히 무서운 얼굴이 되었다.

"사카모토님, 그런 얼굴 하지 마세요."

오토세는 속으로 떨면서도 누이처럼 설교조로 말했다.

"아무 얼굴도 하지 않았어!"

"하고 있어!"

오토세는 흉내를 내서 료마를 웃기려고 했으나 료마는 웃지 않는다.

"국화베개가 마음에 들지 않았어요?"

"어리석은 짓을 했군! 그까짓 베개 하나를 만들기 위해 몇 백 개의 국화를 잘랐단 말인가? 옛 이야기에 나오는 당나라의 폭군 같군."

료마에게는 국화가 백성으로 보였던 모양이다. 잠시 동안의 향락을 위해 수백 명의 백성을 죽이는 잔인성을 느꼈던 것이다.

"여자란 참말 잔인한데."

눈물을 뚝뚝 흘리고 있다. 묘한 사나이였다.

이토록 마음이 착한 데도 그의 어록에는 다음과 같은 놀랄 만한 말이 기록되어 있다.

──세계의 국민을 어떻게 하면 몰살할 수 있는가 연구하라! 가슴속에 그 위세 있거든 천하에 한번 휘둘러보라.

한밤중에 그는 남몰래 이런 어록을 적었다. 마음이 약한 자신을 반성하고, 일개 낭인의 신분으로 천하를 움직이려면 여간한 담력이 아니고서는 안 된

다고 생각한 그는

——세계를 죽이고 살리는 것은 나 자신에게 있다고 생각하라.

스스로에게 이렇게 타이르고 그 커다란 신념을 항상 가슴에 지니고 천하를 돌아다녔다. 그 자기 훈계의 마음가짐을 역설적으로

——세계의 국민을 어떻게 하면 몰살할 수 있는가?

이런 식으로 표현했을 것이다. 이 기묘한 천재의 사상은 항상 현란한 역설로 가득 차 있다.

"어리석은 짓을 했군."

씹어뱉듯이 말하고 어록과는 반대로 팔뚝으로 눈물을 쓱 문질렀다.

이것은 후일담이지만 료마는 막부 토벌의 마지막 단계에 이르러

——유신 혁명에 한 방울의 피도 흘리지 말라.

이렇게 부르짖으며 도바 후시미(鳥羽伏見) 싸움의 발발을 극력 피하려고 노력했다.

'막부 몰살'의 복안을 가슴에 지니고 있으면서도 그는 한 방울의 피도 흘리지 않고 모든 사람을 살려서 새로운 국가에 참가시키려고 마음먹었던 것이리라.

국화베개가 얼핏 보기에 간명소박(簡明素朴)하게 보이는 료마라는 사내의 사상과 감정의 복잡함을 우연히도 상징해 주었다.

"하지만, 오료는 사카모토님에게 좋은 향기가 나는 베개를 만들어 주려는 생각에서 그렇게 했던 거예요."

"이상한 여자로군."

료마는 오료를 보고 웃으려고 했으나 웃음이 나오지 않았다.

"오토세, 나는 다른 일로 화가 났던 거야. 화풀이하는 건 나쁜 줄 알면서도 그만 그 감정이 엉뚱한 국화베개로 폭발했던 거야."

료마는 벌떡 일어섰다.

"어딜 가세요?"

"측간에 좀."

료마는 비틀거리며 복도로 나갔다. 위태로워 보였으므로 오료가 급히 따라 나왔다.

마루 끝에 있는 측간에서 용변을 마치고 문을 밀고 나오니 오료가 세면대

옆에 쪼그리고 앉아 있었다.

말없이 물을 뜬 물 국자를 료마 앞에 내밀었다. 정원수 위에 별이 반짝이고 있다.

"손을 씻으라고?"

료마가 마루 끝에 서서 마당으로 손을 내밀자 오료는 여러 차례 물을 끼얹어 주었다.

그러고 나서 잠자코 수건을 내밀었다. 갓 꺼낸 새것인지 촉감이 깔깔했다.

료마는 손을 닦으며 오료를 보았다. 그녀는 고개를 수그리고 금방이라도 울음을 터뜨릴 듯 울상이 되어 있다.

남녀의 정이란 이상한 것이었다. 국화베개를 빙자해서 오료를 실컷 공격해 놓고도, 공격하고 보니 애처로운 생각이 가슴에 가득 차서 견딜 수 없는 심정이 들었다.

"오료——"

그는 손을 잡고 거칠게 끌어당겼다.

오료는 국화베개 때문에 그지없이 상심하고 있었다. 그 아픈 마음을 필사적으로 누르고 있었으나, 료마가 갑자기 끌어당기는 바람에 그만 울음보가 터져 그의 가슴에 얼굴을 비비며 어린애같이 울어댔다.

'야단났군.'

료마가 당황한 것은 그녀의 울음소리보다도 료마에게 안긴 채 쉴 새 없이 그의 가슴이고 팔이고 가릴 것 없이 꼬집고 할퀴는 오료의 두 손이었다.

그녀는 그러면서도 어깨만은 힘껏 들먹이고 있다.

"아야, 아야!"

"아픈 것은 당연해요! 내가 더 아파요!"

그녀는 몸을 마구 밀어댔다. 그 하체의 움직임이 료마에게 그대로 전달되어 젊은 료마로서는 견딜 수 없을 정도였다.

"분해 죽겠어요!"

오료는 더욱더 몸을 밀어댄다.

"오료, 이러지 마!"

료마도 솔직히 말해 이렇게 성가신 일에 시간을 낭비하느니보다는 다만 두어 시간이라도 푸욱 자고 싶었다. 수면 부족 상태로 밤길을 가는 것은 위험할 뿐 아니라 내일 아침에 있을 사쓰마 번저에서의 중대한 교섭이 잘 진행

되지 않을 지도 모른다.

"오료, 이제 그만해. 방에서 오토세가 기다리고 있잖아."

팔에 힘을 주어 떨치려 했으나 오료는 필사적으로 달라붙어 마침내는 료마의 왼쪽 팔을 꽉 물었다. 피가 흘렀다.

'곤란한 계집애로군!'

료마는 어이가 없었다. 귀여운 생각도 들었으나 장차 어찌 될 것인지.

피를 보고 놀란 오료가 흠칫 몸을 떼었을 때, 재빨리 료마는 복도를 지나 오토세가 기다리고 있는 방으로 돌아왔다.

"오토세, 여기서 잠깐 눈을 붙일 테니 옆에서 지켜봐 주오."

료마가 일부러 오토세 방에서 드러누워 잔 것은 오료를 피하기 위해서였을 것이다.

넓지 않은 여인숙에서의 일이라 오토세는 방에 앉아서도 복도에서 있었던 두 사람의 경위를 죄다 듣고 알고 있었다.

'난처한 계집애야——'

이렇게 생각은 했으나 내색은 하지 않는다.

그녀는 료마 곁에 조용히 앉아 있다. 료마가 눈을 뜰 때까지 옆에 있어 달라고 부탁을 했기 때문이다. 오토세로서는 역시 료마가 자기를 의지하고 있구나 싶어 무한히 기뻤다.

오토세는 이따금 료마의 꿈을 꿀 때가 있다. 료마가 멀리 떨어져 있을 때 문득 잠자리에 들어가서 단 하룻밤만이라도 그 젊은이와 함께 지내 봤으면 하는 그런 부끄러운 일을 생각하는 밤도 있었다.

그러나 이스케(伊助)라는 기둥서방을 섬기고 있는 몸으로서는 그런 일이 모두 망상일 뿐, 현실화될 수도 없는 노릇이고, 또 현실화되어도 곤란한 꿈이었다.

밤 12시가 되었다.

오토세는 료마를 흔들어 깨우며 쌀쌀하게 말했다.

"시간이 됐어요."

그녀는 가증스럽고 활발했으며, 료마가 고향에 부친 편지에 의하면 "학문이 있는 여인이며 매우 뛰어난 인물"이라고 적혀 있었고, 료마의 유모인 오야베에게 보낸 료마의 편지에도——"데라다야는 마치 친척집 같으며 오토세에게도 많은 신세를 지고 있다"고 적혀 있었다.

"이거 야단났군."

료마가 벌떡 일어나 방을 뛰쳐나가려는 순간, 발길에 툭 채이는 게 있었다.

베개였다. 집어 들어 보니 국화의 향긋한 향내가 났다. 어느 틈엔가 오토세가 료마에게 베어 줬던 모양이다.

"이것은 내가 가져가지."

료마는 베개를 품속에 넣었다.

"아이 흉해요. 그럴 듯한 무사가 품속에 베개를 갖고 다니다니."

"상관없어, 오료의 호의는 받아야지."

"고맙군요. 이제 와서 그럴 바에야 차라리 그렇게 화를 내지 말 것이지."

오토세는 화가 났다. 그러나 료마로서는 베개라도 가져가지 않고는 유쾌하지 못한 다툼이 끝나지 않은 것 같이 여겨지기 때문이었다.

현관 바닥에 내려서며 새 짚신을 신고, 니라야마(韮山) 민정관인 에가와 다로사에몬이 고안했다는 니라야마 삿갓을 옆구리에 끼고 데라다야를 뛰쳐나왔다.

"그럼 또 오겠소."

별이 쏟아질 듯한 밤하늘이다. 그 별빛 속에 가라앉은 심야의 거리를 료마는 북으로 향해 걸어갔다.

단바 다리(丹波橋) 근처에 비슈 번(尾州藩)이 커다란 후시미 번저를 갖고 있었다. 그 번저의 동쪽 담을 끼고 가면 그 앞은 온통 논밭뿐이었다.

교토로 가는 교오마치 거리(京町通)로 가려면 오른쪽으로 접어들어야 한다고 생각하고 막 그쪽으로 향해 꺾어들려는 순간, 칼바람이 료마를 습격했다.

휙!

료마는 재빨리 물러서며 번개처럼 칼을 뽑았다.

"누구냐!"

자객은 5명이었다.

두 명은 비슈 번저의 담벽에 바싹 붙어 있고 다른 세 명은 논과 밭을 등지고 서 있다.

뛰어 물러선 료마는 삼거리의 한복판에서 칼을 빼들었다.

'장소가 나쁘군.'

삼면에서 습격을 받게 되기 때문이다.

누구냐고 물어 보았으나 상대는 대꾸를 하지 않았다. 사람을 잘못 본 게 아니냐고 해도 여전히 침묵을 지킬 뿐이었다. 신센조의 패거리들이 아닌가, 하는 생각도 들었으나 상대는 부대명이 새겨진 등불도 들고 있지 않다.

'베어 버릴까.'

이제까지 사람을 죽인 일이 없는 료마는 이날 밤 이렇게 결심을 했다.

이 료마는 어지간히 살인을 싫어하는 성품이었던지, 자계록(自戒錄)에 일 부러 다음과 같은 말을 써서 스스로를 편달하고 있다.

──생사람을 죽일 때는 인간이라고 생각지 말라. 두려움이 앞서는 것이 니라. 짐승을 죽일 때보다도 더 안심하고 태연히 행하라.

그럼에도 불구하고 그는 평생을 두고 불살주의(不殺主義)로 일관했으니, 도대체 어느 것이 진짜 료마였을까.

왼쪽의 벽에 착 붙어 있던 그림자가 차츰 료마에게 다가오기 시작했다. 그 를 노리고 있는 칼끝의 각도를 보니 어지간히 칼을 잘 쓰는 솜씨인 듯하다.

그놈이 확 쳐들어오는 것을 료마는 피하지도 않고 칼등으로 후려쳤다.

으악! 소리와 함께 적은 쓰러졌다.

"죽지 않아, 칼등으로 쳤다."

소리치며 다음 놈을 칼끝으로 유인해서, 달려드는 놈의 팔목을 힘껏 내리 쳤다.

팔목이 날아갔다.

그와 동시에 료마는 몸을 굽혀 뛰기 시작하는데 앞길을 막는 놈에게

"멍청한 놈!"

외치자마자, 한손으로 칼을 휘둘러 상대방 옆얼굴을 후려쳤다. 약하게 친 것이다. 칼은 상대의 두개골에 맞아 반동으로 탁 튕겨 왔다.

그러나 상대에겐 대단한 타격이었던지 머리 밑으로 피를 뿜으며 나동그라 졌다. 꼼짝 않는 것을 보면 기절한 모양이다.

여하튼 순식간에 세 놈이 쓰러졌다. 료마는 나머지 두 놈이 주춤한 틈을 타서 쓰러진 놈을 뛰어넘어 동쪽으로 달렸다.

"앗! 교마치 거리로 나간다!"

외치는 소리가 등 뒤에서 들렸다. 그 목소리가 귀에 익었다. 그것은 신센조의 시노부 사마노스케가 아닌가?

'난 또 누구라고, 그놈이었구나.'

오랜 싸움 상대라는 생각을 하니 이상하게 반가웠다.

뒤에서는 나머지 두 놈이 결사적으로 쫓아온다. 료마가 교마치 거리의 모퉁이를 왼쪽으로 꺾어 들려고 했을 때, 품속에서 국화베개가 떼구르르 굴러 떨어졌다.

'이크!'

급히 걸음을 멈추고 길 위를 살폈다.

상대는 그것을 보고 료마가 반격하려는 것인 줄 알고 기겁을 하여 걸음을 멈추었다.

길가의 풀숲 속에 국화베개가 굴러 떨어져 있었다. 료마는 얼른 주워들고 품속에 쑤셔 넣었다.

'사사건건 성가신 베개로군!'

료마는 큰 키를 비호같이 날려 교마치 거리를 달려갔다. 그가 긴 다리로 뛰는 속도에는 아무도 따를 재간이 없다.

날이 훤하게 밝아올 무렵, 료마는 니시키 고지의 사쓰마 번저에 당도했다. 이윽고 문이 열렸는데 문지기는 이 새벽같이 달려든 손님에 놀랐다.

그러나 누구냐고 묻지는 않았다. 이전에 꼭 한 번 왔던 일이 있는, 이 이상하게 매력 있는 도사인의 얼굴과 이름을 그는 기억하고 있었던 것이다.

"안녕하십니까? 사카모토님이시지요?"

잠시 뒤 나카무라 한지로가 나타났다. 그 역시 백년지기를 대하듯 반갑게 맞이하며 서원으로 안내해 주었다.

기다리는 동안, 문득 추녀 끝에 아직도 방울벌레 통이 매달려 있는 것이 눈에 띄었다. 더구나 신선한 풀이 넣어져 있고 아침 햇살 속에서 방울벌레가 기운차게 움직이고 있다. 그것을 본 료마는 눈앞이 환히 트이는 것 같은 느낌이 들었다.

'아직도 저걸 길러 주고 있었구나.'

그날 이후 벌써 석 달이 지났다. 어지간히 정성껏 기르지 않고는 생명이 약한 방울벌레 같은 것은 진작 죽었을 것이다.

'사이고라는 사내는 믿어도 된다!'

료마는 생각했다. 사이고가 방울벌레를 좋아서 기른 것은 결코 아닐 것이다. 료마가 언제 다시 오더라도 방울벌레가 살아 있게끔 하려고 정성껏 길렀던 것이 틀림없다.

그는 나중에 이 방울벌레의 비밀을 알고 나서 더욱더 사이고를 믿게 되었다.

방울벌레의 초대(初代 : 료마가 잡은 것)는 사흘 뒤에 죽었던 것이다. 사이고는 당황하며 말했다.

"──고스케, 사카모토님이 오면 곤란하니 사람을 시켜 방울벌레를 한 마리 잡아오게."

그래서 딱하게도 여러 번에 이름난 지사인 고스케가 법석을 떨며 방울벌레를 잡지 않으면 안 되었다.

이렇게 해서 잡은 두 번째 방울벌레도 얼마 뒤에 죽고 료마가 본 이 방울벌레는 세 번째 것이라고 한다.

정성(精誠)이라는 말이 있다. 다도(茶道)의 말이다.

'사람을 대접하는 마음의 작용'을 뜻하는 것이리라. 다도에 아무런 소양(素養)도 없는 사이고가 옛 시절의 대다인(大茶人)의 일화에라도 나올 법한 다도의 마음을 갖고 있었다.

사이고가 나왔다.

"오래 기다리게 해 죄송합니다. 마침 잘 오셨군요. 저희 번의 중신 고마쓰 다데와키님에게 당신 이야기를 했더니 이번에 꼭 소개해 달라고 하며 지금 의복을 갈아입고 있는 중입니다."

인사를 끝낸 뒤 이런저런 이야기 끝에 사이고가 말했다.

"사카모토님은 워싱턴옹(翁)을 좋아하신다고 들었는데 내게도 좀 이야기해 주십시오."

사이고 역시 미국 독립의 영웅 조지 워싱턴을 좋아하여 평소 좌담시에도 '워싱턴옹은 이렇게 하셨다.' 라는 식으로 경어를 쓸 정도였다.

료마는 자기가 들어서 알고 있는 한의 워싱턴 전을 모조리 이야기했고 사이고는 열심히 들었다. 두 사람 다 일본의 현실에 비추어 이 이국의 영웅에게 깊은 공감을 갖고 있었던 모양이다.

잠시 뒤 고마쓰 다데와키가 들어왔다.

"고마쓰올시다."

정중히 인사를 했다. 귀공자라 해도 좋을 만큼 온화한 풍모를 지니고 있었다.

고마쓰는 료마와 같은 덴포(天保) 6년 생이다. 번의 명문 출신으로 중신직을 맡고 있었으며, 사쓰마 번 외교의 최고 책임자로서 교토에 상주하고 있다.

사이고는 번의 외교면에서 이 고마쓰를 보좌하고 있는 꼴이었다. 사이고 역시 중신 고마쓰 다데와키라는 이해심 많은 자가 없었다면 그가 이룬 업적의 반도 해내지 못했을 것이다.

고마쓰는 번의 중신이었음에도 불구하고 일찍부터 근왕 사상을 지니고 있었다. 사쓰마 번도 도사 번과 마찬가지로 번의 고위층은 모두 막부 지지파라고 해도 과언이 아니었다. 그러나 단 한 사람 고마쓰가 있었기 때문에 사이고는 보수적 번론(藩論)을 누르고 자유롭게 활약할 수가 있었다.

고마쓰 다데와키의 또 한가지 특색은 아랫사람을 부리는 데 있어서 사쓰마의 전통적인 방법을 취한 점이었다.

그 방법이란 신뢰할 수 있는 부하에게 충분한 권한을 부여하여 자유자재로 활약할 수 있게 하는 것이었다. 차관급의 부하가 사이고였다. 사이고는 막부 말엽에 고마쓰라는 상관을 얻을 수 없었다면 아마 그처럼 눈부신 활약은 도저히 할 수 없었을 것이다.

고마쓰는 매우 과묵한 사내라 자기 쪽에서 료마를 만나기를 원했으면서도 그를 대하자 빙긋이 미소만 짓고 있을 뿐 아무런 말도 하지 않는다.

료마는 고마쓰와 사이고에게 해군과 해상무역의 발전이 급선무라는 것을 설명했다.

두 사람은 일일이 끄덕였다.

"우리 번은 영국과의 해전에서 군함이 없음을 얼마나 후회했는지 모릅니다. 가쓰 선생과 사카모토님에게 기대하는 것은 바로 그것입니다."

사이고가 말했다. 사이고는 사쓰마 해군의 성장을 위해 가쓰나 료마의 조언과 지원이 필요했던 모양이다.

료마는 사쓰마 번의 그런 요구를 충분히 짐작하고 있었다.

"그런데"

그는 즉석에서 말했다.

"그게 기대하신 바와 같이 되지 않는군요. 가쓰 선생께서 조슈 병사를 은 닉했다는 혐의로 에도 소환이 되었으니 자연 2백 명의 학생을 양성하던 고베 해군 훈련소는 조만간 해산될 것입니다. 귀번에서 보내 주신 훈련생 도 도로 복귀하게 될 것입니다."

"흐음."

사이고도 고마쓰도 크게 놀랐다.

료마는 가쓰의 편지를 두 사람에게 보였다. 그들은 료마의 방문 목적을 대 강 눈치 챈 듯했다.

"막부는 하는 짓이 모두 악랄하군. 그런데 사카모토님은 앞으로 어떻게 하 실 작정이신가요?"

"생각은 굳혔으나 지나친 소망이라 말을 했다가 거절당하면 창피한 일이 되겠지요. 그래서 꼭 귀번의 협력이 필요한데 승낙해 주시겠습니까?"

료마는 이 말을 천천히 했다. 물론 료마는 빈틈없이 덧붙이는 것을 잊지 않았다.

"귀번에 막대한 이익을 가져오는 것이지요."

'이익이 된다……'

는 료마의 말이 사쓰마 번의 중신 고마쓰 다테와키의 마음을 상쾌하게 자 극했다. 고마쓰는 교토에 주재하고 있으면서 여러 곳의 지사들과 퍽 많이 교 제해 왔으나 거의가 다 열정적인 헛공론만 떠들어 댔다. 그러나 천하에 대한 토론을 상거래라도 하듯 끌어낸 사람은 눈앞에 있는 이 거인이 처음이다.

"말린 오징어가 대포(大砲)로 변하는 이야기를 알고 계십니까?"

료마가 말했다.

"배만 있으면 그것이 가능합니다. 예를 들면 오징어의 산지인 쓰시마 번을 설득하여 그 번의 오징어를 사들여서 상해(上海)로 가져가는 것입니다. 그곳에서는 우리나라의 오징어가 열 배나 비쌉니다. 비단 오징어뿐이 아 니지요. 상해에서 팔리는 상품은 일본차(日本茶), 표고버섯, 다시마, 계 관초(鷄冠草), 백탄(白炭), 삼판(杉板), 송판(松板), 종려피(棕櫚皮), 볶 은 해삼, 말린 전복, 말린 조개, 말린 새우 등……"

"허허."

사이고는 웃음을 터뜨렸다.

"사카모토님은 잘 알고 계시는군요."

료마도 덩달아 싱긋 웃었다. 료마는 효고(兵庫)나 오사카 등지에서 물가와 해외 시장의 동태를 상세히 조사하여, 국제 시장에서 무엇이 이익을 올릴 수 있는가를 생각하고 있었다. 오징어나 표고버섯의 가격을 알아보는 것이 그의 근왕 양이론(勤王攘夷論)이었다.

"쌀이라도 좋습니다."

료마는 계속했다.

"하기야 귀번에서는 논의 면적이 적어 쌀을 상해로 팔 정도로 많지는 않을 것입니다만, 가령 귀번에 선박이 있다고 치면 오슈(奧州)의 쓰가루 번(津輕藩)이나 쇼나이 번(庄內藩)으로부터 남아 도는 풍부한 쌀을 사들여서, 상해의 시세를 나가사키(長崎)에서 조사하여 교묘하게 수출하면 큰 이익을 얻을 수 있는 것입니다. 그런데서 나오는 이윤을 가지고 상해의 무기상(武器商)에서 대포, 군함, 기계 등을 사들인다면 사쓰마 번은 단순히 70여만 석의 영주일 뿐 아니라 동양의 부호(富豪)가 될 것입니다. 그 부국강병책으로써 양이의 실력을 배양하는 것입니다. 백 가지의 공론보다도 한 마리의 오징어가 중요합니다."

"옳은 말씀이오."

고마쓰는 중신이니만큼 자기 번의 경영에 관해서는 매우 민감했다.

"무역만 시작하면 일본은 번영할 수 있습니다."

료마는 되풀이하였다.

"그러나"

료마는 다시 말한다.

"막부의 하는 짓을 보십시오. 조정의 반대를 무릅쓰고 여러 나라와 통상조약을 맺고 항구를 여기저기 개항하려 하고 있습니다. 더구나 여러 번에 대해서는 여전히 종래의 쇄국령(鎖國令)을 준수하게 하여 무역을 못하게 하고 무역은 막부만의 독점 사업으로 하려는 방침을 취하고 있는 것입니다. 무역을 시작해서 수년이 지나면 막부로만 돈이 몰려들게 되지요. 그렇게 되는 날에는 막부에서 병기를 양식화하고 군제(軍制)를 개혁하여 아마도 일본 유사이래 가장 강대한 무력을 가지게 될 겁니다. 일이 이미 그쯤 된다면 근왕론이고 쥐뿔이고 없습니다. 천하의 우국지사들은 막부의 서양대포 앞에 분쇄되고 말 것입니다."

"딴은 그렇군요."

사이고는 부르르 몸을 떨었다.

그렇게 된다면 조정뿐만이 아니라 사쓰마고, 조슈고, 도사고 할 것 없이 모조리 희생되는 것이다. 사쓰마 번으로서 당장의 급선무는 막부만의 개국주의에 반대하는 일이라고 사이고는 생각했다. 막부는 아마 그것을 승낙하지 않을 것이다. 그렇다면 아예 지금 막부를 쓰러뜨려야 하지 않을까.

"사카모토님."

고마쓰가 이야기해 응해 왔다.

"당신의 안(案)을 말씀해 주십시오. 우리들 사쓰마 사람은 일단 사람을 믿으면 전부를 믿는 풍습이 있습니다. 사카모토님이 하시는 일이라면 우리 사쓰마 번의 힘이 닿는 데까지 후원해 드리죠."

"그렇다면."

료마는 예의 그 낭인 회사(浪人會社) 이야기를 하고 사쓰마 번에서 적극 협력하여 대주주(大株主)가 되어야 한다고 열심히 설득했다.

"일대 해상번(一大海上藩)을 출현시키는 것입니다."

료마는 열중해서 무의식중에 손을 뻗쳐 고마쓰의 무릎 위에 놓인 손수건을 휙 낚아채더니 침으로 더러워진 자기 입가를 북북 닦았다.

고마쓰는 깜짝 놀란 모양이었으나, 역시 근본 있는 큰 번의 중신답게 의젓이 앉아 못 본 체하고 점잖게 료마의 이야기를 듣고 있었다.

옆에서 보고 있던 요시이 고스케는 료마의 그런 짓이 어지간히 우스웠던 모양이다. 료마가 돌아간 다음 사이고에게 그 말을 하였다.

"정말이야."

사이고도 껄껄 웃으며 말했다.

"굉장히 순진한 분이더군. 하기야 큰일을 하는 데는 천진하고 사심이 없어야 해."

료마가 돌아간 다음 중신 고마쓰 다데와키는 그지없이 상쾌한 얼굴을 하고 있었다.

원래 고마쓰 같은 사쓰마 번 유지에게는 료마의 취지를 이해할 수 있는 소지(素地)가 있었다. 이 사쓰마 번은 일본 열도의 서남단에 위치해 있는 지리적 특수성 외에도 류큐(疏球)를 관리하고 있는 까닭으로 3백 년을 통해 밀무역으로 유명한 번이었던 것이다.

뿐만 아니라 선대인 영주 시마쓰 나리아키라는 시세(時勢)에 밝아 특별한 의견의 소유자였으므로, 그의 유론(遺論)은 아직도 사쓰마 번의 근왕파들 사이에서 그대로 전해 내려오고 있다.

나리아키라는 6년 전 죽을 때까지 사쓰마 번을 근대화된 산업국으로 개조할 것에 전념하여, 가고시마 성 밖에 있는 이소(磯) 별장 안에다 '집성관(集成館)'이라는 공장을 세우고, 선반(旋盤)과 화학 공업 설비를 하여 총포 화약과 유리 제품 등을 생산했다.

또한 나리아키라는 자기 방에 중국 3백여 주(州)의 지도를 붙인 큰 병풍을 둘러치고 자신의 견해를 밝혔다.

"중국은 조만간 외국 세력 때문에 멸망하고 만다. 그렇게 되면 일본은 고립하게 된다. 이 이상 위험한 일은 없다. 중국이 멸망하기 전에 일본은 구미 각국보다 선수를 쳐서 규슈 여러 번은 안남(安南), 남양(南洋) 제도로 진출하여 이를 점령하고, 또 오슈 여러 번은 북진하여 만주, 몽고를 공략하고 중국 대륙을 앞뒤로 포위하여 외국 세력을 배척해 버리지 않으면 일본은 괴멸되고 말 것이다."

그러나 나리아키라의 죽음과 함께 사쓰마 번은 시마쓰 히사미쓰의 보수 정책에 의해 모든 공장 등이 폐쇄되고 말았다. 그러나 아직도 번사들 마음속에 선대의 그 기백만은 남아 있다. 고마쓰, 사이고, 오쿠보 등은 나리아키라의 영향을 가장 강력하게 받은 사람들이었다.

사쓰마 번저를 나온 료마는 가와라 거리로 나와 도사 번저 앞에 있는 고서점(古書店) 기쿠야(菊屋)로 들어갔다.

"하룻밤 묵게 해 주게."

이렇게 말하자 가게 안에 앉아 있던 늙은 주인은 반색을 하고 일어나며, 어서 안으로 들어가십시오, 곧 이부자리를 펴게 할 터이니, 하고 황급히 안으로 들어갔다.

여담이지만 교토의 상인들 중에는 의협심이 강한 자가 많아, 얼마나 많은 지사들이 그들의 도움으로 목숨을 건졌는지 모른다.

상인의 신분으로서 목숨을 잃은 자도 많다. 예를 들면 이케다야의 변으로 인해 그 집 주인인 이케다야 소베는 체포되어 옥사했으며, 그날 밤 지사들과 함께 싸우다가 포박되어 처형된 사람 중에는 기쿠야와 동업인 기다무라야 (北村屋)의 주인 니시카와 고조(西川耕藏)가 있다.

기쿠야도 단골손님 중에 도사 번의 사람들이 많았던 탓으로 집안 식구가 모조리 지사들 편이었으며, 특히 료마 등 도사 번사의 후원자가 되어 있었다.

그는 과거장(過去帳)을 만들어 놓고 죽은 사람의 넋을 위로해 주고 있다. 주인 가헤에(喜兵衞)에게는 특기가 있다. 그는 열렬한 니시혼간 사(西本願寺)의 신도로서 마치 승려처럼 삼부경(三部經)을 줄줄 욀 수 있었던 것이다. 과거장에 기록된 사람은 도사 지사들 중에서 기쿠야의 단골이었던 사람들뿐이었으나 이미 그 수효가 14명이 되었다고 한다.

"집어 치우시오!"

료마가 말한 적이 있다.

"세상의 변혁(變革)에 몸을 바치는 자는 하늘의 명을 받고 하늘에서 파견된 사내들이오. 설혹 노상에서 싸우다 죽을지언정 영혼은 이미 하늘로 되돌아가 있소. 이 과거장에 기록된 요시무라 도라타로도, 나스 신고나 마사키 데쓰마도, 그리고 기다소에 기쓰마와 모치스키 가메야타도 모두 다 하늘로 돌아가 있소. 그러니 지상의 속인들에게 함부로 애도(哀悼)를 받게 된다면 그들이 화를 낼 거요."

료마는 이렇게 말하며 호탕하게 웃은 일이 있으나, 여하튼 기쿠야의 친절한 마음씨는 현세에서만 그들을 돌봐 주는 게 아니라 내세(來世)에까지 미치는 것이었다.

이부자리가 깔린 별채로 들어간 료마는 이불 위에 벌렁 드러누우며 품속에서 국화베개를 꺼내 베었다.

기쿠야의 아들인 미네키치(峰吉) 소년은 깜짝 놀라며 물었다.

"아니, 사카모토님은 베개를 갖고 다니십니까?"

"응, 가지고 다닌다."

료마 역시 자기가 생각해도 우스웠던 모양이다. 베개를 갖고 다니는 지사란 아마 없을 것이다.

조금 전에 사쓰마 번저에서도 사이고가 물었다.

──사카모토님, 품속의 것은 뭡니까.

료마가 그것을 꺼내 보이자 사이고도 놀란 모양이었다. 아하, 베개군요, 하고 이상하다는 표정을 지었다.

"한번 맡아 보렴, 좋은 냄새가 난다."

료마가 말하자 미네키치는 조그만 코를 벌름거리며 가까이 갖다대더니 킥, 하고 웃었다.

"이건 오료님의 향내다!"

국화 향기뿐일 텐데 소년에게 무슨 직감이 갖추어져 있는 것일까?

저녁나절에 눈을 뜬 그는 또다시 베개를 품속에 넣고 기쿠야를 나왔다.

셋쓰 고베 마을로 돌아가기 위해서이다.

교토를 출발하여 밤배를 타려고 길을 서둘렀는데 두 시간 뒤에는 후시미에 도착했다.

여인숙 데라다야 앞에는 오료가 서 있었다.

"사카모토님!"

오료는 굽낮은 나막신을 달그락거리며 급히 등불을 들고 다가왔다.

"저어 주무시지 않으세요?"

"밤배로 가야 해."

료마가 이렇게 대답하자 오료는 어떻게 해야 좋을지 몰라 갑자기 말했다.

"사카모토님의 모든 게 다 싫어요!"

말을 하고 나자 더욱 노여움이 복받친 모양이다. 괴롭고 심란한 눈초리로 료마를 쳐다보았다. 눈에 이슬이 맺혀 있었다. 아름다운 눈이라고 료마는 생각했다.

"부탁이에요. 싫어도 주무시고 가 주세요."

"이상한 사람이군."

료마는 어이가 없어 왼손을 뻗쳐 버드나무를 붙잡았다. 그렇게라도 하지 않고는 오료의 과격한 성품에 끌려들어갈 것만 같았다.

"한시라도 빨리 고베로 가야 해. 학생들이 기다리고 있어."

"기다리게 하면 되잖아요."

"언제 고베 해군학교에 막부의 포졸들이 들이닥칠지 모르는 상태거든. 그런데 오료."

"왜 그러세요."

"당신한테서 여자 냄새가 나는데."

오료는 갓 목욕을 하고 화장을 했기 때문이었다.

"그야 여자니까요."

오료는 짤막하게 대꾸했다.

"당연하지요, 여자 냄새가 나는 건."

"이거 야단났군."

료마는 선창 쪽을 바라보았다.

그곳에는 이미 30석짜리 배가 들어와 있고 배 앞뒤에는 초롱이 하나씩 매달려 밤바람에 흔들리고 있다.

'역시 여자 따위와 인연을 맺지 말 걸 그랬어.'

생각을 하니 울고 싶은 심정이 들었다. 개구쟁이가 야단을 맞은 것 같은 그의 표정을 보자 오료는 문득 우스워져서 비로소 웃었다.

"야단났다고요? 하지만 저 역시 제 마음을 어쩔 수 없어요. 가만히 있으면 미칠 것만 같은걸요."

"그렇겠지."

료마가 부지중 남의 말 하듯 맞장구를 치자 오료는 다시 발끈 화를 내며 끔찍한 소리를 했다.

"귀신처럼 붙어 다니겠어요. 각오하세요! 다즈 아가씨도 사나코님도 틀림없이 잘못 생각하셨던 거예요. 사카모토님 같은 사람은 죽을 각오로 달라붙지 않으면 어디로 가 버릴지 모르는 사람이니까요."

"여우같은 소리를 하는군!"

료마는 이 귀여운 여우의 턱을 살짝 만져 주었다. 비단같이 보드라웠다.

"그러니까 오료는 고베까지 따라 가겠어요. 곧 차비를 하고 나올 테니 기다려 주세요. 네? 꼭요."

행동력이 있는 여자라 벌써 없어졌다.

료마는 재빨리 선창으로 뛰어갔다. 고베까지 쫓아오다니 될 말이냐고 생각했던 것이다.

세상에는 묘한 엇갈림이 있는 법이다.

료마가 선창으로 달리고 있을 때였다.

"사카모토님!"

황급히 불러 세운 나그네 차림의 무사가 있다. 불러 세웠을 뿐 아니라 거대한 몸집을 뒤흔들며 함께 뛰기 시작했다. 사쓰마의 나카무라 한지로였다.

"교토에서부터 쫓아왔습니다. 마침 만나게 되어 정말 다행입니다."

지금부터 료마와 동행하여 오사카로 간다고 한다. 사이고의 지시인 모양이었다.

사이고는 료마가 돌아간 다음, 중신 고마쓰 다데와키와 의논해서 이번에 해산될 고베 해군 학교의 낭인 학생들을 위해 오사카에 있는 사쓰마 번저의 일동(一棟)을 비워서 수용하고, 어디까지나 사쓰마 번에서 책임지고 보호한다는 방침을 세웠다. 그래서 숙사(宿舍)가 될 오사카 번저에 대해 즉시 준비를 시키려고 나카무라 한지로를 사자로서 오사카로 내려가게 했던 것이었다.

한지로는 행동이 민첩한 사내이다. 사이고의 지시를 받자 즉시 대답했다.

"알았습니다!"

그러고는 닥치는 대로 아무 짚신이고 꿰어 신고는 방갓을 움켜쥔 채 교토 번저의 현관을 뛰쳐나가려고 했다.

"마치 야생마가 달리는 것 같군."

사이고는 이 한없이 명랑한 호걸의 태도에 기가 막혀 소리쳤다.

"될 수 있다면 사카모토님과 함께 가는 것이 좋을걸."

"그렇지만 사카모토님이 있는 곳을 저는 모르는데, 지금 어디 있습니까?"

"자세히는 몰라도 가와라 거리의 도사 번저 맞은편에 기쿠야라는 헌 책방이 있다더군. 그 집에 미네키치라는 소년이 있는데 사카모토님이 그 애를 귀여워해 주며 여러 가지 잔심부름을 시키기도 한다니 그 미네키치에게 물어 보면 아마 알 거야."

들은 대로 기쿠야에 가서 미네키치에게 물으니 가르쳐 주었다. 밤배를 타기 위해 후시미로 갔다고.

그래서 곧 뜀박질을 하여 여기까지 달려왔다는 것이었다.

료마는 한지로와 함께 밤배에 올랐다.

"오료는 아직 안 오는군."

료마는 배 안에서 부두 쪽의 어둠을 바라보며 약간 착잡한 심경이 되었다.

사실 오료는 그러한 성품이니 앞으로 어느 정도 료마의 생활에 파고들지 알 수 없다.

'귀찮기는 하지만'

그러나 사랑스럽기도 하다. 이따금씩 가슴이 짜릿할 정도로 오료를 생각할 때가 있다.

료마는 생각한다.

'육체만 그녀를 사랑하는지도 모르지.'

바로 그때 뱃사공이

──배가 떠나요.

부두 쪽을 향해 외쳤다.

'잠깐 기다려 주게, 일행이 곧 올 테니까.'

료마는 이렇게 말하려고 했으나 옆에 있는 나카무라 한지로가 무엇인가 이야기를 거는 바람에 기회를 놓쳤다.

배가 흔들거리며 선창을 떠났다.

그런 뒤, 오료가 여장을 하고 선창에 달려왔을 때 이미 배는 호라이 다리(寶來橋) 밑을 빠져 나가고 있었다.

셋쓰 고베 마을

　료마는 오사카의 사쓰마 번저에서 나카무라 한지로와 작별을 하고 그 길로 곧 고베로 향했다.

　얼마 뒤 이쿠다의 숲이 보이고 이치노다니가 저녁 노을에 붉게 물들고 후다다비 산(再度山)과 스와 산(諏訪山)의 푸르름이 시야에 가득 들어오자, 평소에 감상적인 것을 싫어하던 료마에게도 형언키 어려운 생각에 가슴이 메어졌다.

　'이 바닷가도 이제 작별이로구나.'

　이런 생각을 하니 이상하게도 코끝이 시큰해지고 가슴이 뭉클해지는 것 같았다.

　'시인이었다면 한 수 읊을 만한 곳이로군.'

　료마는 자기의 감상을 비웃어 보았으나 생각은 더욱더 간절해질 뿐이었다.

　지나가 버리면 한 자리의 꿈에 불과하지만, 료마의 청춘에 있어 제1기는 에도의 지바 도장시대였으며, 제2기는 이 어촌에서 보낸 세월이라고 할 수 있다.

고베라고는 하나 그 당시는 쓸쓸한 어촌으로 어부들의 초가집이 2, 3백 호 정도밖에 없는 곳이었다.

그 당시라면 고베라는 지명을 대더라도 세도 내해(瀨戶內海)를 오르내리는 뱃사공조차 "효고(兵庫)라는 곳은 알고 있어도 고베는 어디 있는지 모르겠습니다"라고 대답했을 것이다.

가쓰 가이슈가

"이 이름 없는 해변이야말로 장차 일본에서 으뜸가는 항구가 될 것이다."

이렇게 생각하고 고베 해군 훈련소를 설치한 것은 어지간히 예리한 선견지명이라 해도 과언이 아니다.

가쓰는 자택을 이쿠다의 숲 속에 마련하고, 그 일대의 마을 우두머리인 이쿠지마 시로다유(生島西郎大夫)에게 집을 돌보게 했다.

이쿠지마는 가쓰를 위해 열심히 협력했다. 토지를 사들이는 일에도 힘을 아끼지 않고 돌봐 주었다.

가쓰는 이쿠지마에게도 토지를 사 놓을 것을 권하며 말했다.

"지금은 쓸모없는 토지지만 10년만 있어 봐. 조약항(條約港)이 되어 굉장히 번화한 항구가 된다. 손해는 안볼 테니 사 둬라!"

가쓰는 그 당시의 사람으로서는 드물게 땅값에 관한 안목까지 지니고 있었다. 이쿠지마는 반신반의하면서도 상당히 많은 땅을 사 두었는데 과연 그 땅이 10년 뒤에는 한 평에 몇 십 원이라는 가격으로 뛰어 올랐다.

가쓰는 뛰어난 선견(先見)으로, 고베 해군 훈련소에 관해서도 창립 당시부터 예언하였다.

"변덕스러운 막부의 일이니 몇 년 가지 않아 폐지령이 내릴 것이다. 그러나 이곳이 일본 해군의 발상지가 된다. 후세에 남기기 위해 큼직한 비석(碑石)를 세워 두자."

이런 취지에서 미리 창립 기념비마저 세워 놓았던 것이다.

"돌에 새겨 영원히 남긴다"라는 문장이다. 애초에는 료마 등이 있던 학교 마당에 세워져 있었으나 나중에 옮겨져, 지금은 고베 항구를 한눈으로 내려다보는 스와 공원 안에 세워져 있다.

료마에게는 청춘의 비(碑)라고 해도 과언이 아니다.

"모두 큰 방으로 모여라!"

료마는 그날 밤 학생 일동에게 명했다.

2백여 명이 넓은 강의장을 가득 채우고 모여 앉았다. 좌중의 공기가 무겁다. 누구나가 다 해산에 대한 소문을 알고 있었다. 모두들 한 자리에 모이자, 성급한 학생 하나가 물었다.

"사카모토님, 언제 막부에서 해산 명령이 시달됩니까?"

이 막부의 명령은 사실상의 해산이 있었던 것보다 훨씬 나중인 게이오 원년 3월에 공고되었다.

요컨대 이 고베 학교는 막부의 양해를 얻고 가쓰가 창설하였던 것이었으나, 완전히 국립 시설로서 발전을 보지 못한 채, 즉 가쓰의 사숙(私塾)으로서 막을 내렸던 것이다.

"시달이 언제 내릴지는 모른다. 그 따위 시달은 문제가 아니다."

"폐지는 확정적인 것입니까?"

"그렇다!"

그는 이런 자질구레한 질문이 귀찮아져서 앞으로 어떻게 하느냐를 잘라 말했다.

이 해군학교가 창설되었을 때 장차 고베를 발판으로 하여 세계 각국으로 웅비(雄飛)하려던 그 이상을 막부의 변덕 때문에 중지할 수는 없다는 것이었다.

"그렇다면 어떻게 하실 작정입니까?"

"우리들 초야에 묻힌 지사들의 손으로 배를 만들고 회사를 만들어서 한번 끝까지 해 보자는 것이다."

"그렇지만 선박은 비싸지 않습니까?"

"그것은 이미 나에게 성산(成算)이 있다. 하려고만 하면 이 세상에 안 되는 일이 어디 있는가?"

"그래요?"

대부분이 료마의 큰소리를 믿지 않고 서로 얼굴을 바라볼 뿐이었다. 료마 역시 싫다는 사람에게 자기를 따르라고 권할 생각은 조금도 없다.

"제군의 대부분이 각 번의 번사들이니 각기 소속된 번으로 돌아가라! 그러나 낭사(浪士) 제군의 경우는 이 해군학교만 나서면 막부의 자객이 기다리고 있어. 그들의 손에 죽는 것도 좋겠지. 그러나 사내로 태어난 이상 커다란 포부를 안고 그 포부에 한 발이라도 내딛으려는 생각을 지닌 자만이 나와 함께 남도록 해라.”

“남겠습니다.”

이렇게 외치며 불쑥 일어선 것은 기슈를 탈번한 낭사 무쓰 요노스케였다. 이 성미가 까다로운 젊은이가 무엇에 감동했는지 흰 얼굴을 상기시키며 말했다.

“남겠습니다. 내 몸은 이미 사카모토님께 맡겼습니다.”

료마는 더 이상 권유하지 않았다. 여하튼 이 회사는 위험성을 지니고 있는 것이다. 경우에 따라서는 막부를 쓰러뜨리는 해군이 되어야 하므로 천하를 위해 죽기를 두려워하지 않는 자가 아니면 가입시킬 수 없었기 때문이었으리라.

료마는 그보다 며칠 전 도베를 오사카에 남겨 두고 가쓰의 시중을 들게 했었는데, 이날 밤 도베가 숨이 턱에 차서 달려오더니 긴급 보고를 했다.

“드디어 가쓰 어른께서 내일 배로 에도에 돌아가시게 되었습니다.”

료마는 벌떡 일어나 묵묵히 마구간으로 갔다. 교토에서부터 거의 잠을 자지 못했으나 무슨 일이 있어도 전송을 할 작정이었다.

그는 말에 올라타자 채찍을 휘두르며 동쪽을 향해 달리기 시작했다. 40리를 한달음에 달려 니시노미야 초소에 다다르자, 초병들이 의심쩍게 여기고 우르르 달려와 창을 들이댔다.

“누구냐?”

료마는 못마땅한 표정으로 그것을 내려다보며 말을 탄 채 잠시 원을 그리며 걷다가 곧 대꾸했다.

“조슈인이 아니다!”

료마는 그 말을 하자마자 그들이 주춤하는 틈을 타서 쏜살같이 달려 나갔다.

막부는 이미 조슈 정벌의 명을 내리고 니시노미야에다 초소를 세워 엄중한 경계를 하고 있는 중이다. 조슈편인 료마에게는 이 초소가 몹시 불쾌했다.

니시노미야에서 오사카까지 50리를 한달음에 달려 다니마치의 오쿠보 이치오의 저택에 도착한 것은 새벽녘이었다.

가쓰는 지금 이 오쿠보 저택에 있다. 여하튼 아무도 만나지 않고, 돌아가는 선편을 조용히 기다리고 있는 중이었다.

"여, 료마로군."

가쓰는 현관 마루까지 나왔고, 두 사람의 작별은 자연 선 채로 이야기하는 형식이 되었다.

"방으로 들이고 싶지만 나는 벌을 받아야 할 몸이고, 찾아온 자네는 모반인이야."

가쓰는 씁쓰레하게 웃더니 말했다.

"더구나 이 집은 남의 집이라 내 맘대로 올라와서 천천히 이야기하잘 수도 없네그려."

쌀쌀한 가을 아침이라 가쓰의 입김이 하얗다. 료마는 코를 쓱 문지르더니 정중하게 말했다.

"괜찮습니다. 그보다도 말씀해 주신 덕택으로 사쓰마와의 회담이 성공하여, 뜻이 있는 사람들은 오사카에 있는 사쓰마 번저의 행랑채를 빌리기로 되었습니다."

"잘됐군."

가쓰는 끄덕였다.

"조만간 자리가 잡히면 나가사키에 본거지를 만들 작정입니다."

"그것도 좋지. 나도 응원해 주고 싶지만 이제 이 이상 모반인들과 상종하게 된다면 그야말로 배를 갈라야 할 지경이 될 걸세."

"옳은 말씀입니다."

료마도 씽긋 웃었다.

"자네를⋯⋯"

가쓰는 약간 외면을 하며 말했다.

"어엿한 함장(艦長)으로 만들어 놓은 것은 나지만, 그렇다고 그것을 은혜로 여길 것은 없네. 뒷날 해상에서 내가 막부의 함대를 지휘하고 자네와 맞서게 될지도 모르지만, 그때는 자네도 마음껏 막부의 함대를 쳐부수게나."

"⋯⋯"

료마는 잠자코 있었으나 이윽고 눈물이 분수처럼 쏟아져 나와 참을 길이 없었다. 유사 이래 자기 외에도 이 같은 스승을 가진 사람이 또 있었을까 싶었다.

료마는 그길로 고베에 되돌아와서 해산에 따르는 업무에 착수했다. 그는 물론 사소한 일은 못하는 성품이었으므로, 내무 관계의 정리는 무쓰 요노스케에게 전담시키고, 연습함에 관한 일은 스가노 가쿠베에(菅野覺兵衞)라는 사내에게 맡겼다.

우선 무쓰에게 말했다.

"금고에 돈은 얼마 있나?"

물으니 대충 5백 냥은 있다고 한다.

"그걸 모두에게 분배하게."

그러나 무쓰는 그 명령이 불만스러웠다.

"비록 해군학교는 해산하는 것이지만 우리는 지금부터 시작하는 게 아닙니까? 그 자금으로 이건 필요합니다."

"바보 같은 소리!"

료마는 무쓰를 노려보았다.

"학생의 대부분은 자기들이 소속된 번으로 돌아간다. 남아서 나의 뒤를 따르는 자는 전체의 1할 정도뿐이다. 그 소수의 인간들이 돈을 독점했다고 평판이 나 보게. 우리 꼴이 뭐가 되나."

"그렇지만"

"그렇지만이고 뭐고 없어! 지체하지 말고 분배하게. 하기야 자네 말같이 낭인 회사를 차리려면 앞으로 돈이 필요하지만, 돈보다도 중요한 것은 평판일세. 우리가 세상에서 큰일을 해 나가는 데는 이것보다 중요한 게 또 어디 있겠나? 돈 같은 것은 좋은 평판이 있는 곳에는 자연히 모여들게 마련이라네."

"딴은 그렇군요."

"그런 이상한 것이 바로 회사라는 거야. 그따위 5백 냥쯤의 돈에 눈이 멀어서야 어떻게 천하를 잡겠는가?"

"하긴 그것도 그렇군요."

무쓰는 유쾌해서 저절로 신이 났다.

"그건 그렇고 무쓰, 우리 남은 패들은 정리가 끝나는 대로 오사카의 사쓰마 번저로 옮긴다. 여기서 어물거리고 있다가는 막부의 포리들에게 체포되고 만다."

"그럼요."

"부탁한다, 그 다음의 자금 변통은……"

태연하게 말하는 바람에 무쓰는 그만 기가 막히고 말았다. 그렇기 때문에 사쓰마 번저로 이동한 뒤의 자금으로 그 5백 냥을 비축해 두자고 한 게 아니었던가.

곧 이어서 료마는 도사 탈번자 다카마쓰 다료와 에치고 탈번자 시라미네 슌메(白峰駿馬)를 불러서 말했다.

"너희들은 영리하지는 못하지만 한 가지 쓸모는 있다. 말수가 적다는 점이다. 그러므로 막부의 오사카 성 대리를 찾아가 문간에서 청지기를 만나보고, 모레 효고 앞바다에서 연습함을 인도할 터이니 인수해 갈 사람들을 보내라고 전해라. 그 말만 하고 다른 쓸데없는 말은 하지 마라."

"예."

두 사람은 대답했으나 불쾌한 얼굴을 했다. 말수가 적은 것만이 장점이라는 그의 말이 비위에 거슬렸던 것이다.

"빨리 가라!"

료마는 닭이라도 쫓듯이 말했다.

그 다음날 짐을 꾸려 가지고 귀번(歸藩)하는 학생 수십 명을 모아 놓고 작별 인사를 나누면서 말했다.

"언젠가 일본은 반드시 하나로 통합된다. 그때가 오면 우리 모두 다시 함선을 나란히 하고 세계를 돌아다녀 보자. 사카모토 료마는 그날이 오기를 기다리고 있겠다."

료마는 아쉬운 듯 문 앞까지 전송했다. 그들이 돌아가자 갑자기 휑하니 넓어진 집안을 초겨울 바람이 차갑게 몰아쳐 왔다.

이제 남은 것은 군함의 인도뿐이다.

막부에 인도하기 위해 연습함 간코마루는 효고 앞바다에 닻을 내리고 있다.

"함내의 청소를 깨끗이 해 둬."

료마는 스가노 가쿠베에게 일러두었다.

이 방면의 잔무 정리는 료마와 함께 남은 스무 명 남짓한 사람들이 담당했다. 그들은 모두 각 번에서 탈번해 온 낭사들이다.

출신 번은 료마와의 인연으로 도사 번이 가장 많아 12명. 그 다음이 에치젠 번으로 6명이다.

이들이 많은 이유는, 고베 학교를 창설할 때 료마가 에치젠 후쿠이 번의 영주인 마쓰다이라 요시나가에게 부탁하여 5천 냥의 출자를 받은 연고 때문이었다.

그들 에치젠 사람들은 형식적으로는 탈번한 신분들이었으나, 실제로는 번의 양해가 있어

──자유롭게 행동하라

는 분부가 내려져 있었던 것이다. 에치젠 후쿠이 번으로서는 출자자의 입장으로서 당연한 일이었다. 료마의 말대로 그 회사가 이익을 올려서 배당이 있을 때까지는 여하튼 자기의 번사를 낭인의 신분으로라도 참가시켜 보자는 심산이었던 것이다.

그리고 나머지는 에치고 낭인이 두 사람, 미도 낭인 하나, 기슈 낭인인 무쓰 요노스케, 이렇게 하여 인원수는 모두 20명을 넘고 있었다. 이 중에서 무쓰 무네미쓰 요노스케를 위시하여 유신 후 작위를 받은 사람이 몇 명 있다.

다음날, 함내 청소를 마치자 해상에는 눈이 내리기 시작했다. 료마는 조그만 배를 타고 군함에 옮겨 탔다.

"준비도 끝났군."

두 손을 호주머니에 찌른 채 갑판, 선실, 기관실 등을 돌아보고 나서, 마지막으로 갑판에 전원을 집합시켰다.

"지금부터 오사카의 도사보리 이가에 있는 사쓰마 번저로 가라. 군함의 인도는 나 혼자서 하겠다."

모두를 깜짝 놀랐다.

그들이 놀라는 것도 당연했다. 이 연습함을 인수하러 오는 사람들은 오사카의 덴포 산 앞바다에 있는 막부 해군의 쥰도마루(順動丸)의 승무원들이었으나, 소문에 의하면 그 군함에 편승하여 막부의 포리들이 잔류한 학생을 일망타진하러 온다는 것이다.

"여럿이 있다가는 오히려 불리하다."

료마는 말했다.

"나 혼자가 편해. 혼자라면 그들의 포위를 뚫고 나가기도 쉽거든."

"곤란한 분이야."

무쓰 요노스케가 못마땅한 듯이 반대했으나, 결국 료마의 성화에 못 이겨

일제히 군함에서 내려 오사카로 향했다.

그날 밤, 료마만이 함내에 남아 무쓰노가미 요시유키(陸奥守吉行)라는 명검을 안고 함장실에서 잤다.

군함 안에는 수부도 화부(火夫)도 없었다. 그들 12명조차도 이미 빈 집이 된 학교 건물 속에서 자게 하였던 것이다.

밤에 해상에는 눈이 내렸다.

료마는 몹시 외로워져서 고향의 오토메 누님과 다즈 아가씨, 에도의 사나코 등을 번갈아 머리에 그려 보았다. 이상하게도 후시미의 데라다야 해변에서 헤어진 오료의 일만은 깨끗이 잊은 듯 생각을 하지 않고 료마는 어느 틈엔가 잠이 들었다.

바로 그 오료가——

그날 저녁 나절 삿갓에 눈을 하얗게 뒤집어쓴 채 죽장을 집고 고베 학교에 찾아 왔다.

'여기일까?'

오료는 이미 굳게 문이 닫힌 건물을 의아한 듯 쳐다보았다.

해가 돋아 해면이 밝아지자, 이미 그곳에는 막부의 군함 쥰도마루가 와 있었다.

'왔구나.'

료마는 침상 위에 상반신을 일으켜 선실에서 밖을 내다보았다.

쥰도마루는 닻을 내리고 있었으나 기관은 멈추지 않은 모양으로 검은 연기를 뭉게뭉게 뿜어내고 있다.

'경계를 하고 있군.'

료마는 생각했다. 언제든지 닻을 올리고 기동할 수 있게끔 준비를 하고 있는 것이리라.

'소문이란 정말 무서운 것이로군.'

료마는 우스웠다. 오사카에 있는 막부 담당국에서는 원래 가쓰의 고베 학교를 폭도의 소굴이라고 보고 있었는데, 그것이 이번의 해산 조치로 인해 "폭도들 중에서 도사 낭인의 일당이 연습함을 탈취하여 조슈로 도망치려고 한다"는 소문이 그럴 듯하게 유포되어 있는 것이다. 군함 쥰도마루의 경계심은 그것에 기인된 것이리라.

쥰도마루의 갑판 위에서는 함장 히다 하마고로(肥田濱五郞)가 전립을 쓰고 큰칼을 집고 서서 지그시 간코마루의 동태를 지켜보고 있다.

'이상하다.'

히다는 생각했다. 간코마루는 옛날이야기에 나오는 유령선처럼 사람의 그림자도 없이 잠잠한 것이다.

히다의 신분은 함장, 그 당시의 명칭으로 말하자면 군함 두취(軍艦頭取)였던 것이다.

"그러고 보니 함내에 복병이 있는 모양이구나."

그는 혹시 이런 일이 있을지도 모른다고 생각하여 사관 이하 모든 승무원을 소총으로 무장시켜 두었었다.

그들 총부대를 갑판 위에 배열시키고, 더욱 단단히 경비하기 위해 뱃전 쪽에 있는 포 두 문에다 유탄(榴彈)을 장전시킨 다음 조용히 명령했다.

"단정(短艇)을 내려라!"

두 척의 작은 배는 곧 바다 위에 내려졌다. 각기 15명씩 총부대가 올라타고 막부의 깃발이 세워졌다.

"가라!"

히다의 명령이 조용히 내려졌다.

두 척의 단정이 파도를 헤치기 시작했다. 총수들이 들고 있는 단총의 총대가 아침 햇살에 번쩍번쩍 빛나고 있다.

한편 간코마루에 있는 료마는 그의 버릇대로 왼손을 품속에 넣은 채 오른손에 막대기를 들고 훌쩍 갑판 위에 나타났다.

막대기 끝에 불이 붙어 있다.

료마는 서서히 걸어서 뱃전의 포에 접근하더니 약간 실눈을 뜨고 쥰도마루와 두 척의 단정을 번갈아 보고는 표정을 지었다.

'왔구나.'

그런 다음 불을 포의 화문(火門)에다 갖다 대었다.

쾅!

그 순간 굉음이 함체를 진동시키면서 포연(砲煙)이 자욱하게 올랐다.

쥰도마루와 단정에서는 대소동이 일어났으나 료마는 태연스러웠다.

"의례(儀禮)의 공포(空砲)요."

큰 소리로 말하고 나서 함장실로 되돌아가려고 하자, 타타타타탕! 하고 소총탄이 머리 위를 스치고 지나갔다.

잠시 뒤 단정은 소총 사격을 멈추고 간코마루를 기분 나쁜 듯이 감시하며 한 시간 가까이 해상에 떠 있었다.

"에이! 이러다간 아무런 해결도 나지 않겠다."

단정을 지휘하고 있던 모리 요자에몬(森與左衛門)이라는 젊은 사관이 참다못해 단정을 간코마루의 옆구리에 갖다 붙이게 하고는 말했다.

"알겠나, 우선 나 혼자서 승함한다. 갑판에서 신호를 할 테니 그때는 즉시 올라와라."

모리는 왼손으로 줄사다리를 잡고 오른손에는 칼을 빼든 채 가볍게 타고 올라갔다.

갑판까지 올라가 보았으나 사람의 그림자가 없다.

"좋다, 올라와!"

모리가 신호를 하자 곧 그 소리에 응해 10여명이 올랐다.

"소문에 의하면"

모리가 창백한 얼굴로 말했다.

"가쓰 가이슈님은 조슈인을 다수 고베 학교에 숨겨주고 계셨다더군. 그자들이 선창에 잠복하고 있을지도 모르니 주의해라."

모두들 겁을 먹고 말았다. 당시 조슈인이라고 하면 막부의 포리들은 그들을 독충같이 두려워했고 또한 미워하기도 했다.

잇따라 나머지 단정의 소총수들도 모두 갑판에 올라와서 각기 탄환을 장전했다.

모리는 그들을 장애물 뒤에 잠복시키고 시험 삼아 명령했다.

"쏘아 봐라, 뛰쳐나올지도 모르니까."

서너 명의 총수가 총구를 하늘로 대고 방아쇠를 당겼다. 탕! 하는 요란한 소리가 해변의 산맥에 메아리쳤다.

'어디 보자. 과연 뛰쳐나올 것인가?'

모두들 갑판 위에서 숨을 죽이고 태세를 갖추었다. 그러자 잠시 뒤 저쪽의 문이 열리며 키가 훌쩍 큰 낭인이 왼손을 품속에 찌른 채 어슬렁어슬렁 나타났다.

발에는 짚신을 신고 있다. 의복은 다 헤어진 것을 걸치고 대소 두 자루의 칼은 아무렇게나 차고 있다.

"지금 그 소리는 뭐요?"

그 사내, 료마가 말했다. 말을 하면서 성큼성큼 걸어온다.

"내가 쏴 올린 예포의 답례요?"

"가까이 오지 마라!"

모리는 총부대를 지휘하며 말했다.

"그대는 누군가?"

"사카모토 료마라는 사람이오."

료마는 말하면서 닻줄을 감는 돌기물(突起物) 위에 떡 버티고 앉았다.

"쓸데없는 긴장은 버리시오. 요즈음은 웬일인지 툭하면 칼이나 총질을 하려고 덤비거든. 이 배에는 나 혼자뿐이오. 그리고 배는 닻을 내려놓았고 기관에는 불이 없으며 대포에도 실탄이 없소. 무엇 때문에 칼을 뽑고 총질을 하는 거요?"

료마는 점점 목소리가 커졌다.

"겁을 먹어도 분수가 있지."

크게 호통을 치고 나서 말했다.

"장군님의 군함을 인수하러 와서 함내에서 발포하다니, 이것은 할복감이오. 그것도 모르오?"

"알았소."

모리는 황급히 칼을 거두고 부하에게는 총을 세우라고 명했다.

"알았으면 됐소. 그런데 나도 마침 오사카로 가는 길이니 이대로 이 배를 타고 가겠소."

료마는 할 말을 다 하자 부리나케 갑판에서 내려가 함장실로 돌아오고 말았다.

한편 오료는——

그 전날 저녁나절, 고베 마을로 료마를 찾아오긴 했으나 당사자인 료마가 없었다.

"어디 계실까요?"

기질이 센 오료도 불안한 목소리로 물었다.

"오늘밤은 바다에서 주무신다고 하시던걸요."

시아쿠(鹽飽) 사투리의 늙은 뱃사람이 앞바다에 정박하고 있는 간코마루를 손으로 가리켰다.

"작은 배를 내 주세요."

"그건 안 됩니다. 이것은 우리 시아쿠 섬의 풍습으로서 예부터 수군(水軍)은 여성을 꺼려하기 때문입니다."

어림도 없이 듣지 않는다. 전통이라는 것은 참 끈질긴 것이다. 처음에 막부에서 양식 해군을 모집했을 때 수부의 대부분은 세도 내해의 시아쿠 섬사람들을 채용했다. '어부는 기슈, 사공은 시아쿠'라고 일컬어질 정도로 시아쿠 사람들은 바다에 숙달된 사람들로서, 미나모토(源)씨와 다이라(平)씨가 싸우던 전국시대에는 수군(해적)으로서 세도 내해에 군림하고 있었다. 그들이 막부의 해군으로 채용되었을 때, 옛날 수구의 풍습과 금기(禁忌)를 양식 군함에 그대로 지니고 들어온 것이다.

"그러나 이렇게 모처럼 찾아오셨는데 아가씨도 딱하게 됐군요. 이제 곧 날도 저물 텐데 이곳에는 여인숙도 없으니 우선 사카모토님과 친숙히 지내셨던 촌장 이쿠지마님께 부탁해 봅시다."

늙은 뱃사람은 친절하게도 오료를 이쿠다의 숲 속 촌장 집으로 데리고 갔다.

이쿠지마 시로다유는 오료의 미모에 깜짝 놀란 모양이었다.

"그래요? 사카모토님의……"

말을 잇지 못했다. 그처럼 무뚝뚝한 료마가 어느 틈에 이런 미인을 손에 넣었을까?

"어서 올라오십시오. 마침 가쓰 선생님이 계셨을 때 새로 지은 객실이 있으니 얼마든지 묵으실 수 있습니다."

그는 자기가 직접 안내하며 하녀를 하나 오료에게 딸려 주어 시중을 들게 했다.

그런데 사람의 일에는 믿어지지 않을 정도의 우연이 있다. 아니, 어쩌면 그 우연만이 살풍경한 인생에 반짝이는 신비의 등불을 비추어 주는 지도 모른다.

그날 밤 또 한 사람의 손님이 이쿠지마 집을 찾아 온 것이다. 더구나 그 손님 역시 먼저 고베 학교로 료마를 찾아갔다가 허탕을 치고 늙은 뱃사람의 안내로 이 집을 찾게 된 것이다.

오료보다 약 한 시간쯤 뒤에 찾아 온 것이었다.

손님은 젊은 무사였다. 아직 앞머리를 내리고 있었으나 나이는 열여덟쯤 되어 보였다. 젖은 듯이 윤기 있는 머리카락과 티 없이 흰 얼굴, 시원한 눈과 붉은 입술 사이로 보이는 하얀 치열(齒列)이 남자치고는 너무 우아해 보였다.

'이렇게 잘 생긴 젊은이가 이 세상에 또 있을까?'

또 한 번 이쿠지마 시로다유는 놀라지 않을 수 없었다. 젊은이는 점잖은 가문의 자제답게 옷차림도 훌륭했다.

"후쿠오카 고사부로(福岡小三郎)라고 합니다."

젊은이는 말했다. 몸집이 작다.

훌륭한 건물이었다. 작은 현관이 있고 방이 세 개에다 정원에는 여러 가지 종류의 동백이 심어져 있다.

"낮에 보시면 정원의 동백꽃이 아름답지요."

젊은 하녀가 오료에게 말했다.

"저, 사카모토님도 이 방에서 묵으신 일이 있었나요?"

"네, 술에 취해서 가지고요."

"사카모토님은 유키(눈)를 무척 좋아하셨지요——"

하녀는 무슨 생각이 났는지 어깨를 움츠리며 웃었다.

"당신, 유키라는 이름인가요?"

오료의 아름다운 눈이 번쩍 빛났다.

"아니에요."

하녀는 오료의 서슬에 깜짝 놀란 듯 눈을 크게 떴다.

"제 이름은 사치라고 해요."

"그럼 아까 그 유키란 이 댁의 따님인가요?"

"아니에요, 하늘에서 내려와서 쌓이는 눈(유키) 말이에요. 사카모토님은 늘 말씀하시기를, 이곳 동백이 있는 정원에 눈(유키)이 내리면 더욱 운치가 있다고 하시며 가쓰 선생님과 둘이서 술을 많이 드셨습니다. 하기는 가쓰 선생님은 술을 못하셔서 많이 안 드셨지만."

이렇게 말하는 이 집 하녀는 료마의 생각이 여러 가지 떠오르는 모양으로, 그의 이상한 버릇을 두세 가지 이야기하고는 혼자서 웃으며 말했다.

"그렇게 좋은 분은 안 게실 거예요."

오료는 웃지 않는다. 그녀는 과격한 성품이라 그런지 료마라는 사내의 우스운 점을 알지 못하는 성미였다.

"그렇게 좋은 사람도 아니에요!"

마치 성난 사람처럼 오료는 쏘아붙였다.

후시미 선창에서 그토록 당부했는데도 자기가 여장을 꾸리고 있는 동안에 밤배를 타고 떠나 버리지 않았던가.

"그래도 저는 좋은 분이라고 생각되는데요?"

하녀는 연방 웃고 있었다. 오료가 유심히 뜯어보니, 이 하녀는 살결이 깨끗하고 자그마한 턱이 도톰하게 두 턱이 져 있으며 놀랄 만큼 귀여운 얼굴을 하고 있었다.

"유키라고 그랬죠?"

오료가 말했다.

"아니에요. 사치라고 합니다."

"오 참, 그랬지. 한 가지 물어 보겠는데, 당신은 사카모토님을 좋아했었지요?"

"네, 그래요. 그렇지만 이 댁에서는 모두 사카모토님을 좋아했거든요. 더구나 우리 아가씨 같은 분은 굉장했지요."

"그 아가씨는 지금 어디 있죠?"

"벌써 시집갔어요."

"어디로?"

"사카모토님에게——"

"뭐요!"

"아니 농담이에요. 니시노미야에 있는 양조장집으로 갔답니다."

이 하녀는 얌전해 보이면서도 꽤 장난기가 있는 모양이었다. 오료가 그녀에게 놀림을 받고 있는 것을 알고 뾰로통하고 있는데 이 집 주인 이쿠지마가 얼굴을 내밀었다.

"실례합니다."

후쿠오카 고사부로라는 젊은 무사를 별채에 묵게 하는 데 대해 오료에게 양해를 얻기 위해서였다.

"후쿠오카 고사부로님이라구요?"

"예, 사카모토님의 동지이자 친척이기도 하다고 말씀하시더군요."

사치라는 하녀는 당연히 후쿠오카 고사부로의 시중도 들게 되었다.

그녀는 오료의 방에서 나와 후쿠오카 고사부로가 있는 방으로 갔다.

"사치라고 합니다. 사양 마시고 무엇이든지 심부름을 시켜 주세요."

절을 하고 고개를 들었을 때 그녀는 이 젊은 무사가 너무나 잘생긴 데에 놀랐다.

'혹시 여자가 아닐까?'

순간적으로 생각했다. 젊은 무사도 고개를 숙이고 잘 부탁합니다, 하고 알아듣지 못할 만큼 나직이 말했는데, 그 목소리는 남자의 것 같지 않았다.

"곧 차를 가져오겠습니다."

사치는 일어섰으나 젊은 무사는 미소를 지은 채 필요 없다는 뜻으로 고개만 저었다. 그 미소 띤 얼굴에 사치는 호의를 느꼈다.

사치는 이부자리를 펴 주고 인사를 한 다음, 복도로 나왔다. 그녀가 복도의 모퉁이까지 왔을 때 그곳에 오료가 서 있었다.

"사치님, 그분 여자지요?"

나지막하게 물었다.

"남자인 줄 알았는데요."

"잠깐 이리로 와요."

오료는 반은 강제로 사치를 자기 방으로 끌고 들어갔다.

"나는 그 분이 복도를 건너 이쪽으로 오는 걸 봤어요. 한 번 만나 뵈온 일이 있어요. 분명히 후쿠오카의 다즈 아가씨라는 분일 거예요. 도사 번 중신의 따님인데, 교토의 공경인 산조님의 큰마님이 도사 야마노우치 가문의 출신이신 관계로 그 분의 측근에서……"

"저, 물을 떠다 드릴까요?"

사치는 놀리며 킥킥 웃었다. 오료는 침착성을 잃고 있었다.

"사치님, 그 후쿠오카의 다즈 아가씨가 어째서 무사처럼 변장을 하고 이곳에 나타나셨을까요?"

"글쎄요."

사치는 슬그머니 재미를 느꼈다.

"아마 분명히 고사부로님은, 아니 그 다즈 아가씬가 하는 분은 사카모토님

이 좋으셔서 보고 싶은 나머지 이곳까지 쫓아오신 게 아닐까요? 여자의
몸으로 단신 떠나신 여행길이니까 남장을 하셨을 거라고 생각되는군요."

"그건 안될 말!"

"어째서입니까?"

"나는 사카모토님과⋯⋯"

오료는 말하다가 귀뿌리까지 빨개졌다. 그녀는 아마 내가 사카모토님을
독점하고 있으니 다즈 아가씨 따위는 나설 때가 아니라고 잘라 말하고 싶
던 것이리라.

그러한 오료를 바라보면서 사치는 생각했다.

'나는 다즈 아가씨 편이다.'

"그럼 저 방에 계신 후쿠오카 고사부로님에게 말씀드릴까요? 지금 이방
손님이 찾아뵙겠다고요."

사치는 위협하듯 말했으나 오료는 위협을 당하기는커녕 태연히 말했다.

"네, 부탁해요."

'무척 거센 아가씨로군!'

사치는 속으로 생각했으나 맡고 나선 이상 하는 수 없다. 오료의 방을 나
와 일부러 발소리를 내며 복도를 건너갔다.

그녀가 발소리를 높인 것은 후쿠오카 고사부로라는 젊은 무사를 배려한
행동이었다. 혹시 그 젊은 무사가 정말 여자라면, 방안에서 여자로서 행동하
고 있다가 자기를 보고 난처해할까 봐 조심하라는 신호를 보낸 것이다.

"실례합니다. 사치예요."

사치는 장지문을 열었다. 방 안에는 후쿠오카 고사부로가 단정히 앉아 있
다.

"저어, 저쪽 방에 역시 사카모토님을 찾아오신 여자분이 묵고 계십니다.
그 분이 꼭 인사를 드리고 싶다고 말씀하시는데 어떻게 할까요?"

"나에게?"

묻는 듯한 표정으로 고사부로는 고개를 갸웃하며 자기 얼굴을 손으로 가
리켰다. 그러한 몸짓이 사치의 눈에도 몹시 사랑스러웠다.

"그러나 모르는 분 아닙니까?"

"아니에요. 저쪽에서는 한 번 뵌 적이 있다고 말씀하셔요."

"그분의 이름이 뭐죠?"

"네, 데라다야의 오료님입니다."

"오료님……"

중얼거리더니 고사부로의 안색이 약간 변했다. 그러나 곧 미소를 지었다.

"기억하고 있습니다. 교토에서 아케보노 관(明保野館)이라는 집 현관에서 얼핏 본 일이 있지요. 그때 나와 함께 있던 사카모토 료마님이, 그녀는 왕파의 의사로서 유명했던 나라사키 쇼사쿠(楢崎將作)님의 유아(遺兒)인데, 방금 화재로 인해 집을 잃었다고 말씀하시더군요. 그 분이 아닐까요?"

"글쎄요, 그 분인지 아닌지 저도 모르겠습니다."

사치는 자세한 것은 모른다.

"이 방으로 모시고 와도 괜찮습니까?"

"예."

고사부로는 시원스럽게 대답하고 나서, 사치가 방을 나가려고 했을 때 다시 불러 세웠다.

"잠깐만요."

웃고 있다. 뜻있는 미소를 지으며 아무 말도 하지 않는다.

잠시 뒤——

"사치님은 이미 눈치 챘지요? 내가 여자라는 것을."

"아, 아니에요."

사치는 당황하고 말았다.

"숨기지 않아도 돼요. 나는 여자예요. 다즈라고 합니다."

말을 듣는 사치가 오히려 가슴이 두근거리며 진땀이 났다. 그녀는 언제 그 방을 나왔는지 정신없이 오료의 방으로 돌아와서 목쉰 소리로 말했다.

"오시랍니다."

어째서 이렇게 당황하는지 사치도 몰랐다.

"손님의 말씀대로 자기는 다즈라 한다고 말씀하시더군요."

"그렇다면 왜 남자로 변장을 하였을까요?"

"그것은 손님이 직접 물어 보시는 게 좋을 겁니다."

사치의 안내로 다즈의 방에 와 앉은 오료는 옷소매를 무릎에 겹친 채 변변히 인사도 하지 않았다.

옆에서 사치가 대신 말을 하는 것을 남의 말 듣듯 모르는 척 하고만 있다.

'정말 이상한 여자다.'

사치는 슬그머니 부아가 났다. 오료로서는 별로 나쁜 생각이 있어 그러는 것은 아니며, 다만 사치에게 대신시키고 있다고 여기는 모양이었다.

"오료님, 오랜만이군요."

다즈가 먼저 인사를 했다.

"네."

오료는 고개만 끄덕이고 묵묵히 다즈를 바라보았다. 그 눈초리는 숲 속의 작은 야수처럼 전투적이었다.

잠시 뒤 오료는 물었다.

"한 가지 여쭈어 봐도 괜찮겠습니까?"

"네."

"다즈 아가씨는 무엇 때문에 사카모토님을 찾아 오셨습니까?"

"네?"

다즈는 어처구니없다는 듯이 웃었다.

"그야 볼일이 있으면 나도 찾아올 수 있지요. 하긴 볼일이라야 안부를 묻는 정도의 것이지만요."

"안부를 묻기 위해 그처럼 멀리서 찾아오셨나요?"

"네, 가는 길목이니까요."

"길목?"

"서쪽의 먼 곳으로 떠납니다."

"알겠어요. 그럼 왜 남장을 하셨습니까?"

"마치 조사하는 것 같군요?"

다즈는 웃음을 터뜨리고 말았다.

"이렇게 꾸미는 편이 먼 곳으로 길을 떠나는 데 편리하지 않을까요?"

"……그건 그렇고"

오료는 세 번째 질문을 준비했다.

"다즈 아가씨는 사카모토님을 좋아하시는 게 아닌가요?"

"어머!"

다즈는 약간 당황해했다.

"좋아하지요. 하지만 좋아해도 소용이 없는걸요."

"어째서요?"

"오료님은 도사의 무사 제도를 모르시니까 설명해 봤자 이해하지 못할 거예요."

"그까짓 것쯤……내가 다즈 아가씨라면 신분이야 어떻든 좋아하는 사람의 품속으로 뛰어들었을 거예요."

"정말 재미있는 분이군요……"

다즈는 아무래도 그녀를 상대하기가 힘에 겨운 듯했다.

"그렇지만"

오료는 질투인지 동경(憧憬)인지 알 수 없는 열띤 눈으로 다즈를 보았다.

"다즈 아가씨는 젊은 무사 모습이 참 잘 어울리는군요. 이야기 속에 나오는 귀공자같이 보여요."

"그래요? 남들이 알아 차릴까봐 조마조마하면서 이곳까지 왔는데. 그런데 이전에 료마님이……"

그녀는 품속에서 한 통의 오래된 편지를 내놓았다. 료마의 필적이다.

그 편지는 천하의 형세가 매우 절박해졌으므로 남장을 하고 지사로서 조슈로 가는 것이 좋다는 권고였다.

"그래서 남장을 하셨나요?"

오료는 의심스러운 듯 편지를 보고 있었으나 필적은 분명히 료마의 것이 틀림없다. 다만 먹빛이 오래된 것 같아 보였다.

"이거 아주 오래된 거군요?"

오료는 귀신의 목이라도 자른 듯 소리쳤다. 그러자 다즈도 소리 내어 웃었다.

"재작년인걸요. 료마님은 이런 걸 나에게 보낸 것조차도 잊어버리셨을 거예요."

"잊어버렸다고요?"

"원래가 이상한 분이니까요. 말하자면 오료님처럼 말이에요."

따끔하게 비꼬았다.

"료마님은 생각이 깊은 사람 같아 보이면서도 경솔하고 덜렁거리며 점잖지 못한 데가 있거든요."

"그럴까요?"

함빡 반해서 맹목적인 오료로서는 그것을 알 수 없었다.

"그럼요, 아주 경박한······"

"경박하다고요?"

그런 사람이 아니라고 오료는 생각했다.

"그야 활동가라는 건 크건 작건 경박한 점이 있기 마련이에요. 발등에 불이라도 떨어진 사람같이 말이에요. 남이 볼 땐 우스꽝스럽고 바보스러운 점이."

"사카모토님이 배를 좋아하는 것을 말하는 것인가요?"

"그건 경박하다기보다 천진스럽다고 보아야지요. 그 분이 19살에 시고쿠에서 올 때 같은 배 안에서 우연히 만난 일이 있습니다. 그 분은 하루 종일 선실에 내려오지도 않고 햇볕이 따가운 고물 쪽에 서서 오가는 배들을 열심히 바라보고 있었는데, 그 옆얼굴이 몹시 어린애 같았어요."

다즈는 회상을 즐기는 듯 눈을 가늘게 떴다가는 곧 미소로 얼버무리며 말했다.

"그런 어린애다운 천진한 점이 큰일을 하는 남자들에게는 중요하겠지요. 그러나 그런 것과는 다른, 이상하게 경박한 점이 있단 말이에요."

"예를 들면?"

"예를 든다면, 이런 편지를 보내놓고 장본인은 이것을 쓴 것조차도 잊어버리고 마구 돌아다니고 있거든요."

"어머나."

오료는 화가 났다.

"그것뿐이에요?"

"당신 같은 사람과 그런 관계를 갖게 된 것도 그래요!"

다즈 아가씨는 오료의 얼굴을 빤히 들여다보며 상냥하게 미소 지었다. 그녀는 아마 이 한마디를 하고 싶었던 것이리라.

"다즈 아가씨!"

오료는 눈을 번쩍 빛냈다. 아무리 료마의 주군뻘 되는 집안의 귀한 따님이라 할지라도 용납할 수 없다고 생각했다.

"당신 같은 사람이라니, 그런 모욕이 어디 있어요, 다즈 아가씨."

"네."

다즈는 그윽한 눈빛으로 여전히 입가에는 미소를 머금고 있다.

"오료는 당신을 때리고 싶습니다. 괜찮을까요?"

몸을 부르르 떨며 말했다.

"나도 들은 적이 있지요. 오료님은 동생을 유괴해 간 무뢰한을 오사카까지 쫓아가서 그자의 따귀를 때리고 동생을 찾아온 일이 있다면서요?"

"부끄럽지만 나는 그런 여자예요. 화가 나면 무슨 짓을 할지 나도 모르죠."

"월금을 잘 타신다면서요."

"잘 타지 못해요. 그냥 그걸 좋아할 뿐이에요."

"료마님도 참 호색가이셔."

다즈는 남장을 하고 있는 탓인지 평소와는 판이하게 하고 싶은 말을 시원스럽게 내뱉고 있다.

"월금과 호색은 어떤 연관성이 있습니까?"

"오료님."

다즈는 숨을 크게 들이마시는 시늉을 하며 말했다.

"다즈도 모릅니다. 오료님, 월금 타는 아가씨를 어째서 료마님이 좋아하게 되었을까요? ……아마."

'이 계집애는 사내들이 좋아하는 육체와 채취를 갖고 있기 때문일 것이다.' 이렇게 생각했으나 차마 그것만은 입 밖에 내지 못했다.

"나는 그만 내 방으로 돌아가겠어요. 이대로 이야기를 듣고 있다가는 무슨 짓을 저지를지 나 자신도 모르겠어요."

오료는 무릎걸음으로 물러나 복도로 나가자 총총히 자기 방으로 사라져 버렸다.

사치가 다즈에게 가볍게 절을 하고 그 뒤를 쫓았다.

얼마 뒤 사치는 자기가 호의를 품고 있는 다즈에게 잘 자라는 인사를 하고 물러갈 생각으로 다시 돌아와 장지문을 열었다.

'앗!'

그녀는 아차 싶었다.

다즈 아가씨가 팔걸이에 기댄 채 가냘픈 어깨를 들먹이며 울고 있는 것이다.

사치는 그 자리를 피할 기회를 놓치고 장승처럼 숨을 죽이고 섰다.

다즈는 그러한 사치를 무시한 듯 그 자세를 바꾸지 않았다.

어깨가 가냘프다. 그 어깨가 들먹이고 있는 것을 보고 있는 동안 사치는 더 이상 참을 수 없어 가까이 다가가서 소매를 잡았다.

"다즈 아가씨."

"내 얼굴을 보지 말아요."

다즈는 얼굴을 외면했다.

"사카모토님은……"

사치는 입을 열었다. 그러나 다음 말을 잃고 말았다.

할말은 잃었으나 사치의 가슴에 복잡한 감정은 남아 있다. 그 감정을 사치는 확 내뱉었다.

"사카모토님은 정말 나쁜 분이군요. 다즈 아가씨를 이처럼 울리다니."

다즈는 의아하다는 듯이 울던 얼굴을 들고 사치를 바라보았다.

"그게 아니에요. 물론 료마님은 나쁜 사람이지만 내가 울고 있는 이유는 그게 아니고, 그 오료라는 아가씨에게 그처럼 심술궂은 말을 한 나 자신이 부끄러워서 그래요."

"다즈 아가씨 자신이?"

"그래요. 나는 지금 흥분하고 있으니 그만 물러가요."

"아닙니다. 여기 있겠어요."

"사치님!"

"아니에요, 여기 있게 해 주세요."

주거니 받거니 하는 동안 사치마저 공연히 마음이 이상해진 듯 다즈에게 매달리자 울음보를 터뜨렸다. 자기가 왜 우는지 설명을 할 수가 없다. 그러면서도 마음이 아파 한없이 울고 싶어졌던 것이다.

"왜 이래요?"

다즈는 당황해서 사치의 어깨에 손을 얹었다. 그리고 그녀의 등을 어루만졌다. 다즈가 등을 쓸어 주자 사치는 더욱더 울었다.

'야단났군.'

다즈는 난처한 표정을 했다.

"왜 그래요, 무엇이 슬퍼서 그러지요?"

"다즈 아가씨가……"

"내가?"

"무척 좋아졌어요……그래서 그만 기분이 이상해져서."

"아니야. 아마 당신도……"

다즈는 딴 생각을 하였다.

"료마님을 좋아했던 것 같아. 틀림없이 그럴 거예요. 그렇지요?"

다즈는 쾌활하게 웃었다.

"그렇지 않아요."

사치는 당황하여 어쩔 줄 모르고 얼굴을 들었다. 그리고는 자기도 모르게 진지한 얼굴이 되었다. 그 말을 듣고 보니 과연 그런 것도 같다. 료마를 남몰래 사모하고 있었기 때문에 다즈 아가씨의 슬픔을 목격했을 때 자기의 슬픔과 겹쳐서 울게 되었던 것이 아닐까?

"그렇지 않아요?"

"잘 모르겠어요. 저는 이따금 이럴 때가 있어요. 공연히 뜻도 모르고 울어 버리거든요."

"나도 당신만한 나이에는 가끔 그럴 때가 있었더랬지."

"저어, 다즈 아가씨, 지금 몇이십니까?"

젊은 무사 차림을 하고 있으니 17, 8세 정도로 보인다. 도대체 이 분은 몇 살이나 되었을까, 하고 사치는 호기심에 사로잡혔다.

"잊어버렸어요."

다즈는 아름답게 웃었다.

남장을 하고 있는 만큼 그 아름다움은 처절할 정도였다.

"그건 그렇고, 앞바다에 군함이 있을까?"

"우리 해변에 나가 사카모토님의 군함을 볼까요?"

사치가 말했다. 다즈가 고개를 끄덕였다.

사치는 마루로 나가 신발을 준비하고 다즈를 살그머니 뒷문으로 데리고 나갔다.

뒷문을 나서자 곧 파도 소리가 들려 왔고 어둠은 짙게 깔려 있다. 그 어둠 속에서 검은 그림자가 연신 움직이고 있었다.

"저 그림자는 뭐지요?"

다즈는 모래땅에 걸음을 멈추었다.

"바람이에요."

"바람이 움직이나요?"

"아뇨, 솔밭이 움직이는 거예요."

"아아, 그러면 그렇지!"

다즈는 소리 내어 웃었다.

그 발밑을 사치가 초롱으로 비춰 주고 있다.

"고베라는 곳은 매우 쓸쓸한 곳이군요."

"네, 그렇지만 가쓰 선생님께서는 이제 곧 이 포구에 나가사키 이상으로 큰 도시가 생긴다고 말씀하시더군요."

"가쓰 가이슈님이 그런 말씀을 하셨나요? 그 분은 좀 이상한 사상을 갖고 계시니까 그런 말을 믿어서는 안 돼요."

다즈는 자기네 주군인 산조 사네토미의 감화로 여전히 과격한 양이 사상을 지니고 있다.

"그렇지만 사카모토님의 스승이 아닙니까?"

"그 분은 머리가 좀 이상해요."

말은 이렇게 했지만 어둠 속에서 웃고 있는 것 같다.

"하지만 낭인으로서 군함을 조종할 수 있는 무사는 일본에서 사카모토님 하나뿐이 아닙니까?"

"참 이상한 사람이지요?"

이렇게 말했을 때 다즈는 소나무 뿌리에 발이 걸렸다. 조심하세요, 하고 사치가 손을 내밀자 그 손에 매달리며 중얼거렸다.

"이런 한촌에 정말 번화한 도시가 생길까?"

"저어, 한 가지 물어 봐도 될까요?"

"말해 봐요."

"다즈 아가씨는 먼 곳으로 가신다고 했는데 어디로 가시는 거죠?"

"조슈로 가요."

다즈는 분명하게 말했다. 그리고 그 말끝에 덧붙여서 말했다.

"다시 살아서 돌아오게 될지 모르는 일이지만."

"조슈로!"

사치는 두려운 듯이 말했다. 지금의 정세로서는 지옥으로 가는 거나 다름 없지 않은가.

조슈 번은 굉장히 변모하고 있다. 4개국 함대에 바칸 해협(馬關海峽)의 연안 포대(沿岸砲臺)를 모조리 분쇄당한 데다가, 막부에서는 오사카 성을 조슈 정벌의 대본영으로 정하고 30여 번의 영주들을 인솔하여 산요도(山陽道)를 내려오려 하고 있었다.

조슈 번에서는 이미 정변이 일어나 속론당(俗論黨 : 막부파)이 번정을 도맡고 있었으며, 정의당(正義黨 : 근왕파)은 몰락하고 말았다.

다즈의 주군인 산조 사네토미를 위시하여 다섯 명의 양이파 공경들은 아직도 조슈 번의 보호를 받고 있으나, 이 정세로는 언제 번내의 속론당에게 축출될지 모르는 일이었다.

다즈가 남장을 하고 조슈로 가려는 것은 그 때문이다.

이윽고 솔밭을 지나니 어둠 속 저편에 바다가 보였다.

"아, 불빛!"

다즈가 짤막하게 외쳤다. 바다 위에 등불이 떠 있다.

료마가 있는 간코마루의 불빛이었다. 육중하게 바다 위에 자리를 잡고 현등(舷燈) 하나와 선실의 등불 하나를 수면에 비추고 있었다.

"저 배에 사카모토님이 타고 계십니다."

사치는 모래 언덕을 뛰어 내리려고 했다.

"여기 앉아요."

다즈는 그 자리에 앉았다.

"선실에서 사카모토님은 지금 무엇을 하고 계실까?"

사치는 고개를 갸웃하며 말했다.

"책을 읽고 계시겠지요."

"글쎄, 그 분은 독서를 싫어하셨으니까 어떨지."

"그렇지만 고베 학교로 오신 뒤부터는 틈만 있으면 책을 읽으시는 것 같았어요."

"하지만, 글을 아시는지 몰라?"

"너무하셔요."

사치가 웃어 댔다.

"다즈 아가씨는 사카모토님을 마치 겉모습만 어른이 된 어린이처럼 생각하시는 모양이군요?"

"사실 그런 사람인걸."

다즈는 소리 내어 웃었다.

"검술만은 무척 뛰어났지. 도사의 미야모토 무사시(宮本武藏)라는 말을 들을 정도였으니까. 그분의 장점은 그것뿐이에요."

"호호……"

사치도 다즈의 이야기는 곧이듣지 않았다.

"어릴 때는 울보에다 공부를 싫어해서 동네에서 바보 취급을 받았더랬지. 그랬는데 검술을 배우기 시작하더니 갑자기 솜씨가 두드러지게 늘어서 그 덕분에 스스로 자신감을 갖게 된 모양이야. 열여덟 살 때 히네야 도장에서 목록을 받고 이상한 노래를 읊었대요."

"노래를요?"

사치도 놀랐다.

"네, 노래를. 그 내용은, 사람들이 나를 바보다 바보다 하지만 바보가 아닌 것은 나만이 안다는 뜻의 무던히 서툰 노래였었지."

"어머나."

사치는 몸을 뒤틀며 웃어 댔다.

"그 바보가 지금은 저렇게 군함에 타고 있어."

다즈는 앞바다의 등불을 조롱하듯 아하하, 하고 큰소리로 웃었다. 웃고 나서 말하면서 사치의 눈을 들여다보았다.

"내가 너무 버릇이 없지?"

"아아뇨, 그렇게 웃고 계시는 다즈 아가씨도 사치는 퍽 좋습니다……아마"

"아마?"

"꽤 사카모토님을 마음속 깊이 사랑하고 계시는 모양입니다."

"괴상한 소리를 다 하네."

다즈는 사치의 볼을 손가락으로 콕 찔렀다. 그리고 나서 말했다.

"만약 저 배에 있는 사람을 못 만나게 된다면 사치가 내 편지를 갖고 있다가 언제든지 전해 주지 않겠어요?"

료마는 해상에 있다.

물론 다즈와 오료가 고베 마을에 찾아와 있다는 것은 꿈에도 모른다. 아마도 그는 고베 마을의 학교로는 두 번 다시 되돌아가지 않을 것이다.

군함은 아직 해가 있을 때 오사카 덴포 산 앞바다에 도달했다. 일단 서양

배를 타고 바다를 왕래하는 맛을 알고 나면 육지로 고생스럽게 걸어 다닐 생각이 없어진다.

"정말 고마웠소."

막부 해군의 한 사람 한 사람을 붙들고는 시골 사람답게 진심에서 우러나오는 인사를 되풀이 했다. 이미 작은 배가 해상에 내려져 료마를 기다리고 있는데도 여전히 그는 갑판을 떠나지 않고 승무원들의 어깨를 하나하나 두드리며 인사를 하는 것이었다.

'난처한 시골뜨기로군.'

해군들은 난처해졌다. 그들은 처음에 이 건장한 낭인을 보고 정체를 파악할 수 없는 사람이라 싶어 두려워 경계를 하고 있었으나 얼마 뒤에는

'단순한 기인이구나.'

라고 생각하게 되었다. 그러나 점점 익숙해지자 그들은 료마를 평범한 시골뜨기로서 배에 미친놈이라고 판단하게 되었다. 그만큼 료마는 쓰키지에서 신식 훈련을 받은 해군들에게는 흙냄새 나는 촌사람으로 보였다. 첫째, 이 낭인은 해군으로서 당연히 알아야 할 교양으로서의 네덜란드 말도 모르는 모양이었다.

'이 사내가 해군학교 교장이었다면 가쓰님의 학교라는 것도 알 만하군.'

료마는 단정으로 옮겨 탔다. 단정이 간코마루 선체를 떠날 때 그는 손을 뻗쳐 배허리를 탕탕 두드리며 외쳤다.

"핫핫핫……이별이다 이별!"

외치면서 눈물을 뚝뚝 흘리는 것은 아무리 보아도 우스꽝스러웠다. 갑판 위에 서있는 막부의 해군 사관들은 모두 실소를 금치 못했다.

"사카모토님, 마치 마을의 아가씨와 헤어지는 장면 같군요."

갑판 위에서 사관 하나가 놀려 댔다.

"아가씨라……"

료마도 그 말이 마음에 든 듯한 몸짓을 지었다. 그는 익살맞은 몸짓으로 단정을 타고 군함 뒤 스크루 근처까지 가서는 방향타(方向舵)를 손으로 가리키며 말했다.

"이 네덜란드 아가씨는 엉덩이 짓이 고약해서 말이야. 전 속력을 내면 오른쪽으로 돌아가는 버릇이 있지."

료마가 애를 먹어 온 간코마루의 버릇을 두고 하는 말이다.

"키는 단단히 주의를 해야 하오!"

료마는 단정으로 배 주위를 돌며 이것저것 주의를 했다.

"칠도 벗겨졌군. 고베 학교는 돈이 없어서 칠을 못했는데 당신네들은 돈이 많으니까 새로 칠을 해서 사용토록 하시오. 칠이 벗겨지면 배의 수명이 줄어드는 법이니까."

헷헷헷, 하고 갑판 위에서 젊은 사관이 경박하게 웃으며 사카모토님, 장군님의 군함이니까 말씀 안하셔도 잘 다루겠소이다, 라고 했다.

"암 그래야지, 소중히 다루지 않았다간 곤란하지. 지금은 일단 당신들에게 맡기지만 말이오."

"맡긴다고?"

"머지않아 세상이 바뀌면 그때는 내가 정식으로 인수하러 오겠소."

지은이
시바 료타로(司馬遼太郎)

그린이
전성보(全聖輔)

옮긴이
박재희 창춘사도대학일문학전공 김문운 니혼대학일문학전공
김영수 와세다대학일문학전공 문호 게이오대학일문학전공
유정 조지대학일문학전공 추영현 서울대학교사회학전공
허문순 경남대학불교학전공 김인영 숙명여대미술학전공

대망 26 료마 2
지은이 시바 료타로/책임편집 박재희 추영현 김인영
1판 1쇄/1979. 12. 1
2판 1쇄/2005. 8. 8
2판 10쇄/2024. 6. 1
발행인 고윤주/발행처 동서문화사
창업 1956. 12. 12. 등록 16-3799
서울 중구 마른내로 144(쌍림동)
☎ 546-0331~3 (FAX) 545-0331
www.dongsuhbook.com

＊

＊

사업자등록번호 211-87-75330
ISBN 978-89-497-0366-4 04830
ISBN 978-89-497-0364-0 (3세트)